六安文化名人丛书

韦素园全集

WEISUYUAN QUANJI

六安市老新闻工作者协会 编

全国百佳图书出版单位
时代出版传媒股份有限公司
黄山书社

图书在版编目(CIP)数据

韦素园全集/六安市老新闻工作者协会编;徐航主编.—合肥:黄山书社,2019.12
ISBN 978-7-5461-8775-4

Ⅰ. ①韦… Ⅱ. ①六… ②徐… Ⅲ. ①韦素园(1902-1932)-文集
Ⅳ. ①I216.2

中国版本图书馆 CIP 数据核字(2019)第 281651 号

韦素园全集 六安市老新闻工作者协会 编

责任编辑 石松 向焱
装帧设计 进取
出版发行 时代出版传媒股份有限公司(http://www.press-mart.com)
黄山书社(http://www.hspress.cn)
地址邮编 安徽省合肥市蜀山区翡翠路 1118 号出版传媒广场 7 层 230071
印　　刷 六安光明印务有限公司
版　　次 2019 年 12 月第 1 版
印　　次 2019 年 12 月第 1 次印刷
开　　本 700mm×1000mm 1/16
字　　数 620 千字
印　　张 40
书　　号 ISBN 978-7-5461-8775-4
定　　价 190.00 元

服务热线 0551-63533768
销售热线 0551-63533788
官方直营书店(https://hsss.tmall.com)

韦素园（1902~1932）又名漱园，安徽六安叶集人，未名社成员。韦素园一生勤于文学翻译，译著有俄国果戈理小说《外套》、俄国短篇小说集《最后的光芒》、北欧诗歌小品集《黄花集》、俄国梭罗古勃的《邂逅》等。同时还创作了大量散文、小品、诗歌等文学作品。

韦素园1924年摄于北京

韦素园小照自题

微露形骸未出头，
慵从尘世论交游；
防身无物唯书卷，
立志有心御骅骝。

原与雄风扶海立，
忍教明月共溪流；
他年若得男儿志，
大地苍茫任我游。

韦素园1927年在北京西山福寿岭疗养院留影

鲁迅先生

未名社是现代进步文学团体，1925 年 8 月成立于北京。是由鲁迅发起，成员为鲁迅、韦素园、韦丛芜、李霁野、台静农、曹靖华 6 人。后王菁士、李何林曾一度参加过该社工作。

“未名”，是“还未想定名目”的意思。其时鲁迅正为北京北新书局编辑专收译文的《未名丛刊》，遂以“未名”为社名，丛刊改归该社发行。后该社又编辑出版《未名新集》，专收社员创作。同时编辑出版《莽原》、《未名》杂志。

六安市叶集“未名四杰”合影（左起韦丛芜、李霁野、韦素园、台静农）。20 世纪 20 年代摄于北京。

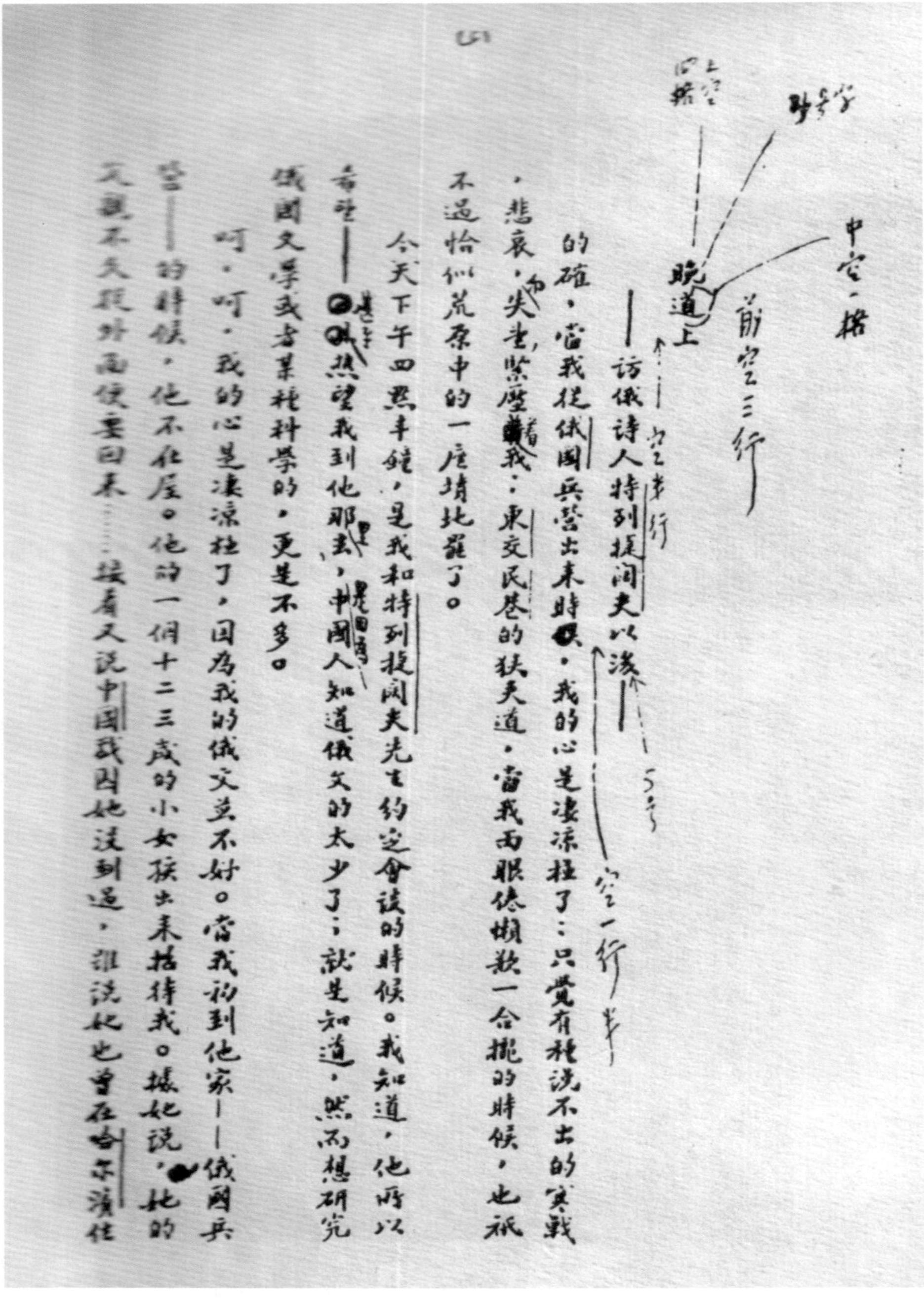

晚道上

——訪俄詩人特列捷闊夫以後——

的確，當我從俄國兵營出來時候，我的心是淒涼极了：只覺有說不出的寞戰，悲哀，失望，緊壓着我：東交民巷的狭長道，當我兩眼依稀一合攏的時候，也祇不過恰似荒原中的一座墳地罷了。

今天下午四點半鐘，是我和特列捷闊夫先生約定會談的時候。我知道，他所以希望——熱望我到他那裏去，是因為中國人知道俄文的太少了；就是知道，然而想研究俄國文學或者業耗科學的，更是不多。

呵，呵，我的心是淒涼极了，因為我的俄文並不好。當我初到他家——俄國兵營——的時候，他不在屋。他的一個十二三歲的小女孩出來招待我。據她說，她的父親不久便要回來……接着又說中國我因她沒到過，誰說她也曾在哈尔濱住

韦素园手迹

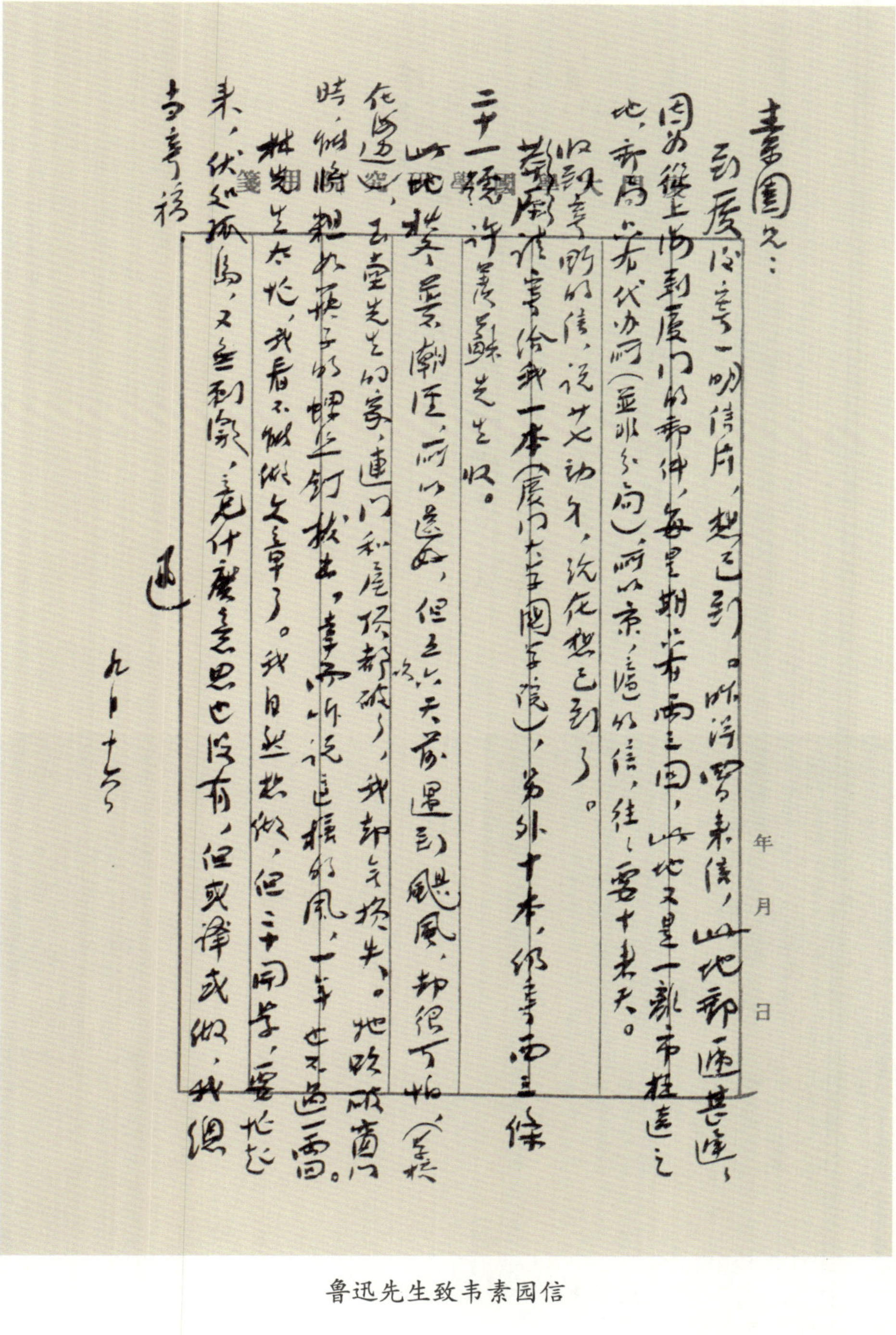

素园兄：

到厦后寄一明信片，想已到。此地邮递甚迟，因为从上海到厦门的邮件，每星期只有两三回，此地又是一离市较远之地，所以须有代办所（并非分局），所以京，沪的信，往往要十来天。

收到霁野的信，说廿七动身，现在想已到了。

莽原请寄给我一本（厦门大学国学院），另外十本，仍寄西三条二十一号许羡苏先生收。

此地风景颇佳，所以还好，但五六天前遇到飓风，却很可怕，（寄於在此处，玉堂先生的家，连门和屋顶都破了，）我却无损失。他吹破窗门时，能将粗如筷子的螺丝钉拔出。听说这样的风，一年也不过一两回。

林先生太忙，我看不能做文章了。我自然想做，但二十同学，要忙起来，伏处孤岛，又无刺激，竟什么意思也没有，但或者将来会做，我想。

未寄稿

迅

九月十七

年 月 日

鲁迅先生致韦素园信

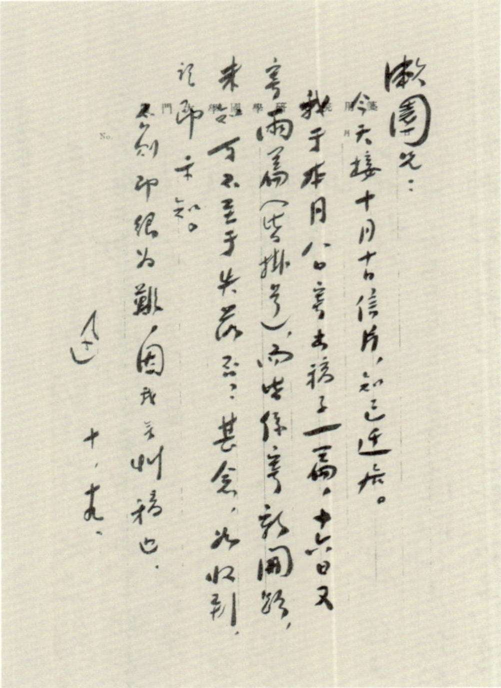
漱园兄：
今天接十月十七信片，知已还京。
我于本月八日寄出稿子一篇，十六日又寄两篇（皆挂号），而皆係寄新闻纸，未知可至于失落否？甚念，如收到，望即示知。

鲁迅先生致韦素园信

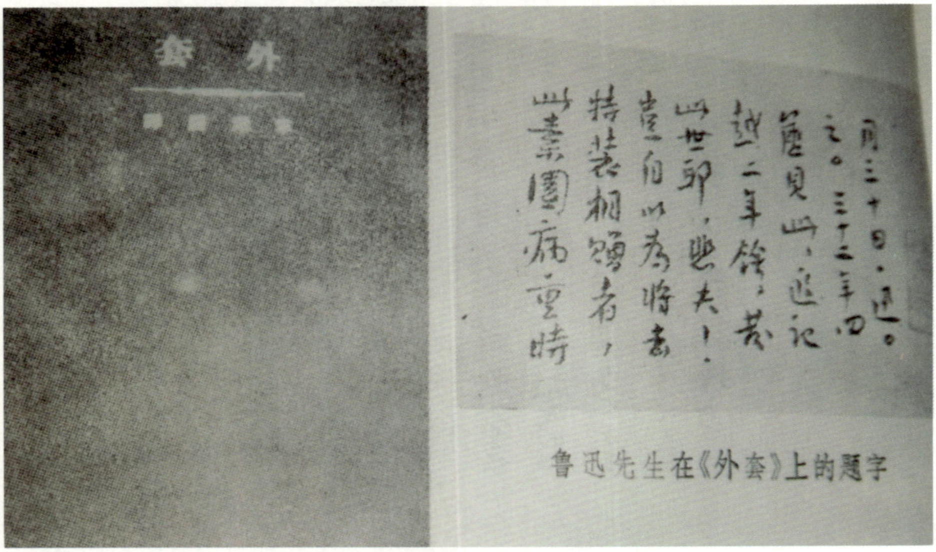

鲁迅先生在韦素园著《外套》封面上的题字

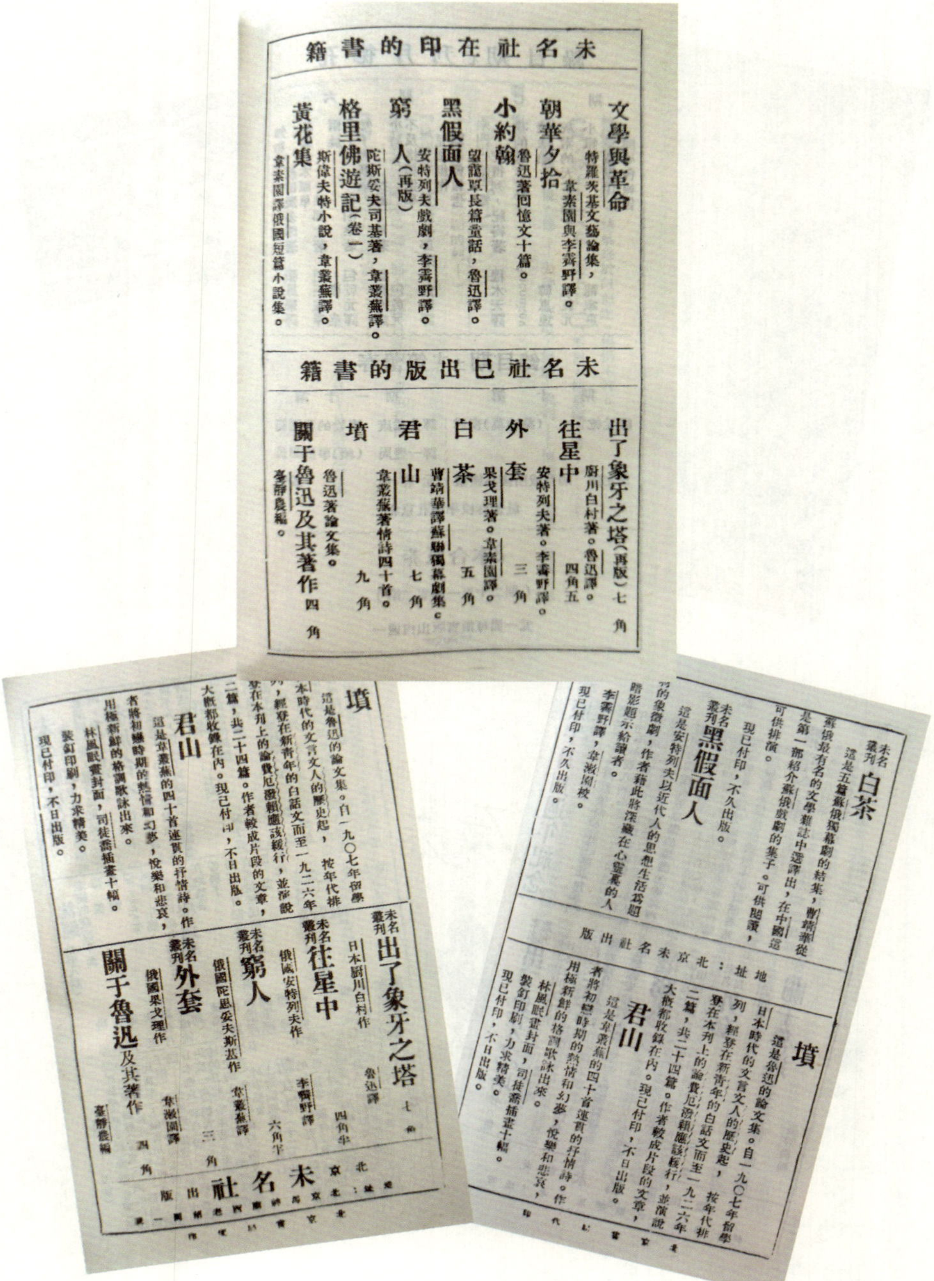

未名社出版的图书宣传广告

未名社主办的期刊《未名》和《莽原》，韦素园任责任编辑

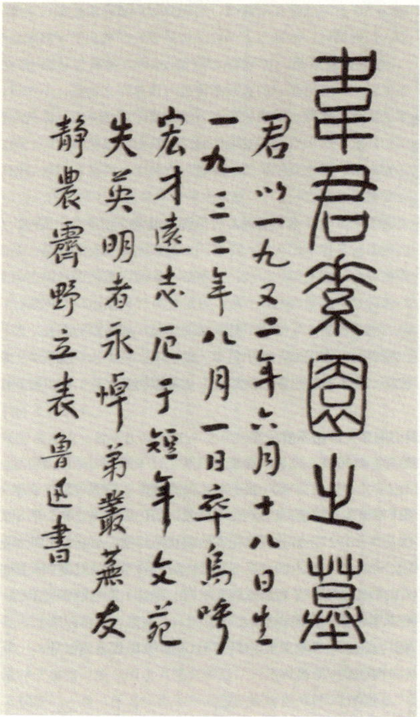

一九三四年鲁迅手书的韦素园碑文

位于北京西山公墓处的韦素园墓

《六安文化名人丛书》编委会

《韦素园全集》

出版说明

《韦素园全集》是迄今为止第一次出版现代六安籍著名作家韦素园的著译全集。

韦素园作为五四新文化运动后期著名新文学社团“未名社”的骨干，在其短短三十年的人生中，翻译了大量的俄罗斯和苏联等外国文学作品，同时还创作了一批散文、诗歌、小品等，留下了弥足珍贵的系列作品。然而，近一个世纪以来，有关韦素园的评价文章极少，湮没了其在文学理论上的探索和艺术上的不俗见解。鲁迅先生曾经说过，“未名社”“是一个实地劳作，不尚叫嚣的小团体”，其成员“宁愿作为无名的泥土，来栽植奇花和乔木的人”。“未名社”对新文学最突出的贡献就是对俄罗斯和苏联文学的译介，不仅为刚诞生不久的中国新文学提供了作品，更为其提供了艺术技巧与范式；而韦素园作为早期翻译俄罗斯和苏联文学和艺术理论的先驱者之一，自有开创之功。全集将其以往散见于各报刊的著译作品收录结集，具有较高的文献研究价值和文化传承意义。

此次出版全集，所收文稿的范围、版本来源等，整理者参考韦素园的侄儿韦顺先生（新华社资深记者）的意见进行的。所收文稿除韦素园已刊作品外，还有其亲属收藏的部分未正式发表的诗歌、信札等手稿，并经相关专家鉴定后收入。全集内容分为：翻译作品 (小说、散文、诗歌、专论等)，创作作品（散文小品、诗歌、序言·随笔等）和附录三个部分，分类编排；采用以下方式对其文稿进行整理：

1. 所收文稿个别无题者，由整理者酌为拟题，并在页下注明。个别无明确时间记载者，经整理者考订出的时间均在页下注明；一时无法考订者，概置类末。

2. 所收文稿，以保存其原貌为准则。对新文化运动时期文稿中之行文词句、纪年、日期、数字、标点符号等一律照录，藉以展示过渡时期白话文的词语特色和演变痕迹，体现作品的时代特点。

3. 所收文稿，无论已刊或未刊，均经校勘整理。原稿中之错字、语句不通等，一律尊重文献原貌，不做改动；明显笔误、刊误之字，将订正之字录于错字之后，并以“〔 〕”标示；脱文增补之字以“〖 〗”标示；删除文字以“〈 〉”标示；手稿中漫漶无法辨识之字以“□”标示；重要校勘则另加注释说明。

4. 本书使用简化汉字，以1986年10月10日国家语言文字工作委员会公布的《简化汉字总表》为准。个别使用简体字可能妨碍文意表达处，仍用繁体字。

原稿中之异体字、俗体字、别体字等，除个别易引发歧义之字及人名、地名等专有名词外，仍存其旧，其余一般改为规范简体。外国人名、地名和其他名词的翻译，其时并不统一，收录时未做更改，原文照录。

《韦素园全集》得以面世，离不开安徽省六安市老新闻工作者协会的一批老同志，他们怀着对家乡的热爱和关心，不计名利，视整理出版现代六安文化名人著作为己任，对此倾注了大量的心血，体现了一代人的担当精神。

总 序

花香常在地上

徐贵祥

六安市老新闻工作者协会寄来编辑出版《六安文化名人丛书》的方案，约我写一篇文章，自然义不容辞。做这篇文章，既是我的荣幸，也是我的机会，可以借题发挥，谈谈个人对家乡文化的理解。

一

众所周知，六安是一片红色的土地，是一个英雄辈出的地方。但并不是所有的人都知道，这块土地为什么是红色的，为什么会英雄辈出。我的心里有一个答案：因为这块土地有文化，进一步说，因为这块土地盛产文学。多少年来，我一直认为，在鄂豫皖，在江淮之间，在大别山北麓和淮河南岸的广袤土地上，始终弥漫着两股精气神——革命与文学。文学催生了革命，革命滋养了文学，革命与文学就像太阳和月亮一样相辅相成交相辉映。

什么是文化，我个人理解，就是人类文明发展的精神化石。它的内涵主要包括三个方面，集体记忆，集体性格，集体行为方式。文化是精神层面的东西，物质只是它的载体。所谓文化遗产，能够称为遗产的那一部分，不是物质，譬如古城墙，文化遗产不是那几块砖头，而是它的建筑特色，它的历史印记，还有它背后的故事。为什么说它是精神化石呢，这是对应物质化石而言。我们都知道，考古考出了很多物质文化，比如恐龙化石、马王堆文化，兵马俑文化，都是看得见摸得着的文化，属于文化的外在表现。而我们说的文化，是看不见摸不着的文化，是内化于心的东西，它存在于、传承于人类生命延续地过程中，成为一种集体无意识。我姑且把它定义为“精神化石”。

结合我们六安，我们的文化就是六安文明发展的精神化石，六安记忆、六安风格、六安行为方式。一句话说到底，就是六安这块土地上发生的故事——过去的故事，现在的故事，将来的故事。甚至还可以说，文化就是故事，在故事里面包含六安元素、体现六安特色，这就是六安文化。比如大别山区的红色故事，就是大别山的红色文化，比如五百里茶谷，将来就是六安的绿色文化。这样一讲，我们又可以得出结论，文化至少还有两个特征，第一、它是由故事承载的。第二、可以在不同时代不同的地域赋予它不同的特色，从而成为远洋巨轮上的一个集装箱，譬如中国文化中的六安文化。

六安地区最重要的文化遗产，除了革命记忆，就是文学记忆。上个世纪之初，鄂豫皖的人民同全国人民一样，灾难深重，民不聊生。就在这个时候，马克思主义传到了中国。特别值得一提的是，最早回到大别山宣传革命的，是中共早期党员、左翼作家蒋光慈，就是这位作家，最早在金寨建立了第一个共产党支部，从此，文学与革命，革命与文学就成为密不可分的战友。另外，中共早期的一位重要领导人，金寨古碑镇的青年学生陈绍禹，最早是用诗歌的形式表达他的革命理想的，也是从文学的小道上踏上求学之路、寻求革命真理的道路。还有一位鄂豫皖革命时期的重要领导人，茅盾的弟弟沈泽民，实际上是个文学理论家，还写小说。当然，还有后来彪炳中国文学史的未名四杰，都是通过文学译作或创作的作品，同革命思潮遥相呼应。我们常说，一方水土养一方人，但是反过来，这种革命与文学共同浇灌出来的文化，又养育了一方水土，形成了文学与革命两个车轮并驾齐驱的奇特景观，哺育了这块土地上的人们。

有幸地是，我们这些后来者，从呱呱落地开始，就受到了故乡文化的滋养。

二

无疑，编辑出版《六安文化名人丛书》，是一项很大的工程，要把散珠碎玉般的各类文献筛选出来，归纳整理，使其系统化、体系化，形成相对完整的文库，需要有锲而不舍的精神。就像“方案”里说的那样，“估计要多年时间才能做完，一届人做不完，下一届人应该接着做，千万不能因为人员变动而停止该项目”。这段话颇有悲壮意味，体现了大格局、大视野、大决心，也体现了这一代人的担当精神。同时，这段话也从另一个方面印证了，为什么在六安这块土地上，革命与文学能够一脉相承薪火相传，因为生活在这块土地上的人们、特别是文化人的心灵，被革命和文学的日月照亮了，理想引领我们义无反顾，勇敢前行。

关于“丛书”的价值，毋庸赘言。这里，我想结合我个人的经历，谈谈地域文化同个人成长的关系。

我很小的时候，母亲就经常跟我讲，西南方的大山里有红军，有很多英雄。当时，还有很多的民间文学，比如大鼓书，比如上个世纪六七十年代流行的乡村文艺节目，都在无形中影响着我。从此之后，关于革命，关于平等，关于理想，关于信仰的各种想象就像种子一样埋在我的心里。我在姚李中学读书的时候，常常在下午放学之后，坐在学校东边的山冈上，向南方眺望，想象那里的历史，想象那里的现在，想象那里的人们，感觉那青黛色的山脊线下面，隐伏着很多神奇的东西。这些想象潜移默化，在不知不觉中构建着我的文化心理。我相信，有这种思想经历的，不是我一个人。

上小学或者初中的时候，我读过一本小说《破晓记》，从书里读到“霍邱”、“叶集”两个地名，还有一些熟悉的地名，好像还有姚李的大顾店，当时非常兴奋，读得如醉如痴，感觉历史距离我们并不遥远，革命距离我们并不遥远。我后来致力于军事文学创作，应该在那个时候就埋下了种子。

上个世纪 80 年代，我从部队探亲回家，发现我家和姥姥家都有《皖西革命史》，如获至宝，现在我的手里还有两本，家里和办公室都有，什么时候想看，顺手就找到了。后来，史红雨、徐航两位老师合写了一本《皖西漫步》，集历史、名胜古迹、逸闻趣事、民间掌故、红色记忆、风土人情于一体，可以说就是六安文化的百科辞典。当时我还在解放军出版社当总编室主任，有点小权，高质量地出版了这本书。同时，在审稿的过程中，第一次比较全方位地了解六安文化，受益匪浅，我还写了一个序《文化的力量》。后来我又写了几部长篇小说，像《八月桂花遍地开》《马上天下》《四面八方》等，写到风土人情的时候，不清楚就翻阅那几本书。

本世纪初，因为创作《历史的天空》和《八月桂花遍地开》，回家的次数更多。有一次，师兄喻廷江等人带我到大别山“探宝”，聊起皖西文化，就议论到一个话题，《皖西革命史》初具规模，还应该有一部《皖西文化史》。事实上，这项工作一直在做，活跃在皖西各个县区的文友，陆续编撰了大量的文史类书籍，使家乡文化的面目越来越清晰，形象越来越丰满。今天，《六安文化名人丛书》工程启动了，化整为零，集腋成裘，可以看成是《皖西文化史》工程的一个重要组成部分，为此，我要向六安市委宣传部和六安市老新闻工作者协会的同志表示祝贺，也表示感谢！毫无疑问，这套丛书会将是皖西莘莘学子的一笔巨大的精神财富。

前几年，我又构思了一部小说，主题是红色革命与改革开放，暂名《飘呀飘起来》，每年暑假都到金寨和霍山采风，那里有我创作的不尽源泉。2017 年底，乡亲杜道庆给我寄了一本书，是皖西党史专家台运行和新闻工作者徐元华采写的《杜立元的峥嵘岁月》，我看了非常高兴，我感觉，革命烈士杜立元同我有着千丝万缕的联系，是离我最近的知识分子英雄，并且同我的精神发育有着比较直接的关系。杜立元的弟弟是我父亲的私塾先生，杜氏兄弟喝过的河水，后来又养育了我。我惊喜地发现，我在几年前就开始构思的《飘呀飘起来》，其内容框架，同杜立元的时代轨迹有着惊人的相似。特别是韦梦为这个艺术形象，从家庭背景，到革命经历，再到命运遭遇，甚至到后人追寻他的足迹的过程，都与历史的真实相吻合。细细分析个中原委，只能有一种解释，一定是我在很小的时候，就听说过杜立元和杜立元们的故事，幼小的心灵一定对“那个地方”和“那个时代”有过丰富的憧憬和想象，它们根植于血液，在岁月中发芽，在一个朝霞漫天的清晨，突然绽放成为一朵艺术之花。前年我选了这个长篇的一段，作为中篇小说发表，名为《司令还乡》，主人公乔大桥站在老街向东北方向三鞠躬，那个方向的下面，就是杜立元的故居杜家老楼。

当我成为一名作家之后，经常会被问到，你是怎样成为作家的？我每次都要回答，因为我的家乡有一条河，一条源远流长的大河，那里面流淌的是关于革命和文学的鲜活的故事——具有鲜明特色的皖西文化。

三

六安的文化名人，大家耳熟能详的有未名四杰韦素园、韦丛芜、李霁野、台静农，还有蒋光慈、李何林等。事实上，在上个世纪，皖西这块土地还有很多作家，有的至今鲜为人知。我知道的就有两位，胡底和田川。很多文艺作品都提到了，中国共产党最早的红色间谍是钱壮飞。钱壮飞有一个亲密战友，名叫胡底，原名胡百昌，1905 年出生，是舒城干汊河镇人，这个人后来到了红军根据地，写了很多剧本，譬如《松鼠》、《沈阳号炮》。非常可惜的是，这个人在长征路上被张国焘杀害了。还有一个笔名叫田川，原名朱溥（音普）钧，1926 年出生，六安人，抗日战争时期参加新四军，战争年代写过很多剧本，新中国成立后当过总政歌剧团的团长，出版三卷《田川文集》，是一个艺术造诣很高的剧作家。建议老新闻工作者协会，关注这方面的情况。

既然《六安文化名人丛书》是一项长期、持久的工程，势必要不久的将来延续到当代文化名人，这里我提供几个线索，抛砖引玉。一位是当代重量级的文学理论家，叶集人黄开发，现任北京师范大学文学院教授，博士生导师，主要从事周作人研究，以及中国现代文学观念和现代汉语散文研究，著述颇丰，我曾经拜读过他的《文学之用——从启蒙到革命》，受益匪浅。还有一位是我的高中语文老师汪泛舟先生，上个世纪80年代初，在全国人才调配中，调到敦煌研究院当研究员，在甘肃工作了17年，生活了37年，发表有关敦煌文学（献）、敦煌宗教等方面研究的学术论文86篇，近113万字，是一个非常有建树的学者。

编辑出版《六安文化名人丛书》，其目的就在于进一步整理文学与革命、文化与文明发展的丰富资源，促进地方文化建设、文化自信，满足六安人民日益增长的文化生活需要。前人栽树，后人乘凉，为后人留下一部摸得着、看得见、用得上的文化遗产，功在当代，利在千秋。当然，这也是一项必须耐得寂寞、守住清贫、脚踏实地的工作。我把鲁迅先生当年评价“未名社”的一段话，抄录送给为这项工作辛勤耕耘的家乡同仁：“这也是实地劳作、不尚叫嚣的小团体……然而未名社的译作，在文苑里却没有枯死……但花香则常在地上。”

2019年11月3日

（作者系全国政协委员、中国作家协会副主席、
中国作家协会军事文学委员会主任）

代　序

忆韦素园君[①]

鲁　迅

我也还有记忆的，但是，零落得很。我自己觉得我的记忆好象被刀刮过了的鱼鳞，有些还留在身体上，有些是掉在水里了，将水一搅，有几片还会翻腾，闪烁，然而中间混着血丝，连我自己也怕得因此污了赏鉴家的眼目。

现在有几个朋友要纪念韦素园君，我也须说几句话。是的，我是有这义务的。我只好连身外的水也搅一下，看看泛起怎样的东西来。

怕是十多年之前了罢，我在北京大学做讲师，有一天，在教师预备室里遇见了一个头发和胡子统统长得要命的青年，这就是李霁野。我的认识素园，大约就是霁野绍介的罢，然而我忘记了那时的情景。现在留在记忆里的，是他已经坐在客店的一间小房子里计划出版了。

这一间小房子，就是未名社[②]。

---

① 鲁迅先生的这篇回忆最初发表于一九三四年十月《文学》月刊第三卷第四期。现收集在这里，作为本书的序言。

② 未名社　鲁迅领导创办的进步文学团体。一九二五年成立于北京，成员除鲁迅、韦素园外，还有台静农、曹靖华，李霁野、韦丛芜等，主要从事外国文学的翻译介绍工作，在推动中国新文学的发展方面起过积极作用。

那时我正在编印两种小丛书，一种是《乌合丛书》，专收创作，一种是《未名丛刊》，专收翻译，都由北新书局出版。出版者和读者的不喜欢翻译书，那时和现在也并不两样，所以《未名丛刊》是特别冷落的。恰巧，素园他们愿意绍介外国文学到中国来，便和李小峰[①]商量，要将《未名丛刊》移出，由几个同人自办。小峰一口答应了，于是这一种丛刊便和北新书局脱离。稿子是我们自己的，另筹了一笔印费，就算开始。因这丛书的名目，连社名也就叫了“未名”——但并非“没有名目”的意思，是“还没有名目”的意思，恰如孩子的“还未成丁”似的。

未名社的同人，实在并没有什么雄心和大志，但是，愿意切切实实的，点点滴滴的做下去的意志，却是大家一致的。而其中的骨干就是素园。

于是他坐在一间破小屋子[②]，就是未名社里办事了，不过小半好象也因为他生着病，不能上学校去读书，因此便天然的轮着他守寨。

我最初的记忆是在这破寨里看见了素园，一个瘦小，精明，正经的青年，窗前的几排破旧外国书，在证明他穷着也还是钉住着文学。然而，我同时又有了一种坏印象，觉得和他是很难交往的，因为他笑影少。“笑影少”原是未名社同人的一种特色，不过素园显得最分明，一下子就能够令人感得。但到后来，我知道我的判断是错误了，和他也并不难于交往。他的不很笑，大约是因为年龄的不同，对我的一种特别态度罢，可惜我不能化为青年，使大家忘掉彼我，得到确证了。这真相，我想，霁野他们是知道的。

但待到我明白了我的误解之后，却同时又发见了一个他的致命伤：他太认真；虽然似乎沉静，然而他激烈。认真会是人的致命伤的么？至少，在那时以至现在，可以是的。一认真，便容易趋于激烈，发扬则送

---

① 李小峰（1897—1971）江苏江阴人。一九二四年冬在北京参加《语丝》周刊的创办工作，并负责该刊的出版事务，后任北新书局经理。

② 一间破小屋子：北京沙滩新开路五号，未名社初期社址。

掉自己的命，沉静着，又啮碎了自己的心。

这里有一点小例子。——我们是只有小例子的。

那时候，因为段祺瑞[①]总理和他的帮闲们的迫压，我已经逃到厦门[②]，但北京的狐虎之威还正是无穷无尽。段派的女子师范大学校长林素园[③]，带兵接收学校去了，演过全副武行之后，还指留着的几个教员为“共产党”。这个名词，一向就给有些人以“办事”上的便利，而且这方法，也是一种老谱，本来并不希罕的。但素园却好象激烈起来了，从此以后，他给我的信上，有好一晌竟憎恶“素园”两字而不用，改称为“漱园”。同时社内也发生了冲突，高长虹从上海寄信来，说素园压下了向培良的稿子，叫我讲一句话。我一声也不响。于是在《狂飙》上骂起来了，先骂素园，后是我。素园在北京压下了培良的稿子，却由上海的高长虹来抱不平，要在厦门的我去下判断，我颇觉得是出色的滑稽，而且一个团体，虽是小小的文学团体罢，每当光景艰难时，内部是一定有人起来捣乱的，这也并不希罕。然而素园却很认真，他不但写信给我，叙述着详情，还作文登在杂志上剖白。在“天才”们的法庭上，别人剖白得清楚的么？——我不禁长长的叹了一口气，想到他只是一个文人，又生着病，却这么拼命的对付着内忧外患，又怎么能够持久呢。自然，这仅仅是小忧患，但在认真而激烈的个人，却也相当的大的。

---

① 段祺瑞（1864—1936）　安徽合肥人，皖系军阀首领。一九一六年初开始任北洋军阀政府国务总理，一九二〇年夏被直系军阀曹锟、吴佩孚打败下台，一九二四年又被奉系军阀等推任北京临时政府执政。一九二六年三月曾血腥镇压群众的反帝运动，造成“三一八”惨案，并将领导和支援群众反帝运动的李大钊、鲁迅等列入黑名单。同年四月被国民军冯玉祥驱逐下台。

② 鲁迅于一九二六年八月离开北京去厦门，任厦门大学文科教授。

③ 林素园，反动小官僚。一九二六年八月末，北洋军阀政府新任教育总长任可澄为镇压女师大学生对反动派的斗争，将该校改为北京女子学院的师范部，自兼院长，任林素园为师范部学长。他们曾于九月五日率领警察厅保安队和军督察处兵士等四十人左右，驰赴女师大实行武装接收。

不久，未名社就被封，几个人还被捕[①]。也许素园已经咯血，进了病院了罢，他不在内。但后来，被捕的释放，未名社也启封了，忽封忽启，忽捕忽放，我至今还不明白这是怎么的一个玩意。

我到广州，是第二年——一九二七年的秋初[②]，仍旧陆续的接到他几封信，是在西山病院里，伏在枕头上写就的，因为医生不允许他起坐。他措辞更明显，思想也更清楚，更广大了，但也更使我担心他的病。有一天，我忽然接到一本书，是布面装订的素园翻译的《外套》[③]。我一看明白，就打了一个寒噤，这明明是他送给我的一个纪念品，莫非他已经自觉了生命的期限了么？

我不忍再翻阅这一本书，然而我没有法。

我因此记起，素园的一个好朋友也咯过血，一天竟对着素园咯起来，他慌张失措，用了爱和忧急的声音命令道："你不许再吐了！"我那时却记起了伊孛生的《勃兰特》[④]。他不是命令过去的人，从新起来，却并无这神力，只将自己埋在崩雪下面的么？……

我在空中看见了勃兰特和素园，但是我没有话。

一九二九年五月末，我最以为侥幸的是自己到西山病院去，和素园谈了天。他为了日光浴，皮肤被晒得很黑了，精神却并不萎顿。我们和

---

① 一九二八年四月，李霁野与韦索园合译、由未名社出版的《文学与革命》寄到济南第一师范，被学校反动当局扣压。山东军阀张宗昌闻悉后即电告北京警察厅查封未名社，并捕去台静农、李霁野、韦丛芜三人，经关押五十天后才释放。

② 鲁迅到广州担任中山大学文学系主任兼教务主任是一九二七年一月。

③ 《外套》俄国作家果戈理（1809—1852）作的中篇小说。韦素园的译本出版于一九二六年九月，为《未名丛刊》之一。

④ 伊孛生（1828—1906）通译易卜生，挪威戏剧家。《勃兰特》是他作的诗剧，剧中主人公勃兰特以自我牺牲的精神，企图用个人的力量鼓动人们起来反对世俗旧习。他率领一群信徒上山寻找理想的境界，途中人们因不堪登山之苦，对他的理想有了怀疑，于是把他击倒，终于被雪崩所压死。

几个朋友都很高兴。但我在高兴中，又时时夹着悲哀，忽而想到他的爱人，已由他同意之后，和别人订了婚；忽而想到他竟连绍介外国文学给中国的一点志愿，也怕难于达到；忽而想到他在这里静卧着，不知道他自以为是在等候全愈，还是等候灭亡；忽而想到他为什么要寄给我一本精装的《外套》？……

壁上还有一幅陀思妥也夫斯基[①]的大画像。对于这先生，我是尊敬，佩服的，但我又恨他残酷到了冷静的文章。他布置了精神上的苦刑，一个个拉了不幸的人来，拷问给我们看。现在他用沉郁的眼光，凝视着素园和他的卧榻，好象在告诉我：这也是可以收在作品里的不幸的人。

自然，这不过是小不幸，但在素园个人，是相当的大的。

一九三二年八月一日晨五时半，素园终于病殁在北平同仁医院里了，一切计划，一切希望，也同归于尽。我所抱憾的是因为避祸，烧去了他的信札[②]，我只能将一本《外套》当作唯一的纪念，永远放在自己的身边。

自素园病殁之后，转眼已是两年了，这其间，对于他，文坛上并没有人开口。这也不能算是希罕的，他既非天才，也非豪杰，活的时候，既不过在默默中生存，死了之后，当然也只好在默默中泯没。但对于我们，却是值得记念的青年，因为他在默默中支持了未名社。

未名社现在是几乎消灭了，那存在期，也并不长久。然而自素园经营以来，绍介了果戈理（N.Gogo1），陀思妥也夫斯基（F.Dostoevsky），安特列夫（L.Andreev），绍介了望·蔼覃（F.Van Eeden），绍介了爱伦堡（I.Ehren-

---

① 陀思妥也夫斯基（1821—1881）俄国作家。写有长篇小说《白痴》、《罪与罚》等。他的作品多描写在沙皇统治下的人们在被损害、被侮辱的境遇下过着悲惨以至被迫犯罪的生活。有些评论家曾称他为“残酷的天才”。

② 一九三〇年鲁迅曾遭到国民党反动派的通缉，一九三一年左翼作家柔石等被捕后，鲁迅的安全受到威胁，为此他曾两次避祸出走，并烧毁了朋友的信札。

burg）的《烟袋》和拉夫列涅夫（B.Lavrenev 名）的《第四十一》[①]。还印行了《未名新集》[②]，其中有丛芜的《君山》，静农的《地之子》和《建塔者》，我的《朝华夕拾》，在那时候，也都还算是相当可看的作品。事实不为轻薄阴险小儿留情，曾几何年，他们就都已烟消火灭，然而未名社的译作，在文苑里却至今没有枯死的。

是的，但素园却并非天才，也非豪杰，当然更不是高楼的尖顶，或名园的美花，然而他是楼下的一块石材，园中的一撮泥土，在中国第一要他多。他不入于观赏者的眼中，只有建筑者和栽植者决不会将他置之度外。

文人的遭殃，不在生前的被攻击和被冷落，一瞑之后，言行两亡，于是无聊之徒，谬托知己，是非蜂起，既以自炫，又以卖钱，连死尸也成了他们的沽名获利之具，这倒是值得悲哀的。现在我以这几千字纪念我所熟识的素园，但愿还没有营私肥己的处所，此外也别无话说了。

我不知道以后是否还有记念的时候，倘止于这一次，那么，素园，从此别了！

一九三四年七月十六日之夜，鲁迅记。

---

① 以《未名丛刊》名义刊行的译本的有二十二种，如韦素园译果戈理的小说《外套》；欧洲一些作家的散文和诗的结集《黄花集》；韦丛芜译俄国陀思妥也夫斯基的小说《穷人》、《罪与罚》，英国斯伟夫特的《格里佛游记》；李霁野译俄国作家安特列夫（1871—1919）的剧本《往星中》和《黑假面人》；鲁迅译荷兰作家望·蔼覃（1860—1932）的童话《小约翰》等；曹靖华译苏联短篇小说集《烟袋》，苏联作家拉夫列涅夫的中篇小说《第四十一》等。

② 《未名新集》 未名社专收创作的丛刊。《君山》是诗集，《地之子》和《建设者》是短篇小说集，《朝花夕拾》是散文集。

目　录

总序：花香常在地上 ……………………………………………徐贵祥 001
代序：忆韦素园君 ……………………………………………鲁　迅 001

一、翻译作品

(一) 小　说

外　套 (中篇小说)

外　套 ……………………………………………[俄国] 果戈里 005

最后的光芒(短小说集)

最后的光芒 ……………………………………[俄国] 科罗连珂 033

恐　怖
——一位友人的故事 ……………………………[俄国] 契诃夫 044

人之诞生 ………………………………………[俄国] 戈理奇 057

黄花集 (短小说集)

渴　睡 ……………………………………………[俄国] 契诃夫 071

无　名 ……………………………………………[俄国] 契诃夫 077

邂　逅 ……………………………………………[俄国] 梭罗古勃 081

往绮玛忤斯去的路 ………………………………[俄国] 梭罗古勃 088

极乐世界 ………………………………………[俄国] 札伊采夫 094

（二）散 文

献花的女郎
——回忆契诃夫 ……[俄国] 契里珂夫 103
孤寂的海湾
——回忆安特列夫 ……[俄国] 勃洛克 108
门 槛 ……[俄国] 都介涅夫 115
玫 瑰 ……[俄国] 都介涅夫 117
玛 莎 ……[俄国] 都介涅夫 119
小小的火 ……[俄国] 科罗连珂 121
海鹰歌 ……[俄国] 戈理奇 122
雕的歌 ……[俄国] 戈理奇 124
埃黛约丝 ……[俄国] 戈理奇 127
巨 人 ……[俄国] 安特列夫 128
半 神 ……[俄国] 色尔格夫——专司基 131
冢上一朵小花 ……[俄国] 契里珂夫 133
森林故事 ……[俄国] 珂陀诺夫斯奇 135
幸 福 ……[波兰] 解特玛尔 136
鹤 ……[波兰] 解特玛尔 137
奇 谈 ……[挪威] 哈谟生 138
一 幕 ……埃顿白格 140
我的灵魂 ……埃 治 142
奴 隶 ……纳 曼 144

（三）诗 歌

诗人的想像 ……[俄国] 玛伊珂夫 149
不要用雷闪来骇我 ……[俄国] 蒲 宁 150
《蛇睛集》选 ……[俄国] 梭罗古勃 152
小诗三首 ……[俄国] 梭罗古勃 163
小小的白花 ……[俄国] 梭罗古勃 165
我怕说 ……[俄国] 茗思奇 166

我的歌曲 ……………………………………………[俄国] 白斯金 167
厄 运 ………………………………………………[俄国] 米那夫 168
这是很久了…… ………………………………………[俄国] 撒弗诺夫 169
(四) 专 论
文学与革命 …………………………………………[苏俄] 特罗茨基 173
现代俄国文学底共通性 …………………………[俄国] 普洛特尼珂夫 365
乌西和洛得·伊凡诺夫 ……………………………[苏俄] 特洛茨基 369
托尔斯泰底死与少年欧罗巴 ……………………[俄国] 卢那卡尔斯基 371

二、创作作品

(一) 散文小品
西山朝影（散文集）
晚道上
——访俄诗人特列捷阔夫以后 ………………………………………… 385
春 雨 ……………………………………………………………………… 388
痕六篇 ……………………………………………………………………… 392
影的辞行 ……………………………………………………………… 392
“窄狭” ………………………………………………………………… 393
小猫的拜访 …………………………………………………………… 394
端午节的邀请 ………………………………………………………… 396
蜘蛛的网 ……………………………………………………………… 397
焚 化 ………………………………………………………………… 398
别 …………………………………………………………………………… 402
虚 惊 ……………………………………………………………………… 404
(二) 诗 歌
少年诗作
鸡冠花 ……………………………………………………………………… 409

小照自题 …… 410

无宵吟故乡 …… 411

画兰自题 …… 412

游圣塔寺有感 …… 413

游观山九仙洞抒怀 …… 414

游观山寺斥九仙 …… 415

旅行去 …… 416

咏荆轲 …… 417

山中之歌（诗歌集）

无　题 …… 421

何林结婚戏贺 …… 422

忆“黑室”中友人

——呈青及霁野 …… 423

乡人与山雀 …… 425

忆亡友愈 …… 427

睡　时 …… 429

白色的丁香 …… 430

晨　歌 …… 431

幻　梦 …… 432

赠德富侄 …… 434

在P院七号病床上 …… 435

落叶之歌 …… 436

致不识者POVE女士 …… 437

生命苦了我 …… 438

怀念我的一位亲友

——呈　坪 …… 439

题芜弟照片 …… 441

压干的连翘花

——呈冶秋 …… 442

（三）序言·随笔

序《往星中》 …… 445
校了稿后
——亦可名为《我所忆起的张》 …… 449
序《外套》 …… 451
《最后的光芒》小序 …… 456
《黄花集》序 …… 457
写在《罪与罚》书后 …… 458

三、附 录

（一）书 信

一九二七年十二月致静农、霁野 …… 465
一九二九年九月六日致德富 …… 469
一九二九年十月七日致德富 …… 472
一九二九年十二月二十三日致胡适 …… 475
一九三〇年六月九日致霁野 …… 476
一九三〇年六月二十日致霁野 …… 477
一九三〇年八月三十一日致霁野 …… 478
一九三〇年九月十一日致霁野 …… 480
一九三〇年十二月七日致德富 …… 481
一九三一年一月十五日致德富 …… 482
一九三一年六月九日致霁野 …… 483
一九三一年九月十一日致霁野 …… 484
一九三一年十一月十五日致霁野 …… 486
一九三一年十二月十日致霁野 …… 487
一九三二年一月十九日致霁野 …… 488
一九三二年四月二十五日致霁野 …… 489

一九三二年五月二日致霁野 …… 490
一九三二年五月十八日致静农、霁野、丛芜（遗书） …… 491
一九三二年五月二十九日致霁野 …… 493
一九三二年六月八日致霁野 …… 494
一九三二年六月十日致霁野 …… 495
一九三二年六月二十五日致霁野 …… 496
一九三二年七月七日致霁野 …… 498
一九三二年七月八日致丛芜（遗书） …… 499
一九三二年七月十日致霁野 …… 500
一九三二年七月二十八日致霁野 …… 501

（二）纪　念

鲁迅先生致韦素园信 …… 505
《两地书》序言 ……鲁　迅 540
悼素园三首 ……韦丛芜 543
忆素园 ……李霁野 544
厄于短年的韦素园 ……李霁野 556
离开我们八年了——素园 ……王冶秋 565
渴念亡友——素园 ……王冶秋 571
韦素园年谱 ……韦　顺　韦文康 573
远志宏才厄短年
——韦素园传略 ……韦　顺 585

后　记 …… 617

翻 译 作 品

小　说

外　套

（中篇小说）

北京未名社1926年9月初版，《未名丛刊》之一

外　套

[俄国]　果戈里

在司里……但是不如不明说在什么司里为好。没有比各种司呀，团呀，办公所呀，一句话，各种的公职人员更爱动怒的了。现在每个私人都认为侮辱自己就是侮辱全体。有些人说，最近有个警察局长递了一张呈子，我记不清他是哪一县的，在这呈子里，他明白禀说国家法令沦亡，他的神圣官衔被人不当回事；为证明这事，他随着呈子附上一大本传奇，每隔十页，警察局长就要出现，有些地方甚至于完全显得是一个醉汉。

那么，为避免一切不快起见，现在所要说的司，不如就称之为某一司好了。那么，我们就说，在某一司里有某一官员——官不能说是很了不得的：身体矮小，脸有些麻，头发微红，两眼看来甚至有些眯缝，额头上秃了一小块，两颊有很多皱纹，脸上有那种被人称为痔瘢的颜色……有什么办法呢？这是彼得堡气候的过错。至于职位级别（因为在我们这里是要得首先表明职位级别的），他是那一般人所谓的永久九品官，大家都知道，有些著作家，按照攻击那些不能还咬的人的可嘉的惯例，对于他们业已尽量地奚落打趣过了。

这个官员姓巴什玛奇金，这个姓显然是来自“巴什玛克”①；但是在什么时候，怎样从“巴什玛克”变来，这是一点也不清楚的。而他的父亲，祖父，甚至内兄弟，以及所有姓巴什玛奇金的人全穿长统皮靴，一

① 意即轻便皮鞋。

年不过换两三次前掌。他的名字是阿卡基·阿卡基耶维奇。也许读者觉得它有些奇怪，以为是故意捏造的；但是你可以相信，这并非捏造，给他另一个名字无论如何也不行。这件事的经过是这样的：阿卡基·阿卡基耶维奇是生在傍晚，倘若没有记错的话，是在三月二十三日。去世的母亲是位官太太，一位很好的妇人，把应该准备的全办妥了。替孩子施过洗礼。那时她还躺在靠门的床上，右手站着教父，高贵的人，在元老院充当书记长的伊万·伊万诺维奇·耶罗什金，和教母阿林娜·色绵诺夫娜·柏娄勃留什珂娃，巡官的太太，少有的品德高尚的妇人。他们将三个名子摆在产妇面前，让她随意选一个：莫基雅，索习亚，或者小孩就叫殉教者郝兹达扎特的名字。“不行，”产妇想：“怎么都是这样的名字。”为想使他称心，他们将历书翻到别的地方——又出来三个名字：特里费力，杜拉和瓦拉罕西。“噢，真倒霉！”老妇人说：“都是些什么名字呀！我实在从来没有听到过这样是名字。要是瓦拉达特或瓦卢赫倒也罢了，却是什么特利菲里和瓦拉罕西。”他们翻到另一页日历，出来了巴甫西卡熙和瓦赫基西。“呵，我明白了”，老妇人说道：“显然是命该如此。既然这样，不如将来就随着他父亲的名字叫吧。父亲叫阿卡基，儿子也就是阿卡基好了。”这样他就命名为阿卡基·阿卡基耶维奇①了。他们给孩子施洗礼，他因此哭了，并且做出这样的苦脸，好象已经预感到他将是九品官似的。你们看，一切便是这样发生的。我们提到这些，是因为想使读者自己能够看出，这回事的发生纯粹是不得不然，无论怎样不能替他另起一个名字。在哪一年，什么时候，他进到司里，是谁委任他的，那就任何人也记不起来了。司长以及各种长官无论换了多少，大家看他老是坐在那一个地方，姿态如旧，职务依然，仍旧当书记官，于是大家便确信了，显然他生就是预备穿制服，光着顶的。司里对他不曾表示过任何敬意。当他出入的时候，看大门的不仅不从位子上站起来，并连瞧他一

① 意思是阿卡基之子阿卡基。

眼也不瞧，好象从客厅飞过一个寻常的苍蝇似的。长官对他总有些专横冷酷的样子。一位什么副书记长也简直将纸往他鼻下一塞，甚至不说一声："你抄吧，"或者："呵，给你一个有趣的美差事，"或者别的中听的话，如在文明的办公场合所常有的情形一样。他也仅只瞅一瞅纸，接过来，并不看是谁交给他的，交的人有没有这种权力；他接过去，马上就尽心尽力去抄写。

年轻的官吏们，尽其公事房的小聪明来嘲笑奚落他，当他面就编造各种关于他的流言蜚语；说他的七十岁的女房东老太太常常打他，又问他们什么时候结婚，又向他头上乱撒些碎纸，说这是下雪。但是阿卡基·阿卡基耶维奇一句话也不回答，好象就没有人在他面前一样。这对于他的工作甚至并没有影响：尽管有这些搅扰，他在文书里也不出一个错。不过要是闹得太受不了，掣他的肘，打乱他的工作，这时候，他才开口说道："莫动我！你们为什么欺侮我！"并且在他发出的言语和腔调里，好象有什么奇异的东西似的。在它里面有一种动人怜悯的意味，致使一位初来工作的青年，原来同别人一样任情嘲弄他的，这时他忽然愣住了，仿佛受了刺痛，从那时起好象一切在眼前都变换成另外一个样子了。一种超自然的力量将他和那些他原先认为体面而与之交结的同事们一下分开了。此后很久，在极欢快的时候，他的脑中会浮现一位身材矮小，脑袋秃光的官吏，说着刺人肺腑的话："莫动我！你们为什么欺侮我？"并且在这刺人肺腑的话里，听起来有着别样的言语："我是你的兄弟。"于是可怜的青年用一只手遮住脸，而且此后他在一生里多次战抖，因为他窥见在人里有许多非人的东西，在温文尔雅的文明社会里也隐藏着许多野蛮的粗鄙，唉！甚至在那些被文明社会认为高尚可敬的人里也是这样。

找到这样忠于职守的人，是不容易的。说他热诚地工作还不够，他倒是服务入了迷。在抄写中，他看见仿佛有一种变化多端和使自己心情舒畅的世界。享乐的神情现在他的脸上；有几个字是他心爱的，倘若遇到了这些字母，那他简直就乐得忘形了：又是笑，又是眨眼，又是动起嘴唇，因此似乎在他的脸上就可以读出他的笔下所写的每个字母。倘若按照他的热心给他报酬，也许他自己要大吃一惊，他可以升到五品官了；但是好象他的刻薄的同事们所说，他却只在领章上挣得了一个铜扣，痔疮却要长到腰上去了。不过也不能说对他全没有一点注意。有一位司长，因为是好人，看他服务了这么久，想重赏他一下，于是叫人给他比普通抄写重要些的一点事情做：就是用现成的公文拟一封公函送到另外一个衙门；要作的工作不过是换一换头衔，并把有些动词从第一人称改为第三人称。这件工作使他汗流如雨，他不断擦额头上汗珠，终于说道："不行，不如给我抄写一些什么倒好些。"从那时候起，便使他永远抄写。除抄写之外，对于他似乎什么东西也不存在了。他从不曾想过自己的服装：他的制服不是绿色的，倒仿佛是红隐隐的颜色。领子很窄矮的，所以他的颈脖虽然不长，从领子里伸出来，却倒觉得也不短，就好象有些冒充洋人的小贩头上顶着的许多乱摆头的小石膏猫的颈子一样。老是有什么东西黏到他的制服上：或是碎草片，或是线头子，他更有特别的技巧，就是他赶忙顺着窗下街道走时，偏偏正好赶上人家从窗户里扔出垃圾。因此在他的帽子上常是带些西瓜和甜瓜皮块以及类此的东西。他一生从来没有注意过每日街上所发生的事情，可是这些事情，大家知道，是他的年轻同事官吏所常注意到的，他们的灵活眼光是那样锐利，甚至于看得见谁在偏街的那一面散开了鞋带，——这常使他们的脸上显出恶意的微笑。阿卡基·阿卡基耶维奇倘若也见到了什么，那他所见到的也不过是自己的笔划匀整干净的字行；忽然不知道从哪里冒出一个马脸来，撞了他的肩膀，两个鼻孔对着他的面颊放出一股大气的时候，他这才看见他不是在字行之间，却快到了街心了。

刚一到家，他便靠着桌旁坐下，连忙去喝自己的白菜汤，并吃了一块小牛肉和葱，全然不留心它的味道，便将这一切同苍蝇以及那时落入的所有东西都一齐吃掉了。觉到肚子鼓起来了，他便从桌旁站起，掏出蓝墨水瓶，就下手抄写带到家里来的公文。倘使没有这样事可作，那他为着自己消遣，便特意替自己把公文抄个底，尤其是这公文出色，不是因为风格华丽，而是因为是写给什么新人物或大人物的。

甚至当彼得堡的灰色天空完全隐没了，所有的官吏们都依照所领的薪水和嗜好大吃大喝过了的时候；当所有的人都离开司里的笔声，奔跑，将人己两方要事以及那爱揽事的人所愿揽而不必需的事都办完了的时候；当官吏们都急于享受那剩余的时间的时候：伶俐些的人往戏园溜，有的人到街上去顺着女人的帽边往下瞟；有的去赴晚会，将时间消费了，去向一位官场的明星——漂亮的姑娘献媚；有的——这倒是最常见的——单只去会见自己的同事。他们住三层楼或四层楼上不大的两间屋子里，外有厕所或厨房，还陈设着一些赶时髦的玩意儿，如电灯或其他牺牲娱乐并省吃节用而得到的东西，——一句话，甚至当所有的官吏们都散在自己朋友的小屋里，一面玩惠斯特牌戏，一面喝着茶，吃着廉价的面包干，吸着长烟管，在发牌时，谈论着俄国人随时随地都离不开的上流社会传来的流言蜚语，或者甚至在无话可谈的时候，都重述那关于司令官的永久说不完的故事：有人曾向这位司令官报告，法易珂纳纪念牌[①]上的马尾巴被砍掉了；——一句话，甚至当大家全都尽力消遣寻乐的时候，阿卡基·阿卡基耶维奇没有任何消遣。谁也不能说他在什么时候，在任何晚会里见过他。他写得心满意足了便睡觉，想到第二天就微微含笑：明天上帝又要派他抄写点什么了。一个人一年有四百卢布薪水，又能安命守己，也就这样平稳地过活了，如果没有种种横祸，也许还可以活到衰老的暮年；可是，不仅在挂名顾问的生活道路上，甚至在机密的、实任的、官廷的和其他各种顾问的生活道路上，以及在既不为人顾问，也不受人顾问的那些人的生活道路上都布满了种种横祸[②]。

在彼得堡所有一年领四百卢布薪水或薪水在这左右的人们有一个强有

---

① 法易珂纳（Faleconet，1716—1791）是法国十八世纪有名的雕刻家，应俄女皇德邻第二之请，在一七六六年，造成大彼得跨着骏马的铜像，立于彼得堡，一般人称之为法易珂纳纪念碑。

② 沙俄官级分十四品。挂名顾问意译为九品官，机密顾问是三品官，实任顾问是四品官，官廷顾问是七品官，在此处不便意译，故直译之。

力的敌人。这位敌人不是别人，就是我们北方的寒冷，虽然有人说它很有利于健康。在早晨八点多钟，正当街上满是往司里去的人的时候，寒冷照着一切的鼻子不分彼此地使劲乱扎起来，使可怜的官吏们着实不知道把鼻子往哪里送才好。当爵位很高的人前额都冻得发疼，泪珠满眶的时候，可怜的九品官们有时还毫无防御呢。这时只好穿着薄薄的外套，飞快地跑过五六条街，于是在房门里好好地跺跺脚取暖，来溶化一路上被冻住了的全部办公的才能和禀赋。

阿卡基·阿卡基耶维奇有一个时候开始觉到他的脊梁和肩膀上受刺痛得特别厉害，虽然他已经尽快飞跑过一定的道路。他终于想起了，莫非是他的外套有哪些地方破了吧。他在家里好好把它查看一番，发现正在脊梁和肩膀上，有两三处成了真正薄麻布网：呢子透亮了，衣里也滑跑了。要知道，阿卡基·阿卡基耶维奇的外套也给官吏们作了笑柄，因此连外套的美名也被取消了，大家只叫它“袈袍褡”[①]。实在，外套的作法也真出奇：领子一年比一年缩小，作缝补别的部分用了。缝补显不出裁缝的好手艺，补得实在又笨又不好看。阿卡基·阿卡基耶维奇一看出是怎么回事，便决定穿过后楼梯，把外套送到住在四层楼上的裁缝彼得罗维奇那里去。他虽然是一只眼，满脸麻，收拾官吏以及别人的各种裤子和礼服倒很不错，自然，这要在他神智清醒，脑子不乱七八糟想入非非的时候。

关于这位裁缝，自然不必多说，但是既已提到他，为了使小说中每位人物的性格完全描写得清清楚楚，没有法子，只好也在这里来谈谈他罢。原先他只叫格利戈里，是某地主的农奴；自从他领了释奴证，逢节就大喝酒来了，开初只逢大节，后来就不管三七二十一，只要逢历本上划有十字的所有的教节，都喝起来了，——他叫彼得罗维奇，是从那个时候起的。在这一方面，他忠于先人的习惯；而且和妻子争吵的时候，就叫她俗婆娘和德国女人。那么，我们既已扯到他的妻，关于她也要得

① “袈袍褡”意即女早服，又赌牌时所穿的便袍。

说两句：但是可惜，我们都知道的不多，只知道这一点：彼得罗维奇有一位妻子，戴的是便帽，不是头巾；但是要说到漂亮嘛，大概她不能夸嘴，至少，只有禁卫军一流人，遇着她时，胡子一翘，发出一种特别的怪声，往便帽底下瞅一眼。

顺了通向彼得罗维奇住处的楼梯往上走，——这一楼梯，老实说，是涂满了脏水秽物，浸透了辣人眼睛的酒精气味的，而且大家晓得，这东西在彼得堡家家的后楼梯上都决免不了，——顺楼梯往上去时，阿卡基·阿卡基耶维奇已经在心里琢磨彼得罗维奇将要多少钱，他打算给工钱不能超过两卢布。门在开着，因为主妇在烹调什么鱼，厨房里有很多的烟，就连土鳖子也看不见了。连主妇都没有注意到，阿卡基·阿卡基耶维奇就经过了厨房，终于走进屋里，看见了彼得罗维奇坐在未漆的大木桌上，好象土耳其的巴沙[①]一样盘着腿，依照坐着做工的裁缝的习惯，光着脚。首先看到的，是阿卡基·阿卡基耶维奇很了然的大拇指，指甲变了形，又厚又硬，好象鳖甲一样。彼得罗维奇颈脖上挂着一缕细丝线和棉线，膝上放着破烂布。他差不多把线往针眼里穿了三分钟还没穿上，所以对天黑很生气，连对线也气了，便低声喃喃说："还不进去，臭婆娘！气死我了，你这个滑头鬼！"阿卡基·阿卡基耶维奇不高兴，他来得正赶上他发脾气的时候；他喜欢彼得罗维奇确实有些微醉，或者好像他的老婆所说"被酒缠住了，独眼鬼"时，向他定点活计。在这种时候，彼得罗维奇通常很愿让步，同时，每次甚至鞠躬，致谢。不错，后来他妻子会哭着来了，说丈夫醉酒，所以要价太便宜；但是只要加一角钱，事情也便完了。现在彼得罗维奇似乎神智清醒，所以悭吝，话不好说，而且爱讨漫天的谎价。阿卡基·阿卡基耶维奇看明白了这情况，就想逃之夭夭，但是事情已经无可挽回了。彼得罗维奇将独眼极凝神地瞅着阿卡基·阿卡基耶维奇，于是阿卡基·阿卡基耶维奇不由己地说出："你好，彼得罗维

---

① 土耳其等国的高级官衔。

奇！”——“祝你好，老爷！”他说着便将自己的独眼向阿卡基·阿卡基耶维奇的手上一瞟，想看出他拿来的是哪一类的货色。

“啊，我到你这里来，彼得罗维奇，是那……”大家要知道，阿卡基·阿卡基耶维奇多半是用前置词、副词，以及那连一点意思也没有的小品词来表白意思，倘若事情很困难，他甚至有说不完话的习惯，因此他每每用“这，实在，完全是那……”开始，此后什么也没有，他自己也忘了，以为一切已经说完了。

“什么事？”——彼得罗维奇说，同时就用自己的独眼把他的整个制服全看一看，从领子到袖头，脊梁，后襟和扣眼，所有这些他都很熟识，因为全是他本人亲手作的活。裁缝就是这个习惯。这是见面必做的头一件事。

“啊，我，是那，彼得罗维奇……外套，呢子的……啊呀，你看，别处都结实……它有一点脏，并且好象是旧了，其实是新东西，你看，不过就是一处，脊梁上有一点，啊，你再看，在一只肩膀上有一点磨通了，啊，你看，这只肩膀上有不大一点……看见了吧？这就完了。它不大费事……”

彼得罗维奇拿过“袈袍褡”来，先把它在桌子上一摊，细看了好久，摇一摇头，伸手往窗台上去取那带有将军像的圆鼻烟盒，这位将军究竟是谁，不大清楚，因为面孔所在的地方，被手指戳通了，黏上了一块小小的四方纸。彼得罗维奇嗅了鼻烟，将“袈袍褡”拿起来，对着阳光仔细一看，又摇了摇头；此后将里子翻往上，重新摇了摇头，又把那黏着一小块纸的鼻烟盒打开盖，往鼻子上放了鼻烟，便盖起盒，收藏起来，才终于说道：“不行，不能收拾！东西坏透了！”

听到这些话，阿卡基·阿卡基耶维奇心里发愣。

“为什么不能，彼得罗维奇？”——他差不多用孩子似的祈求声音说：“统共不过是肩膀上擦破了，你岂不是有些零星碎布……”

“零星碎布可以找得着，零星碎布找得着，”——彼得罗维奇说：“不过缝不了：东西完全稀糟，用针一戳——它就开花啦。”

“让它开花吧，你即刻用块补钉就行了。”

“但是补钉没处放，补钉挂不住呀：穿得太破了。说得好听是呢子，可是风要一吹，就要四处飞散了。”

“那就再补好了。怎么这样，实在，是那！……”

“不行。”彼得罗维奇坚决地说道：“一点也办不了。完全糟了。你不如趁冬天来了的时候，用它替自己做些包脚布，因为袜子不暖和。袜子是德国人想出来的，为的是多弄点钱（彼得罗维奇爱一有机会便刺一下德国人）；至于外套，眼看你非做新的不可了。”

听到“新的”这字眼，阿卡基·阿卡基耶维奇两眼发黑，屋中所有的一切都在他面前颠倒错乱了。他明白看见的只是彼得罗维奇鼻烟盒盖上被黏住面孔的将军。“怎么，新的？”——他终于还好像在梦中似的说道：“要知道我没有这笔款子。”

“是，新的，”——彼得罗维奇蛮横而不动声色地说。

“哦，倘若要做新的，那它，怎样？……”

“是不是要花多少钱呀？”

“是的。”

“至少得要花上一百五十多卢布，”——彼得罗维奇说了这话，嘴唇狠狠地一撮。他极爱有力的效果，爱忽然完全把人蒙住，接着斜眼一瞅，看在这话之后被蒙的人做出怎样的怪脸。

“一百五十卢布做一件外套！”——可怜的阿卡基·阿卡基耶维奇高喊出来，——也许是他有生以来第一次，因为他向来说话声音是低沉的。

“是的呀，”——彼得罗维奇说道：“并且还要看什么样的外套呢。倘若领子用貂鼠皮，披肩用绸里子，这样就要得二百卢布了。”

“彼得罗维奇，”——阿卡基·阿卡基耶维奇没有听见而且也不热中去听彼得罗维奇所说的话，也不管他所要取得的效果，用祈求似的嗓音说道：“请你对付着补一补吧，以便再对付着穿些时候。”

“啊，不行，这样做去——工白费了，钱也白花了，”——彼得罗维奇说。阿卡基·阿卡基耶维奇听了这话，极扫兴地走出去了。彼得罗维奇在他走后，还站了好一会，狠狠地撮了嘴唇，也不做活，因为高兴的是他既不失自己的身分，又没有草率地糟践自己的手艺。

阿卡基·阿卡基耶维奇走到街上，好像是在梦中一样。“怎么一回事，”他自言自语：“我实在没想到，它发生了是那……”于是沉默一会，又说道：“吓，这样！竟这样！我实在连想也没想到是这样。”以后接着又是长时间的沉默，沉默以后他又说：“吓，这个样！你看实在是无论如何料不到……这无论如何……这样的情况。”他说了这话，没有回家去，却不知不觉地走了正相反的方向。在路上，打扫烟囱的人满脏的半边身子撞了他，将他一边肩膀抹黑了；从正在建筑着的屋顶上撒了他一帽子石灰。他一点也没留意到这些，仅在他撞到警察身上时，他才略微清醒，警察身旁放着戟，正吸着从牛角鼻烟里倒在带僵皮的掌心的鼻烟。他清醒也只是因为警察说：“怎么往嘴上闯？难道你没有路好走吗？”这才使他回头一看，并且转身走回家去。此刻他才开始集中思想，真切明白地看清了自己的情况，自言自语已经不是断断续续地，而是理智坦白地，好象是同一位能够讨论切近心事的明达的朋友在交谈一样。“啊，不行。”阿卡基·阿卡基耶维奇说道，“这会儿同彼得罗维奇讲不了理：他现在是那……显然，妻子打了他了。那么，我不如礼拜日早晨去见他，礼拜六夜晚他要喝酒，妻子却不给他钱，所以星期日早晨，他眯缝着眼，并且打瞌睡，在这样时候给他一角钱，他就拿着——他的话也就好说了，外套那个时候也就是那……”阿卡基·阿卡基耶维奇心中这样盘算，鼓足劲头，等到了头一个礼拜日，他刚从远处看见彼得罗维奇的老婆从家里走出要到什么地方去，便笔直地往他那里去了。彼得罗维奇在礼拜六之后，眼睛实在眨巴地厉害，低着头，很有睡意；但是虽然这样，当他一知道是怎么一回事时，真好像鬼碰了他一样似的。“不行，”他说：“请你定做一件新的吧。”阿卡基·阿卡基耶维奇当时就将一角钱塞给他。“谢谢，老爷，我要喝酒祝您健康，”——彼得罗维奇说：“至于外套，请您不用再烦心了，它一点用处也没有啦。新的外套我给您好好做，我包管办好这件事。”

阿卡基·阿卡基耶维奇还在盘算着要修补，但是彼得罗维奇没听他的话，便说道："我一定给您作新的，请您放心，我尽力作就是了。将来还可以作成时髦式样，领子上用镀金花的钩绊。"

阿卡基·阿卡基耶维奇一看出非做新外套不行，精神颓废极了。怎么办呢，用哪一笔钱做呢？自然，一半许能指望将来的节赏，但是这笔钱早已预先支配定了。不得不做新裤子，要偿还皮靴匠换新靴帮的陈债，并且要向女裁缝定做三件衬衣和两件不便写出的贴身裤，一句话，所有的钱都要完全花掉。即使司长开恩，将四十卢布的赏钱，定为四十五或五十，仍然只有不中用的一点钱，剩下能用在外套上的钱只是海水的一滴。当然他晓得彼得罗维奇糊涂得会忽然要出谁都不明白的大谎价，连他的妻子有时都忍不住叫："你疯了，你这个傻子！有时你不要一点钱就把活计留下，现在呢，要这么大价，把你自己卖了也不值这么多钱。"虽然他知道给彼得罗维奇八十卢布也就可以作了；但是，究竟从哪里弄这八十卢布呢？一半也许还可以找得着！一半找得到，或者甚至再多一点，但是在哪里找另外的半数呢？……但是先要让读者知道第一个半数他是从哪里弄来的。

阿卡基·阿卡基耶维奇有个习惯，每花一卢布，便放一个格罗司[①]到被锁住的小箱子里；箱盖上有预备投钱的小孔。每半年他要查看储存下来的铜币总数，将它们换成小银币。他好久就这样做，继续几年，储存的总数，已经有四十卢布了。因此一半已经存在手头；但是从哪里弄另一半呢？从哪里弄另外四十卢布呢？阿卡基·阿卡基耶维奇想了又想，便决定节省平常的花费，虽说最低限度须继续一年：每晚不用茶，每晚不点蜡烛，假如有什么事要做，就到女房东屋子里去，在她的烛光下做活；在街上行走，脚步尽力放轻，并小心地踏在砖石上，差不多用脚尖子走路，为的不至很快就穿坏了靴前掌；内衣能够对付就不交给洗衣服的人

① 值两个戈贝克的辅币。

洗，为了不至穿破，他每次一到家，就把它脱下来，光穿一件斜纹布的长衫，这长衫已经很有些年头了，但还不显得很旧。老实说，他起先对于这种限制是有些难于习惯的，但是以后一经弄惯，也就觉得很合适了。他甚至连每晚挨饿也完全习惯了；不过他在心中怀着将来的外套这个永久念头，也就有了精神的营养了。从这时起，他个人的生活也好像丰满些了，他好像结了婚，好像另有一个人同他在一处，好像他不是一个人，倒像有一位生活上的快乐伴侣愿意和他一同走完生活的道路，——这位伴侣不是别人，正是那填着厚棉絮，有穿不破的结实里子的外套。他仿佛变得活泼些，连性格也坚定些，好像一个已经确定了生活目标的人。从他的面孔和行动上自然而然地消失了迟疑不决，一句话，——所有动摇不定的痕迹都消失了。在他的两眼里时常出现火花，脑袋中甚至闪现着极果断和勇敢的思想：莫非真要作一个貂皮领子吗？这思想几乎使他心不在焉。有一次抄写公文的时候，他几乎出了错，所以他差点儿高声叫出“哎呀!”一面用手画十字。虽然每月只有一次去，但他总去访问彼得罗维奇，谈谈外套：在哪里买呢子要好些，用哪一种颜色，要什么价，——他虽然有些担心，但总是高高兴兴地回家，想着终于会有一天，要把这一切买来，做成一件新的外套。

事情比他所期待的进行得快些。和他预料的正相反，司长赏给阿卡基·阿卡基耶维奇的既不是四十，也不是四十五，却是六十卢布。不知道他是不是预先知道了阿卡基·阿卡基耶维奇要做外套，还是碰巧了，不过他却多出了二十卢布。这一来事情就进行得快些了。再稍稍饿上两三个月——阿卡基·阿卡基耶维奇也就积够八十卢布左右了。他的通常是极平静的心，这时开始激动了。在当天他就和彼得罗维奇一同到铺子里去。买的呢子很好，然而也不足奇，因为他考虑着这件事还在半年以前，而且差不多没有一月不到铺子里去探听价钱，所以彼得罗维奇自己也说，没有再好的呢子了。里子选了细棉布，质量好又结实，按照彼得罗维奇的话说，这比绸缎强，甚至于看来更漂亮光滑。貂鼠皮没有买，因为实在价贵，可是买到了铺子里仅有的好猫皮，——这东西从远处看常被误认为貂鼠皮。

彼得罗维奇在外套上一共耗费了两礼拜工夫，因为引线太多，要不然早些就可以做齐了。彼得罗维奇要工钱十二卢布——少一点也不行：实在全是用丝线缝的，用细针脚缝两道，并且每一道缝好彼得罗维奇都用牙咬一通，挤出各种牙印来。

这一天……难说是正在哪一天，但大概是在阿卡基·阿卡基耶维奇一生中极庄严的一天吧，彼得罗维奇终于拿来了外套。他是在清早，当他要往司里去以前，把外套拿来的。来得正是时候，因为严寒已经开始，而且似乎还要越冷越厉害，彼得罗维奇正如好裁缝所应当做的一样，拿着外套走来了。在他的脸上显出阿卡基·阿卡基耶维奇从未见过的一种自鸣得意的表情。大概他真正感觉到所做的事非同小可，而且忽然划出一道鸿沟，把仅只换换衣里，修修补补的裁缝和那些作新衣服的裁缝截然分开。他从包着外套的手帕里取出外套（手帕是刚从洗衣人那里拿来的，他把它叠起放在口袋里，以备将来使用）。他取出外套，很骄傲地看了看然后两手拿着，极轻巧地披到阿卡基·阿卡基耶维奇的肩上，接着用一只手从后面将它往下扯扯，又从前面给阿卡基·阿卡基耶维奇略微整顿整顿。阿卡基·阿卡基耶维奇象有点年纪的人一样，也想试一试袖子；彼得罗维奇帮着他穿上了，袖子也不错。一句话，外套完全合身。彼得罗维奇趁此机会说道，他只是因为不挂招牌住在小街上，并且认识阿卡基·阿卡基耶维奇很久了，所以工价才这样便宜，若在涅瓦大街，光做工就得跟他要七十五卢布。阿卡基·阿卡基耶维奇不想和彼得罗维奇讨论这事，而且也怕彼得罗维奇转脸乱要大价钱。他和他结清了账，感激一番，立时穿着新外套往司里去了。彼得罗维奇随着他走出来，在街上停了步，很久还从远处看望外套，然后特意走向一边，转弯抹角穿过弯曲的小巷，重新跑到街上，从另一方，从正面再看一次自己作的外套。这其间，阿卡基·阿卡基耶维奇边走边觉得心神畅快极了。他每一瞬间都觉得在自己身上有新外套，甚至为内心的满足还笑了几次。实在不错，有两大好处：一是暖和，二是美观。他没有意识到路程，忽然就来到司里。他在门房脱下外套，细心看一看，托付给看门人加意照管。司里所有的人，不知怎么忽然都知道了阿卡基·阿卡基耶维奇有了新外套，那“袈袍褡”已经是不再存在了。他们立即一齐跑到门房里来看阿卡基·阿卡基耶维奇的新外套。大家恭喜他，祝贺他，他一上来只是微笑，后来弄得他有些不好意思了。当大家一齐围上他说要喝新外套的喜酒，至少他应该给大家开个晚会的时候，阿卡基·阿卡基耶维奇完全糊涂了，不晓得他应该怎么办，如何回答，怎样推却才好。过了几分钟工夫，他满脸通红，才开始很天真地说，这完全不是新外套，这只是一件旧的。最后，一位副书记长，似乎想表示他为人一点也不傲慢，并和下级官员要好，便说道：“那么就这样吧，我来替阿卡基·阿卡基耶维奇开个晚会，今天我请大家到我那边喝杯茶：今天适逢是我的命名日。”官吏们自然立即祝贺了副书记长，很高兴地接受了邀请。阿卡基·阿卡基耶维奇本来推辞，但是大家说这是无礼，简直是丢脸。所以他无论如何也不能再拒绝。不过他以后想起借这个机会可以穿起新外套参加晚会的时候，心里也怪高兴。这一整天真是阿卡基·阿卡基耶维奇的最庄严的纪念日。他精神极舒畅地回家去，将外套脱下，小心地把它挂在墙上，再细心看一看呢子和衣里，此后又特意拿出以前完全穿旧的“袈袍褡”比一比。他向它瞧一眼，连自己也笑起来了：差别是这样的大！以后在吃饭的时候，他只要一想起“袈袍褡”的那种情形，就不住地发笑。他畅快地吃了饭，在饭后也没有写什么，任何公文都没有，他便趁天还没有黑，往床上一躺舒服舒服。以后为了不误事，他便穿上衣服披上外套，走到街上去了。

请客的人究竟住在什么地方，可惜我们说不出来：我们的记性变得很糟糕，彼得堡的一切，所有的街道和房舍都在脑子里混成一片，极难把它们整理得头头是道。但是无论如何，至少这位官吏住在较好的城区是不错的，因此离阿卡基·阿卡基耶维奇很不近。首先阿卡基·阿卡基耶维奇要得走过灯光稀微的空旷街道，但是愈近官吏的住宅，街上便愈热闹，人口愈多，灯光愈亮；步行的人乱哄哄，穿着漂亮的妇女也开始出现；男人的外套也有带海狗皮领子的了；赶着满钉着黄头钉的木遮栏雪橇的车夫稀少了，正相反，不断地撞到头戴深红天鹅绒帽，赶着漆得光光的，铺着熊皮垫的雪橇的大汉。也有车夫座阔绰的马车，车轮从雪上轧过吱吱作响在街上飞跑。

阿卡基·阿卡基耶维奇凝视着这些，好像对着新奇的东西：他已经有几年晚上没有上过街了。在一家铺子的明亮的小窗前，他现出好奇的神情停下看一张画，上面画的是一位漂亮妇女，脱下轻便皮鞋，因此现出一只很好看的全脚；在她背后，从另一间屋的门里，伸出一位大胡子，唇上有一撮美髭的男子的头。阿卡基·阿卡基耶维奇把头摇了一摇，笑了笑，于是又走他自己的路去了。他为什么笑？莫非是因为他遇见了虽不熟悉，但是每个人究竟都对之仍有一种情感的东西，还是他和别的一些官吏们有一样想法呢：“呵，这些法国人！有什么好说的！倘若他们想要怎么样，那就怎么样办？……”或者也许他连这也没有想：因为不能够钻进别人的脑子里，将他所想的一切都弄清楚。

最后，他摸到了副书记长的家。副书记长生活过的很阔：楼梯上点着煤气灯，住房是在二层楼上。刚一走进外间，阿卡基·阿卡基耶维奇就看见地板上有许多皮鞋套。屋子中间放着铜茶炊壶发响，冒出热气圈。墙上满挂着外套和斗篷，里面有些甚至带着海狗皮的领子，或天鹅绒的披肩。听得出墙那面言语嘈杂的声音，当门一开，仆人拿着放有空杯，牛油盒和一大筐面包干的托盘走出来的时候，声音忽然更为清楚响亮。显然官吏们早聚齐了，并且喝了第一轮茶。阿卡基·阿卡基耶维奇自己挂上了外套，走进屋里去；在他眼前立时闪现了蜡烛，官吏，烟管，耍牌桌，而且全屋里急促的谈话声音和移动椅子的喧声震得他的耳朵发出嗡嗡响声。他别别扭扭地停在屋中，努力考虑他应当怎样才好。但是大家已经看见他了，就高声欢迎他，并且立时都跑到外间，重新仔细看一看他的外套。阿卡基·阿卡基耶维奇虽然也有些羞愧，但是因为他心地坦白，看见大家都夸奖他的外套，也情不自禁地欢喜起来。以后，不消说，大家连他和外套都抛下了，仍旧去注意玩纸牌戏的桌子。所有这些：吵闹，谈话声和成群的人，——阿卡基·阿卡基耶维奇觉得都有些奇怪。他简直不知道如何是好，脚手以及全身应该往那里放才是；最后他在赌牌人的跟前坐下看牌，望望这一位或那一位的脸，过不多久工夫，他就打起呵欠，觉到闷气，——尤其是他通常睡觉的时间早已到了。他想向主人告辞，但是大家不放他走，说为着祝贺新衣服，一定得喝一杯香槟酒。一小时后，摆上了晚餐，有凉拌菜、冰冻小牛肉、肉馅饼、甜点心、香槟酒。大家力劝阿卡基·阿卡基耶维奇喝了两杯香槟酒，喝后他觉得屋里显得快活些；然而无论如何却不能忘记已经是十二点，早已是回家的时候了。为了避免主人挽留，他轻轻地从屋里溜出去，在外间找到了外套，看见它躺在地上，很觉可惜，便将它抖一抖，抖下了每个小绒毛，穿到身上，顺着楼梯走到街上去了。

街上依然还有灯光。有几家小铺子，家仆和各种佣人的永不休息的俱乐部，门还在开着；另外有些已经关门了，但是整个门缝还露出长长的光线，表明他们还没有停止聚会，闹得有些女仆或男仆的主人完全不知道他们到什么地方去了，他们还在继续谈天。阿卡基·阿卡基耶维奇心情畅快地在走着，甚至不晓得为什么，忽然追随在一位好象电一般从旁边闪过的妇人后面奔跑，她的身体各部都非常灵活。但是，他却又立即停下了，又照旧慢慢地走，连自己也奇怪怎么会忽然跑得这么快。不久他面前又出现了那种空旷的街道，连在白昼都不热闹，到晚间就更甚了。它们现在更为荒凉寂寞：路灯光线暗淡——显然油点剩得不多了；木屋和篱笆在身旁过去了；四处无人；只有雪在街上放光，闭着窗门的入睡的矮小房舍令人凄伤地黑黝黝地隐现。他渐渐走到一块地方，这里的街道被一望无际的广场截断了。广场对面有几幢几乎看不清的房舍，显得非常荒凉。

在远处，没有谁知道是在什么地方，仿佛是立在世界尽头，一个守望所的小小灯光闪动着。阿卡基·阿卡基耶维奇的欢快到此处好像锐减了。他走进广场，心里不免发生些不由自主的畏惧，好像他已经预感到有什么不妙。他四面一望，周围恰如大海一般包围着。“不，还不如不看，”他想，便合上眼往前走，当他睁开眼来望望广场是否快走完了的时候，忽然看见就在当面，差不多是在鼻子跟前，站着些长着胡须的人——究竟是那一种人，连他自己也分辨不清楚。他竟两眼发黑，心头乱跳起来。“这岂不是我的外套吗！”他们之间有一个抓住了他的领子，大声说道。阿卡基·阿卡基耶维奇已经想喊“警察”，立刻就有另一个人正对着他的嘴，伸出一只像官吏的脑袋一般大小的拳头说道：“我看你敢喊！”阿卡基·阿卡基耶维奇仅只觉得他们从他身上剥下外套，在背上给他一膝盖，于是他仰面跌在雪上，完全昏迷过去了。

过不几分钟工夫，他苏醒过来，立起一看，一个人也没有了。他在旷野里觉得冷，外套也没有了，便大声喊叫起来；但是声音似乎传不到广场的尽头。他拼命不倦地喊叫，尽力跑过广场，笔直向守望所跑去，守望所跟前立着一位站岗替察，倚着戟正在嘹望，显然他是好奇地想知道那从远处喊着向他跑来的人是什么鬼东西。阿卡基·阿卡基耶维奇跑到他跟前，气喘吁吁地叫起来，说警察在睡觉，什么也不管，连有人抢东西也看不见。警察回答道，他什么也没有看见，只见有两个人在广场中把他叫住，但想那是他的朋友。他告诉他不必单是无益地乱骂，不如明天去见巡长，这样巡长就可以查出拿了外套的人。

阿卡基·阿卡基耶维奇狼狈不堪地跑到家里；太阳穴和后脑勺上稀疏的头发完全披散了；半边身，胸膛和裤子上满是雪。他的女房东老太婆一听见骇人的敲门声，赶忙从床上跳下来去开门，脚上仅只穿了一只鞋，为了不伤大雅，用手把衬衣拢向自己的胸膛；但是门刚一开，看见阿卡基·阿卡基耶维奇是这个样子，便倒退了几步。当他告诉了她是怎么一回事时，她将手一扣，说要得直接去见警察局长，巡长是空口答应，一回头就不管了。不做事。他最好直接去见警察局长，她甚至还认识他呢，因为从前在她这里当厨妇的芬兰女人安娜，现时在警察局长家里作保姆；说警察局长从她的房边经过，她就常看见他本人，又说警察局长也每礼拜日到教堂去祷告，同时高兴地看看大家，可见他一定是个好人。听过了这样的意见，阿卡基·阿卡基耶维奇伤心地走回自己房里；至于他在那里怎样度过了一夜——能够替别人多少设想的人可以去想象吧。

清早，他就到警察局长那里去，但是人们说警察局长在睡觉；他十点钟去——又说：“在睡觉”，他十一点钟去——又说：“局长不在家”；他赶吃午饭的时候去——前厅里的书记又无论如何不准他进去，一定要知道他来做什么事，有无必要，是否发生了什么事；所以最后阿卡基·阿卡基耶维奇有生以来第一次发了脾气，干脆说道，他要亲自会见局长本人，他们不应该擅自不让他进去，他是从司里来办公事，他将来要告他们，那时候他们就可以知道厉害了。对于这，书记们没敢说一句话，于是他们之间有一位便去报告局长。局长听了有关抢劫外套的话，仿佛很奇怪。他不仅不注意事情的要点，却盘问阿卡基·阿卡基耶维奇，他为什么回来的这么晚？是不是到什么不正经的人家去过，呆过？这使阿卡基·阿卡基耶维奇羞惭的了不得，便离开他走出来，自己也不晓得外套的事情是否会顺利地办下去。

他这一整天都没有到司里去办公（他平生第一次）。第二天他到司里去，脸色惨白，穿着他那件变得更为凄惨的旧“袈袍褡”。外套被劫的新闻，——虽然有些官吏并不放过嘲笑阿卡基·阿卡基耶维奇的机会——毕竟还感动了许多人。于是大家决定给他募捐，但是募来的钱少极了，因为即使没有这件事，官吏们定购司长像片又依科长的提议，定购一本什么书，因为他是著者的朋友，已经花费了许多钱；所以募集的款数极少。有一个人出于同情，决定至少得向阿卡基·阿卡基耶维奇进个忠告，劝他不用去见巡长，因为也许巡长想得上司的奖励，想方设法找到了外套，但是倘若他拿不出合法的凭证，证明外套是属于他的，外套仍然会留在警察局里；最好他倒不如去会一位阔人，阔人同应办这事的人接洽，可以使事情进行得更顺利些。没有办法，阿卡基·阿卡基耶维奇就决定去会阔人。阔人究竟是个什么职衔，管些什么事，直到此刻还不见分晓。要得知道，这位阔人新近才阔起来，在这以前他并非阔人。不过要和别的更阔的人比较，他现在的位置也算不得阔。但总有这样一班人，在别人看来不阔的人，他们看来已经是阔得可以了。他还用了许多别的方法增高他的阔气派头：让低级小官在楼梯上迎接他，当他来办事的时候，不让一个人敢直接见他，一切都要按照极严格的规矩行事：十四品官要报告十二品官，十二品官要报告九品官，或其他合适的人，这样事情才能提到他的面前。在神圣的俄罗斯，一切受摹仿的传染：人人效法自己的长官装腔作势。有些人甚至说，有一位九品官，当派他作一个小办事处主任的时候，立即替自己隔开一间房间，称之为"主任室"，并且门旁站着穿红领绦带制服的守门人，手执着门把手给每个进去的人开门，虽然在"主任室"里好容易才能够放下一张寻常的书桌。阔人的派头十分森严可怕，但是极其简单。他的制度的重要基础是个"严"字。"严，严——还是严，"他常常这样说，并且说到话尾，总向对方狠狠瞪上一眼，虽然这样做毫无必要，因为组成办事处全部机关的十来个人，没有这一瞪也就相当畏惧他了：他们远远看见他，便把工作放下，挺身侍立等候着，直到长官从屋中走过去。他通常同属员谈话声色俱厉，多半总是这三句："你怎么敢？你可知道你在同谁说话？你明白不明白谁站在你面前？"不过他心地善良，对同事们不错，爱代人效劳；但是将军称号①完全把他弄糊涂了。他一得到将军称号，就昏起来，迷了道，完全不晓得他应该如何是好。倘若他和自己平等的人交往，那他还是好人一个，而且在许多方面甚至不傻；但是他只要一到那怕比他仅低一级的人们中间去，他就简直变了样：沉默不语，他的情况使人哀怜，连他自己也觉得他原可以过得快活得多。他的两眼有时使人看出他有强烈愿望，要加入有趣的谈话和小团体，但是有个念头使他心回意转：这在他岂不是太屈尊，显得亲热过度，而且要因此失了自己的身价吗？因为这样考虑，他总是老不作声，不过间或发出单音的字，以此博得了"极无聊的人"这一称号。

我们的阿卡基·阿卡基耶维奇来拜会的就是这样一位阔人，他正赶上极倒霉的时候，这对他自己极不凑巧，可是对于阔人却是大好时机。阔

① 在俄国，级别较高的文武官员，都可以博得将军称号。

人在自己的办公室里正同一位来到不久的老朋友，几年没有见面的总角之交，兴高采烈地在谈天。有人这时向他报告，有位巴什玛奇金来见他。他连忙问道："他是个什么人？"回答是："一位官吏。"——"哦！可以等一等，现在不是时候，"阔人说。在这里该得表明，阔人完全是撒了谎：他有工夫；他和友人老早就无话可谈了，在谈话之间老早就长时沉默，只轻轻彼此拍一下大腿，说："是呀，伊万·阿蒲罗摩维奇！"——"正是这样，司提潘·瓦尔拉摩维奇！"虽然这样，他却让官吏等着，为的想使朋友，久已退休而住在乡下家里的人，看看官吏们在他的前厅里要等多大的工夫。

最后，阔人坐在带靠背的极舒服的安乐椅里，话谈够了，沉默的时间更长了，吸了一枝雪茄烟，他忽然好像想起来了，便向停在门旁拿着公文准备报告的秘书说道："啊，好像有个官吏在等着吧；告诉他可以进来了。"刚一看见阿卡基·阿卡基耶维奇的谦恭的样子，和他的破旧的制服，他便猛转身向他说道："你有什么事？"声音短促而且严厉；这是他还在没有得到现在的位置和将军称号之前一礼拜，在自己屋里独自对着镜子老早故意学会的。阿卡基·阿卡基耶维奇早已觉到相当的畏怯，有些窘迫，并在舌头能听使唤的范围之内解说了一番，加的"是那"甚至于比在其他时候更多，说他的外套完全是新的，现在被人用非人的方法抢去了，他来见他为的是那，他许可以居间关说，写个信给警察局长，或者别的什么人，好找回外套。不晓得为什么，将军似乎觉得这样的举动是太随便了。"你怎么啦，可敬的先生，"——他一字一板地继续说："你不懂得规矩吗？你怎么跑到这里来了？不知道事情应该怎么办吗？关于这事你得先给办事处递个呈子，呈子行到书记长那里，于是到科长那里，以后转交给秘书，秘书才把它交给我……"

"但是，大人，"——阿卡基·阿卡基耶维奇竭力聚起仅有的一点勇气，而且同时觉得汗流浃背地说道："我，大人，所以敢劳你的驾，是因为秘书们……是那……不可靠的人……"

"什么，什么，什么？"阔人说："你哪来的这样的胆子？你从那里得到这样思想？你们青年人对长官和上级真是放肆得太过分了！”阔人仿佛没有注意到阿卡基·阿卡基耶维奇已经过五十岁了。要是他也能称为青年人，那除非是相对而言，和已经七十岁的人相比才可以。“知不知道，你这是向谁说话？明白不明白谁站在你面前？你明白么？明白么？我问问你。”他接着跺了一下脚，嗓音提到这么高，就不是阿卡基·阿卡基耶维奇也会心惊胆战的。阿卡基·阿卡基耶维奇于是失了知觉，摇晃了一下，浑身颤抖，怎样也站不住了，假如看门的人当时不就跑来扶住他，他许扑咚一声就跌在地板上了，大家把差不多死挺挺的他抬出去。阔人满心高兴，效果甚至于出乎意料之外，想着他的话竟能使人失去知觉，很是得意，便斜眼望一望朋友，想知道他对于这事怎样看法，他不无高兴地看见他的朋友居然也心神极为不安，甚至连他也觉到有些恐惧。

怎样下了楼梯，怎样走出到大街上，——阿卡基·阿卡基耶维奇一点也不记得了。他脚手麻木：一辈子他也没有受过将军这样严厉的训斥，莫说还是一个陌生的将军。他迷了道，大张着嘴，在街上呜呜响的暴风雪中行走；老是从人行道上滑下来。依照彼得堡的老例，风从四面八方，从所有的小巷里向他吹来。转眼之间他的嗓子被吹得发了炎，在他摸到家的时候，连一句话也不能说了。咽喉全肿了，躺到床上。一顿好骂有时竟是这样厉害！第二天他就发了高烧。由于彼得堡气候慷慨大方的帮助，病比预料的恶化得更快，医生来了，他摸了摸脉，诊断出一点办法也没有了，仅仅只开了一个敷衍药方，只是使病人不至全受不到一点医药的好处，可是他转脸向女房东说：“你好，老太太，你不必白费了工夫啦，现在就给他定口松木棺材吧，因为橡木的太贵了，他买不起。”

阿卡基·阿卡基耶维奇可曾听到这些决定他的命运的话，倘若听到了，对他可曾发生了震惊的效力，他可曾悲伤自己的悲苦的一生，——这些是无法知道的，因为他一直在发烧说胡话。异象不断在他眼前出现，一个比一个更奇怪：一会他看见了彼得罗维奇，向他定做带捉贼陷阱的外套，因为他觉得有些贼不断地向他床下爬；并且他甚至时时叫女房东从他的被窝里拖出贼去；一会他问，他有新的外套，为什么还在他面前挂起他的旧“袈袍褡”来；一会他觉得他正在那个将军面前，边听着他严厉的责骂，边说道：“我有罪，大人！”最后，他竟乌七八糟臭骂起来，说出极为难听的话，所以老女房东连忙画十字，她从来没有听他说过那类的话，尤其在每句话前，总喊一声“大人”。往下他说的完全是胡话，一点也听不明白，可以听明白的只有：胡言乱语和杂乱思想都翻来复去离不了那一件外套。

最后，可怜的阿卡基·阿卡基耶维奇断了气。他房间和里面的东西，都没有封起来，因为第一是没有继承人，第二是遗留下的东西很少，就只有：一把鹅毛管，一帖公家的白纸，三双袜子，从裤子上落下来的两三个纽扣，和读者已经晓得的“袈袍褡”。谁得到了这一切，只有上帝知道，我承认，连续说这故事的人对此也不感兴趣。他们把阿卡基·阿卡基耶维奇抬出去埋葬了。彼得堡不再有阿卡基·阿卡基耶维奇了。好象在那里从来就没有过他。没有任何人保护、赏识、或关心的，连不放过一个寻常的苍蝇，而要用帽针穿过它，并且要用显微镜研究它的自然科学家，也不留意的生物，消灭了，隐去了，——它驯服地忍受着公事房的嘲笑，未曾做出任何非凡的事业就进了坟墓，但在临终之前，光明的客人毕竟还以外套的形式闪现了一下，使穷苦的生活有了瞬息的生气，而后来灾祸还是像袭击过世界上的皇帝和君主一样，令人难以忍受地袭击了他！……在他死后几天，司里派了看门的人到他家里来，命令他即刻到司里去：上司催促他去；但是看门的人不得不空空地回去，回报他不能够再来了，对于追问“为什么?”只答道：“是这样，他已经死了，三天前埋的。”司里就这样知道了阿卡基·阿卡基耶维奇的死，第二天在他的位子上已经坐着一位新的官吏，身体要高得多。写的字已经不是直笔道，却是很歪斜的了。

但是有谁能够想像，这里不真个是阿卡基·阿卡基耶维奇的终结，他却命定地在死后要哄动几天，好象补偿他从来无人注意的一生一样。但是事情一这样发生，我们的可怜的故事就出乎意外地得到了一个空幻的结局。谣言忽然传遍了彼得堡全城，说在加邻金桥旁和邻近较远的地方，夜间死人出现，好像是寻找被抢去外套的官吏，并且藉口自己的外套被抢走，他就不分职务和品级，从人身上剥去各种的外套，无论外套是猫皮的，海獭皮的，棉花的，貉狸皮的，狐皮的，熊皮的，——一句话，人们为着护身而想到的各类毛皮都剥。司里有一位官吏亲眼看见了死人，立时就知道是阿卡基·阿卡基耶维奇；可是他万分恐惧，拼命跑开，因此未能好好地细看清楚，只见他老远地用手指头吓他。各方面不断告状，说常常被剥去外套，不仅是九品官的（倘若只是九品官的倒也罢了），连七品官的肩膀和脊梁也都受了凉。警察局已经下了命令一定要捉尸，不论死活，并要严加惩处，以儆效尤，连这事也几乎办成功了。原来，某地段的警察，在克留什金小巷里的现场，已经一把抓住了死人的领子，他正图谋剥下一位从前吹短笛的卸职乐师身上的呢外套，那个警察一把抓住了他的领子，并叫来另外两位同事，托他们抓紧他，自己费一点时间从长靴里摸出桦皮鼻烟盒，使自己的冻了多次的鼻子略为清爽清爽；但鼻烟实在地道厉害，连死人也受不了。警察用手指堵住自己的右鼻孔，还没有来得及把半巴掌鼻烟送入左鼻孔，死人就一嚏喷打得这么凶，喷得他们三个人满眼都是吐沫。当他们举起拳头擦眼睛的时候，死人就无影无踪了，所以连他们也闹不清，以前死人是不是真正被抓在他们的手里了。从此以后，警察们对于死人恐惧到这样地步，甚至连活的也怕捉了，仅仅从老远喊了一声："喂，快走你的吧！"死官吏居然在加邻金桥那面也出现，引起一般胆怯的人非同小可的畏惧。

但是我们完全把某阔人抛下了，他也许真是真实的故事结尾染上虚幻色采的原因。首先不得不说句公道话，某阔人自从可怜的被吓坏的阿卡基·阿卡基耶维奇走后，就觉到有些类似怜悯的感情。他并不是没有恻隐之心的人；他的心可以接受善良的动机，虽然职位常常使他不便把它们表现出来。来访的友人从他的办公室刚一出去，他甚至想了想可怜的阿卡基·阿卡基耶维奇。并且自此以后，受不了官场责骂的面色苍白的阿卡基·阿卡基耶维奇差不多每天都现到他的心头。因为老想到他，闹得他非常不安，一礼拜之后，他竟决定派一位官吏去打听打听他怎么样了，实际上能不能帮助他一下；去的人报告他说，阿卡基·阿卡基耶维奇已经得热病暴死了的时候，他甚至大为惊愕，受到良心的谴责，整天不自在。他想散散心，忘掉不愉快的印象，便去赴一位友人家中的晚会，在那里他见到许多人，尤其好的是，大家级别都差不多相等，所以他能够不觉一点拘束。这对他的心情有了奇异的影响。他伸开腰了，谈话蔼然可亲，——一句话，他过了一个很舒畅的夜晚。晚餐时他喝了两杯香槟酒，——大家知道，这是使人快活的很有效验的方法。香槟酒使他想作各种出格的事：他决定还不回家，倒要上一位熟识的妇人克罗琳娜·伊万诺夫娜那里去，——她大概是德国血统的人，他同她很要好。要得说明，阔人已经不是青年人，而是一位良好的丈夫，体面的一家之主。他有两个儿子，一个已经在公事房服务了，还有一位可爱的十六岁的女儿，小鼻子有点翘，但是依然美俏，他们每日吻他的手，并说道："Bonjour，Papa!"[①]他的妻子并不老，还是一位漂亮妇人，她先将自己的手给他吻，随后把他的手一翻吻他的手。但是阔人虽然完全满足于家庭的和爱，却以为在城区别处找一位女友也颇合适。这位女友并不比他的妻子漂亮，也不年轻；但是世上竟有这样令人莫名其妙的问题，解决它也不是我们的事。所以阔人就这样走下了楼梯，坐在雪橇里，向车夫说道："到克罗琳娜·伊万诺夫娜那里去!"他自己呢，顶阔气地裹在暖外套里，心里快乐到俄国人认为再好不过的境界，就是当自己什么也不想的时候，思想却自动涌入脑海，一个比一个令人爽快，不劳追寻自由来去。他高兴极了，轻松愉快地想起刚度过的晚间所有的快乐事情，想起使一小圈人哈哈大笑的花言巧语，有许多话他甚至低声重复着，觉得依旧可笑，无怪乎他总从心眼里笑起来。可是间或有暴风搅扰他，忽然不知从哪里，莫名其妙地刮起了暴风，这风割他的脸，雪片撒到他的全身，外套领鼓起来好像风帆似的，哗哗直响，或者，忽然以超出寻常力量把领子吹到

① 法语。日安，爸爸!

他头上，因此他就老得忙着把头伸出来。

忽然阔人觉到有人紧紧地抓住了他的领子。他把身子一转，看见一个身材短小的人，穿着破旧的制服，并且不无恐惧地认出了，他就是阿卡基·阿卡基耶维奇。官吏的面孔苍白如雪，而且看来完全是个死人。阔人怕得死去活来，当他看见死人的嘴歪张着，向他嘘出可怕的坟墓的气息，并说出这样的话："哈，这竟是你呀！到底我把你的领子抓住了！我正要用用你的外套哩。你毫不关心我的外套，并且还责骂我——现在把你自己的交给我吧！"可怜的阔人几乎骇死了。不论他在办事处，通常在低级人面前有多么大的脾气，虽然每个人只看一下他的魁梧的仪表和躯干，就要说："啊，多大的派头！"但在此刻，他好象许多有雄赳赳外表的人一样，感受了这样的畏惧，无端地觉得，怕要得什么暴病呢。他甚至赶快从身上脱下自己的外套，用变了腔调的声音向车夫喊道："快快跑回家！"车夫刚听到寻常在危急时叫出的嗓音，其中还夹杂着更有效验的东西，为防万一，便把头在两肩中间一缩，鞭子一挥，箭一般飞去了。大约六分钟后，阔人已经到了自己的门前了。他脸色苍白，骇破了胆，也没有外套了，也没有到克罗琳娜·伊万诺夫娜那里去，却回了家，对付着摸到自己屋里，稀里胡涂地过了一夜，所以第二天早晨喝茶的时候，他的女儿向他说道："您今天脸色很苍白，爸爸。"但是爸爸没吭声，只字不提他遇到了什么，他到了哪里，并且他曾想上哪里去。

这回事情，给他留下强有力的印象。他甚至向属员们也不大说："你怎么敢？你知道你在同谁说话吗？你明白不明白是谁站在你面前？"要是说了，那也只在首先听明了是怎么一回事以后。但是还有更堪注意的是，从此以后死官吏再也不出现了：显然将军的外套很合他的身，至少在任何处都听不到从谁身上剥下外套的事情了。不过有许多活跃的好事之徒，怎样也不愿风平浪静，仍然说在僻远的城区死官吏依然出现。真的也有这么一回事：一位珂罗绵地方的警察亲眼看见一个鬼魂从一家住户屋里出来，但是因为自己生来体质不强，——有一次，一个寻常才长成的小猪从私人住宅里窜出，将他掀倒在地，引起四周站着的车夫大笑起来，他为他们这样大笑侮辱了他，罚他们每人一格罗司买鼻烟，——那么，他因为体力不强，所以没敢把它拦住，仅仅在暗中追随着，直到最后鬼魂猛然回头一望，停下来问道："你想干什么？"而且显出在活人身上找不着的大拳头。警察说道："不干什么，"并且立时转回身走了，可是鬼魂的身体高得多了，留着很大的胡子，最后他迈开脚步，显然是向欧布霍夫桥上走去，随即完全隐没在夜的黑暗中了。

果戈里：（1809—1852）俄国批判现实主义文学奠基人，生于乌克兰地主家庭。一八三一年就出版了一个短篇结集《狄康卡近乡夜话》。其后发表了《旧式的地主》《密尔格拉得》等著作，刻划了乌克兰农村形形色色的各式人物。《外套》是作者转入都市生活创作的名篇。鲁迅先生评介他说："俄国写实派的开山祖师。"

最后的光芒

（短小说集）

商务印书馆 1928 年出版

最后的光芒

[俄国] 科罗连珂

一

纽驿站建在一块不大的旷地，当列那河的岸上。有几间穷陋不堪的小茅舍，好像从奔放怒激的河流跟前向后倒似的，紧紧贴倚着陡峭的山岩。列那在这个地方很窄，异常迅速而且特别凄寂。对岸的山岭将角麓立在水里，该处便是列那取得“混帐口”的称呼的最大原因。实在这个地方好像是巨大的裂缝，在这裂缝的底子上，为山岩，绝崖，陡坡所形成的暗黑的河在流着。在它的里面长期存留着烟雾，挺立着寒冷的阴气，而且绵绵不绝的几乎尽是黄昏。这个驿站的居民，甚至住在其余靠列那附近的人们，都如受了自己的衰弱、血亏和不可救药的疏懒所打击一样。山上落叶松的凄凉的叫号，对这悲惨的生存造成了永久的谐调……

我在寒冷的深夜，倦乏的来到这驿站。清早睡醒——大概可以说是很早吧。天气静寂的很。在窗户上望着的不是那暗淡的晨光，也不是那迟暮的晚色，——却好像充满了有种异样的、阴暗的迷雾似的。风在“口”里吹，就如在烟囱里一样的，而且沿着它的上面，逐动着夜间的烟雾。我从窗户向上一看，能够窥见一块小小的清朗的晴空。我想，在全世界上，大概都已降临了辉煌的阳光的早晨了吧。然而靠近驿站地方，成团的阴冷的迷雾却不住的继续浮动着……天气是暗灰惨淡而且忧伤。

我所栖宿的茅舍里，在桌子上还燃着朴素的煤油灯。微弱的黄色的残光和屋子里的惨淡的朝色混合了。屋子可以说是很干净，隔壁卧房的木格墙，满黏着报纸。在前沿的拐壁里，靠圣龛的旁边，图解的小画片——多半是武将的肖像，放出浓密的五色的彩光。在他们里面有一位木拉维也夫·阿目尔司基体格高大，身悬勋章。和他并排的，还有两位不大的、拘谨的十二月党人肖像。那时，在无意之间现到我的眼里来。

我在自己的睡铺上躺着，从格墙可以望见对面墙壁跟前的桌子和灯。靠桌子旁边坐着有位老人，带着美丽苍白的面孔。他的胡须惨灰，夹杂了一半匀整的深白，突凸的前额现出绒黄色，后脑盖上稀疏的头发向后拖长，渐渐卷起。一般看来，他的形体令人忆起传道士，或者令人甚至想起了《四福音》作者之一，但是他的脸色却非常的惨白而且虚弱，我觉得他的两眼必是暗淡无光。他在脖颈上面露出瘿瘤的症候。这是在列那地方一种很流行的病症，大家都以为是列那河水的缘故。

和他并排坐着有个小孩，年近八岁。我仅只看见他的低垂的头，和细的如胡麻一般的白卷发。老人在眼镜里皱起自己两只土拨鼠似的小眼，将教鞭照躺在桌上的书页移来移去。那小孩呢，带着异常兴奋的注意在读拼音字母。有时，他在为难的时候，老人现出一副柔和忍耐的神情替他改正。

——“夜”……读“夜”……“莺”……①

小孩子停住了。显见得生字发音他读不出来……老人皱起两眼，帮助他念道：

——夜莺，——他念了。

——夜莺，——学生柔和的重复着，而且举起两只疑难的眼对先生看望，问道：

——夜莺……是什么东西？

---

① 露西亚文字，未经大彼德改革以前，读之颇费力。例如，“夜莺”一文，读者为“梭楼月伊”，其拼法如将“列”读“留儿”（意即人）音，将“偶”读“鳌长音”（意即化），以后再由“留儿”和“鳌长音”合在一起，读“楼”，其余拼音法全如此，不多举。现在此处不好直译，只好由我意译了。——编者

——鸟，——老人说了。

——鸟……——于是他便又接着往下念——停在……夜莺停……在……野樱上面……

——野樱是什么东西？他又发出问话，好似乡间婴儿心不在焉似的嗓音。

——在野樱上面。野樱大概是树，所以它在上面停着。

——停着……为什么停着？……是一个大鸟么？

——很小，唱的不错……

——唱的不错……

小孩子停了读书声音，我想他是在想什么。茅舍里异常静寂。时钟的锤子响着，烟雾在窗户后面浮动着……一块青天令人想起在别处的辉煌的白昼，春天的夜莺在野樱上面歌唱……“这是如何悲惨的童年”——我紧随着这孩子的单调的嗓音不自然而然的想起……没有夜莺，没有灿烂的春……仅只是水，和阻人不能窥望上帝的世界的广阔的石块。飞鸟是几乎连一只乌鸦都没有，沿山岩上面只是愁闷的落叶松，间杂些古老的虬龙……

小孩子照旧的用了那模糊不清的嗓音又读了一句，忽然停下。

——唉，爷爷，——他问道，——时候还没到么，你看？——这一次在他的嗓音里已可听出波动活泼的声调，灯火映着闪耀的两眼，带着明显的探奇的神情转向着爷爷。

老人看了那冷然的滴答摇摆着的钟，于是又望一望在玻璃后面旋转着迷雾的窗户，静然的回答：

——还早，才半点！……

——也许，爷爷，钟坏了。

——哦哦，……天还黑的很……孩子，我们还是作我们自己的事强些。你看风……也许能将昏暗吹开，不然，任什么东西也瞧不见，就好象三天前一样……

——强些，——孩子用了自己照旧顺从的嗓音重复说了，于是又继续着读下去。

约有二十分钟光景过去了。老人看了一下钟，又看一下窗户，将灯熄灭了。屋子里透露了半明半暗的沉重的微光。

——穿上衣服，——老人说了，又接着道。——轻轻的，莫让搭尼听见了。

小孩子很快的从椅子上一骨碌立起身来。

——我们不带她去吗？——他低声的问。

——不……带她作什么？……她现在已经在咳嗽……让她睡吧。

小孩子很快的将衣服悄悄穿上，——不久，两个形体——爷爷和孙子的——在屋子的昏暗中一闪。孩子身上穿的仿佛类似城市做的大氅，脚上套着长筒毡靴，脖项紧紧裹着妇女的围巾。爷爷身著短皮袄，门嗝吱一响，他俩便一同走了出去。

剩下我一个。在屋子里听见熟睡的女孩子的呼声，和钟锤的喑哑的击动。窗外的变化不住的加强，烟雾变动不住的加快，时常分裂，在那不相衔接的地方，阴暗的山岩和峡口的森岩的印痕，也不住的扩大显现。屋子忽而光亮起来，忽而又沉入黑暗里。

我的梦过去了。此地的沉默的烦忧开始捉住了我，我是在等待门响，老人和孩子回来，不耐烦了。但是他们仍然没有……

于是我决定去看一看，究竟是什么东西把他们从茅舍里勾引到烟雾和寒冷中去。我是穿着衣服睡的，所以无需多大时候，套靴子和穿大氅，便走将出去……

两位——老人和小孩——同站在阶廊上，两只手拢在袖内，仿佛期待什么似的。

我觉得四围是更为寂静了。烟雾在上面消散，山峰特别森严的描画在光明而晴朗的空中。暗黑的山上仅有片片的横条的浮云飘过，但是下面还是充满着寒冷的昏暗。已经是沉重而且不明的列那细流似还未结冰，在窄狭的河槽里冲撞起来，旋成了许多的陷坑和深渊。河水在喑哑的失望里沸腾着，好象想迅速脱离阴黑的狭口，跑到自由之乡去似的。……吹散残余的夜烟的朝前的冷风，吹动了我们的衣裳，如狂的在向前奔驰……

驿站的房子，大大小小的乱散在石台上面，现在都开始睡醒了。几家是冒着微烟，有几家的窗户是透着光亮，赶车的打着呵欠牵了缰绳，把两匹马引到水槽前面，疾速的便消沉在斜坡的阴影里了。一切都恢复了日常的旧样，光景是非常凄绝。

——你们在等什么？——我向老人发问。

——呵，孙子想看一看太阳，——他回答了，便又转问道：

——你是哪里人？露西亚人么？

——是的。

——你在那边不知道柴尔来灼夫么？

——什么柴尔来灼夫？不，不知道。

——你想，在哪里能知道。露西亚很大……有些人说他当过大将……

他寒冷畏缩起来，沉默不语，又仿佛想起了什么，转身向我——在这里有个过路的人说：当女皇加德邻的时候，查罕利·格力戈尔也维奇·柴尔来灼夫曾做大官……

——是的，有过这样的一个人……

老人仿佛还想问什么，但是小孩子在这个时候忽然向前走进，触动了他的衣袖……他两只眼张大，苍白的面孔复活了，现出喜悦的光辉……他的目光极力射在我们这边的悬岸的绝顶上面，紧靠列那拐弯的地方……

这个地方直到此刻还好像是一个暗口似的，从那里面，烟雾不住的在向外透出。忽然，临它们的高头，在石崖的陡峰上面，一棵老松和几棵已经露在外面的落叶松的树梢，好像燃着了火似的，亮将起来。第一道阳光，被对岸的山峰遮断还不曾照着我们的，已经触到了这石岩的凸处和在它的裂缝里所生长出来的许多树木了。它们在我们前面的崖口的清冷的澄蓝的阴影上耸峙着，仿佛如在云彩眼里，欢迎清晨第一次的抚爱，静静射出光线来。

我们都默然的望着陡峰，好象怕惊骇了那孤单的石头的轻微胜利的欢快似的。正在这个时候，靠着它旁边，仿佛又有了什么在颤动了，别的岩石，直到此刻都沉没在全般岑寂的暗蓝的山色里面的，忽然光亮起来，便与太阳相反映的一切东西连在一处。在不久以前，它们还纯然和修长的山坡融化，现在都大胆的向前伸出它的底部，便好象更显得辽远迷茫而且暗黑。

小孩又重新扯了一下爷爷的衣袖。他的面孔全改变了。两眼炯炯发光，嘴唇露出微笑，在他的苍黄的双颊上面现着衰弱的红色。

河的对面照样也发生了变化。山岭还是不住的将上升的太阳在自己后面隐起，但是临在它们上面的天空却完全光亮起来，山脉形势已描画得更森严，而且显然在双峰之间形成了深的洼地。在我们前面，那光色还暗黑的山坡上面，这时，牛乳似的白雾的流纹在往下直滚，好像是在追寻更为黑暗而且阴湿的地方……天空上布满着金黄色，在高岭上的成排的落叶松便都在光明轮廓里，现成明晰的，俨然紫铜色的影像。在它们的后面，仿佛有种欢快不静的生物在动着。两山夹着的深处，轻微的阴云整个的在火光里飘散过去，消灭于邻近的山峰后面。追随着的还有第二个，第三个，成大块子的……在群山的后面完成了仿佛有极喜悦愉快的东西。裂缝的底全部燃着了。大概太阳是从沿着山坡那面升起，想向这里望一下，看一看这破陋的岩口，看一看这阴暗的河流，看一看这些孤苦的茅舍，看一看这曾经期待着它的出现的老人和苍白的孩子。

呵，呵，它升起了。不多的灿烂的金光四散乱射，在两山中夹缝的极下面里，浓密的森林的墙透穿了隙孔。火花成团的向下面黑暗的山涧和深谷里注射，从清冷的灰暗里一回出现了分立的树，一回是石岩的绝顶，一回是一块不大的山地……在它们下面的东西全都摇晃动荡起来。许多的树，我觉得是从这个地方跑到那个地方，山岩突向前出现，又沉入迷雾中去，田地放出光亮，又熄灭了……烟雾的带纹往下愈为颤动而且迅速的蜿蜒起来。

以后，暗黑的河也光亮了几刹那……向我们这面奔来的激流的浪头翻起，反映着岸沙和划船的黑痕，以及靠水槽跟前的成群的人马。锐利的阳光滑到破陋的茅屋上面，在亮窗里反射出火线，亲密的触到苍白的，欢快的孩子的脸上……

在山的夹缝里，如火的太阳圈的一部分，已经显见得是走过去了，并且在我们这面，全岸当反射出各种彩石的层叠斑纹和碧老的古松的翠绿的时候，它是欢快闪耀起来了……

但这只是清晨暂时的抚爱。再过几秒钟，辽长的山道又变成了寒冷而且灰暗。河流的光消灭了，于是又勇猛的打着水圈向黑暗的河槽里奔去，亮窗模糊起来，阴影不住的向上提高，山岭将自己斜坡的短暂的杂形，盖上了单调的青灰色的迷雾。再过几秒钟，在我这面的寂僻的孤峰燃起，确似临在黑暗的烟霭上面的正在消灭着的火把……最后连它也收了彩光。夹缝里的所有的隙孔都闭起了，森林照旧的围上了接连不断的丧服似的黑的缘边，只有两三片落后无光而且寒冷的阴云，在它们的上面飘过……

——都完了……——小孩子忧伤的说道。抬起自己两只惨淡无光的眼睛看看爷爷又发出讯问，——它再也不来了么?

——不来了，我想，——他作了回答。——你自己看见了：只有太阳边现出来一点。到明天它已经往下走了。

——完了，兄弟！——从河沿上走回来的车夫喊了一声。——你好，爷爷和孩子！——

我向四周一望，看见靠别的矮屋跟前有些地方也有观日的人。门嗝吱的发出响声，车夫回到矮屋里去，驿站又重新坠入死寂寒冷的烟雾里。

并且这样要经过很久的月日，……老人告诉我说，夏天太阳在他们这里山峰上走，近秋的时候它不住的向下跌落，隐起在广阔的山脉背后，已经没有力量升在它的顶巅上面。但是以后升点转向南方，到那个时候有几天早晨它又在山缝中显现上来。它从这个山峰转到那个峰，以后不住的向下降，终之仅有刹那的工夫，金黄色的光线直映到深阔的底。今天便也就是这样。

纽驿站一个整冬和太阳离别了。车夫自然在自己乱跑的时候可以看见它，但是老人和孩子直到春，或者更确实些，直到夏看不见……

最后的返光消灭了……下面迷雾又浓聚起来，山坡上盖满了一顺色的昏暗不明的密烟。从山那面抛过来的散漫的光辉，寒冷而且刺人。

二

——那末，你说，你也是露西亚人？——当我们又走进屋里来的时候，我向老人发出询问。他将小小的旧铜暖炊放在桌子上。小孩子走向格墙后睡醒的妹妹跟前，开始逗着她玩。时时从那里传来微弱的孩儿的笑声，很像是谁在掷破碎的玻璃片。

老人放好了破旧的桌布单，过没多大时候，好象不愿似的作了回答。

——是的……有什么……在这里生的，那末便也是这里的人了。他们，啊，这些孩子或许不是平常的家世……

——尊姓？——我问道。

——什么！……——他又照样的松懒的作出答话。——他们都说姓亚屋解也甫。这不过是随便说一句，他们真正的姓是柴尔来灼夫……

他猝然将桌布单放下，用了十二分注意的眼神望着我。

——那末你关于查罕利·格力尔也维奇·柴尔来灼夫的事也读过了吧？他当过将军，是不是？

——不错，他在加德邻手下当过将军。不过他没被放逐过。

——啊，不是他，但是可以看出是同出一族……当尼古拉皇帝，……登基的时候，啊……

他露出试探的神情瞅着我的脸，但是我却不能将柴尔来灼夫的事忘得干净，老人忧伤的点动着头……

——有些人说：他是个书呆子。临死的时候，不住的教训孩子们：第一条要紧的事要多识得字……

他沉默不言，以后又补充说：

——啊，这有什么……事情很明显，——这是死地方……我的女儿嫁给他的孙子耶屋格尼夫。于是亚屋解也甫便传开了……他现在已经死了，母亲也去了世，这两个孩子便丢下在我的手里……我已经上了年纪，他们衰弱的很……你看这个男孩便有癫痫病……这样显见得我们也枯瘦不堪……将来连个脚印都留不了……

门开了，车夫走将进来，对着圣像画了十字，于是说道：

——亚屋解也甫……去写过路人的名字……在村长那里。

——得咧。

——莫非他们也都叫你亚屋解也甫？——我问道。

——啊，你正可以想一想……连我，依着他们的称呼，都是亚屋解也甫……那里倒是人……

老人——也许是这纽驿站上唯一识字的人——夹着一本破书，走将出去。

从这世系模糊的家族里，别的我再也不能够知道有什么，转瞬之间，便永远的将寂僻的纽驿站抛下了。历有两小时之久，转到别一个堰塘上，我看见太阳笔直的在我面前……它停立得并不高，但是却不住的将火焰的光辉浸透了岸沿和水……并且它的静寂的，或者可以说是凄惨的闪光，在这个时候我也觉得灿烂而且愉快。

三

到了以后我回到露西亚的时候，曾竭力的打听过关于柴尔来灼夫族的放逐的支系的事情。查罕利·格力戈尔也维奇·柴尔来灼夫的名字在加德邻的历史页中，篇篇显赫的流露着，但是他从来没被放逐过。有一次，我在窝瓦河的滩口等待渡河的轮船，听见渔夫在唱《普鲁士之囚》，露国的好青年查罕利·格力戈尔也维奇·柴尔来灼夫。渔夫自然对于历史上的人格一点也不知道，——但是歌曲究竟表现出真实事迹的反响来。当布格巧夫[①]起事的时候，豪勇的哥萨克人奇加，自取名为查罕利·格力戈尔

① 布格巧夫，是露西亚十八世纪下半期著名的农民暴动的首领。

也维奇·柴尔来灼夫，于是在民众的记忆里面，便于流行的名目下增加了身辱失宠的点痕；另外一个歌曲已经在说着累司阔夫城市里，窝瓦河岸上的囚狱。豪勇的好青年查罕利·格力戈尔也维奇·柴尔来灼夫，招集许多拉纤的和卑微的暴民在自己身边……

总而言之，这个名字到底为什么引入了民众的记忆里面，并且在西伯利亚的许多不明的人格中间，柴尔来灼夫姓也照样时常闪现。我也用了这事解明了在纽驿站上自己的遭遇。很可看出。真正放逐者的出身家世，大概也许失落传闻了，老人无意之间取下了这个流行的名字……在他的忧伤的腔调里露出真实而且坚决相信的意味……

就在这最近的期间，我看一小本论十二月党人的杂记，碰见一个不大传闻而且人们也许不大记忆的名字，也是十二月党人……“查·格·柴尔来灼夫。”

彼时我又忽然猛忆起在纽驿站上的遭遇，而且觉得反映出新的光辉：啊，——我想，——老人说的话是不错。

然而往下的消息毁灭了这种肯定：十二月党人查罕利·格力戈尔也维奇·柴尔来灼夫曾回转露西亚，在这里娶了妻子，后死在国外……

在亚屋解也甫的谱系上又挂起了模糊的帷幕……在辽阔的僻寂的西伯利亚中，和这一样的不知消失了有多少生命，并且有许多族系从阳光反映的高峰上，永远的陷落在这些寒冷的低下处，在岩隙和烟雾的辽长的旅程中……比牙苦茨克为高，在列那河的岸上，绝崖峭立，在这绝崖上面，临着深渊，有条窄狭小道，蜿蜒前进。山岩的裂缝中，保存了人烟的踪迹。关于这块地方有个动人的传说：在这里有位先前著名荣耀，以后失宠，被放逐的人住了多少年。他在西伯利亚各处生活过，以后移居到这里，和穷陋的小村落并排着。他自己砍柴汲水。有一次，当他背着捆柴上山的时候，有个熟视的形体出现在他的面前山道上。这是他的妻子，在这岩隙中寻找他。放逐的人认识了是她，便不晓得是由于欢喜或者是由于恐惧，他弄的不好，他往前一跳，落到深渊里了。

我很想察知这个人的名字和这件事实的底细；薄情而且寒冷的西伯

利亚，关于这些东西保藏的不好，并且这种也许在某时候曾有过灿烂的生活和悲惨的死的记忆，已经快消灭于只因陡岩的关系，并不是为着人的，不明的传说底反响里了。……

我在纽驿站上遇见的孩子，他的身世也是照样模糊而且不能确定。并且当我的回忆倾注到西伯利亚的时候，在我的想象中现出这暗黑的崖口，迅激的河流，驿站的破陋的村舍，和正在衰败的族系的最后的一个嗣裔的愁忧的两眼里，闪了一下便要灭去的落日的最后的反光……

科罗连珂：也译作柯罗连科（1853—1921），俄国作家、社会活动家。他生于法官家庭。一八八五年发表短篇小说《马尔加的梦》，引起了广泛注意。其后又发表了《盲音乐家》、《嬉闹的河》、《哑口无言》和自传体小说《我的同时代人故事》等。他一生坚持反对专制制度的斗争。他的作品情节紧凑，结构严整。

恐 怖

——一位友人的故事

[俄国] 契诃夫

德米特力·彼得罗维奇·西林在大学毕了业，就在圣彼得堡办事，但是到了三十岁上，便抛弃了这种职务，从事于乡村的事业。农事很好，然而我觉得究竟不适于他自己的地位，假若他要是重到圣彼得堡，那倒不错。当有些时候，他被灰尘浸污，被工作累乏，靠门旁或则户前来迎我，以及后来刚吃下晚饭，便止不住的打盹，妻子好象对婴儿一般把他送去睡下，或则当有些时候，他战胜了瞌睡，用自己的温柔的、衷心的、几乎象是祈求的声音，来表白美妙的思想，那末，我看着他，不是农人，也不是农事家，倒是一个被苦难压迫的人，并且我明白了，什么家务，对他都不必需，所必需的，是希望日子过去——便谢谢上帝。

我喜欢到他那去，遇着机会，也曾在他的园宅上做客，两天或者三天。我爱他的房舍，游园，很大的果地，很小的水沟，同他的有点干枯、又有点文绉绉的、但是很明晰的哲学。一定是，我也爱他自己，虽然这个我不能实在的去说，因为直到此刻，我还不能分析自己的那时候的情感。这个人是聪明，良善，畅快而且诚挚，但是我记的很不错，当他以自己的一切隐衷来使我相信，并且把我们的关系，呼为友谊的时候，那末，这个却很不好的波动了我，并且我觉得不好意思。在他的友谊里面对于我仿佛有一种勉强和局促，并且我也希望能以把它算作极平常的友人的关系。

事情的原因，是由于我非常的喜欢他的妻子马丽亚·谢格渥娜。我并没得着她的爱情，但是我喜欢她的面孔、双眼、声音、走动，当我许久不见着她，我因为她愁苦，并且在这个时候，不论谁在我的想象中都描画不出，如这位青年的、漂亮的、清秀的妇人，这样的适意。对于她，任何一定的计划我都没有，也不幻想什么，但是不晓得为什么，每次要剩下是我俩个在一块，我便想起，她的丈夫把我当着自己的朋友，我便弄的不大好过。当她在钢琴上奏弄我所爱的戏曲或者向我诉说什么有趣的东西时，我很欢喜去听，并且在同时不晓得为什么我的脑子里，钻进了一些这种思想，就是她爱着自己的丈夫，他是我的朋友，她自己也把我当着他的朋友，我的情绪变得很坏，并且我弄得枯寂，难受而且不好过。她已经注意到这种变动，时常说：

——没有你的朋友，你很难受，就派人到田野里去找他罢。

当德米特力·彼得罗维奇什么时候回来了，她就说道：

——呵，你的朋友现在来咧，亲热亲热。

像这样接续着过了大约有一年半。

有一次，在六月中一个礼拜，我同德米特力·彼得罗维奇，因为没有什么事可做，一阵去到克鲁盛楼大村上，想在那里买点晚餐上的零碎食物。当我两个在许多小铺子上走的时候，太阳已经落了，暮晚已经到来，这种暮晚，大概在我的生命里，任何时没曾忘掉过的。买了的干酪，好象胰子，硼硬的香肠，散布桦皮油气，我们又去到酒店里，问有啤酒没有。我们的马夫，骑着牲口去到铁铺里，替马钉掌，我们对他说，将来在教堂旁边等着他。我们走着，说着，笑着，自己买的许多东西，在我的后面，随着有一个人，不作声，带着一副隐秘的神色，十分像是探马，在我们的小县里，他有了一个可以说是很奇怪的绰号：四十个苦人。这位四十个苦人不是别人，正是加芜礼·谢悦罗夫，或者简单称加芜流石克，以前给我当了仆人不久，因为爱喝乱闹，被我赶去。他也给德米特力·彼得罗维奇做过活，也因为这同样的罪过，被他撵掉。他是一位蛮横的醉鬼，并且所有的他的命运，也是醉五醉六的，这样子没有出息，就好像他自己一样。他的父亲是祭师，母亲是个贵族女子，按照着身世，他属于享有特权的阶级，但是我刚还没有看着他醉醺醺的，温沉沉的，永远带着汗湿的脸，和须里掺杂着灰白胡，以及可怜的破烂的西服同透露出来的红汗衫，那我就不论如何，对于我们在日常生活里，所呼为特权的东西，是连一点痕迹都找不出来。他自名为受过教育的，并且诉说他以前在中等学校读过书，为着吸烟，把他革除，没有毕业；以后在主教的歌队唱歌，修道院里住有两年多，从那里他又被革除，但已经不是为着吸烟，却是为着“懦弱性”。他步行走过两省，递了一些莫名其妙的呈子到主教裁判所，并且在所光顾过的地方有四五次在法庭受审。终之，他流落沉沦到我们的小县里，做仆人、猎人，看林子的、看教堂的一些杂役，娶了一个下流的寡妇——女厨子，于是便死死的沉入堕落的生涯，这样同她乱七八糟的过活，自己已经对于自己的享有特权的出身，说出来带着有些不大信任，好像是说什么神话似的。此刻在我叙述着的时候，他东摸西撞，没有固定的地方，冒充兽医同猎人，他的妇人不晓得落到什么地方，没有消息。

从酒铺里，我们来到教堂，坐在小台阶上，期待着马夫。四十个苦人离的稍远一点停下，举起一只手向着嘴，为的什么时候要需用，好恭恭敬敬的把痰吐到手里。天色是已经昏黑；暮晚的阴湿的气息，散布得很重，孤月快要升起。在清明的星空上面，仅只浮着两片彩云，恰好正在我们头顶子上面：一片很大，那一片较小；它俩形色是一样，十分像是母亲领着小孩，一片追随着一片，向晚霞沉暮的地方跑去。

——今天天气真好，——德米特力·彼得罗维奇说。

——到了万分的……——四十个苦人表示同意，又恭恭敬敬把痰吐到手里。——你怎么，德米特力·彼得罗维奇，能想起来到这里？——他带出想暗暗凑近的嗓音问了，很可看出，是希望着攀谈。

德米特力·彼得罗维奇，一点也没回答。四十个苦人深沉的叹了一口气，不曾注视着我们，轻轻的说出：

——我现在受苦，经过有唯一的原因，这种原因，是要得回答给万能的上帝。自然，我是个破落货，没有本事的人，但是你们要得对于良心上相信：没有一块小面包，比一条小狗还坏……你原谅我吧，德米特力·彼得罗维奇！

西林不曾听见，两个拳撑着头，仿佛想些什么。教堂立在街的极端，陡岸上面，我们从围槛缝里，看见一道小河，许多浅水的草原，顺着那一方，又有闪灼的蔚红的柴火，靠着柴火的跟前，黑漆的人和马动弹着。在柴火那面较远的地方，还有一些隐隐的火光：这是一座小小的村舍，……那里正在歌唱。

在河面间一块小草原上，烟霭升起。烟霭是细长的一块一块，好像牛乳的浓白色飘浮在河面上，遮没了繁星的射光，又密攀在柳树身上。他们在每一分钟，变换自己的形象。现出各样：有一些相互的拥聚着，别的一些相互的鞠躬，第三组呢，高高举起自己的两手，同那宽大的牧师的衣袖，伸向天空，仿佛举行祈祷……大概是他们趋使了德米特力·彼得罗维奇幻想着异象和死者，因为他转过脸来问我，带着凄惨的微笑：

——告诉我，亲爱的朋友，为什么这样，当着我们要说不论什么可怕的，神秘的，空幻的东西时，那我们所取的资料，不是从现时的生活，却一定是从异象的世界的亡魂幽灵呢？

——那不能明白的，是最可怕。

——难道对于生活，你曾经明白了么？告诉我：难道你对于生活的明白，能比身后的世界要多些吗？

德米特力·彼得罗维奇来到我跟前坐下，我已经觉到我的颊上，他的呼吸的气息。在暮色的黄昏里，他的惨白的清瘦的脸色，显现得格外惨白，乌黑的胡须较黑烟还要黑些。他的两眼现出忧伤，热烈又有点畏惧的神情，好像打算向我说些什么可怕事物似的。他望着我的两眼，接续着自己的照例的一种祈求的声音：

——我们现时的生活同身后的世界，同是一样模糊而且可怕。是畏惧异象的人，那他当然畏惧我，同这火，同这天空，因为这所有的一切，假如要想得太美妙，太入非非，太不可思议，一点不比那原世界走出来的人们相差。哈孟雷特王子不曾自杀，是因为他畏惧那所见的一切，恐怕将来也许会降临于他死了的梦魂；他的这种独有的创论，我是喜欢的，但是明白的说，他任何时候不曾触动了我的心灵。我承认你是好朋友，每当我辛酸苦痛的几分钟，把自己描画为自己的死亡的时期，我的空想创出万般极阴幽的幻象，把我自己直弄到极难受的高度，直到了梦魔境界，就是这，你得要相信，我并不觉得比现时生涯还可怕。有什么说的，幻象是可怕，生活自然也是可怕。好朋友，我不明白生活，又害怕生活。我不晓得，或者也许我是病弱错骨的人。兴奋的、健全的人，觉得他所见所闻的全都明白，然而我是失去了这种“我觉得”，并且一天一天可怕的伤残了自己。有一种病，是对于无限广阔的畏惧，但是我的病是对于生活的害怕。当有个时候，我躺在小草上面，很久的望着小甲虫，这仅仅是昨日才生下的，对于什么都不明白，于是我便觉得，它的生命的完成，是由于接连不断的恐怖，并且在它的里面，我看着自己的本身。

——到底你特别害怕的是什么？——我发出了问话。

——我全都害怕。我是禀性不厚的人。对于这些问题，如身后的世界，人类的命运，很少注意，总之，是不大向往于人世的极致。我第一样害怕的，是在我们中间，任何人都不能躲去的日常生活。我没有才能来判别，在我的行为里面，什么是合理，什么是欺诈，并且他们使我战颤不安；我意识到，生活的情况同教养，把我闭在欺诈的紧促的圈子里，所有的我的生活并不是别的，就是天天顾虑着，想来欺骗自己同别人，又不曾注意这一层，所以我很害怕，料想我直临到了死亡，不能从这欺诈里面逃将出去。今天我做了一件什么事，到明天已经不明白，干什么我要做这事。在圣彼得堡我服务，害怕起来，来到这里，为的是想操劳乡村的家务，也是照样的害怕起来……我看出，我们知道的很少，所以每天总弄错，做的不公正，冤枉蚕食别人的一生，消费所有的自己的力量，在我们不需要而且扰乱我们生活的废物上面，并且对于这我很害怕，因为我不明白，到底是为着什么，是谁个需要这一切。好朋友，我不明白人们，并且害怕他们。我很害怕看见一般男子，我不晓得，到底是为着那些极高尚的目的，他们受苦，又为着什么他们活着。假如生活就是享乐，那他们是无用的废人；假如生活的目的和意义，是在需要同固定的，无望的蛮野中间，那我不明白，到底是为谁，又为着什么，需要这一种苦刑的裁判。任何人，任何事，我全不明白。啊，请你来了解这一位！——德米特力·彼得罗维奇说了，手指着四十个苦人。——你好好想一想！

四十个苦人注意到我们俩个在望他，恭恭敬敬把痰吐到拳里说道：

——以前在有些好主人跟前，我一时一刻都做个忠实的仆人，但最重要的原因，是有强力的好酒。倘若要是现在谁看得起我，不幸的人，给我个位置，那我真要向神像发誓不饮酒。我的话一点不假！

守教堂的，从旁边过去，带着莫名其妙的神情，看了我们，抓下绳子，钟声稀缓而且散漫，森严的击破了夜晚的静寂，敲了十下。

——唔，已经十点！——德米特力·彼得罗维奇说。——我们真是乘车走的时候了。唉，我的挚友，——他叹了一口气：——倘若你要是知道我是怎样害怕自己的日常的普通的思想，在这种思想里面，觉着是不应该有什么可怕的。为的想不思虑，我用工作解消自己的愁闷，尽力使我疲乏，为的想夜间熟熟的睡去。小孩、妇人，——在别人这是很平常的，但是在我，这是怎样难受，挚友！

他用手搓脸，咳嗽一下，发出笑声。

——倘若我能以告诉你，我是一个怎样的傻物，耽游于生活之间！——他说。——一般人都告诉我：你有亲密的妇人，秀丽的小孩，连你自己也是一个极美好的家主。他们想着，我是很幸福，并且妒羡着我。唔，假如要都是那样，那让我现在就来秘密的告诉你：我的幸福的家庭的生活——唯一的只是愁苦的怀疑，并且我害怕她。

他的惨白的脸色，为着热力勉强的微笑，显得难看。他环搂着我的腰，继续着低微的语声：

——你是我的极诚挚的友人，我相信你，并且很钦佩你。天假我们的友谊，是为的我们能开心相见，并且从欺压我们的隐秘里得救。原谅我利用你的诚挚的对待，我来告诉你一切的真实。我的家庭的生活，你所觉着是这样欢欣可悦的，那就是我的最大不幸和我的最大的恐怖。我的结婚是奇怪而且呆笨。应当告诉你，在结婚以前，我是疯了似的爱上玛莎，跟着她转来转去有两年。我向她求过五次婚，她都拒绝了我，因为她对我实实在在是很冷淡。当第六次，我那个时候，因为爱情颠倒晕迷，在她的面前，跪着两只腿向前爬，请求允许，好像请求施与一般，她才应允了我。……她是这样向我说：——“我不爱你，但是我将来忠实于你，……”我带着异常欢喜，得着了这样的条件，我那个时候明白，这是什么意思，但是现在，谢谢上帝，全不明白，——“我不爱你，但是我将来忠实于你，”——这是什么意思？这是黑烟、暗景……我现在爱她，仍然跟过喜事头一天一样的热烈，然而她，我觉着是照旧的冷淡，并且她一定很喜欢，当我离家远去的时候。我不晓得，不晓得她究竟是爱我不曾，但是我们现在已经是同住在一个房顶子底下，彼此相称呼‘您’，睡是在一块，有两个小孩，私有物是我们公共的……这是什么意义？这是做什么？你明白了什么没有，好朋友？是凶酷的刑法！因为这，所以在我们的关系中间，我任什么都不明白，我一小回憎恶着她，憎恶着自己，憎恶着我俩在一块，一切在我的头脑里，都翻来覆去，我折磨自己，也弄得迟钝了，然而她每天却恶意的做着一切，而且做的更好，弄得出奇……我觉得她的头发是特别的，她的微笑，却不似任何妇人。我爱，我也知道，爱是没有希望。从这没有希望的爱情对于妻子，已经有了两个小孩！难道这能明白，而且不惊人么？难道这不比异象还可怕么？

他的情绪到了这样，所要说的也许还有很多。但是凑巧，已经听出马夫的声音。我们的马都到了。我们坐在驾车里面，四十个苦人也脱下帽子，靠近我们两个坐下，带出这样的表情，好象已经很久就等着机会，好来贴近我们极宝贵的身体。

——德米特力·彼得罗维奇，答应我上你那里去，——他说后，两只眼只是眨巴，头偏向一旁。——行点上帝的恩惠！饥饿使我堕落！

——啊，好吧，——西林说：——来，你住个两三天，在那里再看。

——是——的！四十个苦人异常欢喜。——我今天就来。

到家剩有六里路。德米特力·彼得罗维奇欢喜的是，终之，在朋友的面前，把话说了，一路抓着我的腰，已经也不带着愁苦，也不带着畏惧，到是很畅快的向我说，倘若要是他的家里一切都很好，那他也许回到圣彼得堡，在那里研究科学。他说，那种已经把有多少天才的少年们，都驱逐到乡村里的运动，是凄惨的运动。五谷同荞麦，在我们的俄国很多，但是真正有学问的人，完全没有。应当希望每个健全的，有天才的少年，去研究科学、艺术、政治；不如此进行——那末，便是太没计较的人。他空谈着，带出一副愉快的神情，又表示难过，因为明天清早他得要乘车去作森林的买卖，同我离别。

我是难受而且愁促，并且我觉出我是骗人的人。然在同时我又很高兴，我望着晶莹的初升的月亮，自己又想起高高的、窈窕的黄发妇人，淡白脸，永远很秀丽，吐露出仿佛一些特别气息，好象麝香一般，我也不晓得为什么总喜欢想，她是不爱自己的丈夫的。

到了家，我们坐着吃晚餐。马丽亚·谢尔格也夫娜，用了我们买的东西款待了我们，只是笑着，我觉察出来，实在是她的头发特别引人注意，她的微笑，不似任何妇人。我追随她的后面，我想在她的每一举一动里面，窥探她是不爱自己的丈夫，并且我已经觉着，我是看见了这个。

德米特力·彼得罗维奇，不久就打起盹来。晚饭后，他同我们坐了有几十分钟的光景，说道；

——你们随便，先生，可是我明天要得三点钟就起来。少陪你们。

他向妇人温存的接了吻，带着感谢的神情，紧握住我的手，得到我的回话，就是我在下一个礼拜一定要来。希望明天不用睡过去了，他忙到厢房卧下。

马丽亚·谢尔格也夫娜睡得晚，是圣彼得堡的习惯，现在也不知道为什么我很喜欢这个。

——那末？——当剩下我们在一块的时候，我开始说。——那末，你要弹弄个什么东西才好：

我是不要音乐，但是我不晓得，怎么开始来说。她靠着钢琴坐下，弹弄起来，我不明白是什么，我挨近旁坐着，望着她的雪白的、肥嫩的两手，努力的想在她的清冷恬淡的脸色上，披阅出来什么。但是不晓得她怎么笑了，注视着我。

——没有你的朋友，你很难受，——她说。

我笑将起来。

——为着朋友的关系，实在是每月或者到这里来一次，然而我到这里，每个礼拜一次还不止。

刚说了这个，我站将起来，心神波动，从这个墙隅去到那个墙隅。她也站立起来去到壁炉跟前。

——你为什么说这话？——她问了之后，举起自己一对亮晶晶的大眼，注视着我。

我一点也没有回答。

——你说的话不实在，她想了想继续着向下说。——你到这里来，仅仅——只是为着德米特力·彼得罗维奇。没有什么，我很喜欢。在我们这一世，很难有谁看见这样子的友谊。

哦唷！——我一想了，也不知说什么，问将出来：你愿意去到花园里么？

——不。

我出来立在走廊上。我的头顶突起了些鸡皮疙瘩，并且因为波动，我直显得寒冷。我已经相信，我们的谈话要弄成极卑下。并且我们彼此不会再说出什么特别的话来，而且在这个夜里，一定不可避免的要发生出来那种甚至于我所不敢想象的东西。一定在这个夜里，或者不论什么时候。

——多么好的天气！——我大声的说出。——

——这在我看来，纯粹都是一样——听出来回答声音。

我进入到客厅里。马丽亚·谢尔格也夫娜依旧靠近壁炉立着，两只手背向后，对着一个方向瞅，仿佛是想什么。

——为什么这在你看来，却纯粹都是一样？——我发出来质问。

——因为我愁苦。你的愁苦，仅仅只是没有你的朋友，可是我永远愁苦着。然而……这个在你看来不大有趣。

我靠钢琴坐下时，响动了几个音拍，等出她要说什么。

——请你不用客气，——她说时怒视着我，十分像是由于后悔想哭。——假若你想睡，那你走吧。不用想，如果你是德米特力·彼得罗维奇的朋友，那就应该尽责消磨受苦，和他的妻子。我不想要牺牲。请你走吧。

自然，我是没去。她出来到走廊上站着，我留在客房里，有五六分钟光景，翻览乐谱。到了以后，我也走出去。我们并排立在窗帘的阴影底下，在我们的下面，是月光浸透了的台阶。穿过了花坛，又浸映到游径的碎渍黄石的上面，是树木的黑森的阴影。

——我明天也要得走去，——我说。

——自然，如果丈夫不在家，那你不能留在这里，——她带着嘲笑的神气说了。——我想，你要是怎样不幸，倘若你恋爱上了我！那末你等一等吧，我不论将来什么时候来承受，并且扑上搂住你的颈子……我看着，你要带怎样的狼狈畏惧从我这里逃去。这是很有趣的。

她的言语和苍白脸色显现怒气，但是她的两眼是充满了极温柔热欲的爱情，我已经看上了这个极美妙的形骸，好像看上自己的所有物一样，并且在这种情况下面，我第一次注意到她的金黄的眉毛，异奇的眉毛，是我以前所没曾发见过的。有种思想，就是我能够“一时三刻”把她引向自己，抚慰着，触动着她的特别引人注意的头发，忽然间我觉出她是这样的奇异的丽姝，我忍不住笑了，闭着眼睛。

——唔，已经是夜间……安息的时候了，——她说。

——我不要安息的夜……——我说了，笑着追随她的后面，来到客房。——我诅咒这夜，假若它要是安息的。

我握着她的一只手，把她送到门跟前，由她的面孔上看出，她是明白了我，并且欢喜，我也明白了她。

我自己回到屋里。在我的桌子上，书籍旁边，放着德米特力·彼得罗维奇的帽子，这种东西，使我回忆起对于他的友谊。我抓起了手杖，走向花园里去。这里面已经起了迷雾，紧靠树木密丛的近旁环绕着，那些极高细的异象正在徘徊荡漾，是我近来曾在河面上看见了的。真是不巧，我不能够同他们絮语！

在十分澄清的空气里，明显的分出每一枝小叶，每一粒露珠——这一切在静寂里向我微笑，沿着一些绿色的夕阳凳旁，我朦胧向前踱去，想起在莎士比亚某篇戏剧里有一句话：夜月的光辉，好甜美的睡在这里的夕阳凳上！

园中有座小山。我走到上面坐下。诱惑的情感困压了我。我知道将来一定就要搂贴她的娇美的身躯，吻住黄金的眉毛，并且我想不相信这个，怒激着自己，又觉得可惜，她对我这样少加折磨，并且这样容易完全交与。

呵，正好猛然间听出沉重的步履声息。在游径上，现出一个小身材的男子，我此时就知道了他是四十个苦人。他坐在夕阳凳上，深深的叹了一口气，接着画了三次十字才躺下。过有一分钟，他起来又换个姿式躺下。蚊虫和夜间湿气扰乱他不能睡去。

——唉，生活！——他说了。——倒霉的、受罪的生活！

我一望见他清瘦的、驼背的身躯，听见沉重的破音的叹息，就又联想起来今天曾经向我表白的，关于一件不幸的、受罪的生活。我从山上下来，走向屋里去。

“按着他的意思，生活是可怕，——我想：——那末你同它就不用客气，击毁它，当着它这一时三刻不曾捉弄了你，拿去一切，只要是你能从里面剥夺得去的。”

马丽亚·谢尔格也夫娜站在走廊上。我不做声一下搂住了她，吻着她的眉毛，太阳穴，颈脖……

在我的住室里，她向我说，她爱上了我已经很久，有一年多。她赌咒说爱我，哭着请求，想叫我把她带到自己家里去。我一小会把她拉到窗户底下，为的想当着月光，看一看她的面孔，她对于我是奇妙的美梦，我急急的稳稳的紧搂住她，想在实际里相信一下，已经很久了我没曾渡过这样的快活……但究竟还是辽远，在灵魂深处中间有块地方的，感受到一种不大好过，并且我觉着自己也不大合适。在她的对于我的爱情中，仿佛有种龃龉局促，好象在德米特力·彼得罗维奇友谊里面一样。这是伟大庄严的爱情，带着许多眼泪和誓语，然而我希望没有一点什么庄严——不论眼泪，不论誓语，不谈叙将来。让这月夜在我们的生命里能如亮晶晶的流星一闪——也就得了。

恰好在三点钟时候，她离开了我走去，当我正在右门中间立着，目送她到长走道的末端，忽然德米特力·彼得罗维奇出现。遇着他，她打了一个寒战，让路给他，在她的全体上面，表现出一种龌龊讨厌。他仿佛是极惊奇的微笑了一下，咳嗽了一声，走进我的屋里。

——昨天我自己的帽子忘在这里……他说了，不曾向我望着。

他找到了，用两只手把帽子戴在头上以后，望了一下我的腼腆的脸色，我的拖鞋，说出不是自己的，却好象是一种极奇异的，喑哑的嗓音的话：

我一点什么也不明白，这大概是我的命运吧。假若你要有点晓得，那……就祝福你。我的两眼发黑。

他走出去，咳嗽不止。以后我从窗户望见他自己靠马厩跟前驾马。他的两手，战抖，他连忙收拾，又细细瞧了房子；大概他是异常恐惧。之后，他坐在旅车上面，带着一副奇异的神色，十分像怕什么追赶上来似的，鞭策了马。

过没多大时候，我自己也走去。太阳已经升起了，昨日的迷雾惊怯地拥挤向密丛和小山近旁。车前把上坐着四十个苦人，已经在那里弄到酒喝了。谈些乱七八糟的醉话。

——我是自由自在的人！——他吆喝着马。——唉，你，真不错！我是世袭的阔民，假如你要是想知道！

德米特力·彼得罗维奇的那种恐怖，从我脑海里不曾离去，又传达给我了。我想，到底是什么事发生咧，连一点也不明白，我望一望老鸹，我也觉出惊奇而且可怕，他们飞些什么。

——干什么我做了这事？——我在恍惚不明里面带着失望的神情问着自己。——为什么这事发生就是这样，却不能不如此呢？到底是谁，又为着什么，需要她庄严的爱我，同他突然出现在我屋里来取帽子？帽子是怎么弄的？

从那一天我去到彼得勒拉以后，同德米特力·彼得罗维奇和他的妻子再没见过一次。有些人说，他们仍继续着一块过生活。

一九二四年译

契诃夫：（1860—1904）生于小商人家，莫斯科大学医科毕业。一八八〇年开始发表作品。鲁迅说他是“在中国最为大家所熟识的文人之一”。他写过许多著名的短篇小说和剧本，除这里译的《渴睡》等篇外，如《胖子和瘦子》、《哀伤》、《苦恼》、《万尼亚舅舅》、《三姊妹》等。他的《变色龙》和《套中人》至今脍炙人口，使他成就了一位大作家。

人之诞生

[俄国] 戈理奇

这是在一千八百九十二年大荒的时候，苏胡木和阿切堤的中间，圹多尔河的岸上，距海不远，透过山溪清流的欢快的絮语，明白的听出海浪的凄凉的溅击。

秋天的时候。在圹多尔白色的浪沫里，楠樱的黄叶，恰像小小的敏捷的鲑鱼一般，卷动隐现。我在河岸上的岩石上坐着，我想海鸥和鹈鸟一定也是把树叶子认成了鱼，受了欺骗，于是它们这样难受的，在右方丛林的后面，海正在溅击着的地方叫唤起来。

栗子临在我的上面已经装点了金黄色，靠我的两脚跟前，有许多叶子，好象切断了的人的手掌似的，对岸的桦树的叶子已经枯黄，有如破网一般，悬挂在空中，在它的中间，有个确似被捉着的红黄色的啄木鸟跳来跳去，用乌黑的鼻子敲树皮，驱逐昆虫出来，然而灵敏的白颊鸟和小灰雀——远北的来客——却啄吃了它们。

从我身边往左，沿着山峰，挂满了沉重欲雨的阴云，这阴云的影子铺盖在生有“死树黄杨”的青绿的山岩上，然而古老的楸柳的树孔里，却可以寻着“醉人蜜”，这种东西在极古时候以自己的甜汁，迷倒了古罗马的铁骑军旅，几乎把圣邦皮的兵全致了死命。蜜蜂是从月桂树和杜鹃木的花制造了它，路上的行人，从树孔中把它取下来，抹在麦面的细饼上，一同下咽。

我在栗树下，坐在石上，从事这种工作，把一小小块面包染在怒蜂争食的满锅的蜜里，吃着看着，戏视着那懒洋洋的秋日的太阳。

秋天在高加索的确象在伟大的圣人们——他们永远也是伟大的罪人们——所建筑的庙宇里一样，他们为的是想从良心的锐眼跟前隐起自己的过去，于是用黄金碧玉，玛瑙珍珠，建造了庙堂，沿着山上铺了撒麻克和舍麻赫城里的土耳其人用丝缝的最好的地毯盗窃了全世界，将一切东西取到这里来，对着太阳好像想说：

——这是你的，从你那里取来的，仍交给你罢。

我看见苍颜白发的巨人参，长一对欢快的大童眼，沿山而下，装点了大地，到处泼着各色的奇宝，山峰用粗厚的银块盖起，至于它的洼处呢，却用了各样的树木，好像活的织物一般蔽着。这小小的一块福地在他的手下，成了惑人的美丽。

一件极好的差事——来在世上做个人，看见多少奇异的东西，心胸是如何甜蜜得难受地波动着呵，在美的前面静寂的狂欢里。

啊，是的，有时候很难，整个的胸腔灌满了强力的憎恨，愁苦贪残的吮吸着心血，但并不永是这样，太阳自己岂不也常是忧伤地看望着人们：它替大家工作了这许多，然而人们却没得着……

自然也有不少好的，但是要得把他们修理修理，或者——更强些——重新改造一番。

在我的右方，漆黑的头临在矮丛上点动着，海浪絮语和溪流低怨的中间露出人的声响，——这是“饥饿者”从苏胡木往阿切堤工作，他们正在铺垫碎石道呢。

我晓得他们是偶娄府人，我昨天和他们一块工作，一块分了工钱，到夜间，我走的比他们早些，为着想迎海岸上的日出。

四位男夫。一个胖腮的女人，青年怀孕，腹部胖大，凸向鼻子，青灰色的两眼，带着惊怯失神的表情。我看见她的包着黄巾的头临在矮丛上，活象风下的盛开的向日葵。她的丈夫死在苏胡木，因为吃水果太多的关系。我住在木棚里，在这些人之间：缘俄罗斯的好习惯，他们竟不断地叙说着自己的辛苦，其声音之大，许在周围五里之外都听得清楚吧。

这是被辛苦践踏了的苦人；从自己的不大生长五谷的地区，好象狂风卷秋日的枯叶一般，辛苦把他们逐到这里，此地的不相识的河山的富丽，眩迷了眼目，然而劳作的苛刻的条件终之毁伤了这些人，他们望着这里所有的一切，失神地眨动了惨淡的忧伤的两眼，彼此哀怜地笑着，轻轻地说：

——唉唉……这土地怎样好呵。

——东西种下就可以生出来。

——是的……不过石头……

——土地不好，应当说……

于是他们回想起珂贝草原、干牧场、湿野——所有的故乡的地方，那里每一手掌大的土地都是他们先人的遗骸，并且一切全熟谙，记得而且保重，因为灌润了他们的血汗。

那里还有一位高身材，扁直如木块，生有一副牛腮帮，黑得似煤灰一般的锐眼的暗淡的目光的女人，和他们在一起。

天天晚上，她同头上裹黄巾的这一位，同阵经过木棚，坐在石堆上，手掌托着面颊，头倾向一旁，用高怒的声音唱起：

坟茔后……

绿丛中……

沙石……

我解开素衣……

我的亲爱的人……

究竟来不来呢……

亲爱的，来时……

我向他致礼……

带黄巾的妇人通常总是不作声，曲下颈脖，细看自己的肚子，但是有时她却忽然出其不意，懒用了男子暗哑不明的嗓音，哀喊的词句，接续了歌声。

啊啊，亲爱的……

啊，极亲爱的……

命运不曾交把了我……

苦痛地和你相见呵……

在南方夜间的阴黑沉闷的暗色里，这些哭声令人忆起辽北，雪野风雨的响声和远方的不可见的狼的叫喊……

之后锐眼的女人害了疟疾，用了篷轿，把她送往城里，她在轿中翻动低泣，好象继续唱着坟茔和沙石的小歌。

黄的头在空中一闪，隐去了。

我吃罢了早餐，将树叶把锅中的蜜盖起，捆缠了背篮，枸杞的手棍敲着坚硬的石道，缓缓地随着走去的人。

我也来到窄狭的石路上，右方碧绿的海摇动着；的确象是不可见的木匠用了成千的大刨子在推它——白的，被和暖、芳香、阴湿的风追赶着的浪花，好象强健的妇人的呼吸一般，嗞嗞地触向岸上。土耳其的划子，船边左倾，划向苏胡木鼓起了帆篷，有如沉着的人——苏胡木的工程师，鼓起了自己的胖面颊一样，不晓为什么，在言谈之间，他以“轻些”代替了“静些”，“逗说”代替了“就说”。

——轻些！逗说你也很机伶，但是我立刻把你送给警察去……

他爱把人送给警察，然而我想，他此刻大概已经早被坟中的蛆虫吞没了吧，倘若虫们还以自己温柔的注意纪念有些相识者……

轻盈地走去，恰象飘浮在空气里一样，宜人的想象，著斑彩的花衣的回忆，在纪念里引起轻缓悠扬的舞蹈；这种舞蹈在心灵中——好象白的浪脊在海里似的，它们往上，然而在那深处，确乎静得很，在那里光明而且柔和的青春的希望，仿佛银鱼在海底一般，静静地游荡着。

路向海方伸去，蜿蜒折近浪所奔去的碎沙石地上，矮丛也想看一看浪的面孔，伸过窄道俨然向广漠的青蓝的水原点首。

风从山上吹来，将要落雨。

矮丛里有轻微的呻吟——那是一种永远极惊人心灵的人的呻吟。

我拨开树丛，看见这位头包黄巾的妇人在坐着，背倚丛枝，头垂肩上，嘴异样地扭着，两眼突出而疯狂；她握着手放在肚子上，呼吸这样不自然地可怕，全肚子痉挛地跳动，这妇人呢，用两手抓住它，哀惨地发喊，落〔露〕出黄色的、狼齿一般的牙齿。

——怎么——他们打了你么？——我曲下身子来问。她卷翻得两脚有如苍蝇似的，在细微的灰尘里，并且摇着沉重的头，嗓音不明地说：

——你去……不要脸的……你去……

我明白了是怎么一回事，这我有一次见过，自然，我怕将起来，倒转跳去，然而妇人却大声漫长的叫喊，从欲裂的两眼中溅出来的浑泪，顺着紫涨突起的面上流了下来。

这种情况使我转将回来，我把肩上的小锅、背篮、茶壶扔下，将她背部翻向着地，并且想折曲了她的两腿成弓形，她却蹬开了我，用手猛击着胸腔和面孔，身子一翻，类似母熊样高叫怒骂起来，匍匐向矮丛中爬去。

——强盗……鬼王……

她两手忙乱地支捂着跌下，脸触向土，又重新痉挛地伸出两脚，发出高声呼喊。

在狂热的叫声里，我很快地明白了一切，所有关于这事的。我翻过她弯曲的双腿，她的"羊水"已经流出来了。

——躺下，暂一刻就要生了……

我奔向海边去，捲起袖子，洗了手，转回来，充当收生的人。

妇人扭折身子，好象桦皮在烈火之上，两手拍着周围的土地。并且抓下枯败的草，不住地想往自己嘴里填，可怕的非人的面孔，带着一双蛮横的充满了血的眼睛，洒遍了灰尘，然而羊水已经停止了，小小的头突现出来，我应当紧握住她的两脚的痉战，帮助产儿生下，好教她不把草塞向自己歪扭乱喊的口中……

我们彼此骂了一会，她低声出口，我的嗓音也不大，她，由于苦痛，或者由于羞惭，我呢，由于愤闷不好过和对于她的怜悯……

——主呵，——她喑哑的说着，青嘴唇浸在口沫里，从日光下仿佛忽然无光辉的眼睛不止的流下这许多母亲忍受不了的苦痛的眼泪，并且她的全身折来叠去，几乎碎成两半，——您去，不要……

她的周转不灵的软弱的两手不住地推开我，我坚决地说道：

——蠢婆，快些生，你知道罢……

我万分怜悯她，我觉得她的眼泪溅到我的两眼里，苦痛把捉了我，我想高喊，于是我喊将出来：

——喂，快些！

呵，呵，我的手上现出一个赤裸的小人。虽说含着眼泪，但是我看见他全身是红的，已经对世界不高兴，乱动乱喊地呱呱叫着，当身子还和母亲在连着的时候，他的两眼深蓝，鼻子平伏在红紧的脸上，上下唇动弹，而且发出长音：

——呱，呱，……

他是这样的圆滑，几乎从我的手上跌下，我跪着望他，哈哈笑将起来，我很高兴见他，但是我忘了我所应当作的事……

——割呀……——母亲低低地说，两眼紧闭，脸内凹，现土灰色，好象死人的面孔一样，嘴唇微微拨动：

——用刀……割……

我的小刀在木棚里被人盗去，我用口齿咬断脐肠，产儿叫出偶娄府人的憨音，她却微笑起来，我看见她的深眼十分无色，泛出青苍的火光，乌黑的手往裙下摸，找口袋，咬破的，被血涂染的嘴唇颤动：

——没力量啦……口袋有带子……缠起肚脐……

我找到带子，替小孩缠起，她更辉煌地笑起，这样美好而且光灿，我几乎因此笑而两眼眩惑了。

——你整理整理；我去把他洗洗……

她不安地嘟哝道：

——你小心看着——轻轻地……小心看着……

这个赤裸的人儿一点也不需人留意：他握起小拳头，哦哦的叫，有如呼人斗争似的：

——呱呱……呱呱……

——您，您！小兄弟，自己要硬实些，不然邻近的人很快的就扯下你的头……

他特别庄重而且高声叫了一下，当我把他初交给那欢快溅击着我们两人的海浪的时候，之后我用水冲洗胸腔和脊背，他鼓起两眼，透人心骨地喊叫起来，然而浪花却一阵随着一阵洗涤了他的周身。

——你吵，偶娄府人，用全力叫喊吧……

当我和他转来的时候，她躺下了，重新闭着两眼，咬住嘴唇，受羊水浸流的苦痛的折磨，但是虽然这样，在呻吟和叹息之间，我听见了她的危亡的低语：

——把他给我……给我……

——等一等。

——给我……

她用了战抖无力的手解开胸前的长衣，我帮她解放了她的乳头，将乱动的小孩贴向她的身旁，他一下全都明白，不作声了。

——神圣的、净洁的圣母，——她战惊叹息，沿着背篮头向两面摇动。

忽然间，叫喊了一下，沉默起来，之后重新睁开了这一对美不可喻的青蓝的两眼，望着蔚蓝的天空，在它们里面燃起而且融化了感激的欢乐的微笑，母亲缓缓地抬起了手，替自己和小孩画十字……

——谢谢你，净洁的圣母……哦……谢谢你……

两眼失神凹下，她几乎喘不出气，久久的沉默着，忽然张忙起来，坚决的嗓音说道：

——小青年人儿，缠起我的背篮罢……

我缠起了，她注视了我一下，微弱地笑起来，仿佛——几乎不可见——红润的颜色浮泛在凹入的两颊和汗额上。

——你去罢……

——你不太忙吗？……

——哦哦……你去……

我去到不远的矮丛里，心似倦乏了，但在胸腔里有怎样温和的鸟在唱歌，并且这联合了不沉默的海声，是异常美妙，真能听个一年呵……

近处有个地方，小溪淙淙地流着——确象姑娘和女友叙述自己的恋人……

矮丛上抬起缠好黄巾的头。

——唉，唉，这是你，忙起来太早！

一只手攀着树枝坐下，恰象流尽了似的，灰惨的面上没有一点血色，眼上带着蔚蓝的湖光，她亲密地发出低语：

——你看他睡的怎样……

他睡得很好，但在我看来，一点也不比别的孩子强，倘若有分别，那只在地方的情景不同罢了：他躺在偶娄府不生长的矮丛下一堆光灿的秋叶上。

——你可以睡一会……

——不，——摇着颈脖上的头说道：——我要得收拾，也走上那个地方去，……

——上阿切堤？

——正是，我们同乡的，你想，走了多少里了……

——是的，莫非你能走么？

——那圣母呢？帮助……

哦，如果她已经同圣母一阵，要得住口！

她顺着矮丛窥看那不高兴的小脸，两眼流出亲密柔和的爱光，舐动嘴唇，手慢慢抚摸着胸膛。

我架起柴禾，摊上砖块，为的想放上茶壶。

——暂一刻我用茶款待你……

——哦，喝一点……我胸腔里干透了……

——这些同乡的怎么抛下了你？

——他们没抛下——为什么，我自己离开的，他们喝酒，……这也很好，不然我怎能当着他们解衣卧着……

她看了一下我，将肘来遮蔽自己的面孔，之后，吐出一口血，羞惭地微笑了一下。

——你这是第一次么？

——第一次……你是谁？

——类似乎人……

——自然是人，娶过亲了么？

——不配……

——扯谎？

——为什么？

她垂下两眼想道：

——你怎么懂得妇女的事情？

现在还是撒谎好，我于是说：

——这事我学过，你听说过大学生么？

——怎么，我们这里神父的大儿子也是大学生，他学神父……

——我也是其中之一呵，我去取水……

妇人曲下头向着儿子听听他是否呼吸。以后向海洋方面看去。

——我倒想洗洗，不过是生水，这成什么东西？又苦又咸……

——哦，你用它洗洗罢，是健康的水。

——哦！

——实在的。并且比溪里的要暖些，那溪水就象冰冻一样……

——你知道……

阿伯罕人走过，头挂在胸腔上打盹，一只枯瘦的小马支起耳朵，用圆黑的眼向我们一映，鼻腔呼噜作了一下响，骑马的人小心地掀起戴着瓜皮小帽的脑袋，也向我们这方看了一下，头又重新垂下。

——这里这些人靠不住，像貌也可怕，——她低声地说了。

我走去。清活的水纹好似水银，沿着石上唱着，跳着，在它的里面秋叶翻来覆去，真奇异呵，我洗了脸和手，灌满了一壶水，正走着，看见矮丛那面，有个妇人顺着地下石上爬，惊慌地回头不住探看。

——你弄什么?

她害怕，面孔成灰色，将有种东西往身下藏，我猜到了。

——给我来埋……

——哦，亲人！怎么？你要得放在澡堂里地板下。（此地迷信胎物，须如此办理）……

——这里能很快就建起澡堂么？想一想！

——你闹笑话，可是我害怕！忽然有野兽来吃……东西应放的是地方……

她身子扭向别一方，将沉重的湿包交把了我，羞惭地低声求道：

——那末你最好是埋深些，看着基督面上……怜惜我的小孩，作事放实在些……

当我走回来的时候，看见她蹒跚地走，手向前伸，因为从海里出来，裙子湿透了半截，面色微微发红，确象由内部散出光辉，我助她走到柴禾跟前，我惊奇地想道：

——好个有气力的妇人呵！

之后她饮了蜜茶，轻轻地问我：

——学业抛弃了么！

——抛弃了。

——酒喝醉过，是怎么的？

——好人，实在是闹过酒呵！

——你看你是个什么样人！我还记得那回事，在苏胡木看见的，你和上司为着粮食吵骂起来。我在那个时候便想道：大概是说，醉鬼，这样无法无天的……

她有味地用舌舐着干唇上的蜜，两只青眼不住向矮丛下面瞅，那里正静稳地睡着小小的新偶娄府人呢。

——他怎么睡的？——她望着叹气。——你帮助我，谢谢……至于对他好不好，那我已经不知道……

她吃了，喝了，画了十字，当我整理琐事这一刻，她是梦似的点头打盹，仿佛想起了什么，失神的两眼重新看着地下，之后立起身来。

——莫非你要走么?

——我要走。

——哦，你得在意!

——那圣母呢? ……把他给我!

——我来抱他……

争执了一回，她退了步，于是我们并排走去了。

——几乎我没打倒，——她负罪地微笑着说了，并且将手放在我的肩上。

俄土的新居民，命运不明的人，躺在我的手里呼呼喘着。海嗞嗞地溅击起来，全变成白的泡花，矮丛低语，太阳行过了中天在照耀着。

我们轻轻地走去，有时她深深叹息，停了步，头往上仰，向四方探看，向着海，向着森林和山，并且以后看一看她儿子的脸，被苦痛的泪湿透了的她的两眼，又重新现出眩人的光芒，又重新展放而且燃起无竭的爱的青蓝的火焰。

有一次她停下说道:

——主呵，上帝! 怎样的美妙呵! 我就这样的走着，直走到世界的尽头吧。至于他，孩子，长起来，靠我的怀边，在自由的空气里长起来，我的亲生孩子……

——海在絮语，海在絮语……

戈里奇：即高尔基（1868—1936)，原名阿列克赛·马克西莫维奇·彼什科夫。他生于木工家庭，当过学徒、码头工、面包师等，流浪俄国各地，经历丰富。他一八九二年开始写作。早期作品描写俄国资本主义社会对人的摧残，下层人对自由的憧憬。如《马卡尔·楚德拉》等。他的《鹰之歌》、《海燕》等诗反映了作者激荡的革命之情。一九〇五年与列宁会面，思想又有飞跃。一九〇六年发表长篇小说《母亲》被认为奠定了无产阶级文学基础。一九三四年他当选为苏联第一任作协主席。他的一生对无产阶级革命和文学事业作出了卓越的贡献。

黄花集

（短小说集）

北京未名社 1929 年 2 月初版，《未名丛刊》之十八

渴睡

[俄国] 契诃夫

深夜的时候。小保姆华里珈，十三四岁的女孩，摇动里面卧有婴儿的摇篮，口中微微发出唔唔的声音：

拍哟——拍哟——拍哟，

我来唱个小歌哟……

在神像的前面，绿色的神灯燃着；通过屋子中间，从这角到那角，拖着一条长绳，绳子上面，挂着很大的黑裤和包被。神灯映到天棚上有块大绿色的印痕，包被和裤子在暖炉、摇篮和华里珈身上，射出很长的黑影。……当神灯开始闪动的时候，印痕和黑影活跃而且摇摆，好象被风吹了似的。空气沉闷的很。满散着酸菜汤和皮鞋料的气息。

婴儿哭着。他的声音早已发哑，而且哭的很倦；但仍然还是叫喊，不晓什么时候才能止下。华里珈想睡。她的两眼乱眨巴，头往下伸，颈脖疼痛，她的眼皮嘴唇，都不能动弹一下，她觉着，她的面孔干枯而且木麻，头小得如撇针头子似的。

“拍哟——拍哟——拍哟——”她唔唔的哼：“我来给你煮粥呵……”

暖炉子上，灶虫乱鸣。在隔壁小门后面，主人和助手安法那西正打着呼声……摇篮凄惨的吱吱的响，华里珈自己唔唔的哼——所有这一切连合成了当躺在卧铺上时，一种极愉快听闻的黑夜催眠的音乐。然而现在这音乐却只是激怒和逼压，因为她已经打盹，睡觉却不能够。假如华里珈不幸睡着了，那女主人便要责打她。

神灯光摇不止。绿的印痕和黑影摆晃起来，侵入华里珈半开不动的两眼上面，和她的充满了朦胧的幻想半睡去的脑海中间。她看见一团团追逐的阴云，好象婴儿似的叫喊，但是忽然寒风吹起，阴云便坠落下来了。华里珈又看见淡水泥覆盖很宽的碎石道。在碎石道上，货车拖的很长，人们驮着背篮，缓缓的行动，仿佛有些黑影来回游晃；在两旁的地方，透过寒冷森严的烟雾，现出森林。转瞬人和背篮，黑影，落到大地的淡水泥里面。“这是为什么？”华里珈问。“睡觉，睡觉！”他们回答了她。并且他们睡得很熟很甜，在电线上，盘踞着些乌鸦和喜鹊，好象婴儿一般叫喊，来极力唤醒他们。

“拍哟——拍哟——拍哟，我来唱个小歌哟……”华里珈唔唔的哼，而且她已经看见她自己是在阴暗沉闷的小茅屋里了。

她的快死去的父亲耶费木·司基板诺夫在地板上翻转不安。她没有看见他，但是却听见他是怎样因为疼痛顺着地面上呻吟乱滚。他的病，正如他所说，“害的疝气症。”疼痛异常的很，他连一句话都不能够说出，仅只很费力的吸气，又用嘴唇吐出击小鼓的声音：

“噗——噗——噗……”

母亲匕拉格亚跑到庄上对主人说，耶费木就要死了。她去的很早，大概该是回来的时候了。华里珈躺在暖炉子上没有睡。听着父亲“噗噗噗”的声音。但是恰好此时有谁来到茅舍跟前。这是主人派来的少年医生，从城里赶到这里。医生走进茅舍，在黑暗中却显不出，但是听见他咳嗽和弹门的声音。

“点灯，”他说了。

“噗——噗——噗。”耶费木作出应声。

匕拉格亚慌忙的走到暖炉子跟前，急找铜火匣。一分钟沉默过去了。医生很怔怒的往口袋里掏，搬起了自己的铜火匣。

“停一会，好先生，停一会，”匕拉格亚说着，忙从茅舍里跑出去，过没多大工夫，手拿残蜡头转回来。

耶费木双颊透红，两眼闪烁耀明，目光有些特别，锐利，十分像是看穿了茅舍和医生似的。

“喂，怎样，你是在想什么？”医生屈身向他说道。“唉！你这是很久了么？”

“有什么？死的时候到了，先生……我活不了啦……”

“真是胡说……医治得好！”

“这是你的愿望，先生，我们诚心感谢你，不过我们明白……假如真是死了，这有什么。”

医生在耶费木身上费了有一刻工夫，以后抬起头来说道：

“我完全没有办法……你要得上医院去，那里给你施外科手术……一定得去！再迟一点，医院里都就睡了，但是这也不要紧，我给你写个字条。听见了么？”

“好先生，他坐什么东西去呢？”匕拉格亚说，“我们没有马。”

“不要紧，我去请求主人给你马。”

医生走去，蜡烛熄灭了，又重听见“噗噗噗”的声音。……半小时以后，有人来到茅舍跟前，这是主人派上医院去的小车。耶费木预备齐妥，乘车走去了。……

美妙鲜明的早晨到来。匕拉格亚不在家，她到医院打听到底给他施什么样办法。有处婴儿正在哭喊，华里珈仿佛听有人用她的嗓音在唱：

“拍哟——拍哟——拍哟，我来唱个小歌哟……”匕拉格亚回来了，她划着十字，轻轻的说：

“夜间给他诊治，快至天明，灵魂便交给了上帝。……升了天国，永远的平安了。……有些人说，事情弄迟了。……应该早些。……”

华里珈走到林里，在那里哭，忽然有个人照着她的后脑盖打去，用了异常大力，她的头被撞在一棵桦树上。她抬起两眼，看皮鞋匠主人正在自己面前立着。

“你这是怎么弄的，懒丫头？”他说，“小孩子哭，你睡觉？”

他狠狠的扯动了她的耳朵，她头乱哆嗦，连忙摇晃摇篮，唔唔哼起了自己的小歌。绿的印痕和黑影对她眨巴的眼摇晃起来，很快的又主宰了她的脑海，她又看见覆满了淡水泥的碎石道。背上驮着背篮的人们和黑影，伸腿躺下，熟熟的睡去。华里珈一望见他们，心里就非常想睡；也许卧下很快活，但是妈妈匕拉格亚和她一阵，却催她快快的走。她俩个忙到城里找工做。

“施点东西吧，为着基督！”妈妈向路上的人请求。“施点上帝的恩惠，好心的爷爷！”

“小孩送到这来！”有个熟人的声音回答了她。“小孩送到这来！”重复那照旧的声音，但却已经暴怒而且严厉。“你睡，下贱的丫头？”

华里珈连忙立起来一看，才明白了是怎么一回事：碎石道，匕拉格亚，路上人全没有。在屋子中间仅只是女主人站着在喂自己的小孩。当肥胖宽肩的女主人喂哄小孩子的时候，华里珈在一旁站着，两眼对她看望，等候她的事情终了。壁窗的外面，天空已透露青蓝色，黑影和绿的印痕在天棚上显现苍白。朝晨快到来了。

“抱去，”女主人忙扣上胸前小衬衣说道。“他要哭，一定是有什么东西吓了他。”

华里珈搂过孩子，把他放在摇篮里边，又摇晃起来。绿的印痕和黑影渐渐消失了，已经没有什么东西再能模糊她的脑筋了。然而想睡，可怕的想呵！华里珈把头放在摇篮边上，用全身来晃，为的想躲开了迷梦，但是两眼仍然眨巴，头也沉重的很。

“华里珈，暖炉子烧着！”门后面发出主人的声音。

已经到了工作的时候了。华里珈放下摇篮，忙跑到草棚里取木柴。她很喜欢。跑和走的时候，已经不是这样想睡，象坐着时的情景。她取回来木柴，烧起炉子，她感觉到她的木麻的脸是怎样好了，思想也怎样清明。

“华里珈，铜暖炊端上来！”女主人高声的喊。

华里珈劈裂松明，但是刚才把它燃起，向铜暖炊里塞进去。恰好新的使命到来：

“华里珈，给主人的皮鞋套洗刷干净！”

她坐在地上，洗刷皮鞋套，她想许是很好，假如把头放在大而且深的皮鞋套里，躺在里面打一回盹……忽然皮鞋套涨大，装下了全屋，华里珈刷子失手，但此时头连哆嗦，大睁两眼，热力的看望，想教一切东西并不曾扩大，在她的眼里也不曾转动。

“华里珈，先从外面台阶上刷洗起，不然有来定活计的看着使人真难受。”

华里珈刷洗台阶，收拾各屋，以后烧别的炉子，又跑到小铺子上去。工作很多，连一分钟闲空都没有。但是任何事没有像立在一块地方，靠小橱桌跟前，削洗马铃薯这样难受。头向前伸，马铃薯在两眼里发花，小刀从手里滑下去，旁边又胖又发怒的女主人袖头挽在手上来回的走，说话声音很大，在耳朵里发响。伺候吃午饭，拭洗补缝，也是和这同样的苦楚。有时想睡，什么也不顾，就歪倒地上。

白昼过去了。华里珈一望，窗户上正已发黑，用两个小拳头紧按着木麻的太阳穴，微微的含笑，自己也不晓是为什么。迷茫的晚色亲密的来抚慰她的朦胧的两眼，而且以迅速的好梦招约她。晚间时分，来了一些客，瞧看女主人。

“华里珈，铜暖炊端上来！”女主人大声的喊。

女主人的铜暖炊很小，在来客没喝好茶之先，生了有五六次火。自喝茶以后，华里珈整个钟头在一旁站着不动，对客看望，等候遣使。

“华里珈，快跑去买三瓶啤酒来！”

她离开原位连忙跑去，特别用力加快，为的想逐去了梦魔。

“华里珈，快去取烧酒来，华里珈，拔瓶塞螺旋钉在哪里？华里珈，去洗涤鳣白鱼来！”

以后客散去了，火已熄灭，主人们便躺下睡觉。

“华里珈，晃小孩子！”最末一个使命出来了。

暖炉子里，灶虫乱叫，映在天棚上的印痕和裤子，包被的黑影，又侵到华里珈半开的两眼上面，诱迷她的脑海。

“拍哟——拍哟——拍哟，”她唔唔的哼：“我来唱个小歌哟……”

小孩子叫喊已经很疲乏。华里珈又看见水泥道，驮着背篮的人们，匕拉格亚，父亲耶费木。她全都明白，一切全都晓得，但是穿过了半梦境的她，无论如何却只是不能明白那种绊住她的脚手，压迫她，扰乱她的生活的力量。她向四围一望，追寻这种力量，想从它逃脱，但是却没有找着。最后她疲倦的很，尽所有的力量和目光，往上看那正在闪动着的绿印痕，又听到了喊声，于是她找到了扰乱她的生活的仇人。

这个仇人，正是小孩。

她笑将起来。她很惊异：怎么这样的小事，她以前不能够明白？绿的印痕，黑影和灶虫，仿佛也都正在笑而且惊异。幻景主宰了华里珈。她从鼓凳上立起来，现出满脸笑色，两眼并不眨动，在屋里走来走去，因为这种思想，她又高兴又好笑，觉得她此刻才从绊住她的脚手的小孩得救……杀死小孩，以后便睡觉，睡觉，睡觉。……

华里珈又是笑，又是睐眼，又是用手指威吓绿的印痕，轻轻走近摇篮跟前，歪倒小孩子身上。把他刚闷绝了气，她便在地上躺下，欢喜的发笑，因为她可以睡去，过有一分钟工夫，她已睡得很熟，好象死了似的。……

一九二四年在北京译

契诃夫：（1860—1904）生于小商人家，莫斯科大学医科毕业。一八八〇年开始发表作品。鲁迅说他是“在中国最为大家所熟识的文人之一”。他写过许多著名的短篇小说和剧本，除这里译的《渴睡》等篇外，如《胖子和瘦子》、《哀伤》、《苦恼》、《万尼亚舅舅》、《三姊妹》等。他的《变色龙》和《套中人》至今脍炙人口，使他成就了一位大作家。

无 名

[俄国] 契诃夫

在第五世纪，也像现在一样，每早晨太阳升起，每晚上它又落下。清早，当第一次阳光同朝露接过吻的时候，大地是复活了空气，是充满了欢喜、愉快、希望的声音，到了晚上，原来的大地静寂了，坠入森严的暗黑里。白昼依旧是象以前的白昼，黑夜依旧是黑夜。时常有阴云陡起，雷声怒鸣，或则从天空里失神的星坠下，或则苍白的修道士迅速跑过，告诉同事兄弟们距修道院还远的地方，他看见了老虎——仅仅是这些，白昼依旧又是象以前的白昼，黑夜依旧是黑夜。

修道士们做工，并且祈祷上帝，他们的掌院的老人玩弄手风琴，著做拉丁文的诗歌，并且写了一些乐谱。这个奇异的老人有十分的才能。他玩手风琴运用这样的高艺，就是那一生听闻极富的老修道士，都不能忍住眼泪，当从他的禅房送来手风琴的声音。有时候不论他说什么，就甚至于是极平常的，譬如说树木、野兽或则大海，去听他都不能不带着微笑或则泪痕，并且觉着，在他的心灵上面响动着有这样的音弦，好象在手风琴里的一般。假若要是他生了气，或则特别的喜欢，或则他开始来说不论什么可怕和伟大的，于是那热烈的灵感把他占据，在一双亮晶的眼里，涌出泪珠，脸上发了胭脂的红色，嗓音如怒雷的鸣声，连那听他的修道士，都感觉到，他的灵感是怎样钉住了他们的心灵；在这种美妙的、奇异的几分钟里他的权威是无限，并且倘若是他命自己的老人们去投海，那他们恐怕没有一个不欣欢的急急履行他的意志。

他的音乐、嗓音和诗歌，赞美了上帝、太空和大地，对于修道士们，是永久愉快的源泉。这所以然，是由于在单调的生活下面，春秋花木愁苦了他们，海的声厌倦了他们的听闻，鸟的歌变成了无趣味，但是有天才的掌院的老人，却象面包一样，是每日的必需品。

几十年过去了，所有的白昼仍然象以前的白昼，黑夜仍然是黑夜。除开了凶野的鸟兽，靠近修道院，不曾见过一个人。极近的人家住的都很远，要想从修道院去到哪里或则从哪里来到修道院，必须经过百十里的荒地。只有看轻了生活的人，离开了生活，才决心的经过荒地，来到好象入了墓里一般的修道院。

所以这是怎样的惊奇了修道士，当着有一次深夜的时候，出现了一个城里人，并且是极爱人世生活的普通罪人，来敲他们的门！在没有向掌院的好言请问和祈祷之先，他要求酒和吃食。在问题上，正好他是从城里来到荒地，他回答一些打猎的事实：他去打猎，把剩下的都喝了，一下迷了路途。在请求上应该向着修道士并且赎救自己的灵魂，他却回答了微笑和几个字："我和你们不是同志。"

他吃喝得醉五醉六的，回顾了侍他的修道士，摇动申斥数落神情的头来说：

——什么你们也不做，修道士。仅仅只知道吃和喝。难道这样灵魂便能得救？想一想：当你们正在这里坐着安安顿顿的吃、喝，幻想着幸福的时候，你们的邻人都毁灭到地狱里去了。你们看一看，在城市里是做些什么！有些人从饥饿里死去，有些人不知银钱向哪里搁，把自己消沉在淫邪里，好象粘在蜜上的苍蝇一样送命。在人们中间，没有信仰和正义！去救他是谁的事？去祈祷是谁的事？是我这从早到晚的醉鬼么？难道上帝把和平的精神，热爱的心和信仰交给你们，是为的想望你们在四块墙头中这里坐着，什么事也不做？

城里人的醉话是勇猛而且无礼，但惊奇的神情，却对于掌院的有了效验。老人同自己的修道士彼此看望了一下，脸色苍白地说：

——兄弟们，他实在说的不错！实际上，可怜的人们因为误会和懦弱性，都灭亡在罪污和无信仰里，我们不曾动动步，好象这与我们是无关似的。到底因为什么我们不去，不使他们忆起他们所忘去的基督？

城里人的话诱动了老人，在有一天他拿起了手杖，同弟兄们辞别，走向城去。于是修道士们只落得没有音乐，没有他的言语和诗歌——住着。

他们一月又是一月过的很难过，然而老人不曾回来。之后，过了第三个月，听见他的手杖很熟悉的叩门声音。修道士们奔忙的去迎他，乱问了许多问题，然而老人替换了他们的欢快，哀哀的哭着，一个字都不曾说。修道士们已经注意：他是异常衰老而且清瘦，他的面目是疲惫而且显现深沉的愁苦，当他哭的时候，带有被损害者的一副相貌。

修道士们也哭，并且一齐来详细的讯问，干什么他哭，为什么他的脸色这样愁闷，但是他一个字都不曾说，并在自己的禅房里关起来。七天他自己坐着，什么也不吃，不喝，不玩弄手风琴，只是哭着。敲他的门，修道士们请求他出来，并且对他表了自己的忧伤，他却以深沉的静默做了回答。

之后，他出来了。招集所有的修道士环绕着自己，他带着泪痕的脸色，和愁苦、怨恨的神情，开始来诉说他在最后的三个月的经过。他的声音是平稳，两眼是微笑，当他描画从修道院往城去的自己旅途的时候。在路上，他说，小鸟给他歌唱，小河给他琤琮的声响，并且甜美的、少壮的希望鼓舞着他的心灵；他走着，已经感想自己是个赴战而且相信可操胜利的士兵，他幻想的走着，并且编小诗和颂歌，不曾注意旅途是怎么完的。

他的声音触动了，他的两眼炯炯发光，他是十分的愤怒，当他开始来诉说城市和人民。在生活里不论什么时候他不曾见过，甚至于连自己都不敢想象过，他去到城里所遇见的。在生活里这仅仅是第一次。在老年的时候，他看见了并且明白，魔鬼是怎样有力，罪恶是怎样美妙，并且人们是怎样卑污，薄情而且弱小，在不幸者的机遇里。第一个住户，他进去的，是卖淫的屋。有好几十人，都是有钱的，吃而且不计量的喝酒。喝醉了的，他们唱小曲，敢说怕上帝的人所不能决定说的万分恶劣的话；无限的自由、豪壮、幸福，不论上帝，不论魔鬼，不论死神，他们都不怕，说了而且做了一切所想望的，他们上哪去，他们的淫气便赶到了哪里。酒的清冽，好象琥珀，蒙满了金黄的灼光，大概是异常的芳香而且甘美，因为每一个饮了的人，总带出幸福的微笑并且想再喝。在人的微笑上它也报答一微笑，当人喝它的时候，它愉快的闪耀着，实在是知道，有怎样的魔的神美，它隐藏在自己的欣欢里。

老人更加愤怒了，并且因此痛哭，继续着描画他所看见的。有张桌子上，在许多吃喝的人中间，他说了，立着一个半裸体的淫妇。自己很难想到在自然界里，能找到有什么更美妙和娇媚的。这个小害人精，年纪很轻，长头发，黄色，黑着两只眼，厚着一双嘴唇。不要脸又"爱浪"，龇着自己雪白的牙，并且微笑，好象想说："你们看，我是怎样的卖弄风情，怎样的漂亮！"绫罗绸缎的美丽衣褶顺她的双肩拖下，精光的肉体不想躲在衣里，好象嫩苗从春日的田畦，急急的萌动穿出了百褶覆衣。卖弄风情的妇人喝酒，唱曲，赠送每人，只要谁一愿意。

再望下，老人气的摇着手，描画跑马场、牛争斗、戏园子，许多用黄泥写塑裸体妇人的美术家。他说的兴奋，俏皮，嘹亮，实在象玩弄在不可见的心弦上。修道士们痴如木鸡，用力注意他的言语，并且喜欢的喘不出气……描画了魔鬼的神美，罪恶的俊丽，和讨厌的妇人身体的娇媚的温柔，老人把魔鬼诅咒了，转身退回在自己的门后隐起来……

当他有一天早晨从禅房出来的时候，修道院里不曾留下一个修道士。他们全都跑上城里去。

一九二四年二月十二日

邂 逅

[俄国] 梭罗古勃

一

仅只是他和她。自然，他大些，她非常年青。但是有什么关系呢，他们有多大年纪？在他的记忆上有几个瞬间，和两三次会遇永远消灭不去。

在他的记忆上永远留下了北方大城市中迷茫街道十字路口上的冷天的辉煌阳光的针芒，以及和她的相遇。

她一个人在包裹得淡然而且急急于走道的人群中间走着，全脸冻的发红，在银灰的毛皮里。她的两颊泛出光灿的红润颜色，她的乌黑的两眼燃起这样绚烂，这样青春，这样愉快的光辉！并且她的在寒冻里弄得鲜艳柔红的双唇微笑起来，——向着寒冻，太阳，人群，自己的年青和欢快。她，幸福的，沉醉于不曾意识着的青春的，幸福的，走着而且微微笑着，——不，甚至还不是幸福，只是幸福的欢快的预感罢了。

好像陈在偶得司的谟尼的画上耶黎撒月塔的面孔一样，她的姣艳脸满浮着甜密轻淡的生命的欢欣和觉醒着的生活的喜悦。

她出奇地欣忭地从他身旁走过，并且已经没注意地几乎走过去了，——忽然她的乌黑的快乐带笑的两眼的神光落在他的身上。于是他俩欣悦起来，——对于他，所有外面的喧腾和光明都消灭了，除了她的一个冻得绯红，带着鲜艳柔红的双唇，被欢欣弥漫着的，沉醉于模糊不明的幸福的快乐的预感的面孔。

他走向她的跟前去，握住她的一只细手在轻暖的手套里。他和她说些什么，不值得经意的。但那又有什么要紧呢！

他问她：

——你愉快么？你高兴么？

她以快乐得发响的声音回答他：

——在这种日子我是这样想快乐和笑！倘若甚至有了酸辛也有了眼泪，我许欢喜而且发笑。

他轻轻地问问：

——欢喜什么？

于是在他的心灵上欢喜成为稀疏的，暂时的访客，倦惫不住地常来迫压，并且在他的两眼里美妙但是恶狠的女后生命，困苦慷慨的赠与者，被严肃的谴责离弃了。

她大张了惊奇的、欢快的两眼向他看着，他重复问：

——你到底欢喜什么呢？

——我不知道，——她说。——我想欢喜，——莫非这少么？我愉快啊。你呢？你不高兴吗？

——我高兴我遇见了你，——他回答道。

她笑将起来，并且说：

——你总是闹笑话。不，你是庄重地在说，——你不想笑而且欢喜么？

——我们所想的少么，——他说道，——你轻松，你忧虑和愁伤都没有？

——哦，为什么没有，——她高声叫了出来。——有时也哭。

——你最近一次哭什么？——他发出讯问。

她带着愉悦责难的神情说道：

——值得回忆！是这样，同妈妈闹点小事。她的神经失错，——她有不幸的事情发生，她是这样心神紧张。哦，有什么，值得回忆吗！

他们走着，说着，——他，仅只为她所欢喜的，她，整个被豪放无羁的快乐欣动所弥漫了的，照着创造欢欣的自由意志。

二

日子过去了。春天的时候。另一次的会遇。

田野渐渐被烟雾模糊了。在园篱之前很静。路上小小的细松当着柴门前酣密地朦胧着，永远沈浸于可爱的一己的无意识界里。晶洁的松香油汁的泪凝结了在他的皮上，——泪，有谁知道是为什么呢。灰尘在路上现暗灰色，车辙的模形在晚间的迷雾里柔细的很。

晚霞已经消灭了，但是所有的迷茫的空气充满了对于轻幽的晚霞的幻想。临在他们两人的上面，沉默的晚间空气的中间静静的幻想的低语有如萌动的欢快似的颤抖了。

他们靠园篱长椅上坐着。他曾有清灰色的希望：浆领的白条纹下窄的领带闪现红色；黄草帽将暗黑的印痕挂在脸上。

她穿着轻淡的素衣。她的匀整的两手露出，在她的美妙的面孔上还没有黝色，而且她的两双素足正是白的。

他和她仿佛说了什么。又沉默起来。他们正听着急遽的河槽上溪流对于蒙着泡沫的石块的远远的溅击。

——是回家的时候了，——她说。

——再坐一小回，——他请求。

——好，再五分钟，——她说。

他温存地注视着她的白白的赤裸的脚，问道：

——你不冷么？

她脸色渐泛红意，将脚往衣下藏起，于是说道：

——因为还不曾惯，脚有点湿冷。妈妈有时吵骂，但我无论如何不想穿“轻皮鞋”。赤着脚走是这样愉快啊。也有点丑。然而这也令人快乐而且欢笑。这样柔细的土地在赤裸的脚下，在脚下是这样温柔的灰尘。

——那碎石子呢？——他问。

——因为不曾习惯，有些疼痛，——她说。——它是这样搔的脚发痒。但是我一定想弄成习惯。

——你这是为什么？——他发出讯问。

他是这样对于京城的地沥青和石块习惯了的一个城市人。

她微笑而且说道：

——这样。我这样想。我爱，我爱我的大地。它是黑暗的，也是温柔的，也是严厉的。好像严厉而且温柔的母亲。它悯惜抚慰，——并不溺爱，有时也令人吃苦。从它那里发生的一切都是快乐的。

——从它那里岂不也有死？

她现出欣然的神情说道：

——唉唉，从它那里一切欢快啊！我是这样一个城市的女人，在这里我确像自己寻到了自己，并且由于欢快和幸福我仿佛在醉着。我这样急急于饱餐空气和光明，这样快乐地沉往河流的寒冷的水中，而且这样愉悦地将两只露出的脚紧触着大地。我是这样想做个欢快而且纯真的人，好像那辽远的海洋中间有个荒岛上的蛮族的姑娘一般。

她沈默了不语。在她的脸上现出光明的幸福的表情。

他向她一看，恋视着她。她将身子向小小的椅背上一仰，幽思似地笔直向前面探望，从她的衣角下又显出她的白白的脚的一个叠压着一个的轻盈的细致的足迹。

他轻轻触到她的交叉在膝踝上的两手，低低地问：

——为什么你今天白日不想和我一同去游逛？

她微笑了起来，低低地说：

——是的。

——明天你去么？——他问。

——不，还不是明天，以后，——她说。

——那为什么不是明天呢？——他发出讯问。

她现出亲密的开诚的表情说道：

——我目前还觉得丑，对于我的这样白白的两只脚。蠢拙的，可怜的，白白的两只脚。我等待它们什么时候蒙上就是轻微的黝色也罢。然无论如何我不想穿“轻皮鞋”。我爱我的大地。

于是她轻轻重复着说：

——我爱我的黑暗的大地。我爱。我爱。

欢快的波动把捉了她，她的胸腔战跳而且不均匀地呼吸着。她的浑身轻轻颤抖了一下。她的乌黑的两眼幽思含笑地向迷雾中探望，柔丽鲜红的嘴唇反覆着甜密的话语：

——我爱。我爱。

这永久快乐的话有如寒箫一般的响音颤抖了，在每一次她总以新的波浪而且总以另外的，更为甜密的欢欣发响。她已经仿佛由于欢欣和甜密的忧伤喘不上气，永久爱好着的话语如寒箫的低吟和叹息似的时而中止：

——我爱，唉，唉，我爱！

他移近她的身边。她信赖地贴向着他。他看一看她的面孔。面孔显现惨白。眼泪由她的两眼中流下了。她哭着而且微笑，——她的眼泪是青春的欢快的和甜密的，新兴的忧伤的眼泪。

他一环搂了她，吻了她的柔致的双颊，并且重复着说：

——亲爱的，亲爱的！

他觉到她的身体轻微战栗，听到她的欲吐而又似不能出口的低声叹语：

——我爱。

于是在那个时候他问道：

——你爱不爱我呢？

——唉唉！——她高叫了一下。

于是整个地被快乐操持了。而且颤抖，而且柔温地吻着他重复说道：

——我爱你，我爱！

她忽然以轻快的运动从他的怀里解脱。低声说道：

——亲爱的，少陪！明天再见。

小门轻微地吱嘎着大开，于是又合起来。她已经在花园里。她的衣裳在沉默的树木的浓密的荫影里微微地发白。她的白白的两只赤裸的小脚闪现在暗黑而且阴湿的小道碎沙石上。哦，她在路的折弯处隐去了，那里，为着树木的关系：台廊上的灯火约略显露得不清楚。

他久立在小门的旁边。看那今天罩蔽了她的园中树木。看那保存着她的可爱的足迹的小路。他仿佛默想些什么。他幸福而且忧伤。他的默想为幸福和忧伤饱饮了。

之后他以城市人的习惯动作将表从坎肩的口袋中掏出，望一望，想想已经晚了，已经是睡觉的时候了，于是向家中走去。

他吸烟卷。手挥着提杖。

田野是迷茫而且温暖。河上仿佛有个不懂事的顽皮人击着永久奔放的水的细流。

他默想着她，静静地在走。他的长统靴的后底轻柔地压向小道的灰色的灰里。

他的小小烟卷的红头在迷茫的空气中划出不平的火道。

裹在灰色合适而且美丽的衣里的人想也和她一样，欢快而且天真，——但是在那里取得温和烂漫呢？

向大自然学？

但是大自然沉默不语，并且它为那应当走来的人——而那人仍然还没有走来，永久的期待所困惫了呢。

三

日子过去了。是光明而且炎热的一天。他和她在田野中走着。他又穿戴着那件轻灰的短服和草帽。穿着轻巧的素衣。她的头上包着彩色的丝巾，赤裸的两脚有些黝色了。

欢笑又在她的鲜红的唇上，喜神又在乌黑的两眼里，而且双颊变得绯红。他们仿佛在说什么，——但那又有什么要紧呢！

他又发出讯问：

——你爱我么？

还是那照旧的甜蜜的回答：

——我爱你，我爱。

她笑了起来，——向着晴朗的天空，鲜绿的小草，轻轻向她迎面播扬着的风，小鸟和乌云，一切，一切，而且说，——她的悠扬的嗓音有如寒箫似地发响说：

——我爱我的大地，和碎石，和我的脚下的灰得可爱的灰尘，和小草，和田野的花，蓍草和野菊。

她笑着而且说道：

——可爱的蓍草和野菊，我爱你们。你们爱我么？

急溜的风顺着草原掠过，田野的小花摇摆起来，以蠢拙的自己的小头向她颔首。

——一切都爱你，——他向她说道。——你走动，好像乐土的气后〔候〕，大地紧触着你的两脚，温柔地吻着它们。

她笑着而且散出亲密快乐的光辉，在小草和穗丛中间走着，有如远方的乐土的女后。急溜的风吻着她的脚，太阳，晴朗天气的可爱的太阳在她的脚旁撒出自己的金黄的热光。

以后……以后发生的有什么不一样么？生命存在着，事迹偶尔遇合了，将来也要遇合。日子一天一天过着，将来也要向前过着。在恶狠的白昼的愁苦的嚣腾里纯真的幻想的快乐的光一闪，而且平和的快乐的愉悦将被有限裁制着。但这有什么呢？在记忆上这些坦然的时光，这些快乐的会遇，和这幻想和幸福的亲密的细语终是消灭不去。

遵着自由意志所创造出来的幸福的。

一九二五年七月二十二日译

（载一九二六年《莽原》第一卷第四期）

往绮玛忤斯去的路

[俄国] 梭罗古勃

一

在净心节时，西涅戈罗夫家庭里，好像去岁，也好像通常一样，有种节前的热闹。特别快乐的是年纪幼小的家人，十二岁的孩子，中学校学生涡洛加，和九岁的兰诺琦珈。

他们参加用各色绸布块、碎条以及翻印的小画来装饰鸡蛋，觉得非常有趣。并且在他们家庭里节时照例用的洋红，在热水里放出自己的血红色这样助兴。同样很快意的是尝一尝奶饼，——它甜而有味，虽然还潮湿，还没有用夹板压，却是拿大木匙子直接从沙锅里舀出来的，然而那样自然更有趣些。

妈妈操虑着家人和仆人的赏物，——为的想大家落个满意，而且花费的也不过多。父亲摇起债条沙沙地响，恼悔地皱起额头，喃喃地说：

——唉，唉，这就是我的节！你看它们在我那里蹲着，——他摸着灰白的头发下自己的红色后脑盖说。——我很高兴，有些人说起把节缩减。不问涡洛各达那里“主教”尼匡怎样不写，缩减却是绝对必需的。

中学校学生涡洛加懂事似的辩道：

——呵，复活节他们不能给我们缩掉。这个节怎样也得留下。

亚历山大·加拉久诺维奇·西涅戈罗夫愤怒地说，带着不期然而然的妒忌的神情看着自己小儿的无忧虑的红润面孔和孩子似的微微狡笑：

——不行，我第一件事倒正要缩掉这个节。不管在哪一天出去不了这么多的钱。

他的妇人，耶喀捷林娜·康士坦丁诺夫娜把他停下：

——撒沙，您得怕上帝！当着孩子们，您说些什么话！而且完全不象您，——您决不是这样悭吝的。先前您自己也常是这样爱这个节。

二

在这个时候，林娜·亚历山大罗夫娜，西涅戈罗夫的长女，高身量，苍白的脸、黑眼睛的姑娘走进屋里来。她听清了话语，不快意地笑了一下，轻轻说道：

——是的，我在这件事上和爸爸完全同意。我们要什么节！我们有什么复活节！我们向谁说基督复活！我们以爱拥抱着谁！

耶喀捷林娜·康士坦丁诺夫娜恐怖地喊道：

——小林娜，小林娜，您说什么！您怎么问这话，向谁！呵，自然，向自己的亲人，向朋友，向相识者。

林娜轻轻地，忧伤地说道：

——唉，唉，亲爱的妈妈！什么向亲人，向相识者！这是一个全世界的节，为着所有的人。在教堂里领圣礼，当着这应该饶恕所有自己的仇人，所有的，以恶加诸我们的人。然而我将怎样呢？他们处死了我的未婚夫，现在我的心里已没有恶恨，我饶恕了。审判官、刽子手，——上帝和他们同在！但是怎样展开我的怀抱，我怎样亲吻呢？

妈妈严厉地说道：

——林娜，基督究竟复活，倘若你要信仰了，你许寻到安慰。

林娜微笑了一下。她知道，不论母亲，不论别的谁都不能告诉他以安慰的话，这些言语许连她自己也不曾知道的。于是她沉默地走自己的路去了。

三

不曾为理知辨正的，但是对它反博得胜利的，往古的神信，你怎么不安慰我？

你看，他们杀害了我的友人，而且他充满了高傲的希望的，好像在他以前成世纪里许多死在复活底希望里一些人一样，去赴死亡，去赴可耻的极刑。但是在我的心里有暗黑的凄伤和愁痛，并且只我一人无力地愁痛看么？

昔日童年的回忆在无事愁痛着的脑海里唤醒了。她忽然想读一读《福音》中的一页。

林娜找到了一本小小的书。翻开《路加福音》，读了关于基督在从耶路撒冷往绮玛忤斯去的路上显现给两位徒弟的故事，——纯真而且动人的故事。

“我们的心在我们身上不是火热的么？”

林娜合起了书。为甜密而昏乱的搅扰困惫着的她。戴起春天的帽子，穿上单外衣，走到了大街上去。

四

是圣礼拜六日①，天色已经晚了。

两位青年人，头上油抹的很厉害，发非常之卷，从理发铺走将出来，他们怪快活。打扫街院的人，将各样彩色的玻璃杯悬挂在从这一根汽灯柱到另一根的细丝上面，为的是铺陈光彩。年轻的女裁缝急急地跑过去，大声发笑。拉车夫是已经吃醉而且脸色通红了。

年轻的电信技手仿佛往那里送两位小姐，她们在自己华美的服装里，

---

① 复活节的前一日，即礼拜六，称之为圣礼拜六。

冻得发冷。他劝慰似地对她们说：

——在我们的教堂里要强的多，怎么能够比。嚇！

两位小姐在一起，她们仿佛说些什么，但是风将她们的话带去了，林娜没听清她们所说的。

一切都仿佛是照例闲散的。人们预备着过相传下来的节，许多节中的一个节，——而且应成为许多节中的一个节的，许多庆祝中的一个庆祝的一日，将来自然只是一个例日，无聊生活底不可避免的元素之一。

但是能说我的心在我身上不是火热的么？

五

在两条闹街的十字路口上，有个人向林娜身边走近，好像是她的相识者。但是烟雾蒙着她的记忆，而且她的两眼上有看不见的，但是沉重的枭布。她的意志为凄伤和愁痛锁住，她甚至也不愿想起她在那里见到了自己料不到的同路人。

在他没有一点和多数普通人特别不同的地方，——寻常的城市的衣服，知识阶级人的面孔。只有两只乌黑的眼底深沉的视光这样搜寻，林娜觉着，——他是在探看她的心灵的极深处。而且她的心火热着。

他轻轻地问林娜：

——你这样深思着什么？你为什么这样忧伤？

于是林娜向他说道：

——我的忧伤怎么使你惊奇！莫非你不知道这几年在我们这里所发生的事么？

他问：

——发生了什么事？

林娜长时间地向他说，又是诉苦，又是流泪。俨然像和自己在谈话。她的两眼探看为红的灯火所毁伤了的闹街底沉黑。她的心颤动而且火热。

当林娜沉默住的时候，他轻轻地向她说，但是在嗓音里带着这样的力，好像有权柄的人似的：

——能说这不是畏葸无能么？我们的真理是应得这样来到世界，这样，——在弱者忍受不了的苦难里，在超越人力底准衡的勋业里。或者你是在期待着轻快的事物，当你谛听了你的圣贤先师们的话，能说他们没教你那种秘密，在大地上许没有能够避免圣书中预言了的命定的生活行程的那种力？

他引圣书的话，把它们解说了。她的心火热地在她身上。

她情怯地问道：

——他呢？处了极刑的我所曾经恋爱的未婚夫呢？他在哪里？

于是她听到了柔和的语音：

——他和你在一起。

她举起惊奇的目光在自己的同伴身上，于是又听到：

——我永远和你一起，我的亲爱的未婚妻，——你要安慰自己！或者你不知道我，——那在神秘中走来的我？

快乐波动着的林娜问道：

——但您是谁呢？

于是已没有任何人在林娜身旁。匆忙的人群中，闹街的惊扰的半沉黑里，她的同伴消失了。只有一位大学生，生有乌黑短须，听到她的不安喊声，笑着回看一下林娜，于是连忙吸着烟卷，冷淡地走过去了。

但是林娜心里快乐，她的乌黑两眼燃起喜悦光辉。他和她一起，他永远和她一起。她的心里，她的思想里，她的行动里，她所恋爱的他无处不在，和她一起！不要害怕而且凄伤，要相信而且去作他所作过的，爱他所曾爱过的，——和他来分战败底忧伤和胜利底喜悦。和他一起，永远和他一起！

六

林娜在复活节的快乐的钟声响时，转回家来，满面浮泛着喜悦的光辉，而且由于幸福和甜蜜的忧伤流泪哭了。她以幸福的、疯狂的言语低低地、低低地向光明的节下灯火，向播扬着表面慰安的风说道：

——哦，我幸福的！我也曾在往我的绮玛忤斯去的路上，而且在我的迷濛阴黑的路上，在静寂和神秘里向我走来的他，和我畅谈了，并且我，幸福的，幸福的未婚妻，在我的绮玛忤斯地方，获得了他。

译于八，八，三一八惨案之年

梭罗古勃：（1863—1927）本名菲奥陀尔·库齐米奇·杰杰尔尼可夫。俄国颓废派作家，象征派的代表。一八八四年起发表作品。写小说、诗歌和剧本。作品中充满悲观情绪，歌颂死亡，宣扬脱离现实，描写变态心理。鲁迅先生评他时说："十月革命时，许多文人都往国外跑，他却并不走，但也没有著作，那自然，他是出名的'死的赞美者'"。

（载一九二六年《莽原》第一卷第十八期）

极乐世界

[俄国] 札伊采夫

Avant le temps tes tempes fleuriront,
De peu de jours ta fin sera bornée,
Avant Ie soir se clorra ta journée,
Trahis d'espoir tes pensers periront.
P. de Ronsard.

未老鬓先白，末日在斯须，
黄昏逐白昼，万念付长吁。

一

他是一个沉静、丑陋而且生得不合适的孩子。母亲死的早。从生活的初年便惯于孤独，他有时也喜欢这。但是那种所谓空想的东西却发达起来。

他的父亲是教授，研究莎士比亚，住在昔夫采·乌拉热克，两层楼带园的独座房里。父亲不年轻，有名。体面的人们来他们家里拜访。

他不爱他们。通常他所爱的人不多，但是他却喜欢家庭女教师玛尔加里特·基里罗夫娜，弹钢琴的，高身材的女郎。从她的手上散出香的气息。她的两眼乌黑、美丽。

——玛尔加里特·基里罗夫娜，——他有时在下面向她说，正当父亲在上面研究莎士比亚那个时候：——弹一弹里司特（Sist）的狂歌吧。

她微笑地弹起来，他却走近，靠向她的肩膀，沉默地望着她的两只长长的手。

——你喜欢么？——她问。

——很喜欢。

——哦。你去预备功课吧。空想没有好处。

她又笑起来，补足说道：

——你也这样过于是诗人的孩子了。

诗人的孩子走去了，假如是春天，便走往一个不大的园里，飘逛在小道上，听城市的喧嚣而且探望星辰，仿佛对什么叹息起来。他很喜欢玛尔加里特·基里罗夫娜，但他不晓得他是不是爱她，或者简单就只是这样。

她照旧教他德文，她的两眼照旧泛光。

当他满了十二岁，而且他也已经懂了许多事的时候，有一次，春天的清早睡醒，他苦闷地跳起来——想顺着花园走一走而且想想，——他遇见了玛尔加里特·基里罗夫娜，她穿着早衣从父亲的卧房走出来。

他老早也就注意到在他们之间仿佛有种什么，但是现在明白了他是在爱她。他关于这一层知道的可以说是不早，而且这样也没来及向玛尔加里特·基里罗夫娜说些什么。不过她可是不久就从他们家里去了。他不知她以后怎样；但是她的细细的手，里司特的狂歌以及香气，他却永远不会忘记。

二

他从十六岁起便开始写诗。父亲是想，倘若能够，他也成为这样有名的教授。不过研究的许不是莎士比亚，倒是，说，洛别兑维迦（Lope de Vega）。

他也成为研究言语学者，不曾显出父亲的天才：大学里有些人惊讶起来，说这样有名的人的儿子——比中等的大学生差。因为他不爱交际而且躲避，少有人喜欢他。

父亲仅只从事关于莎士比亚前辈的一些小玩艺，当他忽然死了的时候，——好像弗罗贝尔（Flaubert）——正从卧椅离开走向书棹。

这死于儿子没有大打击。他孤独地留下，有点财产。

他决定了自己献身文学。他第一样办了的是从昔夫采·乌拉热克的住舍搬到靠近狗场的一间小屋里。

他在这里穿着大学生制服过活了三年，而且在苦闷的时候练习诗和散文。

但是不论他的诗也好，散文也好却谁也不印。

将近孤独生活的第三年末他恋上了一位歌女。他和她相遇还是在以父亲的关系而认识的人们的定期晚会上，他沉默，面红，苍白，而且由于她的火热的两眼愣楞了。他往小歌剧院，又无目的地往莫斯科街上走，希望遇见了她。坐在咖啡馆里，——也是希望遇见。

在净心节[1]她往克里米，他追随着她。过两天，他知道她是同恋爱着她的富豪一阵往巴契撒拉和亚尔塔去。他也走上巴契撒拉，在那里他看见了盛开的桃树中的金黄的蜜蜂以及鞑靼人义冢的白色纪念碑。但是不曾遇着她。他雇了马往亚尔塔去，并从爱——比得里山的高处，狂暴的风雪里，看见静寂的海是怎样发蓝，和被太阳照耀着的亚尔塔是怎样在下面躺着。他为着冷喝了烧酒，当他坐在车里往下面来的时侯，他的心柔和得多了，他觉得在下面泛光的亚尔塔，那便是幸福底，静默底憧憬。

他到了亚尔塔几天，统共只见了歌女一次。他带一束鲜花往旅馆交给她，而且想道，现在真正的要开始了，但是他弄错了：在另一日富豪把她带往峨德司，从那里往康丁〔士〕坦丁，他们希望在此地迎到复活节。

他不能够追随她往康士坦丁，仅只在一早，看轮船往峨德司时，怎样在淡紫的海水上划出旋纹来。

自康士坦丁以后歌女出嫁了，转到另一种社会。往那里他没有机会

① 大斋节最后的，也就是复活之前的一星期，呼为净心节，因为人们在这时全往礼拜堂热心祈祷，暗诵辛苦生活之经过，以图对于罪恶之救补。

加入，而且他也不努力去碰了。时光过去，她也好象童年，母亲，玛尔加里特·基里罗夫娜一般走去了。

三

他呢，明显的事情，成了著作家，从狗场移到特乐尔司加，陈设精美的房间里。

他一开始写出的是一般流行的精神，他的三篇小说刊印在体面的杂志里。之后他转向新派，那时体面的人们停止替他付印，因为他写的要强些。至于年青的，不体面的，也不高兴刊印，为着他并非天才：大家以为他是中庸。

他自己知道了这，但是希望或者写出一些什么。然而一半是难堪：他有幻想，抑郁，善感——以及大的热望去工作。他更为孤寂，阴凄而且幽闭些。

他一个人过活，早晨写，读，顺着草径上走，害怕晚间。他在有些咖啡馆，小饭馆里渐渐为人所知。但仍然是不露头角，而且在跑堂的之间尚没乎众望。

在咖啡馆里大家不知道他是诗人。他的书通常是谁也没读——不论诗也好，小说也好。在报上稀稀地提到他的名字。他从特乐尔司加搬到基司罗夫喀，从基司罗夫喀搬到阿尔巴特，之后又搬往特乐尔司加，年光前去了，他依旧寄宿在小报的低层楼中，大家也依旧谈他，说他在艺术里建不起新的道路：他趋随更有力者。

年光更不住地过得快了，他也没注意到他业已四十岁了。这年对他值得注意的，是忽然幸运向他微笑：一下出了几篇论他书籍的文章，并且在他朗诵作品的一个晚会上，姑娘们将一些花呈献给他。他谢了一谢，几乎没哭出来。他更为受震动的，是当有一位十八岁，生有两只伶俐的眼和奇异红润的脸色的，年青的女大学生从这晚会上和他结交了的时候。

由于这一切往他身上仿佛散出有种辽远的，遗忘的东西的气息。他忆起玛尔加里特·基里罗夫娜，歌女。在他的心里现出温慰的柔情。同着他们一块往展览会，上彼得罗夫公园。他爱在毛强诺夫加地方的小处女屋里探望她；这令他想起青春韶光，而且他情愿对她原谅了别克林（Bocklin）的明信片。春天时候他动了直到这样的情感，他和她一阵坐船往雀山，并往荼里芬诺。在荼里芬诺他们有一次遇见了日出，他吻了她一下。她仿佛有些不好意思起来，但是不曾反抗。他呢，虽然也想到她对他不错，——但终拘于自己的年龄以及那丑陋和不著名。

夏天她去到姑母那里，往丹宝夫司基省，并且从她临行之前的话语里，他明白了他们秋间要如未婚的夫妇一般相会。

他留下期待着她，决定不离开莫斯科往任何地方去。此时他住在白拉果维审司奇巷里的七层楼上，从这里窥见整个莫斯科以及近郊。他每晚坐在露台上看着小燕，珂罗绵村庄的远教堂和快车的黑烟在幻想——他幻想着怎样地将她带出国外，而且他的生活是怎样受得新的，纯真而且美妙的渲染。他写信给她，向信接吻，不时对望远镜探看丹宝夫司基省所在的那一方。

但是从丹宝夫司基省信息越来越稀，而且在六月间完全断绝。他拍电报，在露台上一坐几点钟，用两只泪湿的眼向望远镜探望。

他这样生活，幻想，波动直至八月，当她成为在她姑母那里所认识的大学生园艺家的未婚妻转回来的时候。

四

他头发惨白了，人老了而且消瘦了。少有愿望波动他。他已经读到好书，看见了好的国土，雕像，并且澈底知道了他将得不到荣誉。这不使他惊奇。照例是十人希望，一人成功。他有些因文学，少年而接识的相知已经往阴影的，或者是他直到此刻没来得及想像的光明的，王国那里去了。

他年复一年的加强感到生命的迅速消逝，每年把他和过去的一切孤寂隔开，而且他不住地日渐减少新的接识。避免回忆到父亲，童年，玛尔加里特·基里罗夫娜。往歌剧院不去了，而且不再出席文学诵读。只有对咖啡馆的习惯依然仍旧。他往那里去穿着黑外套，带翼式的披风，戴着宽沿的帽子。

他好像父亲，好像弗罗贝尔，当走向棹子想整理初次印稿的时候，由于心的震裂死去了。

文学会把他埋葬。老同志给他带来小小的桂花圈，放往棺材里，他的额上，但是死者却现出这样的神情，现在这已有些迟了。

大概他一生所飞往的那种荫影的王国，现在对他已经大开了。并且他抛下我们——许能够知道而且爱他的一些人——好像他一样，穿过黯淡的时日，往那种模糊而且潺微的地方飞去。

一九二六年四月二十九日

保黎斯·扎伊采夫：生于一八八一年，系俄国二十世纪初期的作家，与安特列夫，梭罗古勃等曾创办《野蔷薇丛书》，他以一九〇六年所出的一薄本——九篇合成的——小说集享名，内有《静寂的霞》、《狼》、《克洛尼德牧师》诸篇。在以后的小说里，我们可以看出他很受了都介涅夫（屠格涅夫）《初恋》的影响。一九二二年印有游记体文一册，名《意大利》。他前后所有的著作，在精神方面，可以已死的十九世纪俄诗人鸠特契夫一句诗——"模糊静寂的穹窿笼罩着忧伤孤苦的大地"，当作题词。

一九二六年四月二十九日译者附记

（载一九二六年《莽原》第一卷第九期）

散　文

献花的女郎

——回忆契诃夫

[俄国]　契里珂夫

这是在一八九七年复活节的时候，我所能记起的一些。在这一年我终于初次到了克里米，这地方是我直到此刻所仅只幻想着的。我往那里去心中有秘密的不可言说的欢欣……我常觉得克里米是“地下的天堂”——这是一，第二，那里住着有我敬爱的著作家契诃夫，同时有两种大的欢快，我不知道，哪一种更要大些？将要见到安东·巴乌洛维奇（按：这是契诃夫的名和字)，和他认识……这可喜，亦可怕。虽然我那时亦不站在文学中的末位，已经写有四本著作，我的名字曾载在大杂志撰稿者之中，有时和契诃夫并列，但是我自己总觉得有些不好意思似的，而且避免做作的和“大名”相遇。至于契诃夫已是名闻四海，而且早已为这名所“吞食”了，他病苦的，追寻孤寂，想离去烦厌的拜访者。他那时住在亚乌特加的自己别墅里，临亚尔嵃上，这地方临近复活节时，为成群的好奇的避暑旅客围满了……

尤其苦恼著作家的，是私心爱慕着契诃夫的妇女们。她们寻到机会一定向他解释自己的爱敬，谈起他的作品，或者也呈献自己的文学试作底“秘密病”，这比一切都可怕，而且给著作家作了一篇最好的滑稽小说题目。（你们记得著作家是怎样用了压纸板打死一位向他读自己的五幕剧的妇人罢?）

漆黑的春夜时轮船行近了亚尔嵃。在高撑向天空的山凹处，成千的电火闪耀着，好像星空碎裂了一块，挂在高山的上面。荡怡心神的画景呵。俨然似走近《天方夜谭》底某种动作处！我看着山而且想道：有一个火光是自安东·巴乌底著作室中流出的。但是哪一个呢？然而和我并排的，在立着的一般妇女之间已絮絮地谈起契诃夫来了：

——我和他认识！——一位妇人的声音矜骄地表说，而向她回答的是欢快而含妒意的“哈哈哈”和威吓：“一定——一定得认识！”可怜的安东·巴乌洛维奇！一批新的女崇拜者！在许多人是这样惑迷地想认识契诃夫，就如游山带着“鞑靼人作响导”似的！……谈论契诃夫正被谈论这种题目扰乱了，正是这种快到亚尔泰的轮船上的插话将我和安东·巴乌洛维奇的认识底快乐幻想毁伤了：他显然是这样讨厌男女拜访者，和他们大家一样，跑去认识是不合适而且不好意思！

初次来到亚尔嵢的北方人，并且还是春夜，是不能够睡去的。我通宵顺着河堤上跑，在《激烈的罗兰》[1]中的阿苹那魔女园般的花园中散步，呼吸着花，橙子和海草底辛辣的芳香，留恋着“咕咚”碎在石围岸上的海浪奔流，而且听到四方的含情的低低笑话。在这里夜间人们是不睡的……这也就是给你的圣斋节[2]！四围仅只是一种胜利的甜蜜的玩闹！怎样接连不断的《威普尔基底夜》[3]。从窗户里是乐声，从花园里是乐队和唱，从四方是呈献妖魔的苹果底美丽的夏娃！

然而净心节来到了，亚尔嵢那时的当权者，有名的董拔热，颁布了命令：不用玩音乐，赶早关起饭馆门，总之不用玩闹。然而传流下的玩闹所趋，较着威严的董拔热更厉害了。在亚尔嵢一切已静寂了，但……在这种静寂里低语，吻声，夏娃们底笑还更诱人些。饭馆关闭只使一切玩闹钻到街上，河堤的幽处，暗角落那里……哦，甜美的所多玛和蛾摩拉[4]！

我住在旅馆里，在这里也没有安息：玩闹声音渗过墙，挤在过道里，

---

① 系意大利诗人阿黎思脱所作。

② 俄旧习，在圣斋节时得玩闹，但禁荤食。

③ 见歌德《浮士德》。

④《旧约》里著名二淫城。

从敞开的窗钻进来。我已经有几次走上山去，往亚乌特加那里，而且好像年青的恋爱者从情人的住舍旁走过一样，我从契诃夫的别墅旁边踱过了。停在大门外，差不多决定进去，但是害怕起来：从别墅的院子里传出话声，我，好象罪人似的，急急地走开了……莫非我也就这样走去，就说从远处也不看一看安东·保罗维奇么？不好过。什么时候像现在样得来到克里米？时光往前过着。我快要走了。于是有一次把持不住：写了一小封信给安东·巴乌，向他致意，并且委婉地暗示到怕打扰他的工作和孤寂，使我未敢亲访。将信放往邮筒里，自己心神苦痛起来。有如向心爱的姑娘求婚，现在期待她回答什么似的！……信是早晨发的，晚上有个仆人走进屋来，说有人要我接电话。此地有谁能要我接电话呢？我害怕而且波动得脸发红。莫非是契诃夫么?!……我走去，以颤动的手拿起电话筒：

——我来接电话……谁有话说?

——契诃夫。你怎么好意思写这样的信？我，你岂不是知道，不是省长，也不是厅长……我等着你!

——但是我怕使你厌烦，安东·巴乌洛维奇！有些人是这样向你纠缠……

——这于我们著作家的关系完全不相干。对于他们我总在家里，而且高兴只是大家没有忘记我……你就来。我等着……

我雇了马车，过有半分钟工夫已在安东·巴乌洛维奇底著作室里，并且觉得自己是这样，好像已经好久就和这位亲密，温和，含情的人认识了似的……

——你已经写了几本著作?

我说四本。

——你有多大年纪?

我说了。

安东·巴乌洛维奇约略想了一下，于是极尊重地说道：

——你一生得写十本著作。

我们谈起青年著作家，安东·巴乌洛维奇对于所有的人感想都很不错：全有趣。关于戈理奇，他说道：

——天才家，但是粗人。这以后会好……

在远处电铃坚决地响起了。老妇人，契诃夫的母亲，走进来，他把我介绍和她认识。

——谁在那里按电铃？

——来找你的！又是女孩子……我说你不能够……

安东·巴乌洛维奇仿佛有些不安。立起，从屋里走过，停在窗旁。老妇人抱怨起来：

——从春天直到深秋不给他安息……

——或者……有什么事情……——安东·巴乌洛维奇高声地忧伤地想道。显然这次拒绝接见使他不安了。

——太太们有各样的……这是另一回事……她为人怎样？

——没有什么，拘谨的……

——我怕四季旅客，却连别人也拒绝……——安东·巴乌洛维奇叹息似的说了。

以后，只留下我们两人的时候，他仍然接续着心神不安。

——我从前遇到有一件事……呵，我现在还是怕弄错了……然而招待一切人，这不啻是要抛弃每种工做，而且例外地得忙听妇人们的殷勤……

安东·巴乌洛维奇告诉我这一次“遇到的事”……

有一次大清早我往河堤上散步，在游人稀少的时候。我遇见了著作家亚耳巴捷夫司基，于是我们自己孤单地坐在小板凳上，谈起心来。忽然有个擦靴匠走到跟前，交给我一束花。啊，我想，那一位旅游的女人！

——谁给的？——我问鞑靼人。

他用手往远处，木板凳上坐有一位妇人那一方一指：

——他（按：鞑靼人不善俄语，故将她说成他），给……你的！

我的心情颇好，闹起玩笑：将一束花转交给亚耳巴捷夫司基。这不是给我的，我说，是给这位先生的！鞑靼人心里着了慌。回头一望，作出姿态问坐在远处的妇人，一束花该给谁的？亚耳巴捷夫司基拿起一束花，将它放在木板凳上一边。鞑靼人却跑到女人那里。我们站起，将花抛在木板凳上，沿河堤走去，一路继续着一种有趣的文学谈话。春天过去了，秋间有一次我接到一封信，从外省来的，大概是从耶克捷琳堡……我已经早把这一次事忘了，一闪经过，有许多别种机遇已把这事埋没在忘却底深坑里，忽然它浮现起来，而且变成这样动人的妇女灵魂底抒情的美，到现在我也不能忘记。在一封没有地址而署一个字母名字的信里，一位姑娘，乡村学校的女教师，从僻地写给我道，她有两年默爱地幻想着见到我，由微薪里集下旅行到亚尔嵪的路费，好容易得到亲人的允许给了假，于是走上……在亚尔嵪她长时地立在门外边，想从远处见到心爱的著作家，而且终于守着了，但却没决心走近前去。她买了一束花，派人送给我，我却把它丢在木板上，仅只笑了一笑！……

你看，现在这位献花的女郎从我的记忆上还未消去，而且我常常想到她……假如知道了她是谁和她的地址，我许要写封信给她……我们有时是这样践踏着温柔的妇女的灵魂底花朵……有谁知道，也许刚才来的是这样的一位俄国的姑娘，安东·巴乌说完了话，脸色显现忧伤。

契里珂夫：（1864—1932）生于凯山，爱与农夫、穷人为友，所以他的作品往往以革命为背景，描出乡间的黑暗来。一八八六年开始发表作品。鲁迅先生说："他最擅长于戏剧，很自然，多变化，而紧凑又不下于契诃夫。"他做过军事记者，出版过《巴尔干战记》、《战争的反响》等作品。文字颇富于讽刺和诙谐。这篇回忆文章是素园一九二六年十一月八日由柏林出版的《自极光》第七号译出。

（载一九二六年《莽原》第一卷第二十二期）

孤寂的海湾

——回忆安特列夫

[俄国] 勃洛克

我的回忆几乎完全丧失了事实的依据，但同安特列夫我们是有过关系，并且当几次稀有的会晤里彼此所表示的这种关系，总带着很快的使我们彼此冷淡，相互情疏的，烦厌的言讷和局促。

以此，凡目前我所能够说的，将成为不快而且苦闷。我所要说的话，多偏重于这种“人”，他们彼此对于异己所认识出的一点东西只限于一“己”，如把它现之于实际，置之于事实上面，他们不会，不能或者不愿。我所以敢于大胆这样的说，是因为并不是我一人在精神孤独的罪过里，却是多数的我们，几乎是我们所有的人都精神孤寂。

俄罗斯艺术家在两次革命中间所经历的一段时光的历史，在实际上便是“孤独胜利之情况”史。这种东西发生是比较其他一切为好，它带来真正的果实。

有些人向我说，在这一段时光中有过文学学会，有过杂志和出版处，环绕着它们的周围曾经聚集了有同一趋向的人，发生出几种完成的学派。这一切是有过，或者很快的便觉出是有过，但是这一切却丝毫不能使我相信，因为这一切的效果我没看着，这效果的没有是因为在这里面没有任何组织。反之，我在圣比得堡最近过的两年，我格外坚决我的意见，俄国著名的杂志，《旧时代》或《阿波罗》，比方说，过去是怎么疯狂的开始，此刻翻读这印行的艺术的宝珍，我真要惊奇发疯，自己问道，它们的引导者怎么会不感受着我们将要变为什么，过个三四年我们将要成为什么呢。

但是事情不关乎这，大概竟许是真的，是关乎这些人们也知道了孤独的胜利的情况；连安特列夫也认识了它，但是要设想安特列夫和《旧时代》主撰在一起许是不可能；他们能设想连在一起的仅只是在讽刺图里。比较上最和他相近的是几位象征派作家，在私人方面是白莱意和我，关于这一层他不止一次向我说过。但是莫以为我们如此的接近，却任何也不曾发生。

我同安特列夫的关系在很久未晤面以前便决定了；这种晤面对于关系上任何不曾增加；我现在忆起清秋的雨夜，在村庄上我读《华西里之一生》时所曾受过的惊慄。其时从这长久的故居，我曾度过美满生活的时光的地方，任何不曾遗留；或者也许仅有衰老的菩提在絮语，假使从它身上没剥脱了皮。然而那里有什么不好，到处有什么不好，有什么灾害逼近，有什么可怕临门，——这我已经知道很早，我知道还是在第一次革命以前。关于我的这层认识上，一下回答了我的是《华西里之一生》，之后是《红笑》，之后——特别的精灿——是一篇短小说《贼》。我曾写过短评发表在《生命问题》杂志上，论这篇小说，短评落到安特列夫手里，正如有些人向我说，他非常喜欢；他当然喜欢，我知道——这不是由于他是夸赞的，却是因为在短评里面我和他做互应的呼声——实在并不和他，是和他所领受的“浑噩空气”；不是领受，却是拖曳，他引着它在自己后面，把它显示出来，有时候很精干的显示出这种真正的浑噩空气，好象显示出鹦鹉或家犬。因为所有高抬身价的人们，环绕着他的（知识阶级非常抬高身价，因为那个时候他们还没有斫柴，提着水桶到七层楼上）都绝对否认这种真正的“浑噩空气”。

我们两个的“浑噩空气”相互呼应着，在未谋面以前，安特列夫已经知道有一位这样的勃洛克在活着，不论在哪里或为什么，总得要见一面才好，而且觉得他不是外人。

我刚在大学里毕了业，便献身为文学著作者；这文学著作者也和别的一些一样，穿着制服到各处去预支稿费。在有一个机会里，我现在完全记不清楚是在什么地方，我和安特列夫晤了面。相识的浑噩空气我连一点也没寻着，简单只是一位已经有名的著作家立在我的面前；我对于这些著作家非常拘束，安特列夫大概也是不知道开始说什么话为好。不久他请我到他那里去，我便去了，安特列夫住在K地方，房舍异常的阴暗，在这里面我知道靠着有一间屋子曾有活动的隔扇。

我忆起严厉的秋雨，阴湿的夜晚。一间拐壁上的大屋，带着煤汽灯，这煤汽灯的窗子向着群岛和芬兰。你要是一走向窗子，——K地方的煤汽灯都接连的奔赴阴湿的远处。

屋里面有些人，几乎全是著作家，有许多是著名的；但他们谈论些什么，却不明白，彼此也没有紧接关联，在所有的人们中间深渊漆黑的闪着，好象隔在窗户的背面，并且有一位极和众人隔离的，——极孤独的，——安特列夫：他愈显亲密，愈显和爱，好象主人似的，却愈形孤独。这便是在我身上所留下来的所有的印象。这印象更被一封滑稽形式的邀请的信特别加浓——这样滑稽非常的信所表示的，是名人自己怎样举动随便，大家都微微含笑，却没有一个人发生愉快。

本日晚上，在煤灯排列着的阴湿道上，我对于安特列夫更觉亲密些，比较以后另外几次，因为他，我还差不多完全记得，那个时候是单简而且有点羞怯，也不曾显示出自己的“浑噩空气”，自己的可怕的房犬是那样的可怕，当你看着它的时候，并不害怕，它若是看不见的，——你却感觉得着。

我所描写的晚上是在一九〇六年的秋天。当一九〇七年的深秋时候，在O街上一个戏园里K班出演《人之一生》，这作品深深的击动了白莱意和我。我在这下面又联想到不是穿着单层坎肩的著名人物安特列夫，却是他的气息，那种环绕着他的空气，并且这种空气演者彼时会这样的把它移到舞台上，甚至为艺术戏园里以后所不会的。有几个演者和K班的前台经理人好象有些先天生性近于安特列夫，连那几乎很差的角色都唤醒那不止的追随着他的“浑噩空气”在自己身上。

在《人之一生》里，也就好象安特列夫别的一些著作一样，他开创这戏剧，加进了无稽的、烦厌的、孩子们所要问“干什么？”的问题在里面。你还没有向小孩说，他又问："干什么?"成年的人丝毫不能回答这问题，但是同时他们也照样不承认他们不能回答这问题。干脆就是"蠢笨的问题"，"孩子的问题"，那末，这便是我个人所觉得安特列夫的极可宝贵的东西，他永远只是提出这问题，实在是不错，他提出它，因为这问题不久就要被伟大的孩儿——俄罗斯提交给智慧的文化，然而紧随着这问题后面，我不愿又有第二次半冷淡，半顽皮的"干什么?"——却谁也不能回答。

安特列夫由自己的极深处而且无意的提出这问题。他极力发展智慧，很精干的不止一次回答了这问题，比成年人成熟些，比愚拙者更为愚拙些。但是在他身上有这一种宝贵的，没开始的，浑噩的模糊的"深"，从这"深"有谁坐在他的里面发出质问："干什么?""干什么?""干什么?"并且头向着时髦陈饰和使人不悦的大屋宇的墙上冲撞，这屋宇里便住着有名的著作家安特列夫，位于新式排列的家具中间。

我觉得《人之一生》在这层意义上，——是作者自传的戏剧。我窥出这一层是从舞台上，得力于梅尔霍里德之台前煜眼手术。我从没忘记过第一幕所给我之惊慄印象。它的配景是用绿呢。在台深处有小安乐椅和老妇人以及围屏，在台前部有许多椅子环绕着一张圆桌。剧台仅为桌上一盏灯及上面亮光的狭微的圆痕所返映。以此，立在暗黑里面几乎是同演者在一起，我看望着剧场，看望那到处充满了闪耀的探远镜的红石宝光。《人之一生》和我成为一横行列走着，母亲和我成为一横行列在生育中透穿的哀喊着，手拿烟卷身系自护胸巾的医生和我成为一横行列沿着斜线上兴奋的跑着；并且第一紧要和我成为一横行列立着的，是四角形脊背的"灰色的人"，他从昏暗的柱子上向戏园下面吐放自己的言语。

这些言语我觉得，而且现在也觉得有许多拙俗。我忆起此刻已经死去的卜拉维奇，他是善述该话的，并且也是异常厌恶该话的演者。但是在这些言语里面好象有种东西直到现在波动着我。……

白莱意称那透入该剧的底里的东西为"哀喊的失望"。这是真的，哀喊的失望不止一次从安特列夫的心胸里迸出，并且在我们中间有几个人为着这对于他存无限的感激。

我记起以后曾经被《犹太传》照样的激动了我一次，此外任何也不曾激动我过。但是我已经坚强的知道安特列夫在想“什么”，并且安特列夫也知道，他所想的东西我们或可和他共同“存在”罢。“存在想的东西”，我现在说，但是这有什么意义，——我不知道，并且他也不知道。过有一年，安特列夫写信向我说道：“我预备了多少次要上你那里去，我是怎样想见你，——但终究没实现，终究没实现……为什么我和你趋于相反命运？”——我们不曾晤面。

再过一年，他好象找着了我们晤面的事由（我有篇戏剧《命运之歌》，他很不喜欢）。但由此也并没有发生什么。我回答他不大十分平和，他有点难过。已经是一九〇九年了；反动的云烟更为浓重黑暗，我此时去到意大利，在那里艺术燃烧了整个的我，它燃烧着我，使我对于现代的文学和作家一致远离，独寓幽僻。还有许多原因，为什么我几乎和一切人断止会晤，向往于自己的“孤独的欢愉”。安特列夫在此时是已经变成了另一个人，他受了许多各样的侮辱，他的名誉高扬，但是批评家对他却不原谅。然而他却非常注意他自己。

在一九一一年仿佛为什么他又忆起了我，——原因是由我的一首诗：“这需要不需要写给你，我不知道，”他在信里增加道，“或者也许不需要。”他着人送给我《撒石珈》（小说），我大概当时也送给他有些书，事情便这样终止了；我不记得。我们还得晤面不曾，彼此直说到这样的无意思的言语，假如我们要又遇见了。

当一九一六年末我回到圣比得堡，请假日子不多，接着安特列夫招我加入《俄意报》的极亲密的信，他在这里担任编辑文学和戏剧栏。信中写道，该报“人们呼为银行家的，亲德派的，国务大臣的，——这一切全都是假。”那个时候我的两耳充满了啧啧烦言，说该报是卜罗托保保夫（尼古拉第二时之国务大臣，极顽固）办的，我于是辞绝了他。安特列夫十分不好过，给我来了一封诉说受辱的信。我的假期完了，我不曾作答就动身走了。我们彼此往来的交情，便此终止——已经是永久的了。

拿我们和安特列夫彼此在深处有块地方所认识的东西来比较，——所有晤面和信札以及许多关于希伯来主义，卜罗托保保夫，亲德主义等等的谈话，都变为接连的胡说，无意义的庸俗。倘若目前安特列夫现身在活着，我们也许同他又相遇见了面，我们也许仍然照样找不出为我们谈话的任何共通的题目，除开共产主义或在V街铺的碎石道。

我们晤面，彼此间常由一己的认识上在浑噩空气里作纯然自主的唱和呼应，却少在“孤独胜利之情况”中，我知道他的最好的有一项，就是重要的安特列夫他那时还遇着列偶尼得尼古拉维奇（名和字）。他在著作家生活的时候，不止的孤独，淡漠，并且面孔永远只是对着阴黑窗外的陷坑。这窗子是开向群岛和芬兰；对那潮湿的夜，对那我们和他用同一的爱所爱的多雨的秋天。这样的窗户下，向他走来了一位带着黑面具的最后的访客，便是死。

一九一九年十月二十九日

译者附记： 安特列夫死去已经六年了，我这篇短译文，是从八人——戈理奇，勃洛克，丘珂夫司基，白莱意，茶伊楚夫，解列灼夫，茶米金，邱尔诃夫——的《回忆安特列夫》中摘译的。我觉得勃洛克如是象征派的大诗人，安特列夫在象征派中亦必因其戏剧小说而不朽。现在这两位作家都先后死去了；我译此文非但纪念安特列夫，更由此可窥见两位象征派作者的关系。

勃洛克： 俄国诗人，一八八〇年生于教皇家庭，一九〇四年作《美的女人之歌》被称为现代都会诗第一人。他的早期创作充满悲观情调，有浓厚的象征主义色彩。后来受一九〇五年革命影响，脱离象征派转向现实，创作了表现出政治斗争的诗歌《祖国》、《复仇》等。他的长诗《十二个》写于一九一八年，刻画了十二个赤卫军的英勇形象。鲁迅先生评价说："这大作品《十二个》也还不是革命的诗。然而也不是空洞的。"马雅可夫斯基评价勃洛克时说过："勃洛克的创作是整整一个诗的时代……象整个现代诗歌产生了巨大影响。"他只活了四十一岁，一九二一年逝世。

（载《韦素园选集》，安徽文艺出版社）

门 槛

[俄国] 都介涅夫

我看见一座大的屋宇。前壁有道窄狭的小门在开着，门的后面死寂的迷烟，有个女郎——露西亚的女郎立在高门槛的前面。

那阴暗的迷烟喘吸着严寒，伴着严寒的细微的气纹从屋宇的深处散出舒缓的凄凉的声音：

“呵，你想望什么要穿过这门槛，你知道有什么在向你等着？”

——我知道，——女郎发出答声。

“寒冷，饥饿，仇恨，嘲笑，轻视，侮辱，疾病，牢狱和死。”

——我知道。

“离开一切，孤独万分。”

——我知道……我预备了。我担受着所有的打击，所有的酸辛。

“不仅是敌人的，还有友戚。”

——是的……还有他们。

“好。你预备了牺牲了么？”

——是的。

“无名的牺牲么？你将来死去，——并且没有人能够知道，向谁的纪念敬礼……”

——我不需用感谢，也不需用怜悯……我更不需用名。

“你预备了去犯罪了么？”

女郎低下了头。

——就是犯罪我也预备了。

凄凉的声音不曾立时兴起了自家的讯问。

“你知道么，——最后他说了，——你能不能对你现在所信仰的觉醒，你能不能明白你是自欺了，并且是空丧了自己青春时的生命?”

——这我也知道。我仍然想向里面走进。

“进!”

女郎一步穿过了门槛，——沉重的门帘落下在她后面。

“糊涂，”有谁从后面发出切齿的语声。

“神圣的!”——不知回音来自何处。

《门槛》这首诗，是都介涅夫一八八三年九月二十五日作的，载在《民意派》的杂志上，专为纪念苏菲亚。按：苏菲亚本系皇族，她的父亲做过圣彼得堡副行政长（和省长差不多），她幼年时，便深受了当时急进的社会思潮影响，后经同学戈尼拉姊妹介绍，得入一个成立最早的含有革命性的卡以珂夫社。俄国知识阶级在十九世纪下半期转交得非常利害：由“虚无党人”不做事起，一变而为绝对的献身社会，——“往民间”；从“往民间”的失败，才知道徒作社会运动是不行的，于是大家又转过脸来，注意到政治上面。他们，有一般人，认为政治上的主要障碍物是皇帝及官吏，因之，发生了秘密结社，暗杀团，即一般人称为“恐怖党”的便是。苏菲亚天性本近于做社会事业，她曾以此自誓；后来完全因为受了恋人什连宝夫的影响，转投身于暗杀。一八八一年春炸死了亚历山大第二，己身因之而遇害、受刑者共有五人。

一九二四年七月译。一九二五年四月二十晚，补记。

都介涅夫：即屠格涅夫（1818—1883），生于贵族，早年写诗。一八五二年发表《猎人笔记》，揭露农奴主的残暴，歌颂农民的聪明。其后还写了多部长篇小说，如《贵族之家》、《前夜》、《烟》、《处女地》等。他的代表名著是《罗亭》和《父与子》。屠氏作品的文笔，形象鲜明，用语精练，对俄国文学的发展颇具影响。

（载《韦素园选集》，安徽文艺出版社）

玫瑰

[俄国] 都介涅夫

八月的最后的几天……秋日已经到来了。太阳落下。陡然的暴雨，无雷而且无闪，刚刚在我们的广原上急驰过去。

花园在房舍前放光冒烟，整个的浸沉在霞的烈焰和雨的涌泉里。

她坐在客厅里的桌子旁边，带着郁结的沉思的神情，两眼透过半开的门注视着花园。

我知道，那个时候在她的心灵里完成了什么，我知道，在不久的虽说也是苦痛的战争以后，她就在这一转瞬将自身献给了那已经再不能调和的感情。

她忽然立起身来，敏捷的走向花园里，而且隐去。

钟声敲了一点……另一点也敲了；她不曾转回来。

那个时候我立起了，从屋中走出，便沿着她曾经走过了的树木荫森的曲道——我对于这并不怀疑的——走去。

四围全都暗黑了；夜已经向前进行，但是在狭路的阴湿的碎石上，小小的圆物甚至透穿了流动的迷雾鲜红闪灼的显现了。

我曲下身子。那是一朵几乎憔悴萎谢了的嫩玫瑰花。在两点钟以前，我曾看见这玫瑰花在她的胸膛上面。

我小心的将坠在泥里的小花拾起，回到客厅便将它放往桌上，当她的睡椅前面。

哦，终之她也转将回来了——，用轻盈的脚步踱遍全屋，便往桌旁坐下。

她的脸色又苍白又鲜活，萎靡的好似萎缩的两眼，带着愉快的腼腆的神情，迅速的向各方一看。

她望见了玫瑰，一把抓下了它，她看了一下它的残折的蒙垢的弱瓣，看了一下我——于是她的两眼停顿了，充满了泪光。

——你哭什么？——我问。

——呵，我哭这玫瑰。你看一看，什么和它在一起了。

此时我想适于表示深意。

——你的眼泪将洗去这污泥，——我带着异样的表情说了。

——眼泪洗不去，眼泪能燃烧，——她回答了我，便一转身向着壁炉，将小花抛往欲熄灭的火焰中去了。

火烧还比眼泪强些，——她豪迈的高叫了一下——她的由于眼泪还闪出光辉的，美妙的两眼勇敢而且幸福的笑了起来。

我明白了，她也在被燃烧。

一九二五年四月二十二日译

（载《韦素园选集》，安徽文艺出版社）

玛 莎

[俄国] 都介涅夫

有一次我雇下了一辆车……拉车的约有二十岁年纪，是一位身材匀称，仪表魁梧的汉子；两眼深蓝，面颊红润，棕黄色的头发从盖到眉毛的带补钉的帽子下一块一块鬈出来，——而且这破烂的皮短外袄怎么会套上了这伟大宽阔的肩胛！

然而车夫的好看无须的面孔却显现得是忧伤而且抑郁的。

我同他说了话。在他的嗓音里也露出忧伤。

——怎么兄弟？——我问他。——为什么您不快活，或者有什么愁苦？

年青的汉子此时不曾回答了我。

——有，老爷，有，——终之他发出话声。——这事倒以不发生为好。我的老婆死了。

——您爱她……自己的老婆？

年青的汉子没转身向我，只是头有点往下低。

——爱呀，老爷。第八个月到了……忘却不了了。我的心疼痛呵……呵，呵！她为什么死呢？年青！体健！……染一天虎列拉就完了。

——她在你跟前原先也很好么？

——唉，唉，老爷！——可怜的人高声沉痛地叹息了一下。我和她在一块地过是怎么好呵！我不在跟前她死了。我在这里刚知道，说她已经埋了，立刻就赶忙往乡下跑，回家。走到地方，天已经半夜过了。我个人走进茅屋里，停在当间儿，仿佛是这样轻轻地说着："玛莎啊玛莎！"仅只是灶虫唧唧响着。我此时立地就哭起来了，坐在草屋地下——手掌是怎样乱拍着地！——填不饱的肚子，我说！……您啖了她……也啖了我吧！——唉，唉，玛莎！

——玛莎！——他突然以痛不可抑的声音补说了。他从手里并没放下缰绳，便用粗大手套拭了眼泪，把它去下，向旁边扔去，两个肩胛扭了一扭——已经连一句话也不再说了。

一九二五年十二月十八日译于慈关里

（载《韦素园选集》，安徽文艺出版社）

小小的火

[俄国] 科罗连珂

仿佛是很久了似的，当着有一天阴黑的秋晚，我曾在荒僻的西伯利亚河上泛舟。忽然在河的折弯处，在前面暗黑的丛山下，小小的火闪现了一下。闪现得光灿，有力而且靠近……

——哦，谢谢上帝！——我欢快地说着，——乡庄子，栖宿近了！

摇桨的，西伯利亚人，将身子一转，回头看望了火，又漠不关心似的奋力摇桨。

——远着呢！

我不相信：小小的火还是照样从模糊不明的暗黑里向前突出在立着。然而摇桨的却没有错；火确实是远哩。

这些夜的火的特性——战胜着黑暗向我们靠近，并且闪耀发光，以自己的接近应允，招引。我想不过再打两三桨，路途便完了……然而这其间——却远着哩……

我们还很久的在荒僻而且幽黑有如墨水似的河上泛舟。峡岩和山崖浮出，前进而且落向后方以至向无尽的远处消失浮去，小小的火仍在前面摆动而且招引地在立着，——仍是这样的近，又仍是这样的远。

我现在也常常忆起这被陡岩所遮蔽的暗黑的河，以及这显活的小火。有许多的火在先前和以后自己的接近招引了不只一个我。但是——生命仍然不住地在那荒僻的夹岸中流着，而火还远着哩，摇桨的人又奋力地摇起了桨……

但是火——仍然……仍然在前面！……

一九二五年七月十八日译

（载《韦素园选集》，安徽文艺出版社）

海鹰歌

[俄国] 戈理奇

在灰白的海的平原上风敛集着乌云。在乌云和海的中间有如黑电似的海鹰高傲地翱翔着。

它有时以一只羽翼触着波浪，有时如箭矢一般直冲向乌云中高叫着——并且乌云在这鸟的勇敢的喊声里听出欢快。

在这喊声里是暴风雨的渴慕!

乌云在这喊声里听见愤怒的力，热欲的火焰和胜利的信心。

海鸥临暴风雨前下沉——下沉，又临海而上翻转而且预备往海底藏起暴风雨前的自己的畏惧。

潜水鸟也下沉；——它们，潜水鸟，享受不了生活战争的快乐：雷的怒击威吓着它们。

愚蠢的企鹅惊怯地将油肥的身躯隐在陡岩下面僻地里……

只有高傲的海鹰临在灰白的海沫上勇敢而且自由地翱翔着!

乌云更为阴暗而且低落的临在海上下坠，波浪也向高处舞动唱起，迎着炸雷。

雷声响动。在怒沫里浪和风争吵着沉下。呵呵，风以坚结的胸怀抱着成阵的浪，而且将它们恶毒地乱挥在岩石上，碎成灰和斑彩的大块绿色泡花。

海鹰如黑电一般高叫翱翔着，它以羽翼掠破了浪沫，有如箭矢透穿了乌云似的。

呵呵，它穿戴好象恶魔——高傲的暴雨的黑色恶魔——笑而且哀哭……它临在乌云上笑，它由于欢快哀哭！

在雷的震怒里，——明事的恶魔，——他早已听得倦了，他相信乌云遮不住太阳，不，遮不住！

风在吼……雷在怒鸣……

成阵的乌云临在海的深渊上闪出青蓝的火焰。海捉住电的急箭而在自己的碧渊里熄灭。俨如火蛇一般，这些电的反光，在海里蜷动消灭去。

——暴风雨！暴风雨快响动起来！

这个勇敢的海鹰临在怒鸣的海上，界于急电中间，高傲地翱翔着；胜利的先知于是叫起：

——任暴风雨将更有力些响动吧！……

一九二五年七月五日译

（载《韦素园选集》，安徽文艺出版社）

雕的歌

[俄国] 戈理奇

一

蛇高高地往山上爬，而且卷卧在阴湿的岩峡那里，向着海探望。

太阳在天空中高高地照耀，山以炎热向天空呼吸，波涛在下面溅击着石块……

沿着岩峡，在阴黑和流珠飞溅里，泉跳经岩石，直奔赴大海。

整个浸在白沫里，惨明而且有力的，它剖裂了山，怒号着流入海。

忽然在蛇所盘据的那个岩峡里，从天空上坠下一支带着碎毁了的胸腔，满翼是血的雕鸟……

它短促地鸣着落向大地，而且在无力的愤怒中胸膛跌击在坚硬的石块……

蛇怕将起来，赶忙折转爬去，但是不多时便明白了，鸟的生命两三分钟……

它向碎毁的鸟爬近，直瞪着伊两眼嘶嘶叫道：

——你要死么?

——是的，我要死啦——雕深深地叹息了一下答道。——我很好地生活过了！……我知道幸福！……我勇猛地战争过！……我看过天……你将不能这样接近地看它……唉，您，可怜者!

——哦，天有什么？——空旷的所在……我怎么往那里爬？我在这里美好……温暖而且阴湿!

蛇这样回答了自由的鸟，而且为这些胡言心灵中嘲笑了伊。

于是又想道："或飞或爬，归终明了：一切在大地上跳跃，一切将归为尘埃……"

但是勇敢的雕猛然惊觉，微微耸起，两眼顺着岩峡调动。

水渗过灰色的石，在暗黑的岩峡里空气沉闷，并散布着泥土气息。

雕集合了全力悲惨而且哀痛地叫了起来：

——啊，倘向天空就升起一次也罢！……我许将敌人紧掠向……胸的伤处而且……它许被我的血一下饮得呛了！……啊，战争的幸福！……

然而蛇却想道："在天空里生活许一定是有趣，假若它这样呻吟！……"

它于是向自由的鸟提议道：——"你移向岩峡的边上，往下扑罢。

——也许羽翼把你腾起，你还可在自己的寰宇里稍稍活着。"

雕颤抖了一下，用爪滑着石涎，软弱地叫喊，向绝崖走去。

它走到了地方，整好了羽翼，用全胸腔呼吸了一下，两眼闪灼发光，于是……往下滚去。

并且它自己，好象山石一般，顺崖坡滑着，折失羽翼，迅速地流去了……

泉的浪将它捉住，而且血混入了沫里，飞也似的驰入大海。

然而海的浪却带着凄惨的号吼，溅击着石块。并在海的广漠里鸟的尸体不曾显现。

二

在岩峡里躺着的蛇久久地想着鸟的死，想着往天空的热情。

它于是昂首向那永远以幸福的幻想抚慰着两眼的远方探望了一下。

——在这无边无底的荒漠里，死的雕，它看见了什么？为什么有些象它一般的东西，以自己想飞往天空的爱惑乱着心灵死去？它们明白了那边的什么？我许能够知道这一切，当我就是飞往天空的时候不久也罢。

说完便就做了。它圆卷了身子猛向空中伸直，如窄狭的条纹一般当日光一闪。

生成是爬的——是不能够飞！……忘了这一层，它所以跌在石上，但是没打杀，它却笑了一笑……

——哈，往天空飞底神美在那里！它是在跌落里……可笑的鸟！它们不知道大地，在它上面想高高追往太空而且在炎热的穹苍里探觅生活。那里仅只是空虚的。那里有许多光明，但是那里没有食物而且给活的身躯没有依靠。干吗骄傲？干吗数责？为的是想用骄傲遮盖自己想望的疯狂和在数责背后掩起自己对于生活的事情不中用吗？可笑的鸟……但是它们的言辞现在是不能再欺骗我了！我自己全晓得！我看见过天，……我往上飞，测量了它，认识了跌落，但是不曾碎毁，我仅只更坚确些相信着自己。任那些不能爱大地的，过着欺骗的生活罢。我知道真理。我将不相信它们的号召。大地的造化——我以大地为生。

于是蛇在石上自己骄傲着卷成一团。

海发光，整个在辉煌的光灿里，而且浪汹涌地击着岸。

在它的狮一般的怒吼里歌颂高傲的鸟的歌曲霹雳响起，为着它的抨击山岩战动，为着狂暴的歌曲天空抖慄。

"我们向勇猛者底狂气高歌荣誉！"

"勇猛者底狂气便是生活的至理。"

啊，勇敢的雕！在和敌众战斗你流尽了血……但是将来有个时候——你的沸热的血滴，好似火花一般，在生活的沉黑里陡然灿烂涌现而且许多勇敢的心将燃起自由，光明的疯狂的渴慕！

"任你死了罢！……但在充满了勇敢而且有力的精神的歌曲里你将永为向自由向光明的显活的佳例，高傲的号召！"

"我们向勇猛者底狂气高唱歌曲！"……

一九二五年十一月二十九日译

（载《韦素园选集》，安徽文艺出版社）

埃黛约丝

[俄国] 戈理奇

冰和雪如不朽的衾单似的永远覆盖着阿里普的高峰，并且在它们的上面寒冷的无语——傲然高处的神智的沉默——占据着。

天空的广漠无边地临在山的高峰上面，忧伤的光的眼无数地又临在高峰的雪上。

靠山脚的近前，在大地的窄狭的平原那里，生命战惊地波动着在生长，而且倦乏的平原的主宰者——人，正在受苦。

在大地的在黑暗的陷坑里有呻吟和欢笑，愤怒的叫喊，爱的低语……大地的生命的暴厉音乐是嘈杂多声的！但是山的高峰的无语和星辰的冷清却混灭不了人的沉痛的吁唏。

冰和雪如不朽的衾单似的永远覆盖着阿里普的高峰，并且在它们的上面寒冷的无语——傲然高处的神智的沉默——占据着。

但是好象为的是想向谁诉说大地的不幸和倦乏的人们的苦痛似的，——靠山脚的近前，永远凄寂的王国里，一棵忧伤的小小山花——埃黛约丝，寂寞地在长着……

然而临它的上面，在无尽的天空的广漠里，高傲的太阳沉默地在浮着，月亮忧伤地在照着，星辰无语而且颤动地在放光……

并且寒冷的静寂的罩网，从天空下坠，不分昼夜的将寂寞的小花——埃黛约丝，拥抱着。

一九二五年七月十三日译

（载《韦素园选集》，安徽文艺出版社）

巨 人

[俄国] 安特列夫

呵呵，巨人来到了，大的，大的巨人。这样的大的，大的。呵呵，他来了，来了。这样好可笑的巨人，他的手胖大，指头叉枒着，脚腿也胖大，好象树样，这样的肥胖。呵呵，他来了……又跌倒了！你明白么，起来又跌倒了！一只脚绊在阶级上又跌倒了！这样愚蠢的巨人，这样好可笑的——绊上又跌倒了！嘴大张着——自己在躺着，自己在躺着，这样的好可笑，就和净烟筒的人一样，您干吗来到了这里，巨人？从这里滚开吧，滚开吧，巨人！都急克是这样可爱的，这样美好的，美好的；他这样静静地贴向着自己的妈妈，向她的心——向她的心——这样可爱的，这样美好的。他有这样美好的小眼，可爱的小眼，光明的，净洁的，大家是这样爱他。他有这样美好的小鼻子，小嘴唇，他不顽皮。这他以前顽皮——跑，叫，骑马。您知道么，巨人，都急克有匹马，一匹良马，大的带着尾巴，并且都急克骑着它走，远远的，远远的，往小河里走，往森林里走。然而在小河里有鱼，你知道么，巨人，有怎样的鱼？不，您不知道，巨人，有怎样的鱼？不，你不知道，巨人，您是愚蠢的，倒是都急克知道：这样小小的美丽的小鱼。可爱的太阳照在水里，它们游戏，这样小小的，美丽的，这样迅速的。是的，愚蠢的巨人，倒是您不知道……这样好可笑的巨人！来到了又跌倒了！呵呵，好可笑的！他顺着梯子往上走——一下——一下，——绊在小门限上又跌倒了。这样愚蠢的巨人！您倒不必向我们这里走来，巨人，任何人不曾召唤您，愚蠢的巨人。这是都急克以前顽皮了而且乱跑——但是现在他是这样美好的，这样可爱的，妈妈这样温柔——温柔——爱着他。这样爱着——爱他胜于所有的人，胜于自己，胜于生命。他是她的可爱的太阳，他是她的幸福，他是她的欢快。呵呵，现在他是很小的，完全很小的，他的生命也是很小的，然而到了以后他将长成大的，好象巨人一样，他将有大的胡须，大的，大的，他也将有大的，光明的，美丽的生命。他将善良而且聪明，并且有力，好象巨人一样，这样的有力，这样的聪明，并且大家都爱他，大家都看着他而且欢喜起来。将来在他的生命里有辛苦，一切的人都有辛苦，但是将来也有大的，光明的，好象太阳一样欢快。呵呵，他走进了美丽的，智慧的世界，蔚蓝的天空将来照临在他的头上，群鸟将来向他唱自己的小歌，流水将来亲密地铮琮奏着。他仰头看了一看而且说："在世界上是怎样好——在世界上是怎样好……"呵呵……呵呵……这不会有的。我紧紧地，我温柔地，温柔地握住您，我的孩子。您不害怕这里这样暗黑么？你看一看，在窗户里有光。这是路灯自己在街上站着而且照着，这样好可笑的。并且向这里微微的放些光，这样可爱的路灯。它向自己说道：让我把那里也微微地放些光，要不然在他们跟前是这样黑暗——这样黑暗。这长长的，好可笑的路灯。明天将也照着——明天。我的上帝，明天！是的，是的，是的。巨人。自然，自然。这样大的，大的巨人。比路灯还大的，比钟楼还大的，并且是这样好可笑的：走来了又跌倒了！唉，唉，愚蠢的巨人，您怎么弄的没注意到阶级！我往上看了，在下面我没瞧见——巨人用了憨笨的，你明白么，这样粗胖的，粗胖的嗓音在说。我往上看了！您往下看倒强些，愚蠢的巨人，到那个时候您将瞧见。呵呵，我的可爱的都急克，可爱的，并且这样聪明的，他将比您长得还要大。他将要这样开步——笔直迈过城市，笔直迈过森林和山。他将这样的有力而且勇敢，他将任何都不怕，任何。他走到小河跟前——一步便迈将过去。他将有这样大的，光明的，美丽的生命，小小的太阳将来也放光照着，可爱的，亲密的小小的太阳。清早它自己高升起来照着，这样可爱的……我的上帝！……

——呵呵……呵呵，巨人走来了——又跌倒了。这样可笑的——可笑

的——可笑的很的！

深夜的时候，母亲临在垂危的婴儿上面这样说了。她抱着他在暗黑的屋里走，并且说了，路灯向窗户上射出光来——然而在隔壁的房间里父亲听到了她的话，便哭将起来。

安特列夫：（1871—1919）鲁迅先生说他的作品“神秘幽深，自成一家。”早期作品对穷人表示同情，但有伤感情绪。渐次就表现了对革命和人民力量的怀疑，如《思想》、《黑暗》等短篇。他的名著是《红笑》和《七个被绞死的人》，宣扬了对战争和沙皇暴力的恐惧。他在十月革命后逃亡国外，不久冻饿而死。

鲁迅虽然称他是“堕入神秘，沦于颓唐”的作家，但却翻译介绍了他的作品，一方面批判他作品所表现的悲观厌世思想，一方面指出他作品的可取之处是在某种程度上暴露了沙皇俄国的黑暗现实，而且其中“许多事情竟和中国很相象。”翻译它，意在由此及彼，揭露那时中国反动统治。

（载《韦素园选集》，安徽文艺出版社）

半 神

[俄国] 色尔格夫——专司基

在富足的科林斯国城里，靠有名的米加珂的住宅旁，行吟诗人立着唱起了。行吟诗人是两位——少年和老者。

一上来老者用了喑哑破碎的嗓音唱了，少年以七弦筝为他沉郁地助奏。

老者能够唱什么呢？他唱往古太初太阳照耀地热些，果实结得繁多些，酒更要醉人些。他唱往古太初有英雄生活过，但替代他们来者无人。他唱在珈德司的阴黑的深渊里愁伤的人的阴影是怎样浮动着。

米加珂家里大张筵宴。在长的回廊上来宾围棹横躺着，从贵重的杯中饮起克普尔浓酒。

而且没有人听到老者。

但是当他唱完了，年青的行吟诗人唱起来，他用了响亮的，强力的嗓音唱起新的，不惯于听闻的歌曲。歌曲是被威武的艺匠炼成而且颂美着高傲的人的智慧。

“人是半神，——歌中说，——但是时光到来，他也将成为神。

“人是在想像中，——歌中说，——但是时光到来，想像也将成为事实。

“眼神好像钉住似的，往那里，新的世纪底光灿灼耀的深处看去吧。

“时光到来，当说起过去，连孩子们也呀呀道不出来。

“一切充满了现在，一切是未来的创造者，百折不屈，主宰一切，人将要立在为他所战败的大地之上。

“临他占据着一切的时候，那他便成为神。”

而且筝和嗓音的最后的响声更响亮些，当米加珂来宾从棹后抬起头探看歌者的时候。

他却年青而且整齐的站着，生有乌黑的卷发和高傲的眼光。

——谁编的这些歌？——来宾发出问话。

——我听见它们——行吟诗人答道——还是小孩子时候，在故乡爱芬亚，从雅典的放逐人德玛特那里。

在另一日三位有钱的少年经过科林斯海湾，走上小小的爱芬亚，为的想朝拜德玛特，好象半神一样。

——他定然很高，好像这根桅杆似的！——他们之中有一位两眼泛光地说了。

——他定然威武，好像这狂风暴雨中的大海似的！——另一位说了。

——他定然美妙，好像这天空中晚间的孤星似的！——第三位沈思着说了。

在小小的爱芬亚他们看见雅典的放逐人德玛特。

院子中，脏席上，坐着一位残缺不堪的废人。他的头上余下的一撮一撮的蓬乱头发惨灰了。

他用了漆黑的骨瘦的两手在破烂的里衣里贪馋而且一心一意地捉寻虱子，跳蚤。

色尔格夫·专司基，系双姓，为近代有名作家，早年曾作过军官。他起初爱好自然，所作多散文诗，有长逾百页者。后来文风一变，倾注于人生，极力鼓动人在污浊的狂涛里当为将来的新美的生活而奋斗。迨欧战起，辍笔。名著有《田野的忧伤》、《海边》、《胸怀》等。

一九二六年一月四日译者记于慈关里

（载一九二六年《莽原》第一卷第二期）

冢上一朵小花

[俄国] 契里珂夫

一位窈窕的，高量的女郎，有这样异长的颈子……你会想起天鹅。大的，对于这样的面孔过分大的两眼，带着惊颤探疑的表情。透明的胭脂色在苍白的两颊上……这位姑娘从哪里来到我们大地上呢？……你看见一切，便就想道，“辽远的，不可明的地方的女客……”她爱小泥水瓶和百合，当她穿起素衣的时候，令人想到百合。……

她不爱父亲：当和他说话的时候，她的面孔冷然，两眼迅速而且辽远的向着有个地方探看。为什么她不爱他？……对于母亲她感到温和的柔情。

——这是我的妈妈……她不在了……她死去啦……

——好久了？

——在我正出世那一天……

她满怀着爱注视着美丽的年青的妇人的照片，并满怀着爱，小心的，好象怕打碎了脆质的东西似的，把照片放在自己的桌上……

——这一位是我的大姐……

——她很象你……

——是的……

——他们大概分不清你两个？

一先前是的……现在不会有这事了。

——为什么？

——因为她不在了。她死过后留给我们记忆上面的便是这女孩！……

小女孩带着一副明晰的小面孔，棕黄色的卷发沿着双肩，并有怎么的奇异的大眼……

——妈妈死啦……她生了我，为着这便死啦……有些人向她说不能嫁人，然而她不听——出嫁了……于是乎我的可怜的妈妈也就死了！……我不记得她是个什么样子，但是一看见照片的时候，立刻便就知道了……

一个青年人走来。身体强健，面色美丽，带着两只深棕色的笑眼，一把乌黑的鬈发。愉快的，乐生的，幸福的人……提琴他弹得很好，他爱护自己的提琴，好象未婚妻一般……青年人仿佛带来一朵美丽的白色的百合给谁……

晚茶以后，大家往客厅里走来。窈窕的姑娘两只过分大的眼睛带着惊颤探疑的表情向钢琴后面坐下。青年人欢悦的将提琴盒打开……他们弹起来——我们听着。大家全向四壁角落里躲起，为的想彼此不打扰……

然而当提琴和钢琴弹起来的时候——“我是可怜的亚德若瓦①的后裔，我们爱上了，将来一块死去。”——钢琴截然停止了，只剩下了孤单的提琴……

我们全都猛力战惊了一下，抬起了头：

天鹅颈子的姑娘，大得出奇的两眼在苍白的面上，——她伏在钢琴的浸湿了的键排上，低低的哭了，颤动着窄狭的两肩……白色的百合躺在她的脚旁了……

（载《韦素园选集》，安徽文艺出版社）

① 亚德若瓦是中亚细亚的一个种族的名字。

森林故事

[俄国] 珂陀诺夫斯奇

橡树和赤杨并立在森林中葱绿地长着，亲密地隐避着别个在低低地絮语。在沉黑的嫉妒里松和嫩柏竖起了怒眉，在毒恨里白杨放了关于它们的谣言。惊怯而且稀疏的橡树用枝叶触伊，虽然在激动的热情里它并不晓得安息和睡梦。

邻伴猛力战惊了一下，严厉地点动着波也似的条纹，——而且伊从怀抱里更不住地躲开了。忽然暴风雨来到，好像死的威吓，带着怒雷和灿光向森林中指示自己的道。四围的嫩柏喀喀巴巴地折断了……赤杨也发出一下高的喊声，跌向友人的著实的胸腔上面了。

日子迅速过去。它弄干了伊的眼泪，以亲密的抚爱治好了伊的伤痕；伏蜋以欢快的和歌给它们的婚礼奏唱，而且夜莺用自己的颂歌纪念它们的结合……松和嫩柏也中止皱眉，狡诈的白杨底树叶也敛迹了。橡和赤杨纠缠了条纹，从繁华的青春直至秋之白首在轻轻絮语。

倘若严厉的暴风来到，战惊的森林便狂乱地摇动而且呻吟着，——橡树紧紧地，温存地把女友拥向着心，震怒地挥起枝杈反抗风绞雪……树木被那好象华丽的锦衣的雪盖着睡起了……并且，如同盗和贼似的，无情的人向它们强悍地暗自走来，他将斧砰砰地砍入赤杨的躯干中了。

他用了贪残的手，残酷地喊着将死体从怀抱中拖出，把一切剁得粉碎带走了……

橡树孤寂的被春光唤醒，——而且它的胸腔灌满了泪滴……

（载一九二六年《莽原》第一卷第三期）

幸　福

[波兰]　解特玛尔

我们将不说我们现在所热烈渴慕着的幸福，我们将不说它……

幸福，好象一个可爱的小鸟似的……容易将它一下惊去。

我们将静静地等着，我们将不说它，甚至于并不想……在我们心的僻地，在我们心的深处我们将热望着幸福，现在由于个人意思将这种热望隐起。因为幸福好象界于乌云中的亮光：显现一分钟，一闪便又迅速的躲去。

我们将不召唤幸福，我们将不热力追寻，我们将不为它而战争；我们好象那梦见在圣诞节的夜晚，基督带着赠礼向他们跟前走近的孩子一般，他们颤惊的，——静静的等待着他，在不可耐的恐惧里——我们也等待着。

如果应当来，它是要来的……

幸福，好象那仅只生活一日的花们所默想的太阳一样……伊们不能向它走近，伊们期待着它。如果日子是光明的，它将要来到……如果乌云遮蔽着天空，伊们空空地等待……伊们将衰萎而且看不见太阳……暮晚的时候，在死的一刹那，伊们说道：我们空空地向它展开了自己的花萼，——它没有来……

我们将静静地等待着幸福……它对于心，也就好象太阳对于仅只生活一日的花们一样……如果应当来——它是要来的。

我们将不说我们现在所热烈渴慕着的幸福，我们将不说它……它惊怯得好象一只小鸟似的。

一九二五年四月二十二日译

（载《韦素园选集》，安徽文艺出版社）

鹤

[波兰] 解特玛尔

我有一次看见一阵飞往南方的鹤。

那时正是充满了忧伤宁静的寂寞的和被紫色渲染的好象通常当这时候在达特拉赫曾经有过一样的一个秋日的晚上。

鹤黑压压地临在被落日最后的返光映得鲜红的山上缓缓飞着。

我久久的随它们后面在看，当他们目前未曾消失的时候，而且大的忧伤不住地将我捉住了。不知为什么，但是我觉得，这些鹤是迷失在海上，任何时不再转回来。

他们仿佛是在太空的深渊，无尽的远方飞去，并且显现出这样的忧伤，好象它们也觉得它们是最后一次飞往那里，已经是任何时，任何时不再转回来了……

碎毁的立琴的凄凉的呻吟中没有比“任何时”这几个字里更大的悲戚。

在达特拉赫用羽翼击着冻结的湖冰的风的呻吟没有这样抑郁……

在这几个字里有向太阳伸着枝干的断根的树，哀苦诉语，和垂危者最后的瞻视。

这对于那失却了他信为极贵重的人，也正复一样呢，它失却了，好象那些鹤一样。我自己不晓得，为什么我想它们是迷失在海上而且任何时不再转回来了？……

（载《韦素园选集》，安徽文艺出版社）

奇　谈

[挪威]　哈谟生

有位女郎被囚在四壁紧严的鼓楼上。她爱着一位名人。为什么？那你问风和星辰吧，问生活的上帝吧；因为另外任何人不知道这个。名人曾经是她的朋友和恋人，但是时光往前走过，并且在一个美妙的日子他遇见了另一位，于是他的情感改变了。

好象青年人一样，他爱着自己的女郎。他常呼她为自己的神麻和自己的小鸽儿，在她也有热烈的心和波动着的胸腔。他说：将你的心交给我吧！她也就把这事作到了……临她把一切交给他了，他甚至不曾感谢她。

另一位，他好象奴仆，好象疯子，而且好象乞丐，爱上了。为什么？那你问路途上的灰尘和散落着的枯叶吧，问猜不透的生活的上帝吧，因为另外任何人不知道这个。她什么不曾交给了他，不，什么不曾交给，而且他仍然感谢她。她说：将你的精神的平稳和理智交给我吧！并且他只是愁伤着她没有请求他的生命。

而他的女郎囚在鼓楼上了……

——你作什么，女郎？你坐着而且微笑？

——我想着十年以前的事。那个时候我遇见了他。

——你还记得他么？

——是的，我还记得他。

然而时光往前走过……

——你在作什么，女郎？并且你为什么微笑呢？

——我将他的名字绣在手帕上。

——谁的名字？是囚你在这里的人么？

——是的，是在二十年前遇见了的人。

——你还是记得他么？

——我记得他，好象以前一样。

然而时光往前走过……

——你在作什么，女囚人？

——我老了，我的目光坏起来，而且我不能够再绣了，我从墙上刮下石灰，用石灰为他塑一个瓶，这将是我的小小的赠礼。

——你说的是谁？

——说囚我在鼓楼上的自己的情人。

——并且你微笑的是他把你锁在这里么？

——我想他现在在说什么。你们看一看，他说，我的女郎给我送来了小瓶，在这三十年她没有忘了我。

然而时光往前走过……

——你怎么弄的，女囚人？你坐着什么事也不做，而且你微微发笑？

——我老了，老了，我的两眼全昏花得看不见了，我仅只是想……

——想他，想那在四十年前你遇见了的人么？

——想我在年青时候遇见了的人，也许这是在四十年以前。

——但是莫非你不知道他已经死了么？你脸色苍白起来，老的女郎，你任什么也不回答，你的两唇透白了，你将不再呼吸了……

一九二五年十二月三十日晚译

哈谟生：（1859—1952）挪威小说家，一般人说他是左翼作家。鲁迅先生评介说："但看他几种作品，如《维多利亚》、《饥饿》里面，贵族的处所却不少。"此外，他还有《在童话国里》等著作，不过在二十年代，中国却没有什么译本。他的作品反对民主，美化资产阶级，赞扬个人主义。

（载《韦素园选集》，安徽文艺出版社）

一　幕

埃顿白格

房主人的工作室。

一位青年妇人，缩着头，将两只扣着的手放在膝踝中间，坐在椅子上。丈夫在自己的书桌后面安乐椅里，——吸烟，立起，在屋里走来走去，重新坐下，重新立起，走，又重新坐下。

他们顽固地避免彼此相视。长时的闷压的一幕。

丈夫抽开一个书桌的抽屉，从那里面取得一个椭圆的小匣，把它打开，拿出一柄手枪。

年青的妇人扭头往侧面看望，微微战抖一下，又照样的停着不动。

——到电话那边去，拉芒达，——露出丈夫的声音。

她立起身来，走近墙上电话跟前。男子将一个电话筒交给她，另一个自己拿着。

——你的恋人电话多少号?

她不作声。

——你的恋人电话多少号?

——5712。

她叫了电话在筒子里说道："5712"……

沉默。

——拉芒达有话说……——丈夫向她低声示意。

——拉芒达有话说……——她随着他重复说道。

小小的中辍，为回答被呼到电话跟前的先生。

——我为着爱和战惊成天耗神……该咒骂的生活！……丈夫低声示意说。

她重复着。

我仅仅和你，和你在一起才得休息休息……丈夫继续低声示意说。

她重复着。

——丈夫今天一早忽然走了，在外面要过三天。你就到你的拉芒达这里来吧……——丈夫重新背给她听。

她不作声。

男子抬眼望着她。

她不作声。

他举起手枪。

她含糊不明地在电话里说出丈夫背过了的话。

先生回答的话听不着。

——不要来！他在家：他全都知道了！——她突然在电话里叫起来。

丈夫举起手枪，预备着开放。

她挺起身子预备着死，嘴唇上现出勇敢的笑来，直瞪望着他的两眼。

他失手落下手枪，走近书桌跟前坐下。

长时的沉默。

——那末这有什么办法呢，当妇人实实在在地在爱别人的时候！……——丈夫沉思似地说出。——去你的吧，拉芒达！

她缓步从屋中走出。

（载《韦素园选集》，安徽文艺出版社）

我的灵魂①

埃　治

我的灵魂浸沉在眼泪中了。

我生活着。我笑着。在紧张的工作里我一点钟一点钟度着，而且思想远远逸去——往那光明的远方，在那里它是这样豪放的，在那里它是自由地翱翔，在那里它遇见大地上将看不见的许多幻景和异象——

我的灵魂浸沉在眼泪中了。

我气喘，为狂烈的震怒，我战慄，而且在可诅咒的愤癫里我跌入了。一切在我身上沸腾，我好象在火里燃烧，已经是没有力量生活了。死倒许痛快，从大地上一下永远消灭了去——我倒以为是幸福了……

高潮下落了。失望的时光过去，而且憎恨的奋动熄灭了，——

我的灵魂浸沉在眼泪中了。

胜利的日子将要到来，——我知道！而且阳光将遍照着我的故乡。而且它将被繁花点缀着唱起灿烂辉煌的颂歌。故乡的地闪出欢快的微笑，人们的心是充满了喜悦了。

但是我仍然忧伤而且灵魂仍然浸在眼泪中了。

至于那为我们而死亡的人呢？

我不相信不朽，而且我不相信天堂——那为我们而死亡的人们是作什么呢?！……

---

① 原稿无题，该标题由编者拟就。

我的灵魂浸沉在眼泪中了，我的灵魂浸沉在眼泪中了……

一九二五年十二月十四日译于慈关里

（载《韦素园选集》，安徽文艺出版社）

奴隶

纳　曼

他们久久的在自己枯瘦的脊背上负着这些呆蠢的重担。在臭烂的沙石的口袋下无怨地低垂了腰。沉默地，受着鞭挞，走向“非人世”去取那将为自己炼成重链的铁……这是一种可怕的魔惑的圈，但是他们沉默了。

而且他们忽然觉得他们重担施了手爪，善于抓人的手爪。

它们用血营养，消灭一切，更深而且更深些地长在他们身上，侵入他们肉里……

怨恨的凄惨的呼声在那时如广阔的波涛一般泛滥起来了……

他们开始言语。

一上来他们微弱的声音不住地成为洪响些和有力些，而且他们各别的，勇敢的唱道：“兄弟们，进行呵！将羞人的怯懦和庸俗不堪的成见的烂口袋一起扔下罢！伸直高傲的脊背，向上抬起头，你将威武而且自由！……”

“破毁的权力底灰色的山岩将不能紧压着你们。起来吧，兄弟们，而且勇敢些进行。将应该毁灭的毁灭吧!”

于是成千的碎残的嗓音高声叫道：“将应该毁灭的毁灭吧!”

民众愤怒的大海的狂涛涌起了。他们去吧!

光灿的电和乌云战斗，扯毁了它，直透穿进去。并且当战败的乌云向大地洒下灰惨的眼泪的时候，欢快的蔚蓝的清朗的晴空上正燃起太阳。

他们去吧!

任将来死亡吧！任血好似鲜红的泉一般流着。任它的飞溅的流珠遮盖全世界吧！

在血所浸流的平原上年青自由的嫩绿的芽向蔚红的太阳微笑了一下。

他们去吧！

他们多着哩。他们健强，他们武勇，他们将要战胜！

一九二五年十二月六日译

（载《韦素园选集》，安徽文艺出版社）

诗 歌

诗人的想像

[俄国] 玛伊珂夫

啊，诗人的想象！
　　你是狂放的，
如那狂放的海鸟的歌唱！
　　在你有自家的规律，
　　和自己的铺张！
是谁告诉迅速的电：
　　不用执着金条闪
　　劈那夜的迷茫？
是谁告诉雄鹰：
　　你不用盘旋太空底下，
　　向那太阳高傲地看哪。
　　你不用溅那汪洋的海水
　　用乌黑的毛羽
　　在灿烂的赤霞之下？

(载《韦素园选集》，安徽文艺出版社)

不要用雷闪来骇我

[俄国] 蒲 宁

不要用雷闪来骇我，——
我不怕严威的暴雨：
暴风雨后
欢快的晴光照临于大地；

暴风雨后，
群花在新美的光辉里
更芬芳而灿烂着
年青地开放起！

但是连阴的天气恐骇着我：
我怕生命无酸辛无幸福地
度在日常的
忧虑的忙乱里；

我怕生命的力无战争
无艰辛地衰萎去，
阴湿的凄伤的雾，
永远地将太阳盖起！

蒲宁：（1870—1953）贵族出身的俄国作家。他的主要著作有短篇小说《冬苹果》、《兄弟》、《旧金山来的绅士》；中篇小说《乡村》、《苏霍多尔》等。他的作品虽然描写了资本主义给农民带来了灾难，但作者对地主庄园生活是留恋的。十月革命后逃亡国外，攻击新政权，晚年又有怀念祖国之情，最后病逝于法国巴黎。

（载《韦素园选集》，安徽文艺出版社）

《蛇睛集》选

[俄国]　梭罗古勃

一

我的广原！
我的大地！
假若我是青春，
我便开放
一朵嫩黄的小花，
我便燃起
一粒嫩黄的、美丽的、纯金的小火。

你不用触着我的小花，不用触着！
你不用熄灭了我的大地的、纯金的灼火！

我的广原！
我的大地！
假若我是个少女，
我便开放
一朵殷红的小花。
我便燃起
一粒殷红的，柔细的，纯金的小火。

你不用触着我的小花，不用触着！
你不用熄灭了我的光明的，美丽的灼火！

我的广原！
我的大地！
我播扬，播扬
我所开放的
嫩黄的、殷红的小花，
我所燃起的
美丽的、纯金的灼火。

你不用触着我的小花，不用触着！
你不要熄灭了我的光明的、纯金的灼火！

二

倘若我能够希望，
倘若我怀想爱过，——
那在世界上我爱谁呢？
在生活里我想望什么？
只有天父和我，
别的没有谁个。
生活没有想望了——我的，
自由没有生活——他哟。

一九二三年一月译

三

月光照耀的森林在等候，
它并没有将奇异等到。
阴影在河面上浮动。
繁星自天空中闪烁。
在田园，烟雾的迷衣里，
模糊的梦前进着。
森林好象心灵一般，沉醉在
惊奇不明的梦中了呵。

一八八三年八月十九日原作

四

黑的夜慰安了我，
没有声音和灼火，
只有夜莺用了白昼的希望，
唤动着梦想呵。
只有这样，可以睡去，
亮晶晶的月光照着。
睡么，我仰在卧床的上面，——
双眼却不能从小窗移去呵。
然则起来，快去向那里，
去向草上，去向阴地。
不，在我的枕上
梦魂紧绕着脑额了呢。

一九二三年十月十一日译

五

河边烟雾惨白了，
这个岸儿并不高，
野树临水涯立着，
我呢，现在仅仅一个。

在密丛里我寻找枯枝，
我把它移入岸上柴火，
在它的下面烈焰燃起了，
我坐着，孤独的幻想呵。

以后，我当着河流，
踩着足静静的前走，
——无意中看见了远火，
我知道，我的家近了呵。

一九二三年十月十日译

六

在蓬乱的云浪里
月儿凄凉地浮动着，
在阴边的岸旁
怒浪奋吭地高鸣着。

风儿凄凉地吼，
将袅娜的杨枝摇摆着，——

梦儿驾柔羽飞舞，
惊惧而且颤动呵。

一九二三年十月十日译

七

不，在这世界上——
并不只有唯一的辛苦，
还有那鲜红的玫瑰花和斑霞，
还有那无忧的孩子呀。

应允那天堂里的斑霞
这样迅速的熄灭了吧，
应允了我们的玫瑰
很快的凋残艳妆吧。

应允了孩子的目光
早些被恶诈的威力迷蒙了吧，——
玫瑰，斑霞，孩儿
将来永要住在阴幽的世界上呀。

一九二三年十月十二日译

八

没有谁在拐壁后面立着？
没有谁在看我么？
我不敢向四围望呵，
我也不敢燃起灼火。

有谁行进了阴惨的途里，
但是没曾扬出恶狠的声息。
呵，为什么这样凄凉可怕，
帮助——又向谁高呼呢？

我知道，没有谁能帮助，
并且又怎样的帮助呢？
在我的面前一切暗黑了，
阴幽的夜逼人呀。

九

我相信创造的上帝，
和那天国的圣约，
我相信，渺茫的世界
显现得奇异许多。

第一次的奇异来到世界，
慰安的伟大的源泉——
幸福天真的孩子们，
甜蜜的欢快的微笑呵。

一九二三年十月十二日译

十

我的生命，我的蛇呀！
从广阔的存在

去向有限的生活
我引移着你呵，
寒的水，倾着，
美的酒，饮着，
细微的线，缠着，
——铮琮的弦，击着，
我的生命，我的蛇呀！

一九二三年十月十二日译

十一

在广阔的无限里
仿佛有一所别的大地，
在它上面有我的未婚妻，
正向着天空抬起亮晶晶的双眼哩。

她也好象和我一般，
用目光向星火探寻，
这样下面我是疲乏，
辛酸的命运决定了。

一九二三年十月十三日译

十二

我们倦乏了追向目的，
工作上消了许多大力，
——我们已经成熟，
为着墓地。

静静地交给墓地罢，
好像孩儿交给自己的摇椅，
——在里面我们迅速毁去，
并且也没有目的。

一九二三年十一月译

十三

——模糊的白昼
到来了，
我所想望的
休歇了，
迷雾环绕。
在门槛上
我站着，
一切在惊颤
我唱呵。
朋友哪里？
清寒播扬着，
园林空寂，
那小树每棵
都成了孤儿。
我辛酸呵，
流落离散
你自容易，
在那快马上
你又迅速的

远方飞去。
我望着
旅道，
一切在惊颤，
我也颤动着，——
我亲爱的！——
很久
我滴着眼泪，
在心里
把伤痕激起，——
上帝佑你！——

一九二四年一月十三日译

十四

平和的暮色侵来了。
白昼沿深林的后面隐去，
在深林里颤动的迷茫气物
清透而且明晰。
从那辽远的高空
最早的繁星显现了。
在宇宙的中间
雾痕的后面呢，
暮色的梦躺下，
紧守着大地的安息。

一九二四年一月译

十五

——在那森林的后面，山涧的里面，
我的小小的小兄弟在躺着。
我放下两个木偶伴着他，——
它们看守着他的梦魂啊。

我怕他受伤很重，
我不能唤醒了他。
我是这样倦乏了，
想同他们一块儿睡下倒好。

但是要得呼人救助，
把他运回家去。
不能呀，小小的孩子们
孤单的在路上栖宿。——

一九〇三年六月十一日原作

十六

忘了幸福的无望吧，
相信我，
并且你要安然的静息着，
在甜美的梦中呵。
甜美的刹那燃尽了，——
但是为什么压迫呢！
为着隐密的，最高的目的，

我们要得生活。

在大地的幸福的欺骗里，
在力的沸腾里，
你已饱尝了
另一神秘的美奇。

译者附记：译诗的秩序未按原诗的秩序列号数，译选的第六、十二、十四首诗

（载一九二六年《莽原》第一卷第二十期）

小诗三首

[俄国] 梭罗古勃

我们倦乏了追向目的，
工做上消了许多大力，——
我们已经成熟，
为着墓地。
静静地交给墓地罢，
好像孩儿交给自己的摇椅，——
在里面我们迅速毁去，
并且也没有目的。

一九二三年十一月

平和的暮色侵来了。
白昼沿深林的后面隐去，
在深林里颤动的迷茫气物
清透而且明晰。
从那辽远的高空
最早的繁星显现了。
在宇宙的中间
雾痕的后面呢，
暮色的梦躺下，

紧守着大地的安息。

一九二四年一月

在蓬乱的云浪里
月儿凄凉地浮动着，
在阴边的岸旁
怒浪奋吭地高鸣着。
风儿凄凉地吼，
将袅娜的杨枝摇摆着，——
梦儿驾柔羽飞舞，
惊惧而且颤动呵。

一九二六年十月

（载一九二六年《莽原》第一卷第二十期）

小小的白花

[俄国] 梭罗古勃

我的神美的小小的白花，
你从我的黑暗的大地生起，
瞧着我吧，温存的没声的你，
我明白你的静悄的话语。

你从黑暗中生起，迎见我的幻想，
你叫伊走上你所走出来的那里去，——
我不反对你的一些诉语，
将幻想倾向着你的呼吸。

一九〇五年七月六日

（载一九二六年《莽原》第一卷第十四期）

我怕说

[俄国]　茗思奇

我怕说，我是怎样爱你；
我怕，轻微的风在矮丛中窃听了
我的述语，忽然沉迷欢快的
如狂飚一般在大地上飞去……

我怕说，我是怎样爱你；
我怕，晨星窃听了我的述语，
将一动不动的立在阴暗的穹窿中间，
而且黑夜将无出路的挂起……

我怕，我的心窃听了我的述语，
畏起爱的疯癫
并且由于幸福和苦痛……丝丝碎去……

一九二五年四月二十二日译

（载《韦素园选集》，安徽文艺出版社）

我的歌曲①

[俄国] 白斯金

我不用幸福和幻想，不用辉煌的阳光
来织成我的歌曲，——
我的歌曲是以苦痛和眼泪，
无梦底夜的忧伤炼就的。
我的歌曲充满了哀喊、呻吟、酸心，
发出响声于大地，
将人们从熟睡了的梦中唤醒，
毁灭他们饱餐了的安息；

它以忧伤燃烧人们的心，
令幸福者感到悲戚，
那歌曲自己临在人们的悲戚的上面
将无终止的发响而且哀啼。

一九二五年四月二十二日译

（载《韦素园选集》，安徽文艺出版社）

---

① 原译诗无题，该标题由编者拟就。

厄 运

[俄国] 米那夫

半夜时候，窄寒的
小屋里看不见灯火，
倦乏的母亲在哭着，
饥饿小孩在哭着！……

风也在那烟雾里用了
自己的呻吟响应他们
沉黑的命运在哭，
整夜毁伤地在哭。

从棚台的阴湿的墙壁
落下一些大的水滴；
可见在穷人的生活里——
墙壁甚至也哀哭呢！……

一九二五年七月二十四日译

(载《韦素园选集》，安徽文艺出版社)

这是很久了……

[俄国] 撒浮诺夫

这是很久了……我记不得这是在什么时候……
好像异相一般过去——而且沉向年代的永劫里，
倦乏的心现在忘记了过去的……
这是很久了……我记不得这是在什么时候，
也许——从没有过……

我不知道你……在忧伤的久别以后
我是怎样忆起你的声音，你的眼光，脸的模样，
和从未曾爱抚过的、可爱的、温存的两手？——
我不知道你……在忧伤的永别以后
在无尽的泪流以后……

有时……有时我独自沉思，我遇见你
在疯狂的生活底旋风里，在世俗的烦扰的匆忙里，
我期待你而且呼唤着，我看见你全部的动移……
有时……有时我独自沉思，我遇见你，
但是抬头瞭望——不，不是您！

这是很久了……我记不得这是在什么时候，
但是无梦的夜，但是沉思……那时是怎样凄伤，

我是怎样想慕幸福，过去的是怎样接近而且亲密……
这是很久了……我记不得这是在什么时候，——
但是你和我永在一起！

一九二六年二月十一日译

（载一九二七年《莽原》第二卷第三期）

专　论

文学与革命①

[苏俄] 特罗茨基

目 录

引言

第一章 十月革命以前的文学

——远离的知识阶级。——岛民。——文化撷取者。——Rallies。——教堂中的改革。——文学中的雇佣性。——个人主义与神秘主义。——罗曼主义与道德本能说。

第二章 十月革命底文学“同路人”

——过渡的艺术。——新苏维埃民粹主义。——克留耶夫，一个革命的“同路人”。——叶遂宁与意象主义者。——“舍拉皮翁兄弟”派底未成形的写实主义。——皮涅克底退化的写实主义。——农村的或歌咏农民的诗人。——“变换的标志”派。——新古典主义或“革命的保守主义”。——玛利冶塔·沙金严。

第三章 亚历山大·勃洛克

——勃洛克在俄国文学中的地位。——勃洛克象征主义中的革命前的因素。——为什么十二个不是革命的诗。——二重性。——勃洛克与资产阶级。

① 本文系与李霁野合译，详见李霁野为本文撰写的后记。——编注

第四章　未来主义

狂放的原始。——与过去决裂。——俄国未来主义底组成的元素。——玛雅科夫司基与革命。——未来主义，创造的知识阶级与民众之间的连锁。

第五章　诗歌底形式派与马克斯主义

——形式派与马克斯之反对。——诗歌之降而为字源学与章句法。——为艺术的艺术与唯物主义的 Dialectics。——雪克罗夫司基及他人底辩论。——与反对达尔文主义的神学的辩论之类似。

第六章　无产阶级的文化与无产阶级的艺术

什么是无产阶级的文化，并是否可能？——资产阶级与无产阶级底文化方法。——无产阶级专政与文化的关系。——什么是无产阶级的科学？——劳动诗人与劳动阶级。——库司尼查宣言。——宇宙进化论。——季米严·别德芮。

第七章　共产党对艺术的政策

——革命的艺术不为劳动者所单独产生。——知识阶级的淡漠的闲暇，成为创造的艺术的主因。——共产党底功用与艺术的关系。——社会的大变动与艺术和文化底继续性。

第八章　革命的与社会主义的艺术

——社会主义下较大的动力。——革命的艺术底“写实主义”。——苏维埃喜剧。——旧的和新的悲剧。——艺术，技术与自然。——人底再造。

后记（李霁野作）

引　言①

艺术底地位，可以用下面一般的理论来决定。

假如胜利的俄国无产阶级不曾创立自己的军队，劳动者底国家许早就死了，那我们现在不会想着经济问题，更不会想着知识和文化问题了。

假如无产阶级专政，在最近几年中，要显然是不能组织其经济生活，并且不能替其人民保障一点最低限度的物质的舒服，那末无产阶级统治将不可避免地完事。经济问题在现在是超乎一切问题之上的问题。

但是衣食住这些基本问题，甚至知识问题底顺利的解决，任怎样也显示不了一种新历史原理底——即社会主义底——完全胜利。只有普及全民众的科学思想底运动与新艺术底发展，可以显示这历史的种子不仅生了枝茎，并且还开了花哩。在这样意义上，艺术底发展是每时代底生机与要义之最高的证验。

文化靠经济的汁液而生活，并且物质的富裕是必需的，要这样，文化才可以生长，发展，而且变为精致。我们底资产阶级夺得了文学，并且很快地作这件事，当它变为富有的时候。无产阶级将来能够预备造成一种新的，即社会主义的文化与文学，不过不是在我们现日的贫穷，缺乏，与无学底基础上，用实验室的方法去作，却是用大的社会的，经济的，和文化的手段。艺术需要舒服，甚至需要丰富。火炉必须要烧得更热，轮子必须要动得更快，织机必须要转得更为迅速，学校也必须要工作得更好。

我们底旧文学与“文化”，是贵族与官吏底表现，并且是建基于农民之上的。不怀疑自己的贵族和“忏悔的贵族”，同样在俄国文学最重要的时期，按上他们自己的印记。之后，建基于农民与资产阶级之上，平民知识阶级兴起了，他也将他自己的一章写入俄国文学史中。经过了民粹

---

① “引言”原载一九二七年七月十日《莽原》第二卷第十三期。

派底“反朴主义”，平民知识阶级近代化了，分化了，并且个人化了，在资产阶级所用的这名词底意义上。颓废派与象征派底任务就在此。已经在这世纪底开始了，但尤其在一九〇七——一九〇八之后，资产的知识阶级及其文学之再生，进行得极其迅速。大战使这种进程以爱国思想终结了。

革命推翻了资产阶级，并且这种决定的事实突入到文学中。绕着资产阶级的中心而造成的文学，不再存在了。残存在文化方面的略有生机的东西，在文学方面尤其如此，都曾经而且还在追求一种新的方向。既然资产阶级是不复存在了，文学底中心只能是没有资产阶级的民众。但是谁是民众呢？第一是农民阶级，和一部分城市中的小市民，此后是不能与农民和民众底原形质分离的劳动者。所有的革命底“同路人”底基本观念，都是如此的。死去的勃洛克（A.Blok）[①]这样想。健在着的皮涅克（Pilynak）[②]，“舍拉皮翁兄弟”派（Serapion Fraternity）[③]和意象主义者，也是这样。有几位未来主义者，如赫列白尼柯夫（Khlebnikov）[④]，克卢契尼赫（Kruchenikh）[⑤]和加绵司基（V.Kamensky）[⑥]也是同样。我们

① 勃洛克，亚历山大·亚历山大洛维奇（Блок，Александр Александрович），1880—1921，俄国象征派诗歌的积极代表，俄国诗歌史上革命时期新旧交替中承前启后的大诗人。——编注

② 现译为皮利尼亚克，鲍里斯·安德烈耶维奇（Piliniak Пильняк，Борис Анцреевич，1894—1937）。1937年被镇压，后恢复名誉。——编注

③ 1921年初在彼得格勒成立的文学团体。名称取自德国浪漫主义作家霍夫曼的同名小说集，主要成员有：符·伊凡诺夫、左琴科、斯洛尼姆斯基、隆茨、卡维林、尼基钦、尼洪诺夫、费定等，他们中的多数只注意新的艺术形式和手法的探索，有过忽视政治的倾向。——编注。

④ 赫列白尼柯夫，韦列米尔（原名维克讬）·弗拉基米罗维奇（Хлебников，Виктор Влацимирович，1885—1922）。马雅可夫斯基称他为“恬静的天才”。——编注。

⑤ 克卢契尼赫，阿列克谢·叶利谢伊维奇（Крученных，Алексей Елисеевич，1888—1968），马雅可夫斯基称他为“未来主义的文字诡辩家”。——编注

⑥ 加绵司基，瓦西里·瓦西里耶维奇（Каменский，Василий Васильевич，1884—1961），未来派中资格最老的诗人，著有长篇小说和剧本《斯坚卡·拉辛》、《叶梅利扬·普加乔夫》、《博洛特尼科夫》。

底文化（或者还不如说，我们底无文化）底农民基础，间接地显出它底所有力量来。

我们底革命，是农民变成的无产阶级底表现，这无产阶级仍然依赖着农民，并开出要走的道路来。我们底艺术是知识阶级者底表现，他犹豫于农民和无产阶级之间，他同那一方面也不能有机地溶合，但是由于他底居间的地位与关系，他更倾向农民些。他不能变成农民，但是他能歌咏农民。不过要没有劳动者领导，不能有革命。这是接近本题时基本的矛盾之来源。人可以说，这些苛于批评的时代中的诗人和著作家，就因其逃避此种矛盾的方法，及填起缺陷的态度，而彼此有所区别；一种人用神秘主义，另一种人用罗曼主义，第三种人用小心的远离，第四种人用压倒一切的叫喊。克服矛盾的方法无论怎样不同，其要质还是同一的。这要质就在于资产社会所造成的精神劳动（包含艺术）与体力劳动之分离，而革命似乎是作体力劳动的人底工作。革命底最终目的之一，就是要完全克服这两种活动底分离。在这样意义上，如同在其他一切意义上一样，创造新艺术底问题所走的路索，和创造社会主义文化底基本问题所走的路索，是完全一样的。

要假冒说艺术对于我们时代底大摇撼，将要保持漠然的态度，是胡涂，混头，呆到极度。事件是民众所预备的，是民众所作成的，它们降落到民众身上，并且改变这些民众。艺术直接或间接地影响那些造成或经验这些事件的民众底生活。这指一切艺术，最宏大的也罢，最体己的也罢。假如自然，爱与友谊，和一个时代底社会精神没有关联，那抒情诗早就不存在了罢。历史中一种深微的破裂，即是社会阶级之重新安排，摇动个性，从一种新角落建立抒情诗中基本问题底观念，并且以此将艺术从永久的重复中救出来。

但是一个时代底精神，不暗暗地，并且脱离主观意志而独立地动作吗？自然，在最后的分析上，这种精神是在每人身上都有着反映的：在接受它并且体现它的人底身上，在无望地反抗它的人的身上，和在被动地躲闪它的人底身上。但是那些被动地藏隐自身的人们，是不知不觉地渐渐死去了。抵抗的人们，能够用一种陈腐的火焰或其他使旧艺术复活。但是那要画出新界标，并扩大创造艺术底途径的艺术，只有和时代一致的人们能创造。假如从现实的艺术到未来的社会主义艺术之间画出一条线，那我们可以说，我们现在就连预备着预备时期的阶段怕还没有经过哩。

现日俄国文学派别底简略概括如下：

十月革命以前的文学，从苏峨林（Suvorin）[①]底新闻纸上的小品文作家到贵族生活底最细腻的抒情诗人，是和它所供奉的阶级一同逐渐死去了。就谱系上说，只要是关于形式方面的话，这种文学代表我们旧文学中较长的一系之完成，它以贵族文学开端，而终于自头至尾是资产阶级的文学。

"苏维埃"乡村文学或歌咏农民的文学，就形式说，能够从旧文学底斯拉夫派和民粹派的趋势中，寻出自己底谱系来，虽然比较不清楚些。实在，歌咏农民的作家，不直接地是农民底产物。要没有以前贵族与资产阶级文学，是想不到他们的，他们是那种文学底后辈。现在，这些作家都正在改变自己，以便与新的社会情况更相协和。

未来主义也无疑地代表旧文学底一个分支。但是俄国的未来主义，没有在旧文学之下达到充分的发展，也没有获得要获得正式承认所必需经过的资产阶级化。当大战和革命开始的时候，未来主义仍然是狂放的——这是资本主义的城市中每种新文学派别底常态。在事件底冲动之下，未来主义将其发展指挥到革命底新轨道里去了。就事物之天性而论，这不能也不曾成为一种革命的艺术。但是虽然在几点上，未来主义仍然是旧文学底一个狂放的革命的分支，它对于新艺术之造成，却较之其他一切趋势，都贡献得更直接，更积极，而且更多。

各个无产阶级诗人底收获，无论就一股论是怎样重要，他们底所谓"无产阶级的艺术"不过是在经过一种学习期就是了。它广遍地播种艺术

① 苏峨林，阿列克塞·谢尔盖耶维奇（Суворин，Алексей Сергеевич，1834—1912），俄国出版家，掌握着当时的反动报纸《新时代》。——编注

文化底元素，它帮助新阶级去同化旧收获，即使是仅在很浅薄的外观上也罢，这样，它就成为未来的社会主义艺术底潮流之一了。

使资产阶级的文化和资产阶级的艺术，与无产阶级的文化和无产阶级的艺术相对待，是根本不对的。后者是决不会存在的，因为无产阶级的统治是暂时的，过渡的。无产阶级革命底历史的意义，与道德的伟大，是在于它正在为那种将要超过阶级，将要成为初次真正人类的文化打基础。

我们当过渡时代在艺术上的政策，只能去，而且必须去，帮助各种艺术派别正确地了解革命底历史的意义，而且把赞成革命与反对革命的绝对标准放在他们面前之后，允许他们在艺术上有完全自决的自由。

革命反映在艺术中，暂时不过是部分地如此，就是达到了艺术家不再看革命为一种外在的灾难，并且新旧诗人及艺术家基尔特[①]变成革命底活组织底一部分，而且学着从内面，不是从外面去看革命这种限度了。

社会的漩涡是不会这么快就平静下去的。我们前面还有几十年的斗争，在欧洲和美洲。不仅是我们这一辈子的男女，而且还有将来一辈子的男女，将要成为这斗争底参加者，英雄，和牺牲者。这个时代底艺术，将要完全在革命底势力之下。这种艺术需要一种新的自我意识。这艺术第一不能和神秘主义相容，不论它是坦然的也罢，蒙假面为罗曼主义的也罢，因为革命从下面的中心概念出发：集团的人一定要变成唯一的主人，他底力量底限度，为他对自然为的知识，及使用自然力的能力所决定。这种新艺术是不和厌世主义，怀疑主义，及精神崩溃底其他一切样式相容的。它是写实的，主动的，有生机地集团的，并且对于将来满怀着无限创造的信仰。

一九二四年七月二十九日李昂·特罗茨基（Leontrotsky）

---

① Guild，行会。——编注

第一章　十月革命以前的文学

——远离的知识阶级。——岛民。——文化撷取者。——Rallies。——教堂中的改革。——文学中的雇佣性。——个人主义与神秘主义。——罗曼主义与道德本能说。

一九一七年十月[1]的布尔雪维克革命，不仅推翻了克伦司基（Kerensky）政府，却推翻了建在财产私有制度上面的整个的社会组织。这种社会组织有它自己的文化和正式的文学，其崩溃不能不成为——而且成为了——十月前的文学底崩溃。

诗底夜莺，像那智慧鸟——猫头鹰——一样，在日落之后才被人听闻。白昼是活动的时候，但是时至薄暮，感情与理智就要来估计已经成就的事。唯心主义者及他们底几于聋而且瞎的弟子，俄国的主观主义者，以为心与批评的理智移动世界，或者换句话说，就是以为知识阶级指挥着进步。其实，在所有历史中，心都是在现实之后跛行的。专门的知识阶级底反动的昏妄，在我们这次俄国革命底经验之后，也无须乎证明了。这定则在艺术区域里的运用，也可以清楚地看出。只有说诗人和先知是同样迂缓地去反映他底时代，传统上把诗人看同先知的说法才可以承受。假如有先知和诗人，可以说是“在他们时代底前面”，那就是因为他们不像他们底同类一样迟缓地表示出社会演进底某些种要求就是了。

就在一点点革命的预感底颤动能够在前世纪之末，本世纪之初，通过俄国文学之前，历史也一定要在经济基础上，土地保有上，社会关系上，和民众感情上，产生一种极深的变化。在所谓个人主义者，神秘派和癫痫者能占有文学的舞台之前，必须有一九〇五年革命因内部的矛盾

[1] 旧历十月二十五相当于新历十一月七日。本书所用“十月”，均为布尔雪维克革命之意。（英译）。

而崩溃，必须有同年十二月内务总长杜里诺夫（Durnovo）对于劳动者的摧残，必须解散两个国会，而由首相司妥雷平（Storypin）组织第三个国会。天堂底鸟，是在先知的猫头鹰飞出来时，夕阳西下以后才歌唱。俄国的一整代知识阶级，是被要调和君主，贵族和资产阶级这种努力所造成（或不如说，所破坏），这个充满了革命中间期（自一九〇七至一九一七年）。社会的决定论，不一定就是有意的自私自利之意，但是知识阶级与豢养它的统治阶级，好像是相通的盛水器具，而水平律是同样可以适用在这里的。当日俄战争时在战败者的心情中找到表现的知识阶级底旧急进主义与偶像破坏主义，在一九〇七年六月三日[①]底星光之下迅速地消逝了【当司妥雷平提出所谓“有机的改革”的时候】。靠着几乎所有世纪和所有民族底玄学的与诗的扶持，和教堂中神父们底帮助，知识阶级“自决了”自己，而且宣布它有自己的价值，不论它和“民众”的关系如何。知识阶级半生半熟地变成资产阶级了，这是要报民众在一九〇五年因倔强与失敬而使它受了痛苦的那种仇。例如，列偶尼得·安特列夫（Leonid Andreyev）[②]是革命中间期一个最风行的，假若不是最精深的艺术人物，他在属于普洛妥保报夫（Protopopov）[③]和安菲捷尔特洛夫（Amphiteatrov）[④]的反动报纸上作文章以了其终身之事，安特列夫底象征主义之社会的源泉如何，这种事实是一种象征的指示。在这种地方，社会的自决主义已经是显然倾注于自私自利了。在最精致的个人主义及追求娴

① 下句【 】内者，为英译所加。至六月三日史实，日译者注云：“一九〇七年六月三日，当时极端反动的政府将革命党员五十五名所参加的议会强压解散，而宣布新的选举法，造成了残酷无比的压制政治底基础。”

② 现译为安德列耶夫（Леонил，Николаевич Андреев，1871—1919）。他的许多著作大量运用象征手法。——编注

③ 普洛妥保报夫，亚历山大·德米特里耶维奇（Протопопов，Александр Дмитриевич，1866—1918），沙俄最后一任内务部长。——编注

④ 安菲捷尔特洛夫，亚历山大·瓦连京诺维奇（Амфитеатров，Александр Валентинович，1862—1938），俄罗斯作家，后流亡国外。——编注

雅的世界悲哀那种不慌不忙的神秘探寻底皮肤之下，凝集着资产阶级与反动势力协妥的脂肪，当六月三日“改革”统治下的“有机的”发展，被世界大战底灾难推翻了的时候，这种事实在我们底著作家们即刻弄出来的恶劣不堪的爱国诗文中变得显然了。

不过大战底压力显得是太大了，不仅六月三日统治下的诗歌支持不住，连它底社会基础也受不了；那统治底军事的崩溃，将革命中间期的知识阶级底脊椎骨折断了。列偶尼得·安特列夫觉得以前是那么坚实，而且他底荣誉之塔就建在上面的一席地，在他脚下渐渐沉没，便嘴里冒着沫，叫喊着，发着喘，挥着手，试要救济这个，防卫那个。

虽然有一九〇五年底教训，知识阶级还满怀希望，想恢复它对于民众的精神的与政治的指挥权。大战加强了它底这种幻想。爱国主教的观念学，是此种幻想底心理的水门汀，这种水门汀不是自始即患瘫病的新宗教意识所能产生，也不是模糊的象征主义所能产生的。从大战中产生而又完结了大战的一九一七年三月平民主义的革命，曾给——虽然时间并不长——知识阶级一种极大的刺戟，复活救世主义底观念。但是三月革命是它底最后的历史的火焰。那将近灭熄的灯心，已经开始发出克伦司基主义底臭味了。

于是来了十月革命——这是比知识阶级底历史更重要的界标，同时并表示出知识阶级底无条件的失败。但是虽然失败了，虽然因其过去的罪恶而被压落地下了，它还高声妄称自己底荣耀。在它底心中，世界是完全颠倒了。它是民众天生的代表。在它底手里握着历史底方书。布尔雪维克利用中国人底鸦片，和勒忒人底长靴子①。布尔雪维克和民众反背，是不能经久的。

亡命的知识阶级底新年祝语，都离不开这个主题：“一年内到莫斯

① “中国人的鸦片”是喻布尔雪维克对民众宣传的魔药的。“勒忒人底长靴子”讽喻赤军中有勒忒人部队，最富于勇敢和残忍性，最为反动者所惧。（日译）

科！”何等居心不正的昏妄——何等的狂举！反背民众意志而统治，实在是不可能的，这不久就变得显然了，但是反背亡命的知识阶级的统治，却并不是不可能的，甚至还可以统治得成功哩，全不论所谓亡命者是怎样解释，不论他是国外的呢，还是国内的。

本世纪之初底革命前的微波，一九〇五年未成功的第一次革命，反革命底紧张而不稳的均势，大战底爆发，一九一七年三月底序幕，十月底戏剧——这一切都沉重地而且不断地攻打知识阶级，好像用一种攻城机一样。那里有时间去同化事实，把它们再造成意像，并且为这些意像在文字中找到一种表现呢？不错，有布洛克所作的《十二个》，和玛雅科夫司基（Mayakovsky）[①]底几种作品。它们是一点东西——一些暗示——是一些少数的储金，但却不是对历史的报偿，甚至连报偿底开端也不是。艺术显出怕人的无力自持的样子，如在每一个大时代底开端所常显示的一样。未被邀请作神圣牺牲的诗人，如我们所预料者，证明自己是大地上无关重要的孩子中，最无关重要的孩子。翱翔在社会的利害与热情之上，有如置身云端的象征主义者，巴尔那思派[②]，实感派[③]，不是在埃客忒里诺达（Ekaterinodar）[④]和白党在一起，就是投到比尔苏司基上将[⑤]底国防部里去了。被乌兰格尔底[⑥]热情所感兴，他们用诗歌与散文咒诅我们。

---

① 玛雅科夫司基，弗拉基米尔·弗拉基米罗维奇（Маяковскй，Владимир Владимирович，1893—1930），苏联俄罗斯诗人。——编注

② Parnassian 原为法国第二帝国时代（1852—1870）的一派专重诗律的诗人。俄国也有这末一派诗人，因乌西和洛得伊凡诺夫所作古典的巴尔那思得名。

③ 现译为阿克梅派（Акмеизм），宣扬“为艺术而艺术”的创作原则，主张通过对人的意志、本能的启迪使人逐渐“完善”。——编注

④ 现译为叶卡捷琳诺达尔，即今日的克拉斯诺达尔，库班哥萨克首府，曾一度被高尔察克白军盘踞。——编注

⑤ Pilsudsky 是反对苏俄的波兰军总司令，时任波兰总理。

⑥ 一九二〇年时，俄国的一般反动的诗人，多作诗大大恭维最后叛军领袖乌兰格别尔（Wrangell）（现译名为弗兰格尔。——编注）而骂布尔雪维克派为恶魔（日译）。

更锐敏，及有些更为谨慎的人，沉默了。玛利冶塔·沙金严（Marietta Shaginyan）[①]，告诉我们一件有趣的故事，说她在革命之头几个月，在屯（Don）河[②]岸上怎样忙着作一个纺织教师。她不仅离开写字台而走近织机，却一并离开了她自己，为的要把她自己完全失去。别的人则投身到无产阶级文化会（Proletkult）[③]或政治教育部（Politprosviet），或者作博物院工作，这样去渡过那世界最悲惨，最可怕的大事。革命时期变成诗歌几乎完全沉默的时期了。这不是完全因为缺纸。假如诗在那时候不能印行，现在可以印行了。这些诗也不一定是要赞成革命的；它们可以是反对革命的。亡命者的文学我们是知道的：整好是一个零。但是就是我们自己的文学，也不曾给予任何能和时代相称的东西。

十月革命以后的文学，要佯以为没有什么特别事故发生，并且佯以为这时期大体是和它没有关系的。但是十月已经开始在文学中申述自己，指挥文学而且管理文学，并且不仅在行政的意义上，在较深的意义上也是如此。旧文学底主要部分，并非偶然地发现自己已经逾越国界了，因此在文学的意义上，已经是不存在了。布宁（Bunin）[④]存在吗？我们不能说梅垒什科夫斯基（Melezhkovsky）[⑤]不再存在了，因为他就没有存在过。

---

① 现译为莎吉娘，马里埃塔·谢尔盖耶夫娜（Шагинян Мариэтта Сергеевна，1888—1982），俄罗斯女作家，早期诗作受象征主义某些影响。著作曾获斯大林奖金和列宁奖金。——编注

② 顿河。——编注

③ 现译为无产阶级文化协会，苏联早期文化团体，存在于 1917—1932 年。——编注

④ 布宁，伊万·阿列克谢耶维奇（Бунин，Иван Алексеевич，1870—1953），俄国作家，对十月革命取敌视态度。1920 年起侨居法国。——编注

⑤ 现译为梅列日科夫斯基，德米特里·谢尔盖耶维奇（Мережковский，Дмитрий Сергеевич，1866—1941），俄国作家，哲学家，批评家，俄国象征主义的首创人之一，1920 年流亡国外，1939—1941 年在法国与纳粹合作。最后死在巴黎。——编注

库普林（Kuprin）[①]，巴尔茫特（Barmont）[②]，甚至契里柯夫（Chirikov）[③]怎样呢？以保存就缀音为其主要的文学特点的《凤凰杂志》(Zhar Ptitza)[④]，《北极光》(Spolokhi)[⑤]及其他刊物怎样呢？它们都毫无例外地，如在契可夫底小说中一样，是柏林车站底意见簿中的胡写乱画。备马到莫斯科还早，旅人们同时也就表露他们底情绪了。在拘于一隅的《北极光》中，美文底代表，是尼米罗维奇—但兼珂（Nemirovich-Danchenko）[⑥]，安菲捷耳特洛夫，契里柯夫，泊乌新（Pervukhin）[⑦]，及其他堂皇的已死者——假如他们曾经生过。亚历克舍·托尔斯泰（Alexey Tolstoi）[⑧]显出一点生象，虽然是很弱的，但是因此他就被排除于保存旧缀音者底魔团之外，并且被排除于那些退休的鼓手党底其他一切之外了。

这里有一种实用社会学中的小教训，主题是——欺骗历史是不可能的。那末，让我们来讨论暴力问题罢。土地被没收了，工厂被没收了，

---

① 库普林，亚历山大·伊万诺维奇（Куприн，Александр Иванович，1870—1938），俄国作家，对十月革命态度矛盾，既赞美革命中表现出的英雄主义，又担心祖国文化的命运。1919年流亡国外，1937年身患重病，回到祖国，次年病逝于列宁格勒。——编注

② 现译为巴尔蒙特，康斯坦丁·德米特里耶维奇（Бальмонт，Константин Дмитриевич，1867—1942），俄国诗人，1921年流亡国外，死在法国。——编注

③ 契里柯夫，叶夫根尼·尼古拉耶维奇（Чериков，Евгений Николаевич，1864—1932），俄国作家，剧作家，政论家。1921年流亡到索菲亚，次年起在布拉格定居。——编注

④ 在西伯利亚出版发行的一种杂志。——编注

⑤ 1921—1923年在柏林出版发行的文学艺术月刊。——编注

⑥ 尼米罗维奇—但兼珂，弗拉基米尔·伊万诺维奇（Немирович-Данченко，Владимир Иванович，1858—1943），苏联导演，莫斯科艺术剧院奠基人之一。——编注

⑦ 泊乌新，米哈伊尔·康斯坦丁诺维奇（Первухин，Михаил Константинович，1870—1928），写幻想题材的俄国作家，记者，十月革命后流亡国外，最后在意大利定居。——编注

⑧ 亚历克舍·托尔斯泰于1922年诀别亡命的艺术家，归还革命的祖国。（日译）

银行存金被没收了，保险箱被打开了；但是天才和思想怎样呢？这些不可称量的宝贝岂不是也输出到国外，并且输出量岂不是足以威吓俄国文化，尤其是俄国文化底可爱的歌唱颂歌者戈理奇（Gorky）[①]吗？为什么没有什么东西从这一切中产生出来？为什么亡命者不能举出一个值得眷恋的人名，或一本值得眷恋的书呢？因为人不能欺骗历史或真文化（不是歌唱颂歌者底文化）。十月已经进入了俄国人民底命运中，有如一种决定的大事，而且给每种东西其自己的意义，与自己的价值。过去的即刻引退了，枯萎而且衰落了，艺术只能从十月底观点中复活。站立在十月的视线之外者，完全而且绝对地归于乌有，因此那些“不同意这个”或“这个与我无关”的自作聪明者与诗人，只是等于无物。他们简直就没有东西说。因为这个原因，并不为其他原因，亡命者文学不存在。不存在的东西，是不能加以判断的。

在亡命者底死了一般的土崩瓦解中，发生了一种磨练过的讽刺藐世派。一切潮流和趋势有如坏病一样进到他底血里，使他不再受其他观念底传染。不要脸的越忒路金（Vetlugin）[②]是此派底完全的例子。或者有些人知道他怎样开端罢。但是这并不要紧。他底《第三个俄罗斯》，《英雄》这些小书，证明这作家读过，看过，而且听过各式各样的事，并且能动动笔（笔法）。这本小书几乎以挽知识阶级底失去的最精细的灵魂的挽歌开端，而以歌咏投机的负袋商[③]的咏怀诗收场。这负袋商似乎是要作将来的“第三个俄罗斯”底主人的。而且那个俄罗斯将要成为真正的俄罗斯，即是对于保护私产是诚实的，并且发起财来，贪得而无怜惜。曾和白党在一起，而当白党失势时又拒绝了他们的越忒路金，凭其预见而

① 即高尔基。——编注

② А.Ветлугин，原名伦君，弗拉基米尔·伊里奇，Рындзюн，Владимир Ильич，1897—约 1953，作家，政论家，记者，作品有在巴黎出版的《国内战争的冒险者们》（1921）、《第三个俄罗斯》（1922）等。——编注

③ 负袋到乡村中贩卖食物，并非法做投机事业者。（英译）

先行补了这个负袋商俄罗斯底观念学者底缺。就择业论，这是聪明的。但是“第三个俄罗斯”怎样呢？无论怎样拿法，兵士牌底棍棒，唉，清楚地从他底分明的风格中爬出来。他底第一本书，差不多是在克罗司忒塔（Kronstadt）[①]要塞起事反苏维埃（一九二一年）的时候作的，越忒路金那时候以为苏维埃俄罗斯算完了。但是不几月以后，预料的事情没有发生，而越忒路金，假如我们没有弄错，现在却和“变换的目标”派[②]在一起了。但这都是一个样。他根本上受藐世主义保护，保护他不致受任何观念动惑，甚至不至背教。让我们加足一句话，越忒路金也正在做着一部不值钱的小说，用这样一个有暗示性的书名，《一个下流人底笔录》——这类下流人并不在少数，不过越忒路金是其中最堂皇的一个就是了。他们甚至连撒谎也是毫不在乎的，因为他们连区别真与谎的兴趣也失去了。他们许就是等待着“第三个”俄罗斯的，“第二个”俄罗斯中的真正糟粕罢。

较高些，但是也较弱些，是阿尔丹诺夫（Aldanov）[③]。他更属于立宪民主派，因此也更为假道学。阿尔丹诺夫是属于唱较高的怀疑主义（不是藐世主义，决不是！）的那些聪明人一派的。否认进化，这些人准备着接受维柯（Viko）[④]底孩子气的历史循环学说。就一般论，没有人比怀疑派更迷信的了。阿尔丹诺夫派不是就充分意义而言的所谓神秘主义者。这就是说，他们没有自己底积极的神话学，但是他们底政治的怀疑主义给他们一种借口，以便从永生底观点去看一切政治的显示。这足以招致

① 即喀琅施塔得。——编注

② 变换的标志派是承认布尔雪维克革命为俄国民族发展中一种标志，并且与革命修好的人。（英译）

③ 原名为拉达乌，马克·亚历山大洛维奇（1886—1957），1919年流亡巴黎，1921年开始，写了一系列历史题材和现代题材的小说。——编注

④ Vico，Giovanni Battista，1668—1744，意大利唯心主义哲学家，认为世界上各个民族都要经过三个历史阶段：神的时代、英雄时代和凡人时代，又回到起点，循环不已。——编注

一种特殊的风格，具有一种很贵族的语音不清晰。

阿尔丹诺夫几乎正正经经地以为他们比一般革命家高明得多，尤其比共产主义者。他们觉得似乎我们不懂得他们所懂得的东西。他们以为所以有革命者，是因为不是全体知识阶级都经过了造成阿尔丹诺夫派底精神首都[①]的文学风格，及政治的惑疑主义那种学派。

在他们亡命之余，他们计算苏维埃领袖们底演说与记述中形式上的，与真正的矛盾（能设想他们是没有矛盾的吗?），并计算《真理报》[②]中组织错误的句子与社论（我们必得承认，这样句子是够多的），结果“愚”（我们底）和“明”（他们底）相对照，渲染着他们底书页。实在，他们对于历史是盲然的，不能预见什么东西，失去了他们底权力，并失去了他们底首都[③]，但是这一切都只能拿其他的原因来解释，其中最主要的，我们私下里说，是俄国人民底下流性格。但是，尤有甚者，阿尔丹诺夫派自以为是文章泰斗，因为他们学会了米留科夫（Miliukov）[④]底柔弱句子，及他底同伙赫曾（Hessen）[⑤]底傲慢与法定的文体。他们底风格纯然是羞怯的。

没有注重点也没有品格，所以供一般无话可说的人们作文章用，倒是顶合适的。他们那种不为我们底旧时知识阶级所知的心智与风格之庸俗，言词底自满样子，内容之缺乏，在革命中间期（一九〇七——一九一七年）已经发展起来了。加之，现在他们在欧洲见识了一点东西，他们

① 英文中的capital有“资本”和“首都”两种词意，此处似以取后一个词意为妥。——编注

② Pravda是苏俄政府机关报，中国报纸上多将此字音译。

③ 英文中的capital有“资本”和“首都”两种词意，此处似以取后一个词意为妥。——编注

④ 米留科夫（梅利科夫），巴维尔·尼古拉耶维奇 Милюков（Меликов）Павел Николаевич，1859—1943，历史学家，政论家，立宪民主党首领之一。二月革命后出任临时政府外交部长。十月革命后与白军为伙，1920年流亡，在巴黎出版《最近新闻》报，攻击苏维埃政权。死于巴黎。——编注

⑤ 立宪民主党机关报编辑。——编注

在著小册子哩。他们好讽刺，他们回忆，他们有些装着打呵欠；但是因为礼节，又制止住呵欠。他们引用各种语言，造出怀疑的预言，于是又加以否认。这初看来好玩，过过厌烦人，终之恶心人。何等不要脸的江湖话，何等咬文嚼字的卖弄风情，何等精神的阿谀逢迎。

但是越忒路金，阿尔丹诺夫及别人底所有心情，在寄居巴黎的某一位邓阿米奈多（Don Aminado）①所作的一首可喜的诗中，表现得最到靠：

谁能保证理想是真实的？
保证人数将要上进？
那里是世界底权衡？前进呵，将军！
再来十年！为我为你都尽够！

如我们所见到者，这位西班牙人并不骄傲。前进罢，将军！

将军们（甚至还有海军上将们哩）前进了。麻烦是，他们永远不会走到。

但是在国界的我们的这一边，也有不少和那一边相关的十月革命以前的作家，他们就是革命底国内亡命者。“十月前”这名词对于将来的文化史家，就同和近代史相对照时，“中世纪”这个名词对于我们是一般重要。对于在原则上执迷于十月前文化的人们之中的大多数，十月真好像是匈奴的侵犯，对之不得不拿着所谓“知识与信仰底火把”而逃到坟墓里去。不过那些已经藏起自己和遮开自己而远远地站着的人们，一句新话也不曾说。真的，俄国国内的十月前的或非十月的文学，较之亡命者底文学是重要些。但是也不过是软弱无能的残生者而已。

已经出现那许多诗集了，有好些都有很好听的名字。这些诗集有小

① Дон-Аминадо（原名阿米那多，彼德罗维奇·什波良斯基，Аминадо，Петрович Шполянский，1888—1957），俄罗斯诗人，作家，1919年流亡巴黎。——编注

小的篇幅和短短的诗行，而且都不算坏。联成诗的时候，也颇有一点艺术，甚至有一度存在的感情底回声，——但是要全然看起来，这些书籍对于十月后的近代人，完完全全是无用的，就如一颗玻璃珠对于一个战场上的兵士一样。这种捐弃文学，这种被弃思想与感情底文学之苗芽，就是肥胖的，好意的司特里勒斯（Streletz）[①]，梭罗古勃（Sologub）[②]，罗扎诺夫（Rozanov）[③]，白兰逊（Belenson）[④]，库司明（Kuzmin）[⑤]，荷辣巴赫（Hollerbakh）[⑥]及别人底诗，文章，和通信在这个杂志上发表，数量是三百份。内容有写罗马生活的长篇小说，关于【古埃及人崇拜的】牡牛的恋爱仪式之通信，关于天上与人间的圣索菲亚的论文；印三百份——何等绝望，何等冷落！咒诅与愤怒倒好些！那样至少还像生活。

“迅速地你们将要被杆棒赶进旧马房里去了，人们呵，不敬重神圣事物的人们呵。”（吉比丝（ZinaidaHippius）[⑦]，《最后的诗》，一九一四——一九一八。）这自然不是诗，不过却是何等自然的新闻术！额废派的神秘

---

① 白兰逊在俄罗斯出版的丛刊《射手》，共出了3集，刊名原是勃洛克准备为没有出成的象征派杂志设想的。——编注

② 梭罗古勃，费奥多尔·库兹米奇（Сологуб，Федор Кузьмич，原名杰杰尔尼科夫，Тетрников，1863—1927），俄罗斯诗人，作家。象征派代表。——编注

③ 罗扎诺夫，瓦西里·瓦西里耶维奇（Розанов，Василий Васильевич，1858—1919），颇受争议的俄罗斯作家、哲学家，高尔基曾称他为“最狡猾的蛇”。——编注

④ 白兰逊，亚历山大·埃马努伊洛维奇（Беленсон，Александр Эьвануилович，1895—1949），诗人。——编注

⑤ 库司明，米哈尹尔·亚历山大洛维奇（Куэмин，Михаил Александрович，1872—1936），俄罗斯诗人，作家。阿克梅派代表人物之一。——编注

⑥ 荷辣巴赫，埃里希·费奥多罗维奇（Голлербах，Эрих Федорович，1895—1945），文学研究家，艺术史学家，出版家和收藏家。——编注

⑦ 现译为吉皮乌斯，季娜伊达·尼古拉耶夫娜（Гипиус，Зинаида Николаевна，1869—1945），俄国女作家，诗人，她的信条是尼采式的个人主义，宣称“我像爱上帝一样爱自己”。她和丈夫德·梅列日科夫斯基都是俄国象征派代表人物。——编注

女诗人要挥动杆棒（用短格长的诗！）努力，是何等不可摸拟的生活断片呵：当吉比丝“为永劫”而以她底鞭子威吓人们的时候，她自然是要夸大其词的，假如她想要人们知道，她底咒诅在时代底进程中，将要碎裂人心的话。但是从这种夸大——就其所产生的情况说，是满可以原谅的——中，人可以十分清楚地看出她底性格。不过是昨天罢，她还是一个彼得堡的贵妇人，娇弱，装得多才，自由而且时新。忽然在今天，这位满怀自己的机智的贵妇人，见到了那些“穿钉靴子的”群众底凶猛残暴的无情，并且在她底圣中之圣里发了恼，就将她底没有劲头的烦恼变成尖声的女人气的锐叫（用短长格的诗）。实在的，她底锐叫将来要不碎裂人心，总要引起兴趣的罢。百年后俄国革命史家或者要指出，一只钉靴怎样踩到一位彼得堡贵妇人底抒情的小脚头，于是这贵妇人就即刻显出藏在颓废的，神秘的，恋爱的，基督教的外罩之下，一个真正的有财产的女巫。因为吉比丝之中有真女巫，所以她底诗比别人更高超，也更完全，虽然她底诗也更“中立”，因此也更死。

你要从那许多“中立的”小册子中找到伊里尼·俄朵伊夫翠瓦（Irene Odoevtzeva）①所著的奇迹之屋的时候，为着两三篇反映苏维埃底残酷生活的故事，你几乎可以和写火蛇呀，武士呀，蝙蝠呀，残月呀那中近代化的罗曼主义之虚伪性媾和了。其中有一首歌，述及执行委员荣（Zon）将一个跑外马夫与他底马一同置之死地；有一篇故事，述及一个兵士将玻璃渣掺在盐里一起出售；终之又有一首歌，讲彼得堡底总水管怎样被弄脏了。这些东西规模都小大，应该很使表兄乔治，婶母安娜②欢喜罢。但是虽然如此，这些东西总还显出一点点生活底反映来，而且也不止是载入百科全书中的，早已唱过的歌调底过时的回音而已。暂时我们也准备

① 俄朵伊夫翠瓦，伊林娜·弗拉基米罗夫娜（Одоевцева, Ирина Владимировна），原名伊赖达，古斯塔沃夫娜·伊万诺娃（Ираида, Густавовна Иванова, 1901—1990），俄罗斯女作家，诗人，1922年流亡国外，1987年回国。——编注

② 寓有仅足愉悦作者自己的亲戚等亲近的人，不足以供多数读者欣赏批评的意思。

加入表兄乔治底群中。它们是顶好，顶好的诗；作下去罢，小姐！

我们不仅谈论着残生过十月的“老东西”。有一群年青的文人和诗人也是非十月的。这些青年究竟怎样年青，我还说不很定。不过无论怎样，在革命前及战前期，他们不是才开始，就是还没有开始。他们用不久从前才成为惯例的非个人化的艺术作短篇小说，长篇小说，和诗，为要得到惯例的承认。革命踏碎了他们底希望（“钉靴子”）。他们尽力装着实际上没有什么事情发生，而用非个人化的诗文宣告他们底受伤的傲慢。但是他们时时私自用指头摸污自己底鼻子，以宽舒他们底灵魂。

这全派作家底首领是查玛金（Zamyatin）①，《岛民》底作者。正确地说起来，他底主题是关于英国人的。查玛金明白英国人，用一些随笔将他们描绘得颇不坏，不过非常浅浮，像是一个细心的，有才的，但是很不准确的外国人底作品。但是在同书中，也有俄国“岛民”——生活在生疏仇对的苏维埃现实底海洋中一个岛上的知识阶级——的随笔。查玛金在这些随笔中是细致些，但是并不精深些。这个作家毕竟自己也是一个“岛民”，而且生活在一个很小的岛上，他是从现代俄国移居到这个小岛上的。不论查玛金是在伦敦写俄国人，还是在列宁堡②写英国人，他自己都无疑地还是一个国内亡命者。凭着他以表现他所特有的文学的绅士气（很近乎势利主义）的那种有些牵强的风格，他似乎恰好是那些年青的，开明的，瘠薄的“岛民”③底教师。

最不可辩驳的“岛民”，是莫斯科戏剧团④里的人员。他们不知道要

---

① 查玛金，叶夫根尼·伊万诺维奇（Эамятин Евгений Иванович，1884—1937），作家，剧作家。1931年流亡法国，死在巴黎。——编注

② 即列宁格勒。——编注

③ 写过此文以后，我认识了一班诗人，他们为着或种原因，而称自己为“岛民”（吉洪诺夫及其他）。从他们中，至少从吉洪诺夫（Tikhnov），可以听到有生命的音调，他是年青的，新鲜的，有希望的。这个国外的名称何从而来呢？（原注）

④ 即斯坦尼斯拉夫斯基及丹钦科领导的莫斯科艺术剧院，以演契诃夫及高尔基的剧本著称。——编注

怎样处理他们底高等技术，也不知道怎样处理他们自己。他们把周围所发生的一切，都看为是仇对的，或无论怎样是生疏的。想一想罢：这些人直到今天还生活在契诃夫剧场的那样心情中。现在还《三姊妹》和《瓦涅舅父》哩！因为要等坏天气过去——坏天气是不经久的——他们排演《安戈忒夫人底女儿》[①]，这剧本，除开其他一切不论，给他们很少的机会露出他们对于革命当局的反对。现在他们在向精神涣散的欧洲人和金钱万能的美国人，显示旧时封建的俄国底樱桃庄园是何等美丽，及其演剧者是何等细致与娇柔。何等高贵的气息奄奄的珍宝剧场底范畴呵！很有天才的阿赫玛陀瓦（Akhmatova）[②]不是也属于此类吗？

《诗人基尔特》是一班最开明的诗歌作家张所组成的；他们懂得地理，他们能区别"洛寇寇"式[③]与歌特式[④]，他们能用法语表白自己，而且他们最为文化底熟手。他们想，想得对，"我们底文化仍然有一种微弱的孩子气的语音不清晰"——乔治·亚丹毛维奇（George Adamovich）[⑤]。浅浮的装饰品买不动他们。"修饰不能替代真正的文化。"——乔治·伊凡诺夫（George Ivanov）[⑥]。他们底审美力精确得足够觉到淮尔特（Oscar

---

① 法国作曲家勒科克（Alexandre Charles Lecocq，1832—1918）1873 年创作的芭蕾音乐。——编注

② 阿赫玛陀瓦，Ахматова（原名戈连科，安娜·安德烈夫娜，Горенко Анна Андреевна，1889—1966），俄罗斯女诗人，曾加入阿克梅派，1946 年受到批判，50 年代后期被恢复名誉。——编注

③ "洛寇寇"是一种华丽的装饰花样，当十七世纪与十八世纪时，在欧洲很流行。

④ 十二世纪至十六世纪初欧洲出现的一种新型建筑为主的艺术，代表作品有法国的巴黎圣母院，德国的科隆大教堂等。——编注

⑤ 亚丹毛维奇，格奥尔基·维克托罗维奇（Адамович Георгий Викторович，1894—1972），诗人，评论家。1922 年流亡国外，曾与多个流亡出版机构合作。——编注

⑥ 伊凡诺夫，格奥尔基·弗拉基米罗维奇（Иванов，Георгий Владимирович，1894—1958），诗人，俄朵伊夫翠瓦的丈夫，1923 年流亡巴黎，二战时逃到比亚里茨（Biarritz），后在养老院度过余生。——编注

Wilde）[①]毕竟不过一个是势利之徒，并不是一个诗人，在这一点上，是不能不和他们同意的。对于那些不敬重“一派”，即不敬重一种原理，一种知识，一种向前的奋斗的人们，他们是轻视的，对于这样罪过，我们也非并外行。他们很细心地修改他们底诗。他们之中有些人，如奥差泊（Otsup）[②]，是有天才的。奥差泊是一个写回忆，写梦，写恐惧的诗人。他逐步陷到过去里面。为他开辟“生活底幸福”的唯一的东西，是回忆。“我甚至为自己找到了一个地位；就是作一个诗人的观察者，和一个救活自己生命的资产阶级者。”他带着温存的讽刺说他自己。但是他底恐惧并非是歇斯特里的恐惧，却几乎是一种镇定的欧洲人底平衡的恐惧，并且其所以真正使人舒服者，是这恐惧没有任何神秘的痉挛，而是完全修培过的恐惧。但是他们底诗为什么从来没开过花呢？因为他们不是生活底创造者，他们对于生活底情感与心情之创造，并不参加，他们不过是别人用血造成的文化底迟缓的撇取者，沾光者。他们是模仿者，受过教育的，甚至是精美的；他们是声音底模仿者，很读点书的，往过甚至是有天才的；但是不过如此而已。

在作一个文明世界底国民这假面之下，贵族瓦西洛夫（Versilov）[③]，在他那时候是一个最开明的外国文化底寄生者。他有一种被几世贵族所

---

① 现译名为奥斯卡·王尔德（1854—1900），英国剧作家，诗人，散文家。唯美主义的代表人物。——编注

② 奥差泊，尼古拉·阿夫杰耶维奇（Оцуп，Николай Авдеевич，1894—1958），诗人，1922 年流亡国外。——编注

③ 贵族瓦西洛夫是俄国作家陀思妥也夫斯基创作于 1874 年的小说《少年》中的人物。他属于过时的自由主义者，却又和普通的自由主义者有所不同。他不是绝对的无神论者，只不过宗教观念淡薄；他并不盲目崇拜革命，认为革命会毁灭人类的文化财富。但是他却具有自由主义的通病——脱离现实。他身上具有双重的品质，一方面，他爱全人类，爱“黄金时代”，到欧洲去寻找自己的全人类理想；而另一方面，他又只顾自己去寻找全人类的理想而丢下自己的儿女，而不是给他们父爱。他身上有两个自我，一个是光明、伟大的，另一个是阴暗、卑鄙的。——编注

培植的审美力。他觉得在欧洲差不多是很舒适的。他屈尊地或带着恶意的轻蔑俯视急进的大学生，因为他引证皮沙列夫（Pisalev）[①]或用面食厨子底重音读法语，而且他的态度——唔，我们还不如不谈态度罢。但是六十年代的这个大学生，及七十年代的他底承继者，正是俄国文化底建筑人，在瓦西洛夫已经明确地显出自己是一个最无用的文化撇取者的时候。

俄国的立宪民主派，即是二十世纪开端过时的资产阶级的自由党，对于文化，对于文化底稳固基础，文化底风格，文化底香气，是备极恭维，甚至“敬畏”的，但是他们自己只是空无所有的零而已。试回顾而且测量这些立宪主派从他们底专门的律师与著作家文化底高度，加于布尔雪维克主义的真诚的轻侮，并且以之与历史对于这些立宪民主派所表示的轻侮比较一下。这是怎么回事？因为，和瓦西洛夫底事例相同，不过译成资产阶级的教授的文字就是了，立宪民主派底文化，显得完全是在俄国社会生活底浮层上发生的外国文化底过时的反映。在西方历史中，所谓自由主义者，是一种反对天上人间的权威的有力运动，并且在其革命奋斗底火热中，它提高了物质的与精神的文化。法兰西，如我们所知者，有教化过的人民，有完全的形式，有吸入民众血里的温文尔雅，这国度是在几次革命底熔炉中铸造之后，才成为现在这样子的。转动，突起，与灾祸底“野蛮的”历程，在现日的法语中留下了自己的沉淀物，和它底强点与弱点，准确性与难变性一同——在法兰西艺术风格中也是如此。要将变动性与展发性重新给予法兰西语言，我们可以顺便说一句，必须再有一次大革命（不是在语言上，乃是在法兰西社会生活上）。要将在一切革新方面都是那样保守的法兰西艺术更行提高一层，这样一种革命也是必需的。

但是我们自家的立宪民主派，那些自由主义底过时的模仿者，试要从历史中白白地撇取议院主义，开化的礼貌，和平衡的艺术（在贷金与

① 皮沙列夫，德米特里·伊万诺维奇（Писарв Дмитрий Иванович，1840—1868），俄国革命民主主义者，文学评论家和唯物主义哲学家。——编注

利息底坚固基础之上的）底乳皮。察考欧洲个人的或一派的风格，思索甚至吸收这些风格，以便以后用这一切风格显出他们实在是无话可说，亚丹毛维奇，伊里兹基（Irezky）[①]及其他许多人底用处，就在这里。但是这并不是创造文化，不过是撇取文化底乳皮而已。

当立宪民主派的美学家在一辆暖货车[②]中作一次长途旅行，于是就齿缝露出怨声去述说，他那样最有教育的欧洲人，镶着最好的假牙，对于埃及舞有最精确的知识，怎样受了下流革命底屈辱。必须和长虱子的负袋商一同旅行，这时候，你对于假牙齿，跳舞底美学，及全体从欧洲书架上偷来的这种文化，觉得喉头有一种生理的作呕。渐渐就有了这末一种信念，以为在历史的机制中，褴褛的负袋商身上这个小小的虱，较之这位通盘教化过而完全无用的自我主义者，是更为重要，即是更为需要。

在大战之前的时期，在这些文化撇取者还没有爬起来爱国地狂喊的时候，一种新闻纸的风格已经在我们之间开始了发展。实在，米留科夫还在滔滔不休地乱写教授的议院的社论，而他底副编辑赫曾将离婚诉讼手续底最好标本示人。但是就一般论，我们已经在借着《俄国新闻》（Russkiya Viedomsti）[③]底可敬的瘦肉与四旬斋的脂肪，来忘却我们传统的与本国的不修整的方法了。仿照欧洲样子的新闻事业中这点小小的风格的进步（顺便说一下，这进步是以一九〇五年革命底血为代价的，党和议会也从这次革命中发生），在一九一七年革命底浪中淹没了，不留一点痕迹。现在寄居在国外的立宪民生派，离婚的或不离婚的，极恶意地指责苏维埃报纸底文学的弱点。实在，我们写得坏，没有风格，而且模仿，甚至仿照《俄国新闻》底样子。这就是说，我们是退化了吗？不，

① 伊里兹基，维克托·雅科夫列维奇（Ирецкий, Виктор Яковлевич，原名格里克曼，1882—1936），犹太族，散文作家，评论家，新闻工作者，不接受十月革命，1922年被驱逐出俄联邦，住在柏林，死于结核病。——编注

② 革命时期所用的内装暖炉的火车。

③ 立宪民主党的报纸。——编注

这是在撇取的进步之模仿，雇用的师律底招摇，与全民众底前进的伟大的文化运动之间，一个过渡的时代，这民众，只要给他一点时间，就能为自己创造一种风格，在新闻事业上，如同在其他事业上一样。

此外还有一类人，即 Rallies。这是从法国政治中借来的一个名词，意思是，“已经加人者”。与共和国和解的以前的保皇党，是被人这样称呼的。这些保皇党放弃了为君主的奋斗，甚至连对他的希望也抛弃了，并且忠心地将他们底忠义译成共和国的语言了。他们之中难乎有一个人能写《马赛曲》[①]，即使从前从没有人写过。他们是否热心唱反对暴君的诗章，是可疑的。但是这些 Rallies 生存，而且被容许生存。在现日的诗人，艺术家和演剧人中，有许多这样的 Rallies。他们不毁谤，他们不咒诅；反之，他们接受时势，不过是一般地，并且“不负任何责任”。在适宜的地方，他们乖巧地保守静默，或者忠实地将事情忽略过去，就全体论，他们是有耐性的，而且尽他们所能地作事。我并不是指“变换的标志”派，他们有他们自己的观念学。我不过是说那些镇静的艺术界的庸人，艺术底公仆，他们时常并不是没有才情的。我们到处找得到这样 Rallies，甚至在画像家中；他们画“苏维埃”画像，有时大艺术家从事这种画。他们有经验，有技术，什么都有。但是这些画家不免总不是好肖像。为什么呢？因为艺术家对于他所画的东西没有内在的兴趣，没有精神的亲属关系，并且他画一个俄国的或德国的布尔雪维克，正和他惯于为学院里画一个玻璃水瓶和一个萝卜一样，或者还更中立。

我不举名，因为他们造成一个整个的阶级。这些 Rallies 将不从天上摘下北极星，也不发明无烟的火药；但是他们是有用的，必需的，而且将要成为新文化底肥料。这并不怎样微小。

非十月艺术底受了阉割的状态，在知识阶级底命运中，与“富饶了”

① 《马赛曲》是法国大革命时所唱的革命歌。

十月前文学主潮的神秘探寻——即象征主义——底命运中，是显然的。在这里略论它一下，是适宜的。

在这世纪之初，知识阶级从唯物主义，与“唯实主义”，甚至有些从马克斯主义起，经过批评哲学（康德主义），而走到神秘主义。在革命中间期，这种新宗教意识以许多死火发出将近灭熄的光与烟。不过现在，官式的正教[①]底磐石已经被严重地推过去了，这些各有怪味的客厅里的神秘派，都垂头丧气并且垂下尾巴了，因为新事物底范围对于他们是太大了。不用这些曾为马克斯主义者的客厅里的先知们，与新闻纸的圣者们帮助，甚至还要抵抗他们底一切反对，革命潮流底浪，也一样拥到了不知改革的俄国教堂底墙前。这教堂向来用坚不可摇的形式，机械的礼仪，与政府的帮助去防卫自己，反抗历史。它曾在帝制主义之前卑微地鞠躬，它比它底贵族的同盟者与保护者多保持了好几年，几乎没有改变。但是也轮到它了。教堂中“变换标志”的趋势，虽然是革新的，也不过是在适应苏维埃国家这假装之下，一种求资产阶级的改革的过时的尝试。不过在劳动阶级革命不几月之前，我们底政治的革命才完成——就这甚至还是违反资产阶级底意志的。教堂底改革，几乎在无产阶级起事后四年才开端。假如“活教堂”承认一种社会的革命，那不过是因为它寻求保护色就是了。无产阶级的教堂是不可能的。教堂改革主要地是追求资产阶级的目的，如使教堂摆脱中世纪阶制底运用不灵，以对于天政的更为个人化的关系代替仪式与萨满教[②]底模拟；一句话，所追求的，是要给宗教与教堂一种更大的易变性与适应性这种普通的目的。在起始四年，教堂以一种暧昧的取守势的保守主义，使自己与无产阶级革命隔离。现在它在转入“新经济政策”了。假如苏维埃新经济政策是社会主义资产的经济学与资本主义的野合，那末教堂新政策经济是封建制度的树干上一

① 东正教。——编注

② 一种原始宗教，“萨满”即“巫”的意思，流行于亚洲和欧洲的极北部。——编注

个阶级的接枝。对于劳动者统治的承认，如以前说过者，是受模拟律所支配的。

但是教堂底年久的组织之动摇已经开始了。在左派中——“活教堂”也有其左派——在发着较急进的声音。更左倾的是些急进的派别。然而刚才觉醒的纯朴的唯理主义，正在为无神论的与唯物主义的种子开辟土地。大扰动与衰落时代，已经到了曾经宣布自己不属于此世的这王国中了。“新宗教意识”现在那里去？从列宁堡与莫斯科的文学界来的先知们和改革者们那里去了？道德本能论那里去了呢？连他们底一点声息也没有了。可怜的，神秘的致疾医法[①]家们，觉得好像是受豢养的家猫，被扔在冰开冻解的高潮上一样。第一次革命底昏头的孽草产生了他们底“新宗教意识”，而第二次革命又将它捣碎了。

例如毕德耶夫（Berdayev）[②]，还在骂不信上帝和不烦心未来生活的人们，因为他是一个资产阶级。这实在好玩。这作者和社会主义者的短时期的关系，替他留下“资产阶级派”这个名词，现在他正在用这个驱击苏维埃的反基督哩。麻烦是，俄国的劳动者一点也不是宗教的，但是资产阶级却都变成信徒了——在失去产业之后。这是革命底许多不便之一，就是它将观念学底社会基础露骨地显示出来了。

这样，“新宗教意识”消灭了，不过在文学中却留下了很有一点儿痕迹。曾经把一九〇五年革命当作圣约翰夜[③]而接受之，并且在革命底烟

① 现译作“顺势疗法”（homeopathy），又称同类疗法，是由德国医生塞缪尔·哈内曼（Samuel Hahnemann）18 世纪创立的。它的理论基础是“同样的制剂治疗同类疾病”，意思是为了治疗某种疾病，需要使用一种能够在健康人中产生相同症状的药剂。目前对这种疗法是医学奇迹还是伪科学尚有争议。——编注

② 英文译名应为 Berdyaev，俄文姓名为 Бердяев，Николай Александрович，现译名为别尔佳耶夫，尼古拉·亚历山大洛维奇（1874—1948），俄罗斯宗教和政治哲学家，1922 年流亡国外。一度虔信过社会主义，后来笃信宗教，写了几部以基督教立场反对马克思主义的书。——编注

③ 旧时俄国以每年六月二十四日为圣约翰祭日；该日底前夜，乡村中男女或往深林中珍草以占凶吉，或举行裸体舞，照例是梦一般狂乱地过去的。（日译）

火中烧焦了嫩羽翼的一整代诗人，开始将天政引人他们底诗歌中。革命中间期的青年加人了他们。正如遵循恶例，以前诗人们在困难的瞬间就归向林泽女神呀，牧神呀，战神呀，美神呀一样，此地峨灵辟司山①在诗形底盾牌之下民族化了。终之，用战神或是用圣乔治，看是以之填短长格的诗呢，还是填长短格的诗，而定去取。无疑地有许多人，至少有几个人，在这下面藏起他们底经验——主要的是恐惧。于是大战到来了，这大战将资产阶级底恐惧镕化成一种一般的狂热的焦点。于是革命到来了，将这种恐惧加浓而成为恐慌。能期望什么呢？能归向谁个呢？能依附谁个呢？除教堂日历之外没有任何东西，没有其他的东西存留了。在大战之前，在毕德耶夫及其他药房中蒸馏出来的宗教的流液，现在很少有人去热心调和它了，因为那些有神秘要求的人，不过用他们祖先底十字架在自己身上画十字架而已。革命洗刷去了个人的文身色彩，将传统的，部落的，和母乳一同吸收的，及因其弱与怯而未曾被批评理智分解过的东西，统统给暴露出来。在诗歌中，耶稣是从无不在的。而且圣处女底外衣是最风行的诗的织物，在纺织的机器工业时代。

读大多数诗集，尤其是妇女所作的，人都要呆。在这里，实在话，人是寸步不能离开上帝的。阿赫玛陀瓦，茨越台耶瓦（Tsvetaeva）②，拉德罗伐（Radlova）③及其他真正的与近似的女诗人底抒情范围，是很小的，包括女诗人自己，戴圆顶硬毡帽或刺马钉的不相识者，和绝免不了

① 即奥林匹斯山。希腊最高的山，在希腊神话中，这里是古希腊 12 位神的家。——编注

② 现译名茨维塔耶娃，玛丽娜·伊万诺夫娜（Цветаева，Марина Ивановна，1892—1941），苏联俄罗斯女诗人，因受丈夫（白俄军官）影响，1922 年流亡国外，1939 年回国，卫国战争时撤退到叶拉布尔市，因个人感情痛苦而自杀。——编注

③ 拉德罗伐，安娜·德米特里耶夫娜（Радлован，Анна Дмитриевна，1891—1949），俄罗斯女诗人，曾加入古米廖夫和库兹明的文学社团。二战中被德国纳粹随她所在的列宁格勒苏维埃剧院遣送到德国，战后到巴黎，后应召回国，被以叛国罪判处监禁，死在劳改营。——编注

的，没有任何特别标志的上帝。这上帝是一个很方便而且活动的第三者，十分专于家务，是家庭中的朋友，时时尽医治女性疾病的医生底职责。这个并非年青的，担负着阿赫玛陀瓦，茨越台耶瓦及别人底私人的而且时常是麻烦的差使的个人，怎能够在暇时去指挥宇宙底命运，简直是不可了解的。对于那未有机的，生物学的妇科的什加普司珈亚（Schkap-skaya）①——她底天才是真实的——上帝是一种天性如中人与产婆的东西；换句话说，上帝是有全能的流言家底属性的。如果许在这里加一句主观的注解，我们愿意承认，这个女性的宽臀的上帝若不十分庄严，较之超乎星辰的神秘哲学所抱出的小鸡，总是更为有同情些。

人怎能不终之得到这个结论，说一个受过教育的庸人底常态头颅，是历史将其各种收获底皮壳都随意扔在其中的一只垃圾箱呢？这垃圾箱中有默示录，有服尔德（Voltaire）与达尔文（Darwin），有赞美诗本，有比较语言学，有二乘二，有蜡烛。这是比穴居底无知低微得多的可羞的杂凑。“自然之王”与确实要“服务”的人，摇着他底尾巴，并且在此中会悟他底“不朽的灵魂”底声音；但是一经考查，所谓灵魂者，只代表一种“器官”，远不如胃或肾之和谐完全，因为这“不朽的”东西有许多发育不全的附属器官与盲囊，这些东西被各种的腐烂的渣滓所塞满，不断引起奇痒与精神的溃烂。有时这些东西发泄为有韵律的诗行；于是就当作个人主义的与神秘的诗歌拿出来，而且在漂亮的小册子中印行出去了。

或者没有什么东西比现在对于罗扎诺夫（Rozanov）②——“天才的”哲学家，先知，诗人又兼精神底武士——的整个的崇拜，那样亲切可信地显出知识阶级底个人主义之衰落与荒废罢。然而罗扎诺夫是一个人所

---

① 什加普司珈亚，玛丽娅·米哈伊洛夫娜（Шкапская，Мария Михайловна，1891—1952），俄罗斯女诗人。——编注

② 罗扎诺夫，瓦西里·瓦西里耶维奇（Розанов，Василий，Васильевич，1856—1919），俄国作家和哲学家。——编注

共知的光棍，是一个怯者，寄生者，呵谄奉迎者。而且这些就是他底要质。他底天才就在这要质底范围内。

谈到罗扎诺夫底“天才”时，所注重者多半是他在性底方面的启示。但是假如罗扎诺夫底崇拜者之中，有人试把罗扎诺夫用他那种适于省略与含糊的特殊文字所作出的，论性对于诗歌，宗教，政治的影响那些议论，都集拢来，整出系统，那他所得到的东西是很贫乏的，并且很少是新颖的。奥地利的心理分析派——福罗乙德（Frued）①，勇格（Jueg）②，阿尔巴忒·爱德来尔（Albert Adler）③及别人——对于性成分在个人性质与社会意识之造成上所占的重要这问题，贡献得无可限量地大些。其实，二者是不能比较的。福罗乙德底似非而是的夸张，较之罗扎诺夫——他不断地陷入有意的半痴状态，或简单的胡说，重复他自己，而且说着双料的假话——底公然的臆测，要重要得多，丰足得多。

不过我们要得承认，那些不以赞扬罗扎诺夫并拜倒在他面前为耻的国外与国内的亡命者，是得着要领了，在他底精神的寄生中，在他底呵谄奉迎中，在他底胆怯中，罗扎诺夫不过使那些亡命者底基本的精神的特点归到逻辑的结论——在生活前胆怯，在死前胆怯。

有某一位维克托尔·禾汶（Victor Khovin）④——一位未来主义理论家，或不论他是什么也罢——替我们保证说，罗扎诺夫底下流变动性，是由于最复杂而且细微的原因而成；又说假如罗扎诺夫归向革命（一九

---

① 现译名为弗洛伊德，1856—1939年，奥地利心理分析学家及精神病学家。——编注

② Carl G.Jung，1875—1961，瑞士心理学家和精神分析医师，分析心理学的创立者。早年曾与弗洛伊德合作，曾被弗洛伊德任命为第一届国际精神分析学会的主席。——编注

③ 1870—1937，奥地利医生，心理学家，个人心理学奠基人之一。——编注

④ Ховин Виктор Романович，1888—1942，俄罗斯文学评论家，曾参加了俄国未来主义派的首次冬季巡回演说，著作有《献给今日》、《透过理想》等。——编注

〇五），而同时又不脱离反动报纸《新时代》（NovoeVremya），于是又跑到右派去，那不过是因为他被从他内面表露出来的超人的胡说乱道吓住了就是，又假如他甚至实行了司法总长底命令【关于白力司（Beiliss）礼仪案件者】[①]，在《新时代》上作反动的文章，同时又用假名在《俄罗斯言论》（Russkoe Slovo）上发自由的言论，又作诱引青年作家归向苏峨林的中间人，这都不过是由于他底精神的天性之复杂与精深所致。这些昏庸的辩白至少可以稍足使人相信，假如罗扎诺夫曾经在受迫害时期走近革命些，（那是）以便在胜利时从革命那里引退。但是罗扎诺夫不曾作这一件事，而且也不是他所能作的。当反动的波别多诺司采夫（Pobedonostzev）[②]占胜利的时代，他歌颂【尼古拉二世加冕时的】霍丁加（Khdynka）原野底不幸事件[③]为赎罪的牺牲。宪法会议与恐怖主义，都是最革命的，当一九〇五年十月年青的革命似乎推翻了原有权力的时候，罗扎诺夫接受这些。在一九〇七年六月三日之后，他歌颂六月三日那些人。在闹白力司案件的时候，他尽力证明犹太人为宗教的目的，使用基督教徒的血。在他死前不久，他挂着一付惯用的呆人底鬼脸，写道，犹太人是“地球上第一等民族”，这自然不比在闹白里司案件时所作的好多少，虽然从反对的方面。罗扎诺夫中最真实而且最坚固的东西，是他在权力面前的虫似的蠕动。他是一个虫似的人与作者；是一个蠕动的，滑的，粘质的虫，因需要而行伸缩，并且像一条虫一样，讨厌人。罗扎诺夫无礼地称旧教教堂为粪堆——自然是在他自己的小团体之内。但是他守着仪式（由于胆怯，并且为任何报酬都可以），而且当他要死的时候，他吃了五次圣餐——也是为着任何报酬的。他对于天也是偷偷摸摸的，

① 【 】号内系英译者所加。下同。

② 波别多诺司采夫，康斯坦丁·彼得罗维奇（Победоносцев，Константин Петрович，1827—1907），俄国东正教最高会议——主教公会总监，对沙皇亚历山大三世颇有影响。——编注

③ 一九〇五年革命时，反动官宪在莫斯科郊外霍丁加原野残酷蹂躏革命劳动者示威运动。（日译）

好像对于他底发行人和读者一样。

罗扎诺夫为着几片银子公然卖他自己。他底哲学是和这一致而且是这样适应的。他底风格也是如此。他是安乐窝里的诗人，是具有一切舒服的住屋里的诗人。嘲戏着人师和先知，他同样教人生活中最重要的东西是软，温，肥，甜。知识阶级在过去的几十年中，迅速地变为资产阶级，并且很倾心于软的和甜的东西，但是同时又为罗扎诺夫所窘，正如一个年青的资产阶级被一个公然泄其所知的放肆妓女所窘一样。但是在要质上，罗扎诺夫是属于知识阶级的，现在当"受过教育的"社会中一部分旧人失去了一切意义与礼仪的时候，罗扎诺夫底身分在他们眼中大起来了。现日他们已经联合成崇拜罗扎诺夫的一派了；其中有未来主义理论家——雪克罗夫斯基（Shkbvsky），禾汶——有莱米佐夫（Remizov），道德本能论的梦幻者，有不空想的约瑟赫曾（Joseph Hessen），从前的右派与从前的左派！"寄生者万福！他教我们怎样欢喜甜东西，我们梦想着海鹰，而我们失去了一切。我们在此地被历史抛弃在后面了——并没有甜东西。"

一种灾难，不论它是个人的或是社会的，常是一种伟大的试金石，因为它毫无错误地显出个人的或社会的真正关系来，不是外表的关系。所以因为十月，几乎全变成了反十月的十月前的艺术，将它与旧俄统治阶级的分不开来的关系显出来了。现在这已经是显然得很，人连用手去摸都不必。地主，资本家，文武将军，和他们底律师与诗人一起亡命去了。并且他们都断定文化是消灭了。诚然诗人曾自以为是离资产阶级而独立的，并且曾经与之争吵过。但是要以革命的热诚提出这问题的时候，诗人就即刻显出自己是其骨髓中的寄生者。"自由"艺术中这种历史的教训，与属于民主主义——即扫荡了约丹尼奇（Yudenich）①的同一民主主义——底其他"自由"的教训，是并行发展的。在近代史中，个人的

① 现译为"尤登尼奇"。——编注

与专门的艺术，和旧时集团的民众艺术相反，都是在统治阶级底富裕与悠闲中滋生的，并且老是受他们豢养的。当社会关系未被扰乱的时候，几乎不可察觉的豢养的元素，在革命底斧头砍倒旧的撑支物时，就无掩饰地裸露出来了。

寄生与受豢养底心理，一点也不等于驯服，谦逊，或恭敬底心理。反之，这种心理包含庄严的作态，发脾气，分歧，并且有完全决裂之势——不过，只有此种形势而已。浮马·浮米奇·奥泊司金（Fuma Fomich Opiskin）[①]古典式的旧时的贵族的寄生者，觉得自己几乎时常“心理地”在家庭取命的状态中。但是假如我记得不错，他从没走过马厩一步。拿奥泊司金与学院派和近乎古典派如布宁，梅垒什科夫司基，吉比丝，科特里列雅夫司基（Kotiyarevsky）[②]，紥伊采夫（Zaitzev）[③]，查玛金及别人相较，自然是很粗浅的，而且无论怎样是有点失敬的。但是你必得不加改变地唱历史底歌。他们显出自己是被豢养者与寄生者。虽然他们之中有些人凶猛地显出这种性格，大多数国内亡命者，一部分是因为他们不能管辖的环境使然，但是我们一定以为大部是由于他们底脾气关系，都不过悲哀他们受豢养的品味被连根铲除，并且他们底愁苦在回忆与重述的经验中排遣掉了。

安得列·白雷（Andrey Biely）[④]

革命中间期（一九〇五——一九一七年）的文学，在心情上是颓废的，

---

① 陀思妥耶夫斯基的中篇小说《斯杰帕契科沃村的人们》中的主人翁。——编注

② 科特里列雅夫司基，涅斯托尔·亚历山大洛维奇（Котляревский Нестор Александрович，1863—1925），俄罗斯文学史家，文学评论家。——编注

③ 紥伊采夫，鲍里斯·康斯坦丁诺维奇（Зайцев Борис Константинович，1881—1972），作家。1922 年出国，先后居住在德国、意大利和巴黎。——编注

④ 现译为别雷，安德烈（Белый，Андрей，原名布加耶夫，鲍里斯·尼古拉耶维奇，Бугаев Борис Николаевич，1880—1944），曾参加象征派，从事像征派美学研究，在诗歌和散文中使用数字的方法研究韵律理论。——编注

在技术上是过于讲究的，是个人主义，象征主义和神秘主义的文学，在白雷中找到最浓厚的表现，也在白雷身上最能显出其为十月所毁灭。白雷相信文字底魔力。那末对于他我们可以说，就是他底笔名就足以证明他是反革命的①，因为革命底最大的斗争期，是在红党与白党底战斗中过去的。

白雷对于勃洛克的回忆录，在无意义的琐事叙述及任意的心理切入上是惊人的，使人加十倍地觉得他们是另一时代，另一世界，是过去时代，不可复回的世界中的人物。这不是世代不同的问题，因为他们也是我们这个世代的人，却是社会的组成，精神的形式，历史的根基不同的问题。对于白雷，"俄罗斯是一个大草原，绿绿的，像清明园或撒赫玛讬夫田产一样。"在革命前与革命中的俄罗斯，有如绿绿的草原，有如清明园②与撒赫玛托夫草原这种意像中，人觉得旧俄罗斯，地主与官僚的俄罗斯，或最好不过是都介涅夫（Turgenev）③与龚察洛夫（Goncharov）④底俄罗斯，已经埋葬得何等深。这俄罗斯现在离我们是多末天事一般地辽远，离得辽远是多末好呵，而且从这种时代变到十月是何等的跃进呵！

无论是都介涅夫底别任（Bezhin）草原⑤，或勃洛克底撒赫玛讬夫草⑥原，或托尔斯泰底清明园，或龚察洛夫底阿蒲罗摩夫（Oblomov）草原⑦，都是平和与偷安的和协之意像。白雷底根是在过去的。但是旧时的和协现在那里呢？反之，对于白雷似乎一切东西都动摇了，一切东西都歪了，

---

① 白"雷"在俄语中意为"白"。（英译）
② Yasnaya Polyana是托尔斯泰底住居处。
③ 现译为"屠格涅夫"。——编注
④ 现译为"冈察罗夫"。——编注
⑤ 屠格涅夫的特写集《猎人日记》中的一篇短篇小说的篇名，现译为《白净草原》。——编注
⑥ 勃洛克生前常住的庄园，在41年的一生中，他有36年经常到这里来，许多有名的著作也是在这里完成的。——编注
⑦ 冈察罗夫的长篇小说《阿蒲罗摩夫》中的主人公、地主知识分子阿蒲罗摩夫的领地。——编注

一切东西都失去平衡了。对于他，清明园底平和不曾变成动力，却变成骚动，变成在同一地点上下跳跃了。白雷底彰明显著的动力，不过是绕跑及爬上逐渐消灭，逐渐瓦解的旧统治底丘岗之意而已。他底文字的婉〔蜿〕蜒无所归依。他没有理想的革命主义之暗示。就他底中心说，他是一个写实主义的与精神的保守主义者，他已经失去了立脚地，并且陷于绝望中。《梦幻者底笔录》，受勃洛克感发的一部日记，是一个烟突冒烟的绝望的写实主义者，和一个惯于精神的舒服，没有撒赫玛讬夫草原就连梦想一种另外生活也不能的知识阶级者这二种人底合体。这个脚站立地面上，基础属于地主与官吏的"梦幻者"白雷，不过是在他底周围喷出烟圈而已。

离开习惯与个人主义底中枢，白雷要以他自己替代全世界，要从自己并凭他自己去建设一切，要在他自己中重新发现一切——但是他底作品，虽有不同的艺术价值，都不外乎代表一种旧习惯底诗的或唯心论的腾化。此其所以在最后的分析上，这种卑鄙的先入为主，及神圣看待私人的与精神的日常事实，在群众与迅速真正在创造新世界的我们底这个时代，变得如此令人不能忍受。假如人用那么多繁文缛节去写与勃洛克的会见，那么人怎样去写那些影响许多民族命运的大事件呢?

在白雷底儿时回忆（《Kotik lotaev》[①]）中，有描写清澄心理的有趣的瞬间，虽不常艺术地正确，却常内在地使人信服，不过他用玄奥的议论，做作的艰深，意像与文字之堆砌，将这些联起来，就使它们失效而且通通讨厌了。用他底膝与肘，白雷试要将他儿稚的灵魂挤进另一世界。他底肘痕逐页都可以看见，但是另一世界呢，却并不在那里！其实，另一世界从那里来呢?

不久以前，白雷写出好几件关于他自己的顶真的思想来（他总老是执着于他自己，描写他自己，围着自己绕圈子，嗅着自己并舔着自己

① 自传体中篇小说《柯吉克·列达耶夫》，1922年完成。——编注

的）：“在我对‘最大限度派’[①]的理论的索隐之下，也许藏着最低限度派[②]，小心地摸索着道路。我走迂曲的道路行近一切。用假设，暗示，与方法学的证据，从远处摸索着道路，保持着谨慎不决的态度。”（《回忆亚历山大·勃洛克》）叫勃洛克为最大限度派，白雷直接说出自己是门雪维克[③]（自然是在圣灵中，不是在政治中）。这些话从梦幻者与幻想者底笔下写出来，似乎是出乎意外的，但是一个人说自己的时候太多，毕竟有时要说出实话来。白雷不是一个最大限度派，一点点也不是，却是一个毫无疑问的最小限度派，是旧统治及其见地底碎屑，在新环境中打着呵欠，叹息着。而且他以迂曲的方法行近一切事，是绝对真实的。他底全部《圣彼得堡》，都是用迂曲的方法建成的。这本书好像觉得吃力作成者，就为着这种原因。就是在他获得了艺术的结果，即是在读者底意识中能引起一种意像的地方，所出代价也是太多了，因此，所以在绕了这些迂曲的道子，使了许多力气之后，读者经验不着美学的满足。这就正同你被人从烟突引进一所房子，进去后看见原来有一道门，而且从那个门进去要容易得多。

他底有韵的散文是可怕的。他底句子不遵循意像底内在的运动，却遵循外在的音律，这起始似乎不过是多事，稍进就因其莽撞而使你厌倦，终之就将你毒死。预料到一个句子将要有音律地终结，使得人极端烦躁，正如在睡不着觉时等着户扉再响一样。和白雷底音律一同进行的，是他对于字的实物崇拜。人类的字不仅表现意义，并有声音的价值，并且对于字要没有这种态度，则在诗歌与散文中都不能有什么深造，这是绝对无可反驳的。我们并不是要否认白雷在这方面所得的功绩。不过，最沉重与响亮的字，所表现出来的意义，不能比所放入的意义多。白雷在文

① 最大限度派，即布尔雪维克，多数派。

② 最小限度派，即门雪维克，少数派。

③ 现译为“孟什维克”。——编注

字中，正如比达哥拉斯（Pythagoras）派[①]在数字中一样，寻求第二义的，特别的，隐秘的意义。他所以时常发现自己在字的死巷中者，就为着这种原因。你若把中指放二拇指上去触摸一件东西，你会觉出两件东西来，你若反复这种试验，会使你觉得奇怪：你没有正用你底触觉，却误用了你底触觉欺骗自己。白雷底艺术方法正好给人这种印象。他底方法总老是假复杂的。

白雷不用论理的与心理的分析，却用头韵底玩意，文字的扭索与声音的绳结去描写那种多半是中世纪的沉滞思想。白雷越痉挛地执着在文字上，越无情地强用它们，他底惰性的思想在已经征服了惰性的世界中就越感困难。在描写顽固的旧生活时，白雷是顶可以的。他底作风就在那种地方也是费力的，不过并非无用。你能够清清楚楚地看出，白雷自己是旧环境底肉中肉，骨中骨，他彻首彻尾是保守的，被动的，中庸的，而且他底音律与文字的扭索，不过是离开他底生活中枢时，用以和他底内在的被动性与淡泊性作徒然斗争的一种工具就是了。

在世界大战的时候，白雷变成了德意志神秘派卢道夫·司丹纳尔（Rudolph Steiner）[②]——自然也是个“哲学博士”啦——底信徒，并且在瑞士在道德本能论者庙宇底广厦之下守夜[③]。道德本能论是什么呢？是精神的知识阶级，将基督教翻转过来，从哲学的与诗的引语中挤压出来者。

---

① 比达哥拉斯是古希腊数学家，唯心主义哲学家，认为“凡物皆数”，意即数是事物的原型，也构成宇宙的“秩序”。他所创立的学派产生于公元前六世纪末。——编注

② 现译为鲁道夫·斯泰纳（1861—1925），奥地利神秘主义者，著有《通神学》一书，认为物质的真实是一层盖住物象的面纱，透过这层面纱，人们将能看到呈现于空间中的事物的精神；深层的“灵魂与精神的真实”只有“先知”才能看到，而艺术是达到精神境界的最简洁的途径，艺术家是能画出精神真实的“先知”。——编注

③ 道德本能论（антропософия）现译为人智论，而以它命名的世界运动中心设在瑞士巴塞尔附近的小城多尔纳赫，白雷参与了这个中心的第一栋楼的建筑。俄罗斯的人智学协会组建于1913年，1922年被苏维埃政权取缔。——编注

更正确的细目我举不出来，因为我没有读过司丹纳尔，而且也不要读。对于解释魏马尔[①]（Weimar）与吉夫[②]（Kiev）女巫底故事之区别这种“哲学”系统，我以为我有对之不感兴趣的权利（只要我全般不信女巫，不过并不带上面提过的吉比丝，我绝对相信她底存在，虽然她底尾巴多长我说不准确）。但是对于安得列·白雷可就不同了。假如天上的事情对于他是最重要的，那他就应该把它们阐明出来。但是那末爱写琐事的，写自己过一道河就俨如亲眼看见客西马尼园[③]景物或至少看见创造天地的第六日[④]那个同一的白雷，一触到他底道德本能论，就变成简短草率，而且宁愿守沉默状态了。他所告诉我们的只是，“不是我，只有我里面的基督是我。”并且说：“我们在上帝里面生，在基督里面死，在圣灵里面复活。”这倒使人舒服，不过实在是——不很清楚。他不更为通俗地表现他自己，显然是为着一种卑鄙的恐惧，怕陷入于神学的具体性中，要这样就太危险了，因为唯物主义总老是践踏每种积极的实体论的信念，而这信念总是依照物质底形象造成的，无论在这造成底历程中物质被怎样怪异地弄颠倒了。你若是一个信徒，就请解释解释天使底翅膀有那一种羽毛，女巫底尾巴是什么东西造成的罢。因为此类合理的问题，这些绅士派的唯心主义者，把他们底种秘主义提炼到这步田地，终之他们底无影无踪的存在，竟变成不存在底巧妙的别名了。于是又受了惊慌（其实是一点也无须乎惊慌的），他们就退守教义问答摘要。所以犹疑于忧伤的无影无踪的，与神学的价单这二者之间，属于道德本能论及一股哲学信仰的神秘者，继续其精神的生长。白雷倔强地但是枉费地试要用声学的乐章编制及牵强的音律蒙饰他底这种真空。他试要神秘地超越十月革命，而且试要顺便采用它，在其他一切世事中给它一个位置，不过这一切世

---

① 现译为“魏玛”。——编注

② 现译为“基辅”。——编注

③ Gethsemane 在耶路撒冷附近，为耶稣受难地，见《马太福音》二十六章三十六节。

④ 按照圣经的说法，上帝在第六日创造了人。——编注

事在他心目中，要以他自己底话来说，都是“呆愚”。这种尝试失败了——他怎能不失败呢？——白雷便勃然大怒。这历程底心理的机制，和活动纸人底解剖一样简单：几个洞，几根线。不过从白雷底洞与线出来的是默示录，并不是普通的默示录，乃是他自己特有的，安特列·白雷底默示录——“真理底神精使我述说我对于社会问题的态度。你们知道——如此这般……你要喝点茶吗？什么——现今没有常人吗？这里就有一位——我是一个常人。”无味吗？对了，勉强的作鬼脸，清醒的半呆半痴。并且这是在经过革命的民族前说的话！在他底并非叙事诗的“叙事诗”底最傲慢的导言中，安得列·白雷骂我们苏维埃时代是“可怕的，对于那些觉得身负大的纪念碑的画幅底重任的作家”。他这样大纪念碑的作家，你没见到吗，被拖“到日常生活底舞台中”，被拖去画“糖食箱”去了！我可以问，有人能比他更会混乱实际与逻辑吗？被革命从大画布拖到糖食箱的竟是他，白雷！用最非寻常的琐细，拥塞着的琐事不如文字的沫之多，白雷描写怎样“在约翰底广厦之下”，“他被文字的雨打湿了”（照字面解!），怎样得知“活思想底国土”，约翰庙怎样在他心目中变为“理论的进香底意像”。一套纯洁而神圣的杂拉！读的时候，一页似乎难受似一页。这种对于心理的虫卵之自满的证明的寻找，这种在指甲上对于它们的神秘的处决——而且仅是在约翰庙底广厦下作的哩——及这种打着冷然的呵欠写出来的势力的，高慢的，胆怯的，迷信的胡写乱画，是“纪念碑的画幅”，而叫你转过脸来，向着最大的革命在民族心理底地层中正在作着的事，竟看成是请你绘“糖食箱”！而“糖食箱”竟与苏维埃俄罗斯中的我们在一同！何等坏气味，何等文字的无廉耻！其实一般精神的怠惰者及悠游者在瑞士所建的“约翰庙”，才正是充满了“猫舌”及各种糖苍蝇的、无味的，德国哲学博士式的糖食箱哩。

只有我们俄国，在现在才是一块顶大的画布，这画布要用几世纪的功夫去画它。从这里，从我们底革命的山巅，发生新艺术，新观点，新的感情联合，新的思想拍节，新的文字追求等底源泉。在一百年，二百年，或三百年中，人们将怀着伟大的审美的情绪，来开发裸露这些解放了的人类精神底源泉，并且……将要踏过那个“梦幻者”，他曾经推却革命底“糖食箱!”（糖食箱!），而要求（从革命!）给他一点物质的供给，使他去描写他在瑞士怎样把自己从大战中救出，怎样每天在他底不朽的灵魂中捉得某种小虫，并且在指甲上把它们裂死——“在约翰庙底广厦之下”。

在同一叙事诗中，白雷宣称，“在我，日常生活底基础是呆愚”。而且这话是当着要改变日常生活基础而正在流血的民族底面说的。唔，实在，一点不差正是呆愚！但是他要求“迫约克”，而且并非是平常的“迫约克”[①]，却是要与大画布相称的“迫约克”哩。他愤慨他们不赶紧给他。看来要用“呆愚”染黑基督教的精神状态，岂不是实在也要付代价吗？然而，他不是他，却是他里面的基督是他。并且他要在圣灵中复活。那么，为什么在此地？在我们底世俗的呆愚之中，为不满足的“迫约克”而在印品中大发其怒的呢？道德本能论的虔诚不仅使人摆脱艺术的审美力，也摆脱社会的羞耻。

白雷是一具尸身，并且将来在任何精灵中也不能复活。

第二章　十月革命底文学“同路人”

过渡的艺术。——新苏维埃民粹主义。——克留耶夫，一个革命的“同路人”。——叶遂宁[②]与意像主义者。——“舍拉皮翁兄弟”派底未成形的写实主义。——皮涅克底退化的写实主义。——农村的或歌咏农民的诗人。——“变换的标志”派。——新古典主义或“革命的保守主义”。——玛利治塔·沙金严。

---

① Payok 是苏维埃的口粮。（英译）

② 叶遂宁，谢尔盖·亚历山大洛维奇（Есенин，Сергей Александлович，1895—1925），苏联俄罗斯诗人，迷恋过形式主义，一度成为意象派诗人。憧憬崇高的精神境界，但在个人生活中又常常受感情的盲目驱使而不能自拔，最终自杀。——编注

非革命的或非十月的文学，如我们在第一章所描写者，现在实在是一个过去的时期了。起始，著作家们自处于和十月积极相反的地位，对于和革命相连的任何东西都拒绝艺术的承认，正如教师们拒绝教授革命的俄罗斯底儿童一样。因此，非十月的文学特性，不但表现了两个世界间的深的离异，并且变成活动的政治底工具，艺术家怠工了。这政策毁灭了它自己；旧文学现在是不愿意倒不如无能的成分多。

介于在反复或沉默中消逝的资产阶级的艺术，与尚未诞生的艺术之间，创造出了一种过渡的艺术，它多少和革命有机地相连，但同时又不是革命底艺术。

保里斯·皮涅克（Boris Pmyak），乌西和洛得·伊凡诺夫（Vsevolod Ivanov）①，尼古拉·吉洪诺夫（Nikolai Tikhonov）②，舍拉皮翁兄弟派（Serapion Fraternity），叶遂宁（Yessenin）和他底一群意像主义者，到或种程度，克留耶夫（Nicolai Kliuev）③——无论成群或独自，没有革命全不可能。他们自已知道，并且也不否认，不觉得有否认的必要，有些人甚至高声宣布出来。他们不属于那些正开始一点点地去"绘画"革命的文学工作者。他们甚至也不是"变换的标志"派，因为在这中间含有对于过去的决裂，与前线④底激变。刚提到的这些作家，大半都很年青，在二十岁和三十岁之间。他们没有任何革命的过去，假如他们和任何事物断绝关系，那就是和一些琐碎事。就全体说，他们底文学的和精神的前线⑤，是被革命，被革命底捉着了他们的那一角所造成，并且他们接受了

① 伊凡诺夫，弗谢沃洛德·维亚切斯拉沃维奇（Иванов，Всеволод Вячеславович，1895—1963），苏联俄罗斯作家，作品有《游击队的故事》及《巴尔霍明柯》等。——编注

② 吉洪诺夫，尼古拉·谢苗诺维奇（Тихонов，Николай Семенович）1896—1976，苏联俄罗斯诗人，20年代初一度加入过"谢拉皮翁兄弟"文学团体。——编注

③ 克留耶夫，尼古拉·阿列克谢耶维奇（1884—1937），俄罗斯作家，1933年被捕，死在监禁地。——编注

④⑤ 此处译为"阵线"为妥。——编注

革命，各人以他自己的方法。但是在这些个人的接受中，有一种特征把他们从共产主义截然分开，并且时常有使他们与之反对的形势。他们不整个地了解革命，并且共产主义的理想对他们是生疏的。他们都多少爱迈过劳动者底头，怀着希望注视农民。他们不是无产阶级革命底艺术家，不过是她底艺术的“同路人”，在旧时社会主义者所用的意义上。假使非十月的（主要部分反十月的）文学，是资产阶级的主有土地的俄罗斯底气息奄奄的文学，那末“同路人”底文学作品，是一种新的苏维埃民粹主义，没有旧民粹主义底传统，并且直到现在没有政治的观念。至于一个“同路人”，这个问题常常发生——他要走多末远？这问题不能预答，甚至连近似地也不能够。它底解决，不大依靠这个那个“同路人”底个人的性格，多半在乎目前十年事情底客观的趋势。

无论怎样，在这些“同路人”底使他们自己惑疑自己的二重的见地中，有一种不断的艺术的与社会的危险在。勃洛克感受这种道德底艺术底二重比别人较深；就一般论，他是较深些。在潘夫罗维奇（Nadezhda Pavlovich）①所著的对于他的回忆中，有下面的句子：“布尔雪维克不阻止做诗，但是他们却阻止你觉得你是主人：觉得自己是创造力底中枢，并在自己里面把持着韵律者，是一个主人。”在这种思想表现中，有一种勃洛克所常有的不明确，并且我们在这里提到的是回忆，这个，谁都知道，是不常常正确的。但是内在的相似真实，和这句子底重要意义，使人相信它。布尔雪维克阻止人觉得他自己是一个主人，因为一个主人必须在自己里面有一种有机的，不可辩驳的中枢，而布尔雪维克将这个主要的中枢给换掉了。没有一个革命底“同路人”——勃洛克也是一个“同路人”，并且“同路人们”在现在形成俄罗斯文学中一个很重要的分支——在他们自己里面有一种中枢。因此我们只有新文学底预备时期，只有研究，小品，随笔——但是在自己里面有一种中枢的完全的精炼，

① 潘夫罗维奇，娜杰日达·亚历山德罗芙娜（1895—1980），俄罗斯女诗人，曾用许多笔名发表作品。——编注

还得等待些时候。

尼古拉·克留耶夫

资产阶级的诗自然不存在啰，因为诗是自由的艺术，不是对于阶级的服役。* 但是这里有克留耶夫，诗人并且是农民，他不但承认，并且重述，加重，矜夸这回事。区别是：农民诗人不觉得有要从别人，尤其从自己那里掩藏起自己的内心呼唤就是了。被压迫了许多世纪，向上进着的，在几十年中被民粹主义精神化了的俄罗斯农民，从没有向他自己的少数诗人中，注进要掩藏他们底农民原始的社会的或艺术的冲动去。这在旧日的科伊楚夫（Kodtzov）①底事实上是真的，在近年的克留耶夫事实上更真。

正好在克留耶夫中，我们又看到社会的文学批评方法底力量是如何重要。他们告诉我们，个性开始的地方一个作家开始，因此他底创造力底源泉，是他底独一的灵魂，不是他底阶级。实在，没有个性不能有作家。但是假如诗人底个性，并且仅只是他底个性显露在他底作品中，那么艺术解释是为什么目的呢？让我们问，文学批评是为什么目的呢？在任何情况中，艺术家，假如他是真正的艺术家，将要自己告诉我们他底独一的个性，胜过他底胡说乱道的批评家。但是真理是：即使个性是独一的，并不是说它不能够被分析。个性是部落的，民族的，阶级的，暂时的和有组织性的元素之混合，实在，是在这种混合底独一中，在这种心理兼化学的杂物底匀和中，个性表现出来。文学批评底最重要的工作

---

* 我从一个有经验的并且读书不少的新闻记者接到一封威吓信，证明文学底阶级性。我的来信者照字面来解释了这个的句子。我怕别人也会发生这样的事。世上留心的读者不太多。因此我在家里写这个注子，带这个题语："注意！这是讽刺！"——作者注

① 科伊楚夫，阿列克塞·瓦西里耶维奇（Кольцов，Алексей Васильевич，1809—1842），俄罗斯诗人，诗作多描写农村生活，劳动与接近大自然的愉快心情，作品贴近民歌。——编者

之一，是要把艺术家底个性（即他底艺术）分析成合组的元素，并且指示出它们底相互关系来。这样，批评使艺术家更近于读者，这读者也多少有一点"独一的灵魂"，没有"艺术地"表现出来，"没经选择"，但是一样代表几种同样元素底合一，如诗人底灵魂一样。所以可见当作灵魂与灵魂间的桥梁者，不是独一的，却是共同的东西。只有藉着共同的，独一的才被人所知；共同的东西在人里面，被造成他底灵魂的那最深与最永久的情况，被教育，生存，工作和联合底社会情况所决定。有史的人类社会中的社会情况，第一是阶级结合的状态。这就是阶级的标准所以在一切概念学中那末有效果的原因，这也包含艺术，并且尤其在艺术中，因为艺术时常表现最深最隐的社会标准渴望。更进，社会的标准不但不除外，并且和正式批评，即是和专门技巧携手同行。这在实际上也是拿一种共同的衡量，试验特殊的东西，因为假如不使特殊的成为一般的，则人与人间就没有接触，没有思想也没有诗。

你若从克留耶夫把他底农民阶级取走，他底灵魂不但要变成孤零，简直也就没有东西存留下来了。因为克留耶夫底个性，是一个独立的，吃得很好的，富裕的，自我地爱着他底自由的农民底艺术表现。每个农民都是一个农民，但不是每个人都能表现他自己。一个农民能用新艺术技巧底言语来表现自己和他底自足的世界，或经过资产阶级的教练而能保存他底农民的灵魂，是一个大个性，这样的个性是克留耶夫。

艺术底社会的基础，不常是透明而且无可辩驳的。但这是仅只因为，如我们已经说过的，大半诗人都是和榨取阶级结合在一块的，因为他们底榨取的性质，这些阶级不照他们所想的述说他们自己，不照他们所是的想他们自己。不论用以保持阶级假冒的一切社会的和心理学的方法是怎样，一个诗人底社会的要素能够找出来，即使它在精微的形式中变淡薄了。并且不了解这要素，使艺术批评和艺术史空无着落。

说到我们称为非十月的那种文学底资产阶级性，不一定就是毁谤那些假定是效劳艺术，而不是效劳资产阶级的诗人。因为什么地方写着用艺术效劳资产阶级是不可能的呢？正如地质学的崩土显示出地层底沉淀物一样，社会的崩土显示出艺术底阶级性。非十月的艺术被一种致命的无能所击，为着它以整个的过去与之相结合的那些阶级被死亡所击的同一原因。没有资产阶级土地占有的制度与其习惯，没有产业和雅会底精微的暗示，这种艺术在生活中看不出意义来，枯萎了，变得气息奄奄了，并且归于乌有了。

克留耶夫属于农村派；他不是歌咏农民者；他不是民粹主义者；他是一个真正的农民（几乎）。他底精神的容面真是农民的，北方农民的容面。克留耶夫，像一个农民一样，是个人的；他是他自己的主人，他是他自己的诗人。地在他脚下，太阳在他头上。一个富裕的农主，在他底仓里有粮食；在他底厩里挤乳；在屋脊的装饰上雕刻风信鸡——他底经济的自我意识是坚实而且自信的。他喜欢吹他底家庭，吹他底兴旺和他底聪明的管理——如克留耶夫吹他底天才和他底诗的方式一样。赞扬自己和大宴之后打噎，打呵欠之后在嘴上画十字一样自然。克留耶夫曾经研究过。在什么时候，并且研究什么，我们不知道，但是他处理他底知识像一个读书怪多的人，并且也像一个守财虏。假如一个富裕的农民要偶尔从城里弄一架电话接话机，他要把它安在离圣像不远的主要的屋角里。照样，克留耶夫用印度，刚果，芭布茏（Mont Blanc）①去装饰他底诗底主要的角落；克留耶夫爱装饰。简单的，削光的驾马辕，仅为一个贫穷或无能的农民所有。一个好农民有一套绘成几色的雕刻的辕。克留耶夫是一个好的天赋丰饶的诗的匠手：他有雕刻，朱砂，银朱，珍宝和窗楣在各处，甚至有锦缎，缎子，银子和各种各类的宝石。这一切在太阳中发光游戏，人其实可以想那个太阳是他的，一个克留耶夫的太阳，因为在这个世界中实在只存在他，克留耶夫——他底天才，地在他脚下，太阳在他头上。

克留耶夫是一个在要质上不易变迁的，关闭起来的世界的诗人，但是也一毫不差是属于一八六一年以后已经大大改变了的世界。克留耶夫

① 勃朗峰（阿尔卑斯山脉最高峰）。——编注

不是一个科伊楚夫；一百年没有空空过去。科伊楚夫是单纯的，谦逊的，中庸的。克留耶夫是复杂得多，正确得多，机巧得多，他从城里取得他底新的诗的技术，好像邻近的农民可以取得一架留声机一样；他用这种诗的技术，就和印度地理一样，仅只为装饰他底农民的诗架就是了。他是多色的，时常光辉而且有意味，时常玲珑，时常平庸而且金玉其外似的——所有这都是建在一种稳固的农民基础上的。

克留耶夫底诗，像他底思想和他底生活一样，不是动的。在克留耶夫底诗中，对于活动是装饰太多了——沉重的锦缎，天然色彩的石头，和各式其他物事。人要得谨慎地行动，以免破毁。但是克留耶夫却接受了革命，这是一切中最大的动力。克留耶夫不仅为自己接受革命，却是和全农民阶级一同，并且也以一个农民底态度接受它。贵族财产底废除使克留耶夫欢喜。“让都介涅夫在架子上哭它去罢。”仅是革命，超于一切，是城市的革命；没有城市便不能有贵族财产底废除。这里是克留耶夫底关于革命的二重见解发起的地方——这二重见解，又不仅是克留耶夫底，却是全农民阶级底特性。克留耶夫不爱城市，他不承认城市诗。他底诗底友好的仇敌情调，在他力劝诗人契里洛夫（Kirilov）[①]放弃工厂诗的思想，而进入他底，克留耶夫底松林，艺术底单一的源泉这地方，很可供参考。谈到“工业的韵律”，无产阶级的诗，和它底绝对的原理，克留耶夫带着挂在每个“强壮的”农民嘴上的自然的轻侮，当他瞅到社会主义宣传者，无家的城市工人，或者更糟些，瞅到游荡者的时候。并且当克留耶夫屈尊邀请铁匠在一条雕花农民凳上躺一会的时候，这就好像一位阿仑尼兹（Olonetz）[②]地方的宽背富有的农民，向一个“穿着城市

① 契里洛夫，弗拉基米尔·季莫费耶维奇（Кирилов，Владимир Тимофеевич，1890—1943），俄罗斯诗人，1905年起参加革命，曾从事意像派诗歌创作，1920年转入“锻冶场”作家团体，曾任该团体主席，新经济政策期间退党，1937年被捕，1943年死于监禁地。——编注

② Олонец，现译名为奥洛涅茨，俄罗斯卡累利阿共和国的一个古老城市。——编注

的破衣，穿着在城市的石头上磨坏的鞋子”，饥饿的，世传的彼得堡无产阶级者，慈善地献给一片面包一样。

克留耶夫接受革命，因为它解放了农民，他并且对它吟咏了他底许多歌。但是他底革命既没有政治的动力，也没有历史的观念。对于克留耶夫，革命好像是一个市场或华丽的婚礼，人从各处来到那里聚集，以酒与歌，拥抱与跳舞沉醉，于是各自回到自己家里：他们自己的地在他们脚下，他们自己的太阳在他们头上。对于别人，它是一个共和国，但对于克留耶夫，它是俄国人底故土；对于别人它是社会主义，但对于他，它是死亡的，过去的吉忒日（Kitezh）[①]梦幻城市。他允着经过革命的天国，但是这个天国不过是夸大的，修饰的，农民的王国，一个小麦和蜂蜜的天国而已：一只歌鸟在房屋底雕刻的侧翼上面，一个太阳在碧玉和金刚石里发光。克留耶夫也不是没有踌躇地让无线电，磁气，电气进他底农民天国；在这里似乎电气是一首农民叙事诗里的大公牛，并且在它底两角中间是一张装载着的桌子。

克留耶夫在革命的时候显然是在彼得堡。他在赤报（Krasnaya Gazeta）里面写东西，他和劳动者要好，但是，如一个伶俐的农民一样，克留耶夫就是在这些蜜月的时日，也在他底心里揣度，从这一切是否会来任何损害，加于他底，克留耶夫底家庭，即他底艺术。假如对于克留耶夫似乎城市不曾欣赏他，那末他，克留耶夫，便即刻显示他底性格，并且抬高他底小麦天国底价钱，和工业的地狱相较。并且假如他们为什么事情责难他，他不尽去找一句话，他却把他底反对者放低，而辩服地，猛撞地恭维自己。前不多时，克留耶夫和叶遂宁开始一种诗的争吵，后者决定穿上一件带尾的礼服，戴上一顶高礼帽，并且在诗中将这宣布了。克留耶夫在这里面见到了对于他底农民原始的叛逆，并且争持地用肥皂

① 俄文为 Китеж，现译为基捷日，神话中的城市，坐落在伏尔加河畔。鞑靼人入侵时，喷泉浸出，淹没了城市，吓走了侵略者，城里教堂屋顶上的十字架渐渐沉入水中。——编注

为这年青些的人洗头，正如一个富有的长兄，骂有心要娶一个城市的下贱女子并加入下流人中的兄弟一样。

克留耶夫是嫉妒的。有人劝他制止用神圣的字。克留耶夫恼了：

似乎匪徒和圣者
都不为工业的天存在。

他自己信仰或不信仰，是不清楚的。他底上帝忽然吐血，并且圣母为着几片黄东西把自己交给某个匈牙利人了。这一切说来像是渎神，但是要从克留耶夫底家庭将上帝除开，或者把金银架上闪耀着灯光的那神圣的角落毁去——对于这样毁除他是不同意的。没有灯，一切东西都不充实。

当克留耶夫用“隐迷的农民诗”歌咏列宁（Lenin）的时候，不容易决定他是赞成列宁，还是反对列宁。怎样的思想底，感情底，和文字底二重呵！在这一切底底层，有着农民——那一个脸朝着将来，一个脸朝着过去的草履的捷那司[①]——底二重见解在。克留耶夫甚至起来唱歌庆祝共产农村。但是它们仅只是颂歌——“庆祝”。“我不要没有农民炉子的共产农村。但是带着农民炉子的共产农村，不是一种依照理智，指南针和秤衡在手的一切生活基础底改造，却是同一的，旧的农民天国。”

金的声音
像丛球一样在树上垂悬，
像翡翠鸟一样
话安居在树枝上面。

——《黄铜鲸鱼》

① 捷那司原是罗马古代的门神，他底像，绘有两个脸。——译者注

这里是克留耶夫诗法底全部。这在那里有革命，斗争，动力，和向着新的奋进呢？我们在这里有和平，有迷人的静止，美观的仙乡。“像翡翠鸟一样，话安居在树枝上面。”这是奇观的东西，但是一个近代人不能生活在这样环境中。

克留耶夫底更进的路将是什么——走向革命还是离开革命呢？多半是离开革命；他是太被过去浸透了。乡村底精神的孤立与美学的独创力，莫看城市底暂时的微弱，是显然在衰落了。克留耶夫似乎也在衰落了。

赛尔该·叶遂宁

叶遂宁和全体意像主义者——玛林禾夫（Marienhof）①，塞先尼推奇（Shershenevich）②，库西阔夫（Kusikov）③——站在克留耶夫和玛雅科夫司基（Mayakovsky）之间的道路交叉口底某处。叶遂宁底根是在农村，但不如克留耶夫之深。叶遂宁年青些。他成为一个诗人，是在农村被革命动摇，俄罗斯被动摇的时候。克留耶夫完全在大战前的年代中造成，并且他仅只在他底边鄙的保守主义底范围中，反应大战和革命。叶遂宁不仅年青些，也更应变些，更有可塑性，对于影响和可能也更为开放。就是他底农民基础，也不和克留耶夫底一样；叶遂宁既没有克留耶夫底坚实，也没有他底抑郁的，虚夸的庄严。叶遂宁吹他自己是傲慢的，并且是一个暴徒。但是假如要说老实话，他底傲慢，就是他底纯粹文学的傲

① 玛林禾夫，阿纳托利·鲍里索维奇（Мариенгоф，Анатолий Борисович，1897—1962），俄罗斯诗人，剧作家，开始受未来主义影响，后成为意像主义的主要代表之一。——编注

② 赛先尼推奇，瓦季姆·加布里埃洛维奇（Шершеневич，Вадим Габриэлович，1893—1942），俄罗斯诗人，1918 年参与奠基并领导意像派诗人小组，后成为其重要的理论家之一。——编注

③ 库西阔夫（Кусиков，原名库西疆，亚历山大·鲍里索维奇，Кусикян Александр Борисович，1896—1977），意像派诗人，1921 年到柏林，1926 年到巴黎，直至去世。——编注

慢也罢（自白），不是怎样可怕的。然而，叶遂宁无疑地是被扰乱了的乡村生活驱向强项与傲慢的农民青年底革命前的与革命的精神底反映。

城市之影响叶遂宁，比影响克留耶夫更为正确而且清楚。未来主义底无疑的影响，在这地方现出来。叶遂宁是更动些，到他是更易感，更应变，对于新的更有反应性的限度。但是意像主义是动力底反对物。每个意像底自足的意义，是牺牲整体而购得的；各部变得分离而且冷然了。

有人误说意像主义者叶遂宁底富裕的意像，是从他底个人的温存里流露出来的。其实，我们在克留耶夫中找到同样的特点。他底诗被一种甚至更孤立而且不动的意像压下去了。在骨子里，这不是一种个人的，却是一种农民的美学。歌咏反复的生活形式的诗，在骨子里是少有活动的，并且在严密的意像中寻求一条道路出去。

不过，意像主义被意像装载得太过火了，至于它底诗，好像驮重的牲口一样，因此在动作上就缓慢了。意像底富裕不在自身上便是创造力底一种明证；正相反，它许从诗人底技术的不成熟中发生出，这诗人是不觉的被在艺术上于他太多的事件和感情捉住了。诗人几乎被意像窒死了，读者觉得神经地不耐，尽快地读到底，正如同听一个口吃的演讲者的时候一样。不论怎样，意像主义不是人可以从那里希望到严重发展的文学派别。就是库西阔夫底缓滞的傲慢（“我们意像主义者藐视的西方”）也似乎只是奇怪，并且连有趣也谈不到。意像主义或者不过是后起的少数诗人底停足点，他们或多或少地有些天才，但是仅只在一件事情上他们是彼此相像的，就是他们都还没有成熟。

叶遂宁要用意像主义的方法作一件大作品的努力，在《彭加乔夫》（Pugachev）中证明出不适宜。并且不论作者偷偷地，多量地卸去了他底沉重的意像也罢，结果还是《彭加乔夫》底对话性质，有些无情地占了诗人底上风。戏剧通常是最明晰，最不柔顺的艺术形式；它没有地方供描写和叙述的补缀，或供抒情的发作。借着对话，叶遂宁清楚地现出身来。爱米尔加·彭加乔夫和他底仇敌和同僚，都全无例外地是意像主义者。并且彭加乔夫自己就从头到脚是塞尔该·叶遂宁：他想成为可怕，但是他不能。叶遂宁底彭加乔夫是一个伤感的罗曼主义者。当叶遂宁介绍自己有如一个有些残酷的暴徒时，好玩；但是当彭加乔夫表现自己好像一个驮着意像的罗曼主义者时，更糟。意像主义者彭加乔夫变得有点可笑。

虽然难言存在的意像主义已经过去了，叶遂宁自己还是属于将来的。对于外国的新闻记者，他自言他比布尔雪维克还左。这是事物底自然程序，吓不着一个人。许现在诗人叶遂宁，他也比我们这些罪人还左，但是他也一毫不差有中世纪崇拜的气息，开始了他底“漂泊的年代”了，并且他将不和去时一样回来。但是我们不要推度。他回来的时候，他要自己告诉我们。

“舍拉皮翁兄弟”派。乌西和洛得·伊凡诺夫

尼古拉·尼克金

“舍拉皮翁兄弟”派是乳臭未干的少年。他们之中有几个不是经过文学而走到革命，却是经过革命而走进文学。正因为他们从革命追踪他们底短宗支，他们，至少他们之中有几位，有一种内心的需要，要离开革命并且要从它底社会的要求保护他们作品底自由。好像他们初次觉得艺术有它自己的权利似的。艺术家大卫[1]（在吉洪诺夫中）同时使“杀爱国者的凶犯底手”和玛拉忒（Marat）[2]不朽。为什么呢？

“但是从手腕到肘的闪光是这么美丽，沾染着樱桃似的膏。”舍拉皮翁派时常离开革命，或者离开全体现代生活，甚至有时离开人，而去写德勒司敦（Dresdon）[3]城的大学生，圣经的犹太人，母老虎和狗。这一切都仅给一种暗中摸索，尝试，和预备的印象。他们吸收革命前各派底文学的和技术的收获，没有这些是不能有向前的活动的。他们底一般的风

---

① Louis David（1748—1825），法国古典主义画家。——编注

② 玛拉忒现译为马拉（J.P.Marat，1743—1793），是法国大革命中雅各宾派的左翼领袖，为夏洛特·高黛所刺杀。《杀爱国者的凶犯底手》（现译为《马拉之死》），是大卫所作名画之一。——编注

③ 现译为德莱斯顿。——编注

调是写实的，但是还完全没有成形。将“舍拉皮翁兄弟”派一个一个地评判，现在还太早，至少在这一本书中。就全体论，在别的许多表征之中，他们显示出，在悲剧的崩毁之后，在新的历史基础上的文学复兴。为什么我们把他们编列成我们底“同路人”呢？因为他们是和革命不能分开的，因为这个连锁还很没形成，因为他们都是那样很年青，并且因为关于他们底明天没有什么明确的东西可说。

“舍拉皮翁兄弟”派底最危险的特性，就是他们扬扬自得他们没有原理。这是昏庸与糊涂。好像一个艺术家能够“没有一种向趋”，没有对于社会生活的明确关系，即使这些不用政治的名词表现出来或列为公式。真的，多半艺术家在有机的时期，形成他们对于生活与其社会形式的关系，以不显著的，微渺的方法，并且几乎没有批评的理智底参预。艺术家如他所经历者去接受生活，并且以一种抒情的风调渲染他与生活的关系。他以为它底基础是不可动的，并且和行近太阳系一样，不加批评地行近它。他底这种被动的保守主义，形成他底作品底不见的中枢。

批评的时代不给艺术家一种余裕，去从事机械的，不负责任的社会观点底精心结构。任何夸口这个的人，不论是虚伪地或者甚至诚实地是在替反动的趋势蒙假面，或者堕入了社会的庸愚，或者是在愚弄自己。自然，以沈尼勃留乔夫（Sinebruichov）底故事①底精神，或者照菲丁（Fedin）②底短篇小说《安那·提蒙肥夫那》（Anna Timofevna）底样子去作年青的练习是可能的，但是却不能够给予一张大的或有重要意义的图画，并且就是在随笔中，人也不能经久不思索社会观和艺术观。

---

① 该书全称为《纳扎尔·伊里奇，沈尼勃留乔夫（现译为西涅布留霍夫）先生的故事》，是“舍拉皮翁兄弟”主要成员米哈伊尔·米哈伊洛维奇·左琴科（Зощенко，Михаил Михайлович，1895—1958）的第一部著作，1922 年完成。——编注

② 现译名为费定·康斯坦丁·亚历山大洛维奇（Федин，Константин Александлович，1892—1977），苏联俄罗斯作家，1921 年参加“舍拉皮翁兄弟”派。鲁迅曾于 1928 年翻译介绍他的《果园》。——编注

那些从革命产生，还很年青，几乎还在襁褓里面的小说家和诗人，在找他们艺术的个性的探寻中，试要离开那成为他们底环境的，他们还得在其中寻找自身的革命。从这里发生“为艺术的艺术”之责难，那种理论对于舍拉皮翁派似乎颇为重要而且大胆，但实际上最多不过是一种生长底表征，并且不论怎样是一种不成熟底明证。假如舍拉皮翁派完全离开革命，他们即刻就要显出自己是被扔弃的革命前的文学派别底二三流的残余者。和历史玩耍是不可能的。这里处罚紧随着罪过。

乌西和洛得·伊凡诺夫，舍拉皮翁派中最长并且最堪注意者，是最重要而且最有分量的。他写革命，并且仅写革命，但是独独地写农民的并且逾轨的革命。他底题旨底偏于一方，和艺术理解底比较窄小，在他底新鲜明亮的色彩上，按上单调底印记。在心情上他是自然流露的，在他底自然流露中，他对自己不十足地留心和严密。他是颇为抒情的，并且他底抒情诗性无终结地流露出。但是作者太坚持地使自己被人觉得，太常亲身出来，太高声表现自己，在自然与人底肩背上鞭挞得太重了。只要人觉得他底自然流露是来自他底青春的时候，它是很爱人的，但是它有变为泥于一习的大危险。到自然流露减少的时候，一种创造的理解底宽展，和技术底提高，一定要代之而兴。假使一个人对自己严密，这才可能。伊凡诺夫用以温暖自然与对话的抒情诗性，在表现上必得变为更秘密些，更内在些，更深藏些，并且更吝啬些。一个短句一定要借艺术底自然的力，没有艺术家底可见的帮助，从一个短句里发生。伊凡诺夫从戈理奇学，并且学得不坏。让他再经过这学校一次，但是这次是向后。

伊凡诺夫知道并且了解西比利亚的农民，哥萨克人，吉里吉隋[①]人。对照着叛乱，战争，火与压服底背景，他将农民底政治的非个人性之缺乏，显示得颇好，不论农民底稳固的社会力是怎样。在俄罗斯的时候，一个年青的，西比利亚的农民，以前皇帝的兵士，帮助布尔雪维克，但

① 现译为吉尔吉斯。——编注

是回到西比利亚他服役"陶尔契克"[1]反对红党。他底父亲，一个烦厌的，兴旺的农民，正在寻求新信仰，对于他自己也不觉不意地、他变成了红党团体底领袖。整个家庭分裂了；乡村被焚了。但是狂风一过，农民便在森林里号树，为要砍下来并重新建屋。在各方摇晃之后，罗里波里（Roly-poly）[2]试要在铅的基础上稳固地安居下来。在伊凡诺夫中，几处各个的地方很有力量。远东的红党和一个被虏的美利坚人底"谈话"发生的处所，或反叛者底沉醉的放肆，或吉里吉隋人搜求一个"大上帝"，这些处所是很妙的。但是就全体说，不论伊凡诺夫要否这样，他指示出"农民"，俄国的农民暴动还不是革命。农民暴动忽然不一致地从一个小火花发作了，时常在无力自助上使人苦痛——并且没人知道它为什么燃起来，或者是引向何方。不联合的农民暴动，永远并且任怎样也不能够胜利。在《彩色的风》中，在城市的布尔雪维克尼克金身上，对于农民暴动底要素有点暗示，但却含糊不明。伊凡诺夫小说中的尼克金是另一世界底一点暧昧的东西，为什么农民的元素跑到他身上去，是不清楚的。但是，从这些辽远角落底一切革命图画中，得一个否认不了的结论：在一个大镕金炉里，在热的火上，重新镕化着俄罗斯人民底民族性。并且罗里波里从这个镕金炉里出来时，将不和从前一样了。

假如乌西和洛得·伊凡诺夫也能在这个镕金炉里成熟，这要成为一件好事。

尼克金（NikolaiNikitin）[3]在过去一年中显然地从舍拉皮翁派中走出来。他在一九二二年所写的东西，比在头一年所写的向前大跳了一步。

---

① "陶尔契克"有"挤押"或"推出"等意，因高尔契克（Kolchak）将军曾有强迫地将犯嫌的西比利亚农民推押去参加反革命战争的事，因故意开玩笑将"高尔契克"说为"陶尔契克"。（日译）。

② 意为胖娃娃。——编注

③ 尼克金，尼古拉·尼古拉耶维奇（Никкин，Николай Николаевич，1895—1963），苏联俄罗斯作家。——编注

但是在他底迅速的成熟中，有一种如在青年底早熟中一样不安宁的东西在。烦恼第一被藐世主义底显然音调引起，这在或多或少的程度上，几乎是现今一切青年底特点，但是在尼克金中者，有时具有一种特别坏的性质。问题不在粗俗的字眼，也不在自然主义的放纵——虽然放纵常常是放纵——却在以挑惹地浅薄的和显然写实主义的态度，去接近人与事。写实主义，在宽泛的意义上，就是在对于有肉血，也有意志与意识的真实世界作艺术的确认这意义上，可以有许多种。人不仅可以选择社会的人，甚至也可以选择心理兼物理的人，并且从不同的角落行近他——从上面，从下面，从旁边，或者绕着他走圈。尼克金从下面行近他，或者更正确些，从下面窃行到他跟前。这就是他对于人的观念所以浅薄，有时甚至讨厌的原因。尼克金底天才的早熟，给这家伙一种特别地预兆的性格。这是引向死巷的路。

在这些文字的不妥，与自然主义的放肆之下，隐藏着一种信仰底缺乏，或信仰底灭亡，这不仅于尼克金是如此的。这一代被卷入大事件底急旋中，没有任何预备，政治的也罢，道德的也罢，艺术的也罢。这一代没有什么稳固的，或不如说，没有什么保守的东西，因此革命容易克服它。但是因为克服是容易的，它便极端浅薄。年青的人们被卷入急旋中，所有的他们，意像主义者，舍拉皮翁派，等等，都变成了异心者，半意识地从以无花果叶当作旧世界底主要表征这信念开起。这是很含教训的，就是被革命在青年期捉住的这一代，是最坏的，不仅在都会的智识阶级中，并且在农民阶级中，甚至在劳动阶级中也是如此。这一代不是革命的，它是骚动的，并且有无政府个人主义底耳记。在新统治之下兴起的下一代好多了；它是更为社会的，更有训练，对自己更确切，并且它底求智识的渴望正严重地生长着。是这样青年，和那些“老家伙”，和那些在一九一七年三月与十月以前，甚至在一九一四年以前就形成和有力起来的人，那样合得来。舍拉皮翁派底革命主义，和多数革命底“同路人”一样，和那预备革命是来得太迟了，受教于革命又太急促了的一代，更相连属。从一个农民底错误方面行近革命，并且获得这种半背心者底观点，这些“同路人”变成幻灭的了，并且越这样，就越清楚地显得革命不是一件愉悦的事，却是一个观念，一种组织，一种计划，一件工作。意像主义者玛林禾夫去下帽子，恭敬而且讥刺地向陷卖了他（即玛林禾夫是也）的革命说再会。并且尼克金在他底小说《皮拉》（Pella）中（在这本书里这类假冒革命的背心者找得完全的表现），以不如玛林禾夫畏缩，但却同样藐世的内在惑疑的话终结：“你倦了，我也已经抛弃追逐了。……并且现在追求于我们是枉然的了。追求没有意义。莫要寻求死的地方。”

这我们以前已经听过一次了，并且还很记得。在一九〇五年被革命捉住的青年小说家和诗人，以后以几乎同样的话对革命转过身去。当他们在一九〇七年去下帽子向这个陌生者说再会的时候，他们正经地想象他们已经和它完了事。但是革命第二次转回，并且坚决多多了。它看见没料到的一九〇五年的“初恋者们”早熟地衰老，并且精神地秃了顶了。因为这种原因——虽然说老实话，完全没有多烦心——它把旧社会底新世纪拉到自己的范围里来（紧顺着它底周围，并且甚至成切线了）。但是又来了另一个一九〇七；在年代表上，是称为一九二一——二二，新经济政策时代。革命毕竟不是一个那末辉煌的陌生者。不过是商人底革命而已，一点也不多！

实在的，这些青年人在许多机遇里预备着力辩，他们并不在想着和革命决裂，他们是被革命造成的，想不到他们是在革命之外，并且他们也不能这样想他们自己。但是这一切都不明确，而且甚至暧昧。自然他们不能使自己和革命分离开，只要革命——虽然是商人底——是一件事实，甚至是一种环境。在革命之外，就是加入亡命者之中。对于这不能有什么讨论。但是除开国外的亡命者，还有国内的亡命者。他们底路，和疏远革命并列。没有什么追求的人，是一个精神的亡命者底候补人。这无可避免地是艺术的死亡，因为愚弄自己没有用处——年岁较轻者底得人爱，新颖，和要义，都完全从他们所触到的革命得来。假使这个被拿走了，世间不过再出几个契里呵夫[1]而已，别的什么东西也没有。

保里司·皮涅克

皮涅克是一个写实主义者，并且是有新鲜眼睛和一只好耳朵的杰出的观察家。人和物对于他是不存旧破坏的，并且老是一样，不过被革命暂时地纷扰了就是了。他在人与物底新颖与单纯中选取他们，即是选取活的而不选取死的，并且他在革命（这于他是一件活的基本的事实）底纷扰中，为他底艺术方法寻求帮助。

在艺术中，如同在政治中一样——在几点上艺术像政治，政治像艺术，因为都是艺术——一个“写实主义者”，许仅只看他脚下的东西，仅只看到阻碍，负号，洞，烂靴子，破碟子。于是政治就要成为在恐惧中的，闪躲的，投机的了，艺术就要成为卑下的，为怀疑主义侵蚀的，枝叶的了。皮涅克是一个写实主义者。问题仅只在他底写实主义底标准如何。我们底时代需要一个大标准。

革命中的生活是军营的生活。个人的生活，制度，方法，观念，情感，一切东西都是出常的，暂时的，过渡的，承认着它底暂时性，并且在各处表现出来，甚至在名字上也是如此。因此艺术的接近，就有困难。过渡的与枝叶的之中有偶然的成分，偶然的负有无关重要底印痕。枝叶地处理，革命显得是完全无关重要的。那末，革命在那里呢？这里有着难处。只有完全了解并觉得这枝叶性质底内在意义，又要显明它后面结晶的历史的轴线的人，才能克服这难处。“干吗我们需要坚实的房屋呢？”旧教派时常说。“我们在等候着基督底到来。”这次革命也不建筑坚实的房屋，反之，却造成转移，集中，和兵营。暂时的和兵营的性质，留存在革命底一切制度上。不过不是因为等候着基督底到来，换句话说，

① 契里呵夫：叶夫根尼·尼古拉耶维奇（Чириов，Евгений Николаевич，1864—1932），散文作家，剧作家，政论家，因不接受十月革命，1921年辗转到了索菲亚，后在布拉格定居。——编注

不是使最后目的与建造生活底现在的历程相背，却是因为，正相反，正在无穷的摸索与试验中，努力寻求建筑坚实房屋的最好的法子。革命所作的一切，都不过是草稿，研究，为一定的题目而作的一种粗率的起草就是了。这样东西已经有了许多，而且还要有许多。并且不成功的比有成功之望的更多。但是它们都充满一种思想，一种探索。一件历史的工作感动它们。Gvin，Glavbum[①]不仅只是声音底关联，在其中皮涅克听出革命的元素底哀喊。这些是有目的的，有效的字，被想出来有意地放在一块（正如有有效的假设一样），为着一种有意的，有目的的，有计划的，世间空前未有的建设。

“是的，在一百年或一百五十年之内，人们将要恋慕现在的俄国，有如恋慕人类精神底最美显示底时日一样。……但是我底鞋子破了，我愿在国外坐在一个酒馆里喝一点大麦酒。”（《伊凡与玛利》[②]）正如一列暖货车，因为手，足，负袋商和亮光底纷扰，看不见一条二千俄里长的路一样，皮涅克告诉我们，因为破鞋及苏维埃生活底其他一切的矛盾和困难，人不能看出在这些时日中所造成的历史的转变来。“海洋与高原改变了地位了！因为在俄罗斯有美丽的生底烦恼。因为俄罗斯被划分为经济的独立区了！因为在俄罗斯有生命！因为水由于自黑地出来的高潮，成为泥混的了。这个我知道。但是他们在污秽中看见鱼身的寄生虫。”问题以很清楚的准确提出了。他们（苛刻的庸人，褫职的领袖，受辱的先知，学究，笨人，专门的梦幻者）仅只看见寄生物和泥，其实，在这上面同时也有生底烦恼。皮涅克知道这个。他能自限于叹息和痉挛，自限于生理学的枝叶吗？不，他要使人觉得生。这是一件伟大的也是很难的工作。皮涅克替自己规定下这工作，是很好的。但是要说他已经解决了这工作，还不是时候。

---

① Gviu 与 Glavbum 都是革命后新造的字，前一字是陆军工程总办事处的意思，后一字是中央分散纸张的总机关的意思。

② 皮涅克 1922 年完成的中篇小说。——编注

因为他怕成为枝叶的，皮涅克没有主题。实在的，他有借小说底织物从各方抽取的两三个或更多的主题底暗示；但仅只一个暗示而已，并没有通常属于一个主题的中心枢纽的意义。皮涅克要在关系与在动作上，显示现日的生活，并且以这样方法那样方法把捉它，在不同的地方作出平行的或垂直的横切来，因为生活无处不和以前一样了。穿过他底小说的主题，更真确些说，主题底可能性，仅只是随意取来的生活样式，而且生活，让我们来注明一下，现在比以前更充满题材了。但是皮涅克底中枢，不是这些枝叶的而且有时是逸闻的题目。但是是什么呢？这里是陷罪的原因。不可见的中枢（地球底中枢也是不可见的）应当是革命底自身，绕着它旋转的，应当是全盘不安稳的，混乱的，在重行建造着的生活。但是要想叫读者觉得这中枢，作者自己必得曾经觉得过，同时并必得把它思索过。

当皮涅克，不知道他是对着谁，提到查玛金和其他“岛民”，并且说一个蚂蚁不明白女体美，因为它爬过时只看见小的高包和下洼，这时候，他说到了要点，并且说得锋利。每个大时代，不论是宗教改革也罢，文艺复兴也罢，革命也罢，必得整个地被接受，不是成段地成分为小部地。民众，具有着他们胜不过的，社会的本能，时常参加这些运动。在个人中，这本能达到一种概括的理智底水平线。但是精神中庸者，不和二者之任何一个相联；参加民众底观念吗，他们是太个人的了，对于综合的理解，他们又太不发展了。他们底份子是高包和下洼，在那上面他们用哲学的和美学的咒诅捣毁自身。皮涅克在这件事情上怎样呢？

皮涅克很机灵锋利地查考了我们生活底一段，在这里有着他底力量在，因为他是一个写实主义者。除此以外，他知道并且高声宣布他底所知：俄罗斯在转变为经济的独立区，在它里面发生着美丽的生底烦恼，在寄生虫和咒诅和负袋商底纷乱中，历史上最大的转变在完成着。皮涅克一定知道这个，既然他高声宣布它。但是麻烦是在他仅只宣布它，好像他在拿这些信念和活跃而且残酷的实际生存相照映一样。他不背弃革命的俄罗斯；反之，他接受它，并且照自己的态度赞扬它。但是他不过这么说。他不能艺术地理清它，因为他不能聪明地理解它。因此皮涅克时常情愿以自己底手弄断他底叙述底线，为自己要迅速地去打些结，从这端到那端，去解释（用这样方法或那样方法），去概括（很坏），并且去抒情地加修饰（有时美丽，多半是多余）。皮涅克打了许多这样有意的著作家底结。他底全作品都是二重的，有时革命是不可见的中枢，有时，很显然可见地，是作者自己，胆怯底绕着革命旋转。这样是现今的皮涅克。

至于论到题材，皮涅克是偏于一隅的。他在革命底周围，革命底后院里，在乡村里，多半在乡野的市镇里选取革命。他底革命是一个小市镇的革命。然而就是这样的接近，也能成为有生力的，甚至能更为有机。但是要那样，你是不能在周围停止住的。你必得找出革命底中枢，它既不在乡村，也不在州县。你可以从小市镇接近革命，但是你不能对它有一种小市镇的眼光。

苏维埃地方议会——橇道——“同志，帮助我进去”——草鞋——羊皮——到苏维埃房舍找面包，腊肠，淡芭菰的期待的行列——同志，你们是革命议会和区镇底唯一的主人——哦，好人儿，你给得少，这样少！（这是关于腊肠的）——这是最后的，决负胜的战争[①]——国际[②]——谅解[③]——国际的资本主义。……

在这些讨论，生活，演说，腊肠，和颂歌底庙宇里，有一点属于革命的东西；用一只灵敏的眼睛攫捉住的它底活跃的一部分，不过好像是匆匆地，好像闯过去地似的。但是那里面缺乏一点可以从内面把这些断片结合在一块的东西。作为我们时代底基础的概念，是没有的。当皮涅克描绘一挂暖货车的时候，你觉得在他里面的艺术家，将来的艺术家，有潜力的将来的艺术家。但是你觉不到那从解决矛盾而来的满足，那个是一件艺术品最大的表征。正和以前一样令人迷惑，并且甚至更加如此。

---

① 取自《国际歌》歌词。——编注

② 取自《国际歌》歌词。中译文中取音译，即“英特纳雄纳尔”。——编注

③ 应为协约国。——编注

为什么列车？为什么暖货车，并且在它们里面有什么东西是属于俄罗斯，而且为着俄罗斯的？没有人要索皮涅克，对于生活与时间底横截面中的一辆暖货车，作一种历史的分析，更不向他要索他自己对之那末徒然倾向的预言的宣示。但是假如皮涅克自己了解暖货车和它与事件程序的关系，这要被传达给读者。但是现在脏的暖货车毫无辩解地行动，接受它的皮涅克，仅在读者心中造出疑惑来。

皮涅克底最近著作之一，《风绞雪》，证明出他是那一类的大作家。消灭着在革命中的污秽的乡土的庸人底无意义的阴沉生活，日常苏维埃生活底平庸的无意味的规例，在十月风暴中的这一切，没有被皮涅克绘成一张统一的图画，却绘成一些鲜明的斑点，伶俐的半面黑影，聪明的草绘了。一般的印象常常是一样——无静止的二重性格。

"俄尔加（Olga）[①]想革命像一场风绞雪——在其中的人们像雪片。"不无勃洛克底影响，皮涅克也是这样想，他简直把革命当作一种元素，并且因为他底性格关系，把革命当作一种冷的元素；不当作火——当作风绞雪，"在其中的人们像雪片"。但是假如革命只是一种与人嬉戏的不羁的元素底力，那末人类精神最美的显示底时日，在什么地方进来呢？假如烦恼可以得到辩解，因为它们是生底烦恼，那末，实际上所生的是什么呢？假如你对这没有答话，你将有破鞋呀，寄生虫呀，血呀，风绞雪呀，甚至跳背游戏呀，但却没有革命。

皮涅克知道从革命底烦恼产生什么吗？不，他不知道。一定他曾听过人说（他怎能没听过！），但是他不相信。皮涅克不是革命底艺术家，不过是一个艺术的"同路人"。他将要变成它底艺术家吗？我们不知道。但是现在他不是。后世要谈论人类精神底"最美的时日"。很好，但是皮涅克在这些时日中是什么呢？

暧昧，含糊，二重。皮涅克害怕事件，和那些严格解释并给与所发

① 俄尔加·谢尔盖耶夫娜·谢尔比诺夫斯卡娅（Ольга Сергеевна Шелбиновская），皮涅克的第二个妻子，莫斯科小剧院演员。——编注

生的事件一种意义的人们，不是为这种原因吗？时常皮涅克恭敬地从共产党旁过去，有一点冷然，有时甚至带着同情，但是他从他旁边过去了。你不大能在皮涅克中找到一个革命的劳动者，更重要的是，作者不用并且也不能用后者底眼睛，去看发生着的事情。在《空光的年》中他用各种人物——他们也都是革命底“同路人”——底眼睛注视生活，在这里泄露另一可注目的显示来：红军对于一九一八——一九二一年的这个艺术家是不存在的。那是怎样发生的？革命底开始几年，超于一切，是战争的年代，血从国家底心里涌向前线和周围，并且在那里多量地流了几年工夫。在这些年中，工人底先锋队将所有的狂热，所有的对于将来的信仰，所有的捐弃，思想底光辉和意志，都放在红军上。都会的革命的赤卫队在一九一七年末与一九一八年初，在谋自存的战争中，成队成营地出发到前线上去。皮涅克对这不加注意。对于他，红军是不存在的。此其所以一九一九年对于他是空光的。

但是皮涅克总要回答这问题，这一切都是为什么？他必得有一个自己的革命哲学。这里有一种最惊人的显示。皮涅克底历史哲学，是绝对地退化的。依这个艺术的“同路人”推论，好像革命底路是向后退的，不是向前去的。皮涅克接受革命，因为它是民族的，它是民族的，因为它推倒大彼得而复活十七世纪。对于他，革命是民族的，因为他想它是退化的。

《空光的年》，皮涅克底主要作品，决然地显出这种二重性来。这作品底基础，根底与立足地，是由风绞雪，妖术，迷信，林妖，生活在与多年前无异的情况中，而彼得堡对于他们是无意义的一类人，这些东西所造成的。在另一面，顺便，因为几群乡野的工人底活动，“工厂复活起来了”。“这里没有一首诗，比拉撒路（Lazarus）底复活[①]大百倍吗？”

在一九一八——一九一九年，城市被抢了，皮涅克喝彩这事，因为忽然显得，就是他也“用不着彼得堡”。在另一面，仍然顺便，布尔雪维克，穿皮短衫的人，是“软弱粗鄙的俄国人民中的精选者。穿着皮短

① 见《圣经》《约翰福音》第十一章。

衫——你们不能遏抑他们。这我们知道，我们要；这我们决定了，并且不转过身去”。但是布尔雪维克主义是一种城市文化底产物。没有彼得堡便没有“粗鄙的人民”中的选民。巫者底仪式，民歌，年久的字，是基础。但是“Gviu，Glavbum，Guvuz[①]！哦，怎样割人皮肤的狂风！多末暴烈！多末好！”好是很好，但是目的没达到，这不怎样好。

实在，俄罗斯是充满矛盾，充满最极端的矛盾的。紧靠着魔术者底咒语，是Glavbum。小文人们对这新的缀音组合是怎样轻蔑地翘鼻子呵，而皮涅克反复说：“Guvuz，Glavbum……多末美！”在这些异常暂时的字中——暂时得有如兵营，有如江上岸的烟火（因为兵营不是房舍，烟火不是家居）——皮涅克看出他底时代底精神在其中反映着。“多末美！”皮涅克看出这个，是好的。但是对于被革命——虽然是城市产生的，——毁坏得那末利害的城市，人要怎样对待呢？皮涅克底失败是在这地方。他没有决定，智慧地或情绪地，他要在矛盾底混乱中，选择出什么来。但是人必得选择。革命把时间砍开了。虽然在现日的俄罗斯，魔术者底咒语与Gviu和Glavbum一并存在，他们不是在同一历史的平面上的。Gviu与Glavbum，无论怎样不完全，是向前去的，咒语却无论怎样“民众化”，是死的历史底沉重物。异教者堂纳忒（Donat）[②]是特出的。他是一个刚强的农民，并且是一个有严格的规律的马贼（他不喝茶）。他，不瞒你说，是不需要彼得堡的。布尔雪维克阿奇坡夫（Archipov）[③]也是很好的。他管理一个地方，并且在天亮时从一本书记外国字，他聪明而且强壮，并且说，“死力干事”[④]，但是更要紧的，是他自己是吃力作事的。然而革命是在他们那一个里面呢？堂纳忒属于无史的，属于“绿的”俄罗斯，属于没消化的十七世纪。反之，阿奇坡夫是属于二十一世纪的，

---

① Guvuz也是革命后新造的字，意思是陆军教育司。

②③ 皮涅克的长篇小说《空光的年》（现译为《荒年》）中的人物。——编注

④ 在原文与英译中，误读字音的神气都可以传出来，在中文却没有法子，硬译“死力干事”作为“吃力作事”的误读，也终于是不济事。

即使他不大知道他底外国字也罢。假如堂纳忒证明出是强些，并且假如这沉着虚敬的马贼要将资本和铁路都弄去，这就要成为革命底终结，同时也就成为俄罗斯底终结。时间被砍成两半了，一半是活的，另一半是死的，人必得选取活的一半。皮涅克不能决定，也迟疑去决定，并且为协妥的缘故，他在布尔雪维克阿奇坡夫脸上，放上一挂彭加乔夫[①]的胡子。但是这一切都是作戏。我们看见阿奇坡夫了——他刮脸啦。

巫者耶戈尔加（Egorka）[②]说："俄罗斯在自身上是聪明的。德国人机灵，但是心却愚笨。""那么卡尔·马克斯怎样呢？"一个人问。"他是一个德国人，"我说，"因此是一个呆子。"——列宁呢？——"列宁，"我说，"是一个农民，是一个布尔雪维克，那么你们一定是共产党……"皮涅克自己隐藏在巫者耶戈尔加后面；当他为布尔雪维克说话时他公然说，反对布尔雪维克说话时就用一个巫者底半痴半呆的言语，这是很烦人的。他有什么更深更真的东西？这个"同路人"能否在一个车站上换乘一辆走上别路的车！

这里的政治的危险，产生一种目前的艺术的危险。假如皮涅克坚持着要把革命分解成农民暴动和农民生活——这要表示他底艺术方法之更为简单化。就是现在，皮涅克也没呈现过一张革命底图画，不过是它底基础与背景就是了。他用好的，大胆的笔画打了基础，但是假如这匠手决定这基础就是全图画了，那是多么可惜。十月革命是一种都会革命，是彼得堡与莫斯科的革命。"革命仍在进行。"皮涅克顺便说。革命底完全的将来工作，要指导之使努力于我们底经济底工业化与近代化，努力使各方面的改造底方法与程序更精确，努力拔除农村生活底痴愚，努力

---

① E.Pugachev 于一七七三年（加特零第二时代）在俄国东南部领导农民起事，历占佛尔加（Volga）江上各城市，三个月内绞牧师官吏凡五百。后屡为戈李岑（Golitsyn）及米奇尔孙（Michelson）等所败，于一七七五年在莫斯科被处死。普希金有关于他底史实的著作。上面提到的叶遂宁底著作《彭加乔夫》也就是用的他底名。

② 皮涅克的长篇小说《空光的年》（现译为《荒年》）中的人物。——编注

使人类的人格更复杂，而且充实它。只有凭借电气事业，不是凭借复归于蜡烛，只有凭借一种有效的乐观主义的唯物哲学，不是凭借森林的迷信与呆死的命定论，无产阶级革命才能技术地并文化地完成，而且得到辩证。假如皮涅克要变成一个蜡烛底诗人而冒充一个革命者，那就太坏了！这自然不是政治的害处——没人想把皮涅克牵入政治中——却是一种最真实而且纯粹的艺术的危险。缺点是在历史的接近中，而此种接近是从虚假的观点与显著的二重性里出发的。其结果是乖离现实底最重要的各方面，把一切降低到原始的，到社会的野蛮的地位，降低到艺术方法之更为变粗，到自然主义的过渡——鲁莽但是并不勇敢，因为都弄到了末路。更进，你还没知道哩，这就要引向神秘主义和神秘的虚伪矫饰(凭着一个罗曼主义者底通行证)，这是完全的，最后的死亡。

就是在现在，皮涅克也是每次在困难中就拿出他底罗曼主义的通行证。这在他必得十分显然地，不是用暧昧双关的名词，显示他接受革命的时候，尤其如此。于是他即刻（照安得列·白雷底样式）又倒退几步，并且以一种完全新的风调宣示：请莫忘记，我是一个罗曼主义者。醉人很时常要得显出很庄严的样子，但是清醒的人们也要得时常装醉，以便逃出困难的情况。皮涅克不属于后一派吗？当他坚持地称自己为罗曼主义者，并请求这个不应被忘却的时候，那没有视平线的惊恐的写实主义者，岂不是在他里面说话吗？革命毕竟不是一只破靴加上罗曼主义。革命底艺术，毕竟不在于不见真理，也不在于借想象之力将庄严的真实变成“制造中的传说”底庸俗，为自己，为自己用。“制造中的传说”底心理，是和革命相反的。因为那种心理，及其神秘主义与神秘形态，开始了一九〇五年以后反革命时期。

以高尚的理想底名接受劳动者底革命，不但是否认它，并且是污蔑它。人类在诗歌，宗教，道德和哲学中所心心迷恋的一切社会的幻想，仅满足欺迷被压迫者的目的。社会主义的革命，揭开“幻象”，“提高”，也揭开卑抑的诡诈底外盖，并且用血洗净现实底组织。只要革命是写实的，合理的，有战略的，数学的，那革命就是坚强的。革命，现在在我们眼前的这革命，地球开始后第一的革命，能够需要罗曼的发作来调味，如猫吃的菜肉食需要野兔的汤羹来调味一样吗？把那留给白雷们罢。让他们尽和着道德本能论的汤羹，去咀嚼庸俗的猫所吃的菜肉食罢。

不论皮涅克文体中所有的新鲜与要义是怎样，他所拘守的文体都是厌烦人的，因为常常是模仿的。皮涅克在艺术上怎么会依赖白雷，并且还依赖白雷底坏的方面，是殊难明白的。他底坏处，有讨厌的主观主义，现形为说来说去的无意味的抒情的插入；有痴狂而且不合理性的文学辩论，在出常的写实主义和料不到的心理兼哲学的讨论之间，晃来晃去；有文章之平铺直述的安排；有用机械的联锁引进来的不相关联的引证；所有这一切，都是不必需的，烦厌人的，模仿的。但是安得列·白雷却是机灵的。他用抒情的歇斯特里，把他底教训中的洞掩盖住。白雷是一个道德本能论者，他从卢道夫·司丹纳尔获得智慧，他在瑞士的德国神秘派的庙宇中，作节前夕底礼拜，他吃腊肠，喝咖啡。因为他底神秘哲学是瘠薄的，可怜的，所以一种半真半假的（歇斯特里的）江湖诀，与严格照字典解释的江湖诀，就爬进他底文学方法去，为的要把这件事情掩盖起来——他越前进，这情形就越真。不过皮涅克为什么觉得这是必需的呢，难道他也在准备用彼得牌的可可糖作成的汤羹，教给我们可怜而安心的救世哲学吗？皮涅克岂不是在世界底具体性中，照它现在的样子去看取这世界，并且因为这而重视这世界吗？那末，为什么依赖白雷？显然的，这像一面折光镜子一样，反映出皮涅克需要一张综合的革命图画这种内心的要求来。皮涅克底精神的理解中的鸿沟，引起他依赖白雷——用文字修饰精神的失败者——的弱点。但是对于皮涅克，这是一条向下去的路，假如他能扔开俄国司丹纳尔派底半小丑的文体，并且在自己的路上向前进，那对于他倒是不错的。

皮涅克是一个青年作家，但也一毫不差，他不是一个青年。他进入了最批评的时代，他底大危险是在早熟与突然的受人恭维。在他变成了神使的那时节，他还没大到无希望的地位。他写东西像一个神使一般；他是双关的，暧昧的，他像牧师一般给暗示，他教训人，虽然要学而且要苦学的其实是他，因为他底目的不是社会地而且艺术地互相关联的。他底技术，是不稳固，不经济的，他底声音破哑了，他底抄袭触目。或许这一切都是不可避免的生长病，但是一定要有一种条件——没有恭维。因为，假如自满与自负渊博在破哑的声音后面阴伺，就是他底大天才也不能把他从不荣耀的终场中救出来。就是在革命前的时期，这也是我们底许多有希望的作家底命运，他们即刻陷入受恭维的场合中，也就在其中闷死了。列偶尼得·安特列夫底事例，是应该编入为有希望的作家而作的启蒙课本中的。

皮涅克是有天才的，但是他底困难很大。人要得祝他成功。

农村的或歌咏农民的诗人

假如人不在革命底全部中，及作为革命主力底标的的那种客观的历史的工作中，去看革命，那是不能够了解革命，也不能接受或绘画革命的，甚至就连部分地也不能够。假如这个弄错了，那末中枢与革命就都吹了。革命就分裂成枝叶与奇谭，这些既不是英雄的，也不是罪恶的。要是如此，画一点儿怪乖巧的图画还可能，重新创造革命是不可能的，和革命和协一致自然是不可能的了——因为假如在没有听说过的牺牲与剥夺中没有目的，那末历史就是一所疯人院了。

皮涅克，乌西和洛得·伊凡诺夫，和叶遂宁，似乎要无思索，不负责任地把自己沉没在旋流中。他们不融化自己，就变为不见这种意义说。这倒是可以恭维他们，而不是责难他们的事，但是他们不当受恭维。反之，他们倒太使人看到了——皮涅克，带着他底卖俏与形式拘泥；乌西和洛得·伊凡诺夫，带着他底闷死人的抒情主义；叶遂宁，带着他底过重的“傲慢”。麻烦是，在他们与作为他们作品底题材的革命之间，没有观念学的距离，有这距离，可以得到艺术的透视。文学的“同路人们”没有渴望也没有能力，去沉没在革命中，而同时又不溶解在革命中以领悟革命，去不仅拿革命当一种元素的力，也当作一种有目的进程去领悟它，他们底这种缺乏，是一种社会的而不是个人的特性。歌咏农民的知识阶级，占“同路人”底大多数。知识阶级不能依据农民接受革命，而不成为昏庸。此其所以“同路人”不是革命家，而是革命底愚人。直到警钟响了，他们要和什么和协一致，还是不清楚的——和作为坚持前进的运动底起点那种革命和协呢，还是因为革命在有些方面把我们引回头了，才与之和协呢。因为对这两种分类，都有充分的事实。农民，如人所知，要接受布尔雪维克，而拒绝共产主义者。这就是说，Kulak，较富的农民，要把中等农民践踏在自己下面，而掠夺历史与革命。驱逐出地主之后，他要一块一块地夺去城市，而对国家转过他底宽阔的背来。Kulak 不需要列宁堡（至少起始不需要），并且假如首都变成“患癖疥的”了（皮涅克），那活该。不仅农民对于地主的压迫——虽然这在历史的结果上是无可限量地重要而且珍贵——连农民对于城市的压迫，也是革命底一种必需的元素。不过，这不是全革命。城市生活而且领导。假如你抛弃城市，就是假如你让 Kulak 在经济上，皮涅克在艺术上把城市撕成碎片，那就没有革命存留，不过只有凶暴残酷的退化历程就是了。农民的俄罗斯，没有了城市底领导，不仅决走不到社会主义，连自持两个月也不能够，而且要变成世界帝国主义底肥料和上煤①了。这是一个政治的问题吗？这是一个生活态度底问题，因而也是伟大艺术底问题，而且在这问题上，人是一定要停住的。

去今不久，求科夫司基（Chukovsky）②力劝舍历克舍·托尔斯泰和革命的俄罗斯修好，或者与俄罗斯修好，不问革命。求科夫司基底主要理由是，俄罗斯和以前一样，而且农民不愿以他底神像或油虫，换任何历史的姜饼。求科夫司基显然觉得，在这短句里有民族精神运行的很大的区域，而且有民族精神底不可磨灭性底明证在。修道院里男当家拿油虫到面包里当葡萄干的试验，被求科夫司基扩展到所有的俄国文化上了。

---

① 即泥煤。——编注

② 求科夫司基，科尔涅伊·伊万诺维奇（Чуковский，Корней Иванович，1882—1969），苏联俄罗斯作家，批评家，翻译家。——编注

油虫当民族精神底“葡萄干”！实在这是何等的民族的卑下性，何等的对于活的民族的轻侮呵！假如求科夫司基自己相信神像倒也罢了。但是不然，他并不信，因为假如他信，他就不把神像和油虫一律看待地提起来了，虽然在乡村的茅舍里，油虫是甘心藏在神像后面的。但是求科夫司基底根既然完全在过去中，而他底过去又在藓苔蒙蔽的，迷信的农民身上保持自己，求科夫司基就使生活在神像后面的旧时民族的油虫，成为他与革命之间的调和的原理。何等的羞耻与污辱！何等的污辱与羞耻！这些知识阶级读他们底书（紧随着同一农民），他们在杂志中胡写乱画，他们生活过各种“时代”，他们创造许多“运动”，但是当革命热烈地到来的时候，他们在油虫寄身的乡村茅舍底最暗的角落里，为民族精神找到了避难所。

求科夫司基不过是不大拘泥些，但是所有的农村的作家，都趋向带油虫气味的原始的民族主义。无疑的，在现在这同一革命中，有些进程在各点上触到民族主义。经济的衰微，乡土主义底增强，敬草履过皮靴，家造酒与喝酒——这一切都在拉（甚至可以说已经拉过了）回到世纪底深处去。和这并行的，可以见到在文学中有一种有意的转变，转到“民间的”动机。勃洛克底城市对句底大发展（十二个），民歌底音调（在阿赫玛陀瓦中，在茨越台耶瓦中较拘于形式），地方主义底波浪（伊凡诺夫），在皮涅克底故事中的对句，仪式等之机械的插入——这一切都无疑地被革命所唤起，即是被民众，现在这样子的民众，在生活中占了最前位置这种事实所唤起的。也可以指出转向“民族的”其他显示来，这些更琐细，更偶然，更浅薄。例如我们底军装罢，虽然有些东西是从法国人与讨厌的 Galife（马裤）学来的，开始走近中世纪的贴身衣和我们底旧军帽了。虽然在别的方面因为一般的贫乏还没有出来什么时样，尽有理由可以说有一种趋向民间样式的趋势了，谁知道是怎么回事，就那些样式也不怎样很精深。就宽泛的意义说，时样这两个字对于我们是生疏的，它只扩张到主有的阶级，因此其中含包着社会分界底严厉的界线。劳动者之降临而成统治阶级，在生活底各方面都引起反对借光资产阶级样式的一种免不了的反动来。

十分显然，复归于草履，家造绳，家造酒，不是一种社会革命，却是一种经济的反动，对于革命这是主要的障碍。只要是关于有意地复归去的于过去的与“民间的”这方面，一切成就都是极端不稳固的，浅薄的。要从城市对句或农歌那里希望新文学形式底发展，是不合情理的；它不比走过“涓涓滴人”之外好些。文学将要抛开过度的土字。中世纪的贴身衣，因为省布的关系，现在已经大大地国际化了。我们底新的民族生活，与我们底新艺术底独创力，将要不触目些，但却精深得多，而且显示自己的时期要迟缓得多。主要的是，革命者，是民众与亚细亚的，与十七世纪，与神圣的俄罗斯，与神像，与油虫的决裂之意。革命者，并不是说复归于彼得以前的时代，却正相反，乃是全民众与文化交接，并依照民众底利益改造文化底物质的基础之谓。彼得时代不过是走向十月的历史的攀登底第一步，而且借着十月，它要更向前去，更向上进。在这样意义上，勃洛克比皮涅克见得深。在勃洛克中，革命的趋势在完成的诗中表现出来：

我们用子弹来射击神圣的俄罗斯——

坚固的俄罗斯，
村野的俄罗斯，
粗笨的俄罗斯，

唉，唉，无上帝！[①]

和十七世纪决裂，和农民茅舍的俄罗斯决裂，对于神秘派勃洛克显得是一件神圣的事，甚至当作与基督协妥的过渡。在这种古老的形式中，

① 勃洛克著《十二个》。照胡敩（即胡成才）译文。——编注

以为决裂并非从外面加上的，却是民族发展底结果，而且是依照着民众底最深微的需要的。这种思想表现出来了。没有这种决裂，民众要烂去了。以为革命在性格上是民族的这同一观念，在勃留索夫（Briusov）[①]底关于老妇人的有趣的诗中表现出来；《十月底洗礼日》：

在方场上我听说
卫城耸立如枪靶的那所在
他们割断线，供给新厂留纺纱

“民族的”是什么意思呢？此地我们一定要回到ABC上去。普希金（Pushkin）不相信神像，不与油虫同居，并且不是民族的。别林司基（Belinsky）[②]也不是民族的。不提当代人，还能举出其他一些人来。皮涅克以为十七世纪是民族的。彼得是反民族的。因此所谓民族的，仅只代表演进中的死的沉重物，从这里面曾经流出过活动底精神，而且这些东西是民族的有机物在过去许多世纪中曾经消化过了，而又扔出来的。因此，只有历史底排泄物是民族的。但是我们以为正相反。半开化的帝位彼得，较之反对他的长满胡须而且过于修饰的过去，是更为民族的。十二月党[③]，较之尼古拉底官式的国情，及其农奴制度，官吏的神像，国家

① 勃留索夫：瓦列里·雅科夫列维奇（Брюсов，Валерий Яковлевич，1873—1924），苏联俄罗斯诗人，散文作家和文学评论家。在象征派诗人中，他是唯一入党的人。——编注

② 别林司基：维萨里昂·格里戈里耶维奇（Белинский，Виссарион Григорьевич，1811—1848），俄国文学批评家，哲学家，政论家。列宁称他是在俄国解放运动中“完全代替贵族的平民知识分子的先驱”。——编注

③ 亚历山大第一初即帝位时，颇开明，后受德国神秘派影响，对自由思想很厌恶畏惧，因这种压迫而起的反感，和拿破仑战争时代与西欧的接触，就兴起了秘密的结社。亚历山大第一死，康士坦丁废，而尼古拉第一立，结社者为国家警察所知，遂在街上公然宣布他们反对农奴制及人道主义的思想，起了冲突，时为一八二五年十月十四日。十二月党之名自此来。党人被尼古拉绞死者五，放逐至西比利亚者约一百。

的油虫，是更为民族的。布尔雪维克主义，较之专制主义者及其他亡命者，是更为民族的，布丹尼[①]比乌兰格尔是更加民族的，不论民族的排泄物底诗人，神秘家，与观念学者怎样说。一民族底生活与运动，道经矛盾而向前进行，这些矛盾是体现在阶级，党，与派别中的。就动的方面说，民族的与阶级的元素，是一致的。在它底发展底一切紧急的时代，即是在最负责任的时代，民族被分成两半——民族的这一半，把民众提高到更高的经济的与文化的平面上去。

革命从民族的“元素”中出发，但这并不是说，只有革命中的元素的东西是重要的，民族的，如勉强附随革命的诗人们似乎那样想的一样。

对于勃洛克，革命是一种反叛的元素：“风，风——在所有的上帝底世界中！”乌西和洛得·伊凡诺夫似乎从未超过农民的元素。对于皮涅克，革命是一种割人皮肤的狂风。对于克留耶夫与叶遂宁，革命是彭加乔夫或司坦甲拉任[②]的作乱。元素，割人皮肤的狂风，火焰，漩涡，旋流。但是求科夫司基呢——他预备借着油虫与革命媾和——宣称十月革命不是真实的，因为它底火焰太少了。就是那愚漠的势利之徒查玛金，也在我们底革命中发现出热度不足来。这是从悲剧到马戏的全音阶。但是实际上从悲剧到马戏，都对革命显出同样被动的，冥想的，庸人的，罗曼的态度，如同对一种民族的，元素的，不羁的力一样。

但是革命毕竟不止是一阵割人皮肤的狂风。农民底革命的元素，由彭加乔夫，司坦甲拉任，一部分上由麻克契饶（Makchno）[③]代表。城市

---

① Budenn 是赤军骑兵总指挥，革命战争中有特殊功勋者。（日译）。现译名为布琼尼。——编注

② Stenka（Stephen）Razin 是一六六七——一六七一年俄国东南部农民暴动底领袖，彼时受农奴制压迫而逃的农民，和逃亡的奴隶多加入，声势很大，后终失败，拉任于一六七六年六月六日在莫斯科被处死刑。此后他成了被压迫的农民所崇拜的英雄。现译名为斯捷潘·拉辛。——编注

③ 现译为马赫诺。一九一八年乌克兰游击队领袖，后因拒绝改组为正规红军，转向反革命方面，被消灭。——编注

底革命的元素，由加滂（Gapon）[①]教父，一部分上由赫卢斯台列夫（Khrustalev）[②]，甚至由克伦司基代表。不过这还不是革命，这不过是暴动，或超于暴动之上的纷扰，如在克伦司基底事实上。革命超乎一切是劳动阶级获得权力，谋建权力，谋社会改造的斗争。它经过了最高点，经过了血战底最锋利的激发，但是在全进程中，它还是一体而且不可分离的——从初次的畏缩的开端，到最后的理想的瞬间，当被革命组织成的国家溶解在共产主义社会中的时候。

革命底诗不在机关枪底隆隆的声音中，也不在堡栅后的战争中；不在战败者底英雄气中，也不在战胜者底胜利中，因为所有这些力在凶暴的战争中也找得出。在那里也找得出流血，甚至更多；在那里机关枪也要爆响；在那里也有战胜者与被克服者。革命底至情与诗，是在于下面的事实中：一个新的革命的阶级，变成了这一切战具底主人，而且以去充实人并造成新人的新理想底名，它继续着与旧世界的斗争，兴起衰落，直到最后的胜利的瞬间。革命底诗是综合的。它是不能变成小辅币，供诗家作暂时的抒情的使用的。革命底诗是不可移动的。它在劳动阶级底困苦的斗争中，在劳动阶级底生长，坚持，失败，不断的努力，与付了克服的每一寸以代价的残酷的精力消费中，在斗争底逐渐增长的意志与紧张中，在它底胜利中，在它底预计的撤退，留意，袭击中，在群众反叛底初步泛滥，势力底精确核算，与象棋似的军略运用中。革命与怀根的奴隶在其中推出他们底工头的第一个工厂独轮车，与他们拒绝为主人工作的第一次罢工，与第一次秘密团体（乌托邦的幻想主义与革命的理

---

① 替沙皇警察在工人中活动的一个教士，一九〇五年一月九日（俄历）率领彼得堡工人向沙皇请愿，造成“流血的星期日”。——编注

② 赫卢斯台列夫，彼得·阿列克谢耶维奇（Хрусталев Петр Алексеевич，又名诺萨尔，格奥尔基·斯杰潘诺维奇，Носарь Георгий Степанович，1877—1919），1905年革命期间是“印刷工人联盟”法律顾问，曾任彼得堡工人代表苏维埃主席，入党后成为孟什维克，后来转到乌克兰，苏维埃政权确立后被契卡处决。——编注

想主义，在那里依靠社会创伤底现实而生活），一同开始生长。革命上升下落，被经济情况底拍节，被其高点与危机所摇荡。以血体的攻城机，它为自己突破压榨者底法制决斗场，伸过触须去，并且在必要时给它们一种保护色。它建设职工联合，保险会社，合作社，与教育自己的团体。它透入到敌对的议院，创立新闻纸，煽动，同时不辞劳苦地选择最好的，最勇敢的，与最虔诚的劳动阶级底分子，而且建造自己的党。罢工时常是失败比半胜利的时候多；示威是被新的牺牲与新的流血所标记的——但是这一切都在阶级底记忆中造出印痕来，这印痕加强而且锻炼精选者底联合，革命底党。

革命不是在空空的历史舞台上活动，因此不是自由地选择它底道路，选择它底时机的。在大事件底进程中，它要觉得在有机会集中必需的势力之前，不得不开始决定的活动；一九〇五年的情形是如此的。从那被自我牺牲的勇气与其目的底光辉带它上去的高处，因为缺乏有组织的民众帮助，它命定要急流直下地落下来。多年努力底成果，在它手中毁去了。似乎是万能的组织，破裂了，动摇了。最好的分子毁亡了，下狱了，消灭了，星散了。似乎一切都终结了。在革命暂时胜利的瞬间对革命可怜地叮当叮当的小诗人们，开始从他们底七弦琴高声唱出厌世主义，神秘主义，感伤主义底曲调。无产阶级自身也似乎扫兴了，颓败了。但是终之，在他底记忆中又刻上了一道新的很重要的印痕，从这印痕是不会转身回去的了。而且失败成为走向胜利的一个步骤。新的努力，咬牙切齿并带着新的牺牲来到了。前驱的先锋队一点点地集起它底星散的势力，被旧世代底失败唤醒的新世代中最好的分子，加入先锋队中。流血但并未被打倒的革命，在劳动者区域里的默恨中，在被压服但是并未消灭的乡村中，继续生长。它生活在小的但是久经磨练的老先锋队底清明意识中，这先锋队不怕失败，即刻计算它，分析它，估计它，称量它，画出新的起首点，查出一般的发展线索，并且指示出道路。失败后五年，这运动又在一九一二年底春潮中，突然发作了。

从革命中发出了唯物主义的方法，这使人能度量自己底力量，预见变化，操纵大事。这是革命底最大的完成，而且在这里有着它底最高的诗。罢工底浪，因一种不可抵抗的计划而长起来，在这里面即刻觉出民众底更深的基础，与一九〇五年革命底经验。但是大战——这是这些运动底逻辑的结果，也是预先见到的——割开了生长着的革命底战线。民族主义压倒一切。咆哮着的军国主义表现民族底意志。社会主义似乎永远埋起来了。但是正在危急的失败瞬间，革命造成了它底最大胆的诊断——使帝国主义的战争变为国内战争，使劳动阶级夺过权力来。在石头街道上的铁甲车底喧声中，在用所有文字表现出来的狂妄爱国主义的狂愤中，革命在战壕底下，在工厂与乡村中，集起它底力量。民众初次带着锋利的睿智，理会历史的大事件底内在的关系。一九一七年二月，是革命在俄国的一大胜利。然而这次革命，显然判定无产阶级底革命的要求，是破坏的，无望的。这造成克伦司基，蔡列捷黎（Tseretelli）[①]，爱国的革命的陆军上校和陆军中尉，多言的，斜眼的，闷人的，愚蠢的，卑劣的契饶夫（Chernov）[②]这些人们底时代。被阿夫克散提夫（Avksen-tiev）[③]底男高音的声调迷惑住了的，年青的乡村教师与乡村书记们底神圣脸面呵！民主派底深的革命的笑，与随之而起的作为对于“一小把”布尔雪维克演说的答话的疯狂的怒号呵！然而“革命的民主主义”之失权，已经被社会势力底较深的相互关系，民众底逐渐生长的心情，革命先锋队底预见与活动预先制定了。革命底诗不光在十月潮底初步涌起中，

---

① 现译名策列铁里，伊拉克利·格奥尔基耶维奇（Церетели，Ираклий Георгиевич，1881—1959），俄国社会民主工党孟什维克领导人之一，曾任临时政府邮电部长、内政部长、格鲁吉亚孟什维克反革命政府首脑，后流亡国外。晚年留居美国。——编注

② 契饶夫：维克托·米哈伊洛维奇（Чернов，Вирктор Михайлович，1876—1952），俄国社会革命党领导人和理论家之一，曾任临时政府农业部长，1920年移居国外。——编注

③ 阿夫克散提夫：尼古拉·德米特里耶维奇（Авксентьев，Николай Дмитриевич，1878—1943），曾为社会革命党右翼首领，二月革命后曾任全俄农民代表苏维埃主席，第二届临时政府内政部长。1918年被驱逐出国。死于纽约。——编注

却在领导的党底清明的意识与紧张的意志中。在一九一七年七月，当我们被践踏，被驱逐，当我们被捉入狱，被宣告为和汗左伦朝（Hohen-zollern）[1]侦探，当我们无火无水，当民主派报纸以成堆的侮谤埋葬我们的时候，我们觉得，虽然我们在地下，或在狱里，而胜利者，环境底主人，却是我们。在革命底这种预定的动力中，在它这种政治的几何学中，有着她底最大的诗在。

十月不过是这些底完成就是了，而且它即刻就随身带来了无限的新工作与无量的困难。随来的斗争需要各式各样的手段与方法，需要赤卫军底疯狂的攻击，需要“无战争，无和平”底公式，需要暂时的降书，对待仇敌底最后通牒。但是就是在勃里司特——立甸夫司克（Brest-Litovsk）[2]，当我们起始拒绝与和汗左伦朝媾和，以后又不读一过就签了和约的时候，革命的党不觉得自己被战败了，倒觉得自己是明日底主人。它用外交的教授法，助成大事件底革命的逻辑。一九一八年十一月，是它所收到的答案。实在，历史的预见不能有数学的准确。它有时夸大，有时贱估。但是先锋队底觉悟的意志，在预备将来的大事件中，变成逐渐重大的要因。革命的党底责任，加深而且变得更为复杂了。党的器官，透入民众底深处去感觉，考核，预见，预备而且指挥发展。实在，党在这时期中，后退比进攻多。但是它底后退，并不改变历史活动底全体战线。后退是枝叶，是大道底曲折处。新经济政策是“散文的”吗？自然！参加洛得染科（Rodzianko）底国会[3]，在第一次苏维埃中听从须海以热（Chkheidze）[4]与丹（Dan）[5]底呼唤，

① 现译为霍亨索伦，当时德皇的姓。——编注

② 现译为布列斯特—里托夫斯克。——编注

③ 现译为罗将科（1859—1924），十月党首领之一。君主派分子。曾任沙俄省地方自治局主席、国家杜马主席。——编注

④ 现译为奇赫伊泽（尼古拉·谢苗诺维奇，Чхеидзе，Николай Семенович，更以卡尔洛·奇赫伊泽广为人知，1864—1926），孟什维克首领之一，1717 年 6 月至 10 月曾任第一届全俄中央执行委员会主席。——编注

⑤ 现译为达恩（费奥多尔·伊里奇，Дан，Федор Ильич，原名古尔维奇，Гурвич，1871—1947），孟什维克首领之一。——编注

在勃里司特——立甸夫司克与望渴尔曼（VonKullmann）[1]磋商条约，也不很引人入胜。但是洛得染料与他底国会完事了。须海热以与丹被推翻了，正和望渴尔曼与他底主人一样。新经济政策来了。来了，还要走开。因为革命没有去掉苏加里夫加（Sucharevka）[2]市场底气味，革命在他觉得就失了芳香的艺术家，是头脑空空而且微小的。有了其他一切必需的条件，只有学者从全部中理会革命，把它底后退看为走向胜利的步骤，透入到后退底策略中的人，和能在退潮时代的积极的势力预备中，见到革命底不死的至情与诗的人，才能够变成革命底诗人。

十月革命是彻底地民族的。但它并不仅是一种民族的元素，——它是一个民族的学院。革命底艺术一定要经过这个学院。而且这是一种很难的课程。

因为农民的基础，因为宽广的幅员和文化底补丁，俄国革命在一切革命中算是最混沌而且无定形的。但是在领导上，在规定方向的方法上，在组织上，在目的与工作上，它是一切革命中最“正当的”，最有计划的，最完成的。在这两种极端底联合中，有着我们革命底灵魂，和内在的性格在。

在他论未来主义者的小册子中，求科夫司基——他嘴中所说的，正是更小心的人们心中所想的——举出十月革命底基本弱点来：“在表面上，它是凶暴的，不幸的，但是在本质上，它是有计算的，用脑子的，精明的。”他们终之或许会认识仅是凶暴与不幸的革命罢。他们，或他们底直接后裔，或许从这革命找到宗支，因为一种没有计算，不用脑子的革命，决不能把它底事业作到终场，换句话说，就是不能成就被压榨者对于压榨者的胜利，并且决不能毁去那在雇佣者艺术与雇佣者批评底里的物质基础。在以前的所有革命中，民众是凶暴的，不幸的，而资产阶级是有

---

① 现译为冯·库尔曼男爵，布列斯特——里托夫斯克和谈中的德方首席代表。——编注

② 莫斯科郊区的历史悠久的著名古玩、旧书市场。19世纪和20世纪初谈到莫斯科的书籍中常常提及。——编注

计算的，精明的，并且因此他们收获胜利之果。绅士的美学家，罗曼派，初步者，神秘者，和伶俐的批评家，对于民众在其中显出狂热与自我牺牲但并无政治的计算的那种革命，许会毫无留难地接受罢。他们许会照着已定的罗曼派的仪式，推崇这种革命罢。被克服的劳动者底革命，许会得到那种艺术底慷慨的美学的承认，而那种艺术许又要跑进胜利者底列车中去了罢。一种很舒服的透视法，实在。但是，虽然失去了现在蹲在战败者底营盘中的那种艺术底承认，我们也宁愿有胜利的革命。

赫尔岑（Hertzen）[①]说，赫格儿（Hegel）[②]底学说是革命底代数学。这定义甚至可以更正确地应用到马克斯主义上面。唯物主义的阶级斗争底错综变化，是真正的革命底代数学。在外眼可见的场所中，是混乱，洪水，无定形，无限制。但是这是计算过称量过的混乱，它底逐步的层续是预先见到了的。这些层续底相继而起的规律，是预先预备好，而且包含在钢似的公式中的。在元素的混乱中，有一种盲目底深渊。但是在有指挥的政治中，存在着明见与谨慎。革命的策略不像一种元素般无定形，它像数学公式一般完整。我们看见活着的革命底代数学，在历史中这是第一次。

但是这些最重要的特性——澄明，写实主义，唯物的思想力，无情的坚持，界线之清楚与坚实，这并不是来自乡村，却是来自工业，来自城市，来自它精神发展底最后的字的——是十月革命底基本特性，而这些对于“同路人”是完全生疏的。此其所以他们不过是“同路人”。为利于革命中的界线底清楚与澄明计，人必得将这告诉他们。

讨好的“变换的标志”派

在人们以为是“变换的标志”派机关的《俄罗斯》中，列热尼夫

---

① 赫尔岑，亚历山大·伊万诺维奇（Герцен，Александр Иванович，1812—1870），俄国作家，政论家，哲学家，革命活动家。——编注

② 现译为黑格尔。——编注

（Lezhnev）[①]以他所有的并不多的力量，一般地攻击全体“变换的标志”派。他骂他们，并不是没有理由，是过时的斯拉夫主义。实在，在这一点上他们是有一点儿错。“变换的标志”派要与革命发生关系的努力，是很值得称赞的，但是他们用以作这件事的观念学的拐杖，是很笨的。人许以为有些没料到的列热尼夫底出战，是要受欢迎的罢。但是并不。“变换的标志”派虽然在无助而且蠢笨地蹒跚，却是在改变色形而且似乎在逐渐走近革命，但是列热尼夫却勇敢而大胆地逐渐更远离革命了。假如他被克卢契尼科夫（Kluchnikov）[②]与波提秦（Potechin）[③]底过时的而且并非细心想出的斯拉夫主义所窘，那不是因为它是斯拉夫主义，却因为它是观念学。他要摆脱所有的，任何种的观念学。他称这种承受为生活底权利。

全篇文章组织得很巧妙，并且一直到底都经过思索。作者解明革命，并顺便解明造成革命的世代。他构成他底历史哲学，好像是辩护新世代的问题一样，这新世代正在苏维埃俄罗斯之下生长起来，反对旧人民，反对唯心的民主派，空论家等等，在这些人民中，列热尼夫也包括立宪民主派，社会革命党，门雪维克在内。但是他所接受的，他放在他羽翼下面的新的世代是什么呢？起始看来，似乎就是猝然致死民主主义的观念学及它一切的谎语，建设了苏维埃统治，而且无论好坏在领着革命前进的这一代。起始似乎是如此的，而且列热尼夫所以暗示这种印象者，

---

① 列热尼夫，阿布拉姆（Лежнев Абрам，原名泽里科维奇，戈列利克，Эеликович Горелик，1883—1938），苏联评论家，文学研究家，主张意识形态和美学成分合一的“有机艺术”，反对否认艺术的“教育作用”和“社会订货”理论。1938年被诬告和处决。——编注

② 克卢契尼科夫，尤里·韦米阿米诺维奇（Ключников Юрий Вениаминович，1886—1938），社会活动家，法学家，国际法专家，文学家。1919年到国外，后成为《变换标志》文集以及后来出版发行的变换标志派杂志和报纸的主导思想家，1934年被流放，1938年以“从事间谍恐怖活动罪”被处死。——编注

③ 波提秦，阿列克塞·安季洛维奇（Потехим，Алексей Антилович，1829—1908），俄国作家。——编注

是为着一种阴险的心理的原因；这样较易于得到读者底信心，因此以后就能把他拿到自己底手里。在这文章底第二部中，出现了不是两个世代，却是三个世代；第一个是预备革命的世代，但是和一股的规律一致，是不能完成革命的；第二是完成革命底“英雄的”与“破坏的”方面的世代；第三世代不是要使之毁坏这规律，却是要使之完成它的。这新世代描写得有些不明确，但却更加讨好。他们是强壮的，没有成见的建设者，并且没有任何不必需的东西。依列然尼夫底意见，一切观念学都是不必需的。革命者，你可知道，像一般生活一样，“正和江河流动，鸟儿歌唱一般成就的，并且在自身上并不是目的论的”。这种哲学的凡庸，在革命底空论家方面是有人点头称是的，那些空论家各人都有一种理论的革命学说，并且在革命之前见到些明确的目的与创造的工作。其实，生活“在自身上”不是目的论的，并且是正和江河流动一般创造出来的，这话是什么意思呢？此地问题是关于什么生活呢？假如问题是关于生理的新陈代谢，那倒多少有点儿对，虽然在这种地方，人也依赖现形为烹调术，卫生学，医学等的目的论。在这里，有着他底生活与流动的江河间的区别在。但是生活中也含有比生理学更高的东西。人类的劳动，使人与兽区别的唯一的东西，是彻底地目的论的，在受理智指挥的精力消费底范围之外，没有劳动。而且劳动在人类生活中占有一个地位。艺术，就是“最纯的”也罢，是彻底地目的论的，因为艺术要诀别了伟大的目的，不论怎样无意地被艺术家觉得，它就退化成不过是空谈而已。政治是体现了的目的论。革命是加浓的政治，使数百万民众动作起来。那末，没有目的论，革命怎样可能呢？

与这相关，列热尼夫与皮涅克的关系是顶重要的。烈热尼夫宣称皮涅克是真正的艺术家，几乎是革命底艺术的创造者。“他理会它（革命），他携带它，并且在自己里面携带它。”……列热尼夫说，骂皮涅克把革命分解成元素的，是枉然。似乎就在这件事上，有着皮涅克成为一个艺术家的权力在。皮涅克“理解革命，不是从外面，却是从内面，给革命动力，显露它底有机的天性”。但是所谓从内面理解革命者，是什么意思呢？这是说，用革命底最大动力底，劳动阶级底，和她底觉悟先锋队底眼睛，去看革命。所谓从外面看革命是什么意思呢？这是说，仅在革命中见到一种元素，一种盲目的历程，一阵割人皮肤的狂风，一阵事实的混沌，属于人民，属于阴影者。这是从外面看革命的意思。皮涅克就用这种方法看革命。

和抽象思索的我们相反，皮涅克假设地给予了“一种俄罗斯与革命底艺术的综合”。但是俄罗斯与革命底综合怎样才可能呢？革命是从外面显示的呢，或是从旁边显示的呢？革命岂不是俄罗斯底属性吗？能够分开它们，于是以俄罗斯与革命相对照，并且这样综合它们吗？这就等于说男人与他底年龄综合，妇女与生产程序综合一样。这种奇怪的文字组织和概念，是从那里来的？正是因为从外面，从旁边行近革命而来。革命对于他们是一件大的，但却是没料到的事件。俄罗斯不是真正的俄罗斯，不是有了过去并在自己里面已经有着将来的俄罗斯，却是习惯的或然的俄罗斯，沉淀在他们底保守的意识里面，而未与落在他们头上的革命和好的俄罗斯。这些人们要使俄罗斯与革命综合而不损伤他们底精神的组织，需要努力于逻辑与心理学，而且还需要很大的努力哩。像皮涅克似的有不足与弱点的艺术家，是正需要此种努力的。否认革命的目的论，实在就是把革命减低到暂时的农民暴动。这里有着我们称为“同路人”的那些作家之中的大多数人底有意的与无意的对于革命的行近在。普希金曾经说过，我们底民众运动是暴动，无理性而且残酷。自然这是一个贵族底主义，但是在贵族观点的范围之内，这定义倒是精深而且合宜的。只要革命运动还保存农民的性质，它就“不是目的论的”，用列热尼夫底话说，或是“无理智的”，假如人乐用普希金底话。农民阶级在历史中从来没有独立地达到一般的政治目的，并且农民运动不结果成为一个彭加乔夫，就是成为一个司坦甲拉任，在所有历史中都是被压服了，或者他们当作了别的阶级底斗争基础。纯然的农民革命，任何处也不曾有过。在任何时，农民阶级要没有人领导，无论是在旧时革命中受资产阶级民主主义领导也罢，或在我们革命时受无产阶级领导也罢，其运动不过是攻击现有的统治，并且动摇它，但是决不会以有计划的再造终结。革命的农民阶级从来不能创造一个政府。在斗争中它组织乱战的队伍，但是从未创立过集中的革命的军队。因此，所以它受失败底苦。我们底所有的革命诗人，几乎全无例外地都回到彭加乔夫和司坦甲拉任，是何等重要呵：华西里·加绵司基（Vasili Kamensky）是司坦甲拉任底诗人；叶遂宁是彭加乔夫底。诗人们被俄国历史中这些戏剧的瞬间所感兴，自然并不坏，但是必要把革命分解成盲目的暴动，元素的作乱，因而扫除去百年或百五十年俄国史，好像它们就没存在一样，否则就不能行近现日的革命，则是坏的，而且是罪过的。如皮涅克所说，“农民生活是人所共知的——为工作而吃饭，为吃饭而工作，除此之外，是生，驮，死”。自然这是一种农民生活底粗俗化。不过在艺术上这是合理的粗俗化。假如革命不是以觉悟的，合理的，有目的的，动的生活原理底名，而起的疯狂的反叛，去反对元素的，无意思的，生物的生活机械性，换句话说，就是去反对我们旧俄史底农民根基，反对它底无目的，它底非目的论的性格，反对托尔斯泰底《战争与和平》中的克拉台夫底“神圣的”与白痴的哲学，那我们底革命是什么呢？假如我们从革命把这个拿走，那末革命是连为它而烧去的蜡烛也不值的，而且如人所知，为它而烧去的比蜡烛可多得多。

不过要说皮涅克底，尤其是列热尼夫底观点，是真正的农民的接近革命，不仅是有冤革命，也是有冤农民的。不，我们底伟大的历史的征服，是在于下列的事实中：农民自己，蠢笨地而且几乎像一条熊，停停退退地，在使自身和旧的，无理性的，无意义的生活分离，而且逐渐被引到觉悟的改造底范围中了。使克拉台夫底哲学焚毁而且不留痕迹，要得几十年工夫，不过这种进程已经开头了，而且头开得也不坏。列热尼夫底观点，不是农民底，却是一个平庸的知识阶级底观点，他藏在昨日的农民底背后，因为他不愿显出他自己底今日的背来。这不很艺术。

“新古典主义”

艺术者，你可知道，预言是也。艺术品是预感底体现；因此革命前的艺术是真正的革命底艺术。在充满反动观念的月份牌《野蔷薇》(Sipovnik)中，这种哲学被穆拉匐夫（Muratov）[①]和埃夫路司（Efros）[②]造出来，他们各以各的方法，但是他们底结论是一样的。大战与革命是在物质环境中，与阶级底意识中预备起来的，是绝对没有疑问的。这种预备以不同的方法反映在艺术中，也是没有疑问的。但这无论怎样是革命前的艺术，是在风暴前面凋残的资产的知识阶级底艺术。不过我们是在谈革命底艺术，这艺术是被革命所创造的，而且从革命得到它底新的"预感"，现在摊它养活革命的了。这种艺术不是在我们后面，却是在我们前面的。

在革命初年几乎毫无敌手而统辖着沙漠似的艺术界的未来主义者与立体主义者，觉得他们被逐出他们起始所占有的地位了。所以如此，不仅是因为苏维埃的预算减少了，却是因为他们没有——而且在本质上也不能有——十足的方略去解决他们底广大的艺术问题。现今我们听说古典主义上了大道啦。而且我们听说古典主义艺术就是革命艺术。而尤有进者，古典主义是"革命底本质和孩子"（埃夫路司)。这些自然是很舒畅的音调啰。但是有一件事情奇怪，为什么古典主义在四年沉思之后，才记起它与革命的亲属关系呢？这是一种古典的谨慎。但是阿赫玛陀瓦，越力和夫司基（Verkhovsky）[③]，列偶尼得·葛娄斯曼（Leonid Grossman）[④]与埃夫路司底新古典主义，是"革命底本质和孩子"的事，真是这样的确吗？只要是关于"本质"的话，这是太过火了。但是新古典主义岂不是一个"革命底孩子"吗，在新经济政策是一个革命底孩子这同一意义

---

① Мураmовь，Павеп Павлович（1881—1950)，俄罗斯作家和文艺评论家，1921年因参加帮助饥饿者委员会活动被捕，1922年起流亡国外。——编注

② Эфрос，Абрам Макович（1888—1954)，俄罗斯艺术、文学和戏剧评论家，诗人，翻译家。1937年曾被流放。——编注

③ 越力和夫司基，尤里·尼古拉耶维奇（Верховский，Юрий Николаевич，1878—1956)，苏联诗人，翻译家，文学史家，人数不多的"古典象征主义"小组成员。——编注

④ 葛娄斯曼，列偶尼得·彼德罗维奇（Гроссман，Леонардо Педрович，1888—1965)，苏联作家，文学研究家。作为后者，和形式派有密切联系。——编注

上？这问题也许有点突然而来，甚至不是地方罢。但是这是最适当的问题。新经济政策在国外得到一种回声，现形为“变换的标志”派，而且我们听到了好消息，说变换底理论家接受革命底“本质”。他们要加强而且整顿革命底征服，他们底战争口号是：“革命的保守主义”。对于我们，新经济政策是革命的抛物线底一个转向，在全体的方向上，是向上去的；对于他们，转向是完全向抛物线方向的。我们以为历史的车辆刚刚才开始行动，并以为这是在车站上作一次短时停留，为的是要取水上来并且加强蒸汽。他们却正相反，以为在运动底纷扰终于止了之后，应当保存的是这种静止状态。新经济政策产生了“变换的标志”派，引起新古典主义是“革命底孩子”这种发现的，又是新经济政策。“我们是活着的；在我们底动脉管中，我们底脉息是完全的，强壮的；它底跳动是和现日底拍节和协的，我们既没失去睡眠，也没失去食欲，因为过去的已经过去了。”……这说得很不坏。或者甚至比作者自己所希望的还要好一些。革命的孩子，他们（如你们所见到者）没失去食欲，因为过去的已经过去了！有食欲的孩子，人不禁说。但是革命毕竟不是这末容易满足，以至对虽有革命而没有失去睡眠，并且没有跑出国界的人，就承认他们是自己底诗人。阿赫玛陀瓦有些强有力的诗行，说她为什么没有走开。她不曾走开是很好的。但是阿赫玛陀瓦自己怕未曾以为她底歌是属于革命的罢，新古典主义的宣言底作者，是太慌张了。不因革命而失去睡眠，和理解革命底本质是不一样的。实在，未来主义还没有制服革命，但是它有一种内在的努力，这在或一意义上也就和制服革命平行了。最好的未来主义者是曾经燃烧着的，或者还是如此。但是新古典主义不过是没有失去食欲就是了。新古典主义很像“变换的标志”派——那新经济政策底同乳姊妹——底诗歌。

总之，这不过是自然的而已。假如未来主义被吸引到革命底混乱的动力，试要在混乱的文字动力中表现自己，那末新古典主义表现了对于和平，稳定的形式，和正确的标点的需要。以“变换的标志”派底话来说，这可以称之为“革命的保守主义”。

玛利冶塔·沙金严

沙金严对于革命的慈善的，甚至“同情的”态度，现在已经显然了，这在最不革命的，亚细亚的，被动的，基督教的，无抵抗的观点中，有其根基。沙金严底新近印行的长篇小说——《我们底命运》，可以当作此种观点底注解。这里全是心理，而且还是幻想的心理，带着钻进宗教去的根。有“一般的”性格，精神和灵魂，本体的命运和现象的命运，从头到底是心理的迷，而且为要使这一切堆砌不显得太怪异，这小说是发生在神经病疗养院中的。那里有很高妙的教授，一位心机顶灵敏的精神病学者，他又是最高贵的丈夫和父亲，最非寻常的基督徒；妻子略为简单些，但是她与她丈夫的结合，是完全的；女儿要反叛，但是以后因主底名又自己屈服了；以他底名来叙述这故事的一位年青的精神病学者，是完全和这个家庭一致的。他是聪明，温柔，而且虔诚，有一位机械师，取一个瑞典式的名字，他是异常高贵的，良好的，纯朴中寓聪明，忍受一切，而且顺服上帝。有牧师雷偶尼得，异常伶俐，异常虔诚，而且按照他底职业，自然是顺服上帝的啰。所有围绕着他们的都是疯狂的和半疯狂的人，借着他们，一方面显出教授底理解与渊博，一方面显出必需顺从上帝——他没有造成一个没有疯人的世界。另外有一个年青的精神病学者，他来的时候是一个无神论者，自然也是顺服上帝的。这些英雄们自家讨论，教授是否承认恶魔，是否以为罪恶是非人格的，而且他们愿没有恶魔以度年月。封面上写着一九二三，莫斯科与彼得堡！筛子里的何等奇货——实在！

沙金严底心思敏捷的，善良的，虔诚的英雄们，不引起同情，却引起完全的淡漠，这有时就变成恶心了。虽然她显然是一个伶俐的作家，虽然有通常的文字与太拘于一隅的滑稽，也还是如此。就是在朵斯妥也夫司基（Dostoevsky）[①]底虔诚驯服的人物中，也有一种虚伪，因为人觉得他

① 朵斯妥也夫司斯，费奥多尔·米哈伊洛维奇（Достоеский Федор Михайлович，1821—1881），俄罗斯作家。——编注

们对于作者是陌生者。他大多创造他们作为自己底对照，因为朵斯妥也夫司基在一切事情上，就是在他底不忠信的基督教上，也都是热情的，坏脾气的。不过沙金严似乎确实是善良的，虽然仅有家庭的善良。她把她富有的知识，与异常的心理的透解，封闭在她家庭观点底骨架里面。她自己承认这个，并且公然说出来。但是革命毕竟不是一种家庭的事件。沙金严底宿命论的驯服，所以决然与我们时代底精神与意义不合者，就为这种原因。她底很聪明的与虔诚的人民，所以——假如你原谅所用的字眼——发出固执底臭味者，其原因也就在这里。

在她底文学日记中，沙金严随时随地谈论竞求文化之必需；假如人们用五个指头擤鼻子，教给他们手帕底用处。这是对的，并且发出了大胆的声调，尤其在今日，当真正大多数的民众第一次在开手有意地改造文化的时候。但是一下完结了神圣的元始底痴呆，正在寻求建设正当人类关系的方法，而不惯用手帕（从来就没有一个）的半无知的无产阶级，较之在神秘的手帕中哲学地擤他们底鼻子，而又用最复杂的艺术的狡计，秘密胆怯地从科学中借光，去使这不审美的手势变复杂的那些受过教育的反动派，是无限地更为有文化些。

沙金严在她底本质上是反革命的。是她底宿命论的基督教，她对于一切不属于家庭的东西的家庭的淡漠，使她与革命妥协。她不过从一辆车换位到另一辆车上，带着她底手提行李，和她底哲学的艺术的手工活计。也许她以为她这样子更可靠地保存了她底个性了罢。但是从这个个性中，连一根向上指的线也没有。

第三章　亚历山大·勃洛克

——勃洛克在俄国文学中的地位。——勃洛克象征主义中的革命前的因素。——为什么十二个不是革命的诗。——二重性。——勃洛克与资产阶级。

勃洛克完全属于十月前的文学。勃洛克底冲动，——无论是向着狂风暴雨的神秘主义也罢，或是向着革命也罢——不起于空空的空间中，却起于旧俄文化及其地主与知识阶级底很浓厚的氛围气中。勃洛克底象征主义，是这种密接而又讨厌的环境底反映。一种象征，是一种现实底概括的形象。勃洛克底抒情诗，是罗曼的，象征的，神秘的，无形式的，非实际的。但是他底诗，预料着一种有明确形式与关系的很实际的生活。罗曼的象征主义，在遁出生活底具体性，遁出个性的特点，遁出生活底专名这样意义上，不过是对于生活的逃避而已；而在根本上，象征主义是改变和升腾生活的方法。勃洛克底荧荧的，风暴般的无形式的抒情诗，反映着一种一定的环境与时代，及其生活态度，其习惯与韵律，但是在这时代之外，它们像云的补丁一般垂悬。这样的抒情诗，将活不过它底时代或作者。

勃洛克属于十月前的文学，但是他克服了这个，并且进到十月底范围中了，当他写了《十二个》的时候。因此，他在俄国文学史中将要占一个特殊的位置。

我们不应允许那些纠缠在他底灵魂周围，而直到现在——那些假虔诚的白痴呵！——还不明白勃洛克怎样承认玛雅科夫司基是一个大天才，而公然对古弭辽夫（Gumilev）①打呵欠的小器的诗的与半诗的恶魔们，把勃洛克底真价值隐晦。抒情诗人中最“纯”的勃洛克，没有谈过纯艺术，也不曾把诗放在生活底上面。反之，他承认了“艺术，生活和政治是不可分不可离的”这事实。勃洛克在一九一九年著的《报复》底序文中写道，“我惯于将目所能及的某一时期中生活各方面底事实都收拢来，而且我准信，全体一同它们常常创造出一种音乐的合奏。”这较之自满的耽美主义，较之所有论艺术离社会生活而独立的昏话，是大得多，强得多，

① 古弭辽夫，尼古拉·斯捷潘诺维奇（Гумилёв Николай Степанович，1886—1921），苏联作家，属于阿克梅派，非常注重写诗的技巧。——编注

深得多。

勃洛克知道知识阶级底价值："我也一毫不差是知识阶级底血统关系的亲属，"他说，"但是知识阶级常常是消极的。假如我不曾走向革命中，走向大战中是更不值得的罢。"勃洛克不曾"走向革命中"，但他却从革命取定一种精神的方向了。一九〇五年革命底行近，已经为勃洛克开辟了工厂（见一九〇三年作品），而且第一次将他底艺术提高到抒情的朦胧之上。第一次革命进入了他底灵魂，而且把他从个人主义的自满自足和神秘的静死主义拉开。勃洛克觉得两次革命中的反动，是一种精神底空虚，而于时代底无目的性，他觉得是一种以莓汁替代了血的闹戏场。勃洛克写了"第一次革命之前几年底真实的神秘的朦胧"和"紧随其后的不真实的神秘的宿醉"。（《报复》）第二次革命使他觉到觉醒，活动，目的和意义。勃洛克是不革命底诗人。正消灭在革命前的生活与艺术底没有出路的忧郁状态中，勃洛克抓住了革命底车轮。诗《十二个》，勃洛克底最重要的作品，也是唯一的可以存留许多时代的东西，是此种接触底结果。

如他自己所说，勃洛克一生在自身中都带着混沌。他说出这话的方法，是无形式的，正如他底人生哲学和抒情诗在全体上都是无形式的一样。他所觉得是混沌者，是他无能力把主观的与客观的东西结合起来，是他底小心谨慎的意志力之缺如，在先见到最大事件底预备，后见到最大事件爆发的时代中。经过了他底所有的变化，勃洛克还是一个真正的颓废派（Decadent），假如拿这名词就宽广的历史的意义解，即是就以颓废的个人主义，与正兴起的资产阶级底个人主义相对待，这样意义解。

勃洛克底不安的混沌状态，倾向于两种主要的方向：神秘的，革命的。但是无论在那一种方向上，都到底没有分解。像他底抒情诗一样，他底宗教是不清楚的，不固定的，不是命令式的。像事实底石雨，大事件底地质学的崩土一般降到诗人身上的革命，驳责或宁说是扫荡了革命前的勃洛克——他在苦闷与预感中自己消磨着。用咆哮着的，自胸腔迸出的破坏底音乐，革命压灭了个人主义底温存的，蚊子似的音调。此地人必得选择。自然，客厅是的诗人们，没有选择也能继续着他们底哼哼哈哈，而且只要加上他们对于生活艰难的诉苦就得了。但是被时代带走了的，并且将时代译为自己内在的文字的勃洛克，非选择不可，他选择了——他写了《十二个》。

这诗毫无问题是勃洛克底最高的收获。在根底里，它是为灭亡着的过去而发的绝望的叫喊，然而这绝望的叫喊，是从对于将来的希望中发出来的。可怕的大事件底音乐[①]，感兴了勃洛克。这似乎向他说："你直到现在所写的东西，都是不对的。新的人来了。他们带来新的心。他们不需要这个。他们对于旧世界的胜利，显示着对于你的胜利，对于你底抒情诗的胜利，那些抒情诗不过宣告了旧世界死前的苦恼而已。"勃洛克听到了这个，而且接受了，又因为接受是不容易的，因为他想在他底革命的信仰中为他底信仰缺乏找帮助，因为他要巩固他自己，辩服他自己，他就用了最极端的意象，表现他底接受革命，这样他后面的桥梁庶乎可以烧去了。对于革命的变动，勃洛克想要加糖么，这连影子也没有。反之，他在革命底最粗俗的形式中，而且仅在粗俗的形式中，看取革命——例如娼妓底罢工，卡基卡（Katka）[②]被一个赤卫兵所杀害，资产阶级家庭底劫掠——而且他说，我接受这个。他并且激昂慷慨地以基督底祝福来醇化这一切，而且也许他甚至要用革命作撑持，来救济基督底艺术的形象罢。

但是《十二个》也一毫不差不是一首革命诗。它是被革命占有了的个人主义艺术底鸿鹄歌[③]。而且这诗将来是要留传的。勃洛克底朦胧的抒情诗，走进过去中了，而且永远不会回来了，因为这样时代不会再来了，但是《十二个》，将和要其中的残酷的风，布告，躺在雪上的卡基卡，革命的步调，癞皮狗似的旧世界，一同留传。

---

① 勃洛克常称革命为一部盛大的 Orchestra。（日译）

② 长诗《十二个》中的人物，酒馆的妓女。——编注

③ 鸿鹄在死前歌唱，鸿鹄歌即死前之歌。

勃洛克写了《十二个》，而且在《十二个》之后变为沉默了的事，以及不再倾听音乐的事，其由于勃洛克底性格使然，不亚由于他在一九一八年所领悟的很非寻常的“音乐”。痉挛的，悲痛的，与一切过去的决裂，对于诗人变成了致命的破坏。离开他底有机体里继续进行的破坏的历程，勃洛克怕只能借着革命的诸事件底继续不断的发展，借着可以拥抱全世界的那强有力的震撼底螺旋线，而向前进行罢。但是革命底行军曲，不是适应被革命所击的罗曼派底心理的需要的。要能够在暂时的沙洲上保存自身，人必得有一种不同的训练，必得对革命有一种不同的信仰，必得对于革命底一起一落的拍节有一种了解，不仅对于革命洪流底混沌的音乐有一种了解而已。勃洛克没有，也不能有这一切。革命底领袖，都是心理与行为都与他生疏的人，因此他引退到自身中，而且在《十二个》之后变为沉默了。他曾和他们在精神上同，那些聪明人和诗人，也就是常是“消极的”人们，带着恶意与憎恶离开他而他们不能原谅他底话，癞皮狗。如对待奸细一样，他们不再和他握手了，而他死后才“与他和解”，于是就试要指出《十二个》中并不含有意料之外的东西，且这诗不是属于十月的，而是属于旧的勃洛克的呀，《十二个》中的一切要素都有着根，莫使布尔雪维克以为勃洛克是属于他们的呀。这种辩驳，从勃洛克其他的作品中，是不难寻得的。那里有《十二个》中有着完全的发展的韵律，同律诗节。但是在这个个人主义的勃洛克中，人也能找出其他的韵律与心情且是这个同一的勃洛克，正当一九一八年，在他自己里面（决不是在石路①，而是在他自己里面）找到了《十二个》底破坏了的音乐。十月底石道，对此是。别人离开这石道跑到外国，或者移到国内的岛上去了。这里是问题底中心点，这是他们所不能原宥勃洛克的！

---

① 勃洛克在他底诗中，常常歌咏彼得堡的夜间的石路。（日译）

一切饱足者是这样愤怒，
大肚子底满足是这样渴望，
他们底槽子翻了，
他们底牢中起了纷扰。

（亚·勃洛克，《饱足者》）

但是一个样，《十二个》不是一首革命诗；因为，作为一种元素（假设人只把它看为一种元素）的革命底意义，毕竟不是在于解放了被赶入死巷的个人主义。革命底内在的意义，是留在诗外的什么地方的。而诗底自身是“离心的”，在物理学中所用的这文词底意义上。因此勃洛克用基督装饰他底诗。但是基督无论如何不是属于革命，不过是属于勃洛克底过去的。

当爱享瓦尔得（Eichenvald）[①]对《十二个》表示资产阶级的态度，公然地而且极恶意地说，勃洛克底角色们底动作是“同志们”[②]底特色，这时候，他完成了他自己所标定的工作了，这工作即污蔑革命是也。一个赤卫兵因为妒忌杀死卡基卡。这是可能的呢，还是不可能的呢？这是完全可能的。但是这样赤卫兵要被捉住了，他是要被革命裁判所判处枪决的。采用恐怖主义底骇人的剑的革命，严峻地保证之为国家的权利。恐怖手段要为个人的目的而运用，革命就会被不可避免的毁灭所迫胁。在一九一八年之初，革命就结束了无政府主义的无约束，而且对便衣队战术底分散的方法，继续着无情的，胜利的战斗。

“请打开地窖，穷人们此刻要来游赏。”（《十二个》）这事发生过了。但是就为这种原因，赤卫兵与暴徒之间发生过何等血腥的冲突呵！“严肃”是写在革命底旗织上面的。革命是脱却尘俗气的，尤其在这种最紧

---

① 爱享瓦尔得（Эйхенвальд，1872—1928），俄罗斯评论家。——编注

② 俄国革命后，党人彼此称同志。

张的时代。因此勃洛克所给予的，不是一张革命底图画，而且决不是革命先锋底工作底图画，不过是被革命引起而在本质上是与革命相反的附带现象底图画而已。诗人似乎要说，他在此中也觉到革命，也觉到革命底急扫，心里的可怕的激动，觉醒，勇气，危险，并且说即使在这些讨厌的，无意义的，血腥的显示中，也反映着革命底精神，这对于勃洛克，是腾跃的基督底精神。

在所有论勃洛克和《十二个》的文字中，大概最背谬的要算是求科夫司基君底著作罢。他底论勃洛克的小书，并不比他底其他作品坏。它们显出外在的活鲜，连将思想略略整出一点头绪的能力也没有，又显出论述底不整齐，小地方新闻纸的声调和贫乏的玄学气，与在外在的对照底基础上，概括事物的势趋。而且求科夫司基时常发现别人从未见到的东西。有人曾以为《十二个》是革命——即在十月中发生的那革命——底了呢？天禁之！求科夫司基即刻就要解释一切，而且要使勃洛克与“公众舆论”一致。《十二个》不是歌咏革命，却是不过问革命而歌咏俄罗斯：“此地有着固执的民族主义在，它不被任何东西所窘迫，就是在丑恶中也要见出神圣，只要这丑恶是俄罗斯的时候。”（求科夫司基，《亚历山大·勃洛克论》）那末勃洛克，是不过问革命，或者更正确些说，不过问革命底丑恶，而接受了俄罗斯了。这似乎是他底推理；至此为止似乎是明确的。不过同时勃洛克竟常（!）是革命底诗人了，“但是不是属于现在发生的革命，却属于另一革命——民族的，俄罗斯的革命。……”这是从小难跳进大难中了。这样勃洛克在《十二个》中不曾不过问革命而歌咏俄罗斯，却是歌咏了一种革命。不是发生了的那革命，乃是另外一种革命，它底准确的住址，求科夫司基是完全知道的。这个有天才的家伙这样说它：“他所歌咏的革命，不是在他周围发生的革命，却是另外一个的，真正的，冒火焰的革命。”但是我们刚听说，他歌咏丑恶，而不是歌咏燃烧着的火焰，而且他所以歌咏这丑恶，是因为它是俄罗斯的，不是因为它是革命的。现在我们发觉了，他一点也不曾和真正的革命底丑恶和解，正因为那丑恶是俄罗斯的，却扬扬地歌咏一种革命，歌咏另外一种的，真正的，冒火焰的革命，仅只因为那种革命是反对现存的丑恶的。

凡卡（Vanka）用他底阶级给他用以防卫革命的来福枪，杀了卡基卡。我们说这是革命中的偶然发生的事，但并非是属于革命的。勃洛克意欲他底诗说：我也接受这个，因为在这里我也听到大事件底动力，也听到风暴底音乐。现在他底解释者求科夫司基来了，并且解释它：卡基卡被凡卡杀害，是革命底丑恶。勃洛克接受俄罗斯，即使有此种丑恶也罢，因为这丑恶是俄罗斯的。但同时，当他歌咏凡卡杀害卡基卡，并歌咏居家底抢掠的时候，勃洛克在歌咏一种革命，但并不是歌咏这丑恶的，现日的真正的俄罗斯的革命，而是歌咏另外一种的，更真的，冒着火焰的革命。这真正的，冒着火焰的革命底住址，求科夫司基会即刻就告诉我们的。

但是假如革命对于勃洛克是正照现在样子的俄罗斯底本身，那末拿革命当谋叛的“辩论家”[①]是什么意思呢？从旁走过的牧师，是什么意思呢？“癞皮狗似的旧世界”，是什么意思呢？丹尼庚（Denikin）[②]，米留科夫，契饶夫[③]及亡命者，是什么意思呢？俄罗斯被分成两半了。这即是革命。勃洛克称一半为癞皮狗，另一半他用他所能操纵的祝福，即诗与基督，给以祝福。但是求科夫司基宣称这一切都不过是一种误解。何等的文学底朦胧，何等的不体面的思想底拉杂，何等的精神的荒废，何等贱价的，卑污的，可羞的饶舌呵！

实在，勃洛克不是属于我们的，但是他向我们这边走来了。并且在这样作时，他受了挫折。但是他底冲动底结果，是我们时代底最重要的作品。他底诗《十二个》，是将要永远流传的。

---

① 为资本家辩护的著作家及演说家。

② 现译名邓尼金（1872—1947），国内战争时期叛军首领之一，1920 年被红军击溃后逃亡英国，死于美国。——编注

③ Чернов，Виктор Михайлович（1873—1952），俄立宪民主党人，曾任克伦斯基临时政府农业部长。1920 年流亡国外。——编注

第四章　未来主义

狂放的原始。——与过去决裂。——俄国未来主义底组成元素。——玛雅科夫司基与革命。——未来主义，创造的知识阶级与民众之间的连锁。

未来主义是一种欧洲的现象，并且是有趣味的，因为虽有俄国形式派底教训，它不把自身关闭在艺术底范围中，却自始，尤其在意大利，就使自身和政治的与社会的事件相连属。

未来主义在艺术中反映在【十九世纪】九十年代之中开始，在世界大战中沉没的历史的发展。资本主义社会经过了二十年无比的经济的兴旺，这个毁去了财富与权力底旧观念，造成了可能与不可能底新标准，并且迫使人民向着新的开拓。

同时，社会运动正式地在昨日的机械习惯中讨生活。武装和平，及其外交底补钉，中空的议院制度，建在安全瓣与制动机制度上面的内政外政，这一切都沉重地压在诗歌上面，当充满累累电气的空气预示迫近的大爆发的时候。未来主义是这一切在艺术中的"预兆"。

在历史中反复不止一次的一种现象，被人看出了，就是，没有任何特别程度精神文化的退化国度，在它们底观念学中更辉煌而且强烈地反映进化国度底收获。这样，十八与十九世纪的德国思想，反映英国底经济的收获，和法国底政治的收获。同样，未来主义得到它底最辉煌的表现，不在美国或德国，却在意大利和俄国。

除建筑外，仅在最后的分析上，就是到技术是一切文化建筑底基础这限度，艺术才建基于技术上。艺术，尤其文字的艺术，对于物质的技术之实际依赖是不重要的。一首歌咏高耸云霄的建筑物，可驾驶的气球和潜水艇的诗歌，可以在俄国某省底僻远的角落里，在黄纸上，用破铅笔头子写出来。要燃起那一省底活泼的想象，即使高耸云霄的建筑物，可驾驶的气球，和潜水艇是在美国，也尽够了。人类的字是一切物质中最活动的。

未来主义在资产阶级艺术底漩涡中发生，并且不能别样发生。它底凶猛的敌对性，一点也反驳不了这个。

知识阶级的人是极端地异常丰裕的。同时，每个被承认的艺术派别，是受酬颇佳的派别。它被有许多小顶子的官们所率领。通常这些艺术官把他们那派底方法发展到最精致的地步，同时他们也把全数火药供给用尽。于是某种客观的变迁，如政治的起事或社会的风暴，激起了文学的狂放之士（Bohemia），青年人，到从军年龄的天才们，他们诅咒着饱足的，卑劣的资产阶级文化，秘密地为自己梦想一些小顶子，并且还要镀金的呢，假如能够。

当考察家解释初期未来主义底社会性，并且给其对资产阶级的生活与艺术之凶猛的反抗一种决定的要义时，他们简直不十分知道文学趋势史就是了。法国的罗曼派，和德国的一样，刻毒地谈论资产阶级的道德与平庸生活。不仅如此，他们留长头发，飘动着称着新鲜的脸面，并且加资产阶级以奇羞，加提尔（Theophile Gautier）①穿上一件惊动人的红外衣。未来主义者底黄外衣，无疑地是这罗曼派红外衣底一个侄孙女，那红外衣多对于许多爸爸们和妈妈们曾引起了那样的恐惧。如人所知，随着罗曼主义底红外衣或长头发底叛乱的反抗之后，没有什么大变动，并且资产阶级的舆论平安地采取了这些绅士的罗曼作品，还在学校教科书中推崇他们哩。

将意大利未来主义底动力，及其对革命的同情，与资产阶级底“颓废”性作对照，是太憨了。人不应当把资产阶级看成一只衰微的老猫。不然，帝国主义这野兽是大胆的，随机应变的，并且还有爪。或者一九一四底教训已经忘记了吗？为着它底战争，资产阶级大量地用去了那些因其天性而命定饲养反抗的心情和感情。在法兰西，大战被烘托为大革

① 现译名戈蒂耶（1811—1872），法国诗人，提倡“为艺术而艺术”，抵制了浪漫主义诗歌中“自我”过度扩张和感情无限流露的倾向以及当时“为人生而艺术”的文艺思潮。（引自《中国大百科全书·外国文学卷》）——编注

命工作最后的完成。交战的资产阶级没有真个在别的地方布置革命吗？在意大利，干预论者（即赞成干预大战者）是“革命家”，即共和党党员，同济会会员，社会的狂妄爱国派，和未来祇。最后，意大利法西斯主义没有用“革命的”方法，藉着使民众与群众动作，藉着锻炼并且武装他们，而得到权力吗？意大利的未来主义沉没在法西斯主义底急流中，不是一件偶尔的事，不是一种误会；它是完全和因果律一致的。

俄国的未来主义在其中产生的社会，已经经过了攻击牧师拉司普丁[①]的预备阶段，并且预备着在一九一七年二月（此系按俄旧历，按新历为三月。）底平民主义的革命。这个给与我们底未来主义几种优势。它促住了运动底，动作底，攻击底，和在那时还暧昧的破坏底拍节。它从事寻求阳光中地方的斗争，较之以前一切派别都更锐敏，更果决，更热闹，这是和它底活动者的心情和见解一致的。实在，年青的未来派不进工厂和制造厂，但是他在咖啡馆里喧闹，在音乐架上磕拳头，他穿上一件黄外衣，他画脸谱，并且用拳头暗暗地示威。

在未来主义有时间摆脱孩子气的习惯，摆脱黄外衣，摆脱过度兴奋之前，在它能被正式承认，即造成一种风格可被接受，在政治上无害的艺术派别之前，俄国的劳动者革命脱离羁绊了。无产阶级之攫得权力，在未来派还在被迫害的时期将它捉住了。光这个事实就将未来主义推向新的生活主人了，尤其因为未来主义底哲学，即其对旧价值之无敬意及其动力，使未来主义较易于接近革命。但是未来主义将它底社会原始——资产阶级的狂放之士——底特点，带进了它底发展底新时期中。

在文学的先锋队中，未来主义正和现日的其他任何文学派别一样，是诗的过去底一种产物。说未来主义使艺术脱离了资产派底千年的桎梏，

① Gregary Rasputin 于一九〇七年继法国非力（Philippe）之后而得幸宠。尼古拉第二诸事多听参命处于其后，而后又唯拉司普丁之命是听，所以他在政治，教堂，和公众事业中作出许多恶行。后被预苏坡夫王子（Prince Yusupov）杀死。

是很便宜地估价了一千年。未来派底诀别过去，排除普希金（Pushkin），完结传统等口号，当向旧的文学阶级，向知识阶级关闭起来的地域叫的时候，有一种意义。换句话说，仅在未来派忙着砍那把他们缚在资产阶级文学传统底牧师们身上的绳索时，它有一种意义。

但是一向无产阶级叫，这口号底无意义就即刻变得显然了。劳动阶级不必，也不能诀别文学传统，因为它不在这种传统底掌握中。劳动阶级不知道旧文学，它还要得和它密谈，它还要得学会普希金，吸收他，并且因而胜过他。未来派底诀别过去，毕竟不过是知识阶级底关闭起来的世界中一种风暴而已，这知识阶级在普希金，费特（Fet）①，屠采契夫（Tiutschev）②，勃留索夫（Briusov），巴尔茫特（Balmont）③，和勃洛克上面生长起来，并且是被动的，不是因为他们受了对过去的形式之迷信的崇拜所传染，却是他们底灵魂中没有东西要求新形式。他们简直就没有东西说。他们用稍新一点的字重行歌咏旧感情。未来派推开他们，作得不坏。但是不必从推开的动作造出一条普遍的发展律。

一种狂放的虚无主义存在在夸张的未来派的否认过去中，但不是无产阶级的革命主义。我们马克斯主义者生活在传统中，但我们不因此就不再成为革命者。我们精造并且生活过巴黎公社④底传统，甚至在我们底第一次革命之前。于是一九〇五底传统加入了那种传统，我们用这些滋养我们自己，我们用这些预备第二次革命。再向前推，我们使巴黎公社

---

① 费特 Фет（原名申宁，Шеншин），阿法纳西·阿法纳西耶维奇（Афрнасий Афанасьевич，1820—1892），俄罗斯诗人，60 年代拥护“为艺术而艺术”的理论。——编注

② 久特契夫，费奥多尔·伊万诺维奇（Тютчев Иванович，1803—1873），俄罗斯诗人，长期从事外交工作。政治上信仰泛斯拉夫主义。——编注

③ 巴尔茫特，康斯坦丁·德米特里耶维奇（Балмонт，Константин Дмитриевич，1867—1942），俄罗斯象征派诗人，美学家，翻译家。——编注

④ Paris Communue 是普法战争（一八〇七——八七一）普军围巴黎时，巴黎的武装自卫的劳动者所组织的独裁的政治机关，三月十八日成立，五月二十日因城陷而解体。

与一八四八底六月天[①]，并与法兰西大革命相连。在理论方面，我们，借着马克斯，使自身根据赫格尔（Hegel）和英国的古典的政治经济。我们受过教，我们在有机的时期进入斗争，并且我们生活在革命的传统上。在我们眼前产生的不止一种文学趋势，它向“资产派”宣告无怜惜的战争，并且看我们不十分完全。正如风时常转到自己底圈子里一样，这些文学革命者和传统破坏者还要走到“亚克德美”里面去。十月革命对于知识阶级，包括它底文学的左翼，显得是它所知道的世界——即它为创造新派而时时与之诀别，但是又常常回到那里的世界——底完全毁灭。对于我们，正相反，十月革命显得是一种熟悉的，内在地消化了的传统底具体化。从我们理论地加以否认，实际地加以颠覆的世界中，我们进入了我们已经熟悉的，有如一种传统和幻象的世界。这里有着共产党——政治的革命者——与未来派——革命的形式改革者——之间的心理学类的冲突在。这是他们误会底源泉。麻烦不在于未来主义“否认”知识阶级神圣的传统。反之，却在于它不觉得自己是革命的传统的一部分。我们一步一步地走进革命，未来主义却陷入革命中。

但是境遇一点也不是无希望的。未来主义将不退回“到它底圈子”内，因为这圈子不再存在了。这种并非重要的环境使未来主义可能有一种再生，可能进入新艺术，不是作为一种决定一切的潮流，却是作为一种重要的组成的成分。

俄国的未来主义被下列几种元素所组成，这些元素是完全彼此独立的，并且时常矛盾：很被古代底的所浸染的语学的建设和设想，如克里白尼柯夫（Khlebnikor），克卢契尼克（Kruchenikn），这无论如何是在诗底范围以外的；一种诗学，即关于方法及造字历程的学说；一种艺术哲学，

① 一八四八年欧洲普遍爆发革命，二月的巴黎工人起义推翻了路易·菲立普的第二帝国，但是政权落在资产阶级共和派手上。六月工人再次起义，反对资产阶级共和政府，遭加魏雅克将军的残酷镇压。——编注

其实是两种整个的哲学，其一是形式主义的，如雪克罗夫司基（Shklovsky）[1]，其二是更为马克斯主义的，如阿瓦陀夫（Arvatov）[2]，褚沙克（Chuzhak）[3]等；最后，诗底自身，活的作品。我们不把他们底文学的傲慢看为一种独立的元素，因为它大体是和这些基本元素之一相合的。当克卢契尼赫说Dir，bul，tschil，这些无意义的缀音，比全部普希金含有更多的诗时（或与这有相等效果者），是一种介乎语学的诗学，与坏态度的傲慢之间的东西。在较清醒的形式中，克卢契尼克底意思也许是说，以Dir，bul，tschil底调子编制诗篇，较之普希金底诗篇编制——它曾无意地受了法语底影响——更适于俄语底组织及其声音底精神罢。不论这正确也罢，不正确也罢，Dir，bul，tschil不是一位未来派底作品底诗的节录，是显然的——所以其实是没有东西给人比较的。有人将要用这种音乐的，语学的调子写诗，而且比普希金的要伟大，也许是可能的罢。但是我们必得等待。

赫列白尼柯夫与克卢契尼克底字形，也是在诗歌之外的。它们是性质可疑的语学，在一部分上是诗学，但却不是诗。文字生活而且发展，从内面创造新字，废弃古老的字，是绝对无可置疑的，但是文字极端谨慎地而且有计算地作这件事，并且照着极精确的需要。每个大时代给予文字一种动力。文字匆匆地吸收一大些新字，于是以自己底方法重行注录它们，将生疏的与不必需的全行扔弃。赫列白尼柯夫和克卢契尼克从现存的语根中造出十个或百个新的引伸的字来，可以有一种语学的趣味；

---

① 雪克罗夫司基，维克多·鲍里索维奇（Шкловский，Виктор Ъорисович，1893—1984），作家，文学研究家，积极参与诗的语言理论研究协会活动，成为形式学派理论家之一，1917年加入社会革命党，1922—1923年一度流亡，后从事文学和理论活动。——编注

② 阿瓦陀夫，鲍里斯·伊格纳季耶维奇（Арватов，Борис Игнадьевич，1867—1942），文学艺术研究家，无产阶级文化活动家，烈夫派理论家之一。——编注。

③ 楮沙克（Чужак，原名纳西莫维奇，尼古拉·费奥多洛维奇，Насимович，Николай Федорович，1876—1937），俄罗斯文学评论家，政论家。他提出的“艺术就是建造生活”理论将艺术家的职能归结为生产“物件”。——编注

它们可以，在某种虽然很中庸的限度上，使活文字，甚至诗的文字容易发展，并且预谋一种语言演进可以更有意地加以指挥的时期。但是就这种工作，其性质附属于艺术，是在诗歌之外的。

对于超理智的诗歌的声音，人用不着陷入虔诚崇拜的情态，这诗歌像是文字的乐阶和练习，对于学生有用，对于演说台却是完全不适当的。无论怎样，以“超理智”的练习替代诗歌要闷死诗歌，是十分显然的。但是未来主义将不顺着这条路走。玛雅科夫司基，无疑地是一个诗人，大体是从标准字典里选取他底字，很少从赫列白尼柯夫或克卢契尼赫，时间前进，玛雅科夫司基使用任意的字形和新字也就逐渐稀少。

烈夫[①]派底理论家们所引起的关于艺术与机械工业，关于艺术不是修饰生活，而是创造生活，关于文字发展及系统的造字之有意的影响，关于拿生物机械学作为人底活动底教育，以最大的理智因而是最大的美底精神，这些问题，从建设社会主义文化底眼光看，都是极端重要而且有趣的。

不幸，烈夫以一种乌托邦的宗派热渲染这些问题。就是当他们正确地划出在艺术或生活中的一般的发展趋势时，烈夫底理论家们预期历史，而把自己底计划或药方与现在的历史相反背。他们因此没有到未来去的桥梁。他们使人想起无政府主义者，这些人预期着未来的无政府，而使他们底计划，与政治，议院，和几种其他的现实——这些东西，现在的邦舟一定要（自然是在他们底想像中）扔之于船外——反背。因此在实际上，他们还没有摆脱了尾巴，就埋住了鼻子。玛雅科夫司基用复杂的有韵的诗，证明诗与韵是多余，并且允着写数学公式，虽然我们有数学家作那种事。当热情的实验者米尔禾得（Meyerhold）[②]，舞台上的凶猛的

---

① Lef 是连 Levy front iskustv 的头字而合成者，意思是文艺底左翼战线。

② 米尔禾得，弗谢沃洛德·埃米利耶维奇（Мейерхольд，Всеволод Эмильевич，原姓卡尔·特奥多尔，Карл Теодор，1874—1940），俄国导演、演员、戏剧革新家，见解常与斯丹尼斯拉夫斯基的主张相左。他主张戏剧演出与现实生活打成一片，反对矫揉造作的演技。1940 年被指控为英、日间谍而遭处决。1955 年平反。——编注

别林司基，在舞台上演出他教给在对话上不行的演员们的半有律的动作，并且称之为生物机械学的时候，结果是——小产的。将那只能作为未来底不可分开的一部分才能发展的东西，从未来里撕下来，并且匆匆地在现日的饥荒中，在冷的舞台足光前，与这种部分的提前办理以形体，不过是造成一种乡土的享乐主义底印象而已。没有什么东西比乡土气和享乐主义对于新艺术更为仇对。

新建筑将要被两个半部所组成；一半是新问题，一半是运用新旧材料的新的专门方法。新问题将不是建筑一座庙宇，一处城堡，或一所私人住宅，却是建筑人民家室，民众族馆，公用地，社会房舍，或面积广大的学校。在建筑预备了解决它底问题的时候，材料及使用材料的方法要被国家底经济情况所决定。从未来中撕下建筑的建设，不过是伶俐的，个人的独断就是了。不过，一种新形式是不能和个人的独断调协的。烈夫底作家们自己正确地指出，在机械工业为非个人的消费者生产的地方，新形式发展。电话机器是新形式底一例。睡车，地道里的车站和楼梯，升降机，这一切都无疑地是新形式底元素，正如铁桥，覆盖的市场，高耸云霄的建筑物，起重机一样。所以在实际问题及解决这问题的稳重工作之外，人不能够创造出一种新的建筑形式来。用演绎法，从无产阶级底天性，及其集团主义，活动主义，无神主义等，推出这末一种形式的努力，是最纯粹的唯心主义，并且所给予者，除自我底巧妙表现，独断的譬喻主义，和同样的旧的乡土的享乐主义之外，任什么也没有。

烈夫底错误，至少是它底几个理论家底错误，当他们下艺术要与生活混合的最后通牒时，在最概括的形式中显示给我们。艺术与社会生活底别方面分离，是社会之阶级组织底结果，艺术底自满性不过是艺术变成了特权阶级底财产这事实底反面，将来的艺术演进，要沿着逐渐与生活混合，即是与生产，民众的假日，和集团的群众生活混合这条路走，都是无可辩驳的。烈夫明白这个，并且为之解释，是好的。但是当他们在现日的艺术基础上下一道短时的最后通牒，当他们说，离开你底“旋盘”并且与生活混合这时候，却并不好。换句话，他们底意思是说，诗人，画家，雕刻家，演剧者，一定要停止思索，停止写真，停止绘画，停止雕刻，停止在舞台足光前说话，一定要把他们底艺术直接带进生活。但是怎样呢，在何处呢，并且从什么门呢？自然，人可以庆贺要将韵律声色尽量带进民众的假日，集会，赛会的各种尝试。但是人至少要有一点历史的眼光，好明白在我们现日的经济的和文化的贫穷，与艺术和生活混合时期——即是达到生活将全被艺术造成那种地步的时期——这二者之间，将要经过不止一世代的时光。好也罢，坏也罢，“旋盘似的”艺术还要存留许多年，并且将要成为民众底艺术的与社会的发展工具，并成为他们底美学底享乐，而且不仅绘画的艺术是如此，抒情诗，长篇小说，喜剧，悲剧，雕刻，和谐乐也一样。因为反对过去几十年的冥想的与印象主义的资产阶级艺术，而否认艺术是描摹和反照知识的方法，是从正在建设新社会的阶级底手中夺去它底最重要的武器。说道，艺术不是一面镜子，却是一把锤：它不反照，却创造。但是在现在，就是教拿锤的事，也要借助于镜子，它是记录一切动作的锐感的软片。摄影与电影摄影，因其写实之被动的正确，在劳动方面渐变为重要的教育工具了。假如在修整自己的时候没有一面镜子都不行，那末，没有在文学的“镜子”中看见自身，人怎能改造自己，或自己底生活呢？自然没有人谈论一面准确的镜子。没有人甚至想到要求新文学有一种镜子似的被动性。文学越深，就越被创造生活的欲望所浸染，就越能扼要地，动地，“描绘”生活。

“否认经验”，即否认文学中与舞台上的个人的心理，是什么意思呢？这是知识阶级底左翼反对契可夫派底被动的写实主义，和反对空幻的象徵主义的一种过时的，残生很久的反抗。假如《瓦涅舅父》[①]底经验已失去了一点新鲜气——这罪过确实发生了——那末，瓦涅舅父不是独一的有内在生活的人，也是同样真确。艺术用什么方法，根据什么，以什么名，不理会在建造新的外在世界，因而在再造自身的今人底内在生活呢？

① 契诃夫名剧。——编注

假如艺术将不帮助这个新人去教育他自己，增强并且陶冶他自己，那末，艺术是为什么呢？并且假如艺术不透入而且描摹内在生活，它怎能组织它呢？此地未来主义不过重述它自己底 ABC 就是，这些现在完全是在时代后面了。

关于有组织性的生活也可以如此说。未来主义作为对于寄生在生活上面的，琐细的写真主义者底艺术之反抗而兴起。文学在律师，学生，多情的太太，州县的文官，及他们底所有感情，悦乐，和悲哀底停滞的小世界中，窒息而且变呆了。但是，人应当把反对寄生于生活的反抗弄到这种地步，以至使文学离开人类生活底环境与形式吗？假如未来主义对浅薄的写实主义的反抗有其历史的辩证，那不过是因为她、它为新的，艺术的生活再造留地步，为在新的中枢上的破坏与建设留地步就是了。

奇怪，否认绘画生活是艺术底任务，而烈夫指布里克（Brick）[①]底《奈坡勃兹奇查》不同道者（Nepoputschitisa 意云）为散文模范。要不是以几乎是共产党的《交易所报》[②]的形式写出的生活底图画，这作品是什么呢？麻烦不在于共产党这里没有被绘画得甜如糖，或硬如钢，乃是在于在著者与其所绘画的庸俗的环境之间，连一寸视线也没有。但是要艺术既能变形，又能反照，在艺术家与生活之间一定要有大距离，正如革命家与政治的现实之间有着距离一样。

回答反对烈夫的批评——它是凌人甚过服人的——注重了烈夫仍然是不断地在追寻这一点。无疑的，烈夫所追寻的比所找得的多。但是党（指俄国共产党）所以不能作其被坚持规劝它作的事，并且不能推崇烈夫或其中确定的一派为“共产主义的艺术”者，这并不是充分的原因。不能推崇追寻，就正同不能拿一种未实现的发明去武装军队一样。

---

① 布里克，奥西普·马克西莫维奇（梅罗维奇）（Брик，Осип Максимович（Меерович），1888—1945），俄罗斯文学研究家和评论家，诗歌语言研究协会组织者之一，烈夫理论家和思想家，“社会订货”、“生产艺术”、“事实文学”理论的创建者，在创作上与玛雅科夫司基密切合作。——编注

② 革命前俄国政府底非正式机关报。颇风行一时。

但是这是说烈夫绝对地站在一条虚伪的路上，我们不能和它有任何交涉吗？不，并不如此。情况不是这样，党上对于将来的艺术问题有什么明确固定的观念，某一群体在草率地作这些。这一点也不是事实。对于作诗，剧场底演进，文学语言底革新，建筑形式等，党上没有，也不能有什么现成的决定，正如在其他方面，对于最善的肥地法，最正当的运输组织，最完全的机关枪，没有什么现成的决定一样。但是关于机关枪，运输与肥地，即刻就要实际的决定。那末，党上作什么呢？它指派某些党上的劳动者，去作考研并且精练这些问题的工作，它以他们底收获底实际结果去核验这些党上的劳动者。在艺术方面，问题是既简单些，又复杂些。只要是关于应用艺术于政治，或不能允许我们底敌人有这样应用，党上是有着充分的经验，见识，决定和方略的。但是艺术底实在的发展，及其对新形式之竞求，不是党底工作之一部，也不是它所关心的事。党上不派任何人作这种工作。同时，在艺术问题，政治，技术，和经济之间，存在着某种接触点。为这些问题之内在的互相依赖，这是必需的。这是与烈夫团体相关的事。这团体玩了许多障眼法，沉没到这边，沉没到那边，并且——他们可莫要恼——干了许多理论的虚张声势。但是，在更为紧要的方面，我们不是也已经虚张过声势，并且还在虚张声势吗？其次，我们又何曾严重地试去改正理论的接近之错误，及实际工作中随声附和的狂热之错误呢？我们没有理由怀疑，烈夫团体为社会主义底利益，在严肃地努力工作，它对艺术深感兴趣，并且要被一种马克斯主义的标准所指导。那末，他们为什么以破坏开端，而不以要感化，要类化的努力开端呢？问题是一点也不怎样迫切。党上有很多时间从事检验，从事留心的感化与选择。或者我们有那么多练达的精力，使我们能这样随意浪费吗？仍是重心毕竟不在于新艺术问题之理论的造成，而在其诗的表现。关于未来主义底艺术表现，及其暗中摸索与成就，情况是怎样呢？此处甚至更少有急率与不宽容的立脚处。

现今，人很难完全否认未来主义在艺术中，尤其在诗中的收获。除少数例外，我们现日的所有诗歌，都直接或间接地受未来主义影响。人不能辩驳玛雅科夫司基对于全体无产阶级诗人的影响。构成主义①也有重要的征服，虽然一点也不在它自己规划出的方向。在构成主义者手造的书皮内不断地印出文章，论未来主义之完全无用及其反革命性。在最正式的刊物中，未来主义者的诗歌，和未来主义底最破坏的汇集，一并排印出来。无产阶级文化会被活肌筋联到未来派身上去。《镕铁炉》"Gorn"（意云大铁工厂内所用的有风箱的铁炉）②现在是以十分显然的未来主义底精神编辑的。实在，夸张这些事实底要义是没有用的，因为他们和现日大多数艺术团体一样，发生在上面的，并且暂时是浅薄的一层中，而且与劳动民众的联合很弱。但是要不看这些事实，要拿未来主义当作颓废的知识阶级③底一种说大话的发明，那就昏头。即使明天就发现未来主义底力量衰败下去的事实——我也不以为这是完全不可能的——在今日，无论怎样，未来主义底力量，比未来主义以之为牺牲而自行扩张的一切趋势，都要大些。

俄国底原始的未来主义，如我已经说过者，是狂放之士底反抗，即知识阶级底半穷苦的左翼，反对资产的知识阶级底关闭起来的，阶制似的美学底反抗。经过这诗的反抗底外层，觉到深的社会力底压迫，这个连未来主义自身也不曾完全了解。反对诗底旧语汇与句法的奋斗，不论其狂放的过度也罢，总算是反对被束缚的，和以不至被任何非固有的东西所捣乱这种眼光，而去人工地加以选择的语汇之进步的反抗；是反对以谷梗啜饮生活的印象主义的反抗；是反对在天空中变假了的象徵主义，

---

① 持这种观点的人突出人对大自然的斗争，对社会矛盾则有所忽视。他们曾提出"苏维埃的西欧主义"的口号，强调"掌握欧洲文化技术设备"的必要性。在诗歌创作上以突出"思想的优势地位"相标榜，提出"词的重负荷"原则（即要求运用与所写题材最接近的词汇来描写人和环境，并在诗中引用文件、统计数字、应用文、记录、报告等，结果诗句意义含糊，令人费解。（取自《中国大百科全书》）——编注

② 属于无产阶级文化协会的一个杂志名。——编注

③ "十月"派的纲领将未来主义，形象主义，象征主义统统称为"颓废倾向"。——编注

反对吉布司（Zidaina Hippius）及她底同类，反对开明而神秘的知识阶级底小世界中，其他一切榨过的柠檬和搜罗起来的小鸡骨头之流的反抗。假如我们细心测量搁置下来的时期，我们不能够不觉到未来主义在语学方面的工作，是如何重要与进步。不夸张文字中这种“革命”底范围，我们也一定要理会未来主义从诗中驱出许多破烂的字和短句，使它们重新充满了血，并且在不多的情况中，幸而创造了新字和短句，这些已经加入了；或者还正在加入诗底语汇，并且能够充实活文字。这不仅指单独的字，也指其在别的字中的地位，即是也指句法。在字的组合方面，如在字的创造方面一样，未来主义实在有些超过了活文字所能支持的限度。不过，在革命上也发生了同样的事；并且这是每种活的运动底“过罪”。实在，革命，尤其它底觉悟的先锋，比未来派显示出更多的自我批评，但是因为这，革命也有更多的外来的反抗，而且人可以希望，在将来也要收获得更多。过度的将要消沉而且消逝，但是在诗的文字方面所成就的基本净化了与真革命化了的作品，将要存留。

人也不能不承认并且重视在律与韵方面，未来主义底进步的与创造的作品。漠不关心的人，与那些只宽容从祖先传下来的东西的人，可以看一切未来派的革新是一件要费点心神的麻烦事情。与这相连，人可以大体提起这个问题：律与韵究竟是否必需？真够奇怪，玛雅科夫司基以有复杂的律的诗行，证明律是不必需的。纯然逻辑的接近，毁坏艺术式的问题。人决不能用理智判决这个问题，理智是超不过正式的逻辑之外的，却一定要用整个的心，这中间包含非理智的，只要它是活的，有生机的。诗不是理智的，却是感情的东西，并且人类心理，吸收了生物的律，及与集团的工作相关的律与律的结合，试要用声音，歌，和艺术的文字，在理想化的形式中，将那些表现出来。只要这种需要还是有生机的时候，更可塑，更大胆，更有变化的未来派的律与韵，代表一种更稳定，更有价值的收获。这种收获，在纯然未来派的团体之外，已经有了影响了。

在诗篇编制上，未来派底征服也正一样无可辩驳。人一定莫要忘记，一个字底声音，是其意义底听觉的辅助物。假如未来主义者曾经犯过，或者因他们拥护声音反对意义的几乎骇人的偏见而还在犯过，那不过是“左倾底儿童病”底狂热就是了，那个自然要看为新诗派底狂言而加以拒绝。那新诗派是曾以新方法与新鲜耳朵感受一切，似乎是反对文字底光滑的惯例者。自然，现在劳动阶级底不可抗的大多数，对这些问题都没有兴趣。劳动阶级底先锋队，大半都太忙了，顾不到这些问题——他们有其他的更迫切的工作。但是这里也有着明天。对于成为文化底基本器械的文字——不仅对于诗底文字，并且对于散文底文字，而且尤其散文底文字——那明天将要求留心很多并正确得多，而且练达得多并艺术得多的态度。在一定的情况之下，在其整个的具体的意义中，一个字包括不了一种概念。反之，一个字有声音和轮廓，不仅对于我们底耳朵和眼睛，对于我们底逻辑与想象也是如此。假如字是从各方面加过酌量的（关于听觉方面也可以如此说），假如它们以最有思索的方式组合起来，只有如此，借着细心选字，才能够使思想更准确。此地碰运气的方法不中用；百万分之一米突的器械是必需的。惯例，传统，习惯，和粗心，都要让路给有思想的，系统的工作。在最好的一方面，未来主义是反对碰运气者的反抗，后者造成自己的一种有力量的文学派别，并且在各方面都有很有势力的代表。

在果尔洛夫（Gorlov）底没有印行的作品中——我以为这作品对于未来主义底国际的原始之追溯，是不正确的，并且这作品违犯历史观，使未来主义与无产阶级诗歌成为一样东西——未来主义在艺术与形式方面的收获，被他很有思索与估计地总结起来。果尔洛夫正确地指出，从反对旧美学发生的未来派在形式中的革命，在理论上反映对于产生旧美学的停滞的臭生活之反抗。他并且说，这个在玛雅科夫司基，未来派最大的诗人，及他底最亲近的朋友中，引起一种反抗，反抗产生那种被弃的生活及其被弃的美学的社会制度。这些诗人所以与十月革命有机地相连着，其原因就在此。果尔洛夫底大纲是对的，但是一定要作得更准切，更明确。真的，新字与新的字的组合，新律与新韵，是必需的，因为未来主义，在其对世界的感情中，重新安排事件与事实，并且为自己建立，即是发现它们之间的新关系。

未来主义反对神秘主义，反对被动的自然崇拜，反对贵族的及其他一切样子的懒惰，反对梦幻，反对好流眼泪——拥护技术，拥护科学的组织，拥护机器，拥护有计划，拥护意志力，拥护勇敢，拥护迅速，拥护精确，并且拥护新人，他是具有着这一切东西的。美学的“反抗”与道德的和社会的反抗的连接，是直接的；它们都完全尽量地进入了左派知识阶级中创造的，新的，年青的，未驯服的一部分人——创造的狂放之士——底生活经验中。对于旧生活底限制与庸俗之厌恶，产生一种新艺术风格当作逃脱底途径，并且将厌恶这样完结了。在不同的组合中，在不同的历史的基础上，我们曾经看到知识阶级底厌恶形成了不止一种新风格。但是时常这就是终场了。这一次，无产阶级的革命在未来主义底某时期中，将它捉住了，并且驱使它前进。未来派变成了共产主义者。就因为这个事实，他们进入了更精深的问题与关系底范围，这个远超乎他们自己的小世界底限度，并且在他们底灵魂里没有十分有机地创造出来。未来主义者，甚至包括玛雅科夫司基，在他们完成为共产党的地方所以在艺术上为最弱者，其原因就在这里。他们底精神的过去，较之他们底社会的原始，更足以招这种结果。未来派没有充分学到共产主义的见地与世界态度底元素，没有到可以在文字中为它们找到一种有机的表现的地步；它们没有进入，比方说，他们底血。他们所以时常屈服于艺术的与心理学的失败，屈服于浮夸的形式和无所为的喧吵者，原因就在这里。在最革命和强制的作品中，未来主义变成形式化了。虽然如此，青年诗人别蕊绵司基①，他那末负欠玛雅科夫司基底恩惠，给共产主义的见地一种真正艺术的表现；原因是别蕊绵司基不是一个已经形成的诗人，

① 现译名别济缅斯基，亚历山大·伊里奇（Безыменский, Александр Ильич），1898—1973，苏联俄罗斯诗人，先后加入过“无产阶级文化派”、“锻冶场”和“拉普”（俄罗斯无产阶级作家联合会）等团体，被称为“共青团诗人”。——编注

当他走到共产主义的时候，他却是精神地在共产主义里产生的。

可以辩论道——而且这样辩论过不止一次了——就是无产阶级的原理与党纲，也是被资产阶级中人和民治主义的知识阶级所造成的。这里有一种大区别在。无产阶级底经济的与历史兼哲学的原理，是由客观的知识组合成的。假若那个在思想与生活上都遁世似地俭约，有锋利如剃刀的心智的细木工人白比尔（Bebel）[①]是剩余价值学说底创造者，而不是普遍受过教育的哲学博士马克斯，他要把这学说作成一种更易接受的，简单的，片面的作品罢。《资本论》中的思想，辩论，意像，与引证之丰富与繁复，无疑地显出这伟大大著作底"知识阶级者"的背景来。但是因为此地问题是关于客观的知识，《资本论》底要点，成为白比尔底财产，并且成为其他千百万无产阶级者底财产了。在诗歌方面，我们是与以意像感觉世界的历程有关系，并不是与科学底认识世界的历程有关系。生活，个人的环境，个人经验底范围，因此对于艺术的创造操一种决定的势力。以一种科学的程序，去改造人在儿童时期所吸收的感情世界，是最困难的内在工作。不是人人都能作到的。世间所以有许多人思想如革命家，而感觉如庸人者，就为着这种原因。我们所以在未来主义者诗歌中，甚至在它完全贡献于革命的一部分中，觉到一种狂放之士的气味多，无产阶级的气味少的革命主义者，其原因也就在这里。

玛雅科夫司基是一个大的，或如勃洛克所形容者，是一个绝大的天才。我们在周围看过许多次的东西，他有能力使它们变为似乎是新颖的。他处理他底字与字典，有如一个依照自己的规律去工作而不顾技艺高兴与否的大胆的匠手。他底意像，短句，和表现法，有许多已经进入了文学，并且要在那里存留一个长时期，即或不是永久地。他有他自己的造句法，自己的意像，自己的律与韵。

---

① 现译为倍倍尔（1848—1913），德国社会民主党和第二国际创始者和领导者之一。——编注

玛雅科夫司基底艺术的图形几乎常是重要的，有时是严重的。这个诗人将战争与革命，天堂与地狱，都收罗到自己的范围内。玛雅科夫司基仇视神秘主义，仇视各种假道学，仇视人榨取人；他底同情是完全在奋斗着的无产阶级方面的。他不要求作艺术底牧师，至少不要求作有原理的牧师；反之，他是完全预备拿他底艺术供革命驱使的。

但是就是在这个大天才中，或者更正确些说，在玛雅科夫司基底整个的创造的人格中，在其组成的各部分之间，没有必需的相互关系；没有平衡，甚至动的平衡也没有。在需要比例观念和自我批评力的地方，玛雅科夫司基显出最大的弱点来。

接受革命，对于玛雅科夫司基比对于任何俄国诗人都更自然，因为这是和他底全部发展一致的。许多路引知识阶级走向革命（不是一切路都引向鹄的）——因此更正确地解释而且估量玛雅科夫司基行近的路索，是重要的。有知识阶级底乡村派底路，有反复无常的“同路人”（我们已经说过他们了）底路；有神秘派，探寻较高的“音乐”者（勃洛克）底路；有“变换的标志”派底路，和不过与革命修好者——什加普司珈亚，沙金严——底路。有唯理主义者与折中派——勃留索夫，果罗得次基（Gorodetsky）[①]，又是沙金严底路。还有许多其他的路；不能都列举出来。玛雅科夫司基走最近的路，走反抗的，受迫害的狂放之士底路。对于玛雅科夫司基，革命是一种真实的，深刻的经验，因为革命带着雷与电降到为玛雅科夫司基所厌恶，并且他还没有与之和解的东西上面。这里有着他底力量在。玛雅科夫司基底革命的个人主义狂热地注进无产阶级的革命里面去，但却不与它混合。他对城市，对自然，与对全世界的下意识的感情，不是属于劳动者的，是属于狂放之士的。“从街上脱去长袜的素顶的街灯”——光这个极端为玛雅科夫司基所特有惊人的意像，比之一切可能的讨论，都更能显明诗人底狂放之士性与城市性。许多意

① 果罗得次基，谢尔盖·米特罗法诺维奇（Городецкий，Сергей Митровофович，1884—1967），诗人，轻歌剧作者，阿克梅派文学团体的创建者之一。——编注

像——尤其是属于他底创造事业底前半者——底轻侮蔑世的音调，泄露出艺术的酒馆，咖啡店，及其他一切底太显然的印痕来。

玛雅科夫司基对于革命底动力性及其严厉的勇敢，较之对与革命底英雄气，事业，和经验之民族性，更为接近些。正如古希腊人是神人一形论者，并且天真地想自然力像他自己一样，我们底诗人是“玛雅科一形论”者，他以自己的人格充满革命底场所，空场，和街衢。实在的，极端相遇。自我底普遍化，到或种限度上打破个性底限制，而从反面使人更近于集团性。但是这仅到或种限度上是如此。个人的与狂放之士的傲慢——不是与无人需要的谦恭相对，乃是与必需的事物权衡概念相对——贯彻着玛雅科夫司基所写的一切东西。他在他底作品中，时常有很高限度的动人力，但是后面却不常有力量。诗人是太显露了。他太不让事件与事实独立了，所以不是革命与阻碍战斗，却是玛雅科夫司基在文字场上作体育的游艺。有时候他实在作了奇事，但是他时常下一种英雄的努力，而举起一把中空的锤。

玛雅科夫司基步步说他自己，有时用第一人称，有时用第三人称，有时是个人地，有时使自己融化在人类里。他要抬举人的时候，他使他成为玛雅科夫司基，他冒充熟识历史中最大的事件。这是最不可宽容的，而且是他作品中最危险的东西。关于他，人不能够谈高跷或半截靴；这些撑持物太寒酸了。玛雅科夫司基一只脚站在芒布峰（Mont Blanc）①上，一只脚站在厄尔布洛司山（Elbrus）②上。他底声音压倒雷；他熟识似地待遇历史，并且与革命有亲密的关系，人还能奇怪吗？但是这是最危险的，因为到处给每种东西这末一种巨大的标准，向芒布峰和厄尔布洛司底地平线发出这样雷似的叫喊（这是诗人爱用的字），我们底世间事底比例就消灭了，就不能在大事与小事之间立出一种区别来了。此其所以玛雅科夫司基谈最亲近的事情，例如爱，就如同谈国家底移民一样。为着

① 现译为勃朗峰，阿尔卑斯山脉最高峰，位于法、意境内。——编注

② 现译为厄尔布鲁士山，在高加索，欧洲最高的山。——编注

同样原因，他不能为革命找出不同的字来。他常常对着边沿放炮，如每个炮手所知，这样放射打中鹄的的限度最小，而且更沉重地影响到炮。

真的，夸张法到或种限度上反映我们时代底狂热。但是这并不能给艺术一种整个的辩解。要叫得比大战或革命还高，是困难的，并且容易失败。在艺术中有一种权衡观念，如同在政治中有一种写实观念一样。未来主义者的诗（甚至在其最好的例子中）底主要缺点，是在其缺乏一种权衡观念；它失去了雅会底权衡，还没有找到街市底权衡。但是人必得找。假如你在街市中强勉发声，声音就要变粗厉，作尖锐声，而且破哑了，世间的印象也就要失去了。你必得用自然所给予你的声音说话，不是用比你本有的声音更高的声音。但是假如你知道怎样使用，你能够把你底声音用到最大限度。玛雅科夫司基太时常叫喊了，在他只应当说的地方；因此，所以在应当叫喊的地方，他底叫喊似乎就不够用了。诗人底动人力被叫喊和厉声毁去了。

玛雅科夫司基底沉重的意像，虽然时常很妙，也很时常分散全体，并且破坏动作。诗人自己显然觉得这个；他所以在渴望着另一极端，渴望对于诗并不自然的“数学公式”的文字者，就是为这种原因。这使人以为意像主义与未来主义（它在开始类似我们底歌咏农民的意像主义了！）所共同具有的自满的意像，在我们文化底乡村背景中有其根基。它和有福的瓦西里底教堂的关系，比和铁桥的关系更深。但是，不论对于这事历史的和文化的解释如何，玛雅科夫司基作品中最缺乏的是动作这事实，是依然存在的。这许像是一种异说罢，因为未来主义是完全建立在动作上面的。但是这里有一种不可指摘的辩证术：凶猛意像之过度，终场是静止。动作必要与我们知觉底机制和感情底拍节一致，假如要使动作艺术地，甚至物质地被人感受。一件艺术品一定要显示出意像，心情，情节，或设计之达到最高点的逐渐的生长，绝不能把读者从这一端扔到那一端，即使是使用意像底最熟练的拳术也罢。玛雅科夫司基作品底每一短句，每一表现法，每一意像，都试要成为最高点。因此，所以整“片”作品中就没有最高点了。观者觉得他一定要在各部分中消磨，全部是躲避他的。爬山是艰难的，但是值得费时间，不过要在一片犁起来的地面上散步，乏人是一样，所得的欢乐却少得多。玛雅科夫司基底作品没有高峰；它们不是内在地受过训练的。各部分拒绝服从全体。每一部分总要分离开。每部分发展自己的动力，不顾及全体底福利。它所以没有全或动力者，原因就在这里。未来派在他们底作品中，还没有找到一种字与意像底综合的表现。

《一亿五千万》是被假设为革命诗的。但并不是。这作品（在设计上是大的）底全体被未来主义底弱点和缺限所吞噬。作者要写一篇民众痛苦，民众英雄气，一亿五千万伊凡底非个人的革命的叙事诗。而且作者没有签署。“没有人是我这首诗底作者。”但是这种不为个人所有的情形，也没有将情况改变。这首诗是极其私人的而且个人的，在这形容词底坏的意义上。它含有太多的无目的的艺术底任意。这首诗有这些意像：“威尔逊（Wilson）[①]在脂肪中游泳”，“在支加哥每个居民都有一个将军底尊号，至少”，“威尔逊狼吞虎咽，发胖了，他底肚子一层层长起来”，——和其他类此的东西。这类意像是很简单而且很粗陋的，但是一点也不通俗；无论如何，它们不是属于现日民众的意像。劳动者，至少要读玛雅科夫司基底诗的劳动者，看过威尔逊底照相。威尔逊是瘦的，虽然我们可以毫无含糊地相信他吞咽足量的蛋白质和脂肪。劳动者也读过神阿莱尔（Upton Sincliar）[②]知道在支加哥，除“将军们”之外，还有屠宰场劳动者。不论它们高的夸张法如何，人在这些无目的的，原始的意像中，觉到一种语言单纯气，成人对于儿童所使用者。从这些意像向我们注视的简单，不是来自大的，全盘的，普遍的想像，却是来自狂放之士的呆愚。威尔逊有一个梯子——“假如你步走，从年青时开始，你老的时

---

① 第一次世界大战时任美国总统，俄国十月革命后，曾对苏俄进行武装干涉。——编注

② 现译为辛克莱，1878—1968，美国作家。他曾对芝加哥的劳工情况进行调查并于1906年写成长篇小说《屠场》，揭露芝加哥肉类加工厂恶劣的劳动条件。——编注

候怕也走不到头!”伊凡接近威尔逊，“世界阶级斗争的竞技（!）”发生了，威尔逊有“带四个扳机的手枪，和一把七十个锋利剑头的剑”，但是伊凡有“一只手，又一只手，而且一只是插在袋子里的”。一手插在袋里，没有武装的伊凡反对武装着手枪的不信者，是一种旧的俄罗斯的主题！不是伊里亚·毛罗米慈（Hya Muromeiz）[①]在我们面前吗？或者也许是赤脚前进反对机灵的德国机械师的呆子伊凡罢。威尔逊用剑刺击伊凡：“他在他身上砍了四俄里长的伤痕。……但是一个人突然从受伤者那里爬出来。”其他等等，同样的货色。这些原始的民歌与童话是多末不是地方，尤其是多末轻浮，当匆匆地使之适合于支加哥的机器和阶级斗争的时候。这一切都是要成为伟大的，但是其实不过是角技的，一种很不稳妥的角技，一种用空涨的球作出的滑稽模仿而已。“世界阶级斗争底竞技!”竞——技！自我批评，你到那里去了？竞技是一种假日的赛会，很时常是和骗术相连的。意像和字眼在此地都是不适宜的。不是一亿五千万人底真正伟大的斗争，却是民歌底滑稽模仿，和民歌似的角力场里的竞技。滑稽模仿不是有心的，但是这并不使它轻松些。

无目的的，即不是内在地制造出来的意像，将观念丝毫不留地吞噬了，而且艺术地并政治地破坏概念。为什么伊凡把一手放在袋里反对剑和手枪呢？为什么这样藐视技术？伊凡不如威尔逊武装得好是真的。他所以一定要用两只手工作者，正为着这种原因。假如他不被击跌倒，那是因为在支加哥有将军，也有劳动者，并且因为这些劳动者中大多数是反对威尔逊，赞助伊凡的。但是这首诗并没有显示出这个来。在穷追着假设地是纪念碑的意像时，作者将它底要质毁坏了。

匆匆地而且顺便地，即是没有目的地，作者将整个世界分成两个阶级：一方面是威尔逊，飘浮在脂肪中，和他一同的是银鼠皮，海狸皮，和大的天上的星星，另一方面是伊凡，和他一同的是轻便外衣，和天河底民众。“向着海狸皮，是全世界衰落底小诗行，向着轻便外衣，是未

---

① Ilya Murometz，俄国传说中的英雄，如中国武松之流的人物。

来派底铁的诗行。”但是就全体说，这首诗虽有表现法之丰富，和很少的强壮敏捷的诗行和灿烂的意像，它真没有为轻便外衣的铁的诗行。这是因为缺乏天才吗？不是，是因为缺乏用神经和脑子造出来的革命底意像，对于这意像，文字底技艺是附属的。作者扮演强壮者，抓住又扔开一个意像，于是抓住又扔开另一个意像。“我们要得完结你，罗曼主义者的世界！”玛雅科夫司基示威。这是对的。【龚察洛夫底】阿白罗茂夫（Oblomov）[1]与托尔斯泰底克拉台夫（Karataiev）[2]底罗曼主义。人必得使之完结。但是怎样呢？“他老了——杀掉他，用他底脑壳作一个骨灰盘。”

但是这是最真实而且最消极的罗曼主义！脑壳作出的骨灰盘是不适宜而且也不卫生的。并且其野蛮毕竟是……无意义？因为这末不自然地使用脑壳骨，诗人被捉到罗曼主义中了；无论怎样，他没有造成他底意像，也没有统一他底意像。“把全世界底财富都装进袋里！”以这样亲热的口调，玛雅科夫司基说社会主义。但是装进袋里云者，是将财富下自己口袋，像一个贼似的。当这事实是由于集团地没收土地和工厂才发生的时候，这些字眼是适当的吗？是可惊地不适当。作者使用这样粗俗字，是要能够与社会主义和革命作同党。但是当他亲热地“在肋骨下”戮一亿五千万人的时候，这并不使诗人长到伟大的尺度，不过使伊凡缩到一书页底八分之一而已。亲热一点也不是内在的亲密之表现，因为它时常不过是政治的或道德的不洁底证据。内在发展的与革命的联结，要排除亲热的口调，而且要产生德国人所谓的疏远底动人力。

这首诗有惊人的诗行，大胆的意像，和很伶俐的字眼。最后的“和平底胜利的安魂诗”，大概是最有力量的部分罢。但是全体受了致命的打击，因为缺乏内在的动作。没有使抵牾凝结，以便在以后使之分解。这里是一首关于革命而缺乏动作的诗！各意像分离着生活，它们彼此互相

---

① 龚察洛夫小说《阿白罗茂夫》底主人公。

② 《战争与和平》中的人物，一个有哲学头脑的农民，托尔斯泰借他的嘴说出了他所主张的不抵抗主义。——编注

抵牾驱逐。各意像之相敌对，不是从历史的材料发生的产物，却是不能与革命的人生哲学有内在的和谐之结果。不过，当人不无困难地将这首诗读到底的时候，他向自己说：假如有权衡与自我批评，用这些元素能作成一件伟大的作品！或者这些基本的缺点不能拿玛雅科夫司基个人的性格去解释，只能拿他在孤离的小世界中工作这事实去解释；没有什么东西像生活在小团体中那样仇对自我批评和权衡。

玛雅科夫司基底讽刺的东西，也是不能精透到关系与事物底要质里面去的。他底讽刺是新奇而且浅薄的。要成为一个有意义的讽刺画家，光会使用铅笔是不够的。他所显示的世界，对于他自己一定要是彻头彻尾，里里外外都熟悉了的。撒尔对珂夫（Saltikov）①很熟悉官吏与贵族！近似的讽刺画（唉，苏维埃讽刺画百分之九十九都是如此）好像是一颗离鹄的只有一指宽，甚或只离一发的弹丸；它几乎打中鹄的了，但是仍然没有打中。玛雅科夫司基底讽刺是近似的；他从旁边的新奇观察，没有中鹄的，有时离一指宽，有时离一整巴掌宽。玛雅科夫司基正正经经地以为"可笑的"东西能够自其体质中取出，而且整理成一种形式。在他底讽刺集底序子中，他甚至提出"笑底大纲"来。假如读这个"大纲"有什么能引起一种难为情的微笑，那就是在这个笑底大纲中，绝对没有可笑的东西这件事。但是即使有人能作出一个"大纲"，比玛雅科夫司基所作的更可乐，被中了鹄的的讽刺所引起的笑，与因文字的搔痒而发出的格格的笑，这二者之间的差别是不至消灭的。

玛雅科夫司基从产生他的狂放之士阶级兴起，达到异常重要的创造的收获。但是他在其上提起自身的杆，是个人的。这诗人反抗他底生活环境，反抗对他底生活——尤其他底爱——放置在其中的物质的与道德的依赖；他苦痛，并愤慨夺去他底爱人的生活底主人，他求援于革命，并且诉之于一种预见，即是不给玛雅科夫司基底个性以自由的地方的社

---

① 现译名为萨尔蒂科夫，M.E.，1826—1889，笔名尼·谢德林，后署名萨尔蒂科夫·谢德林，杰出的讽刺作家。——编注

会，革命将要降到它上面。究竟，他底诗《裤中的一朵云》，写未偿之爱的诗，是在艺术上最重要，在创造上为最大胆而且最有希望的作品。这末一种有大力量，有独立形式的东西，是一个二十二三岁的青年所作，甚至是难于相信的。他底《战争与和平》，《神秘者滑稽歌剧》，《一亿五千万》弱得多，原因是此处玛雅科夫司基离开他个人的轨道，而且试要进到革命底轨道里去。人可以庆贺诗人底努力，因为大体上他没有别的路了。《关于这个》又回到个人恋爱的主题，但是在《一朵云》之后好些步，并不在它前头。只有他底较宽广的理解，及一种更深的艺术的集子，帮助他保持他创造的平衡立在高得多的水平线上。但是人难免看出，他有意地转向一种新的而且主要地社会的方向，是一件很难的事情。玛雅科夫司基底技术，在这些年中无疑地变得练达多了，但是也更为固定了。《神秘者滑稽歌剧》与《一亿五千万》有奇妙的诗行，也有充满了修词的及文字的走紧索的致命的失败。有机的性质，真诚，及我们在《一朵云》中听到的自内而来的呼唤，都不在那里了。"玛雅科夫司基在重复他自己"，有些人说；"玛雅科夫司基把他自己写尽了"，别的人们说；"玛雅科夫司基变成官样的了"，又有些人恶意地说。但是，是这样吗？我们太急于发悲观的预言了。玛雅科夫司基不是一个青年了，但是他还年青。不过我们莫要不顾他面前的路途底艰辛。从《一朵云》中像活泉一般跃出的创造的自然流露，是不能够再得到的。但是人用不着惋惜这个。像泉一般飞耀的年青的天才，在较为成熟之年就要被自信的练达所代替，这不仅宣示文字底练达而已，而且宣示宽广的历史的与经验的领会，及对于有生命的集团的和个人的力量，观念，态度，和热情等底机制，有一种透解。这样成熟的技艺，与社会的享乐主义，叫喊，自敬之缺乏，和厌烦人的吹嘘，用左手玩天才又用右手从知识阶级底咖啡馆里玩把戏等等，是不能携手并行的。假如诗人底危机——是有这末一种危机的——将被明晓特殊的与一般的那种聪明的见识所解决，那么文学史家将要说道，《神秘者》与《一亿五千万》不过是在转向创造的高峰时一种不可避免的，暂时的衰落而已。我们诚心希望玛雅科夫司基给未来历史家下这种结论的权利。

当人拆断一只手或一条腿的时候，骨头，腱，筋肉，动脉管，神经和皮肤，不一齐破折，以后它们也不一同生长，也不同时痊愈。同样，在社会生活底革命的破裂中，在社会底观念学及其经济的组织方面，没有同时的或准合的发展。革命所需要的观念学的前提，是在革命之前造成的，从革命得来的最重要的观念学的推论，在多时以后才出现。用类推与比较将未来主义与共产主义作为一样东西，因而推论未来主义是无产阶级底艺术，这就太鲁莽了。这样要索是必得拒绝的。但是这并不表示对未来派底作品有一种轻视的态度。依我们底意见，他们是新的，伟大的文学之造成中一种必需的连锁。但是他们要显得不过是其演进中一个重要的枝叶就是了。要证明这个，人必得更具体地，更历史地接近问题。回答说他们底作品超过了民众底头这种责难，他们说马克斯底《资本论》也是超过民众底头的，这时候未来派在他们那方面是对了。自然，民众在文化与美学上都没有预备，而且将来只能缓缓地升起来。但是未来主义所以超过他们底头，这不过是其原因之一。还有别的原因。在其方法与形式中，未来主义在自身上带着那个世界底，或者还不如说，它在其中产生，而直到现在还没离开的（心理地，不是逻辑地）那个小世界底显然痕迹。脱去未来主义底知识阶级底外衣，正像使形式与内容分离一样困难。并且这样事要发生的时候，未来主义要经过这末一种质的变迁，就是它要不再成为未来主义了。这是将要发生的，不过并不在明天。但是就在现在，人也可以确定地说，未来主义中有许多东西将要成为有用，而且要用以提高并复活艺术，假如未来主义要学着自立，一点不像在革命初期似的，想法使政府判断自己是官式的。新的形式一定要独立地为自己找入路，走进劳动阶级中进步分子底意识里面去，当劳动阶级文化地发展着的时候。没有柔顺的同情空气围绕着，艺术是不能生活也不能发展的。在这条路上，并不在其他的路上，复杂的相互关系之进展，是在前面的。劳动阶级底文化的生长，将要援助而且影响胸中真有抱负的革新者。在一切小团体中难免要显出来的形式拘泥将要消逝，而且从有生命的萌芽中将要出来新鲜的形式，谋新的艺术工作之解决。这历程第一包含物质文化底积蓄，兴旺底生长，和技术底发展。没有别的路。正经地以为历史将不过保存这未来主义者底作品，待到多年之后民众已经成熟的时候，再将这些供应他们，是不可能的。这自然要成为最纯粹的过去主义了。当那样时期（并非即时的）将要到了的时候，劳动民众底文化的与美学的教育，将要把创造的知识阶级与民众之间的鸿沟毁去，艺术将要有一种和现在不同的局面了。在那种艺术的演进中，未来主义将显得是作了一种必需的连锁。这还怎样微小吗？

第五章　诗歌底形式派与马克斯主义

——形式派与马克斯之反对。——诗歌之降而为字源学与章句法。——为艺术的艺术与唯物主义的 Dialectics[①]。——雪克罗夫司基及他人底辩论。——与反对达尔文主义的神学的辩论之类似。

丢开革命前的观念学的系统底微弱的回声不论，这些年在苏维埃俄罗斯中反对马克斯主义的唯一学说，是形式派的艺术学说。这种似非而是之论，是在于这种事实中：俄国的形式主义使自身与俄国的未来主义紧密地联合起来，而当后者在共产主义前政治地投了降时，形式主义却用所有的力量理论地反对马克斯主义。

维克托尔·雪克罗夫司基（Victor Shklovsky）是未来主义底理论家，同时又是形式派底头子。照他底学说，艺术常是自满的纯粹的形式底作品，而且这第一次被未来主义所承认。未来主义因此在历史中是第一次的觉悟的艺术，而形式派是第一次的科学的艺术派别。因为雪克罗夫司基底努力——这并非一种无关重要的功德！——艺术理论，一部分上艺

① 辩证法。下同。——编注

术自身，终于从炼丹术底情况，提高到化学底地位了。形式派底先驱，第一个艺术化学家，顺利给那些寻求到革命去的桥梁，并且试着在唯物史观中寻求这种桥梁的未来派的“协妥者”，一些友谊的拍击。这样的桥梁是不必需的；未来主义是完全够达到革命的。

在这个形式派前所以必需要略停一下者，有两种理由。一种是为形式派自身；不论形式派的艺术理论之反动性与浅薄相如何，形式主义者们底探求工作底某一部分，是有用的。另外的一种原因，是未来主义底本身；未来主义者要独占地代表新艺术的要求无论是怎样荒唐，人不能从预备着将来艺术的那历程中，把未来主义驱逐出来。

形式派是什么呢？

如雪克罗夫司基，若敏司基（Zhirmunsky）[①]，杰寇白孙（R.Jacobson）[②]及别人现在所表现者，形式派是极端傲慢和不成熟的。宣布了形式为诗底要质，这学派将其工作降低到诗底章句法与字源学之分析（主要是描述的与半统计的），降低到重复的母音与子音，组音与辞句之计算。形式派者为诗底要质或诗学的这种分析，无疑地是必需的而且有用处，但是人必须了解它底部分的，零碎的，附属的，和预备的性质。它能变成诗的技术底，和诗艺规律底一种主要元素。正如为自己列出同义字表，并增加字表上数目以扩张他底文字的键盘，对于诗人或作家是有用的一样，不仅按其内在的意义，却也按其声音而去估量一个字，对于诗人是有用的，而且是颇为必需，因为一个字首先是借着声音而由人传到人的。形式主义底方法，限于合法的限度之内，可以助人弄清形式底艺术的和心理的特点（其组织，其运动，其对照，其夸张之运用等）。这循序可以开

---

① 现译名为日尔蒙斯基，维克多·马克西莫维奇（Жирмунский Виктор Максимович，1891—1971），苏联和俄罗斯语言学家和文学研究家，苏联科学院院士，在文学领域里专攻德国和突厥民间文学。——编注

② 现译名应为雅各布逊，罗曼·奥西波维奇（Якобсон，Роман Осипович，1896—1982），苏联著名语言学家。——编注

出一条道路——许多条道路中的一条——走到艺术家对于世界的感情，而且可以使人易于发现一个艺术家，或一个整艺术派别，与社会环境的关系。只要我们是在论着一个现代的，仍在发展着的活派别，则用社会的探索法来探索它，而且弄清它底阶级的根，因而使不仅读者，连这个学派自己也能为自己定方向，即是知道自己，净化而且指导自己，在我们过渡的时期，是有着切近的要义的。

但是形式派对于他们的方法，不愿给一种仅是附属的，利用的和技术的要义，如统计学之于社会科学，显微镜之于生物科学似的。不然，他们比这过火得多了。他们以为文字的艺术，终竟而且完全以文字为终局，写真的艺术以色彩为终局。一首诗是一种声音底组合，一张绘画是一种色点底组合，而艺术底规律，就是文字组合与色点组合底规律。对于我们，社会的与心理的接近，将一种意义给予了和文字的材料相关而完成的显微镜的和统计的工作，对于形式派，不过是炼丹术而已。

“艺术常脱离生活，它底颜色，永不反映城市炮台上飘动着的旗帆的颜色。”（克雪罗夫谢司基）“对于表现——文字的群体——的适应，是诗底一种主要的元素。”（杰寇白孙，在他底《晚近的俄国诗》中）“和一种新的形式一同，来到一种新的内容。形式因此决定内容。”（克卢契尼赫）“诗者，给文字一种形式之谓，文字在自身上是有价值的”（杰寇白孙），或者如赫列白尼科夫所说，“文字在自身上就是或种东西”，等。

实在，意大利的未来主义者曾在字中寻求表现火车头，推进机，电气，无线电等的方法，为着他们自己底时代。换了话说，他们为新的生活内容寻求新形式。但是结果竟成“这是一种陈述方面的改革，并不是诗的文字方面的改革。”（杰寇白孙）俄国的未来主义是完全不同的；它将“对于文字的群体的适应”弄到终极处。对于俄国的未来主义，形式决定内容。

实在，杰寇白孙不得不承认，“一些新的诗的方法，在都会风味中（即在城市文化中）自谋施用（?）”。但这是他底结论：“因此有玛雅科夫司基和赫列白尼柯夫底都会诗。”换了话说，不是那动了诗人底视听，而且重新训练他们的城市文化，曾以新的形式，以新的意像，新的辞句，新的韵律来感兴诗人，却正相反，乃是随意发生的新形式，强迫诗人去寻求供用的材料，并且这样把他向城市方面推去了！“文字的群体”底发展，随意地从《俄狄赛》（Odyssey）[1]到《裤中一朵云》继续前进；火把，蜡烛，电灯，是与之无干的！人只消把这种观点清楚地列出来，就使得它底孩子气的不适当刺眼。但是杰寇白孙要坚持；他预先答复道，这同一的玛雅科夫司基也有这样的诗行：“离开城市罢，你们呆愚的人。”于是形式派深刻地推论：“这是什么呢，是一种逻辑的矛盾？但是让别人们捉住诗人在他底作品中所表现的思想罢。以观念与感情加罪于一个诗人，和打扮演犹大（Judas）的演员的中世纪的公众底行为，正是一般糊涂。”其他等等。

十分明显，这一切都是一个很能干的中学校的儿童所写，他有一种很显然的和十分“自重的”居心，要“将笔戳进我们底文学教员，一个著名的玄学者”。在戳笔上，我们底大胆的革新者是匠手，但是他们不知道怎样理论地或文法地运用他们底笔。这是不难证明的。

未来主义觉得了城市底暗示——铁路马车，电气，电报，汽车，推进机，夜间酒馆（尤其夜间酒馆）等底暗示，自然远在它寻得了新形式之前。都会风味（城市文化）深坐在未来主义底下意识中，而且未来主义底辞句，字源学，造句法，和韵律，不过是试要将一种艺术的形式，给予征服了意识的城市底新精神而已。而且当玛雅科夫司基宣说“离开城市罢，你们呆愚的人”的时候，这是直到骨髓都城市化了的人底喊声，他决然明然地显出他自己是一个城市的人，尤其当他在城市之外，即是当他“离开城市”，而且变为夏住所底居民的时候，这并不是以他所表现的观念与感情来“加罪”（这字眼遗漏了些什么啦！）诗人的问题。自然他用以表现那些的方法，造成诗人。但是一个诗人，毕竟用他所接受的

---

① 古希腊著名史诗，相传为荷马所作。——编注

或他所创造的派别底语言，去完成在他之外的工作。这甚至在他自限于抒情主义，个人恋爱，个人死亡的时候，也是如此。虽然各个人的诗形底微异，与个人的组成相关联，它们是和模仿与惯例相携并进的，在感情自身上，和在其表现方法上一样。一种新的艺术的形式，就宽广的历史的意义说，是应新的需要而生的。从密切的抒情诗中取一个例，人可以说，在性底生理学和一首爱情诗之间，有一种复杂的心理的传达机制底系统，在其中有个人的，种族的，和社会的元素。种族的基础，即人底性的根基，缓缓地改变。恋爱底社会的形式，改变得快些。它们影响心理的恋爱底上层组织，它们产生新的阴影与调音，新的精神要求，和对于新语汇之需要，而且这样对于诗歌献出新的要求来。诗人只能在他底社会环境中为他底艺术找材料，并且借着他自己的艺术意识，传达新的生活冲动。被都会环境改变了的，弄复杂了的语言，给诗人一种新的文字材料，并且暗示或减易新的文字组合，以便将那要努力打通下意识底黑壳的新感情或新思想，列为诗的方式。假如没有由社会变迁而产生的心理变迁，在艺术中就没有了运动；人们要一代一代地老以《诗经》底诗，或旧时希腊人底诗满足了。

但是形式主义底哲学家叱骂我们，并且说，这不过是“在陈述方面的，并非诗的文字方面的”新形式底问题而已。他在那里攻击我们！要知诗即是陈述，不过是用一种特殊的，堂皇的体裁就是了。

在自由党与“民粹派”之间，曾发生了关于“纯艺术”，和关于有一种趋向的艺术的争吵。唯物主义的 Dialectics 是超乎这个之上的；从一种客观的历史的进程底观点看，艺术常是一种社会的奴仆，并且是历史地实利主义的。它为黑暗而模糊的心情求寻必需的文字底韵律，它使思想与感情靠近些，或使它们彼此对待，它充实个人底和社会底精神的经验，它提炼感情，使之更可塑，更有反应性，它预先而且不借着聚集的经验底个人的方法，去扩大思想底容量，它教育个人，社会群体，阶级和民族。而且它作这种事，是全无论在某一情况上现在“纯”艺术底旗帜之下也罢，或在显然有趋向的艺术底旗帜之下也罢，都一样。在我们俄国的社会发展中，趋势是求与民众接触的知识阶级底旗帜。无助的知识阶级，被帝制主义压服至且剥夺了文化的环境，在社会底下层中找帮助，并且尽力向“民众”证明，它是只想着他们的，仅为他们而生活，而且爱他们爱得“可怕”。正如走向民众的“民粹派”，预备无干净的衬衣，无梳子，无牙刷也能行一样，知识阶级预备着在它底艺术上牺牲去形式底“精致”，为着要给被压迫者底痛苦和希望以最直接的和自然流露的表现。在另一面，“纯”艺术是兴起的资产阶级底旗帜，它不能公开地宣布它底资产阶级性，而同时又尽力使知识阶级供自己役使。马克斯的观点离开这些趋势很远了，那些趋势是历史地必需的，但是已经变成历史地过去的了。继续着科学的视察，马克斯主义以同样的信心，探求“纯”艺术底和有趋向的艺术底社会的根基。它一点也不以他所表现的思想和感情“加罪”诗人，却提出有深得多的意义的问题，如，一件固定的艺术品在它所有的特点上，和那一类的感情相关联？这些思想和感情底社会情况是什么？在一社会和一阶级底历史的发展中，它们占什么地位。并且更进，什么文学的遗产，进入了新形式底造成中，受什么历史冲动底影响，感情与思想底错综，将那把它们从诗的意识范围分开的壳子，给打通了？这视察可以变复杂了，琐细了，或个人化了，但其基本观念，将是：艺术在社会进程中尽辅助的职务。

每阶级都有它自己在艺术上的政策，即是有对于艺术——它是因时代而变的——提出要求的制度：例如宫廷与大公底文艺保护者似的保护，以影响个人的复杂方法来加以增补的，供与求底机械的关系，等等，等等。艺术底社会的，甚至个人的依赖性，不是隐密起来的，却是公然宣布的，只要艺术还保持着他底宫廷性质的时候。兴起的资产阶级底更宽广，更普遍的，匿名的性质，在全体上，造成“纯艺术”底学说，虽然从这学说中有许多的乖离。如以上所示，“民粹派”知识阶级底有趋向的文学，渲染着一种阶级的兴趣；没有民众底帮助，知识阶级不能加强自己，不能为自己夺得在历史中占一个地位的权利。但是在革命的斗争中，阶级自我主义翻转过来了，并且在其左翼中，取了最高的自我牺牲的形式。此其所以知识阶级不仅不隐密一种有趋势的艺术，而且宣布它，这样牺牲去艺术，正如它牺牲了其他的许多东西一样。

我们马克斯主义者对于艺术底社会的功利性，与客观的社会的依赖性的观念，当翻译成政治文字的时候，一点也不是要以训谕和命令管辖艺术之意。说我们仅把说着劳动者的艺术，看为新的和革命的艺术，是不真确的，说我们要索诗人们应该无可避免地描写工厂的烟突，或反对资本的起事，是胡说！自然新艺术不能不把无产阶级底斗争放在它底注意底中心。但是新艺术底犁，不是限制在有数的长条中的。反之，它必须在所有方向犁整个的田地。属于很小范围的个人的抒情诗，有绝对的权利在新艺术之中存在。而且，新人没有一种的新抒情诗，是不能造成的。但是要创造新的抒情诗，诗人自己一定要用新方法感觉这世界。假如光是基督或上帝俯就诗人底胸怀（如在阿赫玛陀瓦，茨越台耶瓦，什加普司珈亚底情形中），则这不过证明他底抒情诗是如何落在时代之后，而且这些诗对于新人是如何社会地和美学地不合适就是了。即在这种术语不是经验底残存，而是文字底残存的地方，它也显出心理的惰性，因而是和新人底意识对立的。没有人将向诗人指定主题，也没有人要指定这些。请写你们所能想到的任何东西！但是允许自以为——有理由——被唤起去建筑一个新世界的新阶级，在任何确定的情况中向你们说：将十七世纪底人生哲学翻译成实感派底文字，并不就把你们造成新诗人了。艺术底形式，在或种的和很大的限度上，是独立的，但是创造这形式的艺术家，和欣赏它的观者，不是一为创造形式，一为欣赏形式的空空的机器。他们是活着的人，有一种结晶的心理代表着或一种的统一，即使这不是完全和谐的。这种心理是社会情况底结果。艺术形式之创造与悟得，是这种心理底功用之一。无论形式主义者要做作得怎样聪明，他们底全概念不过是建在这样的事实上的：他们不明白社会的人——他创造而又消耗所创造的东西——底心理的统一。

无产阶级必须在艺术中有新精神观点底表现，这观点正开始在他里面列为公式，而且对这观点，艺术是必须帮助他赋以形式的。这不是一种国家的命令，乃是一种历史的要求。它底力量，在历史的必然底客观性中。你不能从这旁边过去，也不能逃脱它的势力。

形式派似乎试要成为客观的。它讨厌，并非没有理由，那种仅从事于趣味和心情的文学的和批评的武断。它为分类和评价寻求准确的标准。但是因为它底窄狭的眼光和浅薄的方法，它不断堕入迷信中，例如笔相学和骨相学。这两“派”也有建立纯客观的标准，以决定人类性格的工作；例如人笔下文采底数目及其圆润呀，后脑骨底特殊点呀。人可以假定笔底文采和后脑骨与性格有些关系；但是这种关系不是直接的，而且人类性格毕竟不是它们所能穷尽的。建在偶然的，次要的，不适宜的特点上的俨然的客观主义，不可避免地引向最坏的主观主义。在形式派底情形上，它引向文学底迷信。计算了形容词，称了诗行，量了韵律，一个形式主义者不是默然停住，带着一个不知自处的人底表情，就是发出一种料不到的概括，其中含有百分之五形式主义，百分之九十五最无批评的直觉。

其实，形式主义者没有把他们底艺术观念，弄到它底逻辑的结论。假如人要把诗的创造底历程，看为不过是一种声音或文字底组合，而且顺着这些字行寻求一切诗底问题底解决，那末唯一完全的《诗学》，将要是这个：备一部字典，并且用代数学的组合和文字底互换，创造世界上已经创造的和还未创造的一切诗的作品罢。“形式地”推论起来，人可以用两种方法产生《尤杰尼·俄尼良》(Eugene Onegin)[①]：使文字选择附属于预先想到的艺术观念（如普希金自己所作者），或者代数学地解决这问题。从“形式的”观点看，第二个方法更对，因为它无需心情，感兴，或其他不稳固的东西，而且另外还有一种好处，在成就尤杰尼·俄尼良的时候，它可以把人带到其他不可计数的伟大作品。人所需要的只是时间底无限性，称为永劫者。但是因为人类和各个诗人都没有永劫供驱使，诗的文字底基本源泉，和以前一样，仍然是就最宽广的意义解的，预先

① 即现译的叶夫根尼·奥涅金。——编注

想到的艺术观念，作为一种正确的思想，作为一种显然表现出的个人的或社会的感情，和作为一种朦胧的心绪。在努力于艺术的实体化的时候，这种主观的观念要受形式所刺戟，所摇动，而且有时可以被推上完全没有预见到的路。这不过是说，文字的形式，并不是预先想到的艺术观念底被动的反映，却是可以影响观念自身的一种主动的元素。但是这末一种主动的相互关系——在此种关系中，形式影响内容，有时完全改变内容——在社会的，甚至生物的生活底各方面，都为我们所知。这一点也不是一种可以借此反对达尔文主义和马克斯主义，或在生物学或社会学中创造一个形式派的理由。

维克托尔·雪克罗夫司基，轻轻地从文字的形式主义飞到最主观的评价，对于历史的唯物主义艺术学说，取一种很强硬的态度。在他在柏林印行的小册子中，在《马底进行》这题名下，他在三小页底篇幅中——简捷是雪克罗夫司基一种基本的，也无论如何是一种无疑的好处——列出五条（并非四条或六条，是五条）无遗的辩论，反对唯物主义的艺术观。我们来检验这些辩论罢，因为浏览一下，并且看看拿出来作为科学思想中最后的字者（在这同一的显微镜的三页上，有最多种的科学的参考书）是何等货色，对于我们并没有什么损害。

“假如产品底关系物与环境影响艺术，”雪克罗夫司基说，“那末主题岂不是要被缚在与这些关系物相当的地方吗？但是主题是无家的。”好罢，但是蝴蝶怎样呢？依照达尔文，它们也是和明确的关系物“相当”的，然而他们仍从这地方向那地方飞，正如一个无重量的文学者一样。

不容易明白，为什么人应该设想马克斯主义是要将主题贬入农奴底情况中的。不同的民族，和同民族底不同阶级，应用同样主题的这事实，不过显示人类想象是何等有限，人在各种创造上，甚至在艺术的创造上，都是何等想尽力节省精力而已。每阶级都试要在最大的可能的限度中，利用别阶级底物质的和精神的遗产。雪克罗夫司基底辩论，能够轻易地转到生产技术底方面去。从古以来，马车是建在同一的主题上的，即车轴，车轮，和一个车杠。不过罗马贵族底马车之适合他底脾味与需要，正如以内部的舒服物装饰的俄尔罗夫（Orlor）伯爵[1]底马车，适于加特零（Catherine）[2]底这个宠者底脾味一样。俄国农民底马车，是适应他底家庭需要，适应他底小马底力量的，而且是适应乡间道路底特殊点的。汽车无疑地是新技术底产物，不过也显示出同样的“主题”，即两个轴上四个轮子是也。然而每次一匹农民底马，恐怖地畏避夜间俄国道路上的一辆汽革底遮目的光，两种文化底冲突，就在这枝叶事件中反映出来了。

“假如环境表现在小说中，”第二个辩论这样说，“欧洲科学就不至对于《一千零一夜》是在什么地方作成的，在埃及呢，印度呢，或是波斯呢这问题，闹破头了。”说人底环境，包括艺术家底，即是他底教育与生活底情状，在他底艺术中也找到表现者，并不是说这种表现有一种确切的地理的，人种学的，和统计学的性质之意。难于决定某些小说是作于埃及的呢，或是作于印度或波斯的，是一点不足惊人的，因为这些国度底社会情况，有许多是相同的。但是欧洲科学在“闹破头”要从这些小说底自身中来解决这问题的事实，就足显示这些小说反映一种环境，即使粗糙地也罢。没有人能跳出他自己之外。就是一个疯人底狂语，也不包含这病人以前未从外面世界收受来的东西。但是要把他底狂语看为一种外在世界底准确的反映，是要成为另一类的疯狂的。只有有经验的，有思索的神经病学者，他知道病人底过去，将能在他底狂语底内容中，找出反映着的和扭歪的现实底断片来。艺术的创造，自然不是一种狂语，虽然也是一种现实底变形，改换，和反映，依照一些特殊的艺术规律。无论艺术怎样空幻，除去那有宽长高的世界所给予的，和阶级社会底更小的世界所给予的东西之外，不能有其他任何可供它运用的东西。即使在艺术家创造天堂与地狱的时候，他也不过把他自己生活底经验转变成可供他底幻灯。并且几乎用到关于他底主妇底未付款的票子底经验了。

“假如阶级底和阶制底特点沉淀在艺术中，”雪克罗夫司基继续说，

---

① 俄国女皇叶卡捷琳娜二世的宠臣和情夫。——编注。

② 即叶卡捷琳娜二世。——编注

"那末大俄罗斯人底关于他们底贵族的各种故事，和他们底关于牧师的童话相同，是怎样来的呢?"

在要质上，这不过是第一种辩论底注释。关于贵族的童话和关于牧师的童话，为什么不能相同呢，而且这怎么反背马克斯主义呢？著名的马克斯主义者所写的宣言，并非不时常说到地主，资本家，牧师，将军，和其他榨取者。地主无疑地是和资本家不同的，但是他们被列为一类的时候也尽有。那末，民间艺术为什么不能在或些情况中，将贵族和牧师一同待遇，当作站在人民之上，并掠夺人民的阶级底代表呢？在摩尔（Moor）①和丹尼（Deni）②底讽刺画中，牧师常常是和地主站在一块的，对于马克斯主义并没有任何损害。

"假如人种学的特点反映在艺术中，"雪克罗夫司基继续说，"关于边界之外的民族的民间传说，就不能互相交换，任何民族对于其他民族也不能有何述说了。"

如你们所见，此地是更糟了。马克斯主义一点也不主张人种学的特点有一种独立的性质。反之，它注重自然的和经济的情况，在造成民间传说上所占的决定一切的重要。游牧的，耕种的，和原农民族底发展中之情况底类似，与他们互相影响的性质上的类似，不能不有类似的民间传说之创造。从此地引起我们兴趣的问题底观点看，不论这些同性质的东西是独立地在不同的民族中发生出来，作为一种在基本的特点上是同性质的，而且借着同性质的农民想象底三棱镜反映出来的生活经验底反映也罢，或者这些童话底种子，被一种合宜的风从此地带到彼地，在土地适而合宜的地方就扎下根来也罢，都是决无关系的。在实际上，这些方法倒很像是合起来的。

最后，作为一种独立的辩论——"其五，理由（例如马克斯主义）是

---

① 俄文为Moop，是苏联漫画家奥尔洛夫，德米特里·斯塔赫维奇（Орлов, Дмитрий Стахевич，1883—1946）的笔名。——编注

② 维克多·丹尼（Виктор Дени，1893—1946），苏联漫画家。——编注

不对的”——雪克罗夫司基指到经过希腊的喜剧，而达到奥楚夫司基[①]（Ostrovsky）的拐夺底主题。换了话说，我们底批评家，用一种特殊的形式，重复他底第一个辩论（如我们所见，即使是关于形式逻辑者，我们底形式主义者也全不见佳）。是的，主题从民族移到民族，从阶级移到阶级，甚至从作者移到作者。这不过是说，人类的想象是经济的。一个新阶级，不从头下手去创造全部文化，却占有过去，分配它，稍稍修整它，重行安排它，向前建设它。假如没有对于各时代底“二道手的”衣服的这样利用，历史的历程就毫无进步了。假如奥楚夫司基戏剧底主题，经过了埃及人和希腊人而到达他，那末他在上面发挥他底主题的纸张，是作为埃及的纸草经过了希腊的皮纸的一种发展，而到达他的。让我们取另外一个更近的类比：希腊的智者是他们那时代底纯粹的形式主义者，他们底批评方法曾经进入了雪克罗夫司基底理论的意识，这种事实，对于雪克罗夫司基自己是一种明确的社会环境和明确的时代底如画的产物这事实，是一点也不改变的。

雪克罗夫司基在五点中对于马克斯主义的破坏，很使我们想起黄金的旧日在《旧教评论》杂志中刊印的反对马克斯主义的文章。假如人底源始来自猿猴这学说是真的，有学问的俄狄沙（Odessa）底尼加诺尔（Nikanor）主教[②]，在三四十年前写道，那末我们底祖父们要有尾巴底显著的特征，或者要在他们底祖父或祖母身上看出这末一种特征了。第二，如每人所知，猿猴只能生猿猴。……第五，达尔文主义是不对的，因为它反背形式主义——请原谅，我意欲说全球教堂会议底形式的决定。不过这有学问的教士底优势，是在于他是一个坦然的“过去主义者”，而且是从使徒保罗得暗示，不像未来主义者，雪克罗夫司基似的，从物理学，

---

① 即奥斯特洛夫斯基。——编注

② 俗名亚历山大·伊万诺维奇·布罗夫科维奇（Александр Иванович Бровкович，1826—1891，哲学家，1886 年起任赫尔松和敖德萨教区大主教，著作颇丰。特洛茨基九岁时就到了敖德萨，寄居在叔父家里。——编注

化学或数学得暗示。

对于艺术之需要，并不是经济情况所创造的，这是无疑地真实的。但是对于食物之需要，也不是经济学所创造的。反之，对于食物温暖之需要，倒创造经济学。很实在，在决定是拒绝还是接受一件艺术作品上，人不能常靠马克斯主义底原理行事。一件艺术品，第一只应以它自己的规律，即艺术底规律，去加以裁判。但是独有马克斯主义，能够解释一种一定的艺术趋势，为什么而且怎样在一定的历史时期中发生；换了话说，能解释要求这种艺术形式而不要求其他形式者是谁人？并且为什么如此。

以为每个阶级能从自身里面完完全全地创造出它自己的艺术，尤其以为无产阶级能够借关闭起来的艺术基尔特或党派，或借无产阶级文化会，创造出一种新艺术者，是孩稚气。一般地说起来，人底艺术的工作，是继续的。每一个新兴的阶级，都把自己放在它以前的阶级底肩上。但是这种继承性，是错综衍变的，就是它用内在的拒绝与决裂发觉自身。新的艺术的需要，或对于新的文学和艺术观点之要求，是借着一个新阶级底发展，而被经济所刺戟的，受财富与文化力之生长底影响而发生的阶级地位底变化，供给次要的刺戟。艺术的创造，常是在艺术之外发生的新刺戟底影响之下，旧形式底复杂的翻新。在这样宽广的意义上，艺术是一个侍女。艺术不是一种脱离肉体靠自身生活的元素，却是不可开脱地缚在生活与环境上的社会的人底一种机能。这是多末特出呵——假如人要指出一切社会的迷信之悖谬——雪克罗夫司基竟有艺术离社会环境而绝对独立的观念，在艺术正以这样的坦白，显出其对于明确的社会阶级，副阶级，和派别，有精神的，环境的，和物资的依赖的俄国史中这时代！

唯物主义无论在逻辑中，法律学中，或艺术中，都不否认形式元素之重要。正如法律制度能够而且必须从它内在的逻辑与坚密中去加以判断一样，艺术能够而且必须从其在形式中的收获底观点去加以判断，因为没有形式不能有艺术。不过，要使法律离开社会环境而独立的那种法律学说，是在根基上就要不充足的。法律底活动的力是在经济中——在阶级底冲突中。法律不过给这些现象一种形式的和外面和谐的表现，不是给它们底各个的特点，而是给它们底一般的性质，即是给它们中那些反复的，永久的元素以表现。我们现在可以用历史中稀有的清明，看新法律是怎样造成的。它不是用逻辑的推论造成的，却是用经验的量衡，用对于新统治阶级底经济需要之适应而造成的。文学底方法与历程，远溯最辽远的过去而有其根，并且代表文字技艺底集蓄的经验，它表现新阶级底和新时代底希望，观点，心情，思想和感情。人不能跳出这个。而且也无需乎这一跳，至少对于不在服务已经过去的时代或已经活过日子的阶级的人，是无需乎的。

形式分析底方法是必需的，但是是不够的。你可以在通行的谚语中计算头韵，在一首结婚歌中计算母音与子音的数目，类别暗喻。这无疑地可以这样或那样加富我们民间艺术底知识；但是你假如不知道农民播种制度，和建在那上面的生活，假如你不知道镰刀占什么地位，而且假如你没熟习教堂日历对于农民的意义，在农民结婚，或农妇生产的时候，那你就不过只明白民间艺术底外壳而已，但是核仁是达不到的。克隆礼拜堂[①]底建筑计划，要量度它基础与拱廊底高度，决定礼拜堂中部底宽长高，和柱子底广袤质与布置等，是可以建起来的。但是要不知道中世纪城市是什么样，基尔特是什么，中世纪底旧教教堂是什么，克隆礼拜堂是决不会被了解的。要使艺术摆脱生活，要宣布它是自我满足的技艺，这种努力夺艺术底生气，而且杀害艺术，需要这种手术，就是智慧的衰败底一种明白的征兆。

上面说过的与反对达尔文主义的神学的辩论之类似，对于读者也许是外在的，偶然的罢。到或种限度上，这许是真实的。但是有一种深得多的关联在。形式派的学说，无可避免地使一个稍事阅读的马克斯主义者想起一种很旧的哲学旋律底熟调。法学者和道德家——随意想想德国的司檀穆列耳（Stanmler）[①]和我们自己的主观主义者米海罗夫司基

① 现译为科隆大教堂。——编注

（Mikhailovsky）[2]——尽力要证明道德和法律不能被经济所决定，因为在法律的和道德的规则之外，是想不到经济生活的。实在，法律和道德底形式主义者，没有走到断言法律和道德完全离经济而独立的地步。他们承认“诸成分”底或种的复杂的相互关系，而且“诸成分”，在互相影响的时候，保持着独立物体底性质，这东西无人知其来自何处。美学的“成分”离社会情况而完全独立的断言，如雪克罗夫司基所造成者，是特殊的夸张法之一例，其根基，顺便一说，也是埋在社会情况中的；这是美学底妄大狂，将我们底坚硬的现实给转变了。离开这种特殊点，形式主义者底建造，有其他各种唯心论所有的同类的不完全的方法学。对于一个唯物主义者，宗教，法律，道德，和艺术，代表同一社会发展历程底各别的方面。虽然它们从它们底实业的基础上分化自身，变复杂了，加强了，并且详细地发展它们底特殊的特性，政治，宗教，法律，伦理，和美学，仍然一毫不差地是社会的人底机能，并且服从他底社会组织底规律。唯心主义者，正相反，所看见的，不是从自身中开发必需的官体与机能的，统一的历史的发展底历程，却看见或些独立原理——宗教的，政治的，法律的，美学的，和伦理的原质，这些在自身中求寻原始和解释——底交叉，组合，和相互作用。赫格儿底（Dialectic[3]）唯心主义，把这些原质（它们是永久的范畴）归到一种创生的单元，而把它们排出某种程序来。虽然赫格儿底这种单元是绝对的精神，在其 Dialectic 的显示底历程中，将自身分成各种“成分”，赫格儿底系统，因为它底 Dialectic 的性质，并不因为它底唯心主义，给人一种历史的实在底观念，正如翻过来时一只手套给人一种手底观念一样。但是形式主义者（他们底最大的

---

① Rodolf Stanmler，1856—1938，德国法学家。——编注

② 米哈伊洛夫斯基，尼古拉·康斯坦丁诺维奇（Михайловский，Николай Константинович，1842—1904），俄罗斯社会学家，政论家，自由主义民粹派理论家，拥护社会学中的主观方法，宣传“群氓”与“英雄”的理论，鼓吹个人恐怖策略。——编注

③ 辩证。下同。——编注

天才是康德）不注视发展底动力，而注视它底一个横切面，在他们自己的哲学显示底时日。在这横切面上，他们显示物体底（不是历程底，因为他们不想历程）复杂性与繁多性。他们分析而且类别这种复杂性。他们将名目给予各元素，这些即刻就变成要质，变成第二义的绝对物，没有父或母；将名目给予机智，宗教，政治，道德，法律，艺术。此地我们不复有翻过来的历史底手套了，却是从各个手指上剥下来的皮肤，干到完全形而上的程度，而此种历史底手，竟成为大拇指，食指，中指，或一切其他的“成分”底“相互作用”底产物。美学的“成分”是小拇指，最小，但非并是最少被人爱的。

在生物学中，活力论①是表白世界历程底各个方面，而不明白其内在关系的那种同一迷拜物底一种变形。对于超社会的，绝对的道德或美学，或者对于超物质的，绝对的“生活力”，所缺乏者只是一个创造主。独立的诸成分——无头无尾的“成分”——底繁多性，不过是一种蒙假面的多神论。正如康德的唯心主义，历史地代表基督教翻入唯理哲学文学底翻译一样，唯心主义的形式论底各种花样，无论是公开地或秘密地，都归终到一个上帝，作为一切原因底原因。和唯心主义哲学底一打第二义的绝对物底寡头政治相比，独一的个人的创造主，已经是一种程序底成分了。此中有着对马克斯主义的形式主义的驳斥，与对达尔文主义的神学的驳斥这二者间的更深的关联在。

形式派代表一种应用到艺术问题上的小产的唯心主义。形式主义者显出一种迅速成熟的宗教性。他们是圣约翰底信徒。他们相信，“起始是字”。但是我们相信起始是事。字追随着，有如它底声音的影子。

---

① 主张生活机能是起于生活力，而非起于物质力的学说。

第六章　无产阶级的文化与无产阶级的艺术

什么是无产阶级的文化，并是否可能？——资产阶级与无产阶级底文化方法。——无产阶级专政与文化的关系。——什么是无产阶级的科学？——劳动诗人与劳动阶级。——库司尼查宣言。——宁宙进化论。——季米严·别德芮。

每个统治阶级创造它自己的文化，因此，也创造他自己的艺术。历史曾熟悉东方与古典的古代底农奴专有的文化，中世纪欧洲封建的文化，和现在统治着世界的资产阶级的文化。从这，无产阶级也得创造它自己的文化和它自己的艺术。

问题无论如何不如初看来似的简单。奴隶主有者是统治阶级的社会，存在了许多许多世纪。封建制度也是如此。资产阶级的文化，假如只从它底公然的强项的显露时期，即文艺复兴时代算起，存在了五世纪，但是它直到十九世纪，或者更正确些说，到十九世纪底下半，才达到最大的开花期。历史指示出，围绕着一个统治阶级的新文化底造成，需要很多的时间，并且仅在那阶级底政治衰落之前的时期，才达到完全的地步。

无产阶级将来有足够的时间创造一种“无产阶级的”文化吗？和农奴主有者，封建的地主，与资产阶级底统治制度相反，无产阶级把它底专政看为一种短促的过渡时期。我们愿意放弃那关于过渡到社会主义的太乐观的意见时，我们指出普及世界的社会革命时期，将不止延续几月或几年，而是几十年——几十年，却不是几世纪，而且一定不是千万年。无产阶级能在这时候创造一种新文化吗？怀疑这个是合理的，因为社会革命的年代要成为凶猛的阶级斗争的年代，在这里破坏要比新建设占的地位多。无论怎样，无产阶级自身底精力，将要多半费在征服权力，保持并且加强权力，及将它用之于生存和更进的斗争底最迫切的需要上。当这革命的时期，无产阶级无论怎样要达到它底最高的紧张，及其阶级性之最充分的显露，并且有计划的，文化的改造底可能性，将要被限制在这样窄狭的范围中。反之，当新统治制度要逐渐更没有政治的与军事的意外，环境要变得更宜于新文化底创造时，无产阶级便要逐渐也消镕在社会主义的社会中，并使自身脱离阶级底特性，而且因此不再成为无产阶级了。换句话说，在专政时期，是谈不到一种新文化底创造，即在广大的历史的尺度上的建设的。当历史中无双的专政铁拳成为不必需时要开始的文化改造，将要没有阶级性。这似乎引向这种结论：没有无产阶级的文化，将来也决不会有；并且实在没有惋惜这个的理由。无产阶级获得权力，为要永远取消阶级的文化，并且为人的文化开辟道路。我们时常似乎忘记这个了。

针对着资产阶级的文化，关于无产阶级文化的非正式谈话，全靠着将无产阶级底和资产阶级底历史的命运，毫无批评地看为一律。将历史形式作对比的浅薄任意的方法，和马克斯主义是没有相同之点的。资产阶级底和劳动阶级底历史的发展间，是没有什么真实的类似的。

资产阶级文化底发展，在资产阶级用许多革命攫得国家底权力之前几世纪便开始了。就是在资产阶级是第三阶级，几乎被夺去一切权利的时候，它在文化底各方面都占一个重要的而且继续生长的地位。在建筑上尤其显然。歌特式的教堂不是在一种宗教灵感底冲动之下忽然建筑起来的。克隆礼拜堂底构造，它底建筑与雕刻，汇集人类自穴居时代起的建筑经验，并且将这经验底元素并合在一种新形式中，这形式表现它那时代底文化，并且在最后的分析上，是那时代底社会的技术和组织。基尔特中旧时的前资产阶级是歌特式底真实建筑者。当它生长变强的时候，即当他变得更为富有的时候，资产阶级有意地，自动地经过歌特式的层序，并且创造自己的建筑形式，不是为教堂，却是为自己的宫殿。基础建在歌特式的之上，它转向古代，尤其是罗马的与摩尔人的建筑，并且把这一切应用在新的城市社会底环境与需要上，这样创造了文艺复兴（意大利在十五世纪头二十五年的末尾）。专家可以计算文艺复兴负欠古代的与歌特人的元素，并且可以辩论那一方面强些，但是文艺复兴之开始，仅在已经文化地饱足了的新社会阶级，觉得自己强得可以从歌特式拱廊底束缚之下出来，把歌特式的艺术和它以前的一切看作听自己使用的材料，并为自己的艺术目的而运用过去的技术这时候。这也涉及其他的一切艺术，但是有这种分别，就是因为它们有更大的可塑性，即它们依赖实利的目的与材料的程度比较浅，“自由的”艺术不像建筑一般用那样确定的逻辑显示出继续演变的形式底错综变化就是了。

文艺复兴和宗教改革，创造了在封建的社会中更宜于资产阶级的智识的与政治的环境，从那时期起，到将权力转给资产阶级的革命时期（在法兰西）止，在资产阶级底物质的与智识的势力上，经过了三四世纪的生长。伟大的法兰西革命与因之而生的战争，暂时减低了物质的文化底水平线。但是稍迟些时，资本家的统治变成为“自然的”而且“永远的”了。

这样，资产阶级文化生长底基本历程，及其结晶成一种形式，是被成为主有而且搾〔榨〕取的阶级的资产阶级底特性所决定。资产阶级在封建社会中不但物质地发展，用各种方法使自身与后者相牵连，并且将财富弄到自己手里，却使知识阶级到自己那边去，并且创造了它底文化基础（学校，大学，学院，新闻纸，杂志），远在它公然占有国家之前。记着这个就够了：德国的资产阶级，具有它底比不过的工艺学，哲学，科学和艺术，迟到一九一八年还让国家底权力握在封建的官吏阶级底手中，于是决定，或者更正确些说，被迫着将权力拿到自己手里，仅当德国文化底物质的基础开始分裂的时候。

但是人可以回答：创造奴隶专有的艺术用几千年的时候，创造资产阶级的艺术不过几百年。那末，为什么无产阶级的艺术不能在几十年中创造出来呢？现在生活底技术的基础全然不一样了，因此速度也不同了。这种异议，初看来似乎令人信服，其实没得到问题底中心。无疑的，在新社会底发展中，经济，文化生活与艺术要收受最大的前进的冲动的时期，是要到来的。在现时，我们仅能创造关于他们底速度的幻想罢了。在抛开关于每天面包的窘迫致愚的操心的社会中，其中公众的饭馆要预备好的，滋养的，有味的食物供一切人选择，其中社会的洗衣厂要洗净每人底好衬衣，其中的儿童，一切儿童，都要养育得好，快乐而且健强，并且他们在其中吸收科学与艺术底基本元素如同吸收蛋白质和空气和太阳底热一样，其中电气与无线电要不像现在似的成为技巧，却要随一个中央电钮的驱使从超然力底无穷源泉中来到，其中要没有“无用的月份”，其中人底解放的自我主义——一种有力的力量！——要被指导全用在宇宙底了解，改变，与改善上——在这样一种社会中，文化底动的发展，要成为空前无可比拟的。但是这一切仅在一次漫长而且艰难的攀登之后才来到，这攀登还在我们前面。并且我们只在说着攀登的时期。

但是现时是不动的吗？在最高的限度上是动的。不过它底动力集中在政治上。大战与革命[①]是动的，但是很消耗工艺学与文化。真的，大战产生了许多专门的发明。但是它所产生的贫穷，将这些发明底实际应用延缓了一个长时期，并且延缓了它们改革生活的可能。这个指无线电，航空术，和许多机械的发现。反之，革命为新社会预备下地步。但是它用旧社会底方法这样作，用阶级斗争，用暴力，破坏与毁灭。假如无产阶级革命没来到，人类许被自身底矛盾压死了。革命救了社会与文化。但是用最残酷的外科手术。一切动的势力都集中在政治与革命的斗争上，其余的一切都推到后面去了，是障碍的任何东西都被残酷地踏在脚下了。在这历程中，自然有落潮与涨潮；武力共产主义让步给新经济政策，这个又经过不同的层序。但是在要质上，无产阶级专政不是一种要产生新社会底文化的组织，却是奋力追求它的一种革命的与武力的制度。人一定要不忘记这个。我们想将来的历史家要把旧社会底最高点放在一九一四年八月二日，彼时资产阶级文化底疯狂势力，将一种帝国主义战争底血与火肆放在世界上了。人类新历史底开端要从一九一七年十一月七日记日。人类发展底基本程序，我们想要被定为大概如下：原始人底有史以前的“历史”；古代史，其兴起建基于奴隶制度上；中世纪，建基于农奴制上；资本主义，及自由工资榨取；最后，社会主义的社会，及其让

---

① 指俄国一九一七年十一月革命，下同。

我们希望，到无国家的社会的无痛苦的过渡。无论怎样，无产阶级世界革命底二十年，三十年，或五十年，要遗留在历史中成为一种制度到另一制度的最艰难的攀登，但是任怎样不成为无产阶级文化底独立时代。

在现在，在工作停滞的这些年中，我们苏维埃共和国里可以发生些关于这个的幻灭。我们将文化的问题放在议事日程里了。把我们底现日问题伸展到辽远的将来，人能够经过许多年而想到无产阶级的文化。但是无论我们底文化建设怎样重要而且异常必需，它是完全被欧洲与世界革命底行近所支配的。我们和先前一样，不过是战争中的兵士。我们为着一天在守夜防。我们底衬衣要得洗，我们底头发要得梳剃，最要紧的是来福枪要得弄净而且擦油。我们现日的全份经济的与文化的工作，不过是在两个战争之中齐集我们自己而已。主要的战争还在前面，也许不怎样远。我们底时代还不是新文化时代，不过是入口就是了。第一我们必得政治地占有旧文化底主要元素，至少到能够为新文化修路的限度。

当人照他所应作的将这问题就其国际的性质加以研究的时候，这就尤其显然了。无产阶级曾是，而且还是，无所有的阶级。就这就很限制它不能获得资产阶级文化底那些永列在人类财产簿上的元素了。在或一意义上，人实在可以说无产阶级，至少欧洲的无产阶级，也有它底改革时代。这个发生在十九世纪底下半，当它不直接试取国家底权力，而在资产阶级制度之下为自己征服到更宜于发展的合法环境的时候。但是，第一，为多半和第二国际时代并行的这个“改革”（议院政策与社会改革）时代，历史给予劳动阶级的十年底数目，差不多和给予资产阶级的世纪底数目一样多。第二，无产阶级在这个预备时代一点没有变成更为富有的阶级，也没有将物资的权力集中在自己手里。反之,从社会的和文化的观点看，它逐渐变得更为不幸了。资产阶级得到权力时,完全具有它那时代底文化。无产阶级却相反，得到权力时，不过完全具有要精练文化的锐敏的需要而已。已经得到权力的无产阶级底问题，第一是在将文化底器械——实业，学校，出版物，出版事业，剧场，等——拿到自己手里，这些以前是不服役它的，并且这样为自己开辟出文化底道路来。

我们在俄国的工作，被我们底全体文化传统底贫穷，及过去十年的事件所造成的物质的毁灭弄复杂了。在征服权力之后，在保持并且固结这权力的几乎六年的斗争之后，我们底无产阶级不得不尽其全精力去创造物质生存底最原始的条件，并去和文化底ABC接触——在真实并且字面的意义上的ABC。我们为自己定下要在苏维埃统治十周年纪念时使全俄国人都识字这种工作，不是无所为的。

有人许反对说，我将无产阶级文化看得太宽泛了。并且说，假如将来许没有完全发展的无产阶级文化，劳动阶级在消镕于共产主义的社会之前，还能够将自己底印记按在文化上面。这种反对，首先就必得认为是一种从主张要有无产阶级文化的立足点上的严重的退步。无产阶级在它专政时期，要在文化上按上自己底印记，是没有问题的。无论怎样,这和在精神的与专政的各方面，能成为发展的并完全和谐的智识与艺术系统那种意义上的无产阶级文化，相离得很远。因为千百万人民，在历史中是第一次，学会读，写，算，在自身上便是一种很重要的新的文化的事实。这新文化底要质将不是为有特权的少数人的贵族的文化，却是民众的，普遍的而且通行的文化。量要转变到质；和文化底量的生长一同，将要有一种文化水平底提高，及其性质底改变。但是这种历程，要经过许多历史的时期才发展起来。在它是成功的限度上，它要减弱无产阶级底阶级性，并且要这样把无产阶级文化底基础毁去。

但是劳动阶级底上层怎样呢？它底知识的先锋怎样呢？人不能说，在这些虽然窄小的范围内，现在已经发生了一种无产阶级文化底发展吗？我们没有社会主义者学院吗？没有赤色教授吗？有人犯这种用极抽象的方法设下问题的过错。意思似乎以为用实验室的方法创造一种无产阶级文化是可能的。其实，文化织物是在一阶级底知识阶级及其自身底关系与互相动作相会的地方织成。资产阶级文化——工艺的，政治的，哲学的和艺术的——是借着资产阶级及其发明家，领袖，思想家和诗人底相互动作而发展的。读者创造作家，作家创造读者。这个对于无产阶级是更无可限量地真实，因为它底经济学，政治学和文化，只能在民众创造活动底基础上建筑。无产的知识阶级在最近将来的主要工作，不是不顾基础之缺如的一种新文化底抽象的造成，却是明确的文化搬运，即是拿已存的文化底主要元素对退化的民众作一种系统的，有计划的，而且自然是批评的灌输。在一阶级底背后创造一种阶级的文化是不可能的。并且和劳动阶级合作，并与其一般的历史的兴起密接而建设文化，人必得建设社会主义，就是粗略地也罢。在这历程中，社会底阶级的特性将不变得更强，却和革命底成功成正比，反而要开始消融并且不见了。无产阶级专政底解放的要意，是在于它是暂时的仅为着一个短时期——在于它是清理道路，并为无阶级的社会及建在万众一体上的文化打基础的一种手段。

因为要将劳动阶级底发展中的文化搬运时代这观念解释得更正确，让我们莫把历史的承续看成一些阶级底承续，而把它们看成世代底承续。它们底继续性在下面的事实中表白出来：它们每一个都给予一种发展的而不是衰败的社会，把它底宝藏加入文化底过去的集蓄。但是在能够这样作以前，每一新世代都要经过一个学习期。它使现存的文化为己有，并用自己底方法改变它，使之多少与旧世代的不同。但是这种据为己有还不是一种新创造，即不是新的文化价值之创造，不过是一种希望而已。到或种程度，以上所说的也可以应用到劳动民众底命运上，他们在起来向着划分时代的创造工作了。要加足的只是，在无产阶级经过了文化的学习期之前，它就要不再是无产阶级了。让我们也不要忘记，资产的第三阶级底上层，在封建社会底屋脊下经过它底文化学习期；当它还在封建社会底胎里时，它就文化地超过了旧统治阶级，并且在得到权力之前，就变成文化底主动者了。就一般论，这是和无产阶级不同的，尤其和俄国的无产阶级。无产阶级被迫着在吸收资产阶级文化底基本元素之前取得权力；它被迫着用革命的暴力推翻资产阶级的社会，就因为社会不准它进入文化的缘故。劳动阶级努力将国家的器械改变成强有力的抽水机，以解民众底文化的渴欲。这是一件有无量地历史的重要的工作。但是，假如人不轻易用字，这仍然不是一种特殊的无产阶级文化底创造。“无产阶级文化”，“无产阶级艺术”等，十回中有三回是无批评地用来表示将来的共产主义社会底文化和艺术，十回中有两回是用来表示无产阶级中有些特别的群体，正在获得它以前的文化底分离元素这种事实，最后，十回中有五回，代表一丛概念与字眼，人从中找不出头或尾。

这里是一个最近的例子，一百中的一个，在这里“无产阶级文化”这名词显然被无批评并且危险地用上了。“经济的基础及其上层的关联的制度，”隋佐夫（Sizoff）①写道，“造成每时代（封建的，资产阶级的或无产阶级的）底文化特性。”这样无产阶级文化底时代，在这里和资产阶级文化底时代被放在同一平面上了。但是这里所谓的无产阶级时代，不过是从一种社会文化的制度到另一种制度，从资本主义到社会主义的短促的过渡期就是了。在资产阶级统治底建立之前，也有一个过渡时期。但是资产阶级革命尽力，也成功了。绵延资产阶级底统治，无产阶级革命却要在最短的时期内使无产阶级不再成为一阶级。这时期底长度全看革命底成功如何。人能够忘记这个，并且把无产阶级的文化时代和封建的与资产阶级的文化时代放在同一平面上，岂不可惊吗？

但是假如这是如此，我们就没有无产阶级的科学了吗？我们就不要说唯物史观及马克斯主义者对于政治经济的批评，代表无产阶级文化底无价的科学元素吗？

自然，唯物史观和劳动价值说对于成为一阶级的无产阶级之武器设备，和就一般说对于科学，都有无量的要义。光在《共产党宣言》（Communist Manifesto）中就比在教授们底历史的，历史兼哲学的纂辑呀，考证呀，证伪呀，这一切中丛书有着更多的真科学。但是人能说马克斯主义代表无产阶级文化底一种产物吗？人能说我们已经在运用马克斯主义，不仅在政治的战争上，并且在宽泛的科学的工作上吗？

马克斯（K.Marx）和恩格思（Engels）出身于小资产阶级的平民政治

---

① 隋佐夫：米哈伊尔·伊万诺维奇（Сизов，Михаил Иванович），自然科学专家，同时又是文学工作者、翻译家和评论家，安得列·白雷的好友。——编注

中，而且自然是在资产阶级底文化上，不是在无产阶级底文化上长育起来的。假如没有劳动阶级，及其罢工，斗争，痛苦与暴动，自然就没有科学的共产主义，因为没有要求它的历史的必需。但是它底原理是完全在资产阶级文化（科学的与政治的）上建成的，虽然它至终向那种文化宣战。在资本主义的矛盾底压迫之下，资产阶级平民政治底普遍思想，属于它底最大胆，最诚实，最有见识的代表者，升到可惊的捐弃的地步，具有着资产阶级科学底一切批评的武器。马克斯主义底原始是这样的。

无产阶级不是即刻地，就到现在也没有完全地，在马克斯主义中找到它底武器。现在这武器，几乎基本地，全然地，供应政治的目的。Dialectic的唯物主义底宽广的实际应用及方法学的发展，还全在乎将来。只有在社会主义的社会中，马克斯主义才不再是一种限于一面的政治斗争底武器，而且变成一种科学创造底工具，精神文化底一种最要紧的元素和器械。

一切科学，在或多或少的限度上，无疑地反映统治阶级底趋势。科学越将自身执着于征服自然的实际工作（物理，化学，自然科学全体），它底无阶级的与人类的贡献就越大。科学和社会的榨取机制接连得越深（政治经济），或者越抽象地概括人类底全经验（心理学，不是在它底实验的，生理学的意义上，乃是在它底所谓“哲学的意义”上），它就越服从资产家底阶级自我主义，它对于人类知识总和的贡献也就越少占重要。在实验科学底领土内，依照所造的概括底范围，存在着不同程度的科学的纯真与客观性。通常资产阶级的趋势，在较高的，方法学的哲学，宇宙观（Weltaschanung）底领域里，为自己找得了更自由的地方。因此必须从下到上清理科学底构造，或者更正确些，从上到下，因为人必得从上层开始。但是要以为无产阶级一定要在运用科学于社会主义的改造之前，批评地重建一切从资产阶级传来的科学，就未免憨了。这就正等于和乌托邦的道德家们一同说：在建筑新社会之前，无产阶级必得升到共产主义的伦理底高度。实在，无产阶级要激烈地改造伦理，也改造科学，但是在将来创造了新社会之后，即使粗略地也罢，它才这样作。但是我们不是在走着邪道吗？人怎样借助于旧科学和旧道德去建筑一个新社会？

这里我们要扯进一点辩论术，即是我们现在那末不经济地放进抒情诗，和我们的公事房簿记，白菜汤和粥里的那辩证术。为要开始工作，无产阶级的先锋需要某种起点，需要某种科学方法，以便从资产阶级底观念学的羁绊里解放心智；它在学习这些；在一部分上已经学习到了。它曾经在许多战争中，在各种情况下，试验了它底基本方法。但是这离无产阶级的科学远得很。一个革命的阶级不能停止它底斗争，因为党[①]还没有决定它应否接受电子与伊洪[②]假设，福罗乙德（Freud）底心理分析学说，和相对论底新的数学发现等。实在，征服权力之后，无产阶级将要找到更大的机会去学习科学，并且审核科学。这说起来比作起来容易。无产阶级不能把社会主义的改造延缓到它底新科学家们，有许多还在穿着短袴到处跑哩，要试验并且清理知识底一切器械及道路的时候。无产阶级拒绝显然不必需的，虚伪的，反动的东西，并且在改造底各方面运用现日科学底方法和结论，难免地一同收受其中所含的一部分反动的阶级掺入物。实际的结果将要一般地并且全体地证验自身，因为被一种社会主义的目标管辖时，这种运用将要渐渐掌管并挑选学说底方法和结论。并且在那时候就要有在新环境之下受教的长成的科学家了。无论怎样，在无产阶级将来能够从上到下实行一种科学底一般净化之前，它一定要将它底社会主义的改造实行到颇高的程度，就是要供应真实的物质的安稳，并且文化地使社会满足。我并没有说这以反对马克斯主义者底批评工作的意思，这工作许多人在小范围内，和教育场所里从各方面在努力成就。这种工作是必需的，而且有效果。应当用各种方法使之扩大而且加深。但是人必得坚持马克斯的事物权衡底意义，去核算现在这样实验与努力底特殊重要，与我们历史工作底全体范围的关系。

以上的话，含有就是在革命的专政时代，也可以从无产阶级中出现卓越的科学家，发明家，戏剧家和诗人是不可能的这意思吗？一点也不。

---

① 指俄国共产党。

② 伊洪是日文イオン的音译，而日文又是英文 ion（离子）的音译。——编注

但是要将无产阶级文化底名，就是给予劳动阶级个人代表底最有价值的收获，也是太轻率了。人不能将文化底概念化为个人日常生活底小改变，并且不能凭各个发明家或诗人底无产阶级的通行证，去决定一种阶级文化底成功。文化是知识与能力底有机的总和，它表现全社会底，或至少它底统治阶级底特性。它拥抱并透入人类工作底各方面，而且把它们联合成一种系统。个人的收获往往超越这个水平线，并且渐渐提高它。

这样有机的相互关系，在我们现日的无产阶级的诗歌与劳动阶级底全体文化工作之间存在吗？完全显然的是不存在。各个的劳动者或劳动者群体，在开展与资产的知识阶级所创造的艺术接触，并且目前以十分折中的态度在运用它底技术。但是，是为着要表现他们自己的内在的无产阶级的世界吗？事实是，远不如此。无产阶级诗人底作品缺少一种有机的性质，这个只有借着艺术与一般文化发展之间的深彻的相互动作才能发生。我们有天才的与才能的无产阶级者底文学作品，但这不是无产阶级的文学。不过，它们可以证明为它底源泉之一就是了。

这是可能的，在现代的作品中将要显出许多胚种，根，和源泉，有些将来的后辈要把将来文化底各种规矩追踪到它们，正如我们现日的艺术史家将易卜生（Ibsen）剧场追踪到教堂的神秘，将印象主义与立体派追踪到僧侣底绘画一样。在艺术组织中，如在自然组织中一样，是无物丧失的，并且一切东西都是在大规模上相连的。但是这是实在的，具体的，重要的：从无产阶级出来的诗人底现日的作品，是不和那准备将来的社会主义文化环境的历程——即提高民众的历程——之后的计划谐同发展的。

无产阶级诗人们很受了苦痛，并且激起反对杜保夫司科（Dubovskoy）[①]，为着一篇文章，他在文中表白——和似乎可疑的思想一并——一串真理，

① Дубвской（1874—1942），波波夫，韦尼阿明·绥拉菲莫维奇（Попова，Вениамина Серафимовича）的笔名，评论家、政论家，联共（布）党员。曾任《真理报》文化部编委，著有话剧《布尔什维克之雨》、评论《论无产阶级文学》等。——编注

刻毒一点，但是基本上是无可辩驳的。杜保夫司科底结论是，无产阶级的诗歌不在康司尼查[①]团体中，却在无名作家所写的地方的工厂新闻纸中。这里的思想是真的，虽然被似非而实是地表白出来。人可以用同样多的理由说，无产阶级的沙士比亚们和瞿提们，现在还在光着脚在什么地方的初等小学里到处跑哩。无疑的，工厂诗人底作品是更为有机的，在其是与劳动民众底生活，环境，和利益相连的意义上。同样，它也不是无产阶级的文学，不过它却在著作中表现无产阶级文化兴起底微粒的历程就是了。我们在上面已经解释了这不是同一的事情。劳动者底书信，地方的诗人，鸣不平者，在作着一件伟大的文化工作，在锄开土地并预备土地为将来播种。但是有完全价值的文化的与艺术的收获要是，乐哉！社会主义的，而不是"无产阶级的"。

普列特涅夫（Pletnev）[②]在论无产阶级诗歌方法的一篇有趣的文章中，表白这样的意思：无产阶级诗人们底作品，离开它们底艺术的价值，也是重要的，为着它们与一阶级底生活的直接接触。举无产阶级诗歌作例，普列特涅夫使人服信地指示出劳动诗人心情底变迁，及他们和无产阶级斗争与生活底一般发展的关系。普列特涅夫用这个无可辩驳地证明，无产阶级诗歌底产品——许多，不是一切——是重要的文化的与历史的文件。但是这一点也不是说它们是艺术的文件。"假如你高兴，我们就假设这些诗歌是微弱的，形式旧的，无学的，"普列特涅夫说，在表扬一个从祈祷心情升到交绥革命心情的劳动诗人底特性时——"但是它们不一样标记出无产阶级诗人底生长吗？"无疑的，微弱的，无色的，甚至无学的诗歌，可以反映一个诗人与一阶级底政治的生长路程，并且可以作为文化底一种表征而有无量的要意。但是微弱的，尤其无学的诗歌，建造不

① Kusnitsa 意思是小铁工厂。

② 普列特涅夫，瓦列里安·费奥多洛维奇（Плетнев，Валерий Федорович，1888—?），作家，评论家，无产阶级文化协会理论家和领导人之一，在文化和艺术问题上颇受波格丹诺夫影响，列宁认为后者"打着无产阶级文化的旗号推行资产阶级的和反动的观点。"——编注

起来无产阶级的诗歌，因为它们就建造不起来诗歌。当追踪与【无产】阶级底革命生长携手并行的劳动诗人们底政治演进时，普列特涅夫正确地指出，在后些年，尤其在新经济政策开始之后，在无产阶级的作家中有诀别他们底阶级的事，是极端有趣的。普列特涅夫以党对于诗人的忽略解释“无产阶级诗歌危机”，和同时发生的趋向形式主义与平庸主义的趋势。因这，诗人们“没有抵抗资产阶级观念学底大压迫，而且让步了，或者还在让步”。这解释显然是不充足。那一种资产阶级观念学底大压迫在我们中间存在？人不应当过胜其词。我们莫争吵党人为无产阶级诗歌能否比已经作过的更多作。但是光这个盖〔概〕括不住为什么这种诗缺乏抵抗力这问题，正如同凶猛的“阶级”手势（照库司尼查宣言）不能补偿它底不充足的抵抗力一样。事实是，在革命前期及革命初期，无产阶级的诗人们不把诗艺看成一种有自己的规律的艺术，却看为诉苦自己忧伤的命运，或表现自己革命心情的工具。无产阶级诗人看诗歌为一种艺术与技巧而行近诗歌，仅在后些年，在内战底紧张弛缓了之后。于是变得显然了，无产阶级还没有在艺术中创造出这一种文化的背景，但是资产的知识阶级无论好坏却是有这种背景的。党或其领袖“没有十足地帮助”不是事实，却是民众没有艺术地有预备；并且艺术，正和科学一样，需要预备。我们底无产阶级有它底政治的文化，在足够保持它底专政的限度内，但是它没有艺术的文化。当无产阶级诗人在军人行列中进行的时候，他们底诗，如以上所说，保持着革命文件底重要。但是当这些诗人碰到技术与艺术问题的时候，他们就无选择地开始为自己寻求新环境。因此，不是他们被忽略的那末一回事——原因在于较深的历史的环境中。不过这并不是说，经过一种危机的劳动诗人们，对于无产阶级是完全丧失了。让我们希望至少其中有几个将要更强些从这危机中出来。仍然，这并不就似乎是现在的劳动诗人群体命该要为新的伟大诗歌打下不可更改的基础。这要成为辽远世代底特权倒更像些，这些世代也要得经过危机。因为在未来的一个长时期中，将要有许许多多观念学的与文化的迷路，摇惑和错误，其原因将在于劳动阶级底文化的不成熟。

光是文学技术底研究就是一种必需的层序，并且不是简短的层序。技术在不曾学会它的人们中最显然地被人察觉。对于许多年青的无产阶级作家，人可以十分公道地说，不是他们是技术底主人，却是技术是他们底主人。对于更有天才者，这不过是一种生长病。但是拒绝学习技术者，将要成为“不自然的”，模仿的，甚至小丑似的。要从结论道，资产阶级艺术底技术对于劳动者是不必需的，那就奇怪了。但是有许多人陷入这种错误。“给我们些什么，”他们说，“就是麻疤的也好，但是要是我们自己的。”这是虚伪而且不真实的。麻疤的艺术不是艺术，因此对于劳动的民众是不必需的。相信“麻疤的”艺术的人们颇被对民众的藐视所浸染，并且和那种对阶级权力无信心，但是当“一切顺利”时却献媚而赞扬阶级的政客相像。随着煽动者来到些真诚的呆子，他们探取了这种假冒的无产阶级艺术底简单公式。这不是马克斯主义，却是反动的民粹主义，改窜一点以适合“无产阶级”的观念学。无产阶级艺术不应当是二等的艺术。人必得学，不论因为必须从仇人学，学习底自身中有着某种危险在。人必得学，并且如无产阶级文化会这类机关底重要，不能依它们创造新文学的快度，只能依他们帮助提高劳动阶级（自其上层开始）文学水平线的限度，加以量衡。

像“无产阶级文学”和“无产阶级文化”这类名词，是危险的，因为他们误把将来的文化压缩到现日的窄狭的限度中。它们违反透视法，它们扰乱比例，它们弄歪标准，它们培植小党派底傲慢，这是最危险的。

但是假如我们要否认“无产阶级文化”这名词，我们对于无产阶级文化会怎办呢？那末，让我们同意，无产阶级文化会意味为无产阶级文化工作，即坚持地努力提高劳动阶级文化水平线。实在，这种解释不至丝毫减少无产阶级文化会底重要。

在已经提过的他们底宣言中，库司尼查底无产阶级作家宣称“风格即阶级”，因此社会地以外的作家，不能创造出一种和无产阶级性质相称的艺术风格。从这，库司尼查团体是在组成及趋势上都是无产阶级的，并且在创造一种无产阶级的艺术。

“风格即阶级。”不过，风格一点也不是和阶级同生的。一阶级用极端复杂的方法寻求自己底风格。假如一个作家，正因为他是一个无产阶级者，对于他底阶级忠实，就能站在道路交叉口上宣说：“我是无产阶级底风格！”那倒很简单。

“风格即阶级”——不仅在艺术中，却尤其在政治中。只有在政治中，无产阶级真正创造了它自己的风格。但是怎样创造的？一点也不是用一种简单的三段论法：每个阶级有它自己的风格；无产阶级是一个阶级；它指定某某无产阶级团体作规定它底政治风格的工作。不是！道路比这复杂得多。无产阶级政治底造成经过了经济的罢工，经过了要求组织权的奋斗，经过了英法底乌托邦派，经过了在资产阶级的民治主义者指导之下，劳动者对于革命斗争的参预，经过了《共产党宣言》，经过了社会主义党之建立，不过这是将自己附属于别阶级底“风格”的，经过了社会主义者底分裂和共产党底组织，经过了共产党为联合阵线的奋斗，并且还要经过在我们前面的许多其他的层序。供应了生活底原始需要之后还受无产阶级支配的所有精力，曾经耗费而且还正耗费在这种政治“风格”底造成上，反之，资产阶级底历史的兴起，在社会生活底各方面都比较地平稳。这就是说，资产阶级变富有了，组织了自身，哲学地并美学地修整自己，并且积蓄了政治习惯。在另一方，经济地不幸的无产阶级，其自决底全历程，具有很偏畸的，革命的和政治的性质，并且在共产党中达到最高的表现。

假如我们要拿艺术中的兴起和政治中的兴起相比较，我们就不得不说，此时此地，我们所处的时期，差不多和第一次微弱的民众运动，与知识阶级和少数劳动者底努力一同，去建造乌托邦制度那时候一样。我们真心希望库司尼查底诗人们要对将来艺术有贡献，假如不是对无产阶级的，至少是对社会主义的艺术。但是要在这历程底现在的顶原始的时期，承认库司尼查底垄断，去表现无产阶级的“风格”，那就要成为一种不可原谅的错误。与无产阶级相关的库司尼查底活动，是和烈夫与克劳格（Krug）①及其他努力为革命寻求艺术表现的团体底活动，在同一平面上进行的，并且，老实说，我们不知道谁底贡献将要证明得为最大。

例如，许多无产阶级的诗人有无疑的未来派影响底痕迹。天才的珈任（Kazin）②吸收未来派技术底成分。没有玛雅科夫司基（Mayakovsky）是想不到别蕊绵司基（Bezimensky）的，并且别蕊绵司基是一个希望。

库司尼查底宣言把艺术现状描绘得极其黑暗，并且写出下面的讼词："革命底新经济政策时期，发现自身被一种狒狒底扮脸似的艺术所环绕。""一切东西都要钱。……我们没有别林司基（Belinsky）们。暮光笼罩艺术底沙漠。我们提高我们底声音，并且举起红旗子……"等等。他们用优美的辞藻，甚至骄傲地，谈着无产阶级的艺术，有时有如将来的，有时有如现在的艺术。"阶级底独石柱仅照自己底形象，照自己底样子创造艺术。它底特殊文字，多音的，多色的，多意像的……以其单纯，清晰，和明确，提高一种伟大风格底力量。"假如这一切都是真实的，为什么有艺术底沙漠，为什么有暮光笼罩在沙漠上面呢？这显然的矛盾只能在下面的意义上使人明白：这个宣言底作者们拿受苏维埃政府保护的艺术，即是暮光掩盖的沙漠，和大画布与大风格的无产阶级艺术相比较，后者无论怎样，不在求得必需的承认，因为没有"别林司基们"，并且因为别林司基们底地位被"一些惯于拉二轮车把的同志，法政学家，从我们阶级里"夺去了。冒着被列入拉车把者之流里的危险，我无论如何必得说，库司尼查底宣言不是贯彻着阶级救世主义的精神，却是贯彻着傲慢的小派别底精神。库尼司查说自己有如革命艺术底唯一的载运者，用未来主义者，意像主义者，"舍拉皮翁兄弟"派及其他所用的同样的文句。那种"大画布的，大风格的艺术，纪念碑的艺术"在那里呢？哦，在那里呢？不论人怎样宝重起源于无产阶级的各个诗人底作品——他们需要细

---

① 出版社名，全称为"俄罗斯作家作坊出版社'圈子'"，成立于1922年，当时出版的《文学百科全书》说，几乎所有的同路人作家和明显的资产阶级作家都聚集到了那里。——编注

② 珈任：瓦西里·瓦西里耶维奇（Казин，Василий Васильевич，1898—1981），苏联俄罗斯诗人，曾为"锻冶场"文学团体成员。——编注

心的和严格个人化的批评——仍然没有无产阶级的艺术。人必得莫玩大字眼。无产阶级的风格存在，并且还是大的纪念碑的风格，是不真实的。它在那里？在什么里面？并且为什么？无产阶级诗人们在经过一个学习期，别派底，主要是未来主义者底影响，不用形式派底显微镜的方法，比方说，也能够被找出来。这说来并不当为一种谴责，因为这不是一种罪过。不过纪念碑的无产阶级风格不是用宣言所能创造出来的。

我们底著作家叫苦没有“别林司基们”。假如我们需要法庭的凭证，证明库司尼查底作品被智识阶级底孤立的小世界，或小团体或派别底心情所浸染，我们应当在这个低音的短句中找求重要的证据：“没有别林司基们。”自然这里提到别林司基并不当作一个个人，却是当作一朝俄国社会批评家，旧文学底鼓舞者与指导者底代表。但是库司尼查里的朋友们不像明白这朝代已经不存在了，当无产阶级民众在政治舞台上出现的时候。在一种意义上，在一种很重要的意义上，普列罕诺夫（Plekhanov）[①]是马克斯主义的别林司基，这高贵的法政学者朝代底最后代表。别林司基们底历史的职务，是用文学向社会生活中开一个呼吸的洞。文学批评代理政治底职务，并且是为政治的一种预备。但是对于别林司基及以后的急进民粹派底代表不过是一种暗示者，在我们时代承受了十月底肉与血，而且变成苏维埃的现实了。假如别林司基，契尔芮舍夫司基（Tchernischevsky）[②]，朵布洛留保夫（Dobrolubov）[③]，皮沙列夫（Pisarev）[④]，米海罗夫司基（Mikhailovsky）[①]，普列罕诺夫，都各以其道是社会文学底

---

① 现译名为普列汉诺夫，格奥尔基·瓦连京诺维奇（Плеханов，Георгий Валентинович，1856—1918），俄国哲学家，政论家，历史学家，文学批评家，文艺学家，社会主义运动活动家。——编注

② 现译名为车尔尼雪夫斯基，尼古拉·加夫里洛维奇（Чернышевский，Никола Гаврилович，1828—1889），俄国革命家，哲学家，作家，批评家。——编注

③ 现译名为杜勃罗留波夫，尼古拉·亚历山大洛维奇（Дубровупов，Никола Александрович1836—1861），俄国文学批评家，政论家。——编注

④ 现译名为皮萨列夫，德米特里·伊万诺维奇（Писарев，Дмитрий Иванович，1840—1868），俄国政论家，文学批评家。——编注

鼓动者，或者更进，是萌芽的社会生活底文学的鼓动者，那末，我们现时的全社会生活，及其政治，出版事业，集会，和组织，不显得是自身状态底十足的解释者吗？我们将我们底全社会生活放在一个设计者之下，马克斯主义底光照亮我们奋斗底各时期，并且每种组织在各方面都是批评地健全的。在这样环境之下叹求别林司基们，是显示——唉——！一个知识阶级团体底孤离，完全用最虔诚的左派的民粹派——伊凡诺夫—拉茄姆尼克（Ivanov-Razumnik）[2]派——底风格（离纪念碑的可远）。"没有别林司基们。"但是别林司基不是一个文学批评家；他是他那时代有社会意识的领袖。假如别林司基能够活着被转运到我们时代来，他也许要成为——我们莫瞒库司尼查——政治部底一员罢。并且，凶猛的，他许多半要下手拉二轮车把哩。他没有诉苦说，天性是嗥叫如豺的他，必得发出和谐的音调吗？

在尽力克服自己底孤离时，有些小派别底诗坠入"宇宙进化论"底平庸的罗曼主义中，不是偶然的。这儿的意思差不多是这样：人应当觉得全世界是一个单元，自己是那单元底主动的一部分，怀着在将来不仅指挥全世界，却要指挥全宇宙的希望。这一切自然是非常堂皇，并且大得可怕。我们从苦司克（Kursk）和加路革（Kaluga）[3]来，我们新近才征服全俄罗斯，并且我们在向世界革命进行。但是我们要在"行星进化论"底边界上止步吗？让我们即刻把无产阶级的箍箍在宇宙的琵琶桶上。什么能更简单呢？这是家常事：我们用帽子把它全盖住！

宇宙进化论似乎是，或者可以似乎是，极端大胆的，精壮的，革命

---

① 现译名为米哈伊洛夫斯基，尼古拉·康斯坦丁诺维奇（Михайловский, Николай Константинович, 1842—1904），俄国社会学家，民粹派理论家，文学批评家。——编注

② 伊凡诺夫—拉茹姆尼克，拉祖姆尼克·瓦西里耶维奇（Иванов-Разумник, Разумник Васильевич，原名为伊凡诺夫（Иванов），1878—1946），俄国和苏联文学批评家，社会学家，作家，曾参加左派社会革命党。——编注

③ 现译名为库尔斯克和卡卢加，俄罗斯的两个城市。——编注

的并且无产阶级的。但是其实，宇宙进化论中，含有很近乎离异地上的复杂困难的艺术问题，以逃向星境的暗示。这样，宇宙进化论十分实然地成为和神秘主义相连了。不仅以冥想的方法，却以一种意力的方法，而且也不管知道好多天文，要将星的王国放在自己底艺术世界中，是一件很困难的工作。而且，也不是迫切的工作。似乎诗人们所以在变为宇宙进化论者，不是因为天河里的居民在叩他们底门并且要求答话，乃是因为地上问题助给艺术表现许多困难，至于使他们觉得好像跳入另一世界。不过，要从天上捉星星，光叫自己是宇宙进化能论者还不够，尤其因为宇宙间星空比星星多得多。让他们醒醒罢，恐怕要拿星体空间底绵薄填起自己底见解中及艺术作品中的鸿沟这种可疑的趋势，把有些宇宙进化论者引向最不易捉摸的物体，即圣灵是也，这里面已经有十足的诗尸在安息着了。

罩在无产阶级诗人们上面的网罗更危险，因为这些诗人们几乎全都年青，有几个还不大出成丁之年。他们多数是被革命底胜利唤醒到诗歌。他们不是成为已经形成的人而进入诗歌，却是凭任性底羽翼并且被风暴和狂风卷去的。但是这原始的狂醉也影响了一切资产阶级的作家，他们以后拿反动的，神秘的，和其他各种的昏头报答它。当革命底拍节缓下去，客观的目的变得更为不分明，光是随浪游泳和吞吐灵感的胡言乱道不再可能，人必得周围看望，自己打入并综合起境遇这时候，真实的困难与试验才开始。于是乎要直接跳进宇宙的诱惑来到了！但是地球呢？如在神秘家的情况下一样，它许证明得不过是到宇宙去的一块跳板罢。

我们时代底革命诗人需要锻锻——并且道德的坚练在此处比在任何处都更不能和知识的坚练分离。这里所需要的，是一种坚稳的，可塑的，活动者的见地，被事实与对世界的艺术的感情所浸透者。要了解并且真正认别，不仅以新闻事业的方法，却彻底地自觉我们在其中生活的一段时间，人必得知道人类底过去，它底生活，它底工作，它底奋斗，它底希望，它底失败，和她底收获。天文学和宇宙创成论是好东西；但是第一，人必得知道人类底历史，和现代生活底规律，具体事实，画境和人格。

奇怪，制作无产阶级诗歌底抽象公式的人们时常忽略过一个诗人，他，胜过任何人，有权利被称为革命的俄罗斯底诗人。要决定他底趋势或他底社会基础，用不着什么复杂的批评方法。季米严·别德芮（Demyan Biedny）[①]是在全体上，为一种东西所组成。他不是一个行近革命，降临到革命，或接受了革命的诗人。他是一个布尔雪维克，他底武器是诗。在这里，有着季米严·别德芮底独具的力量在。革命对于他不是创造底材料，却是最高的权威，这权威将他放在他底地位上。他底作品不仅是在最后的分析上是一种社会的服务，如一切艺术一样，却主观地，在诗人自己底意识中也是如此。这从他底历史的服务底最初的时日起，就是真实的。他在党中生长起来，他生活过它底发展底各种情态，他一天一天地学着和他阶级一同思想，一同感觉，并且在集中的形式中，用诗底言词描绘这种思想与感情的世界，那言词有寓言底机巧，歌底忧郁，对句底大胆，也有愤怒与控告。在他底怒与憎恶中没有属于享乐主义者的东西。他以世界上最革命的党底适宜的憎恶去厌恶。他底有些东西有伟大而且完成的艺术底力，但是他里面也有许多属于新闻纸的，日常的二等新闻纸的东西。季米严·别德芮不仅在阿坡罗叫他作神圣的牺牲那些希有的机遇里创作，却是每天，当事件与党中央委员会要求的时候。但是就全部说，他底作品在自身上代表最非常而且独一的现象。让那些爱嗤季米严·别德芮以鼻，并称他为报纸小品批评栏作家（确乎是这样称呼他！）的各派的小诗人们，在他们底记忆中罗掘，并且找出另一个诗人，曾用他底诗那末直接而且发动地影响了民众，劳动的与农人民众，赤军民众，好几百万民众，在一切时代中最大的时代。

---

① 现译名为杰米扬·别德内（Демьян Бедный），原名叶菲姆·阿列克谢叶维奇·普里德沃罗夫（Ефим Алексеевич Придворов，1883—1945），苏联俄罗斯诗人，20年代末30年代初曾因对俄国历史和俄罗斯性格表现出不正确的理解而受到斯大林的严厉批评。——编注

季米严·别德芮不寻求新形式。他甚至加重他使用神圣的旧形式这事实。但是它们在他底作品中复活而且再生了，有如传达布尔雪维克思想的无价的机制。季米严·别德芮不曾也不要创造一个学派；他自己被名为俄国共产党的学派所创造，为着不再来的伟大时代底需要。假如人能摆脱玄学的无产阶级文化观念，并且能从无产阶级读什么，需要什么，什么吸引他，什么趋进它动作，什么提高它底文化水平线因而为新艺术预备基础这种见地观察问题，那末，季米严·别德芮底作品就要显得是无产阶级的，普遍的文学，即是很为觉醒的人民所需求的文学。假如这不是“真实的”诗，那就是比它更胜的东西。

伟大的历史人物，菲第难德·拉萨尔（Ferdinand Lasalle）①有一回写信给在伦敦的马克斯和恩格思：“我多末愿将我所知道的留下不写，为要将我所能的实行一部分。”用这些话底精神，季米严·别德芮可以说他自己：“我愿意让别人用新的更复杂的形式写革命，我自己可以用旧形式为革命写。”

第七章　共产党对艺术的政策

——革命的艺术不为劳动者所单独产生。——知识阶级的淡漠的闲暇，成为创造的艺术的主因。——共产党底功用与艺术的关系。——社会的大变动与艺术和文化底继续性。

文学中有些马克斯主义者，他们对于未来主义者，“舍拉皮翁兄弟”派，意像主义者和所有同路人全体，无论成群地或独自地，都采取一种傲慢的态度。因此毁谤皮涅克成为煞有介事似的，而未来主义者是完全适应于这个的。①皮涅克因为他底几种特殊点而惹人气愤，是无疑问地真

① Ferdinand Lassalle，1825—1864，全德工人联合会创始人，德国工人运动中最早的机会主义代表人物。——编注

实的。他在大问题上是太轻率了；他太卖弄才情，而且他底三合土里太充满抒情诗性了。但是皮涅克曾从各省农民的角落巧妙地显示出革命，并且显示出暖货车——托皮涅克福，这一切较之以前都无可限量地清楚些，实在些站在我们面前了。乌西和洛得伊凡诺夫怎样呢？读过他底《便衣战士》《甲车》《兰沙》之后——不问它们组织上的过错，体裁之不整洁，甚至它们底油画式的彩印画——我们岂不是发现了俄罗斯，而且更觉得它底广阔，它底人种的掺杂，以及它底退化与摇惑吗？有人真以为这意像主义的知识，能够拿未来主义的夸张，或用缀音底单调歌咏，或用天天以不同的方法拼合相同的三百字的新闻纸的文章来替换吗？将皮涅克和乌西和洛得伊凡诺夫从我们生活中扔出，我们要贫乏得多了。反对同路人的战斗——显出对于透视法和比例没有充分的关照的战斗——底组成者，选了瓦浪司基（Voronsky）[2]——《赤色处女地》（Krasnaya Nov）底编辑和克录格底印刷所底领袖——当作他底标靶之一。我们以为瓦浪司基是在党底指挥之下，完成着一种伟大的文学的和文化的工作，而且，实在的，在一篇小文章中批判一种共产主义的艺术，较之参与它底预备底苦役，要容易得多！

在形式问题上，我们底批评家斩断了《分裂》（Raspad）[3]好些时以前（在一九〇八年）所采的战线。但是人毕竟要得了解并综合起那时以后所发生的势力的重行安排，及历史情况中的差别。在那个时候，我们

---

① 未来派作家与无产阶级文学作家之间关系复杂，区别不甚明显。许多未来派作家是无产阶级艺术的鼓吹者，而一般的无产阶级作家则将未来派列为“同路人”。因此，未来派受某些马克思主义者攻击，而他们又攻击皮利尼亚克。(转引自王凡希译本注释）——编注

② 瓦浪司基，亚历山大·康斯坦丁诺维奇(Воронский，Александр Константинович，笔名努尔明（Нурмин），1844—1943)，评论家，和托洛茨基一样，谴责无产阶级文化派的各项原则，主张逐渐将知识分子吸收到苏维埃文学中来。曾被指控为托洛茨基分子，两次被捕，死于监禁地。1956 年恢复名誉。——编注

③ 这里指的是社会民主党人 1907 年筹划并于 1908 年和 1909 年先后出版的两卷评论集《文学解体》。它们驳斥了 1905 年革命失败后散布知识分子的颓废情绪的各种文学和哲学流派。——编注

是被驱逐到地下的党。革命在后退，而司妥雷平，无政府主义者和神秘派底反革命，在沿着全线向前进行。在党底自身中，知识阶级占了不适宜的大地位，而有个别的政治阴影的知识阶级团体，彼此相影响。在这样情况之下，为我们底观念学之自我保护计，对于一九〇五年后开端的反动的文学心情之凶猛的反抗，是必需的。

现在一种完全不同的历程发生了，这历程是根本和以前相反的。社会的吸引律（吸向统治阶级）——这在最后的分析上，决定知识阶级底创造作品——现在是有利于我们而行事。在计划对于艺术的政治的态度时，人一定要把这事实放在心里。

革命的艺术只能被劳动者所创造，这事是不真确的。正因为革命是劳动阶级的革命，它放开——重述以前已经说过者——很少的劳动阶级底精力，去从事艺术。当法兰西革命时代，直接或间接反映它的最伟大的作品，不是法兰西艺术家，却是德国人，英国人和其他人所创造的。直接与造成革命有关的法兰西的资产阶级，不能拿出充分的力量，去重新创造和绵延它底印刷物。这在无产阶级尤其如此，它虽有政治文化，却不大有艺术文化。知识阶级，除开他底形式上的资格之优越不论，还有一种讨厌的特权，可以保持一种被动的政治的地位，这是多少要受对于十月革命的仇对或友谊所标记的。那末，这冥想的知识阶级比造成革命的无产阶级，能给予，而且给予了较好的革命底艺术的产品，是不足惊的了，虽然知识阶级底再造有些离开了轨道。我们很知道同路人底政治的限量，不稳固和不可靠。但是假如我们要取消皮涅克和他底《空光的年》，取消“舍拉皮翁兄弟”派和乌西和洛得伊凡诺夫，吉洪诺夫，坡龙司加亚（Polonskaya）[①]，假如我们要取消玛雅科夫司基和叶遂宁，那除去一点未来的无产阶级文学底不兑现的期券之外，还为我们存留任何东西吗？尤其在季米严·别德

---

① 坡龙司加亚，Полонская（原名 Мовшензон），伊利莎白·格里戈里夫娜（Елизавета Григорьевна，1890—1969），女诗人，“舍拉皮翁兄弟”派中唯一的女性。——编注

芮——他不能被算在同路人中，而且我们希望他——不能从革命的文学被销除不能与无产阶级文学（就库司尼查宣言所定的意义说）相联属的时候。那末要存留什么呢？

这是说，党和它底天性相反，在艺术方面，取纯然地折衷的态度吗？似乎是这末有力的辩论，其实是极端孩子气的。马克斯的方法供给一种机会，去估量新艺术底发展，去追踪它底所有的源泉，并借着批评的指示道路，去帮助最进步的趋势，但并不比这更多作什么事。艺术必须开辟自己的道路，并且用自己的方法。马克斯的方法不是和艺术的方法相同的。党领导无产阶级，但并不领导历史底历史进程。有些领域，党在其中直接地命令地领导。有些领域，党在其中仅只合作。最后还有些领域，党在其中仅规定自己的方向就是了。艺术领域不是要党去命令的领域。党能够而且必须去保护并帮助艺术，但是它仅只间接地领导它。党对于各种正真诚地努力行近革命，并且这样助成革命底艺术的造成的艺术团体，能够而且必须另加以信任。无论怎样，党不至于，也不能居一种挣扎着而且仅与其他的文学团体竞争的文学团体底地位。党全部地保卫无产阶级底历史的利益。因为党有意地并且一步一步地为一种新文化，因而也为一种新艺术作预备，所以它不把文学的同路人看作劳动阶级作家底竞争者，却看为在改造的大工作上，是劳动阶级底真正的，有潜力的助手。党了解过渡时代中这些文学派别底枝叶的性质，并且不是从这些各个的绅士文学家底阶级通行证底观点，却是从在预备社会主义文化上，这些团体所占的和能占的地位底观点，去估量他们。假如现在不能决定某一文学派别底地位，可以预先和一个团体或其他团体表同情。党整个地保护劳动阶级底历史的利益，必须要更客观而且聪明。它愿慎重一定要是两边的。假如党对于库司尼查不加嘉许，正因它是由劳动者执笔，它也不预先拒绝任何文学团体，甚至对知识阶级，只要这团体努力行近革命，并且努力加强下列连锁（连锁常是弱点）之一：城市与乡村间的，党员与非党员间的，或知识阶级与劳动者间的。

不过，这种政策岂不是说党在艺术方面，将有种无防御的侧翼吗？

这是一种大夸张。党将要拒绝艺术底显然有毒的，崩解的趋势，并且要用它底政治的指标指导自己。不过，在艺术侧翼不如政治的前线保卫得好，是确实的。但是在科学上岂不是也是如此吗？关于相对论，纯然无产阶级科学底玄学者将要说什么呢？它能和唯物主义妥协呢，还是不能呢？这问题被决定过了吗？在何处决定，在什么时候，并且被谁人呢？我们底生理学家泊夫罗夫（Pavrov）①底作品，完全是顺着唯物主义的线索的，这对于任何人，甚至对于未启蒙者，都是显然的。但是对于福罗乙德底心理分析学说，人将作何说呢？它能和唯物主义妥协，如卡尔·拉德克（Karl Radek）②所想的（我也如此想）一般呢，还是和他仇对呢？对于原子的构造等等新学说，都可以提出这相同的问题。假如有一个科家学出来，能方法学地理会这些新概括，并且把它们绍介到 Dialectic 的唯物主义的世界观里面去，那是很好的。他同时能这样去试验新学说，而且把 Dialectic 的方法发展得更深些。但是我很怕这种作品——这并不像一篇报纸的或文杂志章的，却是一种科学的和哲学的界标，正和《人种原理》和《资本论》一样——不是今天或明天所可创造出来的，或者不如说，假如这样划分时代的书在今日被创造出来，那是要冒着直到无产阶级能把兵器放在一旁的时候，才被拆看的危险的。

但是文化搬运的工作，即获得无产阶级以前文化底 ABC 的工作，没有预定什么批评，选择，和阶级的标准吗？自然预定了。但是这标准是政治的，并不是抽象的文化的标准。仅在革命为新文化创造环境宽广的意义上，政治的标准才与文化的标准相符合。但是这不是说，在每种确定的情况之下，这种符合都是可以得到的。假如革命在任何必要时，有权利毁去桥梁和艺术纪念物，那对于势要崩解革命的环境，或激起革命

① 现译名为巴甫洛夫，1849—1936，俄国生理学家。——编注

② 现译名为卡尔·拉狄克，1885—1939，20 世纪初起为波兰和德国社会民主党党员，曾担任共产国际执委会书记，1923 年起成为托洛茨基派成员，1937 年被指控为“反苏托派中心”成员而被处决，1988 年判决被撤销。——编注

底内在的势力——即无产阶级，农民阶级和知识阶级——使立于互相仇对的地位的任何艺术趋势，无论它在形式上的收获是怎样伟大，革命都更无迟疑地去加以干涉。显然我们底标准是政治的，命令的，不宽容的。但是就为这种原因，它必须把它活动底范围清楚地划出来。要把我底意思表现得更准确，我要说：我们应当有一种审慎的革命的文稿检查，在文艺方面有一种宽洪的，可塑的政策，摆脱掉卑下的党派的恶意。

十分显然，就是在艺术方面，党不能，一天也不能，采取自由政策和不过问政策底自由原理。问题只在干涉应当从何点开始，并且什么是它底范围；在什么情况并且在什么中，党应当选择。这问题一点也不像烈夫底理论家，无产阶级文学底前趋和批评家们所想的似的简单。

劳动阶级底目的，问题和方法，在经济中比在艺术中是无可比较地更具体些，更明确些，并且理论地建设得好些。然而，在要以集中法建设一种经济学的短期的尝试之后，党觉得不能不允许不同的，甚至竞争的经济形式存在。我们有国家工业，这组织成托辣司[①]，我们有地方性质的企业，我们有贷租的工业，租让的和私有的企业，合作社，个人的农民工业，“苦司挞”（Kustar）[②]或商行，及集团的企业等等。国家底基本政策，是向一种集中的社会主义的经济。但是这种一般的趋势，在一定的一段时期中，包含着对于农民经济和“苦司挞”的无限的帮助。没有这，向大范围的社会主义工业方向的政策，就变成抽象的，死的了。

我们底共和国，是劳动者，农民，和小资产的知识阶级底联合，在共产党底指导之下。具有工艺学与文化底发展，一个共产主义的社会应当经过许多层序，从这种社会组合中发展起来。显然，农民阶级和知识阶级将不走劳动者所曾走过的同一道路，走向共产主义。这些道路不能不反映在艺术中。没有无限制地和劳动者联合的非共产主义者的知识阶级（这样的占知识阶级底大多数），由于资产阶级帮助之缺如，或不如

① 现译为托拉斯。——编注

② 手工业。——译注

说，之极端微弱，在农民阶级中求帮助。暂时这种历程有种纯然预备的和象征的性质，并且在革命底农民元素之理想化中表现（带着后感）自己。这种新民粹主义是所有同路人底特性。以后，因乡村学校及能读书者底数目之增加，这种艺术与农民阶级间的连锁，可以变得更为有机。同时，农民阶级也将发展它自己的创造的知识阶级。经济中，政治中，艺术中的农民的观点，较之劳动阶级底，是更为原始的，有限制的，和个人主义的。但是这种农民的观点存在，或者还要继续存在一个长时期，而且很热烈地。假如一个艺术家，从农民，或者更常见些，从知识阶级和农民的观点去看新生活，受了这样观念所动，以为农民与劳动者间的联合是必需的而且紧要的，则他底艺术作品，给它以必需的各条件，将是历史地进化的。借着这种艺术底影，乡村与城市间的必需的历史的合作，将被加强。农民阶级底向社会主义的运动，将成为深彻的，有目的的，多方的，而且多色的，并且尽有理由使人相信，要在它底直接暗示之下而完成的作品，要将有价值的篇章加进艺术史中去。反之，使有机的，年代久远的，不可分解的，“民族的”乡村，与急旋的城市相反背的这种观点，是历史地反动的；从这种观点发生的艺术，是和无产阶级仇对的，和进步不相容的，并且是命定要灭亡的。可以结论道，这样艺术，就是关于形式方面也罢，除倒索与回忆之外，不能给予任何东西。

克留耶夫，意像主义者，“舍拉皮翁兄弟”派，皮涅克，和赫列白尼柯夫，克卢契尼赫，加绵司基似的未来主义者，都有一种农民的根基。再有几个人，这是多少有意的；在另些人，这是有机的；在更有些人，这其实是一种资产阶级的根基，译成了农民的形式就是了。未来主义者对无产阶级的态度，是最不二重的。“舍拉皮翁兄弟”派，意像主义者，皮涅克，间常误入反对无产阶级的地位——至少，到很近的目前是如此的。所有这些团体，以极端不整齐的形式，反映在强迫供给时[①]乡村底心境。是在那时，知识阶级在乡村中躲饿，并且在那里集起它底印象来。

① 即粮食征集制时期。——编注

在它底艺术中，知识阶级有些暧昧地总括了这些年。但是这种总括，是在与克罗司忒塔叛乱[①]一同终了的时代内造成的。现在，在农民观点中，已经发生了一种可注意的变迁了。这种变迁也在知识阶级上留下痕迹了，而且可以，其实是必须，在歌咏农民的“同路人”底作品上，有一种影响。到某种限度，这种影响已经显出自身来了。在社会冲动底影响之下，这些团体将有内在的挣扎，破裂，和改组。这一切都要很小心地和批评地从事。要索观念学的指挥权（我们希望这并非没有理由）的党，没有权利以便谈来回答这类问题。

但是一种纯然无产阶级的艺术，范围宽广得足够了的，不能照耀并艺术地饲养走社会主义的农民运动吗？自然能，正如政府发电厂，能照耀并且对农舍，仓库，或面粉厂供给他底电力一样。所必需的，是要有这末一个发电厂，并且有从厂里牵到乡村的线。顺便说一句，在这样情况之下，将没有工业与农业敌对的危险。但是我们还没有这样的线。就是发电厂也还是没有的。没有无产阶级的艺术。无产阶级艺术（这包括劳动诗人和共产主义的未来主义者底团体）离在艺术上满足城市与乡村底需要之距离，就和，让我们说，苏埃维工业离解决全世界经济问题的距离，差不多是一样远。

但是即使我们把农民阶级放在一旁——人怎能把它放在一旁呢？——要显得就是在无产阶级（苏维埃社会底基本阶级）方面，事情也不像在烈夫底篇幅上所显得似的简单。当未来主义者意欲将个人主义的旧文学扔之船外，不仅因为它在形式上变为陈旧的了，却因为它反背无产阶级底集团性的时候，他们显出对于个人主义与集团主义间的矛盾之 Dialectic 的性质，有一种很不适当的了解。没有多数抽象的真理。有各类不同的个人主义。因为过分的个人主义，革命前的知识阶级底一部分，自沉在神秘主义中了，但是另一部分，顺着未来主义底混乱的线索行动，并且，

① 现译名为喀琅施塔得叛乱。——编注

被革命捉住了——这可谓是他们底荣耀——更走近了无产阶级。但是当那些因被个人主义把牙齿弄酸酥了才走近来的人们，将他们底感情转向无产阶级的时候，他们显出自己犯自我癖，即极端个人主义底过错。麻烦是，平常的无产阶级是缺乏此种性质的。在群众中，无产阶级的个性还没有充分形成和分化。但是这种主观的个性底意识和客观性底提高才正是我们现日在它门前站着的文化的进步底最有价值的贡献。要以为美文能在阶级的全体一致中，发生一种袭击，是孩气的。劳动者要从沙士比亚（Shakespeare），瞿提（Goethe）[①]，普希金，和朵斯妥也夫司基底作品中取出来的东西，是对于人类的人格，及其热情与情感的更复杂的观念，和对于它底心理的势力，及下意识底地位的更深彻的了解等。在最后的分析上，劳动者将要变得更充实些。起始，戈理奇带着漂泊者底罗曼的个人主义色形。然而，他在一九〇五年底前夜，饲养了无产阶级底早春的革命主义，因为他在那阶级中帮助着唤醒了个性，而这个性，一觉醒了，就求与其他觉醒的个性接触。无产阶级需要艺术的食粮与教育，但这并不是说，无产阶级不过是粘土，已经过去的和要来的艺术家们，能够照他们自己的形象和照他们自己的样子去造形。

虽然无产阶级是精神地，因而是艺术地很锐感，他却是美学地无教育。以为它简直可以从资产阶级在大塌台底前夜所离弃的地点开始，是难以理解的。正如一个个人，在他底从胚胎的发展中，必须生物学地和心理学地经过种族底，而且到或种限度，经过全动物界底历史一样，到或种限度，不过刚从史前生活出来的新阶级底大多数，必须经过文化底全历史。没有吸收而且同化旧文化底元素，这阶级不能开始一种新文化底建设。这一点也不是说，必须一步一步地，缓缓地而且系统地，经过全部过去的艺术史。只要是关于一个社会的阶级，而不是关于一个生物的个人，吸收与改变底历程，有一种更自由和更觉悟的性质。但是不顾

---

① 现译名为歌德。——编注

过去底最重要的界标，一个新的阶级不能向前进。

在保存艺术文化中的继续性的奋斗中，旧艺术——它底社会基础被革命毁坏得比以前都更彻底——底左翼，在无产阶级中，或至少在无产阶级底周围建设着的新社会环境中，寻求帮助。转过来，无产阶级占着成为统治阶级的地位底优越，并且努力开始一般地与艺术接触，这样为一种空前的艺术势力作准备。在这样意义上，实在的，墙上贴着的工厂的新闻公报，代表未来的新文学底一种很必需的，虽然很渺远的前提。但是没有人要说：让我们取消其他一切东西，直等到无产阶级将来从壁报升到了独立的艺术技巧。无产阶级也需要一种创造传统底继续性。现时无产阶级没有直接地，却间接地，借着吸向无产阶级，并在无产阶级翼下取暖的，创造的资产的知识阶级，实感到此种继续性。无产阶级宽容这种知识阶级底一部分，帮助另一部分，半采纳第三个，完全同化第四个。共产党对艺术的政策，是被这种历程底复杂性，被它底内在的多方面性所决定的。不能够把这种政策化成一个公式，化成鸟瞰图似的简单东西。而且也不必作这种事。

第八章　革命的与社会主义的艺术

——社会主义下较大的动力。——革命的艺术底“写实主义”。——苏维埃喜剧。——旧的和新的悲剧。——艺术，技术与自然。——人底再造。

当人说革命的艺术时，是说两种艺术现象：主题反映革命的作品，和那些主题并不与革命相连，但却彻底地为革命所渲染，而且被由革命而生的新意识着了色的作品。这些十分显然是，或可以是属于完全不同的种类的现象。亚历克舍·托尔斯泰，在他底《到受难地之路》中，描写战争与革命时代。他属于平和的清明园派，不过他底范围无限地小些，而且他底观点也更窄狭些就是了。并且当他将这应用到最严重的事件时，它仅足当作清明园底前态底残酷的残余而已，一点也不多。但是当青年诗人吉洪诺夫，不写革命，而写一个小杂货铺（他似乎对于写革命有点胆怯）的时候，他用那末新鲜的和热情的力量去理会而且重现它底怠惰与呆滞，只有被一个新时代底动力创造出来的诗人，才能如此。所以假如关于革命的作品，和革命底作品不是同一的东西，它们仍然有一种相同点。被革命创造出来的艺术家，不能不要说革命。反过来说，将被说革命的大欲望所充满的艺术，将要无可避免地拒绝清明园的观点，不论这是伯爵的或是农民的观点。

还没有革命的艺术。有此种艺术底元素，有暗示，有对它的尝试，而且最重要的，是有革命的人，他在照自己的样子造成新世代，而且逐渐更需要这种艺术。这种艺术要清楚地显出自身得多长时期呢？这连猜想也是难的，因为这历程是不明确的，不可估计的，而且就是在我们推测更明确的社会历程时，我们也是只限于猜度。但是这种艺术，至少这种艺术底第一个大浪，为什么不迅速来到，当作在革命中生的，而且继续革命的年青的世代底表现呢？

不可免地反映革命的社会系统中一切矛盾的那种革命的艺术，不应当和社会主义的艺术相混合，对于后者，连基础还没有打哩。反之，人不应忘记，社会主义的艺术，是将要从这种过渡时代底艺术中产生的。

坚持着这种区分，我们一点也不是受一种抽象纲领底迂阔的顾虑所指导。恩格思说社会主义的革命有如从必然底王国向自由底王国的跳跃，不是无所谓的。革命自身还不是自由底王国。正相反，它在发展“必然”底特点到最高的限度。社会主义将取消阶级的仇对，也取消阶级，但是革命把阶级斗争弄到最高的紧张度。在革命时期中，只有提高劳动者在反对榨取者的斗争中的团结的文学，是必需的，进步的。革命的文学不得不染着社会的仇恨底精神，这是无产阶级专政时代，一种创造的，历史的主因。在社会主义下，万众一体将成为社会底基础。文学与艺术将按不同的调子了。我们革命者现时觉得怕提的所有的情绪——这些被伪君子和庸众磨弄得那样薄了——如非功利的友谊，对邻人的爱，同情，将要成为社会主义诗歌底有力的响亮的合奏。

不过，过度的万众一体，不会如尼采（Nietzche）①派的人所怕的似的，有使人退化成一个伤感的，被动的，下流的动物之势吗？一点也不会。在资产阶级的社会中，有着市场竞争性质的竞争底大势力，在社会主义的社会中将不消灭去，但却要，用心理分析底文字来说，腾化，就是要取一种较高的和更富饶的形式。将要有为个人底见解，为个人底设计，为个人底趣味的竞争。在政治竞争要被消除的限度中——而且在将没有阶级的社会中，是没有这类竞争的——解放的热情，将被疏通流入技术中，流入建设中，这也包含艺术。艺术在那时将要变成更为一般的，将要成熟；将得更为合调，而且在各方面都要变成进步的生活建设底最完全的方法。它将不至仅只"美"而已，和其他任何东西没有关系。

各式的生活，如土地底垦种，人类居住底策划，剧场底建筑，社会地教育儿童的方法，科学问题底解决，新风格底创造，将活跃地吸引所有的人。对于一个新的伟大运河问题，对于撒哈拉沙漠里绿洲之分配（这样问题将来也是要有的），对于天气与气候之整顿，对于新剧场，对于化学的假没，对于音乐中两种竞争的趋势，和对于最好的游戏制度，民众要分成若干"党"。这些党将不受阶制或阶级底贪望所毒。对于全体底成功，都将同样有兴味。这竞争将有一种纯然观念学的性质。它将没有利图，没有卑下的东西，没有陷卖，没有贿赂，在分成阶级的社会中造成"竞争"，魂灵底的东西，全没有。但是，这不足阻止这竞争成为吸引人的，戏剧的，热情的。并且因为社会主义的社会中的所有问题——以前天然地和机械地解决了的生活问题，在特殊的牧师阶级看守之下的艺术问题——将要变为全民众底财产，人可以确定地说，集团的兴趣和热情，和个人的竞争，将有最广的范围和最无限制的机会。因此，艺术将觉不到缺乏这种集团的，活泼的精力底激发的苦痛，也觉不到缺乏这种集团的心理的冲动，这些冲动助成新艺术趋势之创造，并且助成风格

① Friedrich Nietzche，1844—1900，德国唯心主义哲学家，唯意志论者。——编注

上的改变。它将成为美学的派别，绕着这些将要集起许多“党”，即是性格，趣味和心情底各种联合。在这种将在基础正稳稳上升的文化中发生的，这末非功利的，紧张的竞争中，人类的人格，具有它底无价的继续不满的基本特性，在其中将要生长，而且在各点上都要成为淳化的。实在，我们没有理由去害怕在社会主义的社会中，将有个性底衰落，或艺术底消灭。

我们能用我们所有的任何名目，来命名革命的艺术吗？阿神司基（Osinsky）①在什么地方称之为写实主义的。此处的思想是真的，重要的，但是对于这种概念底定义，应当有一种同意，以防陷入误解。

艺术中最完全的写实主义，和我们底历史中，是和文学底“黄金时代”，即是和贵族底古典文学同时发生的。

主题有趋势的时代，彼时一件作品借著者底社会的理想而加评判，和觉醒的知识阶级求公共活动底出路，而且努力与“民众”联合以反对旧统治这时代，是同时发生的。

以反对在他们之前统治的写实主义而现身的颓废派和象征主义，是和知识阶级要离开民众，而崇拜它自己的心情和经验的时代相当的。虽然实际上他自身降服了资产阶级，它还努力不使自身心理地或科学地溶化在资产阶级中。在这件事上，象征主义求上天底帮助。

大战前的未来主义，是知识阶级要从象征主义底崩坏中起兴的尝试，而仍然执着于个人主义，并且要在非个人的物质文化之征服中，寻求个人的中枢。

这是俄国文学发展中，各大时代承续底粗略的逻辑。对于在作品底主题上，在它们底内容上，在环境和戏剧的人物底选择等上，留下印记

---

① 现译为奥辛斯基（Осинский Н.），是奥博连斯基（Оболенский Валериан Валерианович）的笔名（1887—1938），苏联经济学家，政论家，曾为联共（布）中央候补委员，1923—1924 年曾倾向于托洛茨基，后与他断绝了联系，1938 年被处决。——编注

的世界，这些趋势底每一个中，都含有一种明确的社会的和群体的态度。内容者，并非在平常的意义上指示题材，却是指示社会的目的。一首没有主题的抒情诗，能够表现一个时代，或一个阶级或它底观点，和一篇社会小说一样。

于是就有了形式问题。在或种限度中，这照它自己底规律发展，和其他任何工艺学一样。每种新文学派别——假如它真是一种派别，不是一种任意的接技——都是以前的发展，和已经存在的文字与色彩底技术之结果，而且仅只从已经达到的岸推进，为要重新征服这元素。

在这情形上演进也是 Dialectic 的。艺术中的新趋势否认以前的趋势，为什么呢？显然，有许多情感和思想，在旧方法底架子中感到挤促。但是同时，新的心情在已经旧了的和化石化了的艺术中，找出几种元素，这些要更行发展了的时候，能够给那些心情以适当的表现。叛帜向"旧的"整个地揭起，以能够发展的元素底名。每个新文学派别，都潜然含在过去中，而且每个都借着仇对地推开过去而发展。形式与内容（后者不能仅只看为一种"主题"，却是要看为寻求艺术表现的观念和心情底活错综）间的关系，是被这种事实所决定的：新的形式，是在内在的需要，集团的心理的要索——这像其他一切人类心理一样，在社会中有着根——底压迫之下，而发现，而宣布，而发展的。

这解释了每种文学趋势底二重性；在一方面，他加些东西到艺术底技术里面，提高（或降低）技艺底一般的水平线，在另一方面，在它底具体的历史的形式中，它表现出明确的需要来，这些需要在最后的分析上，有一种阶级的性质。我们说阶级的，但这也即是说个人的，因为一阶级借着一个个人而有所言说。这也即是说民族心，因为一民族底精神，是被统治那民族并使文学屈服自己的阶级所决定的。

我们拿象征主义来论一论罢。象征主义是什么呢：是象征地转变现实的艺术，是形式中的一种创造艺术底方法吗？还是这是指勃洛克，梭罗古勃及其他所代表的特殊的象征的趋势呢？俄国的象征主义不曾发明象征。它不过把这些象征更紧密地接到近代化了的俄语底有机物上去就是了。在这样意义上，将来的艺术不论要走什么路，将不愿拒绝形式中的象征主义的遗产。但是某些确定年代底实在的俄国象征主义，为一种确切的社会目的而运用象征。它底目的是什么呢？象征主义之前的颓废派，在个人的性经验，死亡，及其他，或者竟仅在性与死亡中，寻求一切艺术问题底解决。它势必在很短的时期中，就将自己弄得山穷水尽了。从这——不是从社会的冲动——就有了一种需要，要为自己底要求，感情和心绪，找一种较高的认可，因而充实并且提高它们。象征主义——它不仅把象征造成一种艺术方法，也造成信仰底象征——对于知识阶级似乎是到神秘主义去的艺术的桥梁。在这样具体地社会学的意义上，并不在抽象的形式的意义上，象征主义不仅是一种艺术的技术底方法，却是知识阶级对现实底逃避，是它造成另一世界的法术，是它在自足的昼梦，冥想，和被动性中的艺术的建造。在勃洛克中我们见到求科夫司基[①]近代化了！论“文学的衰落”的旧时的马克斯主义的论集和小册子（一九〇八年及以后的），无论它们底有些概括是怎样不成熟和片面，无论它们怎样成为仅只滥写，较之楮沙克[②]所作的，比如说，给予了无可限量地重要些而且正确的社会的文学的诊断和预断。他较其他马克斯主义者，更早而且更注意地对形式问题加以思索，但是因为流行的艺术派别底影响，他在它们中看出了一种无产阶级文化底生长的各层序，并不是见到知识阶级底逐渐离去民众的各层序。

写实主义这名词显示给我们什么呢？在各种时代，用各种方法，写实主义给不同的社会的群体底需要与感情以表现。这些写实主义的派别

---

① 求科夫司基，瓦西里·安德烈耶维奇（Жуковский，Василий，Андреевич，1783—1852），俄国诗人，被公认为俄国浪漫主义诗歌的奠基人。别林斯基曾说，他“使俄国诗歌获得了心灵”，“没有茹科夫斯基，我们也就没有普希金”。——编注

② 现译名为楚扎克，尼古拉·菲奥德洛维奇（Чужак Николай Федорович，原名纳希莫维奇，1876—1937），烈夫基本理论的作者之一，主要从事研究西伯利亚的文学活动。——编注

底每一个，服从一种分离的和社会的文学的定义，与分离的形式的和文学的估价。它们有什么共同的东西呢？一种明确的，重要的，对世界的感情。它在于对照现在样子的生活的感情，在于对现实的艺术的接受，不在于回避现实，在于对生活底稳固性与变动性有种积极的兴趣。它是要照样绘画生活或理想化生活，证生活为对或者生活为误，摄照生活或者概括和象征化生活的一种努力。但是它常有一种先入之见，把我们三方的生活，当为充分的无价的艺术底主题。在这样宽广的哲学的意义上，不是在一个文学派别底窄狭的意义上，人可以断定说，新的艺术将是写实主义的。革命不能与神秘主义共存。革命也不能与罗曼主义共存，假如皮涅克，意像主义者及其他所称为罗曼主义者，是——可以如此恐惧——羞怯地要在新名目之下建立自己的神秘主义。这并不是发空论，这是一种超越不过的心理的事实。我们底时代不能有一种怯羞的和活动的神秘主义，“和余人一同”过下去的豢养的狗似的东西。我们底时代掌管着一把斧头。我们底生活，残酷，凶暴，彻底地扰乱了，说道：“我必须有一个有单纯的爱的艺术家。无论你怎样执着我，无论你选择艺术发展所创造出来的什么工具和器械，我都任你，任你底气质和天才。但是你必须照我现在的样子来了解我，你必须照我将要变成的样子看取我，而且除我之外不应当有另一个。”

这是在一种人生哲学底意义上的写实主义的一元论，并不是在各文学派别底传统的制造厂底意义上的一种写实主义。反之，为要理会新生活，新的艺术家将需要一切在过去中演进的，和一些补充的历程和方法。但是这将不至成为艺术的折衷学说，因为艺术底统一，是由一种积极的世界态度和生活态度所创造的。

在一九一八和一九一九年，在前线上遇到带骑兵队的一师人在前，后面带着货车，载着男演员，女演员，舞台布景，和其他舞台用具，是并不稀罕的。就一般论，艺术底地位是在历史的进行底后面的。因为我们前线底迅速变化，装着男演员和舞台用具的货车，时常觉得自身陷于困难的地位，并且不知道要上什么地方去。有时他们落在白党底手里。

被历史的前线之凶猛的变迁捉住了的一切艺术底地位，在现在是同样困难的。

剧场尤其是在困难的地位中，因为它绝对不知道要到那里去，和要“表演”什么。并且这是最可注目的，大概可为最保守的艺术形式的剧场，会有最急进的理论家。每人都知道苏维埃联邦共和国底最革命的团体，是戏剧批评家这阶级。在西方或东方初露出一种革命底表征时，把他们编成一个特殊的“Levtretsi”（左派的剧评家）营，许是一件好事罢。当我们底演剧者演《安戈忒底女》[①]，《塔里尔金底死》[②]，《它兰多特》[③]，《戴绿帽者》[④]的时候，我们底可敬的左派剧评家尽力忍耐。但是到演马丁奈（Martinet）底戏剧时，他们几乎全跃起了（甚至在米尔禾得给了《世界跃起》之前）。这戏剧是爱国主义的。马丁奈是一个和平者！批评家中有一位甚至这样表现他自己：“这在我们都是过去的了，因此无趣。”但是所有这“左倾主义”，都是可怕的平庸主义，后面连一点革命主义也没有。假如我们要从政治观点开始，那末马丁奈是一个革命者和世界主义者，在我们现日的极端左派底代表，甚至还没有左倾的祝福底气味的时候。而且，说马丁奈底作品属于昨日是什么意思！法兰西社会革命已经发生过了吗？已经胜利了吗？或者我们将不把一种法兰西革命看为一种独立的历史的戏剧，却不过把它看为我们所遭遇的革命底厌烦人的反复吗？这种左倾主义，在其他许多东西之外，包含着最普通的民

---

① 法国古典轻歌剧著名代表人物之一、法兰西民族轻歌剧新流派的创始人夏尔·勒科克（Charles Lecocq，1832—1918）的轻歌剧。——编注

② 俄国剧作家苏霍伏—柯培林，亚历山大·瓦西里耶维奇（Сухова-Кобылина，Александра Васильевича，1817—1903）的喜剧三部曲《旧时代的景象》的第三部。——编注

③ 威尼斯剧作家戈齐（Carlo Gozzi，1720—1806）1762年创作的童话剧。——编注

④ 比利时剧作家费尔南德·克罗梅林克（Кроммелинк，Фернан（Crommelynck Fernand），1888—1970）最著名的喜剧。——编注

族的褊狭。别无问题，只有马丁奈底戏剧在场数上是太长了，较之戏剧的，是更为文学的（作者自己难以料到这戏剧是要上舞台的）。但是这些缺点是可以不露于外的，假如演戏者在它底民族的与历史的单纯中看取这戏剧，即是拿它当作在伟大的取进底某点上，法兰西的无产阶级底戏剧，而不当作跃起的世界底随笔。将一种明确的历史的中心底动作，带进一种抽象的构成主义，在这情况中是乖离革命——乖离那固执地发展着，而且从一国走到一国的真正的革命，这革命因此对于假冒革命者，是厌烦人的反复。

我不知道现在舞台上是否需要生物机械学，即是否有历史的必需。但是我毫不疑惑——假如我可以说出我自己的意见——我们底剧场迫切地需要一种新的，写实主义的，革命的戏文目，尤其需要一篇“苏维埃喜剧”。我们应当有我们自己的《未成年者》，我们自己的《过分聪明底悲苦》，和我们自己的《巡按》[①]。不是这三篇旧喜剧底新排演，不是用苏维埃的风格来润色它们，就和对于狂欢节的游戏文一样，虽然就是如此也要比我们戏文底百分之九十九有生命些——不然；我们不过需要一种苏维埃举止底喜剧，笑与愤怒底喜剧。我故意用旧文学教科书中的名词，而且我一点也不怕人骂我开倒车。一个新阶级，一种新生活，新的罪恶和新的愚蠢，要索着要从静默中解放出来，而且当这事发生的时候，我们就要有一种新的戏剧艺术，因为没有新的方法是不能描摹新的愚蠢的。有多少新的未成年者，在战栗地等待着被人在舞台上表演出来？过分聪明，或假装过分聪明有好多悲苦，而且假如有一个舞台巡按从我们苏维埃生活中行过，是多末好呵。请莫指戏剧检察官，因为那并不是真的。自然假如你底喜剧要说：“看我们被带到什么了；让我们回到美好的旧时的贵族底巢窠罢”——那末检稿官自然要审定你底喜剧，而且要公正地这样作。但是假如你底喜剧要说：“我们现在在创造着一种新生

① 这三部喜剧的现在译名分别为《纨绔少年》（冯维辛著）、《智慧的痛苦》（格里鲍耶陀夫著）和《钦差大臣》（果戈理著）。——编注

活，然而有多少旧的和新的污浊，卑鄙，和奸恶在我们周围呵；让我们扫清它们。”那末，自然检稿官不加干涉，假如要干涉，有处将作得那末不高明，我们都是要攻击这样一个检稿官的。

当我有机会（虽然如此稀少）视察舞台，并且谦恭地藏起呵欠以便不冒犯什么人的时候，我很被这种事实所感，就是听众在现日生活上是多末热诚地捉得每个暗示，甚至是不重要的暗示呵。这情形底有趣的显示，可以在艺术剧场所复活的短乐剧中看出来，这东西是轻浮的，有着大的和小的刺（没有无刺的蔷薇!），那时候我想到：假如我们还没生长到演喜剧的程度，我们至少应当排演一种社会生活底写意剧。

自然是无疑的，也无须说，在将来剧场要从它底四壁中露出，而且沉没到民众生活中去，它将要绝对服从生物机械学，等等。但是这终究是“未来主义”，即是很辽远的未来底音乐。然而在剧场赖以为生的过去，和很辽远的未来中，有我们在其中生活的现在。在过去主义和未来主义中，要在舞台足光后给“现在主义”一个机会，倒许不坏。让我们对这样趋势表决！一篇好的苏维埃喜剧将使剧场觉醒一些年，于是我们许就要有正当地被人看为文学中最高形式的悲剧了罢。

但是一种伟大的艺术，能从我们底无信仰的时代中创造出来吗？有些革命若能为他们保证永生便接受革命的神迷家问。悲剧是伟大的和纪念碑的文学形式。古典的古代底悲剧，是从它底神话中演绎出来的。所有的古代悲剧，都被对给予生活一种意义的命运之深彻的信仰所透入。基督教的神话统一了中世纪的纪念碑的艺术，并且不仅给予庙宇和神秘，也给与所有的人类关系一种要义。宗教的人生观和对生活的积极的参与这二者底联合，使一种伟大艺术在这些时代中成为可能的。假如我们要移去了宗教信仰，不是在我们近代知识积极底灵魂中进行的神秘的细语，却是有上帝，天法和教堂圣教的真正宗教，那末生活只落得是空光的了，其中没有任何地方供英雄与命运，罪过与赎罪底高尚的冲突了。著名的神秘派司提盘（Stepun）在他底论《悲剧与现代生活》的文章中，从这种观念行近艺术。他从艺术本身需要开始，以新的纪念碑的艺术诱惑我们，指示我们辽远的悲剧底复兴，而在结论中，以艺术底名，要索我们服从上天底权力。在司提盘底计划中，有一种纡曲徐入的逻辑。其实，作者并不关心悲剧，因为和上天底规律比较起来，悲剧底规律对于他是没有什么的。他仅愿以悲剧美学底小拇指抓住我们底时代，因为要握住它底全手。这完全是一种纯然耶稣会[2]的接近。但是从 Dialectic 的观点看，司提盘底推论是形式主义的，而且浅薄的。它忽略了古代悲剧与歌特式艺术所由发生，而且新的艺术必须从其中发生的唯物主义的和历史的基础。

对于免不了的命运的信仰，显露出在思想上清楚，但在技术上不高明的古人被限制在其中的窄狭范围来。他还不能在我们现日所作的尺度上克服自然，而且自然像命运一样悬在他上面。命运是技术方法底限制与固定，是血，病，死，和一切限制人的东西底声音，并且它不准他变成"傲慢的"。悲剧附着在心底觉醒的世界与停滞的方法限制间的矛盾中。神话并不曾创造悲剧，它不过用人底童年底言语表现它就是了。

中世纪底灵魂赎罪底贿赂，和就一般论，从宗教底，尤其从历史的，积极的基督教底二重性而来的天与地的二重簿记底系统，不曾创造生活底诸矛盾，不过反映它们并虚伪地解决它们就是了。中世纪的社会把期券转让给上帝之子，以解决逐渐增长的矛盾；统治阶级签署了这期券，教堂圣政作为押注者，而被压迫的民众预备在另一世界中折算它。

资产阶级的社会将人类的关系分裂为原子，而且将空前的变易性和活动性给予了它们。作为纪念碑的宗教的艺术底基础的那种原始的意识底统一，消逝了，原始的经济的关系也与之一同去了。因为宗教改革，

---

① 司提盘，费奥多尔·奥古斯托维奇（Степун Федор Августович，1884—1965），俄历史学家、文学评论家，1922 年被驱逐出苏俄后在德国定居。——编注

② 拉丁原名 Societas Jesus，S.J.，为天主教的主要修会之一，最主要的任务是教育与传教，在欧洲兴办许多大学，培养出的学生除是耶稣会人才外，也活跃于政界与知识分子阶级，著名的如笛卡儿。——编注

宗教变为个人主义的了。艺术底宗教的象征，肌筋被从天上砍下了，倒跌下来，就在个人意识底无定的神秘主义中寻求帮助。

在沙士比亚底悲剧——这没有宗教改革是完全想不到的——中，古人底命运和中世纪基督教徒底热情，被个人的人类感情，如爱，妒忌，复仇的贪念，精神的轧栎所挤出。但是在沙士比亚底每篇戏剧中，个人的热情弄到如此高度的紧张，至于出乎个人，而变成超个人的了，并且转变为某一种的命运了。阿赛罗（Othello）底妒忌，马克白斯（Macbeth）底野心，煞一洛克（Shylock）底贪得，洛米俄（Romeo）与朱立埃忒（Juliet）底爱，廓里兰那司（Coriolanus）底傲慢，哈孟雷特（Hamlet）[①]底精神的摇惑，都是这一类的。悲剧在沙士比亚中是个人主义的，并且在这样意义上，没有《哀狄迫司·里克司》（Oedipus Rex）[②]底一般的要义，后者表现一个民族底意识。同样，与霭司齐拉司（Aeschylus）[③]相较，沙士比亚代表向前去的，并非向后退的一大步骤。沙士比亚底戏剧是更为人类的。无论怎样，对于剧中上帝发命令而人服从的那种悲剧，我们不再接受了。而且，将来没有人写这种悲剧了。

把人类关系分裂为原子，资产阶级的社会在它底兴起时期，为自己有一种大目的。名目是个人的解放。从这中生出沙士比亚底戏剧和翟提底《浮士德》（Faust）。人把自己放在宇宙底中心，因此也是在艺术底中心。这主题足够用许多世纪。在实际上，所有的近代文学，都不过是这种主题底扩大而已。

但是一到资产阶级社会底内在的破产，作为它底受不了的矛盾之结果而显出的时候，原来的目的——个人底解放与限制——衰亡了，而且

---

① 现译名分别为奥赛罗、麦克白、夏洛克、罗密欧与朱丽叶、科利奥纳斯、哈姆雷特，均为莎士比亚戏剧中的人物。——编注

② 现译名为《伊底帕斯王》，古希腊悲剧作家索福克勒斯于公元前 427 年根据希腊神话中伊底帕斯的故事所创作的一部希腊悲剧，为希腊悲剧中的代表之作。——编注

③ 现译名为埃斯库罗斯，希腊的诗人及悲剧作家。——编注

逐渐贬到一种新的神话学底范围中，没有灵魂，也没有精神。

不过个人的和超乎个人的之间的冲突，不仅能在宗教范围内，也能在比个人大的人类热情底范围中发生。超个人的元素，超乎一切，是社会的元素。只要在人未能克服他底社会组织的时候，后者还要悬在他上面成为他底命运。同时社会是否投出一种宗教的阴影，那是次要的事，而且是看人底无助底程度如何而定的。在尚无准备的社会中，巴保夫（Baboeuf）[①]底为共产主义的奋斗，是一个古典的英雄与他底命运的奋斗。巴保夫底命运，有着真正悲剧底所有的特点，正如格拉司奇（Gracchi）[②]底命运一样，假如巴保夫用了他底名。

建基于分离的个人热情上的悲剧，对于我们时代是太平庸无味了。为什么呢？因为我们生活在社会热情底时代中。我们时代底悲剧，在个人与集团性的冲突中，或在同一个人中的两种仇对的集团性底冲突中。我们底时代是有伟大目的的时代。为它按下印记的正是这点。但是这些目的底伟大，是在人要摆脱神秘的和各种其他的知识的昏聩这种努力，与他要按自己底计划来改造社会和自己的努力中。这较之适于他们底童年的古人们底儿童剧，或中世纪修道者底谗语，或从集团性种撕下人格，于是彻底地将它汲尽，推它入悲观主义底深渊，或把他匍伏地放在生力的大公牛之前的那种个人主义底傲慢，自然是大得多了。

悲剧是高尚的文学表现，因为它包含着冲突与痛苦底，无限的目的底，和努力底坚持。在这样意义上，司提盘是对了，当他解说他所称为“前夜的”艺术——即大战与革命前的艺术——为无关紧要的时候。

资产阶级的社会，个人主义，宗教改革，沙士比亚的戏剧，大革命，

---

① 现译名为格拉古·巴贝夫（Gracchus Babeuf，1760—1797，原名弗朗索瓦·诺艾）法国大革命时期的革命家，空想共产主义者。——编注

② 指格拉古兄弟，即兄提比留·格拉古（前162—前133）、弟盖乌斯·格拉古（前153—前121），古罗马政治家，他们在公元前133—前121年曾推行以土地问题为中心的改革活动，史称格拉古兄弟改革冲击了豪门贵族的统治，对于罗马社会的发展起了促进作用。——编注

使无中生有的目的，不能有悲剧的要义；伟大的目的要生活在一民族，或领导一民族的一阶级底意识中，假如那些目的要唤起一种英雄气，或者要为感兴悲剧的伟大情感创造出一种根基。帝制的战争，它底目的不曾透入意识，仅产生了不值钱的诗，旁边有个人的诗缓流着，它不能升到一种客观性，也不能造成一种伟大的艺术。

假如人要把艺术底发展作为一种社会形式，而从这观点，来看颓废派、象征派，和他们底所有的分支，那它们要显得不过是笔底乱画，技艺底练习，和乐器底调试就是了。在艺术被称为“前夜的”这种艺术时代，是没有目的的。有目的的人，没有时间从事艺术。在现在，人不得不用艺术成就伟大的目的。人说不了革命的艺术将来能否产生“高尚的”，革命的悲剧。但是社会主义的艺术，是将要复活悲剧的。自然没有上帝。新艺术将是无神主义的。它也将复活喜剧，因为未来的新人也要笑。它将以新生命给予长篇小说。它将赐给抒情诗一切权利，因为新人将比旧人用更好更强的方法去爱，而且他也将思索生与死底问题。在创造精神底发展进程中兴起的一切旧形式，新艺术都将使之复活。这些形式底瓦解与衰落，不是绝对的，这并不是说，这些现象是和新时代底精神绝对不相容的。新时代底诗人所必需作的只是，用新方法重新思索人类底思想，和重新感觉人类底感情。

在后些年，建筑受厄最多，而且不仅我国如此；旧建筑逐渐被毁去了，而新的没有建成。因此住居的危机遍世界。在大战后工作恢复时，人们第一把精力用在最紧要的消费品上，其次才向着基本的房屋之建设。最后，战争与革命底破坏，将给建筑一种有力的刺戟，正如一八二一年底火灾有助于美化莫斯科一样。在俄国，文化的物质比在别国被毁得少，在别国破坏大些，但是再造却比在别国都无量地困难得多。那末我们没有时间从事最为宏大的艺术之一的建筑，是无足惊奇的了。

现在我们在开始修理一点街道，重安污水管，并完成留给我们当为遗产的房屋——但是我们只在开始。我们用木头建造我们农事展览会底建筑。我们还必须延缓一切大规模的建设。伟大设计底创始者，如塔忒林（Tatlin）[①]似的人，不由己地要给他一种宽限，去从事更多的思考，从事修正，从事激烈的重行考查。但是人一定不能想象我们计划在将来几十年中，也修理旧街道和房屋。在这种历程中，如在其他一切历程中一样，有修理，缓缓预备，聚集势力时期，和迅速发展时期。一到最迫切和锋利的生活需要满足后，有了一种余裕，苏维埃国家就要处理伟大的建设底问题，这建设是要适宜地表现我们时代底纪念碑的精神的。塔忒林从他底设计中抛开民族的形式，讽喻的雕刻，雏形的花字，花饰和尾形附属物，并且尽力使全盘设计附属于正当的，建设的材料运用，无疑地是对的。长期地，这曾是造机器，桥，和覆盖的市场的方法。但是塔忒林还得证明，在似乎是他自己个人的发明——一个旋转的立方体，一个棱锥体和一个全是玻璃的锥体——上，他是对了。无论好坏，环境将要给他许多时间，去找赞成他的辩论。

得莫巴桑（De Maunassant）[②]厌恶埃非尔塔（Eiffel Tower），在这事上，没有人必须要模仿他。但是埃非尔塔造成二重的印象，却无疑地是真实的；人被它底形式底单纯性所吸引，而同时又被它底无目的性所推拒。这是一种极端合理的材料之利用，为造成一个高的建筑物的目的。但是它是为什么用呢？它不是一种建筑，只是一种练习。现在谁都知道，埃非尔塔作为一个无线电台了。这给他一种意义，而且使它美学地更为统一。但是假如这个塔起始就作为无线电台而建筑，它或可在形式上得到较高的合理性，因而得到艺术底较高的完成。

从这种观点看，塔忒林为一种纪念物的设计，显得不满人意多了。主要建筑底目的，是要为人民委员会世界会议底聚会，和国际共产党[③]等，造成一个玻璃的司令部。用以支持玻璃的园体和棱锥台的撑支物和

---

① 塔忒林，弗拉基米尔·叶夫格拉福维奇（Татлин，Владимир Евграфович，1885—1953），俄罗斯和苏联未来主义和结构主义画家。——编注

② 现译名为莫泊桑。——编注

③ 即共产国际。——编注

桩——它们在那里并无其他目的——是那末占地方和沉重，看来好像它们是不动的架子一样。人说不来它们是为什么的。他们说：这些是支持要在其中开会的旋转的圆体的。但是人回答：会议不必须在圆体中举行，而圆体也不必须旋转。我记得在孩子时候，一次看见一座建在啤酒瓶子里的木庙。这燃起了我底想象，但是我那时不曾问我自己，它是为什么的。塔忒林用一种倒转过来的方法进行；他要为要坐在一座螺旋的，三合土的庙里的人民委员会世界会议，造成一个啤酒瓶。但是暂时我制不住不发生问题：它是为什么的？更正确些：我们也许接受圆体与其旋转，假如它与建造底轻舒与单纯相联，即是，假如它底旋转底安排不压迫目的。拿来解释雅各·力泊席慈（Jacob Lipshitz）①底雕刻底艺术要义的那些辩论，我们也不能同意。雕刻必须失去它底虚伪的独立，这种独立仅是把它黜斥到生活底后院，或躺在死的博物院苟安度日之谓，而且要在某种较高的综合中复活它与建筑的联合。在这样宽广的意义上，雕刻不得不取定一种实利的目的。那末很好。但是人怎样从这种观点去接近力泊席慈的雕刻，是一点也不清楚的。我有几种横切面底照片，这假定是一个手拿弦乐器在坐着的人底轮廓。我们听说，假如它在现日不是实利的，它是“有目的的”。以怎样方法？要判断有目的性，人必须知道目的。但是当人停下来思索这许多横切面，尖形式，和突出物底有目的性与可能的实利时，人达到一种结论：作为最后的救济，人能把这末一片雕刻变成一个帽架。然而，假如雕刻者底目的是要造一个雕刻的帽架，他或许为它找到一种更有目的的形式了罢。无论怎样，我们是不能奉劝用石膏塑形造成帽架的。

因此我们必须假定，力泊席慈的雕刻，像克卢契尼赫底字形似的，只是技术上的练习，像音阶和乐曲片断底演奏一样。这些是未来的，文字的和雕刻的音乐中的练习。但是人不应当把练习拿出来当为音乐。莫让它们出技术室，莫把它们显示给照像师，倒更好。

---

① 法国著名雕塑家。——编注

无疑的，在将来——我们越向前进，就要越如此——像城市花园，模范房屋，铁路，海港等底计划这类纪念碑的工作，不仅使工程建筑师，竞争底参与者极其感到兴趣，也要使大的普遍的民众感到兴趣。从一代到一代，一块砖一块砖地，不觉得的，蚂蚁似的区市和街道之堆砌，将要让路给地图和指南针在手的，城市乡村底伟大的建造。绕着这个指南针，将要形成真正的人民底党，为特殊的工艺学和建造而成立的将来的党，这党将要热情地煽动，开会而且表决。在这种斗争中，建筑将再被民众感情与心绪底精神所充满，不过在大得多的平面上了就是，而且人类将可塑地教育自己，它将惯于看世界为一块顺服的粘土，供人雕刻最完全的生活形式。艺术与工业之间的墙将要倒塌。将来的伟大的形式，将是赋形的，不是装饰的。此地未来主义者是对的？但是要把这看为艺术底清结，当作对于技术的自愿的退让，那就错了。

拿削笔刀作为一例罢。艺术与技术之联合，可以顺两条基本的线索进行；或者艺术修饰刀，并在它底柄上绘一个象，虏获的美人，或埃非尔塔；或者艺术帮助技术为刀找出一种“理想的”形式，即是最与刀底材料与目的适然相合的形式。以为纯然技术的方法能解决这工作，是不对的，因为目的与材料可有无数的变化，要造一把“理想的”刀，除材料底属性及其使用法底知识之外，人必须有想象和审美力。和工业文化底全体趋势相一致，我们以为艺术的想象，在创造物理的物体上，要被指挥按造出一件东西底理想形式使之成为一件东西，不是使造出这东西底修饰，当作它本身之外的一种美学的增额。假如对于削笔刀这是真实的，对于缝衣服，家具，剧场，和城市，就更加如此。这并不是取消“机制”艺术之意，就是在最辽远的将来也不是。但却好像技术与艺术底一切分枝之间的直接的合作，将要变得最为重要似的。

这是说工业将要并吞艺术呢，或是艺术将要把工业提高到自身，到峨灵辟司山呢？这问话怎样回答都可以，看是从工业方面，还是从艺术方面接近问题。但是在所达到的目的上，在每种答话间都没有分别。两种答话都表示工业底艺术性与范围底大扩张，而且我们此地所谓工业者，指全领域，并不除外人底工业的活动；机器的和电气的农业，也将变成工业底一部分。

不仅艺术与工业间的墙要倒塌，同时艺术与自然间的墙也是要倒塌的。但是这并不是就卢梭（Jean Jacques Rausseau）[①]底意义解，说艺术将更近乎一种自然状态，却是自然将要变得更为“人工的”。山，河，田野，草场，大草原，森林和海岸底现在的分布，不能看为是最后的。人已经在自然图上造成改变了，这为数并不少，也并非不重要。但是和将来的一比较，这些不过是学生底实习而已。信仰不过使人希望移山；而工艺学并不“靠信仰”，确实能砍下山来，并且移动他们。到现在，仅只为工业的目的（矿），或为铁路（山洞），而作这样事；在将来，将要依照一种全体的工业的和艺术的计划，在无量地更大的范围上作这件事。人将忙着重行注定山河，并且热诚而且反复地在自然中求改善。在结尾，他将重造了大地，假如不是照他自己的形象，至少依着他自己的审美力。我们一点也不恐惧这种审美力将要是坏的。

妒忌的，含怒的克留耶夫，在他与玛雅科夫司基的争吵中宣说，“烦心于起重机，是不宜于诗歌底作者的”，又说，“只有在心底熔炉中，并不在其他熔炉中，生活底紫金被熔化。”伊凡诺夫—拉茄姆尼克，民粹派，有一次又是左派的社会革命派——这就足见一切了——也加入这种争吵。伊凡诺夫—拉茄姆尼克宣称，锤与机器底诗——玛雅科夫司基以它底名而有所言说——是短暂的枝叶，但是那种“上帝造成的大地”底诗，是“世界底永久的诗”。此处机器与大地作为暂时的和永久的诗底源泉而相对待，自然卓越的唯心主义者，无审美力的和小心的半神秘的拉茄姆尼克，是爱永久的甚过枝叶的啰。但是其实，这种大地与机器底二

① 让·雅克·卢梭（Jean-Jacques Rousseau，1712—1778），法国伟大的启蒙思想家、哲学家、教育家、文学家，是18世纪法国大革命的思想先驱，启蒙运动最卓越的代表人物之一。——编注

元论，是假的；人不能使一块退化的农田与一个磨面机相对待，无论是在一块园地上，或是在一个社会主义的社会中。大地底诗不是永久的，却是可变化的，人开始唱他底清晰的歌，仅在他在他自己与大地之间放上了器具和器械之后，这些东西是初次的简单的机器。要没有一把镰刀，一架犁，或一把钩镰，就不会有科伊楚夫。这是说有一把镰刀的大地，比有一架电犁的大地占优势吗？现在才开始计划和实现他自己的新人，将不使捉拙鸡的陷场和捉鲟鱼的拖网，与起重机和汽锤相对待，如克留耶夫和随他后的拉茄姆尼克似的。借着机器，人在社会主义的社会中将命令自然全部，和它底拙鸡和鲟鱼。他将为山和山指出地方。他将改变河道，他将为海洋立下规律来。唯心主义的愚人许说这是一种累赘事，然而这就是他们所以是愚人的缘故。自然这并不是说，全地球都要划成区，森林要变成公园和花园。矮丛，森林，拙鸡和老虎，将要存留，倒更近情，但是只在人命令它们存留的地方存留。并且人将作得这样好，使得老虎甚至没有留意到机器，或觉到变化，却和在原始时代一般生活。机器不是和大地反对的。机器是近代人在生活各方面的器具。现日的城市是暂时的。但是它将不反回头再分解为旧乡村。反之，乡村要在基本上升到城市底平面。主要的工作在这里。城市是暂时的，但是它向着将来，并且指示道路。现在的乡村是完全属于过去的。它底美学所以似乎是古代的，就好像是从民众艺术博物院中取出者，就为着这缘故。

人类从内战时代中出来，因可怕的破坏要变得可怜得多，即使没有在日本发生的那类的地震。征服贫穷，饥饿，各样缺乏，即征服自然的努力，将成未来几十年的主管的趋势。对机器改良的热情，如在亚美利加①似的，将伴着每一个新的社会主义社会底初期。对自然的被动的享乐将要从艺术中消逝。技术对艺术作品将要变成一种更有力的感兴，而且以后技术与自然间的矛盾，是要在较高的综合中给解决掉的。

现日的少数热心者想使生活更为戏剧的，并且有拍节地教育自己的

① 美国。——编注

这种个人的梦想，在这种眼光中，找得一个适当的和真正的地位。理智化了他底经济制度，即是使它浸透了意识与目的性，人将一点也不留现日的沉滞的和虫吃的家庭生活底痕迹。像磨石一股〔般〕放在现日家庭上面的，对于食物与教育的操心，将被移去，并且将成为社会的发轫，与无限的集团的创造性底题目。妇女将终于从她底半奴隶的情况解放她自己。和技术一并，教育，就新世代之心理兼物理的造形这样宽广的意义说，将作为社会思想底冠冕而有它底地位。有力的“党”将绕着教育制度造成。社会教育中的实验，和各异的方法底竞争，将闹到一种未曾梦想到的程度。共产主义的生活将不是盲目地造成的，像珊瑚岛一样，却要有意地建设，要受思想试验，要被指导，被改正。生活将不再成为元素的，因此不再沉滞。将要学习怎样移动山河，怎样在芒布峰山峰上和大西洋底建筑民众宫殿的人，将不仅能把充实，光辉，和紧张加入他自己的生活，并也加入最高限度的动力性。生活底壳还没有时间造成，又要在新的技术的和文化的发明和收获底压迫之下，重行裂开了。将来的生活将不会成为单调的。

还不止此。人最后要热诚地和协化他自身。他将以这为他底事务：使他底肢体运动在工作上，散步上，和游戏上有最大的准确，目的性，和经济，而获得美。他将尽力先制服他底有机体中的半意识的，于是再制服下意识的历程，如呼吸，血底循环，消化，生育，并且在必需的范围之内，他将尽力使它们受理智和意志底管辖。甚至纯粹生理的生活，也将听从集团的实验。人种，凝结的人间性，将再进人〔入〕激烈转变底状态中，并且在他自己手中，将变成心理兼物理的训练，和人工淘汰底最复杂方法底对象。这是完全和演进一致的。借着用科学的技术代替半开化的规例，用科学代替宗教，人首先从工业和观念学中把黑暗的元素驱出。以后借着用民主主义，唯理主义的议院政策，于是又用清白的，公开的苏维埃专政，推翻君主政治和阶级，将无意识的东西驱逐出政治之外。盲目的元素最沉重地安置在经济关系中，但是人也在用社会主义的经济生活组织，把它们从那里驱出了。这使基本改造传统的家庭生活的事可能。最后，人自己底天性，是藏在地层底，元素的和无意识的东西底最深最暗的角落里的。考察的思想和创造的发轫力底最大努力，将要向着这方向，岂不是自明的吗？人种将还继续在神前，王前，资本前匍伏，为要以后在黑暗的遗传律，和盲目的性淘汰前卑微地屈服吗！解放的人将来要在他底器官底工作中获得一种较大的平衡，和细胞组织底更有比例的发展与销毁，为要把死底恐怖减退到生物对于危险的合理性的反应。无疑的，人底极端的解剖学的和生理学的不和协，即是组织与器官底生长与消耗之极端的不合比例，使生活本能形成一种束缚的，不健全的和歇斯特里的死底恐惧，这隐晦了理智，并且养育关于死后生活的，呆蠢的和卑微的幻想。

人要以这为他底目的：制服自己的感情，把本能提高到意识底高度，使本能透明，把意志底线伸张到隐蔽的幽暗处，因此把自身提到一种新的平面上，创造一种较高的，社会的，生物的典型，或者你要高兴，就称之为超人。

未来的人将来可以达到的自治底限度，或他将来能把他底技术可以弄到怎样高度，是难以预测的。社会的建设和心理兼物理的自我教育，将要变成同一历程底两面。一切艺术——文学，戏剧，绘画，音乐和雕刻，都将给这历程以美丽的形式。更正确些说，共产的人底文化的建设和自我教育要封闭在其中的壳，将要把现代艺术底一切有生命的元素都发展到最高点。人将变得无可限量地强些，聪明些，精深些；他底身体将变得更为和谐，他底运动更有拍节，他底声音更为音乐的。生活底诸形式将变为动地戏剧的。普通的人底典型将要升到亚里士多得（Aristotle），瞿提（Goethe），或马克斯底高度。并且在这个山脊上将要起新的山峰。

后　记

一九一七年十月俄国革命，无论在赞成者或反对者底眼中，都是一件震撼了全世界的大事；由这而产生的时代，是一个大时代。革命将俄国生活基本改变了，以生活为基础的文学和艺术，自然也要发生出巨大的变化来。这变化确乎是巨大的，有许多作家都经不起，因而成了“亡命者”。和现代俄国生活分开，隔绝了可以滋生他们的精神的土地，这些亡命者已经失去了他们底创造底灵魂了，而且他们底作品只能作为旧时代底残辉，表白新旧时代间的距离而已。

在一部分上了解革命，但是不能整个地去了解；不回避革命，但只能以农民的态度接受它；想要向往将来，但根基又在过去；——简言之，不能以革命作为创作底中枢，是“同路人”底基本缺点，——这缺点使他们底作品不能与他们底时代精神契合，并且要使它与之分离。

未来主义还没发展完成，无产阶级革命就发生了，这使它能更与时代融洽，而且未来主义的作品，也确乎更能表现出这大时代底动力性。然而知识阶级的根性，狂放之士的遗痕，仍然存在于他们底作品中，——未来主义不过是新旧两个时代间的桥梁就是了。

相信着形式决定内容，唯心的形式派与马克斯主义立于完全相反的地位。“他们（形式主义者）相信‘起始是字’。但是我们相信起始是事。”如著者在第五章底结尾所说。换言之，有了生活内容，才会有对于文学或艺术的形式之需要，必有历史的必需，才能发生新形式。马克斯主义的观点是如此的。

所谓无产阶级的文学和无产阶级的艺术，是颇易引起误会的窄狭的名词。无产阶级的作家，都还不过是著作艺术底学徒。没有足够的预备，不吸收革命前文化的成分，是不能开始前进的。以新时代底精神为食粮，为材料，以旧时代在艺术文化上的收获为工具，新时代的作家才能为他底时代创造出新的文化和艺术。无产阶级专政时代是过渡的，所谓无产阶级文化时代也是不能存在的，将来的社会是没有阶级的，文化和艺术中的阶级性也将因革命之成功如何而逐渐消逝。不过在这进程中，还要有革命，有斗争，社会阶级性也要紧张到极度，因此革命的艺术是需要的，因为它能助长战士底勇敢与团结。然而这也是过渡的，并且和社会进程一样，代之而兴的将是社会主义的艺术；在这种艺术时代，社会阶级已经消灭，文化和艺术不复有阶级性，艺术，技术与自然间的隔阂也将归于乌有，而真正的人的文化就将在这样基础上建筑。

在艺术政策上，特罗茨基和瓦浪司基（Voronsky）与有些极端派相反，采取一种较为宽容而开明的态度。凡文学足以加强乡村与城市间，党员与非党员间，知识阶级与劳动者间的链锁，因而增加革命底力量者，党都应加以赞助和指导；但仅只赞助和指导而已，并不能像在经济和政治的斗争中似的，去直接地，命令似地指挥，因为“艺术必须开辟自己的道路，并且用自己的方法”，探透时代底精神和民众底意识。一九二四年五月关于共产党艺术政策的会议，决定了采取特罗茨基底态度，于是“同路人”底作品也可以在国家出版物上刊印了。

以上所述，是《文学与革命》底观点与主旨底概略。

作红军底领袖，在饥荒困迫四面被封锁的境况中，经了六七年的战争，稳固了苏俄底基础，特罗茨基底名闻，早已为世人所周知了。现在只来略一介绍他底生活。

李昂·勃浪司坦·特罗茨基（Leon Bronstien Trotsky）诞生在旧式的小小的农舍中，然而他底童年是幸福的，并无一点穷苦与忧伤。他底父亲是一个很精干强壮的犹太人，有很多的田产，他底母亲也颇善料理家务，他们在社会上是富有的，受人恭维的重要人物。他底姊姊和哥哥给他解释字母，并给他绘画的书读。稍长就到近村的姑母家里上学。夏季他底叔父斯盘塞尔（Spencer）从阿得沙（Odessa）[①]来，也教给他许多功课。这是他最初所受的教育。

他是一个漂亮的，聪明的，人人都欢喜的孩子。七岁时他为他父亲作书记，保管书，这些事他都作得很好。八岁时他就用自己所造的笔，办一个小杂志，比他长二岁的堂兄为他作封面图。特罗茨基底第一个野心，就是要像他底这位堂兄一样，成为一个大艺术家。

他底感受性是颇强的，而且富有同情。有一天邻近农民底马践踏了他

① 现译为敖德萨。——编注

父亲底麦地，他父亲就把马关起来，要农民赔了损失才放：农民哀求他父亲，但是他大步走回去了。这事实深刺了少年特罗茨基底心，他跑到他母亲底卧室中哭了好些时候，直到吃晚饭时才出来，面色很庄严地突着嘴，好像心里藏着多大的悲哀一样，虽然农民底马早已无赔偿放回去了。

九岁时到阿得沙，寄居在他叔父斯盘塞尔家里，入了阿得沙圣保罗学校。他异常干净，穿着得很漂亮，在生疏的家庭里，是颇知自处的。在学校里功课最好，并且得人人欢喜。但是在这个温存静穆的孩子底心中，是有着深的反抗性的。有一个孩子已经留级两年了，再不能升级照例是要开除的，而一个教员就给了他不及格的分数，使得这孩子几乎终日哭泣。特罗茨基就联合了同班的孩子，在这教员要出去的时候，同声喊嚷作为一种抗议，并且要写信给本地教育当局要求改革。但是正当商议写信的时候，教员和校长一同来了，查知特罗茨基是主动者，他就被叫到校长那里去了。

“我班上的第一个孩子竟是一个道德的怪物!”校长很严然地向他说。

当斯盘塞尔夫人去要求校长莫开除特罗茨基的时候，这有经验的老德国人向她说：“那孩子是要成为社会底危险分子的。”但是因为平日的好成绩，这个“道德的怪物”以后虽然又和作文教员闹了点小风波，终于在这个学校里毕了业。

为要离家庭近些，特罗茨基在毕业后就到尼古拉埃夫（Nikolaev），离阿得沙只有一夜水程的小城市。住着他父亲为他预备的安适的房屋，穿得漂漂亮亮的，颇像一个花花公子。但是不久，因为一个书贾格拉司基（Galatsky），他得读许多急进的带社会主义色彩的小册子，如列福罗夫（Lavrov）[①]底《历史的书信》，和米海罗夫司基（Mikhaelovsky）底《什么是进步》。这些书都宣传“到民间去”的思想，鼓吹社会主义，推翻帝

---

① 列福罗夫（应为拉福罗夫——编注），彼得·拉福洛维奇（Лавров，Пётр Лаврович，1823—1900），俄国社会学家和政论家，民粹主义思想家，《历史的书信》是他用笔名 П.米尔托夫发表的主要著作。——编注

制，并且鼓励人正正经经地生活，以谋人类底进步。这使特罗茨基底反抗天性活跃起来。怀着这样心情，他在法兰士·司维高夫司基（Franz Svigovsky）底园子中遇到了一些急进大胆的朋友。

司维高夫司基是一个以种果菜为生的园丁，他底园子是阿得沙一般急进青年底寄身处。特罗茨基底父亲满心要他儿子学工程师，好建筑酒厂和糖厂，但是特罗茨基已经走到反对方向，要为社会主义工作了。父子间于是起了争吵，特罗茨基脱离了家庭，寄居在司维高夫司基底园子中，作私人教师谋生活，有时每月可以得六十卢布，就以余资买书到民间去散布。一年半前公子似地来到尼古拉埃夫的特罗茨基，现在已经敝衣俭食（虽然干净的习惯并没失）献身为社会主义工作了。

司维高夫司基底园子中时常聚集着五六个朋友：司维高夫司基和他兄弟，梭科罗夫司基（Sokolovsky）两兄弟，特罗茨基，夏季有隋夫（Zif）医生。他们热烈地辩论俄国社会革命问题，辩论各阶级在革命中的力量与地位，尤其爱辩论马克斯主义。这时候特罗茨基是马克斯主义底反对者，他赞成列福罗夫和米海罗夫司基底观点，即是以为“进步底种子实在是一种观念，虽然并非神秘地存在于人类中；它在一人底脑子中产生；它在那里发展；以后它从第一人底脑子转到别人们底脑子，在这些人底增长的知识的和道德的宝库中质地扩张，在人数底增加中量地扩张，并且当这些人意识到他们底相同，并决定一致行动的时候，它就变为一种社会的势力了；当被这种子透入的人把它译成社会形式的时候，它就胜利了。”（列福罗夫）。而米海罗夫司基以为“个性”底发展，是进步底要质。他们以为信仰社会主义的批评的思想家，可以说服多数农民，使他们不经过资本主义而建设社会主义。

而马克斯却正相反，他说：“不是人底意识决定他们底生存，正相反，却是他们底社会的生存决定他们底意识。”批评的思想家对于社会革命并没有若何大力量，领导革命而努力建设新社会的，不是农民，却是城市中的比较少数的劳动者。时常出现于司维高夫司基底园子中的亚历山得拉·李沃夫那·梭科罗夫司基（Alexandra Ivovna Sokolovsky）[①]是马克斯主义底战士，因此她和特罗茨基成了刻毒的仇敌。

特罗茨基这时是十七岁的火热的青年，他不能从这年青可爱的女子底嘴中接受冷然的科学的马克斯主义，是无怪的。

在尼古拉埃夫毕业（一八九六）后，特罗茨基作为宾客似的去访问他父亲；然而“父与子”两个时代间的冲突仍然不减于往昔。为要把特罗茨基缓缓地引上传统底路，他底叔父斯盘塞尔就将他带到阿得沙去，并使他在大学里听数学讲演。虽然在这方面他也显出特殊的天才来，然而他底兴趣还是倾注在社会运动方面的。他组织了他底叔父工厂里的工人，他时常和几个人聚集起来谈论推翻帝制，争言论，出版，集会自由等问题；尤其爱谈罢工，因为这是颇为时新的。自然这都是很孩子气的，然而也尽够引起警察底注意了。迫于朋友底劝告，他于本年冬季回到尼古拉埃夫，回到司维高夫司基底园子，他底革命思想底诞生地。

到了尼古拉埃夫后，他只有一个年青的李沃夫那·梭科罗夫司基可以相投，虽然在理论上他们还立于相反的地步。有一天他向她提议，要组织工厂里的工人，她同意了，于是他们就开始工作。他两个开始作组织底中心，一到二十五个人的时候，就分开，各人领导一组，并物色领袖人物，以便再行分组，逐渐扩充人数。在春夏两季中，这团体就有了二百多人，成为“南俄劳动者联合会”，而他们就目前发生的事实所发的宣言，已经传遍于一万劳动者之间了。秋间他们办了《我们底主义》这杂志，由特罗茨基亲自油印，干净而清楚，这里面充满了他底热诚。虽然他还没成为马克斯主义者，他已经向马克斯主义的李沃夫那·梭科罗夫司基和革命贡献了他底全心与爱了。

他们底活动已经引起警察和一般人底注意了，有一天有一个列一金（Leikin）遇见一个兵士，他就向他解释无产阶级底意义，和无产阶级所要作的事。这兵士将这事告诉了他底长官，于是列一金被捉入狱，特罗茨基他们底组织就根本受了打击。他们决定暂时停止活动，并警告特罗

① 此人为女性，姓应为梭科罗夫司卡雅。——编注

茨基放谨慎些，而他回到他父亲家里，预备他们底杂志底下一号。

特罗茨基刚带着油印机去他底家庭，到司维高夫司基底新居去，就有人到他家里来搜索。在那里，从亚历山得拉·李沃夫那底妹子马丽亚底嘴中，听到她们底兄弟在尼古拉埃夫被捉的消息。她并力言有侦探随着她，劝他们赶紧把油印机和纸张收起来。他们对于怎样对付发生的事的问题讨论竟夜，第二天早晨他们又掘出油印机工作（他们以为马丽亚错了），然而他们不久就全被捉住了。

他们下狱后十月还没有审问的消息。在这时期中，雪消了，他们被捕时藏在雪下的油印机经过了草长草衰，终于被新房主发现，献给警察去了，而“南俄劳动者联合会”底命运就注定了。这联合会底二十八个领袖全被捉住了。

特罗茨基初入尼古拉埃夫监狱，不久转入赫尔逊（Kherson）监狱，最后转到阿得沙。阿得沙两年监狱生活，在他生活中是很重要的。在这两年中他读了达尔文，米海罗夫司基，普列罕诺夫，和许多历史书籍。他底思想也渐渐有了系统，他在狱中变成了马克斯主义者。一八九九年秋季出了孤独的狱室，见到了他底旧朋友：亚历山得拉·李沃夫那和她底妹妹与兄弟，司维高夫司基，隋夫医生……他们要到莫斯科“过渡监狱”过冬，以后要被流放到西比利亚去。他和亚历山得拉·李沃夫那在这里结了婚。

西比利亚底生活并不如我们所想象的凄苦，虽然这是寂寞的，俭约的，静死的生活。特罗茨基和亚历山得拉·李沃夫那初被流放到乌司特—苦特（Ust-Kut）村，不久南移到尼赫尼—伊林司克（Nizhny-Ilinsk），半年后又移到佛和兰司克（Verkholensk）。特罗茨基是火山似的动的人，然而在这里他底精力只能消耗在纸与笔上，他底著作风格是在这里完成的。他到乌司特—苦特不到三星期，就取材于那里的生活作出文章来，并且得在《东方评论》上发表，这于他是一个大鼓励。在这时期中他极力研究世界文学，并常常写东西。然而这时的作品，只是兰勃（Ch.Lamb）①风的。一九〇二年春他得到伊鲁古司克（Irkutsk）②，见到

《东方评论》编辑，并且他允许给特罗茨基每月六十卢布，请他常川供给小品文。和第一个月的钱一同得到的是彼得堡的皇家检稿官禁止刊登他底文章底消息。特罗茨基底第一期文字事业到此算告了终结。

然而伊鲁古司克这一行，是于他有着非常大的意义的。他从那里带回了几本新的Iskra[3]，这是由列宁（Lenin）创始，并有其他革命领袖，普列罕诺夫，玛陀夫（Martov），亚历色罗得（Axelrod），波忒里索夫（Potrisov）和维拉·查苏里奇（Vera Zassulich）协助在伦敦办的杂志。这是俄国革命思想底中枢，特罗茨基从这得到许多启示。

从伊鲁古司克归后不久，特罗茨基就逃亡到沙麻拉（Samara），Iskra以此地为中心，向全俄国散布。在这里见到克里罕诺夫司基（Krizhanovsky），被派到伦敦，Iskra底总部去。道经巴黎时，遇见纳忒里亚·伊凡诺夫那（Natalia Ivanovna），她就成了他底亲爱的朋友和伴侣，然而特罗茨基是并没和亚历山得拉·李沃夫那离婚的。

特罗茨基在途中已经见到了亚历色罗得，到伦敦后，他见到了列宁和其他Iskra编辑。这些人在青年特罗茨基底眼中都是革命的先觉，他很不相信Iskra团体不能团结一致。但是布尔雪维克与门雪维克间的纷争已经开始了。信仰着一种理想，爱这理想，牺牲一切去使这理想成为事实，不畏避可怕的现实，是布尔雪维克底态度；而门雪维克则仅信一种理想，但没勇气，也不愿使这理想成为事实。关于党员问题，他们有极大的纷争，列宁主张只有实际从事工作的人才能成为党员，而玛陀夫他们则主张能合作的就可以，结果Iskra团体正式分裂，列宁孤单地脱离了他底朋友。在特罗茨基眼中这是无关重要的问题，而且怨列宁是破裂底缘由，加之他对玛陀夫的个人的友谊，他就加入了门雪维克方面去了，虽然他自己在精神上是布尔雪维克的。然而列宁始终是相信着他的，他也真的

---

① 现译为兰姆（Charles Lamb，1775—1834），英国随笔作家。——编注

② 现译为伊尔库茨克。——编注

③ 《星火报》。——编注

对俄国革命有过伟大的贡献了。

现在，谁也知道，他是苏俄政府反对党底领袖，而且患着肺病作了被流放的人了。

特罗茨基底著作，我所见过已英译的有：《列宁传》，《我们底革命》，《向社会主义抑向资本主义》，《生活底诸问题》，《从十月到勃里司特—立匋夫司克》，而批评文艺的则只有这一本《文学与革命》。他底系统的传记，只见到现在所参考的一司特曼（Max Eastman）底“Leon Trotsky，the Portrait of a Youth”。

这本书原是素园要译的，动手不久又有了出京的计划，所以就英译校对了几章给我译，以便出京前把这书译齐。以后素园并未成行，然而病了，不能再动笔，我底一部分工作也就拖延了，而译完后还不能再用原文全体细对一次，这是我们很觉不安的。

遇有疑问，多赖 Polevoy 先生就原文给我们解释，需要注释的地方，就尽自己底力量加点注释，茂森唯士君底日译本中有些注释可供参考，就请雪峰译出附在里面了。对于他们底帮助，我们是很感谢的。

原想将苏俄文坛现况在这里略略叙述，然而连 Secondhand materiel[①] 也不多，后记又已经够长了，就算了罢。

这书底出版竟出乎我们意外地延了这长的时期，对于热心期待的读者，实在是很觉对不起。

一九二八年一月　霁野记

未名社 1928 年 2 月初版，《未名丛书》之十三

① 二手材料。——编注

现代俄国文学底共通性

[俄国] 普洛特尼珂夫

现代的文学远不将自己显示为整个的一类。利用极草率的概括，我们必得来分辨无产阶级的和新农民的诗艺。

对于这两项团体可以设下两个问题：它们之中每一团体底理想和可能性是怎样？而且在过去的六七年的革命中他们底事实的成就是如何？

在单独研究每种团体之先，我拟指定那显为他们的共通点，而且这共通点使两项团体在“革命文学”的一种观念里能够结合起来。第一，现在所要说的著作家团体底创造有一致的社会的源泉——革命。这是非常有势的动力。卢纳卞尔斯基说：“革命随身带来极宽极深的理想。它在自身的周围燃起紧张而且复杂的情感”。不论许多的文学团体和各个的著作家对于革命的关系是怎样，它却确定内容，而结果自然也确定他们创造底形式。新的社会机构，新的生活，现代社会底新的希望环绕着新的著作家。根柢的模型将诗艺底基本的材料——言语——也变更了。现代将那文学尚不知道的问题显示给文学，文学对此应该有自己的艺术的回答。

艺术底观念和趣味自身，在它们形式的运用里，近几年已为自己占得了那么些公民底的权利，新文学不用说不仅含有它底新内容，却也有新形式。在艺术里理想仅生在形式中。在上面引的卢纳卞尔斯基底一本书里我们找到很可表现这问题的句子：“那在模型中不显得是有一己面目的思想家的人，那不显得是将鲜明的生活经历注入于模型里去的人，那他便不是艺术家。他许在那种意义里仅成为艺匠，就是创造几个为别的艺术家将来所能假用的构合”。

以此，革命底感愤显为现代文学底基本的而且极引人注目的特点，这文学是将它底技术法则全部杂合，亦即它底形式，涂饰于已确定着的色调里的。

社会底进化，生活中的“局势变迁”免不了要随身带着文学中的，亦即它底结构和体裁中的，“局势变迁”。普希金底，尤其是都介涅夫底平衡静思的风调在革命的文学中许完全没有意义。我们已经在资本时代的（十九世纪下半期），表现大城市生活如陀思妥夫斯基的一些古典作家那里，找到以极异样的生活底拖累来替代匀整有序的结构，这拖累常是杂乱而且初看来很是荒诞可笑，虽说在它自身后隐藏着有作者一定的艺术的心机。革命的作家沿着这道路还要更往远处走。他们之间连最有节制的人都决然和旧文学底“姿态”决裂了。在诗底区域里我们找到自由的韵律，壮音的效果，诗的行数等等的破毁，在美术的散文底区域里——倘若不是完全没有题旨，那无论如何却有它底乖僻的扩展，寓言的破毁，英雄的绝迹，代替个人主义等等而对于群众心理加以特别注意。那透入这作品里去的诗人底社会观和情绪便显为这统一着的中心。

以此，那倘若不和英雄的，即难免和革命的日常生活联合的题目和主旨底新范围，便首先确定着现代文学底风调。在这方面也同样没有统一，但总之仍然可把现代的文学相对地称之为未来派的。未来派是一种文学的派别，并不徒然地为革命所“把捉”。当尚未置入一定的范畴里去时，它向古典派的传统宣战，而结果自然也成为革命的倾向。目前这只是纯文学的，确实些说，是言语的革命，然而它在文学里却为新革命的宇宙感观容纳预备下了基石。甚至于颇难想象，没有这种“居间人”，俄国底革命和俄国底文学（古典的）成了什么样的关系。

“革命可以给艺术以灵魂，艺术可以给革命以口舌”。未来派好像是一种言语的革命，而且显为社会革命底这样的“口舌”。（注：见卢纳卡尔斯基所著之《艺术与革命》第三十四页）

当我们转论到现代作家底单独团体时，首先得谈一谈更为接近革命的劳工诗人。革命底真实感愤，它底豪侠的方面正在劳工诗人之间为自己寻到歌者。这诗艺底基本题目是阶级斗争，胜利的狂热，未来的共产组织底想望。同时无产阶级的诗艺底共通的哲学概念力也可称为“科学的”。狂热不使无产阶级作家成为罗曼派或神秘家。他们诗艺底内容整个取自现实的生活，在它向人类底光明的将来前进的活动里。那组成无产阶级诗人底火焰的幻想的东西，显为历史上的必需，社会事实建设的长链中的不可避免的，在所有历史的过去时代中有着预伏的，连锁。

因为革命造成了生活底特有的节奏，所以革命的文学也同样有“动力”的性质。新诗人自己对这很细微地感到，而且常呼自己底诗为“动力诗”。

除开动力性，无产阶级诗艺还含有若干的综合，亦即是自己的形式的错综性。大家明白，在过渡时期，在社会关系重新建造的时期，当生活含有格外的复杂性时，艺术给与以混合的形式。黎沃夫—洛加契夫斯基说道：“情绪转动时亦给形式以转动。”在这种关系里无产阶级诗艺引人注目的，一是文学派别的兴盛和它们底形式追寻；二是将各色各样的文学元素集放在一种作品里。……

自然不用说，上面已指出的各点并非同样地显示在抒情的和叙事的诗艺里。第一，最重要的是反映革命的“大破坏”在音律的和表现的方法底区域里；第二，是在文学派调底结合和描画底区域里。

在农民底诗艺里我们寻到另一种社会的原质。因为他们创造底根柢是全部的老百姓生活，却并不仅只在革命底反映里，那末在这种诗艺里可以说是有着很强的罗曼的趋向，一部分是民间神话创造底趋向。就在格调里这种东西第一步展出表现方法异常的丰富。“自然”显为农民作家所爱好的题目（好像劳工诗人对于工业）。有位批评家说叶遂宁——天才的现代农民诗人——底诗散布着“草，花和蜜底气息”，并非徒然的。

除开自然，民歌与它底曲调显为现代农民作家底创作源泉。

但是因为这究竟是革命诗，所以结果我们在它里面找到初次看来好像是很奇怪的宗教的，革命的，生活的（重要的是旧日的生活）和描摩的元素底结合。这造成它底二分之一的革命文学底性质，然而新农民诗人自身（除开阿列神），照着特洛茨基底话说，却更易成为革命底，“同路人”，较着成为革命诗人。

至于无产阶级和农民诗艺底，历史的承续，我们在这里得注意一下各种的显示。无产阶级底诗艺在民众创造的过去里差不多没有根柢，而且重要的只局部地和西欧的同美国的无产阶级诗艺——同威尔罕，惠特曼，西丹涅格丽等底创作有关联。但是总之远不能把俄国无产阶级底诗艺称之为“模仿的”，因为它反映着那由于世界上空前未有的俄国社会革命而起的，革命的狂欢底基本的奋激。

新农民的诗艺，正相反，或直接向上走近民歌（阿列神的米枯拉），或直接走近旧平民诗人：珂乙楚夫，尼克金，苏里珂夫，德洛任。

这是他们不同的地方。

本文系译自普氏所著之《革命的文学》第一章。我把全文译完之后，又删略了一点，因为觉得与本章主要意旨无关而是随便提到下几章的一两句话。

一九二六，十二，二十日。译者附记。

（原载一九二七年一月十日《莽原》第二卷第一期）

乌西和洛得·伊凡诺夫

[苏俄] 特洛茨基

乌西和洛德伊凡诺夫，舍拉皮翁派中最长并且最堪注意者，是最重要而且最有分量的。他写革命，并且仅写革命，但是独独地写农民的并且逾轨的革命。他底题旨底偏于一方，和艺术理解底比较窄小，在他底新鲜明亮的彩色上按上单调底印记。在心情上他是自然流露的，在他底自然流露中，他对自己不十足的留心和严密。他是颇为抒情的，并且他底抒情诗性无终结地流露出。但是作者太坚持地使自己被人觉得，太常亲身出来，太高声表现自己，在自然与人底肩背上鞭挞得太重了。只要人觉得他底自然流露是来自他底青春的时候，它是很爱人的，但是它有变为泥于一习的大危险。到自然流露减少的时候，一种创造的理解底宽展，和技术底提高，一定要代之而兴。假使一个人对自己严密，这才可能。伊凡诺夫用以温暖自然与对话的抒情诗性，在表现上必得变为更秘密些，更内在些，更深藏些，并且更吝啬些。一个短句一定要藉艺术材料底自然的力，没有艺术家底可见的帮助，从一个短句里发生。伊凡诺夫学果理奇，并且学得不坏。让他再经这学校一次，但是这次是向后。

伊凡诺夫知道并且了解西比利亚的农民，哥萨克人，吉里吉隋人。对照着叛乱，战争，火与压服底背景，他将农民底政治的非个人性之缺乏，显示得颇好，不论农民底稳固的社会力是怎样。在俄罗斯的时候，一个年青的，西比利亚的农民，以前皇帝的兵士，帮助布尔雪维克，但是回到西比利亚他服役“陶尔契克”①反对红党。他底父亲，一个烦厌的，兴旺的农民，正在寻求新信仰，对于他自己也不觉不意地，他变成了红党团体底领袖。整个家庭分裂了，乡村被焚了。但是狂风一过，农民便在森林里号树，为要砍下来并且重新建屋。在各方摇幌之后，罗里波里（Roly-Poly）试要在铅的基础上稳固的安居下来。在伊凡诺夫中，几处各个的地方很有力量。

远东的红党和一个被掳的美利坚人底“谈话”发生的处所，或反叛者底沈醉的放肆，或吉里吉隋人搜求一个“大上帝”，这些处所是很妙的。但是就全体说，不论伊凡诺夫要否这样，他指示出“农民”俄国里的农民暴动还不是革命。农民暴动忽然不一致地从一个小火花发作了，时常在无力自助上使人苦痛——并且没人知道它为什么燃起来，或者是引向何方。不联合的农民暴动，永远并且任怎样也不能够胜利。在彩色的风中，在城市的布尔雪维克尼克丁身上，对于农民暴动底要素有点暗示，但却含糊不明。伊凡诺夫小说中的尼克丁是另一世界底一点暧昧的东西，为什么农民的元素跑到他身上去，是不清楚的。但是，从这些辽远角落底一切革命图画中，得一个否认不了的结论：在一个大熔金炉里，在热的火上，重新熔化着俄罗斯人民底民族性。并且罗里波里从这个熔金炉里出来时，将不和从前一样了。

假如乌西和洛得伊凡诺夫也能在这个熔金炉里成熟，这要成为一件好事。

与李霁野合译

（原载一九二七年八月十日《莽原》第二卷第十五期）

---

① “陶尔契克”有“挤押”或“推出”等意，因高尔契克（Kolchak）将军曾有强迫地将犯嫌的西比利亚农民推押去参加反革命战争的事，因故意开玩笑将“高尔契克”说为“陶尔契克”。（日译）

托尔斯泰底死与少年欧罗巴①

[俄国] 卢那卡尔斯基

少年欧罗巴，即在衰老的，最近正主宰欧罗巴底怀里发展着，而且生长着的属于着未来的欧罗巴。对于这位将古老底良好传说将来底良好希望缠活着的巨大人底死，热烈地，虽然也并非完全均整地发出巨响。这显然是不足惊奇的。有谁能不估评艺术家托尔斯泰底价值呢？

然而在少年欧罗巴庄严的托尔斯泰的记念里也有这种声调。这倘唤不起在深沉的人那里的惊奇，也无论如何是引得起严重的哀思的。

马克思主义底广而且深的潮流，自然是为少年欧罗巴底正在营造着的建筑底栋梁和柱石，这一派的理论家不止一次错误于拘迂见解中为着那种倔强的、清教徒的严峻性，他们藉此把自己所认正统的真理从各种理论端，从各种别的文化的潮流隔开，虽说就是亲属的和味的也罢。照着对于托尔斯泰学说底态度——我说的首先正是关于学说，而且不是关

① 鲁迅先生编译的俄国卢那卡尔斯基的文学评论集《文艺与批评》中，收入卢氏《托尔斯泰之死与少年欧罗巴》一文。鲁迅先生在该书的《译者附记》中指出：约略同时，韦素园君的从原文直接译出的这一篇（指《托尔斯泰之死与少年欧罗巴》——编者），也在《未名》半月刊二卷二期上发表了。他多年卧在病床上还翻译这样费力的论文，实在给我不少的鼓励和感激。至于译文，有时晦涩也不下于我。但多几句，精确之处自然也更多，我现在未曾据以改定这译本，有心的读者，可以自去参看的。见《鲁迅全集》第10卷，第330页，人民文学出版社）《未名》半月刊，北京未名社编辑的文艺刊物，1928年1月10日创刊，1930年4月30日终刊，主要介绍俄国及其它外国文学。

于艺术——这一界里当然表示着断然的拒绝，当然是指明着在他里面把他作为科学的社会主义底背道而驰者的那些特点。能够想像无产价级底理想所表现者以及它的前驱们沉默地从托尔斯泰底棺旁经过，或者单只是冷然地指出一己的对于此人的陌生性应，但是这事不曾遇到。

自然，无产阶级对于无可疑义的美学的价值不能够淡然，在那种阶级，时代和社会底艺术里它永远不曾找到它们呢。在俄国许多电报中不仅只如是地说到艺术家托尔斯泰，却说到社会实行家的托尔斯泰。国家众议院底社会民主派底电报意思是同样的，而说民主派是对了，不仅以自己的名，并以全世界无产阶级的名致了一己的敬意。

实际上，考茨基论托尔斯泰，如同享得最高的荣誉的伟大的著作家一样，而且显然注意到只是艺术的天才列德布尔在负责的议会的演说辞里提到作为军国主义底敌人的托尔斯泰又论到他的社会学说而且宣示道："提到这位大人物深为荣幸。"在美国议院里做着代表的排犹太人主义者拒绝纪念托尔斯泰，却和社会主义者发出最先的漂亮词敬礼他。

那在法国国会里自然而然地是为托尔斯泰纪念时的中心人物的乔勒斯许其最明确地表示道："人们仍还在那上面游栖着的荒野中有一些活流，靠这些活流旁边交叉着极其各别的道路，托尔斯泰是这样的水底祖源，真诚的基督徒和我们，社会主义者，走着是各样的途径，但是我们在那命名为托尔斯泰的爱和慧的泉头相遇了。"

对于我们的已故的伟大的祖国人表示着社会主义学界底锐敏好感者的名单可以引伸到没有完时。然而往往谁也不想而且也不能沉默于托尔斯泰学说和联着并不稍逊的伟大的名字。

马克思——底学说之间底根本的不同调，不要只闭住眼于主要的相符点，不要没有分析地行近托尔斯泰主义：他不整个完全是人类先锋队底队员，但对他也远不是整个□的敌义。

实际上，科学的社会主义是从现今组织底凄惨矛盾底情况中出发，这些凄惨的矛盾托尔斯泰天才地注意到而且钻研着了。科学的社会主义寻找这些矛盾底解决在谐和一致的，终止人类的阶级和民族区分的社会的组织里，这些组织里是偏于劳动的。托尔斯泰同样寻找谐和的组织，同样确切地描绘人类动作调和映景，同样确切地弃绝阶级，同样确切地深沉同情于社会下层，而对上层——不是对人，却自然是对富豪和贵族政体底原则本身怀着敌意。

科学的社会主义认识个人主义是建于私人财产的，社会的无政府主义。它弃绝它，预言着临在狭小自私之上的集团所具有的合味的同情的宽广的英雄主义的宇宙观的胜利。从自己本身来呈现着极富且极紧张的个性的托尔斯泰，曾经是个人主义底受难者，却献了自己的全生和它斗争。

科学的社会主义者看国家也如同各个分离的自我主义者和阶级矛盾的社会之自然组织。托尔斯泰看国家也这样，而是预见到在别些种条件下它完全成为无用。

这便是在二者的理想的设立间的最重要的相同处。

自然，也有极端的各类题。

科学的社会主义是现实的，它看个人主义、私人财产、资本等等好像是在人类文化底发展中的不可避免的阶段。它仅只从现今社会内部的力底发展中撕扯着这种困难的阶段底出路，极力客观地解明他们的相互间的关系，而且助成那些人类直到此刻所走的那条路向前进，它号召着最积极地参加于文化生活底所有各方面，到处帮助破毁旧的而憧憬于新世界。

托尔斯泰，好像是社会哲学家——净水底唯心论者，他严峻地将神圣的和睿智的理想向罪恶的和愚蠢的现实生活对置着。当他为自己的爱底理想寻找外表形式时，他在过去中在自然经济情况底单纯的现实中借用它们。他号召着绝决地从人类进化底宽广底大道走去，跳入某种新的轨道。他不相信人类的活动，这意思是指参加于愚蠢的和恶劣，照他的意见是，现实生活底混乱忙碌里。首先应学着不多做那样看来是自然的但实实在在是有害的事情。这不是说托尔斯泰的学说成了消极的如有些人所想：它是积极的，但是唯心论的积极。托尔斯泰认为文学的力量是如此广大，他想藉这种不住口的传教开始来停止发了疯的人类底蛮闹行动，然后使他们返於端正的行动，随着歌唱进入和平和爱的王国。

由此还有另一种根本的差别。马克思是采用社会的途径，社会情况底翻造，来和个人主义斗争。托尔斯泰却用个人的途径，在他那里个人自己将自身牺牲，在自己本身里，在一己的胸怀里，在爱的火上烧去一己的自我主义。有这种结果，于是全人类的社会也算行爱形了。

托尔斯泰是先知，但他是以色列的先知们的亲兄弟，这些人们曾和那污毁游牧时代人民底单纯习□□，现在文明底源流斗争过，他们也是好人回转向真实和本性，而不和有经济的乐园在这里面私有财产已不是私有财产，而是属于上帝法律底之下的神底那个临时的赠礼。托尔斯泰的社会教师——亨利德乔尔治——歌唱赞美着摩西律如同最圣智的法规一样，并非枉然地。托尔斯泰对伟大的邪教徒是亲兄弟，这些人的，以新旧约中颂扬着底平等的名，不怕反抗本教会，向正在发展着的财富底储积横加阻挠。他是新战士——圣西门，蒲鲁东，喀勒尔，洛思康以及其要他诸人——底亲兄弟，他们以赋有更人道的，（不自觉的在回忆中理想化着的）古老的习□底名，反对资本主义底无正义。

但假如科学的社会主义底赞成者，在和这些人所有一己的意见不同之下，不能不与他们以敬重，也不要应刻记得，在他们之中有一个人曾装备了如托尔斯泰所操纵的那种不可拟的武器：艺术天才底武器。艺术家托尔斯泰和思想家托尔斯泰是分不开的。正是内心平和的渴慕，能决强力的个性底矛盾的努力，正是无怜悯性对于一己和同围者，以真理和正义底名——把托尔斯泰作成为艺术底巨人。他的艺术的作品是连续一贯的道德哲学的诠释。他有时也挥动着自己的可以破毁一切的锤击在新的，他所不明白的，客观地有着惊人的价值的东西上面，但你睁眼一看，这些撞击不曾伤损什么，那决定存在着的，是批评不死的。正相反，老的世界由于托尔斯泰底强力的讽刺底射击全身战抖了，全身摇撼了。他有时借美底光芒去扩大；反望虚伪的理想，颓废的情绪。但是这样的篇幅仅只能唤起深沉的怜悯。在这里很容易见到那不会战胜本身的一己区境底，一己传统底限制的伟大的开始的胜利于个人的目的底卑鄙之上，和人类与宇宙合一，在他之前没有一位诗人如此地做过了这事。

这种力把托尔斯泰高举在他的所有的伟大的理想和情绪底代弟兄们之上，因此，在所有这些经济反动的革命者们，那些寻不着自己的理想直道的爱与谐和的武士们，那些因隔膜成敌人而事实是朋友们的这一群中，托尔斯泰较着所有的人们更接近先驱们和西欧社会底前进阶级们底心些。

少年欧罗巴，自然，较我们前面所注意到的潮流更宽广些。而且自然显为这少年欧罗巴底合法的代表者是那较着别人更善于确定托尔斯泰底地位和（如大家所称说的）在精神王国里的空间的伟大的两位作家。他们之中的一人不仅是年纪大，而且在一己的美术家底灵魂里带着许多文化的衰老底毒液。然而不差，他却以一己的各样而且光荣的才情底另一些方面，紧紧地接近着我们在我们现今文明的世界里所仅有的那种少许而且新鲜的东西，我此刻是说法朗士。

另一位的确不是确定，他可以列入各家派，但同样的是，已经变好的心弦回应着新的音乐，属于未来社会的音乐——这更是霍普德曼。

法朗士在托尔斯泰身上窥见伟大的洞观者，而且觉得在他的学说里面有许多是显给庸人头脑的疯狂的理想国的东西，成为更完全的人类底生活底某些种形式底锐感的预见，并且他们在日时，这些比一切重要将托尔斯泰和前荷马对比。

那些类似散文诗的东西纪念托尔斯泰的霍普德曼，唤着另外两个名字，撒渥纳罗拉和释迦牟尼。

现在想一想罢，读者，一个人同融着文化世界底这三位朋友是该如何地巨大。荷马——这是客观底本体，约想的原形，它已耀眼夺目的鲜明性来反映着现实生话，把它仅仅体现在那种意想里，就是在反映中它还更觉得庄严、辉煌而且恬淡的一己的□富宝藏内。撒渥纳罗拉——这大概是相反的原始底极鲜明的表现，这原始是热烈的主观主义，迫近痴迷的空想主义，将每种客观的唯美主义屈从于主观的道德论，形势的屈从于精神底努力，在他的世界里，事业成绩——生存底活动——好像是灰白的，难看的和偶然的东西。正相反，他以富于爱的，但同时是凶暴的，并不比那在丑恶的极刑上面苦痛地要死去的人底模形稍强有力地化身，出现的异象代替着庄严恬淡的命运和差不多冷然金睛的宙斯。

假若要是不可以找得到同样远离着这些极点的天才，那这自然是释迦，他在生活底美丽前面的快乐之上和在兴奋的，战争的意志底行动之上是同样地翱翔着，他带着同样的怜悯和鄙视底微笑看着那极力地以光怪色彩，但是空灵于一己的玩意来诱引他们的幻影的玛犹和那顺着自己的趋向无论达到多高的情热。

同荷马和撒渥纳罗拉及释迦牟尼画分界限——这是包罗无际的。

自然托尔斯泰不像荷马那样纯朴的客观，那样澄清地平静，那样美术家地天真。不过荷马也不是真人，却只是即将整个的民众先人底经验集中在一己的律诗中的许多代的彼此相像的歌者们底集合的模型。但从托尔斯泰许多的诗的图画里也播散着这样的为阳光所照耀的真理，这样的直接的透现，这样的生命底充实，有时觉得他所创造的，如像大自然自己，好象模型自己在他身上充满了客观的生存底美和力而且出现，托尔斯泰也以那抓住了全民众底真正地内外的生活的一己的图画底广阔令人想起荷马。

托尔斯泰自然不像撒渥纳罗拉那样情热地一己的说教里，在他身上没有那种阴暗的火，那种忽和灵感，忽和魔性画分的峻峭性。不过究竟亲属的特性托尔斯泰那里无疑义地也有。那同样的在真理和正义底追寻里不停止于任何权威底锁闭之前的无吝惜的率直性，那同样的对于上帝的热情的爱，以及由此而流出的对于信仰底形式的维护者们底否认，那同样的以□富永久的精神生活底名向外表的文化生活底返朴的努力，如二人之所想，那样的对于艺术的态度，艺术不遭推翻，但只允许牠如同最高的崇教的道德底仆人似的。而且奇异的很，好像撒渥纳罗拉底宗教的道德主义不曾扰乱他个人在一己的说教里达到说辩的艺术底极高峰。不曾扰乱他屈拜于说教者保吉怯里底足下——描写了许多极庄严的一己的图画和生活於另一艺术底巨人——蒲纳洛吉底虔诚的心里一样，同样托尔斯泰底宗教的道德名义和他的美学底所有的单向性也不曾扰乱他写《复活》以及另〖外〗的妙不可言的老年作品。而且自然，不论撒渥纳罗拉和托尔斯泰的在一己的对于艺术宗教的态度里是如何单向性——他们究竟是，爱好审美者，比那班极明智的"艺术为艺术"底讨论者们整整高出一头在立着。

托尔斯泰不是亚洲人这样地消极和无忧虑，如同在生时便已知道了涅槃的释迦，然而究竟托尔斯泰底上帝很快让我们觉得是一个光明的深渊，在这里面一切一致融洽陷入而且溶化着，托尔斯泰底爱常常带有渴慕着深沉的平和和一切问题以及生活的困难底单纯式的解决性质，以此和高度的淡泊性迥然画分。

这样托尔斯泰不是荷马，不是撒渥纳罗拉，不是释迦牟尼，但在这广大的灵魂里，实实在在有那引法朗士和霍普德曼联样到这三位巨人的亲属的特点。我们再来重复一遍：一个人同时接触着这三位高峰——这是巨大的。

在托尔斯泰身上集中有这样许多有价值的东西，他问于那事物裁判的什么，常常可以来裁判那裁判者本人。这我也想特别用于对少年意大利的态度上。

我自然不是说如特力教的，保守派的或资产阶级的老意大利，"可敬的"月刊和大报章底意大利同样对于托尔斯泰底死也没有说什么一句聪明的和良好的话。但是即被意国理想家们所说出的不多的聪明和良好的话，完全沉没于一切卑劣的献辞里，这献辞的特点性这样巧妙地被巴比尼表现在他的文章里，我们以后在对少年意大利底军队用军礼行过托尔斯泰底墓旁时的小观之下曾与此文以荣誉的地位。

托尔斯泰底死成为这篇经巴比尼增加了许多礼赞的，在当时驾于所有在意大利的关于此事写著之上的，真挚而且真正出色的文章的原因。我们乐意地将这篇全文整个的转译过来，假使有登载此文的地位，不过我们得仅只限于不多的，较更出色篇段。巴比尼绝妙地攻击着所有意大利的正式的新闻杂志底编众，每日的和逐日的半似的昏愚，几乎不给他们自已觉到目前是否关于牛驴的事性在活动着，他们急速地在你面前展开一己的凶猛的角底所有的长度，当世界上发生什么高尚事的时候。不用重复那做百科大辞典里和第一阶收埋葬事务局底庄严的文里参考帮助的，所有令人作呕的，卑鄙无耻的胡说乱道呢？我也同样对于那极力降低圣者行动的流言——直到那为家庭鞭策所唤起的顽皮程度——不声讨致罪。但是你们怎么把那小商人有时说的话转用到这种机会，想送上托尔斯泰一个评剧家和清客底徽号呢？我们就打算让你们称托尔斯泰为空想家和清客，假若这可以慰安你们的被屈辱了的限量，但你们谈着这事不要带着那从不和这位老空想家错失了机会的庄重人们底面孔。托尔斯泰能够说出难以承诺的意思，但这正好是这样的“呆愚”，你们尽你们所有的小脑袋底努力也追想不到的。倘若你们偶而也许想到了它们，但是你们聚不起精神把它说出来，甚至对此许要献给你们以永生。在这位荒诞底作者和无稽底使徒底尸体之前我劝你们跪下罢，莫看那污毁了你们新裤裤底褶叠的可怕的危险。

在这种风暴般的攻击以后，巴比尼揭开托尔斯泰生活，如同一般理想的人物生活一样的内部的意义。他把一切的观念总来在这样的几行里：“这是人，看一看罢——这是人！他的生活底开始是英雄地、武士地，充满了作为，这是那决战着的，曾献身于游戏和情欲的侯王底生活，但是当由士兵而为艺术家的时候，他开始过着创造者底神的生活，他使成千成万的死人复活，把灵魂放入无面数的新的形体里，激动着群众的良心。他被许多国的国民诵谈着，他翱翔于一切之上而且至今看不见有和自己相等者在世界上。并自此，他从艺术家而为使徒，先知，人类的救主，温良的基督徒，生活幸福底拒绝者。在这以后，他是怎样如是地操持着那为一切所不拒的他还存留着的东西呢？”

在巴比尼文章里这种地方令人想起赫格尔底宗教哲学中的有名的处所，在那里伟大的哲学家描画人的一生在四种阶段的状态里：纯朴的童年，在这时期已浮动着尚未觉醒的将来；昆〔混〕沌而且辛苦的青年，同着它的生活底强度的快乐和放荡无羁的情欲底挫磨；成熟的壮年，同着它的平稳的，可信服的，创造的工作；以及老年，同着那对于一切自我的渊博底，庄严老大底，接收一切拒绝着利己主义的残留的教师的温良底意识运用。

这一点不完全是安特列夫所表现的“人之一生”！实在地，老年还不老是最高的第四阶级段，灵魂底晕光——这常常是力底凄惨的衰败，精神转向于破产，同着不可避免的肉体灭亡一起。但是几位老人——安德热洛，歌德，嚣俄，托尔斯泰——底辉煌□□的榜型却指证着赫格尔底学说立场较着那还很难而且不健全的实际生活更真确些。

社会主义的，还仅绕在大地上抬头的□起者底机关，少年意大利杂志底诸青年作家，——也同样对于托尔斯泰挥摆了手。他是已经死了好久，老年这便是长斯的临终，而且托尔斯泰底哲学是心理学的衰老，是伟大天才的毁灭底结果。不能不原谅这些无经验的青年人这样的裁判。他们充满了力。不过有种恐怕不大好，就是还刚才举足到第二阶段的他们，便已明白了第四阶段者底心理，可是同这些人一同的年青的安热里斯——托尔斯泰底生对于死的回答文章底作者——对于艺术家托尔斯泰衷心浸澈了虔敬。他承认他的不可拟量的崇高照着同中等的人们比较，他说只有那曾被托尔斯泰评判过的莎士比亚以他所创造出来的世界底财富够接近着他，而且用这样的话来作结论：“这位信徒同样是英雄，在真正的，喀勒尔的这个字底意义里。他是如此地生了而且如此地死去。但是人类不需要那宣传着消极生活的英雄，可是它无终止地需要着强力的和不名的艺术永恒。这便是为什么当注意这位老人底苦痛悲寂的时候，我们觉得我们的心理是如何也颤动着，好像为人子底心在垂老的双亲底病榻之旁似的。”

这不错，是良好的音调，对于想藉它以终结本文。

译者附言： 今年（1928）为托尔斯泰（1828—1910）百年诞生纪念，早就想译点关于他的文字，但终因种种关系未果。现在当这一年最后面几日，能够在病床上勉强把此文译出，总算偿了自家莫大的一种心愿，虽说这事于病是□不相宜的，托底最初曾在中国的负盛名，以后大概是因为在中国的革命界发生了非基督教的运动，这学界兴起了反艺术为人生的倡言，于是这年过八十的老翁，便模糊间又多被人们误解而不受敬重了，自然对他含着污蔑的意思的也很不少。我在病中，将所谓文艺和人生这两件事，曾多次地思索过了，想到拉茹姻尼克所称为学艺复□以后的四大不世的天才：古典主义时代的莎士比亚，罗漫主义时代的歌德，以及写实时代的陀思妥耶夫斯基和托尔斯泰。但是我想，假如那描写人类本性的矛盾的莎士比亚，在现今还能被一般人热烈地赞许、欣赏，那满含着人生的热爱的托尔斯泰在这人群渴慕着社会新生活的时期，是更有深的存在的意义的，而且他以实行的艺术思想家而出现，也并非突然的事。

本文译自卢那卡尔斯基著的《文学的影像》，原系一九二五年在列宁堡和莫斯科之国立出版部印行。内容包括讲演和论著。此文约在托氏死后不久写于国外。作者为社会主义者兼苏俄人民教育委员长，所著之书颇多，截一九二五年止，已出版的戏曲集和论文集凡五十种，印刷中者尚有十四种。

一九二八年十二月三十一日记于西山病院

（载一九二九年《未名》第二卷第二期）

创作作品

散文·小品

西山朝影

（散文集）

晚道上

——访俄诗人特列捷阔夫以后

的确，当我从俄国兵营出来时，我的心是凄凉极了，只觉有一种说不出的寒战、悲哀和失望紧压着我；东交民巷的狭夹道，当我两眼倦懒欲一合拢的时候，也只不过恰似荒原中的一座坟地罢了。

今天下午四点半钟，是我和特列捷阔夫先生约定会谈的时候。我知道，他所以希望——甚至热望我到他那里去，并不是为着别的，只是因为中国人知道俄文的太少了；就是知道，然而想研究俄国文学或者某种科学的，更是不多。

呵，呵，我的心是凄凉极了，因为我的俄文并不好。当我初到他家——俄国兵营——的时候，他不在屋。他的一个十二三岁的小女孩出来招待我。据她说，她的父亲不久从外面便要回来……接着又说中国戏园她没到过，虽说她也曾在哈尔滨住过三个多月。我说“中国戏园不好，你可以不用去。”她便笑将起来：“你是中国人，你觉得不好的，或我会很喜欢呢。”……之后，她连忙跑到隔壁一间小屋子里拿出一本杂志给我，说这是从俄国新寄来的，并将她父亲在杂志上发表的诗指给我看。“怒号吧，支那!”这是诗的总名，我叫她讲给我听。她忙跪到小书桌旁地板上面，开始解释，不过其间她也有许多认不得的字罢了。

然而，这样时光却在无意之中悄悄的过去。

不久她父亲转回来，于是我俩便谈讲了一会他自己所作的诗。随后我提到《小说月报》十四卷第七号上曾载有耿济之君译的布留索夫（按此人名应译为布利乌沙夫，经特列捷阔夫指正，我才晓得）。“俄国诗坛的昨日、今日和明日”及关于他的话。他便说该文他已读过，很有意思，不过作文章的人，两月前已经死去了。他问我中国现在怎样，我谨以那特氏《诗人的心》中的半句话“悲惨的时代”作了回答（全诗见于爱罗先珂讲演现代问题，周作人先生译）。他的意思，以为我们要得努力，要得创作，要得迅速的建设一切；然而我却微笑默默无语。之后，过了好久晚色更加浓重了，我便要起身告辞。他送我到门口，几番叮咛，叫我无论如何，要多上他那儿去。我知道，我亲切的知道他，新俄的诗人，并没有我们之所谓凄凉的心情，这是从他言语行动种种上面可以看得出来的；然而他却对我——一个不太懂俄文的人——这样亲切诚恳的招待，或者也许是在沙漠似的国度感到了应有的通常的寂寞了吧？

阴黑的道上一阵清微的小风吹过，我的泪再也忍不住了。

过去，现在，一切只在失望的吞蚀里边。

在江南 A 城几年前曾经留过奋斗足迹的我，此刻也不过好象久别的辽远的故人似的模糊隐现到脑海上来。松花江上，欲坠的月遥映江水翻波。那个时候曾被胡匪追逐于荒天战地断桥野站之间的我，此时想到仿佛是在梦中似的。呵，呵，年青的你竟消逝了么？你竟这般和我决绝的遥别了么？……

在这思潮未曾平息之前，新的思潮又涌上来：伊尔古次克风雨的焦黄的病友的脸和逃往古庙未久便死去，然而直到此刻消息仍未明的哥哥的音容……这些真令我惊栗，真令我觉得宇宙仿佛在颤动着似的，泪是早没有了。

然而紧接着这，特列捷阔夫先生年青少壮努力迈进的精神，和对我——一个不大懂俄文的人——异常诚恳邀请的笑容，又出现到脑海。我这时真感到，所谓数千年文明古老之邦，只不过是一块可怜无际涯的荒凉的辽阔的原野罢了。在这原野上面有栖息的人们，大半哭笑都不成声，而且也不感到命定就要死灭的悲哀和可怕——我便是其中的一个——这真有些令人奇异了。我想假如以距离死期的远近算起，我确是一位已经衰朽到快要入墓地的老人，然而他——特列捷阔夫先生实际虽比我岁数要大，然而却正复年轻呢。……

暗淡的星，静静息在天空上面；沟沿那面的大车声，猛击碎了我的思绪（特列捷阔夫新近的诗，里面多说到北京大车）。这时候，只有眼前的不远的地方，火在爆着（烧轿马），在这火光之下，我看见了许多孩子和大人，也许有老头子在内，忙着鼓掌叫喊。呵，我明白了，他们是在为死人祝福呢。

阴风一阵阵清寒地吹过，宇宙和一切都消沉在冰冷的“凝结的”失望的陷坑里。

1925 年 1 月 16 日

这篇短文刚写完之后，我觉得关于俄国现代文学有简单说明的必要。从上世纪末叶，直到欧战时为止，这其间二十多年，要以颓废和象征两派为最盛。他们从事创作的人，仅只歌咏刹那，赞颂美、死和女性；音韵特别讲究，读时仿佛如悠扬的音乐的鸣声似的。到了俄国这次大革命以后，未来派的诗人的理论和学说，都已有了相当的实验的根据。创作也丰富起来。他们在形式方面，反对故有的一切束缚，极力主张以土语入诗；在内容上，他们反对空泛无著的哀歌，却努力于人生真实勇猛前进的少壮的力的创造。以此从一九一七至一九二二年这五年中，可以说是未来派代替了象征派的全盛时期了。据新死未久的俄国大诗人、小说家兼批评家布留索夫说，该派有四大将军：玛耶阔夫司基，珀司台尔那克，阿谢也夫，特列捷阔夫。特氏的著作有《光明的时候》、《总账目》、《铁的静默》诗集三册，《莫斯科，听着!》、《被死光具》等戏曲两种。

（载一九二五年二月二十三日《语丝》第十五期）

春 雨

在干亢的，尘沙飞扬的北京城里，本来不多雨。这几日，不知为了什么，落了一次，今晚又落起来了——想是送暮春的。

我的心陡然忆起当日青年争相传说的一件故事：

在古老的支那有一块曾经被外人蹂躏过的地方，早年来过了一个这样的异省少女：缟衣素手，意态幽然；每当午后，烈日偏西的时候，母亲睡了午觉，她便携着唯一的亲密的伴侣——约有六七岁的小弟弟，一阵轻启了扉门，向外面走去。

日子经久了，母亲有时醒来，不见爱女，便着人在外寻找。

“妈妈，我和姐姐在那边看学生体操。”刚一进门，小弟弟便这样说了。

母亲凝视着爱女，隐忍一声不语；爱女看了一看母亲，仿佛含有几分羞怯更有几分怒意似的。

然而异乡做客，这些微的隔膜都在亲爱中燃烧去了。

有一日，小弟弟从外面跑回来，手里拿着糖果，笑咪咪地进了姐姐屋里。

“姐姐，”他进了房门便说——“那边有个学生给我买的这些东西，他原先本说带我去摘野果。”

少女两颊微泛红意了，仿佛更带点热，她的心里象有小鹿在跳，一把将小弟弟紧紧搂住，小弟弟几乎急得要哭了。

“哦，他别的可说了些什么？”少女轻轻地问，更显得不安了。

小孩子摇一摇头，从她的怀中脱出，将糖果向口中一塞，便跑往门外不见了。

日子经久了，小弟弟手中时常不断糖果，姐姐对小弟弟也更加热爱起来了。

太阳快下山了。少女临在阶前，注视着远方红光灿烂的暮霞；在这暮霞的里面仿佛有一种神秘的，不可言说——尤其对于少女——的东西似的。

这时候，小弟弟从外面走来，低低地说：

“姐姐，你回答他的，我已经告诉他了。哦，你看这——”小弟弟说着这话，便将纸条递给了姐姐。她顺手将纸条塞进自己的口袋里。

“小弟弟，”她说，“我们一同到后园里去，我捉蜻蜓和蝴蝶给你。”

“好，”小弟弟答了一声，他们便携着手走去了。

夜色盖笼了大地。青藤下，微风吹来，感受到丝丝的凉意。少女心中在想：我明日傍晚怎好去践约会他呢？倘若我的母亲，倘若这四周的邻人要是知道……不过这也不大要紧。我害怕，我莫名其妙的畏惧，我很害怕初次看见了他……这时候，在少女的脑海里，现出一条满生绿草的蜿蜒的小道向海边迤去。在这小道上，有个青年，穿着海军制服，面孔红白，身体异常秀健，……少女想，倘若我也随着这位少年顺这山路走去，到了海边，我们又将说些什么呢？——“不去”——这只在少女意念的困难中一现，便又如迅速的流星一般躲起了。

晚钟敲了十下，慈母呼爱女就寝。

前面是无际涯的大海，两旁环绕了葱茏的丛山，小道上，夕阳下，隐约着两个人影，缓缓地前进。

这时候，不知为什么消息透露到全校中的同学耳中了。在一种不可明的力的支配下，成群的青年抛下了晚餐，如中疯魔似的，也走上小道了。

海风吹得正紧，野木忽忽有声，可怜在这异样的衰老的支那古邦的命运压抑着的他们，心血异常的沸腾起来了；他们想探一探这神秘的究竟。

海天，树木，野草，晚烟，暮霞……作了这奇迹般的陪衬。

少女，面临大海，当着晚风，挺立在海边不动，……晚潮渐渐地上来了，浸湿了她的足下的沙石，一转眼便又将她的两脚盖下了，……成群的学生在四外做了弓形坐着，围着她和他，……最后有人提议：如果她说一声：“请你们回去，”我们大家便走。

……

少女，面临大海，当着晚风，挺立在海边一动不动。……

晚潮渐渐地上来了。……

此时除低微的波声，一切都暂浸在沉默里。猝然间，好象发生了什么骇人的意外似的，学生都紧张地、慌忙地先后立了起来，折向旧道走去。“他”呢，在这剧烈的变化下，转睛一看，也便默然地随着他们。

晚潮是更高涨起来了。……

——“银姑娘!”——尖利的急迫的喊声从一个约摸着有五十上下的，身着海军军官制服的，矍铄的老人口中发出：——“你怎么还站在这里!?”

少女听明了这正是她的父亲至友——极熟悉的海军校长的声音，她便转过了低垂的头，从晚潮中走出。

两颊映着夕阳和晚霞，红晕得不堪了。

美丽的时光和美丽的心情截然逝去。

热闷的、恼人的四壁紧包了少女的未消尽的残夏。有时弟弟邀请姐姐一同出去，她便婉辞了他：“我们就在这看一看晚霞吧!”

绿荫下面，母亲晚间爱讲些故事，听得起劲时，倒也可减却苦恼。只是……只是当晚风从远远的，远远的海边送来晚潮的低低的细语的时候，她却静静地，静静地，若有所感似的，和着沙沙的叶声，暗暗地流下泪来。

残夏急驰过去，不久她便回到P城的学校了，在苦恼而且不敢向别人诉语时，她便将这生命上深刻了痕迹的隐情微微地泄露在洁白的纸上。

久之，她便成了一时享名的著作家——R君，——有些人这样说。

我随手捻灭了灯，春雨仍滴沥地下着。这从未曾有的刹时的凄然凉爽的意绪仍继续飘浮在陡然的阴沉的黑暗里。

一九二五年四月二十二日晚雨时记

（载一九二五年五月十八日《语丝》二十七期）

痕 六 篇

影的辞行

天色已经沉黑，我静静地躺在床上。

仆人进了门，为我点了灯。

我此时忽然看见我的床前立着一个黑影，轻轻地向我询问：

——先生，你寂寞么?

——呵，——我想说，但又不曾发出声音。

——唉。——我叹息着说——你想怎么?

——我为着你抛弃了家，抛弃了兄弟，甚至抛弃了心爱的情侣——他讲到这里停了一停，便又提高了话声——先生你知道么，现在我那最好的唯一的友人，也要离弃我——这原因是因为我好久不能和他亲近。——他说这话，一面略略向我弯身。

——先生，我要向你辞行。

——哦！影，你也要离开我么?！——我大声地吼着，从朦胧中惊醒。

四围寂然无声，灯光分外的明，白墙上静卧着一个孤独冷清的黑影。

一九二九年十月二十三日晚

“窄狭”

我那时是在 K 地，住在城的南门外慈关里。

我每日做着辛苦的工作，这事是我个人心中不愿做的。我感觉寂寞。

每天早晨——我那时几乎失眠——天一明我便从床上爬起来，穿好了衣，携着手杖，冒着寒雪，我信步地走出去。我那时是到一个离我住处有四五里路的乡间火车站。我默默在想，今天我要会着了人呢，结果我是孤单单地又沿着原路，转到家去。

呵，呵，我原是要这样消磨我的生活。

日子向前过去。

忽然，有一天来了一封奇异的信件。是从异邦 O 地寄给我的。哦，我想这是谁呢?

拆开一看：黎沙!

“从你兄弟那里我才知道你到了 K 地并且做着那样的工作，这是你的真心所愿么？我心中不胜惊奇和骇异!”

“听说你是为着生活，并且为着朋友，也为着兄弟，但我要请求你，我要请你，为着人生的前途，你也要顾惜到你自己。”

日子照例地向前过去，我又接到了她的第二封信，是先前那些话，不过末尾似乎更多加添了一句：

“你太爱你的朋友和兄弟!”

我当时很惊奇。当时，她是个高尚的女郎，当我和她认识时，我们同住在扬子江边的一个城上。我每次到她家，都被她亲密地招待到她的卧室里。这里面陈设的有碑体的字，有湘绣的画，有精雅的琴笛，有阔绰的几椅……呵，我那时想，在这个小小的城市里，有这样的姑娘，这是何等的奇妙，这是何等的神秘！……现在，我想，她的心为什么这样“窄狭”？我为朋友兄弟做点事，她好象有点不高兴呢。

最后，终于为着她的关系我离开了K地。

这样，我不久便也病了，而且很重。

是一个阴黑的暮晚，一个严冷的天气，我在一个垂危的病床上，接到了她的最后一个明片，上面写着仅仅四个字：

“我很失望！”

几年的时光过去，我仍然默默地在想。

忽然我明白了，只有黎沙，她曾经爱过我，因为她的心是那样的“窄狭”。

一九二九年十一月二十八日晚

小猫的拜访

是一个暴风雨的晚上，一位大学生走进我的病房。

这时候住院的只有两个人：他和我。他病很轻，我此时却不能起床。屋外异常阴黑，雷闪交作着猛急的雨水，从高山流下，打着这山中病房的墙脚，好象要将打塌毁似的。难言的寂寞啊！

——你怕鬼吗？——突然他说。

我当时一笑。

——你知道，在你住房西边，有一个坟场，一座坟，五间看房。但这屋子这几乎是不住人了。——他说到这里，停了一停向我略略看了一下。——几年前，一个冬天，那里面曾住了一个男子和一个中年妇人，但过了一夜，他们便不再起来了。以后有一个老头和一个小孩也是这样死在那里的。有人说是被煤烟熏毁的，但这里乡下人却都相信有鬼。——

我刚听完这些话，不知为什么立刻满身大麻，脸上现出了不愉快的神情。

——你怕鬼吗？——他也现出不安似的说。

——是。——我这样回答。

——唉唉，实在不该告诉你这些话。——他说着，一面起身告别。

外面依然是风、雷、闪以及那笼罩四野的阴黑。

一连几夜我都失眠，心神不安。

我病的很重，我常常想，这鬼的事自然不可靠，然而几个死者，却无论如何是真实的了，我感觉到自身快和他们接近。

我很想活着，因而我很苦恼。

一个阴黑的晚上，又是雨天了。

灯熄后，我脸向外，迎着南窗子睡下，我老是想，唉唉，有个“东西”要从背后进到我屋里来了。

我越想越害怕，身子越向被里缩。

最后果然听到有极微的声音：嗒嗒……

我这时心中真害怕，连动也不敢一动。

“咚！”——这个东西竟来到我床上了。我盖的是夹被，隔被触到它，哦，哦，我明白了，这原来是医院里的小猫，不知它是怎么进来的？也许门没有关好。

我伸出手来抚摸着它，心里高兴极了。

我感觉到，在这个小小的病室里，此刻是有了两个生命了。

——猫！你在这山间也寂寞吗？

它不做一声，紧伏床边，连续地打呼。

唉唉，外面的雨仍然在下。

我抚摸着它，我感觉我的生命在这黑夜里是这样暗暗地消去。

一九二九年十一月二十七日

端午节的邀请

是江南五月的天气，一个青年，此时已经离了家，来到长沙城，住在一个公共的处所里。

日子过的这样烦闷，因为这是他第一次离别了他亲爱的母亲。

长院里，梧桐树下，他常在那里散步。

忽然，来了一个电话，说是给他的，他连忙走去。

——哦，三弟，是你吗？——发电话的人说。

——是。

——今天是端午节，你可以来到公馆里过节罢。

他听明了话，知道是嫂子打来的。他立刻应允了，心里是充满了异地作客的欢喜。

十点十分，他走进寓门，笔直来到嫂嫂的卧房里。

门帘开处——哦，里面还坐着一位中年的妇人，和一个少女。他当时心里充满了震惊。

——三弟回来了，请进，坐！——嫂嫂这样说，一面把他向中年妇人介绍。呵，这原来是那少女的嫂嫂。少女也立着，脸色红红的，两旁有两个酒窝。他们曾偶尔相遇过，但是不能说什么话。在这一次，少女仅只向他微微地笑着。

以后仍常见面，但仍然没有接谈过，而且便这样默默地永别了。

几年的光阴过去，少年却随着他哥哥漂流到 A 城里。

忽然有一天，日子是记不清楚了，他得到一份期刊，上面有这样一首诗：

那青春底迷人的眼波，

是在江南的五月的天气，——

这生命中唯一的一日，
我永远忘不了你。

啊，啊，不幸我已作了人家孩子的母亲，
我还能有什么希冀？
这不可抵抗的逼人的命运，
把我永远沉在黑暗里。

少年读完了诗，看见下面署的是她的名——爱华。他默默良久，没有说一句话。

最后打听了一气，方知这少女是在极恶劣的命运中，遵着母亲的遗命不曾在大学毕业，出嫁了一个心中所不愿意的人。

这期刊是她的"Sister"主编的，但少年终于没好去询问详细情形。

一九二九年十一月二十五日晚

蜘蛛的网

房檐上一个蜘蛛，终日在一棵海棠树上缀网。以前，房中的一位男子很惊奇，这个小小的黑东西怎么能做成这样的工作呢？忽然他想起来了。这网的丝原是轻微透明的，它在不被察觉的时候随着微风，飘浮在晴空里。哦，这原是藉着风的力构成的。

它有时也被风毁坏。但蜘蛛却永是不息地作缀网的工作。

秋日的一个午前，飞来一个蜻蜓。这大概是秋之残余了，不知是从哪里飞来的。

它正触在这网上。

它想挣脱，震动着两翼，伸着六腿，卷动着尾巴，但全无效。这男子看的很清楚。

最后，大概是它挣扎得太厉害了的关系，蜘蛛惊觉走出来，哦，这个怕人的乌黑的东西。

它先噙住了蜻蜓的背膀，蜻蜓是这样可怜恐惧，接着疼痛地痉挛着。这样它终于被吞食了去。

这位男子忽然预感似的明白了。

哦哦，他想起了他多年的生活。蜘蛛有如爱情，这蜻蜓却正是他呵。爱情的丝，也是精细不可见的；它是一种透明的光体，永是飘荡在无限的空间和无尽的时间里。他此刻已正是被缚在这丝网上呢。

他多年想挣脱然而却愈被这丝网束缚。他觉得他的生命渐渐地快消灭了。

他回味自己过去的生活，他悲哀着这蜻蜓的不幸。

一九二九年十一月二十八日下午

焚　化

生，老，病，死，苦，爱，——
这些汇成了一个神秘的，渊深的大海。
我们的生命是在这无限的海波里，
仓皇地，不安地，徘徊……徘徊……

辛苦的日子到来了。他的不幸也更加浓重了。实在，人生有许多意外，谁能料得到呢。

是一个大清早晨，仿佛是在五月间，晓阳刚爬上了他的窗棂，朝鸦在空中叫，邻家的老黄狗又不住地在哭咬。正是这个时候，听见有急促的敲门的声音，终于邮差把一封快信递给他了。

拆开一看：——

三弟：你要带着四弟一阵回家去，我现在是顾不及你们了。我想你很知道，我在生活上不是不努力，然而我现在算是精疲力尽了。没有希望的生活，是多么难受啊！我这几年来，虽忙着，无昼无夜地忙着，但我很愉快，因为我觉得我还有你这俩个好兄弟。

然而现在，真想不到，事情是这样……我已下了决心了。

望你俩个收到汇款，用作路费，千万速回家去，侍奉堂上父母，代替我这不孝的哥哥，这是我唯一的愿望了。

永别！

哥哥手草。

他当时读完了信，心中不了然，怔怔发呆。看信皮上的地址，仅仅写着上海。他想，哥哥怎么从A城又到了这地方呢??

找到四弟，不禁痛哭，斗室之中，相对歔欷。此外，还能有什么呢？大家议定了，还是读书，暂不回去。

说到生活，他是从十几岁起，便同哥哥一同漂流在外的。他很知道，在生活上他哥哥有时很失望。本来人生幸福是靡常的，然而他哥哥偏有无穷的欲望。

他得到他哥哥这突如其来的消息，他不清楚这究竟是为什么。打听了一气，连他哥哥失踪的消息，大家也说得不一致。有的说是在病院，有的说已投身扬子江，有的说已经出家为僧去。

日子在沉闷中过着。

很严冷的一天，傍晚有人打电话来找去吃饭，这是一个同乡，多年在外宦游的。

席间这位同乡猛然向他提起：

——知道么，你哥哥已经死了？

——怎么？

——这是很确切的消息，也许你家里知道，没告诉你。他原先有病以后赴上海医院治，没治好，他接着便抛弃了身负的公务，从那到江苏一个小县的庙里出家了。事情原因不明。然而这样不久，大概是一个多月，他也便死在那里了。

他听完了这些话，他的心好像石沉大海似的，觉得一切都完了，完了。以前他本还想，只要哥哥在着，他们为报答他的愿望，一定要努力出一点成绩，回头再找他去。

哦，现在他想，他想……这是永远填不了的空虚。

宴会中，他没等客散，就告辞回到寓所。

电灯明晃晃地照着四壁。

他这时陡然看见月份牌，想起现在正是“十月阴”的节气了。他不知道他这时是为安慰他自己还是为什么，他从床上立起，戴上帽子，穿上了已经脱去的大衣，把领子裹得紧紧的，摸着口袋里还有几十枚铜子，他便匆忙地走到一家小铺里。

——掌柜的。——他低声说。

——买什么？——里面有一个人走出来问。

——哦，买这，——他一手指着要买的东西。

他把东西替他理好，他付了钱，又取了盒洋火。

天气是阴沉黑暗的，略有微风，他匆忙间来到柳河沿下。四顾无人，倒觉冷静。

哦，哦，他原是要将他购买的钱纸和金箔在这里焚化。他于是画一个圆圈子在地下，这是按照着他们家乡的习俗。

火光燃起，沟沿水明明的，映得柳树身上也发出光亮。

他这时默默地向空中祷告：

——亡兄，假如你没有钱花，请将这领去用罢！这是三弟烧给你的。亡兄，你来领去罢！

纸火烧得正猛，忽然他听出一种声音：

——做什么？

他抬起两只泪眼一看，原来是一位身穿着黄衣的警察。

警察看他是这样，没再说什么话，他默默的也不曾作答。

直到火光熄灭，纸灰隐约地都飘浮在暗空里，他这时才转回到寓所去。

这一整夜他不曾安眠。

一九二九年十一月二十九晚

（载一九三〇年四月三十日《未名》二卷九、十、十一、十二期合刊）

别

夕阳西下，北海水滨，平坡上，林荫下坐着两位男女青年。

晚风吹来，愁绪纷纷。

——琼华！——男子终于忍不住地说出，——明天我要走了。

——怎么这样快呢？——少女带着惊异发问。

——那边就要开课了，不能耽搁。

——明天几时动身？

——上火车，十一点十分。

说到这里，话声略停。海水迷茫，暮色深沉。晚鸦争向白塔顶上乱飞，琼岛也伸出了长长的暗影。

——您明天能送我么？——男子又终于发出话声。

女子微微地笑，迟迟露出一种低低含情的答音。

——不能。

天色沉黑，男子归抵家门。

拧开电灯，对面壁上，一张摄影，妩媚娉婷。那便是少女不久的惠赠。

深沉的思，默默的想，心中愁疑不定。他不明白她怎能在这临别的刹那竟说出不相送行的话。疑思潜心。

勉强收拾了行李，匆匆地倒卧在沙发上。

模糊醒来，远鸡已鸣，男子从嘘唏中发出轻微的叹声。

——爱情！爱情！

朝阳也把老洋槐树影送往窗棂，枝叶摇摆，离乱缤纷。青年男子觉得正似他此时的心境。

朝餐后，忙乱一会，驱车赶往火车站。他拒绝了一切人的送行。

沿路上冷清，冷清。

抵站室，购了一张车票，看时间已不早，急忙向月台上走去。

——纬！——怎这时候才来呢？——一个少女底急切的问声。——害得我寻找了好久呢。

男子似从梦中方醒。

——琼华！——他惊喜地看着她那注视着他的脸，说：我怎么会想到你来送行呢？

他感受到一种难言的愉悦。两相默视，一阵温存。

少女给他一篓水果，把他送往车厢里，又说了几句安慰的话，一声汽笛，两处离分，遥远间，只见车窗外帽影频动，月台上摇展着白白的方巾。

火车向原野上驰去。青年男子忆昨夜的焦思，又想及今朝多年未曾有的意外的快乐，他脸上浮泛出颇含深意的微笑。

生命原是这样的在流动着。

假使琼华昨晚真个预言送行，今天倒许觉得平淡了呢。他想到刚才猛一见她时高兴得几乎欲哭的神情，他此刻感到她实在是在爱他。

看看初秋的漠北的郊野，看看无限蔚蓝的天宇，青年男子把昨宵的事全都忘却，沉入一种莫名其妙的欣慰里。

一九三一年九月十三写于接芜弟信后

（载《韦素园选集》安徽文艺出版社）

虚 惊

半夜时分。

听——

有人在低声急喊：韦先生！韦先生！

我从睡梦中模糊地惊醒，辨清这是日间侍我的工人的声音。

——有什么事？——我心神不安地发问。

——你听见没有？——一种声音，嗒嗒嗒……不象猫蹄子，走进厨房去了。

我说：是黄厨子来了么？

他说：不敢定，但总得预备，事先小心。

黄厨子是做饭的，身体不好，日间辞去，进城查病。现在这里剩下的只是一个想走未能走的我，和另外伴我的这位与厨子并无好感的工人。

山风吹来，分外凄清。

晚间曾放出一种传言，说黄厨子在山下没走。因此更令人起了相当的戒心。

此时，我们屏声息气，细听细听，好久，不见动静。

忽然间，扑拉拉……发出一片声响。

工人急喊：韦先生，你听！你听！

我说：这是耗子，在天棚上闹。

工人不语，大概很羞惭似的，转回到自己房中了。

待到天明，送奶的老头从山下爬到山上来。他一见到我，就笑着说：黄厨子“毕了业”了。

我说：怎么？

他说：昨天晚上就背着行李卷回家去了。在山下并没有歇。

——是吗？！

——你看，我亲眼瞧着他走的。

听到老头这样的话，想想昨晚上的事，我不住暗暗的好笑。

一九三一年九月十五日病床

（载《韦素园选集》安徽文艺出版社）

诗　歌

少年诗作

（韦素园亲属收藏的未刊稿）

鸡冠花①

文冠屹立不乞栽，
壁上挺然独自开；
抛却人间尘俗气，
今朝敢与菊争魁。

① 1914年秋，韦素园读小学时，一天课外活动，同学见围墙上冒出一棵鸡冠花，便对韦素园说："你会做诗，能不能用你的小名文魁来一首，文字起头，魁字落尾？"这首诗是当时韦素园口占的，诗题为编者所拟。

小照自题①

微露形骸未出头，
慵从尘世论交游；
防身无物唯书卷，
立志有心御骅骝。

原与雄风扶海立，
忍教明月共溪流；
他年若得男儿志，
大地苍茫任我游。

（1914年秋，于叶集）

① 此七律为韦素园读小学时，对自己的照片自题。

元宵吟故乡

起伏蜿蜒似游龙，
盘踞清流史水东；
南与大别山麓峙，
西连古豫篱藩蓬。
物华天宝祥徵献，
人杰地灵毓秀钟；
笑语欢声澎湃涌，
通宵灯火满天红。

（1915 年元宵观灯，于叶集）

画兰自题①

莫道叶长花浅低，
时人称谓王者荑；
身居高位须临下，
何论英雄出道低。

① 据说，1915 年，韦素园、台静农在小学读书时，一次美术课画兰草。台静农画的兰草昂首向上，韦素园画的兰叶长而低垂。台静农说，低垂叶是画家忌讳的败笔。韦素园于是在画旁题此诗反驳。

游圣塔寺有感

愿借龙蟠棍，
妖魔摧毁之；
九洲〔州〕大一统，
华夏展新姿。

游观山九仙洞抒怀

天翻地覆战方停，
锦绣河山未靖平；
军阀中途分净土，
英雄南国扶乾坤。

人人争去降豺虎，
个个齐来会风云；
隐避偷安岩洞下，
香烟愧受害黎民。

游观山寺斥九仙①

当今海内分裂，世衰道危；
时值军阀混战，乾坤不宁。
有志中华儿女，投笔从戎；
立誓忠于革命，不惜牺牲。

九个石丑不问，戎马倥偬；
僻野石壁伫立，苟且偷生。
香烟缭绕显灵，荒谬绝伦；
游客特此警告，勿愚黎民。

① 素园读小学时，一年学校组织秋游，他和同学一起到叶集南边十五里的观山游玩。爬上山腰，见有九仙洞，香烟缭绕，多人拜佛。素园当即展纸，怒赋此诗。诗题为编者所拟。

旅行去①

进！进！进！抖擞精神，
行！行！行！体健身轻。
旅行去，有一个原因，
多走路，多见多闻。
进行进行抖擞精神，
登临胜地留恋风景，
寻几处古迹贤豪残碑断碣依稀认，
功业勋名是非邪正不拘成败总评论，
市镇乡村处处关心，
土产方言风俗人情，
尽采集野田手执携回动植物标本，
乐哉旅行，从今益信校外果然有课程。

① 这是韦素园读小学时为同学们郊游写的歌词，由其兄韦凤章谱曲。同学们抖擞精神，边唱边行。

咏荆轲①

於期头，
督亢图，
英雄伴，
怒发已冲冠。
千斤重一诺，
岂惧易水寒。
君子死自己，
提剑出燕关。
风萧萧，
路漫漫，
不思还，
只为赴国难。
凌厉越万里，
透迤过千山。
回念高堂，
苍颜白发，
泪洒透胸衫。

---

① 韦素园读小学时，曾就卧薪尝胆、专诸刺王僚、荆轲刺秦王、苏武牧羊等历史人物故事赋诗述志。此为其中一首。诗题为编者所拟。

受委任，
斩私情，
从公义，
于心悲又欢。
从容秦王殿，
昂首锋刃间。
勇猛一失，
忠魂升碧天。
精忠又尽孝，
此事古难全。
且看古今多少，
壮士侠子情绵绵。

山中之歌

（诗歌集）

无 题

在这漆黑的夜色里，
我仿佛看见了你。
繁星在窗外远远闪烁。
你的幻影便又向无极的太空里消灭了去。
假若有一个晚间，
殒〔陨〕落了一颗星辰。
那我便知道这或者是你，
已在那辽阔的宇宙中，光已熄灭，化成灰烬。

一九二六年十二月二十日

（一九二六年十二月二十五日《莽原》半月刊二十期）

何林结婚戏贺

昂首挺胸到而今，
目前权做王夫人；
世人不识兄心乐，
将谓先生礼太勤。

（韦素园亲属收藏的未刊稿）

忆“黑室”中友人

——呈青及霁野

在昨晚夜深的时候，
　　我仿佛离了山坡，向古老的城垣走去。
风儿已息，星光自晴空中静静地照着，
　　我恍惚地来到了一所阴暗的黑室里。

这黑室里并没有别的什么，
　　我看见两个友人在破榻上坐起，
一个脸色凄惨、枯黄，
　　一个颌下已经生了乌黑的长须。
我低低地发出询问：
　“你们几时可以离开这里？”
好久好久的沉默，接着叹息似的话：
　“案情怪重呢！”

我又问：“在这经过长久的日子里，
　有没有人来探询过你们的消息？”
他们——一个脸色更加暗淡，
　一个两眼泪光盈起。
我忍不住伤心地哭了，
　热泪把我的梦魂惊去。

醒后方知白日的凝思，
——又织入凄苦的梦里。

一九二八年五月一日

（载一九二八年六月四日《语丝》四卷二十三期）

乡人与山雀

一

傍晚，从山后走来一位衣衫褴褛的乡人，
盘着辫儿，提着根生锈的土枪。
我在近窗的病榻上凝望，
偶然听到有人发出了询问的音响：

“你这是做什么？”
“哦，春天来了，我要打山雀。”
“打山雀做什么？”
“回家做汤喝。”
“你的手怎么空着？”
“咳，运气不好，一只山雀也没遇着。”

乡人说罢，
似乎又失望地慢慢地低语：“家中人还等着呢。”
他于是便在这侵袭的暮色里消失了去。
他佝偻的背影牵起了我的思绪：

他中年的妻子，他的爱儿和爱女，
也许正引颈在门前站立，

盼望他的枪尖挂满山雀归去；
假若他此刻已到了家，
那失望掺和着悲哀，
将弥漫着他小小的屋里。

二

清晨醒来，远远地枪声响着，
昨晚乡人的面貌在我脑中闪过。
啊，我此刻正想着山雀、山雀，
山雀的命运定了！

遭难的许是最年轻的一个：
它许是正恋着另一只美丽的山雀，
它许是正对美丽的山雀唱情的恋歌，
不然，它可以避免了这无情的灾祸。

哦，春天来了，
绿树荫里，正可营起百鸟爱的欢乐；
但是事实却是这样地安排着。
“司生命的神啊”，我要问你：
“这是为什么？”

一九二八年“五四”写于西山病院

（载一九二八年九月一日《未名》一卷六期）

忆亡友愈

朋友，想不到我们是这样别了。

记得四五年前，
仿佛在北京某个地方，
我们无意之间，
便成了浅浅的相识者了。

几年来的经过，我觉得你的为人是太好了，
终日里埋头读书、工作，
穿着朴素的服装，
现着一幅慈祥的面貌。

你来见我时，总觉得我是太悲观了。
你虽不向我说什么人生的大事体，
却总笑着讲：
“素园，你的生活太寂寞了。”

而今，你是去了，那最难忘的是——
在路上，在学校里，或在公寓，
你每一见到我时，
远呢，高呼招手；近呢，现出流自衷心地欢迎的微笑。

朋友，我真想不到，我们能够是这样别了。

读静农的《春夜的幽灵》，方知道刘愈兄已惨死多日。病人本不能文，这不过是个偶感罢了。

一九二八年九月

（载一九二八年十月一日《未名》一卷七期）

睡 时

在床上吹灭了灯。
偶想到躺在病床上已是两年时光了。
我于是恍惚地自家发出询问：
“病神，我是不是永久地这样消磨了去?”

屋里除桌上滴答滴答的钟响，
别的一无声息。
一切日用的、亲密伴我的什物，
都沉默地浸沉在浓厚的暗黑里。

我此刻连忙从被里伸出一只手来，
模糊中抓住了一件冰冷的实体；
待我又发出询问时，
方知这是不能言语的御寒的冬衣。

唉，唉，病了这么许久。
想要知道一点关于病的消息。
都是徒然的。
哦，人生，人生，空虚，空虚！

一九二八年十月

（载一九二八年十二月二十日《未名》一卷十至十一期）

白色的丁香

这里有一株白色的丁香，
　　干枯地在春风里开放。
　　枝间生了几簇稀疏的嫩叶，
　　枝头还是去年的憔悴的模样。

啊，去年的今日，
我曾在这花前细想：
　　倘若我一朝能将病魔除去。
　　我定要园丁般的来将你培养。

可惜我今年仍和去年一样，
　　你，经过了严冬，又寂寞地在这里开放。
这样的枯瘦是你的命运么？——
　　丁香，我可怜你不幸地来到世上。

一九二九年四月三十日卧床写于西山医院

（载一九二九年五月十日《未名》二卷七期）

晨 歌

凝眼望着星空，
我的心魂欲碎。
那不可追回的——
是我的昔年的光辉。

一切都美丽，
但只在梦中相会。
鸡声啼到窗前时，
“清醒”却唤动了我的眼泪。

一九二九年九月四日枕上

（载《韦素园选集》，安徽文艺出版社）

幻 梦

是这样的寒宵，
是这样的月色。
那时是我和你相会时节。

藤萝下是你的黑影，
我慢慢地向影前走进；
我轻轻地握住你的手，
我静静地在你唇上吻。

我感到异样的炙热，
我感到异样的温存；
我感到了你是这般的可爱，
我感到了我沉醉了的灵魂。

偶然间一声奇响，
不知有什么震惊。
你便匆匆走去，
我也只好独进房门。

夜深露华浓滴，
你轻步地走进我的房里。

我伸手挽住你的素手，
你随身倒到我的怀里。

我紧紧地将你围起，
我嗅到了沁人的芬芳气息；
你向我低低地诉说一切，
我沉迷的默听着你的话语。

那时我们什么都已说到，
只是我从未说到我是如何爱你；
但你也恰和我一般，
无声的将爱情赠与。

有时我无意地睡去，
醒来眼前却不见你；
待到再行相会，
你却笑言我已把你忘记。

而今旧景依稀，
我仿佛又看见了你。
………………
………………

是这样的寒宵，
是这样的月色，
但却不是我和你相会时节。

一九二九年九月五日作

（载《韦素园选集》，安徽文艺出版社）

赠德富侄①

几年病里卧京华，
往事已非愿亦差；
一事未衰犹望汝，
百年伟业映支那。

（韦素园亲属收藏的未刊稿）

① 这首诗是韦素园重病期间在北京西山卧榻上写的，时在1929年9月6日。这实际上是他自知不起而给后辈的遗诗。韦德富当时在读中学，少年聪慧，成绩优异，颇得素园喜爱，素园在他身上寄托着厚望。德富后来留学日本学经济专业，学业有成。

在P院七号病床上

清早从床上醒来，
嗅到一阵阵馨香的气息。
哦，是这样的沉醉迷人——
我模糊间又蒙眬地睡去。

待到更从梦中醒来，
芳香依旧环绕着脑际。
感谢我的友人——
昨晚他殷勤地送来这一束晚香玉。

一九三○年十月二十四日作

（载《韦素园选集》，安徽文艺出版社）

落叶之歌

是一个深秋的暮晚，
黄叶落满了一地。
微星自晴空中隐隐的出现，
仿佛来参加这荒凉的悼礼。

偶尔间我踏在叶上，
微闻到脚下传出死的声息：
“毁灭是我们多久的期待，
祝福，先生，你这恩惠的赐与！”

听见了这样的低语，
我心中暗自惊疑，
悲哀黄叶的命运，
我匆匆地又从落叶上走去。

一九三〇年十月二十五日作

（载《韦素园选集》，安徽文艺出版社）

致不识者 POVE[①] 女士

秋风吹卷着落叶，
你便落叶般的憔悴。
晚雨溅击着枯草，
你便枯草般的低垂。

昨夜我曾入梦，
梦见一朵丽花衰萎。
今朝醒来读报，
方知你已地下长睡。

假如生命是一座不幸的筵宴，
那生者却正在筵前举着苦杯。
这样年华离开筵席，
许是死神赐给你的恩惠。

我但愿你——逝去的 POVE，
能够在异地得到安慰！
我更愿那筵前的生者，
能当着生命的筵席微笑不醉！

（载《韦素园选集》，安徽文艺出版社）

---

① pove：是英语 poverty 的省写，意为贫穷。

生命苦了我

生命苦了我，
我忍受地笑着，
五年间床上长眠，
将青春悄悄地度过。

希望、幻想、热诚，
都似烟一般轻，
模糊地、暗淡地，
向远方飘散，消沉。

我有时自问：
我此刻还期待什么？——
呵，这谜也似的生活，
我常忍受地笑着，笑着。……

连日发烧，草此　一九三二年三月三十日

（载《韦素园选集》，安徽文艺出版社）

怀念我的一位亲友

——呈　坪①

你是一个热烈渴慕自由的人，
不想现在又被关在牢狱里。
我无时不向见面的友人，
打听你几时能够出狱的消息。

可是全是些不幸的回答，
我知道你的出狱一时是无望的。
想起你当年那种豪放气概，
大江南北那里不踏遍了你的足迹！

几处牢狱关不住你，
从探奸手里你也曾用谎语脱离。
有一次归家省亲的途中，
又遇着好意的法官把你释去。

呵，好多艰险的遭遇，

① 坪，即赵赤坪，又名赵善甫。安徽霍邱叶集人，与素园同乡，又是亲友。早年入党，并在未名社工作过。1948 年在家乡被反动土匪杀害。

我不愿为你一一地述起。
总之，你是一个热烈渴慕自由的人，
不想现在你又久久关在狱里。

不过敌人的“黑铁”的高压，
终敌不过我们“赤血”的奋起。
朋友，等着吧，
未来的光明的时代终究是属于我们的。

不要悲伤，
不要愁虑，
今日的牢狱生活，
正是未来的甜蜜回忆。

一九三二年六月二十五日上午

（载《韦素园选集》，安徽文艺出版社）

题芜弟照片

弟弟，听说你病了，
我心中很怀念你；
今天见到你寄来的照片，
我心中才充满了乐趣。

你吃得那么胖胖的，
照相时头还偏起，
脸上现着微微的笑容，
我见时总高兴、欢喜。

弟弟，病中我们好久没见面了，
心中好象有些话要说似的，
但见了又怕相对悲伤，
因为我俩同在病里。

一九三二年六月二十五日上午

（载《韦素园选集》，安徽文艺出版社）

压干的连翘花

——呈冶秋

好几朵连翘花，
都被压得干巴巴的。
这是朋友从远方寄来，
算是一种小小的赠礼。

记得那时我很喜欢，
轻轻地将它夹在书里。
不想日子过得久了，
我竟将它忘记。

今朝无意打开书来，
又见到这小小的美丽的东西。
我爱这干巴巴的连翘花，
我尤爱朋友的甜蜜的厚意。

一九三二年六月十五日

（载《韦素园选集》，安徽文艺出版社）

序言·随笔

序《往星中》

十九世纪末与二十世纪开场的俄国文学界有两个代表人物——戈理奇（高尔基，下同）与安特列夫。这时期有革命的与反革命的两种精神的冲突，在俄国历史中可以算是多事之秋。忽而“希望”使人们高入云霄，对于将来怀着狂热的企求，忽而“失望”又把人们压入黑暗的深渊里去了；忽而狂欢燃烧着人们的胸怀，但不久忧伤又把人心笼罩住了。——这时期社会心情的变迁有如闪电一般迅速。戈理奇与安特列夫的著作是这些变迁的反照，虽然他们的著作中有完全相反的情调。“倘若戈理奇是海莺，胜利的歌者，那么安特列夫便是乌黑的老鸦，叫着‘这样过去，这样将来’的战败的先知。”①

正如每个作家都要受别人的影响一样，安特列夫初年的著作中显然有着契诃夫与戈理奇的影响在。一八九八年他的第一篇小说出世，引起了戈理奇的注意，一九〇一年他在《知识丛书》中为安特列夫出了第一本小说集。这时期中所作的《谎言》、《色尔格彼特罗维奇的故事》、《墙》，这些作品，已经显出这年轻的作者自己的色彩，他的黑的羽翼已经生出了，预备要飞往自己的绝望的和死亡的世界。

虽然安特列夫是生着黑的羽翼的“战败的先知”，在他的著作中我们还不断地遇到勇猛的、闯入生活的底里的人物，在这些人物中我们还可以看出他们的生命力的飞腾，虽然他们代表的是死亡与绝望的威吓和恐

---

① 见黎戈夫·洛加契夫斯基著《最新俄国文学史略》第八章，标题为《俄国文学史上的伊万喀拉玛若夫》，系专论，安特列夫著，作者曾以此书为参考。

怖。在《耶拉撒尔》中，作者把死的毁灭和恐怖具体地表现出来了，但是同样热烈的是这底里的对于生的企求。在《暗淡的远方》给与我们的是绝望的重压，主人公是森严冷酷的人物，但是在这里面我们不是可以看出那在生命的烈火中燃烧过了的斑痕吗？《马赛曲》的主人公是一个卑微无用的人，他有“野兔和负重的牲口的驱体”，但是也有“人的伟大的灵魂”。他要死的时候还要求他的同伴们为他唱《马赛曲》——革命的口号。

在另一方面，他是继承着陀思妥也夫斯基的精神的，他被称为俄国文学上的伊万喀拉玛若夫①，安特列夫著作中的许多人物都是爱用脑子去深思一切，爱“生活的意义甚于生活”，心灵失了和谐，永远有“是”与“否”存在心中的惑疑者。《黑假面人》的主人公罗连卓公爵，《安那思玛》的主人公安那思玛，都可以重复《思想》中克尔任茨夫的句子：“我永远囚在这脑海里，囚在这牢狱里。”

生在多变幻多事的时代，受戈理奇的乐观革命作品的影响和培植，承继着陀思妥也夫斯基的深究惑疑的精神，这样便形成了安特列夫著作的基本情调。

安特列夫的著作对于生活发现两种真理：“心”对于生活的执着，“理智”对于生活的厌弃；因之有两种不同的人生态度：坚信与怀疑，绝望与革命。两重真理的冲突——大概可以算作安特列夫全部著作的题词吧。这或者是几种影响融和的结果，在这种融和的进程中便渐渐地现出安特列夫的真自我。

《往星中》是安特列夫的第一篇戏剧，是一九〇五年革命后的作品。这剧作似乎就是表现这两种相矛盾的真理，和两种不同的人生态度的。塞尔该·台尔诺夫斯基是一个著名的天文学家，因为觉得生活之无意义，便把世间的一切看为“无益的忧虑”，而以天文学为避难所，想在星辰中

① 伊万喀拉玛若夫是陀思妥也夫斯基的最后一部小说《喀拉玛卓夫兄弟》的主人公，怀疑思想的代表者。——作者

探寻超自然的生命，做着“永生的儿子”的梦，就是在听到他的儿子尼古拉下狱几于被枪毙了的时候，他也是恬静如常，毫不以为意。他说：“在世界上每秒钟都有人死，在全宇宙里每秒钟或者要毁灭一个整世界，我怎么能为一个人的死亡而哭喊失望呢？”他安静地在山间做着他的工作，虽然下面哄动着革命，并且他家庭中有几个人也加入这革命的运动。革命失败了，尼古拉在狱里受虐待，变成白痴了。玛露莎，尼古拉的未婚妻，说出这消息时，塞尔该抑制不住自己的感情，暂时失去了变常的恬静，但是他随即向玛露莎解释说：“他在你心里，他在我心里，他在一切人们的心里。……人没有死亡，永生的儿子没有死亡！”

玛露莎诅咒生活，感到现时生活的罪过和苦楚，她曾骂塞尔该冷酷无情，并且说：“星辰于我生疏，我不知道谁住在那里。”所以她是和塞尔该不同调的，和他立于完全相反的地位。她是“在一切前面冲锋”的女子，她虽苦恼人间，却不能忘却人间，她说：“我的灵魂象受伤的鸟一样，一再一再地落到世间。”塞尔该劝她不要再到尼古拉那里去了，但是她说：“我要去。我要和保存圣物一样，保存尼古拉所留下的东西——他的思想，他的敏感的爱情，他的温存。”

在剧末——

塞尔该（两臂伸向星辰）：祝福你，我的不相识的远方的朋友！

但是——

玛露莎（两臂伸向大地）：祝福你，我的亲爱的受着苦痛的兄弟！

对于生活之意义，这剧中是有着深刻的追询的，这结尾似乎暗示出两种态度，如我前文所说，虽然作者并没有什么答语。

以后安特列夫又作了不少戏剧，重要的有：《撒瓦》、《人的一生》、《饿玉》、《黑假面人》、《安那思玛》等。如果安特列夫是“乌黑的老鸦，叫着‘这样过去，这样将来’的战败的先知”，他的乌黑的羽毛也是在《往星中》以后才生齐，虽然在玛露莎说“我要建筑一个城市，在城市里我要安住……一切讨饭的，残废的，疯狂者，和盲人。……我要宣告犹大做这城市的帝王”；城市的名子叫做“往星中”的时候，这种沉黑恐怖的思想已经有了萌芽了。

一九二六年四月二十五日

（载未名社出版部一九二六年五月初版李霁野译（俄）安特列夫《往星中》）

校了稿后

——亦可名为《我所忆起的张》

我在校完第二十一期《莽原》上的《无产阶级诗人》——直至蓬子①君诗的初稿后，天已不早了，将近夜十二点钟。为着精神的困惫，我燃起了一支烟卷，这是两月前在一种料不到的机遇里所引起的嗜好，它破坏了我的多年生活，虽说这在我也并非绝无惋惜的事。我有时想："无聊，在北京住着。"那些能在自谓无聊中真诚地从事他们文字生涯的人，我以为这已不是无聊了，因为这是一种人生向上的努力或工做；真到无聊极处时，是连对于这些的兴会也早已消失去了。

我的日常生活很杂乱，近些时更甚。就以对于文学上的事来说罢，我很爱那已经装在架柜里的梭罗古勃和那摒弃在现代文坛棹下的卜宁（即蒲宁，图解见下期《莽原》苏俄文坛现状的漫画。）梭氏现年已老，然而他的昔年的"幻美的悲哀"底故事创造，却至今令我读后，还回味着；我想将他的《老屋》译完。卜宁，他是对于往事怀着无尽的"凄伤的回忆"的。日渐颓落下去的旧日的园庄，和时光不再的乡村的童年，都充满了他的早年的散文诗篇。然而我此刻所想起的，只是他的一篇《张的梦》。这是刻描一条中国狗的悲哀。船主张姓，为着生意的破产，将它卖给一位异邦人，异邦人无以名之，因其旧主姓而呼之为张。临到以后随新主旅行到埃及时，它，张，在沙漠的热地里，蒙胧着饱经世变的倦眼，静静地回忆着往年的船上生活。我觉得这种景况，在中国现代亦是不可多得的了，因为我们的心境似乎还没有这样的安闲。不过我同时也很惊

---

① 即姚蓬子。此人于一九三四年背叛革命。

奇：我自从到北京后，对于中国旧时代的轻淡而又工愁的诗歌，决不一读的了，我以为“老的支那”在这里得不到新的解救；然而我却还会爱上这寒土的“幻美的悲哀”和“凄伤的回忆”，而且有时还介绍一点，呵，这是如何矛盾的生活?!

至于讲到新俄的文坛，他们作家的努力，也令我异常企慕，然而我所见到的一点作品，怎样也引不起我心中的深的共鸣，我们的精神生活是这样的有距离。不过，无论如何，我对于这一次火山爆发了似的革命，总还怀着泯灭不了的期待，这原因与其说是为邻邦的实际事实，倒不如说是为我在文学理论中，所见到的未来理想。特洛茨基是不承认无产阶级文学因而否认“无产阶级文学”这一名词的，然而他也相信在从资本社会尚未达到共产社会这一过渡期间并不是没有文学。不过他的意思，以为无产阶级这东西，并不是能象资本阶级样，长时独立形成一社会；它只是一种临时的，为对待第三阶级而组成的过渡办法：努力将对象——第三阶级的畸形组织——毁灭，那时无产阶级这本身也就不存在了。他并说，我们现时的目的，只在将这过渡时间设法缩短，使经济平等的理想社会从速实现，在这一种全人类的坚固的基石上，再来建设全人类的伟大的真正的“人”的文学，这文学，在这种时期，也才有实现的可能，然及其实现，也便不能称之为无产阶级的文学了。——这以上是特氏的见解。不过在无产阶级的作家看来，竟认我们以为过激的特洛茨基作现时温和的妥协派了，因为他否认有无产阶级文学，而且主张文学的基本是离不开接识现时生活。

我新近也爱慕特氏这可爱的理想的将来，然而在这想跨进文学“新生活的第一步”，我和子涓同样地感到无法“入手”的悲哀。

总之，思想近来是这样凌乱，尤其是在校完这次初稿以后。捻灭了灯，躺在床上，为一日实生活所搅扰激刺后的倦乏的脑海里，模糊地又闪现了卜宁的一条张的狗，在埃及沙漠的热地里两眼蒙胧着。

一九二六年十月三十一日

（载一九二六年十一月十日《莽原》一卷二十一期）

序《外套》

俄国十九世纪的文学，在世界一般读众的面前，博得了“伟大的”的尊称。普希金（A·Pushkin）和果戈理（N·V·Gogol），便是这伟大文学的最早建筑人。倘若普希金是命运的骄子，戴着葡萄叶编就的花冠，脸上现着光明的微笑，作世界一切呼声的回应，那果戈理戴的花冠却是荆棘织成的，他含着酸辛的眼泪，看着世界一切卑污在发笑，他是一个吟咏着俄罗斯民众辛苦命运的歌人。俄国十九世纪批评家契尔尼舍夫斯基（N·Tchernys-hevky）[①]称他们一个为诗艺之父，一个为散文之父，这话并非虚夸。的确，没有普希金的诗，写不出一个全民族底光明的灵魂；没有果戈理的散文，也写不出一个全民族底悲哀的心，他们并时产生，在实际生活的描写上，好象是互相辩正，互相补充。他们创作的共通点，是在能将那日常一般的生活更和文艺诗歌接近。在他们以前虽然也就有人，象房维莹（Vonwijin），诺维珂夫（Nov ikov）等向这方面努力，但总没有他们这样登峰造极的成就。

果戈理一生受普希金影响最大，然而在文学上，他却走的是自己的独立的道路。到了果戈理，代替俄罗斯感伤派的写实主义才有了真正的基础。他将那民间的无意义的生活，官场的黑暗的情形，一句话，俄罗斯从未显现过的真面目，几乎没遮掩地呈献在俄罗斯全民众之前，使他们，同时代的兄弟们，见到了这些，起所谓精神上意识着的悔悟、纠正、

① 即车尔尼雪夫斯基。

更新。他的每篇著作，都充满了滑稽和讽刺的意味。《旧地主》的主人公，普黑丽亚和阿凡那息，老夫老妻，从来没有梦想过什么，每日只顾虑着厨房，柴屋等等；普黑丽亚临死还替丈夫担忧，倘若自己死了，这个老头儿将要怎么过活？戏剧《巡按》，也正是一样的可笑，——虽然他所描写的是另一种荒僻小县贪财的县长等听见伪巡按快要到来时骇得慌忙失措的情形。其余各篇，也都同样滑稽动人。

据安迦尔特说："果戈理的滑稽有一己的特性：这是纯俄罗斯的滑稽，坦然静稳的，在这里面作者好象装成傻子似的。他永是一致的，即在他所迷爱而写的事物情况里，从不改变自家的态度。无偏是他的偶象。"这是真的。然而果戈理，有如俄罗斯一般伟大的作家一样，或者这是伟大的斯拉夫民族性，他从不曾冷然地将他所描写的人物单独置在一类难为情的境界里。《外套》的主人公阿卡基·阿卡基耶维奇，在说着"莫动我！你为什么欺侮我？"的言语中，却颤动着异样的音调："我是你的兄弟。"从这里我们正可以看出作者创造的真正态度来。

还有：小说，喜剧中的滑稽，在文学上是有一种特殊价值的。笑是一种强的力：它能使那在世上不怕一切的人，对它不能不心怀畏惧。有了它，那种卑污不自觉的人，可以在生活上引起怀疑，反顾一下自己，看见别人的污点可笑，他可能意识到自己的缺点未必不招人鄙夷。果戈理是先明白了这一层，然后更努力从事于创作的。他是社会缺陷的良医。他说："在冷笑的深处可以寻出永久热爱底火花，在世上常常流出深沉的心泪的人，他大概比一切人更爱发笑。"的确，果戈理是笑尽了同时代的人，然而他同时也为人们道德的沦亡愁苦，——有谁能说他不替同时代的人更尝到了生活的酸辛而希冀着大众走上更新的路呢？

他一生最大的杰作是《死魂灵》，写作前后历十七年之久，终于尚未完成。他想在三部《死魂灵》中，画出三个俄罗斯来，有如但丁（Dante）的《神曲》：地狱，净土，天堂。一幅死的王国底阴森可怕的画图，第一部《死魂灵》完成了；在他死前不久，为一己的内心懊恼，深夜唤醒小儿，同到书斋，将第二部即待付印的誊清稿本烧去了，现在只剩一些残篇；第三部当然更谈不到了。他想写出快乐的，健全的，一些纯洁无疵的“活的灵魂”，显现给现时过着愁苦的、病态的、阴森到万分的生活的兄弟们（也就是第一部《死魂灵》中人物），然而却写不出——这虽说为他不曾禀赋这种天才，可是数百年来农奴制度形成的十九世纪俄罗斯背景，却至少也是主要原因。

不过果戈理在俄罗斯文学中，也并不如一般人所设想的“包罗一切”的伟大。他的意义，只在完成了文学运动底“旧时代”（指四十年代以前而言）。俄罗斯十九世纪初期前后的文学，是倾向两种目的的：一是想将言语和形式冶炼得灵活，适用；一是想将以前虚空玄妙的描写移到实际，在这两方面，果氏都立下了不可磨灭的功绩。俄国的各作者，如著《家庭琐闻》的亚克撒珂夫（S·Aksakov）[①]，写《罪与罚》的陀思妥也夫斯基（F·Dostoy-vsky），都受他很深的影响，正是显明的例。“含泪的笑”这种精神，也只有在这种言语和形式的运用里，才能表现得活跃，动人，彻底。然而在这后面所缺乏的，便是俄罗斯四十年代（1841—1850）以后所特有的那种“社会理想”，有了这种理想，俄罗斯的文学，在烦闷苦恼着的欧罗巴，才发出异样光芒而博得大众的欢迎。他和普希金，列尔孟托夫（M·Y·lermontov）[②]曾以独到的笔锋，犀利的天才，使西欧的读者惊奇，叹赏，然而却不能如都介涅夫（I·S·Turgenev）[③]，托尔斯泰（L·N·Tolstoy），陀思妥也夫斯基，好象时代思想的前驱一般，受到全世界的人倾倒，膜拜。

我现在译出的这篇《外套》，其价值正也如我上文所说。不过在他短篇作品之中，这一篇在心理方面描写得要算更复杂，更紧凑，更有力些，读后给人印象也更深刻。主人公阿卡基克·阿卡基耶维奇知识简陋极了，一生除抄写之外，什么都不知道，也惟抄写他才能干得，上司想提升他

---

① 即阿克萨科夫。

② 即莱蒙托夫。

③ 即屠格涅夫。

的官，叫他做一点别的事，他却流了一头汗，终于说道："不行，不如给我誊抄一些什么倒强些。"从此他便永远抄写。制服破烂得裁缝都不能补了，没法，只好将饮食上最低的必需费用俭省，忍饥挨饿过了数月，把积下的钱和节赏凑合在一起，制了一件新外套，然而外套穿不到几天，夜间行经广场却被人剥去了，依好心人的劝告，想寻出失去的衣服，便去会一位阔老，可是阔老的一顿责骂，加以彼得堡的坏天气，竟将我们可怜的书记送进坟墓中去了。每个读者读到此处，当然以为可以结束了。然而世人好象报答阿卡基从不为人所注意的一生一样，竟哄动了全城；到处争着传说有一个死官吏夜间在外面剥外套。呵，呵，这是何等阴森的一幕空幻的悲剧啊！我们读后虽然也发笑，然而在笑了之后，岂不即时就感到一个人一生的悲苦的命运吗？并且这种恶运似乎也正在照临着现世界的人们。

明显地受《外套》影响的，是陀思妥也夫斯基的《穷人》。倘若将《外套》的主人公阿卡基和《穷人》的主人公马加尔加一比较，他们虽然同是安于一己的生活，然而在精神的关系上，阿卡基却显得低微多了。他的一生思想，几乎出不了暖外套；马加尔是一个觉出"自我"存在的人，不但如此，他还能在极贫苦的状态里，帮助和他一样苦的姑娘，牺牲求爱，他具有伟大的精神和人性的本能，这在阿卡基是没有的。然而这也许由于两个作者年龄不同而写出各异的人物来罢？果氏写成《外套》，已在生活的晚期，人物自然更显得凄惨，沉重些。陀氏写成《穷人》，是他著作的生涯初开始，而且他也只有二十四岁。不然，那就很难说，因为这两篇东西都是四十年代的作品：《外套》写于一八四〇，《穷人》成于一八四五，前后相差约只五年，我想时代的关系当然是未必很大的罢。

本篇参考的书

一、撒沃得尼克：《俄国十九世纪文学史略》（1911年，莫斯科出版）；
二、司卡彼契夫斯基：《最新俄国文学史》（1906年，彼得堡出版）；

三、安迦尔特：《十九世纪俄国文学史》第一卷（1913 年，彼得堡出版）；

四、黎戈夫·洛加契夫斯基：《最新俄国文学史略》（1925 年，列宁格勒出版）。

一九二六年七月十日　素园写于北京

（载未名社出版部一九二六年九月初版的俄国果戈理著，韦素园译《外套》）

《最后的光芒》小序

这里所收集的几篇小说，是我几年来随手试译的，事前并没有预定的计划，只就个人一时的兴趣译出来，所以很觉散乱无头绪。现在要结集印出来，只在了却一点小事，免得在病榻上还时时想起，仿佛有点未完的工作要继续作下去似的。整理译稿时，我还卧床不能起来，怕有疏忽的地方，深盼读者的教导和原谅。集中安特列夫的几篇是霁野所译[①]，得了他的同意，也一并收在这里了。

一九二八年二月，译者于北京西山病室中

（载商务印书馆一九三一年六月初版的韦素园选译《最后的光芒》）

① 李霁野译的几篇，本集未选。

《黄花集》序

我自去岁阳历一月卧病，到此刻已经是将近两年的时光了。在这期间，深觉以前过的生活是如何零乱，空虚，无聊，生命是如何毫无惋惜似地，无益地，静静地向前过去了。病中每一忆及，虽并无深的悔恨，但总不免带着惘然的微笑。现在承霁野的好意，将我病前几年中散在各处的译稿，差不多全搜集起来了。一本是短篇小说集，已在别处印行；另一本便是这些散文和诗，他所命名为《黄花集》的。实在，这些东西在新的北俄，多半是过去的了。将这与其说是献给读者，倒不如说是留作自己纪念的好。倘读者还以为有几篇可读的东西，那就是译者意外的欣喜了。

一九二八年十月二十八日，素园写于西山病院

（载韦素园译《黄花集》，未名社出版部一九二九年二月版）

写在《罪与罚》书后

新近逝世不久的黎沃夫·罗迦契夫斯基称陀思妥也夫斯基将“新话”带进俄罗斯文坛，这便是所谓的都市文学。假如“俄土的伟大作家”托尔斯泰结束了旧时代贵族生活文学底最后尾声，“那残酷的天才作者”陀思妥也夫斯基却开始了资产社会新兴文学底开场白。他们两位是俄国文坛上无比的对峙的双峰，无匹的并立的巨人。

经过童年的穷困潦倒的家庭生活，消磨了愁苦寂寞的无聊时光，陀氏于是成为培林斯奇底社会主义理想之崇拜者，而开始加入彼得拉舍夫斯基为首的结社，悉心研究福利耶学说。在这种思想支配之下，他写了《穷人》、《白夜》、《两面人》等较短名著，与《被侮辱与被损害的》、《死室记》等不朽的长篇小说。在经过彼得堡的刑场上死刑的宣布，牧师赐犯人以十字架，而临终者贪馋地想将嘴唇向十字架一吻，以求最后的赎救的时候，陀氏便由“死亡”中看见了永生，他在意识中已朦胧地皈依了基督。不过此种生活变迁，却很隐晦缓慢。他之后写了他的代表作《罪与罚》，与《未成年的人》、《魔鬼》、《白痴》、《喀拉玛卓夫兄弟》等惊人巨制。

在陀氏前后伟大著作中，其所描写的人物大抵是穷人、罪犯、醉鬼、乞丐、小偷、奸人、恶汉、恶婆、娼妇、魔鬼、白痴等等。他们在社会重重残酷压迫之下，都成了永久的穷苦无告之徒，以致结果几全成为无可赎救的罪人。他早年的短篇作品《两面人》可以作他全部著作的题辞。他所描写的主人公，几乎无一不是心灵分裂者，永久苦闷，长期怀疑，内心不断地冲突斗争，成为他们一生的无限的惩罚。有人说，陀氏写了一部现代都市生活底伟大的《神曲》，的确不错；只是这里面只有“地狱”，而并没有“净土”和“天堂”。任谁读了他的任何著作之后，都难免要感到一种难言的阴凄的寂寞。它使你的心头发热，发痛，使你流泪，这是举世的不幸者惟一的安慰。

还有一点我们要知道：陀氏暮年虽是赤心皈依基督的人，却并不同于一般庸俗的说教者。你读完他的任何作品之后，永远会对于现社会发生一种愤愤不平之感，因而养成了一种反抗的精神，陀氏著作在这种意义上便成为时代生活革新的动力。他在他最后一部巨著《喀拉玛卓夫兄弟》中，曾藉主人公的口，说上帝将世界创造错了，所以大多数的好人吃苦，而恶人却享受人世生活的幸福。因为这样，上帝便惩罚自己，首先将独生子作了极惨的赎罪的牺牲。他相信将来在地球上要实现一个真正的基督王国，那是为穷苦不幸的人们建立的。在这个王国里，没有奸私，没有剥削，没有恶诈欺骗；所有的只是幸福，和平，与永久的相互真诚的友爱。

不过陀氏并不重视西方文化。他期望着他的理想实现，曾发出这般狂吼的声音。西方文化快要日暮途穷了，我们斯拉夫人民要担起革新全世界末日颓运底使命。苏俄人民教育委员长卢那卡尔斯基在陀氏诞生百周年纪念席上（一九二一年）曾说，是的，我们今日的俄罗斯人民，是正应验着伟大思想家陀思妥也夫斯基的话，而从事于全世界人类革新的运动。在这意义上，陀氏又成为现代的新预言者了。

卢那卡尔斯基也曾表示过这样的意见，以为陀氏全部不绝的心灵创造，有如一条无尽的火河在奔流着。他的每种作品，虽都不做技术上的讲求，然而毫无疑义地，每种都是深刻动人，透彻了人的底里生活的抒情诗作，他常从卑污龌龊的灵魂中，发见那永不熄灭的生命底希望之火花。实在，这是真确的，陀氏是曾作为不幸者们的伟大的辩证人了。

“《罪与罚》或是一切写实派作品中的最伟大的。”现代英国文学家德林瓦特（John Drinkwater）说。醉心于流行的唯物主义，被迫于悲惨环境竟以至杀人劫财（劫而不用）的大学生拉思科里涅珂夫，曾把自己和拿破仑相比，曾把他的乞丐般的母亲的仅有恤金所抵押借来的几十块卢布，由于怜惜，白白全给了一个新近压死了的酒鬼底寡妇，终因为内心的冲突，恐惧，厌恶，自傲与自贬，以及包探头的缠扰，逼压，在无可奈何中，向一位以卖淫养活其继母的小孩之年轻娼妇索尼亚——一个基督教的灵魂，暗示了他是一个新犯的凶手。索尼亚惊愕之余，劝他要向世界告白，要向官厅自首，要甘心受苦，受苦洗罪。他听从了，西伯利亚的八年牢狱苦工开始了，索尼亚伴着他过着辛苦的生活。在索尼亚的无涯的柔爱中，他终于看出了神的光辉。一个清晨在伊尔提希河岸上，牢狱外面，他匍匐在她的足前，新的生活于是展开在他的眼前了。

全书中所描写的人物极其复杂：有主人公拉思科里涅珂夫的穷困及其犯罪前后的心理；有都丽亚为着母亲和哥哥答应嫁给一个并无爱情的办事人之受辱；有酒鬼玛尔美拉陀夫的堕落及其女儿索尼亚之悲惨的卖淫意态；其他如代表新发户的办事人卢辛之狡猾阴险；酒色之徒的司维特里喀罗夫终于杀妻自杀；包探界的波费利之刁狡诡诈，千方百计诱人招供；言不顾行的热心的稚气的青年社会主义者莱比绥亚利珂夫，先不屑与娼妇索尼亚同寓，后又热心为之作证使她跳出卢辛的奸计；最后如意志坚强且思想纯洁的美丽的都丽亚，拒绝了有钱的恶汉卢辛与色鬼司维特里喀罗夫，终于嫁给一个热心憨直且精明能干的穷大学生拉如密亨：凡此种种，均写得沉痛逼真，为本书中最精采的地方。

一九三一年六月三十日　素园记于西山

附记：从芜译完了这部巨著，我心里很高兴，因为我很爱它。但是在病中不能读书，现仅就以前读过的《最新俄国文学》（黎沃夫·罗迦契夫斯基著）和《文学底影像》（卢那卡尔斯基著），回忆中写成此文。文中译名从本书译者。

（载俄国陀思妥耶夫斯基著，韦丛芜译《罪与罚》，未名社出版部一九三一年八月初版，原题《写在书后》）

附　录

书信

一九二七年十二月致静农、霁野

静农、霁野：

这两天来，想起你们上次告诉我一九二八年要将《莽原》改成《未名》的事①，我不知怎的，便想写一点东西，不是长文，就是这样短的通信。自然体温是要增高的，但这也无法。好象不写放不下似的。我真想不到，就为这体温关系，自然病是原因——整个的一九二七年快被我身不起床地睡过去了②，将来更睡到何时，目前还不知道；但想起你们前次告诉我的那第一位医生不治我的病，说他不能变戏法的话，现在我虽然睡在床上，究竟还是活着，而且能写这样的信，却也是一件极其欣慰的事。

实在，我的病不是我个人的亏损，却是新生活小团体③的全部的损害，没有 L 先生④和你们的努力，团体固然破灭，即我个人二十余年的生命，大概也要作一个短短的终结。现在还好，我们都还依然存在着，不过刊物改了一个名。但改名之后，据说要减少八面，每面再多加两行，实际

---

① 这里讲的《莽原》和《未名》，是未名社先后办的两种半月刊。《莽原》一九二六年一月创刊，到一九二七年十二月停刊，共出四十八期。《未名》一九二八年一月创刊，中经反动当局查封，断断续续到一九三〇年四月停刊，共出二十四期。

② 一九二六年底，韦素园肺病严重发作，咯血盈盆。韦丛芜、台静农、李霁野等先将他送到法国医院和协和医院治疗，一九二七年春送往西山福寿岭疗养院，从此，素园绝少起床。

③ 小团体指一九二五年夏成立的未名社。

④ L 先生指鲁迅。

是和以前数字差不多，不过薄些。但是我想，总算薄了，像人家那样改本加厚，大吹大擂，我们这真冷静的多了。有什么办法呢，丛芜也在病着[1]。

我自得病以来，你们是知道的，精神改变得多了。我初卧病在法国医院的时候，每日话不准说，身不准动，两眼只是闭着，医生教我静静地睡养，但我脑子却停止不了作用。那第一个突然印在我脑子里的，是陀思妥也夫斯基的苦脸[2]；但这只是苦脸，并不颓丧，而且还满露着坚毅慈爱的神情，我直到此刻，尚未忘却。我那时曾托霁野转请俄女士里丁·尼古拉耶夫娜为我雕塑一个陀氏的铜像，她居然应允了，我真衷心铭谢。但自此时起，我对于我旧日怀疑的生活，也怀疑起来了。那病前的怀疑，是从胡适之提倡遇事问为什么起的。现在，是指目前病居这个时候，我算得了些微的解答。概括地说，我看出来是这样：怀疑，是对旧时代的破毁；坚信，却是对新时代的创造。不能彻底地怀疑，旧时代不能有彻底的动摇；但是不能彻底地坚信，新时代却也不能有彻底的建造。现在我们是站在新旧时代的交叉口上了，我们是仍旧的怀疑，还是走上新的坚信的路呢？应该判决的时候到了。在我个人，我在病中看见几位前辈先生在过去十年中的努力，他们都现身作了热烈的战士，把旧时代弄得好象一个踉踉的乞丐样，就是这北京城里的乞丐，冬天蓬着头，屁股还露着的。勃洛克[3]在《十二个》中写的夹尾巴的癞皮狗，或亦近的。但这种东西我在冬天还没见过，所以未敢借用。至于讲到坚信，在往古我也看见了几位实行的先生。人类最值得纪念的，岂不是自三圣——孔子、耶稣、释迦牟尼——起吗？然而三圣是

① 丛芜系素园胞弟、未名社成员，一九二七年夏在燕京大学读书期间也因肺病吐血住进西山疗养院。

② 陀思妥也夫斯基：（一八二一——一八八一）俄国大作家，被人称为“残酷的天才。”生于医生家庭，军事工程学校毕业。他二十五岁一八四六年发表中篇小说《穷人》，一举引起文学界的重视。其后写了不少长篇，如《被侮辱与被损害的》、《死屋手记》、《白痴》、《卡拉马卓夫兄弟》等。一八六六年发表的《罪与罚》是陀氏的代表作。他作品的艺术特色是显示着灵魂的深。

③ 勃洛克：见《孤寂的海湾》注。

各有所信，彻底的信，来到世间的；他们荣耀了自身，荣耀了时代，荣耀了永久的人类。我说这话，并不是想教人都还来作三圣，学三圣，只是指示信的重要罢了。但是信是多么难呢，“当局者迷”是一句人世间的至言。我们要想真信，须先有真的了解，遇事一迷，便失了裁判力了，因此便不能不含糊从事了。我目前读约翰福音，见耶稣是和两个强盗钉在一块的，我不觉冷然一笑，觉得这是一个凄美令人叫绝的故事，应该万世流传的。人类几千年都同样地钉过去了。现在是轮到我们的时候了。同样钉钉子的人当然还有，这是无须顾虑的。中国此刻正是多事之秋，只 ism[①]一项，该出来了多少，在文学上，政治上。我们一不小心，就作了同样钉钉子的人了。现在不谈政治，来说一说文学的事罢。文学最主要的条件，不是真心吗？的确，没有真心，作什么事也不成。但是我们中国近几年来文学的成绩怎样呢？鲁迅的小说除外，因为据成仿吾说，那是填自然主义的坑，好象是过了时的。但是将这撇开，我所见到在流行的，是伤感的罗曼主义，颓废的写实主义，和有一种只好称之为飘飘乎的浪漫派。这里面的作家，也许都是真心从事的罢。但是文字中既没有多大热情，却又缺乏人道精神，所以我在上面两种主义上，加上两个形容词，那至少在俄国文学史上是没有的。但是有什么办法呢？我们的作家的真心，只能接受了人家的一些糟粕，这也许是中国社会的环境关系罢？假若是这样，老支那的将来命运是很暗淡的了。的确我感到将亡的国度，也就和垂危的病人一样，万一没有转机，死灭是在眼前的了。埃及[②]、巴比伦[③]，不是均有过灿烂的文化而

---

① ism：英语，意为主义。

② 埃及：古埃及在公元前四千年就有了农村公社，到前三千年就建立了统一的国家。它是世界文明的发源地之一，在文学、历法、艺术、科学知识等方面，对西部亚洲和欧洲曾有相当影响。后来几经战乱，特别是十九世纪遭受英帝国主义的侵略，渐次衰落。

③ 巴比伦：古巴比伦王国约建于公元前二千年，是西部亚洲著名的商业和文化中心。希腊历史学家希罗多德在公元前五世纪所著的《历史》一书中详述了王国首都巴比伦城的壮丽，它在数学、天文学方面有很大发展。但到公元前四世纪末，巴比伦王国逐渐衰落，到公元前二世纪变成废墟。

已经息了声了吗？现在怕要轮到支那，我们的支那。朋友！我还有什么说的呢？我只希望在文学中能叫出一些新的希望！然而希望很难在怀疑中产生，却在坚信里开始而且巩固了。新的《未名》，担当不了这个伟大的使命，但愿自今日起，我们大家意识着！

真想不到，竟写出意外的这么多了，愿你们不要责备我，病不几分好时，下次再不做这样事了。

韦素园，十二月

对我关心的几位先生和朋友，我谨在此致我的谢意。

（载一九二八年一月十日《未名》一卷一期）

一九二九年九月六日致德富①

几年病里卧京华，往事已非愿已差。

一志未衰犹望尔，百年伟业映支那！

德富：

写给你这首诗，并无深意，而且是旧调子，更不高明，不过你从这里面，可以看出叔叔对你的一番热烈期许之意罢了。

我现在要对你说下文。我听说你在家乡曾经恋爱过。来到北平，这种机会也许还有，不过我的意思以为你此刻尚在中学，正是学问打根基的时期，稍一务外，功课就难免不落后。我想你最早也应入了大学后再谈恋爱。而且你须知道，自己的学问不成，在恋爱上也很难有好成就的。这是从消极的一方面说。再从积极的一方面瞧，事实不过是这样，我举出两个古人的例子来以资你的借鉴。这两位一个是圣奥古斯丁②。另一个

① 德富是素园的侄儿，当时在北平读书。

② 奥古斯丁（公元354—430年）：罗马帝国基督教思想家，教父哲学的主要代表。他生于北非今天的阿尔及利亚。先为摩尼教徒，后皈依基督教，最后任北非希波主教。他把哲学和神学结合起来，宣扬人生来就有罪，只有信上帝才能得救的学说，鼓吹教权主义。著作有《忏悔录》、《论上帝之域》等，在西欧影响颇大。

是诗人但丁[①]。他两个可以代表爱的两个方面。先说但丁罢。他在一般人的眼光中，可以算为高尚而且纯洁的恋爱代表，他是属于“灵爱”。他在八九岁时，每日到教堂做礼拜，偶然发现了旁座远处有一位少女比他稍长，姿容体态雅丽绝伦。于是他就着了迷，时时刻刻想着她。但事与愿违。以后女郎他适，爱没有结果，很使他苦恼。之后从他终身著作中，可以看出他常回忆这事。有名的代表作品，便是他的《神曲》。他在这部长诗中叙述地狱、净土和天堂的旅程的情形。第一部叙罪过的人（即他）游地狱；第二部叙古诗人某带他游净土；第三部叙到游天堂颇困难，因为门在锁着。最后看见他九岁时的爱人碧垂丝，拿着一把钥匙替他开了门，引他玩了各胜地——这把钥匙原来就叫“爱”。你须知道他这部诗经历了数百年，普遍了各国度，唤动了每个民族的少女的心，使他们彻底悟了爱的崇高和向上性，因之对他起了无限的景仰和爱意。

再说奥古斯丁罢。他在四世纪是一个教徒，应该过和尚生活。但事情奇怪，他竟于勤修之中，得了一个孩子。这在一般人看来可以算作违法而且卑污的恋爱的代表。俗人也可称之为“肉爱”。但这事情的结果并未损伤他的悟道。他在世纪的文化史上，可以称为教中的第一人，因之人们在他名字前加一“圣”字。我们因此晓得，人不怕有过（或仅是一般俗人所认为的过），但愿在过中能认出“对”来。当觉悟到有错误时，立刻可以叫自己的理智作法官，自己的感情不妨权且作为犯人。法官审，犯人答，在长期的不能裁夺判决的时候，人身是成了生命的战场了。但是孩子，不用怕，一次审理之后，生命是刻上了创伤，然而灵魂（亦即精神作用）却受了一次更新的洗涤，从这，人也可以更深地了解善恶的

① 但丁（公元 1265—1321 年）：意大利伟大诗人，生于佛罗伦萨旧贵族家庭，早年参加新兴资产阶级反对封建贵族的斗争。他写过《新生》、《牧歌》、《宴会》、《王国论》等著作。他的最著名的代表作是《神曲》。通过“地狱”、“净土”、“天堂”的幻想旅行，反映了中世纪人民反封建反教会的愿望。这部长诗是中世纪文化的总结，也是近代文学的序曲。

实际的真理。

我以上所说的爱的两方面的话，你可以省思。假如从前曾有过爱的经验，无论它是纯洁的或是卑污的，都可以助成高尚的事业，但唯一的条件是要真诚无伪，面对人生！假如你将来还遇到“爱”时，这些话对于你也许还有些帮助。关于此类书，你可以看《爱的成年》。

我以后打算和你谈以下各问题，时间也许要得一学期，题目大概是这样：

（1）什么是科学？

（2）什么是艺术？

（3）什么是文化和文明？

（4）人类文化史中四个重要时期？

在第四个题目中我要讲到三个过渡期，也可以说是迫害与斗争期：一个叫作宗教改革运动，一个叫作文艺复兴运动，一个叫作无产阶级运动。

详情以后再说。

盼你好好地用功，课余也要多玩。你同昭野[①]等务宜好处，他比你小，我写给你的信也可以给他看看。

祝你生活愉快！

叔素园

九月六日

① 昭野：李霁野之弟。

一九二九年十月七日致德富

富侄：

昨天接到你的来信，甚慰。你想学英文，我想除自修外没有别法。因为那边我没有熟人可以替你补习。你自己不妨练习着查字典，有不懂的地方，礼拜天去问霁叔。现在我所认识的能译书的人，大概是从自修得来。还有我觉得你应当补习数学，冬假最好再去考一下四中，你的国文程度想要提高，只有多看书，不论小说散文，总设法使自己有兴味去接近它，这样，不期然而然，你的国文就会好了。

我这两礼拜精神不大好，所以没写信给你。霁野来山，说我写信太多于病不宜。并说我要写的科学与艺术，你也未必能懂。我现在还是简单地写一点给你。

我们所谓“文化”这种东西，是指人类从古到今活动的总成绩。所谓“文明”是指某一时代新创造的诸事物。自然，文化和文明，名词虽不一样，实质上却是一种东西。人类各时代，各地方所创造的文明，总起来也就叫着文化。以我的思想把文化的内容暂别为二部分:（一）学术，(二)艺术。人类在最早的时期，只有一种神的观念。看见宇宙一切奇观如雷、电、风、雨、日月星辰，常可以影响到他们的生活，于是他们就想到宇宙一定有个比人还厉害的神在作主宰。这个时候人类还在没有文字或刚有文字的时期，通常的见解中都充满了神。这个时代，我们可以说是神学时代（这是学术的萌芽期)。到人类稍进化，觉得神不可靠，而且无法证明，于是又发生了哲学，所谓哲学者，只是先用个人的主观的思想，来假定人类某种超然的物象，以后再来改革社会的环境。这种东西在目下也还有实力（这是学术第二期）。至于科学，完全和哲学相反，它不重主观的想象，全凭客观的事实。它研究事物的性质。举一个例来说，达尔文的生物学是人人所称为科学的。它不说人是神造的，也不说人类是某种观念结合存在，它却从地层上发掘生物进化变迁的诸痕迹，确切证明人类是由蠢动物进化来的。这有考古家发掘的证据来证明。从这以上，你可以看出学术有神学、哲学、科学，都不同。它们所以不同，也只在研究的方法与态度不同。从自然科学发达后，于是应用科学和社会科学也有了长足的进步。所以我前次说：二十世纪是科学的世界。

至于艺术，说来话更长，我现简言之，就是凡人类创造出来供人们肉体享乐的和精神享乐的东西都可以叫着艺术。文学、绘画、诗歌、音乐都堪称为艺术。现列表如下：

- 文化
  - 学术
    - 神学
    - 哲学
    - 科学
      - 自然科学
        - 天文学、地质学
        - 生物学、物理学
        - 化学、动物学……
      - 应用科学
        - 统计学、算学以及一切关系
        - 实用学问如：养牛、种地
        - 织染学等
      - 社会科学
        - 经济学、政治学
        - 社会学、教育学
        - 法律学
  - 艺术
    - 偏于肉体享乐
      - 文学（诗歌、歌曲、小说、词等）
      - 绘画、音乐
    - 偏于精神享乐
      - 建筑、机械工程、雕刻
      - 日用器具、缝绣

我上面只写了一个大概，总之依我的意思，人类活动的总成绩无一样不包括在“学术”之下。这不过是我个人的意见，你不必把它看成对，也不必把它看成不对，你自己以后可以去仔细研求，看它究竟对多少，错多少。有许多人活了一辈子还不晓得我们人类作了许多事情。现在我简单告诉你使你明了人类生活的一个大概情形。

你要好好地用功，尤其是外国文。作为现在的一个青年，不懂外国语是很可怜的，这种东西学好后自己也就可以独立谋生，依人生活是不自由，因之不痛快的。

你的性情，我推想或近似丛芜，不过你务必留心骄气，这是很不好的恶德。对人总要虚心，推诚相与。孔老夫子说："己所不欲，勿施于人。"愿你处世有这种态度。

祝你进步！

爱你的叔叔素园

十月七日

一九二九年十二月二十三日致胡适

适之先生：

托丛芜转上之《最后的光芒》一册想已收到。

他来函云，曾数访先生，欲售去译稿。盼先生多多为之努力！

丛芜的诗，有些做的还好。如二十岁时所写之《君山》，其中便有些可读的。以后还做的有点，大概未发表。

志摩先生惨死，出人意外。读《追悼专号》，方了解他的为人。良友云逝，伤感自多，望先生珍重！尊著《文学史》和《哲学史》何时定稿，深以一睹为快。

山居五载，病仍如昔，思之良深慨然。我很想研究唯物文论和形式学，这两者在俄国现均发达，但均未达完满的成就。我想形式于艺术之重要，犹逻辑之于学术，实未可忽略，今人宜与以适当之地位。

山雪初晴，执笔尤寒，匆匆草此，敬祝体健！

素园　十二月二十三日

（原载《胡适书信集》）

一九三〇年六月九日致霁野

霁野：

月刊能办很好，创作方面较难。我想，写革命的知识阶级及其所经历和接触的环境，倒比写别的方面容易，愿创作者注意。

你们的精神颇好，唯我则不行。而且我始终觉得，没有真实的生活，凭空想来创作，终是隔靴搔痒。

学校放假，当然很轻松了，但不知究竟有乐趣否？

静农常见面吧？祝你们均好！

素　园

六月九日

一九三〇年六月二十日致霁野

霁野：

两函均于昨收到。大稿卖掉，诚堪祝贺。

如办月刊，老实说，你们至少要读几本重要的社会科学著作。密司[①]们创作怕不行，我想她们假如真要努力干的话，可找书教她们翻译。巴别尔的《骑兵队》[②]，这本在文学史上看来，还算新近佳作之一。革拉特珂夫的《水门汀》[③]也好。这些都是可以翻译的。

靖华有信没有？他近寄些什么书回来？有没有新玩艺？我的书架上好像有一本叫叶遂宁[④]的诗，页数不过一二十页，印的颇好；如有便，请给我。

《罪与罚》与巴尔底均收到。我总以为《罪与罚》比《被侮辱与被损害的》要强些，自己印此售彼，倒算得计。

闲话说完，再问一声，小孩子们现在都好吗？放假没有？

素 园

六月二十日

---

① 密司：英语 miss 的译音，意为小姐。从一九三〇年暑期始，李霁野离开未名社到天津河北女子师范学院英语系任教。

② 巴别尔（1894—1941）：也译巴培尔苏联小说家。

⑧ 革拉特珂夫（1883—1958）：苏联小说家。《水门汀》是作者的名著。鲁迅曾评价说是："新俄文学的永久的碑碣。"

④ 叶遂宁（1895—1925）：俄国诗人。他的作品，早期描写农村自然风光，歌颂宗法的农家生活。十月革命时曾表示欢迎革命，高喊："万岁，天上和地上的革命！"但当他看到到来的革命不是他想象的那样，便自杀了。

一九三〇年八月三十一日致霁野

霁野：

二十六日信，三十日下午收到，知道你现在已抵天津，甚慰。

据报载，北平和天津俱遭南方飞机扰乱，不知你们那里究竟如何，我们山上倒是平安无事。

我这些天倒很不错，只是昨晚睡眠有点不好，以至今天写这信时都觉得没有精神。现谈蒲列哈诺夫[①]论车尔芮夫斯基[②]的几篇文章，大意是谈黑格尔[③]费尔巴哈[④]和马克思哲学的转变和基本不同之点，谈之颇有趣。我觉得读论文较读论文学作品容易得多，我将来也许转向社会科学和唯物的美学。蒲氏文章头绪写的很清楚。

我近几天每日起床十分钟，病没有什么变化，也许以后就这样作下

---

① 蒲列哈诺夫（1856—1918）：也译普列汉诺夫原为最早的马克思主义传播者，后堕落为修正主义者，俄国孟什维克的首领，反对列宁和十月革命。他的《论个人在历史上的作用问题》和《论艺术》等著作，在历史上起过进步作用。

② 车尔芮夫斯基（1828—1889）：即车尔尼雪夫斯基，俄国革命民主主义者，唯物主义哲学家，文艺批评家和作家。他的名著有《俄国文学果戈里时期概观》、《怎么办?》等。——编者

③ 黑格尔（1770—1831）：法国古典唯心主义集大成的哲学家。他的哲学体系是保守的，但其辩证法的方法本质上是革命的，是马克思主义哲学的理论来源之一。——编者

④ 费尔巴哈（1804—1872）：德国唯物主义哲学家，他在历史上的功绩是在唯心主义统治法国几十年之后，恢复了唯物主义的权威，其缺陷是缺乏辩证法。他的学说也是马克思主义哲学来源之一。

去了。

女师院开课后，我想你们生活就要好些，因为每天有事做。二十名女弟子不算少了，望多努力教导。

即祝

近好

素　园

八月三十一日

一九三〇年九月十一日致霁野

霁野：

六日信收到，我不明白你怎么寄来一段俄文报，而没有说明。我想你忘了吧。这当然是靖华寄来的，不过他怎么没给我信呢？也许你有信，说什么没有？

那一段俄文报是论三本书，第一本是日本人作的《痴人之爱》，并不大高明，不过还算不错。此文占全篇文之半。

第二本没提书名，好象是一个署俄国人名字的中国人的，该书不好。

第三本为《阿Q正传》，里面也收有别人作品，据评都不算好，只有关于鲁迅小说的话是这样："至于鲁迅小说那是一回事，在那里锋利地传达被压迫被驱逐者的暴动，贫民底个人的感觉，但是这种东西好象生长过了自身，已经开始述说着关于一般的，关于群众的话。"

想译出来发表，又觉文太短。将来再看罢。

我近来起床还好，天天照旧起来，不过太弱，终难有好成绩，但此亦难得。

我近来觉得有许多普通书要读，可惜寻借不易。关于俄文的文学方法论或艺术论以及杂志等，靖如有书可看的，望去信便中转告寄我一阅。

素　园

九月十一日

一九三〇年十二月七日致德富

富侄：

接连来的两封信，均收到。因为冬日天冷，所以未即复你。文章已改几个字，可以看看。从这篇文章上可以看出你很有进步。在字句之间，我前后替你改过一回信和文，觉得你一次比一次有进步。

你的这篇文章有重要的缺点，就是取材不算好。学校征收学费，是社会所造成的制度，仅埋怨学校是不成的。其次，写这种不幸的事也可以，但应具体地来描写，不应抽象地谈道理。理论和文学作品不同就在此。你看契诃夫的小说，哪篇不是具体事实的描述，他个人发感慨，说理论的时候几乎全没有。事情的不平，用材料加重叙述出来以暗示别人就行了。如若谈理论加批评，那就大可不做小说而去写论文了。契诃夫的小说有时也发感慨。不过那很合本人身份，并不如你所写的，自己另加意见，不着力事实叙述。你要知道，所谓文学作品者，主要的是能把具体的东西底一种印象传给别人，使读者自己去感觉它或好或坏，作者不必另外去明显地表示自己的意见，所谓说破也就无味了是也。

学校功课要好好研读，在初中根基不立稳，将来就难。你此刻为多读多看少写为佳。你自己要注意身体。你要常寄点新书给德培[①]，让他练习看。

素　园

十二月七日

① 德培：韦德培，德富之弟。

一九三一年一月十五日致德富

德富侄：

我现移之地，寄信等都不大方便，并且觉你的信不紧要，所以就迟了几天，直到现在才复。

你那样有规律地过生活，我极高兴。这种习惯务要养成，不但于读书有帮助，于身心更有益。

你所作的诗还不错，可以练习。自然我不能说很好，因为这种东西——所谓文学——也须有素养才成。至于所谓素养，则一是生活之所验，二是技术之练习等等，想一下成功颇不容易，除非有生就的对于某种东西的嗜好和天才。

托尔斯泰是唯理主义者，他却似乎主张，理智有害于艺术，而无意识之感情活动能成极伟大的作品。他的本意是说，对于艺术，感情是重要的，理智则居于次位。我也这样觉得。理智重的人最好学习科学，而重感情的人，则不妨从事艺术。科学是人类的火把，可以照亮人们前进；艺术是人类的火炉，可以温暖人们现实的生活。两者都很重要。

家中有信否？平安吗？我好久没有写信回去了，你要常写。

素　园

一月十五日

一九三一年六月九日致霁野

霁野：

听耕野[1]说，母亲在平寂寞，养了十个小鸡，不料北地饥鹰太多，竟被抓去五个。日前有一山人来山卖小兔，我买了一对，一白一黑，价五角，拟送母亲。这小东西倒颇可爱。

芜，你们想已见面。父亲写信给芜，言我一切都好，唯精神欠佳。我不知道他怎么看出来的。我个人在生活上差不多是很“达观”的，近来对于人世几忘怀，自觉心是淡得多了，淡得几乎能忘掉一切亲爱的人。我养病的日子太久了。实在感到生的厌倦了。这种心情，也许你们要疑惑到为家庭环境变迁所致，但我要说心底实话，实在没一点关系。痨病如是有限期好的希望，遇天大困苦，我也能打破。不过在此无希望的情况中，实在太令人无趣了。父亲看我还没瘦（脸上），听说食量也好，他想病是很轻的了。大叔和他谈起将来，我更无言可答，不愿惊醒他们的梦。总之，近来心境象这样，也许就是不大好，但我还未觉得。每日饭食睡觉都还照常，天天玩兔子，谈恋爱，讲个不休。实在说我不应将自己一时的心情，随便都写来告诉你，因为日常生活就够你忙的了。请你千万不要以为我又有什么伤感了，那样实在违我本意。山中无事，随笔写来，你也随便看看好了。

模糊间竟写了这么多。祝你近好！

素　园

六月九日

---

① 耕野：李耕野，李霁野之弟。帮未名社管过账。

一九三一年九月十一日致霁野

霁野：

三日来信，想不到因少写“模式口”三字，致九号才到这里，上面已满贴的是转地的纸条了。恰在这日午间，为吃午饭，这里又起了一场近来未曾有的风波。今天十一，算已事平，不但热闹过去，而且也很寂寞起来了。总算幸福，趁着这个机会，倒睡了几场好觉。天那，让我慢慢叙罢。

九日午间吃饭，有一住院的协和工人，吃出汤里有一块肉皮，他便说是壁虎的皮，因为这里壁虎很多，大家都看见。经他这一说，有人便叫拿出来看，并命工人去质问厨子。工人向厨子说时，厨子当时并未动火，但一听说是协和工人首先说的这话，他即指名大骂起来，说那是油皮，并准备动打。协和工人见事不巧，隐忍未敢开口，致未演“全武行”，我辈旁观者见他这样示威，人人都有气，但一时都未敢开口。厨子先生这时算大骂了一气。事后下去向牧师报告，同时协和工人亦准备出院。不料结果牧师竟让被骂者出院，而厨子们仍留在这里。我们住院的还有五位，大家不痛快，各写一信给牧师，对此表示不满。牧师概不答复。不满的人次早天明和午后，陆续出院了三位，现在算剩两位病人了。幸而这位不走，不然，就我一人住了。我俩本来也要搬下去，但牧师未允，因为觉得大夫来太难堪了，假如大夫要说什么。终于这位厨子也牺牲了，被开除回家。事至此本可了结，不料忽然又有人传说厨子今晚不走，睡在那边上院，明早才去。你要知道，自九号闹此事起，大家即有不敢吃饭的，恐怕他放毒药，夜里也有睡不着的，恐怕他来打人，闹的天花乱坠，头昏脑热。那位端汤去质问厨子的，也被骂，说和病人们一条心。既然这样，上面传说他十号晚上不走，又引起了一段妙事来了。

我始终不大觉得真有危险。十号晚上睡时，因为人少，新厨子和工人都睡在隔壁的房里，我睡得很好。不料酣睡正浓之际，忽闻有人低声喊我，细听知是工人的声音。我问他做什么，他说：你听到声音没有？我说没有。他说，我已听到，不象猫蹄子走到厨房去了。我想也许是被开除的厨子，但又疑心是狗。听了一会，声音大作。他说，你听，你听，不觉笑起来，这是耗子。隔壁那位病人早也骇醒了，这时才放心了。工人言说恍然大悟，连忙走回去了。事后我问他们说，真想不到这位工人夜里倒把我骇了一跳，因为山里养病，夜间从未听人喊过我。托福天上！

现在算是平安了，容我写了这么长的信。

有什么好消息可告一点。

素　园

一九三一年九月十一日午后

一九三一年十一月十五日致霁野

霁野：

由平来信已收到。我曾有一函寄津，想你们已走，当留在彼处。天津至今未知如何，想绝不能持久，总之，小民受殃耳。

从芜你两个都住在家里，作些什么没有？津中学校不至久停吧？

家乡近况如何？

我近来住山下还好，唯胸有时作痛，殊觉苦人。

家里人都好吗？小孩子们想都还是那样？即颂近好。

素　园

十二月十五日

一九三一年十二月十日致霁野

霁野：

来信收到。近来疮已不大疼，较前好得多了。食量亦增，近并日食白薯一头，现已食十余斤矣。味颇特殊，价格亦廉，五枚一斤。臭豆腐前日才开始向乡下肩担老人购得，吃之颇好，其味隽永，说来真不下于当代诸公之散文和小诗也。这些平凡的生活，我总觉得颇有一番风趣。例如这些食物，其值虽贱，其味无穷，这个中的真风味，不是城市佬所能领略得到的了。

普希金诗找到交来。我还要一本《十二个》，我有好几种本子，一种小的只有手巴掌大；一本薄的，灰软纸皮，里面有文有诗；别种本子我都说不清，望你找一找。另有一本论他的诗和《十二个》的，是裘尔珂夫斯基所作，革命后印，纸张和印刷都不好，本薄而大，你替我找一下，我也要。我现在正读外国诗歌的音韵研究呢。

近来译事怎样？祝你近好！

素　园

十二月十日

一九三二年一月十九日致霁野

霁野：

你写的小文，我一气读了，觉得不错，尤其是结尾地方。我近来也想写这种自传式小品，可惜天太冷，同房又有别人，未能安心动笔。我自然知道，这种东西现时代是不需要的，但自己不能写别的，实在也无法。你有工夫，可以继续写下去。

你前去津时，我曾有一信给农[①]和你二人，告以铁炉摇下火来，可以烧白薯吃，味极好（烧时炉门关上，晚间办不错），农来信说他的小孩们极爱吃，我为他们造福不浅。

我近来还好，疮不太疼，总算谢天谢地。三九天快过了，天也不算很冷。工作不宜太多，你和芜均宜注意身体，至要。

素　园

一九三二年一月十九日

---

① 农：指台静农。

一九三二年四月二十五日致霁野

霁野：

来信收到。你们上次五人游北海，我们山上的看护和他的爱人也去了。

关于我的病，我想说两句。我的病不进步，一固由养的不好，但主要原因，病实在根本也太利害了。初得病半年，便有肺、肠和痔疮不好，第二次咯血，肠病略加重，而更添咳嗽。我的身体原来就瘦得不堪，这样也就把我累住了。关于我的前途，我想你们早就应看的清楚，希望静农你们在一起，尤其在当着丛芜的时候，提到我，总预先说些宽阔的话，免得万一实遭不幸，遽受打击，尤其丛芜的病体遭此不合适。前些天大夫来，见着我大笑说："我非常高兴地看见你，我说痨病不易死人，不错。"我听着只是笑。

祝好！

素　园

四月二十五日

一九三二年五月二日致霁野

霁野：

来信收到。你劝慰我的话，我觉句句都是。你个人所持的生活态度，我也非常赞成。我在病中觉到，人生就是工作，只有在工作中可以求得真实的快乐和意义，恋爱等等不过是附属品而已。我个人生活一向是很达观的，和我相处稍久一点的病人，他们都这样说。我是得过且过，只要生活（病）不直接加苦痛给我。我年来心境从不敢稍告人，因知我者，都系我的好友和亲人，我怎愿再加他们的伤痛呢？德富觉我写信给他不多，其实他不知原因在病，但我怎能向他说呢？生活之于我，已成负累，至于你说的寂寞，我实在好久以来并不感觉，听你说到，我似乎才又记起这两个字——但仍然没有什么。

你的恋爱的说法也不错，大概玩味生活久了的人，自然自己总会有一种人生哲学。愿你们都好。

素　园

五日二日

一九三二年五月十八日致静农、霁野、从芜（遗书）

农、霁、芜：

你们是我的最亲爱的朋友和兄弟，在生活的路程上说，也以我们四人相共的艰难、困苦为最多。现在我要先你们而“别去”了，愿你们勿以我而悲哀，这种离别乃是人生之常，早晚免不了的。

我所要向你们说的，乃是我觉得将来你们还存在的人，生活一定是日趋于苦。现在社会紊乱到这样，目前整理是很无希望的了，未来必经过大破坏，再谋恢复。但在此过程中，苦痛和牺牲是难免的，为着这，我觉你们将来生活也多半不幸。在此无望中，老友们，我希望你们努力，同时也希望你们结成更高深的友谊，以取得生活的温暖。我怕你们中间有误会，倘若有这样的事的时候，总以诚恳至情解释之。我觉天下无不可了之事，愿你们切记！

其次我所要说的，乃是希望你们每人都能从事适当的工作，我在病后觉人生无意义，惟在工作中乃可求之。可惜现社会下，谈何容易。

朋友，我的精力现不大好。不能多写了。鲁迅先生和靖华，是我所极敬重的先生和朋友。竹年[①]、野秋[②]、池萍[③]，我都怀念着。林逸[④]、目

---

① 竹年：即李何林。曾在未名社工作。

② 野秋：即王冶秋。

③ 池萍：即赵赤坪。

④ 林逸：韦素园的同乡师长，曾任阎锡山驻北平的代表。一九二五年未名社成立时曾资助，一九二八年在未名社成员被反动派逮捕后，又曾设法营救。

寒[1]、一林[2]处代问候。愿小孩们均好！

祝愿你们生活平安！

素　园

五月十八日

---

① 目寒：张目寒。素园同乡同学。一位文化人，一九八〇年病逝于台湾。

② 一林：张一林，老共产党员，韦素园的乡友，二十年代曾被捕入狱。曾在未名社帮助工作。新中国成立后，他在山西大学任教，“文革”中去世。

一九三二年五月二十九日致霁野

霁野：

你和芜的信收到。

入夏以来，我的肠胃不大好，近数日略强些，但人较前稍瘦。芜要把大众报上登广告的一种药买给我吃，这怕不行。我的肠胃很弱，药吃多了，更不合适。他买的怕勒托我吃了三天，终于觉每次吃后，减人口味和食趣，我现在每天吃一种白色药，一日三次，大夫说与肠胃病有帮助，我觉也有点效力。

牧师对我总算不错，除每日食鸡汤外，尚问我爱吃什么，他可以买。我有时觉得太过意不去，自己也买点，好在花钱不多，我的食量极小。大对虾、鱼、牛肉等，我都吃了一点，昨天吃了一只斑鸠，肉极细腻。还有蛋卷，面包，也吃少许。

你的身体尚好，令人愉快。

素 园

五月二十九日

一九三二年六月八日致霁野

霁野：

接芜信，知他想在山中找房子住，但此处现无合适房屋。我以前说过，劝他不必来此。这两个月没见面，我黄瘦的多了，肠病不好，每日拉一次稀。芜如来此，一见我面，怕即难受。这样，他还能养病吗？我想他不住这里好。你仔细想想。

纡生上月说他想找个伴到紫竹苑去住，因一个人花钱略多，不合算。他现在还未去，可告丛芜和他商量。那边风景极佳，有湖能钓鱼，有许多竹子，清幽极了，而且一切用具都齐备。

我们这靠澧王坟跟前的一座大瓦房，现已开疗养院，北屋已住满，只剩南屋、西屋了。那里也还可住，不过我未告诉丛芜，怕他来此即要和我见面。此事你们斟酌办。祝好！

素　园

六月八日

一九三二年六月十日致霁野

霁野：

因过端午节的关系，我的节菜分两次吃（平时吃软饭，吃菜的时候不多）。午吃对虾，晚吃红闷鸡，极有味。当日奶子少吃半磅。那知这样对于肠胃反觉好些，所以我这两天每日只食半磅奶子。看护和牧师商量，午晚加荤菜，由我要，可告诉他买。我虽吃不多，这两天也吃了一只红闷鸡。这样我心里不大安，因医院比较花费大，如不久还可以，太久似不合适。看护劝我不要问，先吃好了，我已决定这样，闻今日买两只，大概有我吃的。药费每月本值两元多，看护上月只写六角。牧师他俩，现在对我十二分好。

过几天再看病的情形罢，这两天倒比较有精神些。祝好！

素　园

六月十日晚

一九三二年六月二十五日致霁野

霁野：

这几天精神转好，新代理看护（原在这养病一年，现代理暑假一月）对我很不错。我两早认识，他每天叫人从山上送菜下来给我吃，我把那张团城玉佛像送他了。

装了鲁迅、托尔斯泰、陀思妥也夫斯基几张像片，两张小，一张大的，自己很满意，还有静农，丛芜和你的像片，我都在后面加了几句批评各人气质和将来成就的话，假如以后有机会，也许你们可以拿回去装起来作个纪念吧。此刻我不能给你们，甚至于瞧。我把你们大家都钉挂在适宜的地方。我看着丛芜新近寄来的像片（题字也因此而起），总想笑，觉得他终究是个有趣的人物。他的所思所行总和我们不大相同，他这种人当然免不了错，然而须得原谅，也许有时这事是很难的。你们俩各人有各人一种特殊风味，均为我所敬爱。挂着的陀思妥也夫斯基脸像太苦了，我精神不好时，见着他特别闷，老陀翁那张彩色小像片就不然，我无论何时见着他，精神上总发生一种高尚喜悦的意味。这“艺术之神”呵，我若不病，决毕生研究他。

昨晚上，买了两盆五色梅，共二十枚铜子，每颗上面都开一朵花，另有几个花苞，放在房里倍增诗意。

（一九三二年六月二十五日上午预书此段）

霁野：写完上文之后，休息半点钟，陡然想起赤坪来，当即成诗一首，六小节，二十四句。这诗作的不错，登在新时代大杂志上无愧色。

写完此诗之后，日记本落下一包压干的连翘花，你上次提到它，我很想再见一下，不料无意遇着，心中自是高兴。这是野秋早年送的，我因又写了一首诗呈他。回想以前也曾有一首忆黑室友人，是怀念青和你的，此诗以后发表，千万加上“呈青及霁野”五字。现又替芜作一首，名题芜弟照片，也颇有趣而不失诗意。想不到四十多分钟写了三首，在我是破天荒。

素 园

六月二十五日

一九三二年七月七日致霁野

霁野：

我的小文倘不能再写时，我打算把我以前所写的各种文集收起来，独立出一册小书。内容大致如下：

①《西山朝影》（上）十篇小品文。

②《西山朝影》（下）诗歌。

③杂文：《外套》序，《往星中》序，《罪与罚》书后，《艺术引论》，登在一卷一期《未名》上的一封信，发表在《莽原》上的一条杂感。

④附录：翻译：现代俄国文学底共通性，托尔斯泰的死与少年欧罗巴。

出版处开明或北新均可。版税将来作为德富读书之用，算是对他的一种升学奖金。他这次能免考升高中，我心中非常喜欢，觉得他将来要有成就的。

我的病假如不能好，书名就叫《素园遗稿》。文章最好早收集。

素　园

七月七日

一九三二年七月八日致丛芜（遗书）

丛芜：

现在我和你是永远离别了，但这是极寻常的一回事，人生迟早要别离。你也许寞寂罢，其实是不必的。我不知为什么，得着德富考升高中的消息，心里异常欢喜，觉得他前途很有希望。并且初级中学打好了根基，将来再往上，那是不会坏的。所应注意者，是他的身体健康。他的资质各方面都不错，将来一定会比我强的。因为他这次免考升学，我对人间似乎有点热恋似的，我很热望着他的成就。我因喜欢，特集印小文一册，版税作他的升学奖金。崇斌①如能专心学世界语，将来是颇有意义的。

愿你把思念我的心放在他们身上，尤其是聪明的德富，他不久会有成绩出现的。

霁野也正可留心昭野，他年青聪慧，前途极有希望。

素 园

七月八日

---

① 崇斌，系素园、丛芜之弟。

一九三二年七月十日致霁野

霁野：

前函想收到。我的病近来又转不好，我已改吃软饭，每顿浑汤作的不错。因天热，我给厨子一块钱，他欢喜极了。病情过些时再看如何罢，我太瘦弱。

我这里存稿，现在算全交给你了。诗除抄三首外，余均由日记本上剪下，是以望你注意，莫遗失了。诗有十首，未发表过，《莽原》一卷上有我一首小诗，诗文将来排印千万每篇后要留空白，不要像《未名》那样，文章都连续排。

暑假中如能有相当人替我誊抄，最好。手头的可先抄，其余的慢慢找，慢慢抄，总以不碍你的休息为主。文章编法见另一页信。我所以把它叫着遗稿者，因倘若我还活着，便暂不出此书，以待续写。

见德富时告诉他，我因他免考升学，心中非常欢喜，觉得他将来比我强。你忙否？

素　园

七月十日

一九三二年七月二十八日致霁野

霁野：

前后几次来信均收到。稿子事，我以后曾给德富一信，叫他替我找，尚未接复。六月天不能快抄，亦是事实问题，你可告诉他缺哪些篇。

外寄文学史样本一册，我非常爱它，尤其那些古书，别有风趣。竹年你俩可各预约一部。

人多实不妙。你们吃些什么？厨子不好，那是不成的。热天也可吃炸酱面。饺子多放油，熟了也好吃。你们要想法。

我的病不算好，因虚弱，左脚略肿，但未发展。有几个人得过，不要紧，会渐渐好。

你对昭野等应鼓励，不应说不长进等话。我对德富，如不受你影响，是从未生过他的气的。你想，我们小时心情是如何呢？

素　园

七月二十八日

纪　念

鲁迅先生致韦素园信

一九二六年

素园兄：

日前得来函，在匆忙中，未即复。关于我的小说[①]，如能如来信所说，作一文，我甚愿意而且希望。此可先行发表，然后收入本子中。但倘如霁野所定律令，必须长至若干页，则是一〈一〉大苦事，我以为长短可以不拘也。

昨看见张凤举，他说Dostojewski的《穷人》[②]，不如译作“可怜人”之确切。未知原文中是否也含“穷”与“可怜”二义。倘也如英文一样，则似乎可改，请与霁野一商，改定为荷。

迅 五，一

---

① 指小说集《呐喊》。当时台静农正在选编《关于鲁迅及其著作》一书，韦素园拟作文评论《呐喊》，后未成。

② Dostojewski：陀思妥耶夫斯基（φ.M.достоевский，1821—1881），俄国作家。著有小说《穷人》、《被侮辱与被损害的》、《罪与罚》等。《穷人》，韦丛芜译，鲁迅作序，1926年6月未名社出版。

沙滩新开路五号[①]

韦 素园
丛芜 先生：

《穷人》如已出，请给我十二本。

这几天生小病，但今日已渐愈，《莽原》稿[②]就要做了。

《关于鲁迅》已校了一点，至多，不过一百二十面罢。

二十一日　后面还有

来信顷已收到。《外套》[③]校后，即付印罢，社中有款，我以为印费亦不必自出。像不如在京华印，比较的好些。巴特勒特[④]的谈话，不要等他了，我想，丛芜亦不必再去问他。

序文我当修改一点，和目录一同交给北京书局，书面怎样，后来再商。

迅　又言　廿一日午后

---

① 此信写于“周树人”名片的正反两面。
韦丛芜（1905—1978）：安徽霍丘人，燕京大学毕业，未名社成员。 译有陀思妥耶夫斯基的小说《穷人》、《罪与罚》，著有诗集《君山》。

② 指《无常》，后收入《朝花夕拾》。《关于鲁迅》，即台静农选编的《关于鲁迅及其著作》，内收有关《呐喊》评论和鲁迅访问记等文章十四篇，1926 年 7 月未名社出版。

③ 《外套》中篇小说，俄国果戈理著，韦素园译，1926 年 9 月未名社出版，为《未名丛刊》之一。下文的“像”，指果戈理像；“京华”，指商务印书馆在北京的印刷厂京华印书局。

④ 巴特勒特（R.M. Bartlett）：美国人，曾在燕京大学任教。1926 年 6 月 11 日，由韦丛芜陪同访问鲁迅，拟写《与鲁迅先生的谈话》一文，后未成。下文的“序文”指台静农为《关于鲁迅及其著作》写的序；“目录”也指该书目录。

致 韦素园[①]

李稿已无用，陈稿当寄还，或从中选一篇短而较为妥当的登载亦可。

布宁小说[②]已取回，我以为可以登《莽原》。

《外套》已看过，其中有数处疑问，用？号标在上面。

我因无暇作文，只译了六页[③]。

《关于鲁迅……》已出版否？

迅 七，一三

---

① 此信第一页已遗失。

② 布宁（И.А.Бунин，1870—1953）：通译蒲宁，俄国作家。十月革命后流亡国外。这里说的小说，指《轻微的欷歔》，韦丛芜译。译稿曾投寄商务印书馆，未印，后由鲁迅索回。

③ 指翻译童话《小约翰》。

素园兄：

《关于鲁迅……》须送冯文炳[1]君二本（内有他的文字），希即令人送去。但他的住址，我不大记得清楚，大概是北大东斋，否则，是西斋也。

下一事乞转告丛芜兄：

《博德别传》是 Rodlley Sloue 的译名，但是 C.Doyle 做的。《阿 Q 正传》中说是迭更司作，乃是我误记，英译中可改正；或者照原误译出，加注说明亦可。

迅　八月八日

① 冯文炳，湖北黄梅县人，著名文学团体语丝社成员，现代小说家，曾任吉林省人大代表，省政协常委，省文联副主席，为京派小说家，其作品以田园牧歌的风味和诗化的意境在中国现代小说史上独树一帜，而被人们称为田园小说和诗化小说。

素园兄：

到厦后寄一明信片，想已到。昨得四日来信，此地邮递甚迟，因为从上海到厦门的邮件，每星期只有两三回，此地又是一离市极远之地，邮局只有代办所（并非分局），所以京，沪的信，往往要十来天。

收到霁野的信，说廿七动身，现在想已到了。

《莽原》请寄给我一本（厦门大学国学院），另外十本，仍寄西三条二十一号许羡苏先生收。

此地秋冬并不潮湿，所以还好，但五六天前遇到飓风，却很可怕（学校在海边），玉堂先生的家，连门和屋顶都吹破了，我却无损失。它吹破窗门时，能将粗如筷子的螺丝钉拔出，幸而听说这样的风，一年也不过一两回。

林先生太忙，我看不能做文章了。我自然想做，但二十开学，要忙起来，伏处孤岛，又无刺激，竟什么意思也没有，但或译或做，我总当寄稿。

迅　九月十六日

素园兄：

寄上稿子[①]四张，请察收。

《关于鲁迅……》及《出了象牙之塔》，请各寄三本来，用挂号为妥。

到此地也并不较闲，再谈罢。

迅 九，二十

---

① 指《从百草园到三味书屋》，后收入《朝花夕拾》。

丛芜
素园 兄：
霁野

前回寄上文稿一篇（《旧事重提》之六），想已早到。十九日的来信，今已收到了。别人的稿子，一篇也没有寄来。

我竟什么也做不出。一者这学校孤立海滨，和社会隔离，一点刺激也没有；二者我因为编讲义，天天看中国旧书，弄得什么思想都没有了，而且仍然没有整段的时间。

此地初见虽然像有趣，而其实却很单调，永是这样的山，这样的海。便是天气，也永是这样暖和；树和花草，也永是这样开着，绿着。我初到时穿夏布衫，现在也还穿夏布衫，听说想脱下它，还得两礼拜。

在上海时看见章雪村，他说想专卖《未名丛刊》（大约只是上海方面），我没有答应他，说须得大家商量，以后就不提了。近来不知道他可曾又来信？他的书店，大概是比较的可靠的。但应否答应他，应仍由北京方面定夺。

迅　十，四

素园兄：

寄来的书籍一包，收到了。承给我《外套》三本，谢谢。

今寄上《莽原》稿一篇[①]，请收入。到此仍无闲暇，做不出东西。

从《莽原》十九期起，每期请给我两本。我前回曾经通信声明，这信大约没有到。但以前的不必补寄，只要从十九期起就好了。

《旧事重提》我还想做四篇，尽今年登完，但能否如愿，也殊难说，因为在此琐事仍然多。

迅上　十月七日夜

---

① 指《父亲的病》，后收入《朝花夕拾》。

素园兄：

九月卅日的信早收到了，看见《莽原》，早知道你改了号，而且推知是因为林素园[①]。但写惯了，一写就又写了素园，下回改正罢。

《莽原》我也总想维持下去。但不知近来销路何如？这几天做了两篇[②]，今寄上，可以用到十一月了，续稿缓几时再寄。这里虽然不欠薪，然而如在深山中，竟没有什么作文之意。因为太单调，而小琐事却仍有的，加以编讲义，弄得人如机器一般了。

《坟》的上面，我还想做一篇序并加目录，但序一时做不出来，想来一时未必印成，将来再说罢。

听说北新要迁移[③]了，不知迁了没有？寄小峰一笺，请即加封寄去为荷。

批评《彷徨》的两篇文章，已见过了，没有什么意思。

此后寄挂号信，用社名便当呢？还是用你的号便当？你的新号（漱园）的印章，已刻了么？

迅　十，一五，夜

---

① 林素园：福建人。曾于1926年9月5日随教育总长任可澄率军警武装接收北京女师大，并于该校被改为北京女子学院师范部时出任学长。

② 指《琐记》和《藤野先生》，后收入《朝花夕拾》。

③ 北新要迁移：北新书局于1925年3月成立于北京，1926年6月在上海设分局，1927年春总部迁往上海。

漱园兄：

今天接十月十日信片，知已迁居[1]。

我于本月八日寄出稿子一篇，十六日又寄两篇（皆挂号），而皆系寄新开路，未知可不至于失落否？甚念，如收到，望即示知。

否则即很为难，因我无草稿也。

迅　十，十九

---

① 指未名社自新开路五号迁至西老胡同一号。

漱园兄：

杨先生的文[①]，我想可以给他登载，文章是絮烦点，但这也无法，自然由作者负责，现在要十分合意的稿，也很难。

寄上《坟》的序和目录，又第一页上的一点小画[②]，请做锌板，至于那封面，就只好专等陶元庆寄来。序（已另抄）拟送登《语丝》，请不必在《莽原》发表。这种广告性的东西，登《莽原》不大好。

附上寄小峰的一函，是要紧的，请即叫一个可靠的人送去。

迅 十一，四

---

① 指杨丙辰所译德国席勒的《〈强盗〉初版原序》，载《莽原》半月刊第二卷第三期（1927 年 2 月 10 日）。

② 指鲁迅为《坟》内封所绘的图案画。

漱园兄：

十月廿八及卅日信，今日俱收到。长虹的事，我想这个广告[①]也无聊，索性完全置之不理。

关于《莽原》封面，我想最好是请司徒君[②]再画一个，或就近另设法，因为我刚寄陶元庆一信，托他画许多书面，实在难于再开口了。

丛书[③]及《莽原》事，最好是在京的几位全权办理。书籍销售似不坏，当然无须悲观。但大小事务，似不必等我决定，因为我太远。

此地现只能穿夹衣。薪水不愁，而衣食均不便，一一须自经理，又极不便，话也一句不懂，连买东西都难。又无刺戟，思想都停滞了，毫无做文章之意。这样下去，是不行的，所以我现在心思颇活动，想走到别处去。

迅　十一，七

---

① 广告：指《新女性》月刊第一卷第八期（1926年8月）所载的《狂飙社广告》。高长虹等人在《广告》中冒称与鲁迅合办《莽原》，共编《乌合丛书》，暗示读者，似乎鲁迅也参与了他们的所谓“狂飙运动”。

② 司徒君（1902—1958）：即司徒乔，广东开平人，画家。

③ 丛书：指《乌合丛书》。

漱园兄：

昨才寄一信，下午即得廿九之信片。我想《莽原》只要稿、款两样不缺，便管自己办下去。对于长虹，印一张夹在里面也好，索性置之不理也好，不成什么问题。他的种种话，也不足与辩，《莽原》收不到，也不能算一种罪状的。

要鸣不平，我比长虹可鸣的要多得多多；他说以“生命赴《莽原》”了，我也并没有从《莽原》延年益寿，现在之还在生存，乃是自己寿命未尽之故也。他们不知在玩什么圈套。今年夏天就有一件事，是尚钺[①]的小说稿，原说要印入《乌合丛书》的。一天高歌忽而来取，说尚钺来信，要拿回去整理一番。我便交给他了。后来长虹从上海来信，说“高歌来信说你将尚钺的稿交还了他，不知何故？”我不复。一天，高歌来，抽出这信来看，见了这话，问道，“那么，拿一半来，如何？”我答：“不必了。”你想，这奇怪不奇怪？然而我不但不写公开信，并且没有向人说过。

《狂飙》已经看到四期，逐渐单调起来了。较可注意的倒是《幻洲》[②]《莽原》在上海减少百份，也许是受它的影响，因为学生的购买力只有这些，但第二期已不及第一期，未卜后来如何。《莽原》如作者多几个，大概是不足虑的，最后的决定究竟是在实质上。

迅　十一，九，夜

---

① 尚钺（1902—1982）字宗武，或作钟吾，河南罗山人，历史学家。曾参加莽原社，后又为狂飙社成员。他的小说稿，指《斧背》，共十九篇，后于1928年5月由上海泰东图书局出版，列为《狂飙丛书》之一。

② 《幻洲》文艺性半月刊，叶灵凤、潘汉年编辑。1926年10月在上海创刊，1928年1月出至第二卷第八期停刊。

漱园兄：

饶超华的《致母》[①]，我以为并不坏，可以给他登上，今寄回；其余的已直接寄还他了。

小酩[②]的一篇太断片似的，描写也有不足，以不揭载为是，今亦寄回。

《莽原》背上可以无须写何人所编，我想，只要写“莽原合本 空一格 1”就够了。

我本想旅行一回，[③]后来中止了，因为一请假，则荒废的事情太多。

迅　十一月十一日

---

① 饶超华：广东梅县人。当时广州中山大学学生，《莽原》投稿者。所作小品文《致母》，载《莽原》半月刊第一卷第二十三期（1926年12月10日）。

② 小酩：即李小酩，当时北京大学学生，《莽原》的投稿者。

③ 旅行一回：鲁迅曾拟应中山大学之约前往“议定学制”，后未成行。参看《两地书·五六》。

漱园兄：

前天写了一点东西，拟放在《坟》之后面，还想在《语丝》上先发表一回（本来《莽原》亦可，但怕太迟，离本书的发行已近，而纸面亦可惜），今附上致小峰一笺，请并稿送去，印后仍收回，交与排《坟》之印局。倘《坟》之出版期已近，则不登《语丝》亦可，请酌定。

首尾的式样，写一另纸，附上。

目录上也须将题目添上，但应与以上之本文的题目离开一行。

迅　十一，十三

另页起

空　一　行

空　半　格

上空四格[3][①]　写 在 坟 后 面

空　一　行

[5]在听到我的杂文已经印成一半的消息的时候，我曾经……

结尾的样子。

作结——

空　一　行

既睎古以遗累，信简礼而薄葬。

彼裘绂于何有，贻尘谤于后王。

嗟大恋之所存，故虽哲而不忘。

览遗籍以慷慨，献兹文而凄伤！

空　一　行

5 一九二六，十一，十一，夜。　下空四格

5鲁　迅下空八格

不知印本每行多少字，如30字则此四行上空6格；如36字，则空8格

---

① 此处及下面排在铅字左上角的阿拉伯数字，系指铅字的大小号数。

漱园兄：

《旧事重提》又做了一篇[①]，今寄上。这书是完结了。明年如何？如撰者尚多，仍可出版，我当另寻题目作文，或登《小约翰》，因另行整理《小约翰》的工夫，看来是没有的了。

我到上海看见狂飙社广告后，便对人说：我编《莽原》，《未名》，《乌合》三种，俱与所谓什么狂飙运动无干，投稿者多互不相识，长虹作如此广告，未免过于利用别人了。此语他似乎今已知道，在《狂飙》上骂我[②]。我作了一个启事[③]，给开一个小玩笑。今附上，请登入《莽原》。又登《语丝》者一封，请即叫人送去为托。

迅　十一月二十日

---

① 指《范爱农》。

② 在《狂飙》上骂我：高长虹在《狂飙》周刊第五期（1926年11月）发表的《1925北京出版界形势指掌图》一文中，攻击鲁迅是“世故老人”，等等。

③ 启事：即《所谓“思想界先驱者”鲁迅启事》。发表于《莽原》半月刊第二十三期（1926年12月），同时发表于《语丝》、《北新》、《新女性》等期刊，后收入《华盖集续编》。

漱园兄：

十三日来信收到了。《坟》的序，跋；《旧事重提》第十（已完），俱已寄出，想必先此信而到了。

《野草》向登《语丝》，北新又印《乌合丛书》，不能忽然另出。《野草丛刊》亦不妥。我想不如用《未名新集》①，即以《君山》为第一本。《坟》独立，如《小说史略》一样。

未名社的事，我以为有两途：（1）专印译，著书；（2）兼出期刊。《莽原》则停刊。

如出期刊，当名《未名》②，系另出，而非《莽原》改名。但稿子是一问题，当有在京之新进作者作中坚，否则靠不住。刘③，张④未必有稿，沅君一人亦难支持，我此后未必能静下，每月恐怕至多只能做一回。与其临时困难，不如索性不出，专印书，一点广告，大约《语丝》上还肯登的。

我在此也静不下，琐事太多，心绪很乱，即写回信，每星期须费去两天。周围是像死海一样，实在住不下去，也不能用功，至迟到阴历年底，我决计要走了。

迅　十一，廿一日

---

① 《未名新集》：丛书，专收未名社成员的创作，1927 年 3 月起由未名社陆续出书。

② 《未名》：文学半月刊，未名社编辑，1928 年 1 月《莽原》半月刊停刊后于北京创刊，1930 年 4 月停刊。

③ 指刘复（1891—1934），字半农，江苏江阴人。曾参加《新青年》的编辑工作，是新文学运动初期的重要作家之一。当时任北京大学教授、《世界日报》副刊编辑。参看《且介亭杂文·忆刘半农君》。

④ 指张凤举（定璜）。

漱园兄：

十六日来信，今天收到了。我后又续寄《坟》跋一，《旧事重提》一，想已到。《狂飙》第五期已见过，但未细看，其中说诳挑拨之处似颇多，单是记我的谈话之处，就是改头换面的记述，当此文未出之前，我还想不到长虹至于如此下劣。这真是不足道了。关于我在京从五六年前起所遇的事，我或者也要做一篇记述发表，但未一定，因为实在没有工夫。

明年的半月刊，我恐怕一月只能有一篇，深望你们努力。我曾有信给季野，你大约也当看见罢。我觉得你，丛芜，霁野，均可于文艺界有所贡献，缺点只是疏懒一点，将此点改掉，一定可以有为。但我以为丛芜现在应该静养。

《莽原》改名，我本为息事宁人起见。现在既然破脸，也不必一定改掉了，《莽原》究竟不是长虹的。这一点请与霁野商定。

迅　十一月廿八日

《坟》的封面画，陶元庆君已寄来，嘱我看后转寄钦文，托他印时校对颜色，我已寄出，并附一名片，绍介他见你，接洽。这画是三色的，他于印颜色版较有经验，我想此画即可托他与京华接洽，并校对。因为是石印，大约价钱也不贵的。

漱园兄：

十一月二十八日信已到。《写在〈坟〉后面》登《莽原》，也可以的。《坟》能多校一回，自然较好；封面画我已寄给许钦文了，想必已经接洽过。

《君山》多加插画，很好。我想：凡在《莽原》上登过而印成单行本的书，对于定《莽原》全年的人，似应给以特别权利。倘预定者不满百人，则简直各送一本，倘是几百，就附送折价（对折?）券（或不送而只送券亦可），请由你们在京的几位酌定。我的《旧事重提》（还要改一个名字）出版时，也一样办理。

《黑假面人》费了如许工夫，我想卖掉也不合算，倘自己出版，则以《往星中》为例，半年中想亦可售出六七百本。未名社之立脚点，一在出版多，二在出版的书可靠。倘出版物少，亦觉无聊。所以此书仍不如自己印。霁野寒假后不知需款若干，可通知我，我当于一月十日以前将此款寄出，二十左右便可到北京，作为借给他的，俟《黑假面人》印成，卖去，除掉付印之本钱后，然后再以收来的钱还我就好了。这样，则未名社多了一本书，且亦不至于为别的书店去作苦工，因为我想剧本卖钱是不会多的。

对于《莽原》的意见，已经回答霁野，但我想，如果大家有兴致，就办下去罢。当初我说改名，原为避免纠纷，现长虹既挑战，无须改了，陶君的画，或者可作别用。明年还是叫《莽原》，用旧画。退步须两面退，倘我退一步而他进一步，就只好拔出拳头来。但这仍请你与霁野酌定，我并不固执。至于内容，照来信所说就好。我的译作，现在还说不定什么题目，因为正编讲义，须十日后才有暇，那时再想。我不料这里竟新书旧书都无处买，所以得材料就很难，或者头几期只好随便或做或译一点，待离开此地后，倘环境尚可，再来好好地选译。我到此以后，琐事太多，客也多，工夫都耗去了，一无成绩，真是困苦。将来我想躲起来，每星期只定出日期见一两回客，以便有自己用功的时间，倘这样下去，将要毫无长进。

留学自然很好，但既然对于出版事业有兴趣，何妨再办若干时。我以为长虹是泼辣有余，可惜空虚。他除掉我译的《绥惠略夫》①和郭译的尼采小半部②而外，一无所有。所以偶然作一点格言式的小文，似乎还可观，一到长篇，便不行了，如那一篇《论杂交》③，直是笑话。他说那利益，是可以没有家庭之累，竟不想到男人杂交后虽然毫无后患，而女人是要受孕的。

在未名社的你们几位，是小心有余，泼辣不足。所以作文，办事，都太小心，遇见一点事，精神上即很受影响，其实是小小是非，成什么问题，不足介意的。但我也并非说小心不好，中国人的眼睛倘此后渐渐亮起来，无论创作翻译，自然只有坚实者站得住，《狂飙》式的恫吓，只能欺骗一时。

长虹的骂我，据上海来信，说是除投稿的纠葛之外，还因为他与开明书店商量，要出期刊，遭开明拒绝，疑我说了坏话之故。我以为这是不对的，由我看来，是别有两种原因。一，我曾在上海对人说，长虹不该擅登广告，将《乌合》《未名》都拉入什么“狂飙运动”去，我不能将这些作者都暗暗卖给他。大约后来传到他耳朵里去了。二，我推测得极奇怪，但未能决定，已在调查，将来当面再谈罢，我想，大约暑假时总要回一躺〔趟〕北京。

前得静农信，说起《蕃蓰》，我为之叹息，他所听来的事，和我所经历的是全不对的。这稿子，是品青来说，说愿出在《乌合》中，已由小

---

① 《绥惠略夫》：即《工人绥惠略夫》，中篇小说。俄国阿尔志跋绥夫著，1922 年 5 月商务印书馆出版。

② 郭译的尼采小半部：指郭沫若所译尼采著的《查拉图司屈拉钞》第一部，曾连载于《创造周报》，1928 年 6 月创造社出版部出版。

③ 《论杂交》：高长虹作，载《狂飙》周刊第二期（1926 年 10 月 17 日）。

峰允印，将来托我编定，只四篇。我说四篇太少；他说这是一时期的，正是一段落，够了。我即心知其意，这四篇是都登在《创造》上的，现创造社[①]不与作者商量，即翻印出售，所以要用《乌合》去抵制他们，至于未落创造社之手的以后的几篇，却不欲轻轻送入《乌合》之内。但我虽这样想，却答应了。不料不到半年，却变了此事全由我作主，真是万想不到。我想他们那里会这样信托我呢？你不记得公园里饯行那一回的事吗？静农太老实了，所以我无话可答。不过此事也无须对人说，只要几个人（丛，霁，静）心里知道就好了。

迅　十二月五日

① 创造社：文学社团，1921 年 6 月成立，主要成员有郭沫若、郁达夫、成仿吾等，1927 年增加了冯乃超、彭康、李初梨等从国外回来的新成员。1929 年 2 月，该社被国民党当局封闭。它曾先后编辑出版《创造》（季刊）、《创造周报》、《创造日》、《洪水》、《创造月刊》、《文化批判》等刊物，以及《创造丛书》。

漱园兄：

十二月一日的快信，今天收到了。关于《莽原》的事，我于廿九，本月五日所发两信，均经说及，现在不必重说。总之：能办下去，就很好了。我前信主张不必改名，也就因为长虹之骂，商之霁野，以为何如？

《范爱农》一篇，自然还是登在24期上，作一结束。来年第一期，创作大约没有了，拟译一篇《说“幽默”》[1]，是日本鹤见祐辅作的，虽浅，却颇清楚明白，约有十面，十五以前可寄出。此后，则或作译，殊难定，因为此间百事须自己经营，繁琐极了，无暇思索；译呢，买不到一本新书，没有材料。这样下去，是要淹死在死海里了，薪水虽不欠，又有何用？我决计于学期末离开，或者可以较有活气。那时再看。倘万不得已，就用《小约翰》充数。

我对于你们几位，毫无什么意见；只有对于目寒[2]是不满的，因为他有时确是“无中生有”的造谣，但他不在京了，不成问题。至于长虹，则我看了他近出的《狂飙》，才深知道他很卑劣，不但挑拨，而且于我的话也都改头换面，不像一个男子所为。他近来又在称赞周建人[3]了，大约又是在京时来访我那时的故技。

《莽原》印处改换也好。既然销到二千，我想何妨增点页数，每期五十面，纸张可以略坏一点（如《穷人》那样），而不加价。因为我觉得今年似乎薄一点。

迅　十二月八日

---

① 《说“幽默”》：日本鹤见祐辅作，译文载《莽原》半月刊第二卷第一期（1927年1月）。鹤见祐辅（1885—1972），日本文艺评论家。

② 目寒：即张目寒（1903—1983），安徽霍丘人。鲁迅在北京世界语专门学校时的学生。

③ 指高长虹在《狂飙周刊》第八期（1926年11月28日）发表的《张竞生可以休矣》一文中说：“我更希望周建人先生更勇敢地为科学作战！”

漱园兄：

二十日的来信，昨天收到了。《莽原》第二十三期，至今没有到，似已遗失，望补寄两本。

霁野学费的事[①]，就这样办罢。这是我先说的，何必客气。我并非“从井救人”[②]的仁人，决不会吃了苦来帮他，正不必不安于心。此款大约至迟于明年（阳历）一月十日以前必可寄出，惟邮寄抑汇寄则未定。

《阶级与鲁迅》[③]那一篇，你误解了。这稿是我到厦门不久，从上海先寄给我的；作者姓张，住中国大学，似是一个女生（倘给长虹知道，又要生气），问我可否发表。我答以评论一个人，无须征求本人同意，如登《语丝》，也可以。因给写了一张信给小峰作绍介。其时还在《莽原》投稿发生纠葛之前，但寄来寄去，登出时却在这事之后了。况且你也未曾和我“捣乱”，原文所指，我想也许是《明珠》[④]上的人们罢。但文中所谓H.M.女校，我至今终于想不出是什么学校。

至于关于《给——》[⑤]的传说，我先前倒没有料想到。《狂飙》也没有细看，今天才将那诗看了一回。我想原因不外三种：一，是别人神经过敏的推测，因为长虹的痛哭流涕的做《给——》的诗，似乎已很久了；二，是《狂飙》社中人故意附会宣传，作为攻击我的别一法；三，是他真疑心我破坏了他的梦，——其实我并没有注意到他做什么梦，何况破

---

① 霁野学费的事：参看鲁迅十二月五日信。

② “从井救人”：语出明代马中锡《中山狼传》：“从井以救人”。

③ 《阶级与鲁迅》：载《语丝》周刊第一〇八期（1926年12月4日），署名“一萼”（即曹轶欧）。

④ 《明珠》：北京《世界日报》的文艺专栏，张恨水主编。当时该刊曾发表过一些讥刺鲁迅的作品。

⑤ 《给——》：短诗，高长虹作，载《狂飙》周刊第七期（1926年11月26日）。诗中他自比为太阳，以月亮喻许广平，以黑夜影射鲁迅。

坏——因为景宋在京时，确是常来我寓，并替我校对，抄写过不少稿子，《坟》的一部分，即她抄的，这回又同车离京，到沪后她回故乡，我来厦门，而长虹遂以为我带她到了厦门了。倘这推测是真的，则长虹大约在京时，对她有过各种计划，而不成功，因疑我从中作梗。其实是我虽然也许是“黑夜”，但并没有吞没这“月儿”。

如果真属于末一说，则太可恶，使我愤怒。我竟一向在闷胡卢中，以为骂我只因为《莽原》的事。我从此倒要细心研究他究竟是怎样的梦，或者简直动手撕碎它，给他更其痛哭流涕。只要我敢于捣乱，什么“太阳”之类都不行的。

我还听到一种传说，说《伤逝》是我自己的事，因为没有经验，是写不出这样的小说的。哈哈，做人真愈做愈难了。

厦门有北新之书出售，而无未名的。校内有一人（朴社的书，是他代卖的）很可靠，我想大可以每种各寄五本（不够，则由他函索），托他代售，折扣之例等等，可直接函知他，寄书时只要说系我绍介就是了。明年的《莽原》，亦可按期寄五本。人名地址是——

福建厦门大学

毛简先生（他号瑞章，但寄书籍等，以写名为宜。他是图书馆的办事员，和我很熟识）。

迅　十二，二九

一九二七年

漱园兄：

上午寄出译稿两篇①，未知能与此信同到否？又由中国银行汇出洋一百元，则照例当较此信迟到许多天，到时请代收，转交霁野。

我于这三四日内即动身，来信可寄广州文明路中山大学。我本拟学期结束后再走，而种种可恶，令人不耐，所以突然辞职了。不料因此引起一点小风潮，学生忽起改良运动，现正在扩大，但未必能改良，也未必能改坏。

总之这是一个不死不活的学校，大部分是许多坏人，在骗取陈嘉庚②之钱而分之，学课如何，全所不顾。且盛行妾妇之道，“学者”屈膝于银子面前之丑态，真是好看，然而难受。

迅　一月八日

---

① 译稿两篇：指鲁迅译的《文学者的一生》和《运用口语的填词》；前者为日本武者小路实笃作，后者为日本铃木虎雄作，分别发表于《莽原》半月刊第二卷第三、四期（1927 年 2 月 10 日、25 日）。

② 陈嘉庚（1874—1961）：福建厦门人，爱国华侨领袖，长期侨居新加坡。1912 年创办集美学校，1921 年创办厦门大学。

漱园兄：

八日汇出钱百元，九日寄一函，想已到。今日收到十二月卅日来信。兄咯血，应速治，除服药打针之外，最好是吃鱼肝油。

章矛尘已到了，退回之《莽原》，请仍寄给他。《坟》想已出，应送之处，开出一单附上。

这里的风潮似乎要扩大。我大约于十四五才能走，因为一时没有船。

《莽原》稿已又寄出两篇，二月份可无虑了；三月者当续寄。

迅　一月十日灯下

张凤举

徐耀辰（祖正）①

刘半农

以上三人，未名社想必知道他的住址

常维钧②

马珏③（后门内东板桥五十号，或：孔德学校）

冯文炳（大约在北大，问北新局，当知）

陈炜谟④

冯至⑤

---

① 徐耀辰（1895—1978）：名祖正，字耀辰，江苏昆山人，语丝社成员。留学日本。曾任北京大学等校教授。

② 常维钧（1894—1985）：名惠，字维钧，河北宛平（今属北京）人。北京大学法文系毕业，曾任北大《歌谣》周刊编辑。

③ 马珏（1910—?）：马幼渔之女，当时是北京孔德学校学生。

④ 陈炜谟（1903—1955）：四川泸县人，北京大学学生，沉钟社成员。

⑤ 冯至（1905—1993）：冯承植，字君培，笔名冯至，河北涿县人，诗人。北京大学学生，曾留学德国。沉钟社成员。

上两人是沈钟社[①]里的，不知尚在京否？如知地址，希邮寄。此外也记不起什么了，此外如素园[②]，丛芜，静农，你……，自然应各送一本，不待说明。

① 即沉钟社：文学团体，1925 年秋成立于北京，主要成员有林如稷、陈炜谟、陈翔鹤、冯至、杨晦等，曾出版《沉钟》周刊（后改为半月刊）和《沉钟社丛书》。

② 素园：当误，疑指李霁野。

漱园兄：

我十八日到校了，现即住在校内，距开学尚有一个月，所以没有职务上的事。但日日忙于会客及赴会演说，也很苦恼，这样下去，还是不行，须另设法避免才好。

本地出版物，是类乎宣传品者居多；别处出版者，《现代评论》[①]倒是寄卖处很多。北新刊物也常见，惟未名社者不甚容易见面。闻创造社中人说，《莽原》每期约可销四十本。最风行的是《幻洲》，每期可销六百余。

旧历年一过，北新拟在学校附近设一售书处[②]，我想：未名社书亦可在此出售，所以望即寄《坟》五十本，别的书各二十本，《莽原》合本五六部，二卷一号以下各十本来，挂号，“中山大学大钟楼，周……”收。待他们房子租定后，然后直接交涉。

这里很繁盛，饮食倒极便当；在他处，听得人说如何如何，迨来一看，还是旧的，不过有许多工会而已，并不怎样特别。但民情，却比别处活泼得多。

买外国书还是不便当，这于我有损，现正在寻找，可有这样的书店。

迅　一，廿六

---

① 《现代评论》：综合性周刊，胡适、陈源、王世杰、高一涵、徐志摩、唐有壬等留学英美的知识分子主办的同人杂志。1924 年 12 月创刊于北京，1927 年 7 月移至上海出版，1928 年 12 月停刊。

② 设售书处：当时鲁迅曾租用广州芳草街四十四号二楼设“北新书屋”，代售北新书局和未名社书刊。1927 年 3 月 15 日开业，同年 8 月结束。

一九二八年

素园兄：

七月二日信片收到。

《美术史潮论》系在《北新》半月刊上附印，尚未成书，成后寄上。《思想，山水，人物》未注意，不知消路如何。

以史底惟物论批评文艺的书，我也曾看了一点，以为那是极直捷爽快的，有许多昧暧难解的问题，都可说明。但近来创造社一派，却主张一切都非依这史观来著作不可，自己又不懂，弄得一榻胡涂，但他们近来忽然都又不响了，胆小而要革命。

凡关于苏俄文艺的书，两广两湖，都不卖，退了回来。

我生活经费现在不困难，但琐事太多，几乎每日都费在这些事里，无聊极了。

上海大热，夜又多蚊，不能做事。这苦处，大约西山[①]是没有的。

迅　上　七月廿二日

---

① 西山：指北京西山。当时韦素园在西山福寿岭肺病疗养院养病。

一九二九年

素园兄：

二月十五日给我的信，早收到了。还记得先前有一封信未复。因为信件多了，一时无从措手，一懒，便全部懒下去了。连几个熟朋友的信，也懒在内，这是很对不起的，但一半也因为各种事情曲折太多，一时无从说起。

关于 Gorki 的两条[①]，我想将来信摘来登在《奔流》十期上。那纪念册不知道见了没有，我想，看看不妨，译是不可的。即如你所译的卢氏论托尔斯泰[②]那篇，是译起来很费力的硬性文字——这篇我也曾从日文重译，给《春潮》[③]月刊，但至今未印出——我想你要首先使身体好起来，倘若技痒，要写字了，至多也只好译译《黄花集》上所载那样的短文。

我所译的 T.iM[④]，篇幅并不多，日译是单行本，但我想且不出它。L.

---

① Gorki：高尔基（М.Горький，1868—1936），前苏联作家。两条，指韦素园对郁达夫译载于《奔流》第一卷第七期（1928 年 12 月）《托尔斯泰回忆杂记》中的两处误译提出的改正意见。参看《集外集·〈奔流〉编校后记（九）》。

② 卢氏：指卢那察尔斯基（А.В.Луначарский， 1875—1933），前苏联文艺批评家，曾任前苏联第一任教育人民委员部的人民委员（部长）。论托尔斯泰，指《托尔斯泰之死与少年欧罗巴》，韦素园的译文载《未名》半月刊第二卷第二期（1929 年 1 月）；鲁迅的译文载《春潮》月刊第一卷第三期（1929 年 1 月 15 日）。

③ 《春潮》：文艺刊物，夏康农、张友松编辑，上海春潮书店出版，1928 年 11 月创刊，次年九月停刊，共出九期。

④ T.iM：即《托尔斯泰与马克斯》，卢那察尔斯基的讲演稿， 鲁迅据金田常三郎的译本重译。连载于《奔流》月刊第一卷第七、第八期（1928 年 12 月、1929 年 1月）。

还有一篇论 W.Hausenstein 的[①]，觉得很好，也许将来译它出来，并出一本。

上海的市民是在看《开天辟地》（现在已到“尧皇出世”了）和《封神榜》这些旧戏，新戏有《黄慧如产后血崩》（你看怪不怪?），有些文学家是在讲革命文学。对于 Gorky，去年似乎有许多人要译他的著作，现在又不听见了，大约又冷下去了。

你说《奔流》绍介外国文学不错，我也是这意思，所以每期总要放一两篇论文。但读者却最讨厌这些东西，要看小说，看下去很畅快的小说，不费心思的。所以这里有些书店，已不收翻译的稿子，创作倒很多。不过不知怎地，我总看不下去，觉得将这些工夫，去看外国作品，所得的要多得多。

我近来总是忙着看来稿，翻译，校对，见客，一天都被零碎事化去了。经济倒还安定的，自从走出北京以来，没有窘急过。至于“新生活”的事，我自己是川岛到厦门以后，才听见的。他见我一个人住在高楼上，很骇异，听他的口气，似乎是京沪都在传说，说我携了密斯许同住于厦门了。那时我很愤怒。但也随他们去罢。其实呢，异性，我是爱的，但我一向不敢，因为我自己明白各种缺点，深恐辱没了对手。然而一到爱起来，气起来，是什么都不管的。后来到广东，将这些事对密斯许说了，便请她住在一所屋子里——但自然也还有别的人。前年来沪，我也劝她同来了，现就住在上海，帮我做点校对之类的事——你看怎样，先前大放流言的人们，也都在上海，却反而哑口无言了，这班孱头，真是没有骨力。

但是，说到这里为止，疑问之处尚多，恐怕大家都还是难于“十分肯定”的，不过我且说到这里为止罢，究竟如何，且听下回分解罢。

不过我的“新生活”，却实在并非忙于和爱人接吻，游公园，而苦于

---

① 指卢那察尔斯基的《霍善斯坦因论》，鲁迅曾拟翻译，并刊登过出版预告，但未译成。霍善斯坦因（1882—1957），德国文艺批评家。

终日伏案写字，晚上是打牌声，往往睡不着，所以又很想变换变换了，不过也无处可走，大约总还是在上海。

迅　上　三月廿二夜

现在正在翻译 Lunacharsky 的一本《艺术论》[①]，约二百页，下月底可完。

① 即卢那察尔斯基的《艺术论》，革命俄罗斯美术家协会汇编的论文集，鲁迅据日本昇曙梦译本重译，1929 年 4 月上海大江书铺出版。

素园兄：

三月卅日信，昨收到。L的《艺术论》，是一九二六年，那边的艺术家协会编印的，其实不过是从《实证美学的基础》及《艺术与革命》中各取了几篇，并非新作，也不很有统系。我本想，只要译《实证美学之基础》就够了，但因为这书名，已足将读者吓退，所以选现在这一本。

创造社于去年已被封①。有人说，这是因为他们好赖债，自己去运动出来的。但我想，这怕未必。但无论如何，总不会还账的，因为他们每月薪水，小人物四十，大人物二百。又常有大小人物卷款逃走，自己又不很出书，自然只好用别家的钱了。

上海去年嚷了一阵革命文学，由我看来，那些作品，其实都是小资产阶级观念的产物，有些则简直是军阅〔阀〕脑子。今年大约要改嚷恋爱文学了，已有《惟爱丛书》和《爱经》豫告②出现，“美的书店”（张竞生的）也又开张，恐怕要发生若干小Sanin③罢，但自然仍挂革命家的招牌。

我以为所谓恋爱，是只有不革命的恋爱的。革命的爱在大众，于性正如对于食物一样，再不会缠绵菲恻，但一时的选择，是有的罢。读众愿看这些，而不肯研究别的理论，很不好。大约仍是聊作消遣罢了。

迅　上　四月七日

---

① 创造社于1929年2月被国民党查封。这里说去年，当指夏历。

② 《惟爱丛书》和《爱经》豫告：一九二九年三月二十四日《申报》刊登《惟爱丛书》的出版广告，署“唯爱社出版”，已出“《女》、《接吻的艺术》、《爱的初现》、《恋爱术》……等二十种，世界书局发行”。在此前一日，该报还刊登《爱经》出版广告，署“罗马沃维提乌思作，戴望舒译著，水沫书店刊行，四月二十五日出版”，并有“多情的男女青年当读”等语。按，《爱经》是古罗马诗人奥维德的长诗，为古典文学作品。后来孔另境为出版《现代作家书简》征集鲁迅书信时，鲁迅经李霁野建议删去这里的“和《爱经》”三字。参看鲁迅于七月二日致李霁野信。

③ Sanin：沙宁。俄国作家阿尔志跋绥夫所作的长篇小说《沙宁》中的主人公，是个否定道德和社会理想，主张满足自身欲望的人物。

一九三一年

素园兄:

昨看见由舍弟转给景宋的信，知道这回的谣言，至于广播北方[①]，致使兄为之忧虑，不胜感荷。上月十七日，上海确似曾拘捕数十人，但我并不详知，此地的大报，也至今未曾登载。后看见小报，才知道有我被拘在内，这时已在数日之后了。然而通信社却已通电全国，使我也成了被拘的人。

其实我自到上海以来，无时不被攻击，每年也总有几回谣言，不过这一回造得较大，这是有一些人，希望我如此的幻想。这些人大抵便是所谓“文学家”，如长虹一样，以我为“绊脚石”[②]，以为将我除去，他们的文章便光焰万丈了。其实是并不然的。文学史上，我没有见过用阴谋除去了文学上的敌手，便成为文豪的人。

但在中国，却确是谣言也足以谋害人的，所以我近来搬了一处地方。景宋也安好的，但忙于照看小孩。我好像未曾通知过，我们有了一个男孩，已一岁另四个月，他生后不满两月之内，就被“文学家”在报上骂了两三回[③]，但他却不受影响，颇壮健。

---

① 指1931年1月21日天津《大公报》曾刊登《鲁迅在沪被捕，现拘押捕房》的消息。

② “绊脚石”：高长虹在《狂飙》周刊第十期（1926年12月12日）上发表《走到出版界·琐记两则》，说鲁迅“挟其历史的势力，而倒卧在青年的脚下以行其绊脚石式的开倒车的狡计。”

③ 1929年12月2日北平《新晨报副刊》发表署名“常工”的《桥畔偶笔》一文，即就海婴的诞生挖苦攻击鲁迅。

我新近印了一本 Gladkov 的《Zement》的插画[①]，计十幅，大约不久可由未名社转寄兄看。又已将 Fadejev[②]《毁灭》（Razgrom）译完，拟即付印。中国的做人虽然很难，我的敌人（鬼鬼祟祟的）也太多，但我若存在一日，终当为文艺尽力，试看新的文艺和在压制者保护之下的狗屁文艺，谁先成为烟埃。并希兄也好好地保养，早日痊愈，无论如何，将来总归是我们的。

迅 上 二月二日

景宋附笔问候

---

① Gladkov 的《Zement》的插画：即德国木刻家凯尔·梅斐尔德（C.Meffert）为革拉特珂夫《士敏土》所作的画，由鲁迅自费以珂罗版复制，题名《梅斐尔德木刻士敏土之图》，并撰写序言，1931 年 2 月以“三闲书屋”名义出版。

② Fadejev：法捷耶夫（A.A.фадеев，1901—1956），苏联作家。著有长篇小说《毁灭》、《青年近卫军》等。

《两地书》序言

鲁 迅

这一本书，是这样地编起来的——

一九三二年八月五日，我得到霁野，静农，丛芜三个人署名的信，说漱园于八月一日晨五时半，病殁于北平同仁医院了，大家想搜集他的遗文，为他出一本纪念册，问我这里可还藏有他的信札没有。这真使我的心突然紧缩起来。因为，首先，我是希望着他能够全愈的，虽然明知道他大约未必会好；其次，是我虽然明知道他未必会好，却有时竟没有想到，也许将他的来信统统毁掉了，那些伏在枕上，一字字写出来的信。

我的习惯，对于平常的信，是随复随毁的，但其中如果有些议论，有些故事，也往往留起来。直到近三年，我才大烧毁了两次。

五年前，国民党清党的时候，我在广州，常听到因为捕甲，从甲这里看见乙的信，于是捕乙，又从乙家搜得丙的信，于是连丙也捕去了，都不知道下落。古时候有牵牵连连的“瓜蔓抄”我是知道的，但总以为这是古时候的事，直到事实给了我教训，我才分明省悟了做今人也和做古人一样难。然而我还是漫不经心，随随便便，待到一九三〇年我签名于自由大同盟，浙江省党部呈请中央通缉“堕落文人鲁迅等”的时候，我在弃家出走之前，忽然心血来潮，将朋友给我的信都毁掉了。这并非为了消灭“谋为不轨”的痕迹，不过以为因通信而累及别人，是很无谓的，况且中国的衙门是谁都知道只要一碰着，就有多么的可怕。后来逃过了这一关，搬了寓，而信札又积起来，我又随随便便了。不料一九三一年一月，柔石被捕，在他的衣袋里搜出有我名字的东西来，因此听说就在找我。自然罗，我只得又弃家出走，但这回是心血来潮得更加明白，当然先将所有信札完全烧掉了。

因为有过这样的两回事，所以一得到北平的来信，我就担心，怕大约未必有，但还是翻箱倒箧的寻了一通，果然无踪无影。朋友的信一封也没有，我们自己的信倒寻出来了。这也并非对于自己的东西特别看作宝贝，倒是因为那时时间很有限，而自己的信至多也不过蔓在自身上，因此放下了的。此后这些信又在枪炮的交叉火线下，躺了二三十天，也一点没有损失。其中虽然有些缺少，但恐怕是自己当时没有留心，　早经遗失，并不是由于什么官灾兵燹的。

一个人如果一生没有遇到横祸，大家决不另眼相看，但若坐过牢监，到过战场，则即使他是一个万分平凡的人，人们也总看得特别一点。我们对于这些信，也正是这样。先前是一任他垫在箱子底下的，但现在一想起他曾经几乎要打官司，要遭炮火，就觉得他好像有些特别，有些可爱似的了。夏夜多蚊，不能静静的写字，我们便略照年月，将他编了起来，因地而分为三集，统名之曰《两地书》。

这是说：这一本书，在我们自己，一时是有意思的，但对于别人，却并不如此。其中既没有死呀活呀的热情，也没有花呀月呀的佳句；文辞呢，我们都未曾研究过《尺牍精华》或《书信作法》，只是信笔写来，大背文律，活该进“文章病院”的居多。所讲的又不外乎学校风潮，本身情况，饭菜好坏，天气阴晴，而最坏的是我们当日居漫天幕中，幽明莫辨，讲自己的事倒没有什么，但一遇到推测天下大事，就不免胡涂得很，所以凡有欢欣鼓舞之词，从现在看起来，大抵成了梦呓了。如果定要恭维这一本书的特色，那么，我想，恐怕是因为他的平凡罢。这样平凡的东西，别人大概是不会有，即有也未必存留的，而我们不然，这就只好谓之也是一种特色。

然而奇怪的是竟又会有一个书店愿意来印这一本书。要印，印去就是，这倒仍然可以随随便便，不过因此也就要和读者相见了，却使我又得加上两点声明在这里，以免误解。其一，是：我现在是左翼作家联盟中之一人，看近来书籍的广告，大有凡作家一旦向左，则旧作也即飞升，连他孩子时代的啼哭也合于革命文学之概，不过我们的这书是不然的，其中并无革命气息。其二，常听得有人说，书信是最不掩饰，最显真面的文章，但我也并不，我无论给谁写信，最初，总是敷敷衍衍，口是心非的，即在这一本中，遇有较为紧要的地方，到后来也还是往往故意写得含胡些，因为我们所处，是在“当地长官”，邮局，校长……，都可以随意检查信件的国度里。但自然，明白的话，是也不少的。

还有一点，是信中的人名，我将有几个改掉了，用意有好有坏，并不相同。此无他，或则怕别人见于我们的信里，于他有些不便，或则单为自己，省得又是什么“听候开审”之类的麻烦而已。

回想六七年来，环绕我们的风波也可谓不少了，在不断的挣扎中，相助的也有，下石的也有，笑骂诬蔑的也有，但我们紧咬了牙关，却也已经挣扎着生活了六七年。其间，含沙射影者都逐渐自己没入更黑暗的处所去了，而好意的朋友也已有两个不在人间，就是漱园和柔石。我们以这一本书为自己记念，并以感谢好意的朋友，并且留赠我们的孩子，给将来知道我们所经历的真相，其实大致是如此的。

一九三二年十二月十六日

悼素园三首

韦丛芜

一

“几年病里卧京华
往事已非愿亦差”
大地茫茫伤逝影
长天浩浩悲无涯

二

咯血盈盆气若丝
昏灯昏室漏迟迟
可怜万里飞书[①]至
字字痴情句句诗

三

怜弟怀友意殷殷
事业文章难忘情
呕尽心血流尽泪
香山[②]遗望草青青

① 万里飞书，指素园女友从国外的来信。

② 香山：北京香山是素园遗体安葬之地。

忆素园

李霁野

约在二十年前，我还在高等小学读书的时候，一天下午放过学后，一个同学约我到小河滩上去散步。我们谈些什么，现在是无从记起的了，但是他所说的有一句话和他说这话的庄严神气，我直到这时还清清楚楚地记得。他说：“我们三个人是朋友——素园、你、我。”

那时候我对“朋友”两个字还没有一点清楚的观念，不过只知道我们几个人在一起时无论是谈笑或做什么，彼此都感觉很愉快，不相见时就觉得有些不足就是了。对于教师和功课，我们有些共同的喜恶；课外私读的小说，我们爱在一块谈论；好玩的去处我们总一同去玩赏；而最重要的是，有好吃的东西我们常常还分开来享受；将这关系给以新名——“朋友”，在我仿佛是学得了一种心爱的新事物的名字一样：我喜爱这事物的实，这事物的名也自有令人喜悦的魅力了。

不过我们友谊的发生，还是在这以前的事，实在也说不清究竟在哪一年开始。我们是生在一个镇上的人，家的相离只有几十步，所以从能玩的时候起，我们就是很亲近的游伴了。在我提笔的这时候，我们共同的童年生活是怎样活现在我的眼前啊！无论在小时或以后，素园的声音和容貌都最难令人忘却，他总引起深深的敬爱，留下不灭的印象来。

他虽然只比我大两岁，在我还在识字的时候，他却已经在另一处私塾里不但读诗，并且学着写诗了。这个游戏场以外的素园，在我看来确是一个令人有些敬畏的人物。他不像一般孩子似的爱嬉笑，也总是沉默的时候居多，穿着黑色的背心，身体微微地弯曲，在别人谈笑时他总爱咬着指甲，静坐在一角向人凝视。然而在他沉着地开口说话时，大家的注意力都集中在他身上，听他用缓慢但却洪亮的声音，发出他考虑过的意见来。这常常是热烈争论的终结。

在游戏中他能和别人一般欢跃，但却显出小孩子们所不常有的刚毅。在高等小学读书的时候，我们放学后总欢喜用土块“打仗”。同学们因为住家的所在，分为集北头和集南头两派，素园兄弟、堂兄和我，还有另外的两兄弟是“北头”的，“南头”的总是几十人。我记得，素园总是不顾纷纷落下来的土块随打随进，我们因而也毫不畏惧地跟着打；一直到跳过地边的小溪，冲进对方的“阵地”，把“南头人”打得个落花流水，我们这才一面追一面唱，得意地回到各人的家里。他从小起就有一种咬牙干到底的精神，我想我们这每战必胜的光荣，是不能不归功于这种精神的。小时在家里若有人违拗他的意志，他能终日不听任何劝说或威吓，不饮不食默坐在屋的一角，作为一种抗议。

大约是在小学时期，我们经过第一次的离别。素园随着家庭到县城里读书去了。我心里很不安，因为我那时已经有些明白：距离能生疏了朋友。而且，他的读诗和写诗已经使我微微觉得，我们的友谊恐怕要因此受影响，幸而在游戏和接读中这种感觉渐渐消灭，我们相处得很融洽了。现在他要到县城去，谁知道回来时变成什么样子？小时所能感到的生活暗影，这时笼罩在我的心上了。

不到一年，素园又回到我们的镇上来了。他不过刚刚到家，就跑来看我。这是何等亲切，喜悦！我记得他这时的身体比以前健壮一些，直起来了。他也不像以前那样沉默，比较爱引起我谈话了。这给予我不少勇气，因为我是一向怯于先行接近人的，何况一上来我心里还含着尚未全消的暗影？我们谈些彼此的情形，生疏的噩梦一变而为亲密的微笑了。我尝味到纯真的友谊所给予的欢欣，这是最早的一次。

童年！童年的友谊！这里含有多少迷人的美。多少令人永远神往的力。像一场甜甜蜜蜜的梦一样，童年在我们心里留下愉快的痕迹，我们永远怀念着它的存在，惋惜它的过去。童年的友谊有如我们所吸饮的母乳一样，和我们的生命同存在，和我们的生命不能分开。现在我是怀着怎样的凄怆，回想我们童年生活的一枝一叶啊！

在高等小学的时期，我们白天总在一起，晚间我们也还常常聚在一处谈天说笑。谈论的范围真是无边的大海，笑和泉水一样从我们的心底自然地涌溢出来。我们常常谈到夜深才散，第二天相见真是云雀一般的欢快。记得有一次在素园家里，我们五六个人围着炉火随谈随笑，直到听着鸡鸣，我们才注意到窗外微白，天已经黎明了。这时我们也惊奇地发觉，我们几乎喝完了一担水。

冬夜围着兽炭的炉火，用陶罐烧的开水，冲出的茶特有一种清香，我们是百饮不厌的。在沉默中看着炉火，听着嘶嘶的水声，在我也是一种很大的喜悦。在炉边素园也是一个可亲的人。他能滔滔不绝叙着家常琐事，也能倾听别人，维持住不沉闷的空气。多年后在和静农同住时，他们也往往还能谈到深夜。我虽然还向往夜谈，可惜只能偶然再一尝这样的欢欣罢了。随着童年的时光，也一同消失了许多生活的喜悦。

酒和我们童年的生活也是有些缘分的，虽然我自己至今还不能充分享受酒的恩惠。素园是有些酒量的，然而只沉醉过一次，还是醉于他的认真和诚实。我们一群高等小学的同学，有一晚在一起吃起酒来，有人提议能喝的人要较量一下酒量，全体无异议通过了。我睁着惊异的眼，干了两杯之后便作为参观者看他们左一杯右一杯豪饮起来。有些伶俐的同学中途便私用手帕盛收假喝进嘴里的酒，或者暗自把酒倒入了跟前的盘碟。素园却一老一实干自己应饮的杯。结果，他喝得大醉。散席后，大家走到街上去，适在雨后，街上满是湿泥。一时“打仗”的兴大发，湿泥变成了两方的武器，战后素园活像一座泥菩萨。在对方早无人影的时候，素园还一边摸抓泥土，一边迷迷糊糊地说：“不行，打到底！”几个人好不容易才把他送回家里去。

聪明的成年人也许要讥笑这种行为吧。难怪的：他们的生命的火焰已经将近熄灭，对于孩子们的心情已经很是隔膜了。然而，虽是在愚蠢的行为中，孩子们也有成年人难以学得的智慧。他们自有他们的世界，没有忘记这个世界中梦似的美的成年人，才能对于他们有着同情和了解。

离开高等小学时，素园便到二百多里外一个师范学校去读书，这时我们的友谊已经很有点基础，我已经没有因离别而生疏的恐惧了。这是我们写长信开始的时期，一直继续了许多年没有大间隔。那时提起笔来连自己也不知道信要写多长才能完：消息，议论，思想，感情，七零八碎，写起来滔滔不绝。寒假暑假相聚时即使一连谈三天五夜，话仿佛也是说不完的。写些什么，谈些什么，现在很难明确记得了，大概不外是风一般来去的欢乐和悲哀，天一样辽阔的计划和希望吧。我所明确记得的是：这些是促我上进的动力。

那时候正是"军国民"思想盛行的时代，在高等小学时我们已经听熟了反驳"好铁不打钉，好人不当兵"的议论，走路若不雄赳赳地挺起胸脯是不免被人耻笑的。我虽然向无做英雄的野心，在那样年岁却也多少有些英雄崇拜的色彩，所以对于素园的"投笔从戎"至少在送别的文章里很表示了敬佩的意思。这时期虽然很短，对于素园能吃苦耐劳的习惯，我想是很有些影响的。我还记得这时我们集上从戎的青年人很多，不久就流行了一种描写闺思的情曲。这将从戎的苦处和留守深闺的少妇的悲哀形容得很尽致，我觉得较之鼓励从戎的成堆的议论，更为动我的心。

这以后素园到长沙，到安庆，尝了许多生活的甘辛，增加了许多实际的经验，思想渐渐成熟了。我们的通信虽然继续着，可惜现在已经一字不存，无从引证了。也是在这时候，青春的悲哀潜进了素园的心。多年以后我们在北京相聚时，他告诉我这时他怎样热恋一个女子。有一天在公园里遇见一个颇为相似的人，他回去整整睡了一天，怎样也恢复不了心里的宁静。虽然经过了约十年的时光，他的情热并没有稍减；就感情说，素园实在是火山似的人。

然而更有力的思想支配了他的心，他的眼前呈现着他对人类的任务。决然和那女子相约再见，他就到那震撼世界的大革命的策源地去了。

那时苏俄正是大破坏以后继以饥荒的年代。去的人连面包也吃不饱。

素园爱读书的习惯是还继续着的，吃了分到的不够饱的一点黑面包之后，他总躺卧在草地上看书，不敢多走动，惟恐早早就饿了。对这痛苦，我没有听素园抱怨过一声。

但是他的体力不支了，一九二二年的夏季回到安庆，转回到北京时发现了痔瘘病。他对俄国文学这时已经有了很深的兴趣，所以决定潜心多做几年研究，于是就留在北京，努力打好俄文的基础。虽然有工作的机会，他宁愿过穷苦的学生生活。夏季回国和冬季他又回到安庆时，我都适逢在那里，这相见给我们无限的欢欣。经过几年的离别和奔波，他又得见了他慈爱的双亲，这更给他不少安慰。以后他常说，这一段短期的生活他觉得最幸福。

经他苦劝，一九二三年的春季我和他同车到北京读书。这几年共同挣扎的生活，经历了多少甘辛，多少悲欢啊！他以自己学俄文作例，教我自力攻修英文的方法。我就拿起一本书来，看一句总翻三五次字典，耐心读下去。经过几个月之后，觉得较为轻易，兴趣也就渐渐浓起来了。我从英译读俄国文学作品，就因他的鼓励而这样开始。

我们学生时代所过的是非常艰辛的日子，然而现在回想起来是何等甜蜜啊！可宝贵的青年精神鼓舞着我们，使我们充满勇气和力量，不顾一切向前迈进。我们从事的虽然不过是日常生活的战斗，然而这平庸中含有多少传奇，多少诗意！那时候同在北京的还有靖华和静农，记得有一次我们在一块谈天时，靖华说：“我们的希望比喜马拉雅的绝峰还要高！”我们欢笑了——充满了青年精神的笑。

然而这样夏日的晴空，不久就为阴云所笼罩了。失去了哥哥的悲伤和思与现实间的冲突，沉重地压抑着素园的心，从此以后，他诚如鲁迅先生所说，成为缺乏笑影的人了。不过他并没有失去他的信心和勇气，他还鼓励我们，指导我们，是我们生活的指南针，也是我们生活的柱石；直到死时，他都还是如此。

我的试学译作，也是因为他的鼓励和指导而开始。那时译写了换得三几元稿费的文章，现在我就自己想看看也都无从找得了。这样解决了一月的膳费固然也可喜，但最大的欢乐还是用这点钱去换一本想看的书。一有这样的可能，我们便到一家外国书店去翻看半天，然后才买回本价钱不至吓倒我们的书来。这样的机会隔多时才会有一次，在这中间的时期，我们被书店小伙计的势利眼损伤的自尊，也可以恢复过来了。

大概在一九二四年七月，我因了他的提议译出安特列夫的《往星中》，这是他那时所欢喜的书；一九二五年二月我又继续译出《黑假面人》，这本书那时正投我的癖好。他用原文一字不苟地校对这两部译稿，就在夏季挥汗如雨的时候，他也毫不厌倦地继续着。以后有点经验，我才知道这工作是何等的烦苦。我们很知道这是没有“行市”的译稿，然而我们是何等严肃认真地从事！素园对于什么事都愿不声不响埋头苦干，在他编辑《民报副刊》时，来稿他都一一细看，对再不行的投稿人他也不疏忽，给他们退稿，答复。

若是未名社有一种精神的话，素园的这种“不声不响”的态度或者可以代表吧。素园怎样支撑了未名社，鲁迅先生在他的文章中已经说到了。未名社因为他的病与死而不再存在，我们永远觉得惋惜，仿佛我们失了一种精神的寄托。时光不停地逝去，变异总不免随着俱来，我真怕想起这些所给予我的悲戚……我只有再想一想未名社的诞生，聊以制止我的哀思。

一九二五年夏季的一天晚上。素园、静农和我在鲁迅先生那里谈天，他说起日本的丸善书店，起始规模很小，全是几个大学生慢慢经营起来的。以后又谈起我们译稿的出版困难。慢慢我们觉得自己来尝试着出版一点期刊和书籍，也不是十分困难的事情，于是就开始计划起来了。我们当晚也就决定了先筹起能出四次半月刊和一本书籍的资本，估计约需六百元。我们三人和丛芜、靖华，决定各筹五十元，其余的由他负责任。我们只说定了卖前书，印后稿，这样继续下去，既没有什么章程，也没立什么名目，只在以后对外必得有名，这才以已出的丛书来名了社。我说到一年不过只能出书五六本，鲁迅先生笑着说：“十年之后岂不也就很可观了吗？”

走出鲁迅先生的家，我们是怎样高兴地步行着，一路谈笑回到家里啊。第二天我们就给台林逸先生写信借钱，他是总愿随时帮助我们的人。我在这里怀着感谢的敬意提到他的名字，没有他，我们的计划不能实现。

钱一凑齐，我们就将《出了象牙之塔》付印，于九月间出版；一九二六年一月我们出版了《莽原》半月刊。那时候校对，发卖，扎包，邮寄，都是我们自己动手，我们感觉样样事都是愉快的工作。除了离开北京的短期之外，看守大本营，埋头做烦苦工作的，多半都是素园一人。有几个时期的账目也是由他管，自然他不是专门的能手，我也不是，因此有些可笑、可悲的结果。我们常常要掏并不宽裕的腰包，补足算不齐全的数目。有次素园给我看他所记的账，我不禁笑起来了。他在出入对比的结数下加了一大段注脚，说明一枚铜板的差误的来由。这样不归路数的账，供给了我们长期的笑料。笑后，素园常庄重地说："总之我要使它无错。"

《出了象牙之塔》出版后，鲁迅先生听到有一位反对白话文的人发议论："哪有什么塔还会出了象牙的吗？真是不通之至。"我记得仿佛也有新文学家警诫青年们不要看这样书，免得吃亏。然而我们印刷的成本不久就卖回来了，于是就续印他书，渐渐有了点基础。

从这可以知道我们并没有要掀起什么运动的野心，以后竟莫名其妙被卷入"狂解"，我们惊奇得相视而笑。素园最厌恶这种无中生有的招摇，能气愤到夜不成寐。但是他还保持了不声不响的态度。

一九二六年秋，我们开始译《文学与革命》。但是不久他就病了。起始是痰里带些血丝，我们劝他去看了大夫，但这个德国"名医"看他是穷学生无利可图，就说并没有什么要紧，我们也就暂时安了心。以后形势渐重，我们怎样劝，他也不肯去休息。有一晚他深夜不睡，想写完一篇绍介果戈理的文章，第二天就大吐血不能再起床。静农打电话让我进城，告诉我素园的病已经医生诊断无治的时候，我们的周身颤抖，仿佛看见死亡的巨手就要攫去我们的最亲的朋友一样。

然而我们不能不装作镇静，安慰我们觉得已经垂危的人。亲近的人病痛，实在可怕得超过自身的灭亡。

幸而经一位法国医生加意诊治，素园居然可以起床，到西山去休养了，这给我们许多快乐的希望。现在看到放在眼前的他到山后第一次所写的信，我不禁想起他病后软弱的手。两三月后从字上可以看出一点力量来了。将近新年的时候，他居然有想进城来过年的意思了。素园是极离不开友谊的慰安的人，他深感到山居的寂寞。在他卧病的几年中，我们常常去长谈终日，这是他所渴求的“人生的温暖”，他不愿因病而稍稍冷却。他对朋友的关切和周到，实在是这种温暖的燃料：他是朋友们最怀念的人。

然而为了忙于世事，我们总难免有稍稍疏忽的地方，这给他不少的不安。在他一九二九年九月二十三日的日记中有着这样几句话：“今早黎明前流了第二次眼泪，觉得朋友们对我形式上疏淡了，虽说心上和纸上对我还是一样。……我来山后第一次痛哭是在闻朋友出狱无期的时候。”

这里所说的出狱无期是指一九二八年四月我们因《文学与革命》而被捕的事。我们当时对于自己的生命实在并不如对于他的病体担心，我们知道他要有怎样的焦思。

从他死前亲自交给我的这两本日记，我看出他在病中是怎样继续认真读书：两本里几乎全是细心写下的读书记录。所读的范围很广，有历史，艺术，文学理论，哲学；他甚至还想攻读自然科学。我们总不肯多送书给他，然而他总想法从别处辗转借得，对于新的出版物他也并不忽略，在他去世后几天还有他购买的书从上海寄到。

一九二八年十月未名社开设门市部，这种表面的发展使他喜悦，然而他常常提醒我们，要记住艰辛的开始并顾念到万一的不支。虽然他卧病山里，他还不断写寄些实际的指导。我怀着怎样鲜明的希望开始一九二九年的生活，紧随着漆黑的绝望和悲伤又怎样狠狠咬着我的心，我又怎样以惨痛的经验完结了这一年啊！不过，去吧，无益的忧思！

整个一九三〇年的一月，我几乎无昼无夜地在他的病榻前度过。为了安慰他，我们将已成躯壳的未名社，勉强吹进些假的生命去，苟延残喘地支撑着。他一九三一年一月、二月的信还几乎封封提到社务，我现在读着还感到难言的凄楚。但是冰冷的现实终于不是谎言所能掩饰得了的，从我们简单的日记，我知道三月一日和静农去看他时，我提出结束未名社的办法来了。我说谎他也是完全相信的，又兼这以前我已经给他点心理上的准备了，所以他对这也无异议地接受。不过他怀着深的惋惜，在日记中写道："六七年来惨淡经营之未名社一旦失去，心中觉得恍若丧家，怅惘之情，难以言表！"我勉强感到欣慰的是他只算轻尝了一点社的解体的悲哀，没有大影响他的病情和心绪。

卧病多年而还保持欢快的心情，当然是不容易的。人生的大谜自然也常常在他的心里出现。他在一九三一年五月十八日的日记中有这样的话："近来常常想到死，并不像以前那样怕；但深思到假若死便是生底一去不返，又总免不了觉得可哀。……我之常常想到死，许是久卧体弱的关系，其实我现在还是很乐生的。"从这样简短的记事，我们可以看出他以怎样的勇敢与忍耐，支持着病体，留恋着人生。

这也可以从其他的记事中看出一些来："山桃花开，工人折两枝给XXX，另送一份给我。"（一九三一年三月三十日）"杏花开，午后更盛，盖因晨间小雨。"（同年四月四日）"上午微雨。据乡人云，此雨下，可耕种矣，对于已出土之麦更好。"（同年四月十六日）

但是无疑的，他已经感觉到自己的生命渐渐衰弱，死亡的脚步已经轻轻地走近了。有时他于谈话中偶一提及，总劝我们对这终于要来的事实达观，不要太因他而哀伤。我们看他表面上没有什么大变异，总尽力安慰他，他每每只沉默地微笑，或者说他只是开开玩笑罢了。他早在给我们心理上做准备，从这可以看出他是何等体贴朋友。以后看他的遗书，是一九三一年十一月写就的。但他总常尽力保持了欢笑的态度，使我们得到安慰。

到一九三二年的春天，素园的病有时稍好，有时见坏，给他很多的不安。在四月二十五日给我的信中他写："我的病不进步固由养的不好，但主要原因，病实在根本也太厉害了。……关于我的前途，我想你们早就应看得清楚；希望静农你们在一起，尤其当着丛芜的时候，提到我总预先多说些宽阔和达观的话，免得万一突临不幸，过受打击。”

这给予我无限的伤感；但我总希望着这只是他一时的心情，可以因我们的劝慰而渐渐改变好。我写信劝他放开胸怀养病，多嚼味生，少思念死。我怕将死和他想在一处。我不敢深思这冷酷的事实，但从他五月二日复信的字里行间，我看出死的暗影是怎样笼罩在他的心头了。“……我个人生活一向是很达观的，和我相处稍久一点的病人，他们都这样说。我是得过且过，只要生活（病）不直接加苦痛于我。……我年来心境从不敢稍告他人，因知我者都系我的好友与亲人，我怎愿再加他们的伤痛呢。……生活之于我，已成负累。至于你说寂寞，我实在好久以来并不感觉，听你言我似乎才又记起这两个字，——但仍然没有什么……”

留给静农、丛芜和我的遗书也是早在五月十八日便写就的。这封信我们在死榻前不忍终读。他写时要含着怎样的凄伤，我至今想起还颤抖！“你们是我的最亲爱的朋友和兄弟。在生活的路途上说，也以我们相共的艰难患苦为最多。现在我要先你们而别去了，愿你们勿以我而悲哀。这种离别乃是人生之常，早晚免不了的。”他这样开始，以后勖勉我们努力，并希望我们“更结高深的友谊，以取得生活的温暖”。

接到他二日的信后，我不久就到山里去看他；这相见使我惊觉：在他病弱的身体上，死亡实在已经占了上手。在谈话的开始，他脸上的感伤使我觉得仿佛这是我们最后的话别。以后他渐渐有些欢欣的表情，我走时竟自己有种幻想，相信他是会逃出死亡的巨爪的了。别后他的和别人的信也增强了一点我的希望。但是他六月中和七月初嘱编抄译著的信，又常使我绝望，凄伤。

然而我总不肯把死和他想在一处，我的心总愿在梦想中躲避这可怕的事实。我在复他的信中说，文章可以分给他的熟朋友抄，抄齐放在手头，他无事中翻阅消遣，也就可以如晤故人了；如有新作，再行加上去，使它慢慢“长”成一本书，可惜这样抄成的遗著，他未能寓目。我给他的最后封信是七月二十七日所写，信未有一段道：“夜间有萤火虫在林间飞舞，坐在廊下遥望电光闪耀的天空，听着一种不知名的水鸟咕咕地叫，恍如置身在另一个世界中。”这不幸成了一种对他的预言，几天后他就永别了我所处的世界。

二十八日的早晨我们得到素园病危的消息，熟朋友全赶到他的住处去。他瘦削得可怕，但他非常镇静；只剩我一人在病榻前时，他告诉我他对死早有准备，并不感觉什么悲痛，所不安者只是活着的朋友们难免哀痛。我握着他的手，全身微微的战栗，我怕使他感伤，尽力抑制住自己的感情，听他轻声从容吩咐身后的事。我劝慰他莫要先想这些，他总微微摇着头说：“在我，死并没有什么可怕。我早就有了准备。”然而在这将要永别的时候，他的深的忧伤，从他那笑影全逝的面容，深深侵入我的心里。我知道我们的至亲的朋友是真的要“先我们而别去了”。夜间大雨，病房里显得特别阴凄。

我们为求医药万一的救助，第三天把他移送到城内医院。三十一日素园的病状稍好，我们的心里稍稍宽松一些。医生也以为暂时是没有危险的了，所以只留下我一个人在病榻前守夜。我们谈了一些话，夜里十二点以后他还要水喝，说觉得想睡，并嘱咐我也睡下，以便第二天早晨去公园舒散舒散身心的劳顿。我静坐在屋角的地板上，听他似乎入了睡，这才闭起眼来，静听夜的微息中自己的跳动的心。

约在三点钟时，我听他突然喊了我一声，从声调听出他已经是濒危了。我立在他的床前时，只听到他轻微的声音说：

“霁野，你莫——”

他不能再运用他的舌，我们只能默默相望了。我紧握着他的还温暖的手，低声告诉他说，亲近的人立刻就可以到他身前来。我劝他闭眼养养神，劝他安心，他无力地握握我的手，微微点点头，我知道他还很明白。丛芜到时，他还能慢慢转动眼睛听明我们的话，不一会儿他便只能定睛喘息了。

“五点三十八分”，一个试着脉搏的看护向我们报告。这便是素园的短促的一生的终结。

第二天下午，素园七月二十八日所写寄到汤山的信转到城里来，我全身颤抖着不忍拆读。躲在无人的一角，含着泪读这仿佛从另一世界寄来的信时，我痛切地感觉到死别所给予我的悲哀。

一九三六年八月一日素园逝世四周年写完于温泉

（载《李霁野文集》，百花文艺出版社）

厄于短年的韦素园

李霁野

素园逝世已经45年了，已经超出了他短短一生15年。他很为还生活着的少数老朋友所怀念，近些年来因为鲁迅先生的回忆文和书信，关怀他的新朋友也越来越多了。在素园逝世后，我们原想编辑他的少数诗文和书信，由几个朋友各写一篇回忆文字，出一个纪念册；以后情况有不少变化，这个想法也就没有实现的可能与必要了。但是仍然有不少素园的新朋友希望多知道一些素园生平事迹，大概为进一步了解他的一助吧。我是素园童年的朋友，自然对我瞩望更为殷切。把老友介绍给新知，是很愉快的事；不过鲁迅先生已经将素园的性格、思想、感情、生活和工作作风，甚至容貌都用生动的笔触写到了，可谓画龙已经点睛，我所能增添的只是一鳞半爪罢了。

韦素园1902年6月18日生于安徽霍邱县叶家集。这个地方离大别山很近，是个小小的平原，在20年代末和30年代初，曾是鄂豫皖革命根据地的一部分。在1914年秋，叶家集才成立了明强小学，素园在读了几年私塾之后，进了这个小学，约一年多就高小毕业了。他在私塾时，虽然辛亥革命已经发生了几年，大人和小孩绝大多数都还留着辫子。韦素园在私塾倡议大家剪去辫子，引起不少大人的惊异。明强小学的校址是旧的火神庙，里面有泥塑的火神、文昌老君像，每年还有些人去进香火。韦素园积极参加了推倒泥像的活动，引起了一部分迷信市民捣毁学校的大风波。他的反抗精神在少年时代就有所表现了。

韦素园的家庭是经营小商业的，经济情况很艰窘，所以小学毕业后，他只能到阜阳上公费的第三师范学校。这是在1915年秋，第一次世界大战早已开始。1918年春，素园决然离开第三师范，到北京参加段祺瑞所办的参战军，因为中国已经对德宣战了。这时俄国伟大的十月革命已经发生，可是在当时除极少数先进分子外，一般人既不知道这个革命的实际和意义。更不了解第一次世界大战是帝国主义战争的性质。素园在小学和师范学校的时候，常听到“投笔从戎”、“马革裹尸”一类的宣传教育，因为那时候一般教师对帝国主义对中国民族的侵略与欺压，已经有点初步的认识，已经广泛地向学生灌输爱国主义思想了。韦素园的从军，是他要把爱国思想见之行动的表现和探索；虽然这是他在歧途上走的几步，却引起他思考当时青年面临的许多重大问题。他不久就识破了所谓参战军的骗局，毅然决然离开了。

韦素园的大哥当时在长沙做文教工作，他便到长沙进了法政专门学校预科读书。那时统治湖南的是反动军阀张敬尧，此人极端残暴，在政治上搞专制高压，在经济上是敲骨吸髓，人民恨之入骨。韦素园已从投军的一点教训，知道军阀是国内巨害。张敬尧在湖南的胡作非为，引起他满腔义愤，在写信时形诸文字，在谈话时溢于言表。他积极参加学生的“驱张”运动。毛泽东同志是学生“驱张”运动的主要领导人之一，这个也终于取得了胜利；可惜素园没有机会同毛泽东同志接触。但是素园还在长沙时，受俄国十月革命感召的伟大的五四运动爆发了，这使他受到很大的影响，很深的激动，他的思想感情起了质的变化；新时代的曙光使他对祖国产生了无限的希望。怀着乐观坚定的心情，他于1920年夏随兄到了安庆，转入安徽省立法政专门学校。他参加了安徽学生联合会的工作，全力以赴，常常夜以继日，他的认真激烈的性格这时有了充分的表露。他沉默寡言，埋头苦干，从不夸夸其谈，哗众取宠，因此很使人敬重，同时也受人爱戴，因为他很纯朴诚恳，绝无傲人的态度。

中国在那时候是军阀割据的时代，统治安徽的是反动军阀马联甲，和张敬尧是一流货。这些军阀对外勾结帝国主义，对内联络封建地主，闹得国无宁日，民不聊生。哪里有压迫，哪里就有反抗，这是一条历史规律。安徽学生这时的主要政治活动，就是在反帝反封建的总原则指引下，群起驱逐马联甲。韦素园作为学生联合会领导人之一，积极地投入了这次斗争。这次“驱马”运动终于以胜利结束。

俄国十月革命对中国的影响极大，它使中国革命成为世界无产阶级革命的一部分，进入新民主主义革命时期。1921年初，在上海成立了一个革命组织：社会主义青年团（SY），以后改称共产主义青年团（CY）。这个组织选派了一个代表团去莫斯科，参加第三国际召开的国际会议，韦素园是代表之一。代表团人人藏着共青团团员证。轻装从上海坐船出发，取道海参崴、伯力去莫斯科。在1921年春季，虽然国内战争在俄国西部已经结束，帝国主义武装干涉也基本上以可耻的失败告终，但在东部，尤其在海参崴到伯力这一段，白匪仍然猖獗，随时与红军激战，战线犬牙交错，红白难分，弄不好，代表团就会落到白匪手里丧生。日本帝国主义在海参崴还有残余势力，常常派遣间谍进红区刺探军情，并进行破坏捣乱，这就不能不引起红军的高度警惕，对从海参崴向西去的旅客特别注意，防止混进白匪和日本间谍。斗争是十分复杂严酷的。代表团表面上是新闻记者，秘密证件藏在鞋底，不准轻易示人，因为红军与白匪均无标志，难分红白。

代表团在海参崴登火车出发，走了一段之后，列车员觉得他们形迹可疑，严加盘问、搜查，虽然并无所获，却疑心他们是日本间谍，要他们下车。在这生死一线，一发千钧的瞬间，一个代表的秘密证件无意被发现了，这真是一个晴天霹雳！代表团以为证件落入白匪手里，必死无疑。列车员和红军万分惊异，一时还转不过念头，仿佛有点不知所措了。说时迟，那时快，他们把代表们作为同志热烈拥抱起来，一面跳跃，一面欢呼。这情景给素园留下极深的印象，后来谈起还不禁眉飞色舞。

开过会后，素园进莫斯科东方劳动大学学习。那时候，苏联在革命、内战、帝国主义武装干涉之后，接着又是荒年，生活是十分艰苦的。但是素园还节约了一点零用钱，从旧书摊买到必要的字典、词典、俄罗斯古典文学和苏俄文学书。他居然冒着危险把它们带回国来，所以他十分珍惜。这些书首先引起鲁迅先生的注意，他在《忆韦素园君》中说："窗前的几排破旧外国书，在证明他穷着也还是钉住着文学。"

素园在知道俄国十月革命，接触了马克思列宁主义，并且目睹了俄国革命的现实之后，他一直坚信不疑：只有走十月革命的道路才能救中国。他同我们谈过，他想以研究介绍俄罗斯古典文学和苏俄文学为终身事业，一方面是自己的兴趣所在，一方面是很受那时同在莫斯科的瞿秋白的影响，他也说过，张国焘的自吹自擂的作风使他很有反感，他不想做实际政治活动家与此或者不无关系。但是，素园也绝不是一个脱离实际的空想家。他积极参加学生运动，作出过应有的贡献，他在上海准备去苏俄的时候，向家乡给我们寄去《共产主义宣言》和其他共产主义宣传品，使不少人畅读共产主义成为风气。可以断言：他撒下的这些种子生了根，发了芽，开了花，结了果。我们的三个小学同学和一个家友很早就参加了共产党，他们一个在汉口，一个在芜湖，为中国解放奉献了年轻的生命，一个在汉口工作时，被日本飞机炸死，一个在人民解放军和蒋军交战的地区，为反动的地主武装所杀害。这一切又影响了稍稍后起的人：素园的侄女德芳和其他几个子女加入了当时还未公开的共青团，做宣传、鼓动群众的工作，1930 年红军占领叶家集，德芳就到大别山根据地去了。1934 年德芳随红四方面军长征，在湖北境内因病落队，以后就没有消息了。素园生前知道德芳参加红军，十分高兴。解放以后到 1957 年，才查明德芳的情况，素园有知，一定会含笑九泉吧。

还在莫斯科东方劳动大学学习的时候，素园已经有了结核病。1922 年夏季回国，素园到安庆去看望父母兄嫂，经医生检查，肺部有结核病灶，痔漏也可能是结核的影响。治不了，养不起，亲友担心，素园却处之泰然。这是他不能参加实际政治活动的主要原因。

为了继续学习俄文，1922 年秋他进了北京法政专门学校。因为有点俄文基础，他不辞辛苦，还为低年级的同学作辅导。他读书勤恳认真，在短时间内有了较可观的进步。他课外最喜欢阅读柴霍甫、果戈理的作品，以及勃洛克的《十二个》等苏联文学新著。这年寒假，素园又回安庆省亲，力劝我到北京读书，虽然我两手空空，友情的温暖却鼓励我次年春和他同行，开始写点文稿维持艰苦的生活，并换取入学的费用。这时候我们时有断炊之虞，偶然还要典当点衣服应急，但是我们有一种信念：中国有光明的前途。我们周围有不少青年朋友，他们有确信，不自欺；他们在前赴后继地战斗。在学习中我们得到不少乐趣和力量。他们和我们互相关怀，互相帮助，互相鼓励，都愿对这个光明的前途有所贡献。素园可以说是这样一些青年的核心。

素园初到北京时，就和地下党员刘愈结识了，彼此有深厚的友谊。1928 年 4 月，素园在病中得知刘愈被反动派杀害，他立刻写了一首悼念的诗在《未名》半月刊上发表，对反动派表示强烈的愤慨和抗议。1932 年 6 月，地下党员赵赤坪第五次或第六次被捕了，素园还写诗劝勉他：

不要悲伤，
不要愁虑，
今日的牢狱生活，
正是未来的甜蜜回忆。

1923 年秋，我进崇实中学读高中，第二年开始练习点翻译，素园很鼓励，并赞成我试译《往星中》，他用俄文随时加以校改。那时我们的外文基础都很差，主要是作为学习，但字斟句酌，态度是很认真的。译完后，我们虽然想向鲁迅先生请教，却又不敢冒昧，倒是一位小学同学张目寒在世界语专科学校听鲁迅先生的课，常听到先生谈希望有青年人译作，便把译稿送给先生了。鲁迅先生看完译稿后约我去谈谈，使我们喜出望外。

素园认为一生最大的幸福是结识鲁迅先生，因为先生是他最崇敬的人，最敬爱的良师。记得是在我 1924 年初冬见过鲁迅先生之后，介绍素园去和鲁迅先生见面。先生那时每周去北京大学第一院讲一次中国小说史，素园就住在北京大学对面的一个公寓里，我们实际上已经“偷听”过先生的课，所以在教师预备室和先生见面很方便。1925 年起，我们同先生见面的时候就很多了。这一年春季，素园去开封国民军第二军担任俄语翻译，因为那时有苏俄军事人员在该军任职；鲁迅先生借给素园 40 元作川资。《鲁迅日记》12 月 28 日记载：“访李霁野，收素园所还泉册。”所还就是这 40 元。苏俄军事人员在第二军开展不了工作，不几个月他们回国，素园也就回北京了。

在女师大学生驱逐杨荫榆的运动中，在鲁迅先生同胡适和陈西滢之流的斗争中，素园极力赞扬先生不屈不挠的战斗精神，有时还拿陈西滢说鲁迅先生“跳到半天空，骂得你体无完肤——还不肯罢休”的话，引起先生和我们大笑。鲁迅先生在《忆韦素园君》中说道，段派官僚林素园带兵接收了女师大之后，素园愤怒之至，把自己的名字改为“漱园”；后来因为一位相识多年的女友说不如旧名习惯，林某已经销声匿迹，素园才恢复了旧名。

《鲁迅日记》1925 年 7 月 13 日记“夜霁野、静农来，嘱作一信效徐旭生，托其介绍韦素园于民报。”《民报》约请素园担任副刊编辑，因为有鲁迅先生的支持，报纸风行一时，不过不到一个月，就被张作霖封了。鲁迅先生很欣赏素园的认真负责作风，因为他对来稿一一细看，并给作者复信提意见。以后素园不肯在《莽原》半月刊上发表向培良的稿子，高长虹向鲁迅先生告状。先生不加理睬，主要原因是他相信素园对编辑工作严肃负责，不会草率从事。

未名社是鲁迅先生 1925 年 8 月建议成立的，9 月就将《出了象牙之塔》付印了，《鲁迅日记》10 月 10 日记“以校稿寄素园”，就是此书的印稿。那时“坐在一间破小屋子，就是未名社里办事”的是韦素园。这间小屋在北京大学第一院对面一个公寓里：沙滩新开路五号。鲁迅先生从北京大学下课时，常到这里同素园谈谈天，顺便把校稿带来。

素园这几年除了为我用俄文校订《往星中》和《黑假面人》外，还为韦丛芜校订了《穷人》。却把自己的译书工作放在社务等办完之后，夜深抽出点时间来做，所以只于 1926 年译完果戈理的《外套》，送请鲁迅先生审校后，到 9 月由未名社印行。此外，他译的书有未名社 1929 年出版的《黄花集》，和商务印书馆 1928 年出版的《最后的光芒》。

素园带病回国后，除在安庆进行一次不认真的治疗外，既未诊治，也未休养，而几年的学习和工作是很繁重的，生活也十分艰苦，以致在1926年12月，他大量咯血，一病不起。据当时的医生诊断，肺部有巴掌大的洞，痊愈是没有希望了。我们先后把他送到法国医院、协和医院治疗，略有起色，便于1927年春季，把他送到西山福寿岭疗养院。从此他就很少起床，看书写字一般都伏在枕上，但他决心同疾病作斗争，没有悲观失望情绪。鲁迅先生说他伏枕给他写的信“措辞更明显思想也更清楚，更广大了”。他给我们写的信也是如此，可惜因为我们当时的处境和所遭的事故，使这些信只残留下少数几封。“人生就是工作，只有在工作中求得真实的快乐和意义”，是他在信中给我们留下的宝贵的遗言，我们把它置之座右。

鲁迅先生对于素园的病是十分关怀的。1929年5月先生回北平省母，30日上午，静农和我陪他去西山看望素园，当天下午5时，先生就写信给景宋，详细谈了会晤情形，先生说“他很喜欢，谈了许多闲天”，“他也问些关于我们的事，说了一个大略”，“……感到他将终于死去，——这是中国的一个损失，——便觉得心脏一缩，暂时说不了话……”当夜1点半，先生又在信上说，“上午之纵谈于西山”，“是近来快事”。

鲁迅先生这次来访给素园很大的安慰和鼓舞，在这一二年之前，素园就写信给鲁迅先生，谈马列主义文艺理论问题，所以先生在1928年7月22日的信中说：以“史底唯物论批评文艺的书，我也曾看了一点，以为那是极直捷爽快的，有许多暧昧难解的问题，都可说明。”鲁迅先生也知道素园还伏枕译点马列主义文艺理论文章，所以在1929年3月22日夜给素园的信中劝他：“你所译的卢氏《论托尔斯泰》那篇，是译起来很费力的硬性文字……我想你要首先使身体好起来，倘若技痒，要写了，至多也只好译译《黄花集》上所载那样的短文。”在这次晤谈中，鲁迅先生也委婉提出类似劝告，素园衷心感谢，此后就只译点较短的文字。他感到体力精神越来越不好，病好是无望的了，便于1929年7月，嘱咐我把《外套》精装一本代题几个字赠送给鲁迅先生（《鲁迅日记》1929年8

月 3 日记："收未名社所寄……精装《外套》一本，是韦素园寄赠者。"）。先生两年多后在这本《外套》上题字："此素园病重时特装相赠者，岂自以为将去此世耶，悲夫！越二年余，发箧见此，追忆之。三十二年四月三十日，迅。（印）"在两年多之后，先生还忆及当时接到书的心情，这是何等深厚的感情呵！素园在谈话和书信中从没有流露过悲观失望情绪，鲁迅先生在书信中所表现的乐观精神和坚定信心，显然也是支持他的一大力量，"……我若存在一日，终当为文艺尽力，试看新的文艺和在压制者保护之下的狗屁文艺，谁先成为烟埃。并希兄也好好地保养，早日痊愈，无论如何，将来总归是我们的。"（1931 年 2 月 2 日致韦素园信）先生对青年的爱真是无微不至！

1932 年 8 月 1 日晨 5 时半，素园在北平同仁医院病殁。虽然我们早有思想感情上的准备，悲痛还是难以制止。我们拆阅他的遗书，这是他几个月之前就写好的，有几句话表现出他一直是恬静的："现在我要先你们而'别去'了，愿你们勿以我为悲哀，这种离别乃人生之常，早晚免不了的。"他同时写就的有一封向鲁迅先生致最后敬意的告别信。先生接到我们报告素园逝世消息的信后，复信说"这使我非常哀痛。"（1932 年 8 月 5 日致李霁野、台静农、韦丛芜信）10 日后，先生又给静农的信中说"素园逝去，实足哀伤……忆前年曾以布面《外套》一本见赠，殆其时已有无常之感。今此书尚在行箧，览之黯然。"（1932 年 8 月 15 日夜）

我们把素园安葬在他生前选定的北平西山碧云寺上的万安公墓，立了鲁迅先生书写的墓记的石碑："呜呼，宏才远志，厄于短年。文苑失英，明者永悼。"鲁迅先生是深知素园的人，对他评论也最为公允："素园却并非天才，也非豪杰，当然更不是高楼的尖顶，或名园的美花，然而他是楼下的一块石材，园中的一撮泥土，在中国第一要他多。他不入于观赏者的眼中，只有建筑者和栽植者，决不会将他置之度外。"（《忆韦素园君》

作为石材和泥土的素园和作为建筑者和栽植者的鲁迅先生，先后逝世都已经 40 多年，我写此文时悲感丛生，真切地感到："有志者入泉，无为者住世。岂佳事乎！”前些天我写了几首诗寄给一位老朋友，其中一首就表现了这种心情：

死别固吞声，难忘怀旧情。

倏忽四十载，师友两凋零。

1977年8月，素园逝世四十五周年

（载《安徽文史资料全书·六安卷》，安徽人民出版社）

离开我们八年了——素园

王冶秋

"呜呼！宏才远志，厄于短年。文苑失英，明者永悼。"

——豫才先生手书墓志

北平落在无边的风雨里，夜在向光明战斗，——就在这时候，我们的好友素园，将他最后一口气，交给了去的昏暗，来的曙色的东方。

——这个日子，在任何情形之下，我埋葬不了，这个就是一九三二年八月一日我失去了唯一的好友的一天。

强心针的力量，在延长着这一分一秒的岁月，霁野在他的耳边，沉哀的说着："朋友们都到你的眼前了！——静农、竹年、冶秋……"

他仿佛勉强的睁了睁眼，头向枕头旁边倒了一下，口唇虽然还在扯动，可是终于他那纯粹乡土的口音没有了，渐渐的失去了脉搏，停止了了心跳，哭声掩没了一切，一个几年来血与肉的身躯，几年来向结核菌奋斗的身体，——交给了不可挽回的死灭。

你们要喊"躲钉哪"，"躲钉哪"！大钉子像在我们的脑袋上钉了进去。

街头上走着一个小小的行列。

破旧的庙里，钱纸灰飞扬着。——我们拖着沉重的心，脚，脑袋，离开那里。——离开了我怎样也不能再见的好友。

待我由山西再回到北平的时候，在西郊的公墓里，两棵小的白杨树下，有一座小小的，粗陋的坟墓；在这些高大的花岗石的墓志旁边，在那亮得像镜子似的墓顶旁边，——他静静被遗弃在这里，他的墓顶没有那些银子造成的光彩，不但这样，而且墓的四周，已经有了像要裂碎我们心胸的断裂了。

生在风雨里，死在风雨里，尸骨还要受风雨的浸袭吗？

又何止这样呢？现在更是不可想象了，敌人的铁蹄，没有践踏着那磷磷的白骨吗？炮火没有毁坏了整个的墓穴吗？豫才先生手书的墓志，还闪烁着那苍劲的光辉吗？

这真是不幸的一群中的一个。

幼年，似曾有一度的欢乐，然而，不久，在荒凉的西伯利亚、红胡子、哥萨克的骑兵断了的铁路，——这样恐怖，饥饿，暴风雨的国度里，他通过了一切的阻碍，过着连黑面包也难以取得的生活。

可在这里，取得了那黑厚、广阔、荒寒的土地中生长出来的花朵。

这不是什么夜来香、白兰花之类的东西，我想不起什么适当的比喻来，总之像芭蕉那样的叶子，在阴悽悽的看不见边际的园中，风里雨里开出来的花朵。

——然而总是阴森森的。

托尔斯泰，陀思妥耶夫斯基，珂珞连珂，果戈理，安特列夫，甚至于以坚强著称的码头脚夫高尔基，——都是在阴森的园中，培植了这样花朵的园丁。

这影响了他的一生，——也可以说影响了他的寿命。

回到这古老的国度里，又在一所阴悽悽的公寓里生活下去，在一所学校里做着学生，同时又做着先生。这时候他的一个挣钱的哥哥死掉了，弟兄两个滚在地下痛哭一场之后，便从此与贫穷角逐着。

在冬天，北地的寒冷，使他白天有太阳的时候，就在院中烤这不要钱的火，一张茶几上，放着厚厚的书，他便伏在那翻译与阅读；晚上，一个小得像夜壶那么大的煤球炉子放在桌底下，两只脚狠狠的踹在上面，眼看得发涩了，炉火也早尽了，才懒懒的上了床，把所脱的衣服盖在身上。我有几次的清晨，在这样臃肿的被〔背〕包里，只看见一撮头发被留在寒冷的空气里。这时，有钱的要数到静农了，像似礼拜六，他可燉得起一锅肉，吸引着几个面带叶色的家伙，饱餐一顿，然后谈个通宵，第二天带着失去了睡眠的身体，走回那破烂的屋子。

这，在之前，我认识了素园，而且成为这破小的屋中一个小小的客人。

两枚或者四枚铜钱的花生（在晚上便是买着个叫得人心颤的人卖的“半空多给”的“半空”——先天不足的花生），是特为招待我而买的。吃着，谈着，小煤球炉子也被请出来。而且还额外的加了几个煤球。外面的风在打着哨子，偶尔一两起“硬面馍馍”的叫卖声从风里溜了过去。

——真是无尽的荒凉，同时这小小的屋子也有无尽的温暖。

记不起在什么时候了，他们认识了豫才先生。而且隔几天，总有一次的往访。

从东城根走到西城根，然后又同样的走回来。那时——我还被视为“小小王”的那时，是颇觉得有些累的；可是被这种愉快的往访的心情给埋没了。

灯光下，他们同豫才先生畅快的谈着，而且总是有个大胖女人端来“盖碗茶”，豫才先生打开铁罐抓出来花生糖之类的东西，我便装着一个小大人的样子，也轻轻的拿起茶碗盖荡荡浮起来的茶叶，慢慢地喝它一口，才又咬去糖的一角。

这总是他最愉快的时候了，归来的路上已经有了“轻飘飘”的样子。——也许这冷风吹起来了他薄薄的衣衫罢？

这时候还曾有一次为着看哈姆莱特，一阴魂登场，“阴魂登场”登得他有些怕起来了，在蒙头大睡之后，失去了刚接到省里的津贴所购置的衣服，同剩余的钱财。

像是第二年，在北京大学的对面新开路五号里，未名社的第一本书印出来了，我记得这就是封面上画着像猴子的一个家伙搂着一个女人的《出了象牙之塔》。隔壁的一位洋学生在中间的屋子里一付铺板上摆着这书，那一头便是住着被豫才先生称为“默默的支持着未名社”的素园。

或者有人以为这时素园应该要阔些了吧？然而仅我所知道的，仍然同穷在深交。

那时，我便住在后院的一间小屋里，我俩的饭是开在一起，我的屋子对面就是厨房，看见长着红黄胡子的老掌柜的下手炒菜的时候，我们俩心就忽然的开朗起来，仿佛他舍得多搁的油已经浇在我们的心上。一看见那个厨师傅动手，素园就含着笑脸，我就出去在门口等着买臭豆腐，两个铜元的臭豆腐吃光了，菜还没动，我俩却已经吃得满头大汗了，——因为我总是央求，请求卖臭豆腐的人多加了两滴——只能说“滴”——辣椒糊。

待到未名社搬到西老胡同一号，打了玻璃柜，装了电灯电话，似乎阔了一点的时候；一天，我在西山接到静农的电话，小声可是紧迫的说着：“素园吐血了，你快进城!!”

后来才知道，打电话的时候，素园已经吐了几滩血，倒在屋的床上，而且经一个肺病专家认为只有预备后事了。

中国的专家，既然只有嘱咐预备后事的办法，那么只有乞救于洋人了，于是他被送到法国医院里。

竟然的活下来了。

过了年还能从城里移到西郊福寿岭的疗养院去。

渐渐的好起来，渐渐的又要看书写作了。

一年，我带着伤痕，走上山，他帮我在疗养院旁的蜂场里借到一间房。北方的山野，总是晴朗的，他每天躺在院里，小小马樱，开着绒球似的花朵，他总是和蔼的笑着。三餐饭，我们总是在一起吃的，饭后，愉快的谈了一会。他的脸色有时就严肃起来，我怕他疲乏了，我就赶忙离开那里，漫山遍野的跑着，有时在一处能看见他的地方，回头一看，他何尝在休息？拿本原文的俄文书，几乎遮住他的脸，我总觉得这东西压在那瘦削的胸上是不好的，有时委婉的劝了他，他总也委婉的解说着，这样也就等于休息。

后来听说靖华寄了许多书回来，他更兴奋得不得了，写一封又一封信，催着找那几本书看，一本新书送来，他便像小孩子似的欢喜，常常紧按着那本书怕谁个抢了去似的，为我先说一说，作者，或者已经知道的内容。

这样过了两三个月，秋天深了，为着衣食，我又走向了“人海”。

茫茫的，这茫茫的人海里，哪里可以为这个还是小孩子脾气的人找来衣食呢？——不要说别的，就连个完整的衣衫都没有，即或有人愿意介绍事，一看这样子，就觉得拿不出手去。

我还记得一个雪后的夜，月亮出得那样的好，我孤零零地走在这白的路上，一条奇怪的影子，在我前面走着，一是那样的生疏；大的礼帽，宽肥得不像样子的长袍，我真禁不住的苦笑了。——这是从一个可以为我介绍职业的人那里回来。这样的衣帽堂堂是朋友们几乎强迫的为我装扮起来的。

朋友们总是对我好的，可是职业还是总远离我。素园愤激了，写信进城说，羞他们不热心替我找事，而且他要担保我可以做些事的。

时间往前走着，我终于撞出来可以生活的门路，每到一个新地方，告诉他，他总是立即回了信，表示出他放了心的欣喜。

在这样的第几个年上罢？暑假前两个月的时候，我在太原农村接到他一封异乎往日的信。他说着病体一天天的坏下去，近来更不好，并且说这情形连静农、霁野都没有告诉，怕是没有许多岁月了。暑假中若能回来，也许还有见面的日子（后来见到他的遗书，也是几个月前写就的，我想也许这就是他给我的遗书吧!）。

在这后几天，又接到一张明片，说是不要为他担心，近来又见好，而且能吃几条鱼了。

其实，何尝好起来了呢？暑假中到北平去看他的时候，已经瘦弱得不像样子了。从山上回来不久，一天傍晚，我进静农的家，便听他家人说：“素园病重了，让你们赶快去山里，静农已经先走了。”这时，天在落雨，夜已经来到，几十里的路程，怎样去呢，大家都看着我说：第二天一早去。雨完全下了一夜，我便想着素园，不会不等我吧？翻来覆去的过了一夜，天刚刚亮，大雨还在倾盆的下着，我们跌了又爬起，爬起来又跌倒的走完了这泥泞的路程，浑身上下淋得水鸡似的。我领着其余的两个走着小道，上了山，直到素园的病室，推开门，他看着我们的样子，瞪着怕人的眼，半响没有说出一句话来，这湿淋淋的几个人，脸上又不是往日的笑容，慌张的跑来做什么呢？

我又问着静农，霁野挤着眼说："没有来呀！"我说："为什么没有来呢？昨天赶晚来的！"霁野还是挤着眼，我还是追问，我怕静农夜晚遇到了什么不幸了。

可在这样情形之下，素园明白了——他知道这是他将要毁灭的样子。

趁着出去小便的时候，霁野赶上告诉我，素园不知道自己的脚已经肿了，院里派人报的信，静农昨夜到了，没敢让见，现在还在牧师房子里。

这事的唐突，我至今还有遗恨，使一个人明白了不可挽救的死亡已经扑到，这造成如何的心情，我真是不敢想象。

第三天被送进城，住在同仁医院的一间专门为等候死亡作预备的房子。一天我去看他，话已经说不清，他让侄子正在喂菜饭，他只会用神色表示着，要我喂他。我接过了饭碗，调羹，他的嘴角上便泛着微笑。

也许就是这天夜里，风雨凄凄的，我们赶到病院的时候，他连眼也闭倒了。——就这样的完结了这短短的人生岁月。

即使怎样健忘，我总忘不了这珍贵的友谊，更不能不挂念着他尸骨的安全。

静静的等待着吧，我们将在你的坟墓前，献上那盛开的花环。——素园，好好的安息着吧！——我只好常常拿着这样的话，慰勉着我自己。

1940年7月20日写于釜溪河畔
刊于《新蜀报》1940年7月25日

（作者系国家文物局原局长，著作有《青城山上》、《狱中琐记》、《王冶秋选集》等）

渴念亡友——素园

王冶秋

朋友们一个个的逃出那魔窟了，
只有你，
还留在敌人的践踏里；
我怎能按止住心的酸疼，
怎能不默念那白杨树下
可怜的栖息？

不停的工作，
不停的学习，
而同时贫穷也就不停的来袭击你了
穷病又是一对孪生子
你便供他们细嚼烂咽
末了，只为你留下
一付穷硬的骨骼。

如今，这穷硬的骨骼，
又被遗弃在铁蹄和坦克的“履带”之下了。
我想，你会不稀罕我这混蛋的想念的。
有山后的歌声
有枪炮的洪曲

有鲜明的旗帜
——纵使骨碎成灰，
你将也引为慰藉。

可什么也不能阻止我对你的想念；
再会忘却，
也难泯对你的记忆：
朋友！
——虽然这些在你也许是鄙弃的。

一九四三，素园忌日前
於渝郊

（摘自《新蜀报》1943年8月20日上）

韦素园年谱

韦　顺　韦文康

1902 年（光绪二十八年）一岁

6 月 18 日（农历五月十三日），出生于安徽省霍邱县叶家集北大街忠义亭的小商家庭里。排行老三。

素园兄弟五人，次序是：韦崇壁（风章）、韦崇义（少堂）、韦崇文（素园）、韦崇武（丛芜）、韦崇斌。还有一个姐姐韦崇英，早逝，一个妹妹韦崇贤。

叶家集位于皖豫交界，南临大别山，西濒史河，地势平坦。清末这里尚繁华，素园幼时，那“五里路长街”的风貌犹存。在二十世纪二十年代和三十年代初期，这地区又成为鄂豫皖革命根据地的一部分。

1908 年（光绪三十四年）七岁

在本镇私塾读书。

1911 年（宣统三年）十岁

素园在私塾，不但能读诗，并且学着作诗。同年胞弟丛芜也入塾，兄弟俩朝夕相处。

1912 年（民国元年）十一岁

素园与弟丛芜一同进霍邱县立小学读书。

1914 年（民国三年）十三岁

秋，叶家集办起了明强小学。素园和丛芜转入明强小学高级班读书。同班生还有台静农、李霁野。少年时代的韦素园，就具有对封建迷信和不合理事物的反抗精神。他不但倡议剪去头上的长辫子，而且又积极参加推倒寺庙中菩萨的活动，这在当时都曾引起人们的惊讶和议论。

1915 年（民国四年）十四岁

秋，因为家庭经济窘迫，素园小学毕业后，到阜阳公费的第三师范学校读书。

第三师范学校在阜阳县城郊外颍河之滨的三里湾。学校生活十分艰苦，早饭只有一盘腌香椿，每周只能吃到一两片米粉肉。

1916 年（民国五年）十五岁

继续在阜阳第三师范学校读书。

1917 年（民国六年）十六岁

继续在阜阳第三师范学校读书。

1918 年（民国七年）十七岁

春，素园在“投笔从戎”、“大丈夫应马革裹尸而还”等进步思想的鼓舞下，毅然离开阜阳第三师范学校，到北京参加段祺瑞所办的参战军。但不久就识破了段祺瑞的骗局，决然离开。这时候，素园的大哥韦凤章已在长沙任湖南省第一区（兼第四区）省视学；又兼任省通俗书报编辑所所长。于是素园就到了长沙大哥处。

1919 年（民国八年）十八岁

素园的弟弟丛芜从家乡步行几百里到汉口，转赴长沙。入秋，兄弟俩一同考入当地湖南公立法政专门学校预科读书。

这一年素园积极投身伟大的“五四”运动，参加驱逐反动军阀张敬尧的斗争。他经过一系列革命实践，思想感情起了质的变化。新时代的曙光使他对祖国产生了无限的希望。

1920 年（国民九年）十九岁

夏，长兄由长沙转安庆工作，素园随往，并转入安徽省立法政专门学校读书。这期间，他参加了驱逐安徽军阀马联甲的斗争，被推为学生运动的领导成员，在安徽省学生联合会中任职。他全力投入斗争，直到马联甲下台。

同年，弟弟丛芜考入阜阳安徽第三师范学校，开始接受新文化。

1921年（民国十年）二十岁

在俄国十月革命的号召和鼓舞下，在“五四”运动的带动下，上海建立了“社会主义青年团”（SY）。韦素园在这年春，离开安庆去上海，加入了社会主义青年团，并入共产党办的外国语学社学习俄语。俄语教师是杨明斋。

2月，安徽第五中学蒋光慈从故乡白塔畈步行来叶家集，访问闻名未识的韦丛芜、台静农、李霁野，聚谈甚欢。

3月，光慈由皖赴沪，并与素园一起被选派为去前苏联留学的团体成员。素园从上海去函阜阳，约丛芜同去，后因苏俄海船行期提前，丛芜未赶上。

春末夏初，韦素园与刘少奇、任弼时、肖劲光、蒋光慈、曹靖华、吴宝鹗、廖化平等赴苏学习。这是我国派往苏俄的第一批留学生，历尽千辛万苦，终于抵达当时国际共产主义运动中心——莫斯科。

秋，入莫斯科东方共产主义劳动大学中国班学习，专修政治经济学。刘少奇负责管理全班事务。《北京晨报》驻莫斯科记者瞿秋白教授俄语，并兼理论课翻译，韦素园开始结识瞿秋白。

为了传播马列主义，素园在上海学习期间，曾把《共产党宣言》和一些著名文章，寄给家乡的亲友。在其影响下，素园的三位同学和一位亲友于二十世纪三十年代初投身革命洪流。素园的堂妹崇贞和侄女德芳也参加了革命，（后来又跟红军西征，德芳在湖北进军途中牺牲）素园为他们的进步深感欣慰。

在莫斯科学习期间，尽管饥寒交迫，素园还是节衣缩食，挤出一点钱来，购买字典和苏俄文学书籍，冒险回国时，又想办法带回。鲁迅先生称赞说：“窗前的几排破旧外国书，在证明他穷着也还是钉住着文学。”也就在这个时候，他患了可诅咒的肺病。

素园在苏联学习时，亲眼看到了俄国革命的现实以后，坚信：只有走十月革命的道路才能救中国。他曾对友人谈过，要以研究介绍俄罗斯古典文学和苏联进步文学唤醒中国民众为终身事业。

1922 年（民国十一年）二十一岁

夏，因同学吴宝鹗、廖化平生病，不能坚持学习，韦素园克服自身也患肺病的痛苦与困难，与曹靖华冒着艰险护送他们返国。

秋，素园考入北京俄文法政专门学校。他学习认真刻苦，成绩优异。课外喜爱读柴霍甫、果戈理和勃洛克的著作。

同年，弟弟丛芜考进湖南岳阳湖滨大学附中二年级读书。

1923 年（民国十二年）二十二岁

素园选译了梭罗古勃的《蛇睛集》。

6 月，丛芜离开湖大附中到北京，与素园、霁野同住在北大一院大楼对面的沙滩五号公寓内。秋后，丛芜转入北京崇实中学高中二年级读书。素园与丛芜朝夕相处，情感弥深。

素园、丛芜与乡友台静农、李霁野、张目寒等，因为经济困难，时常断炊，有时不得不写点文稿或典当衣物以维持艰苦的生活。他们互相关心，互相帮助，互相鼓励。素园是这些进步青年的核心。

1924 年（民国十三年）二十三岁

夏，这时已在江苏常州的大哥病逝，对韦素园是个不小的精神打击。这不仅因为大哥是他的经济源泉，更因为他们手足情深，相依多年。大哥给他的遗书是，叫素园带领当时也在北京读书的弟弟丛芜返回安徽老家，以免在外地颠沛流浪。但是素园和丛芜兄弟俩抱头痛哭一场以后，商量决定留在北京，继续奋斗。

本年，素园不满于俄文法政专门学校那些“沙皇时代大兵出身的教书匠”，故宁可放弃“学籍”、“文凭”，迁到“红楼”一带（即当年北京大学第一院，文科）自学，并到北大“俄国文学系”，听名诗人马雅可夫斯基的知交——“艺术左翼阵线”的成员、作家特列捷阔夫讲课。

7 月，帮助李霁野试译完俄国安特列夫的《往星中》，并对照俄文原著精心加以校对。

同年秋，十九岁的韦丛芜，就开始翻译伟大的俄国作家陀思妥耶夫斯基长篇小说《穷人》。素园据俄文版校对。

蒋光慈从苏联回国，途经北京，曾去北京大学第一院对面学生公寓拜望韦素园、韦丛芜、台静农等同乡，表示要去上海从事革命文学创作活动。

1925 年（民国十四年）二十四岁

1 月16 日写散文《晚道上——访俄诗人特列捷阔夫》，刊《语丝》15 期。

春，素园与丛芜等结识鲁迅先生，认为是一生中最大的幸福。他们始终把鲁迅当作敬爱的良师。当时鲁迅先生每周到北京大学讲授中国小说史，韦素园、韦丛芜就住在北大对面的一个小公寓里，经常旁听鲁迅先生讲课，接触也较多。从此，鲁迅与素园、丛芜兄弟以及静农、霁野之间的来往、通信也日益增多。

春，素园抱着参加实际革命工作的决心，去河南开封国民军第二军，担任在该军任职的苏联军事人员的翻译。临行，鲁迅先生借 40 元给素园作川资。因为苏联军事人员在该军开展不了工作，几个月后返国，素园也就返回北京。

4 月 22 日，素园写散文《春雨》，刊于 1925 年《语丝》第 27 期。

7 月，由鲁迅先生推荐，经《猛进》杂志主编徐旭生介绍，韦素园到北京新创办的《民报》担任副刊编辑。

8 月 5 日，副刊出版后，立即轰动，订户大增。素园对来稿一一细看，尽力照鲁迅先生指示办报，注意发现新作者，不用稿件不仅退回，并给作者去信。鲁迅先生对他的工作态度很满意。

《民报》副刊只出半个月，就被军阀张作霖查封。

夏，韦丛芜在崇实中学毕业后，将《君山》诗集抄送鲁迅先生审阅，鲁迅先生甚喜。

8 月 30 日，鲁迅先生与韦素园、韦丛芜、台静农、李霁野等，创办了进步文学团体——未名社。

未名社设在沙滩新开路五号，即北京大学第一院对面一个公寓里，实际是韦素园一间小小的住屋。韦素园坐在未名社办公。

9 月，未名社出版部成立，印行了鲁迅先生译的日本厨川白村的《出了象牙之塔》。鲁迅先生建议把韦丛芜创作的《君山》诗集作为未名新集之一，印行发表。

冬，韦素园写信告诉远在开封国民革命军二军工作的曹靖华，邀他参加未名社，曹靖华同意参加，并寄来五十元基金。

1926年（民国十五年）二十五岁

1月，未名社创办了《莽原》半月刊，韦素园是责任编辑。在创刊号上首先发表了鲁迅的著名战斗檄文——《论“费厄泼赖”应该缓行》，明确提出了痛打落水狗的战斗名言。在此前后，在鲁迅先生对以胡适、陈源为首的现代评论派和以梁实秋等为首的新月派的批判中，在对北京女师大顽固派当权者杨荫榆、林素园的斗争中，在对狂飙派高长虹、向培良的嚣张进攻的还击中，韦素园和韦丛芜兄弟俩始终积极拥护鲁迅先生。

3月21日，曹靖华、韦丛芜、韦素园、台静农、李霁野去拜会鲁迅先生。这是未名社六个成员聚会的唯一的一次。

5月1日，韦素园接鲁迅函，要素园为他的小说写一篇短文。

5月，韦素园为李霁野出版的《往星中》作序。

6月，素园译完果戈理的《外套》，送请鲁迅审校。鲁迅于6月21日、7月13日分别写信给素园商量印行《外套》等出版事务，并告诉素园：“《外套》已看过，其中有数处疑问，用？号标在上面。”素园作了订正。

同年夏，韦素园将韦丛芜译的一部俄国文学名著《穷人》送请鲁迅审读，鲁迅先生看了深表快慰，欣然命笔，为丛芜译的《穷人》写了一篇序文，然后交由未名社出版部印行发表。鲁迅先生在为《穷人》写的引言中说：“中国的知道陀思妥耶夫斯基将近十年了……但作品的译本却未见……这回丛芜才将他的最初的作品，最初介绍到中国来，我觉得似乎很弥补了些缺憾”。

鲁迅先生对韦素园最为钟爱，对韦素园一心扑在未名社的献身精神甚为欣慰。他说未名社中的骨干就是素园。

本年春夏，鲁迅先生从北大下课后，经常到未名社里与素园、丛芜等几个同仁谈天，顺便把校稿带来。从鲁迅日记里，可以清楚地看出有一阵，鲁迅、素园、丛芜他们几乎天天碰头、通信、带稿、聚会，这是何等亲密的伟大情谊！

素园在未名社期间，曾给几个同仁用俄文校对译文，也曾帮助鲁迅先生用原文校译文。而他自己的译书工作，总是在社务办完之后，深夜抽出一点时间进行。所以他在一九二六年只译了果戈理的《外套》。出版后立即奉赠鲁迅先生。先生 10 月 7 日给素园信说："寄来的书籍一包收到了。承给我《外套》三本，谢谢。"

9 月，军阀段祺瑞政府任命一个叫林素园的人为北京女子师范大学校长，林带兵镇压学生，武装接收，素园见报道得知此事，十分义愤，一气之下，将名字改为"漱园"并写信报告鲁迅先生。先生 10 月 19 日复信说："九月卅日信早收到了，看见《莽原》早知你改了号，而且推知因为林素园。"

12 月，由于生活艰苦，素园的肺病没有得到很好治疗，加上过度的劳累，引起大量咯血。当时的医生诊断，肺部有洞，痊愈是无望的了。韦丛芜对哥哥不幸患病，很是悲伤，将素园送到法国医院、协和医院治疗。丛芜怀着无限悲伤的心情写信告诉了鲁迅先生这件事。鲁迅先生百忙中复信说："丛芜兄：十日信收到。素园兄又吐些血，实在令我忧念，我想他应该什么事也不问，首先安心静养才是。"

1927 年（民国十六年）二十六岁

2 月，素园收到鲁迅 1 月 8 日、10 日、26 日信三封。信中鲁迅先生对素园生病很关心，"兄咯血，应速治，除服药打针之外，最好吃鱼肝油"。

春，韦素园由韦丛芜、台静农、李霁野送往西山福寿岭疗养院。从此，素园就很少起床。不过，他的身心并没有离开未名社岗位。

他一再嘱咐接替他"守寨"的未名社同仁要遵照鲁迅先生的指导，坚守阵地，继续工作。

鲁迅先生于 11 月 7 日、9 日、11 日、13 日、20 日、21 日、28 日、30 日连续给素园八封信，主要是谈高长虹借素园退稿事，在《狂飙》上责难素园与鲁迅。鲁迅在信中表示"长虹事，我想这个广告也无聊，索性完全置之不理”。并告诉素园其中一些情况。后来高长虹又在《狂飙》上大骂鲁迅和素园，鲁迅在信中说：“作了一个广告，给开一个小玩笑，今附上，请登入《莽原》。”接着鲁迅又在一封信中针锋相对地说：“《莽原》改名我本为息事宁人起见。现既然破脸，也不必一定改掉了，《莽原》究竟不是长虹的。”

鲁迅先生在12月5日、11日、29日给素园的三封信中又指出，原讲《莽原》改名“原为避免纠纷，现长虹既挑战，无须改了”，“退步须两退，倘我退一步而他进一步，就只好拔出拳头来”。

同年，素园住院疗养以后，丛芜怀着无限思念哥哥的深情，又开始翻译陀思妥耶夫斯基的另一部代表作《罪与罚》。其间，丛芜因大口大口地吐血，被朋友们送进疗养院。鲁迅先生得知此事后，写信给素园说：“我以为丛芜现在应该静养。”丛芜经过半年多的疗养，逐渐恢复健康以后，又继续投入战斗了。在《罪与罚》译成出版时，素园欣慰地为之写长篇前言。

1928年（民国十七年）二十七岁

1月10日，未名社创刊《未名》半月刊，1930年1月30日出至第二卷第12期后停刊。

当《未名》创刊之际，素园写信给未名社诸同仁，说：“期望《未名》在文学中能叫出一些新的希望。”

4月7日，未名社被北洋军阀政府查封，韦丛芜、台静农、李霁野等被捕。

4月，韦素园报告鲁迅先生未名社被查封，几人被捕的消息。丛芜因病提前释放，静农、霁野关押近两个月才出狱。

5月1日，素园写《忆“黑室”中友人》，抒发为未名社同仁被捕而无限的焦虑和担忧之情。后发表在《语丝》上。此间，素园卧床伏枕结集译稿《黄花集》，寄往上海请鲁迅先生审校。

7月22日，鲁迅致函韦素园，谈自己学习马克思主义文艺理论的心得体会：“以史底唯物论批评文艺的书，我也曾看了一点，以为那是极直捷爽快的，有许多昧暧难解的问题，都可说明。”

10月28日，素园写《黄花集·序》。

同年10月，未名社出版部移至北京景山东街40号，并增设门市部，扩大营业范围。

这时期，霍邱同乡友人共产党员李何林、王青士、王冶秋、李云鹤等因在霍邱发动文化暴动被安徽反动派通缉而逃到了北京，为掩护他们，未名社吸收他们参加了出版部的工作。

王青士因从事地下党工作去了上海，后于1931年春在上海同柔石等同志一起，被反动派杀害。

本年，素园译俄国短篇小说集《最后的光芒》，由商务印书馆发行。这年出版部陆续印行了韦丛芜翻译的英国斯伟夫特的《格里佛游记》卷一和卷二。

10月，素园在《未名》半月刊一卷七期上发表了《悼亡友愈》的诗。愈即刘愈，为当时地下党北京市委负责人，生前常来未名社，与韦素园感情很深。刘愈被反动派绞死的消息，大家瞒着重病的韦素园。当他在《未名》半月刊上读到了台静农的纪念文章，无法抑制极度的悲愤，不顾重病在身，伏枕写诗痛悼。

1929年（民国十八年）二十八岁

1月25日，韦素园在病榻上翻译卢那察尔斯基的论文——《论托尔斯泰底死与少年欧罗巴》。鲁迅先生对韦素园这种毅力深为感动。他说："韦素园君的从原文直接译出的这一篇，也在《未名》半月刊二卷二期上发表了。他多年卧在床上翻译这样费力的论文，实在给我不少的鼓励和感激。"

2月，韦素园译的《黄花集》，由未名社出版，列入《未名》丛刊之十八。这是一本北欧散文诗歌的结集。

3月20日，鲁迅致信韦素园，劝素园："即如你所译的卢氏《论托尔斯泰》那篇，是译起来很费力的硬性文字"，"我想你要首先使身体好起来，倘若技痒，要写字了，至多也只好译《黄花集》上所载那样的短文。"

4月7日，鲁迅又致信素园，明确指出当时社会上文艺的倾向不正。

5月，鲁迅先生由上海去北京省母。5月2日，韦丛芜代表燕京大学邀请鲁迅先生到燕大作了“现今的新文学的概观”的讲演，吴世昌记录。5月30日上午，鲁迅先生由韦丛芜、台静农、张目寒、李霁野陪同，乘汽车去西山看望韦素园。下午五时，鲁迅写信给许广平，详细谈了会晤情况：“漱园还不准起坐，因日光浴，晒得很黑，也很瘦，但精神却好，他很喜欢，谈了许多闲天。病室壁上挂着一幅陀思妥耶夫斯基的画像，我有时瞥见这用笔墨使读者受精神上的苦刑的名人的苦脸，……接着又感受他将终于死去——这是中国一个损失——便觉得心脏一缩，暂时说不出话，然而也只得立刻装出欢笑，除了这几刹那之外，我们这回的聚谈是很愉快的。”

7月，韦素园嘱咐未名社同仁把《外套》精装一本并代为题字赠送给鲁迅先生。

同年，韦丛芜在鲁迅、素园支持下写出的第二本诗集《冰块》由未名社出版部印行。

11月28日，韦素园在一篇文章中，回忆自己1922年冬在安庆与女友G之间的一段爱情。1926年底G写信附诗十首，以示定情。此时，素园大量咯血，恐辜负了对方的爱情，影响了她的幸福，便命弟丛芜代其复信，愿她早日另选爱人，毅然割断这段情丝。

1930年（民国十九年）二十九岁

韦素园病情加重。未名社1929年下半年出版部营业不振。鲁迅先生得知此情，1月19日给李霁野写信，提出结束未名社的建议。恰在此时，天津河北女子师范学院拟聘请李霁野去该院任教。台静农也打算去北京辅仁大学教书。于是，李、台二位在探望素园后，与素园商量是否结束未名社的业务问题。素园虽然也知道处境艰难，但实在丢不下与未名社的感情。他不顾身患重病，由西山福寿岭疗养院租乘小汽车赶进城，叫韦丛芜写一份发展出版业务计划书。从1930年1月起，由韦丛芜经营出版业务，到6月底，出版和重版了鲁迅的《坟》、《出了象牙之塔》，台静农的小说集《建塔者》，丛芜自己译的陀思妥耶夫斯基的另一部名著《罪与罚》、《英国文学：拜伦时代》等。

同年年底，韦丛芜到上海去见鲁迅先生，汇报业务，请示办法。

1931 年（民国二十年）三十岁

韦素园一、二月给未名社的信，封封提到社务，病中不忘社务。

2 月 2 日，鲁迅致函韦素园，说："希兄也好好地保养，早日痊愈，无论如何，将来总归是我们的。"

5 月 18 日，素园在日记中说："近来常常想到死，并不像以前那样怕，但深思到假若死便是生底一去不返，又总免不了觉得可哀。……我之常常想到死，许是久卧体弱的关系，其实我现在还是很乐生的。"

此时，素园特将自己翻译的果戈理的《外套》赠给鲁迅先生作最后的纪念。越二年，先生在藏书中找出此书，伤心地在书上写下："此素园病重时特装相赠者，岂以为将去此世耶，悲夫！"

11 月，素园写就遗书。

1932 年（民国二十一年）三十一岁

素园 5 月 18 日给韦丛芜、台静农、李霁野的信中说："鲁迅先生和靖华，是我所极敬重的先生和朋友。竹年（李何林）、野秋（王冶秋）、池萍（赵赤坪），我都怀念着。"并劝他们团结奋斗。

6 月 25 日，素园为共产党员赵赤坪被捕写下了一首充满激情的诗——《怀念我的一位亲友——呈坪》。

赵赤坪，共产党员，早年曾在广州农民运动讲习所学习，又参加了北伐战争，在北京从事党的地下工作。他的公开身份是未名社营业员。韦素园与赵赤坪是同乡亲友，交谊甚厚。

当日，又因怀念在远处斗争着的冶秋同志，并因自己病卧床榻不能参加实际斗争而感慨，于是又写下了一首翘望远方友人的诗篇——《压干了的连翘花》。

这一天素园的情思不断涌起。他拿出弟弟丛芜的照片看了又看，然后一口气又写下一首《题芜弟照片》的诗。

当日又给友人写了信。

8月1日5点38分，韦素园逝世于北平同仁医院。留下了两本日记和几十封信札。

8月5日，鲁迅先生得悉韦素园逝世的消息后，即刻致函韦丛芜、台静农、李霁野，表示深沉的哀悼："这使我非常哀痛，我是以为我们还可以见面的；春末曾想一归北平，还想到仍坐汽车到西山去，而现在是完了。"

8月15日，鲁迅先生致信台静农，诉说自己对韦素园逝世的惋惜与悲痛："素园逝去，实足哀伤，有志者入泉，无为者住世，岂佳事乎。忆前年曾以布面《外套》一本见赠，殆其时已有无常之感。今此书尚在行箧，览之黯然。"

12月，鲁迅先生编就《两地书》，在序言中写到编辑这本书的心情："1932年8月5日，我得到霁野、静农、丛芜三个人署名的信，说漱园于8月1日晨5时半，病殁于北平同仁医院了，大家想收集他的遗文，为他出一本纪念册，问我这里可还藏有他的信札没有，这真使我的心突然紧缩起来。……而好意的朋友也已有两个不在人间，就是素园和柔石。我们以这一本书为自己纪念，并以感谢好意的朋友，并且留赠我们的孩子，……"1934年7月，鲁迅先生又写了纪念文章《忆韦素园君》。素园的遗体由丛芜、静农、霁野等安葬在他生前选定的北京西山碧云寺下的万安公墓，立了鲁迅先生亲笔题写的墓记的石碑。鲁迅先生为韦素园题的墓记，全文如下：

"君以一九又二年六月十八日生，一九三二年八月一日卒。呜呼，宏才远志，厄于短年。文苑失英，明者永悼。弟丛芜，友静农、霁野立表；鲁迅书。"

1983年5月于南京

（作者韦顺系韦素园侄子，新华社资深记者；韦文康系韦素园侄孙，江苏省南京市人民广播电台原副台长、主任记者）

远志宏才厄短年

——韦素园传略

韦　顺

“君以一九又二年六月十八日生，一九三二年八月一日卒。呜呼，宏才远志，厄于短年。文苑失英，明者永悼。”

这是鲁迅先生一九三四年四月代韦丛芜、台静农、李霁野三人为韦素园书写的墓记。言简意赅，评介中肯。

倔强的性格

韦素园的一生只有三十年。这短促的人生旅程，他是怎样走过的呢？

素园生于安徽省霍邱县叶家集的小商人家。这个地方古名鸡父城，春秋时代就有了。它南枕大别山，西临史河，与省内金寨县、河南的固始县相毗邻，是两省三县交界之地。它地势平坦，物产丰富，交通便利，人烟稠密。《霍邱县志》上有这样的记载：“邑中舟车之集，商贾所凑，以叶家集为最。”许多土特产如木、竹、编织器皿等，均以叶集为集散地。像郊区柳树乡，百分之八十以上的人家有竹园。民主革命时期，叶集是苏维埃革命根据地的一部分。据老人回忆，大约一九二四年，叶集附近就建立了党的组织。

素园原名崇文，兄弟姊妹七人，他排行第三。他开始读书发蒙是进的私塾。在这里他打下了古文的基础。这时候素园就具有对封建迷信和不合理事物的反抗精神。他倡议并带头剪去头上的辫子，引起了乡民的惊讶和议论。

鲁迅先生在纪念韦素园的文章中说："他太认真，虽然似乎沉静，然而他激烈。"这话最切中地说明了素园的性格特征。他才几岁的时候，家里大人中有谁说了他一句他不如意的话，他就往房角一坐，闷声不响，不吃不喝，啃着指甲不理任何人，一直到说他的人走到他面前说几句好话，三劝三拉，他才恢复常态。

素园从小就是个循规蹈矩从不说谎的孩子。有一次，他失手把家里准备为大哥的婚礼办筵席而新买的十只大瓷碗打破了一个。爸爸回来，看到地上的碗片，大发雷霆，喝问是谁打碎的。家里人都不敢作声。他却从屋内走出对爸爸说："是我上午打碎的。"爸爸举手要打，他低着头哭泣，一动不动。爸爸的手又慢慢放下："好吧，以后要当心点。"爸爸说得很和气，说完就走出去了。可素园还是哭个不停，谁也拉不走他。他不吃饭，也不理人，直到疲劳已极，倒在地上睡着了，妈妈才把他抱到床上去。

一九一三年素园十一岁时，离开家乡到一百四十里外的霍邱县城县立小学读书。一次上学途中，他在埋蛇沟边看见一条蛇。他花费很大工夫把蛇打死，然后又扒土，把蛇埋好。他赶到学校，迟到了半小时。老师责问他为什么迟到，他叙述了打蛇的经过。老师听后说他贪玩，弄蛇误课不应当。素园不同意地说："老师，你不是在埋蛇沟边给我们讲过，古代楚国宰相孙叔敖幼年时候埋蛇除害的故事吗？你还说，这条埋蛇沟就是因为这件事情起名的，为什么我打蛇埋蛇就不对了呢？"老师说："孙叔敖打死的是毒蛇。我向你们说过，因为人被这种毒蛇咬了就要死的，所以他就把它打死埋掉。你今天在路上看到的小蛇，肯定不是当年那种毒蛇。路边小蛇多呢，你未免太认真啦！"素园又认真地回嘴说："我怎么知道它不是毒蛇呢？反正我打蛇埋蛇总没有错。至少也可以免得让小同学们见了它，吓得惊叫吧。"老师看着素园那认真的表情，摇头叹息说："你这孩子太认真了，太认真了！"

一九一三年，中国在"洋务运动"的影响下，各地风起云涌兴办学堂。当时叶集也出现了革新派，以孟述思、台介人、董琢堂、韦凤章、陈伯咸、朱蕴如、管坦安为代表，在叶集办一所小学，校址选在火神庙。庙内菩萨众多，其中老君、神农、文昌君最上，故火神庙也称三圣宫。既要借庙办学，就得推倒菩萨。哪知风声一传出去，以清朝八贡阎杏荪、秀才尤世生和尤恒谷为代表的守旧派，仗着在霍邱城里的翰林李晓峰、绅士裴伯三为后台，阻挠办学。他们利用一些人愚昧无知，煽动迷信，说推了菩萨，得罪了火神，叶集全镇要失大火。接着他们拉拢了一批铁匠出来反对，这样，推菩萨兴学的事不能立就。于是新派就在庙旁的几间简陋的旧屋里办学。一九一四年初春，韦素园、韦丛芜、台静农、李霁野、安少轩、安仲谋、李仲勋、张目寒、陈世铎、陈东木等都进了学堂。

孟述思虽然是清朝举人，但怀才不遇，感到报国无门，对清政府的腐败深恶痛绝。他回乡办学，意在教育后代，唤起民众，复兴中华。他创办学堂，是想借鉴西学，中西合流。学校当时开设了国文、算术、地理、历史、卫生、体育、美术、音乐等课程。当时的口号是“刚日读文，柔日读史，十年树木，百年树人。”在这种新学的影响下，时间不长，师生们都感到学堂与庙宇并立，颇不相称。于是酝酿“废塑像，立新规”，“大破三圣宫，砸烂火神庙！”学生中数韦素园最积极，以他为首的几个积极分子，向同学解说破废立新的意义，很快团结了一批同学。这时候同学形成了两派。反对的是原来就反对办学的旧派人物的子弟和他们联络的同学。不过相持不久，韦、安、李、台几家的学生就占了上风。这是因为，一来学堂有些教师是他们的后台，二来旧派中的阎八贡与这几家也有点亲戚关系。阎八贡是盘踞叶集的实权派，他看到学堂已经办成，再反无用；新派势力日增，不如因亲戚关系卖个人情算了。所以他睁一只眼，闭一只限，不出面阻止。反对派失去了这个台柱子，也就甘拜下风了。于是素园一伙带着同学，呼呼啦啦一下子就把三圣宫内的大小菩萨全推倒砸烂了。他们在庙门前挂上明强小学的牌子，在大门上贴出“圣贤立之教，国民兴于斯”的对联，又把门内庙柱上的旧对联取下，换上新对联：“旧学商量加邃密，新知涵养转深沉。”门头横联是：“开化民智，教育英才。”此举震动了叶集五里长街，一时成为人们的中心议题。

在同学中，韦素园是最用功的一个。他因成绩优异，颇为教师喜爱和器重。教师中董琢堂是秀才，被誉为经纶满腹，教学有方的楷模。他教国文和历史，因见素园学而不厌，课堂所授他已“吃不饱”，于是便常常给他单独讲授。这期间，素园系统学习了中国历史，他对历朝历代，背得滚瓜烂熟。为了丰富自己的知识，他常常彻夜不眠，孜孜以求地博览群书。他最喜欢的诗是岳飞的《满江红》和文天祥的《正气歌》。有时候他俯首沉思，有时候他凝视遐想，而这时候常常从他口中可以听到：“三十功名尘与土，八千里路云和月，莫等闲白了少年头，空悲切……”的歌声。他的同班学友陈世铎曾经这样描绘过他：相貌秀伟，体健身强，胸襟开阔，语言直爽，态度谦蔼，个性倔犟，去华从简，衣着端庄，爱静亦动，静动有方，喜歌爱画，酷好诗章。

在平常，韦素园也给人一种似乎不苟言笑的印象。当一些朋友聚在一起谈论什么问题的时候，开头，他总是沉默的时候居多，坐在一个角落里低头咬着指甲凝神地听。到了他认为需要发表意见的时候，他就开口了。他那沉着缓慢而宏亮的声音，立即吸引了所有的注意力。他的一席分析、论证和结论讲完以后，这也就常常是热烈争论的终结。

素园也是能和别人一起游戏的，不同的是他常显出一般孩子们所不常有的那种刚毅气。在明强小学的时候，放学后孩子们喜欢玩的一种游戏，是用地头的土块“打仗”。孩子们以住地相近者为一伙而分为集南集北两伙。素园、丛芜兄弟，安氏兄弟、霁野兄弟和另外二三人为“北头一伙”，“南头一伙”常有二三十人。打起仗来，素园总是不顾纷纷落来的“子弹”，一边甩出手中的土块，一边勇猛地前进，于是几个兄弟也就跟着前进，一块田一块田地追过去，跳过地边的小溪，冲进对方的“阵地”，把“南头一伙”打得落花流水，方才“鸣金收兵”。这时候，素园兄弟们得意地唱着哼着回到家里。

素园干什么事都有一种咬牙干到底的精神。在私塾发蒙的几年，塾师对学童写字、读诗要求很严格。不合格者常挨手心。素园总是知难而进，优于别人。他写字时专心体味，一笔不苟。一连几年，他临颜柳，习魏碑，逐渐写出了自己的风格。同学中有人夸他的字是柳体的架子，颜体的面子，已自成一体。他听后总是摇摇头微微一笑。有几年，春节一到，左邻右舍和镇上的亲友，都来托他写春联。在谦辞不了以后，他就将一卷卷红纸收下，然后坐下来磨墨。他写春联，从来不让要春联的人磨墨，一来因为客气，二来他认为外行人性急，墨磨不好。等他慢慢把墨磨得浓度适中时，常常手指酸麻得不能提笔。于是他就温习功课或看看闲书。恢复过来以后，他便悬腕慢书，一写就是通宵，不全部完成，决不搁笔。写完以后，他满抱纸卷一家一家送。当时虽然邻里在交往中有送礼的风气，但素园每次送春联到各家去以后，总是空手而返，决不收受谢礼。

素园不仅字写得好，也会写旧诗词和对联。有一个他用对联反对先生体罚学生的故事很有意思。因为素园读书成绩好，每学期大考后发榜，他总是第一名。所以一些功课较差的学生，都喜欢找他帮助。素园对找他的同学，也总是有求必应。有一回，老师对几个好顽皮而成绩又不好的学生施行惩罚，令他们星期天到校做功课。老先生对学生说："我出个对子你们对，谁对上了谁回家去。"说着就哼出了上联："童子喜地欢天，偶遇星期放假，"这几个调皮蛋怎么也对不上。一个孩子急中生智，报告先生说要解溲，他跑出来赶紧找到素园求助。素园听了情况，认为先生这样难为学生太过了，就帮助他们对了下联："先生咬文嚼字，偏当日曜出题。"先生不相信学生出去解个溲马上就能对上对子，便逼问究竟。孩子们只好如实"招供"。老师虽然很不高兴，但对素园也无可奈何。

素园倔强的性格，不仅表现在对发生在他面前的事物的爱憎上，更表现在与自己有关的事情上。这里也有个有趣的撕榜的故事。这事发生在一九一五年明强小学一次期末发榜的时候。榜贴出来，素园名列第一。同学们正围着看榜，抄榜员王鉴堂开玩笑地对素园说："韦崇文，你这个案首是你兄弟让给你的啊！"同学忙问是怎么回事，老王告诉大家，素园因病缺考一门课，因而总分比弟弟少了，可他们在校任教的大哥认为，弟弟列首，哥哥不好看，反正自家兄弟，名次换一下与别的同学无关。素园听着，二话没说，上去就要撕榜，吓得老王一把拖住他："撕榜！还了得!”可是过了一天，人们发现榜上“韦素园”三个字还是被抠掉了。

素园在少年时代写下了不少诗歌，惜未能保存下来；今天我们见到的只是一鳞半爪罢了。不过，仅从这星星点点的雪泥鸿爪中，我们也能察见他的性格和资质。

有封建等级观念的教师，有时在课堂上讲一些上智下愚的故事，宣扬人有高低贵贱之分。素园对此非常反感。有一次上图画课，教师放在讲台上的标本是一棵挺然竞放的兰草。同学们都对着标本比葫芦画瓢，唯独素园画的一株兰草与众不同：花头举得老高，而叶子却很低。同学们不解其意。陈世铎问素园：“你怎么画败叶？是不是今天与我斗蟋蟀败了，表示甘拜下风了？”素园笑笑说：“扯哪里去了。”然后拿起笔在画纸上添了一句题诗：“英雄不论出身低”。

一九一四年秋天的一个下午，课外活动时，素园与几个同学在校园玩耍。一个学生看见墙上冒出一棵鸡冠花，便对素园说：“你会作诗，能不能用你的小名文魁来一首，文字起首，魁字落尾?”素园两眼凝视着鸡冠花想了一想，即随口吟道：

文冠屹立不乞栽，壁上挺然独自开；

抛却人间尘俗气，今朝敢与菊争魁。

讲到崇文文思敏捷，还有一个以他引起的乳名诗趣的故事。

同一塾屋的同学，除了老先生与同学之间呼喊学名外，家长亲族长辈们总爱叫孩子的乳名，好象更亲昵些。因此，同学相互间都知道乳名。韦崇文除了在塾屋背诵诗文、写画、对对联外，最爱动脑筋想一些有趣的事。一天他在书桌上写了四名诗，将同学们的乳名嵌了进去。

新年已过春天到，寒冬霜卫梅花笑；

屋后栽有竹柏松，四季常青双魁照。

陈世铎乳名新年，陈素白乳名春子，陈东木乳名冬子，赵玉梅乳名梅子，李霁野乳名有子，台传严乳名松子，单尽甫乳名常青，韦崇文乳名文魁，韦崇武乳名武魁，安少轩乳名照子。大家当场听读后哄然大笑。不过，还有四位同学的乳名没有编进去，大家提议请崇文续编。崇文笑对传严、崇武、霁野说好，我们来编。这四位同学的乳名叫：满仓、五福、金宝、来富。

崇文先编：满仓稻谷金晃晃，

传严接编：五福到家喜洋洋，

霁野接编：金宝不会从天降，

崇武接编：来富全靠勤劳忙。

他在诗中流露出了自强不息、奋发向上的志气。

比如：素园曾借一张半身照的相片抒发胸怀，写了一首七律：

微露形骸未出头，慵从尘世论交游。

防身无物唯书卷，立志有心乘骅骝。

愿与雄风扶海立，忍教明月共溪流。

他年若得男儿志，大地苍茫任我求。

这一年的重阳节，学校组织秋游。素园和同学们结伴而行，一路上唱着素园写词、他兄长韦凤章谱曲的《旅行去》的歌子。大家唱着“进，进，进！抖擞起精神去旅行……市镇乡村，处处关心，土产方言，风俗人情，尽采集……执手携回动植物标本……从今益信校外果然有课程。”不一会，到了距叶集十五里的观山。大家爬上山腰，看见有个九仙洞，洞前香烟缭绕，很多人在给九仙叩头。素园年少气盛，看不惯这景象，便对同学说：“我们打了叶集的火神，不料这里还有九仙，岂能容得！”说罢，展纸挥毫，怒斥九仙：

当今海内分裂，世衰道危；

时值军阀混战，乾坤不宁；

有志中华儿女，投笔从戎；

立誓参加革命，不惜牺牲；

九个石丑不闻，戎马倥偬；

辟野石壁伫立，苟且偷生；

香烟缭绕“显灵”，荒谬绝伦，

游客特此警告，勿愚黎民！

素园书毕，意犹未尽，在返回学校后，又写了一首题为《斥九仙》的七律诗。

小学期间，素园对历史也表现了特殊的兴趣。他喜爱卧薪尝胆、专诸刺王僚、荆轲刺秦王、苏武牧羊等历史人物故事，并对一些人物写过评价。

如对荆轲，素园是这么咏叹他的：

於期头，督亢图，英雄伴：
怒发已冲冠。
千金重一诺，岂惧易水寒。
君子死知己，提剑出燕关。
风萧萧，路漫漫，不思还，
只为赴国难。
凌历越万里，逶迤过千山。
回思高堂，苍颜白发，
泪洒透胸衫。
受委任，斩私情，从公义，
于心悲又欢，
从客秦王殿，
昂首锋刃间。
尽忠又尽孝，
此事古难全。
且看古今多少，
壮士侠子情绵绵。

我们从素园对荆轲的一席话中看出，素园不仅熟知了荆轲刺秦王的历史故事，而且对历史上歌咏这件事的诗章，也是读了的。像“君子死知己，提剑出燕关”，“凌历越万里，逶迤过千山”等句，显然是从晋朝文学家陶渊明的《咏荆轲》的长诗中套搬来的。一个十二三岁的孩子，能够将自己读到的喜爱的诗篇摘句运用到自己的作品中，这也颇显出了他的聪慧。

一九一五年春，清明踏青。素园邀陈世铎、李仲勋、安少轩、安仲谋、张目寒等到毗邻的河南省固始县胜塔寺郊游。当天雨后初霁，风和日丽，素园等一伙玩得很痛快。归来后，国文教师董琢堂命大家以郊游所见，写一篇日记体的作文。素园的日记写的是一篇借题发挥的爱国主义的诗篇。

韦素园的这篇日记系当年同班学友陈世铎提供，文如下：

佳节清明桃李笑。杏雨初霁，和风宜人，邀三五学友，郊外踏青。看户户门插杨柳，盖纪念晋臣子推。渡清流史水，过白银沙滩，听鸟鸣啁啾，看绿柳含烟，说说笑笑，指点江山。不多时胜塔寺就在眼前。仰观流云飞绕，松柏蓊天。进得山门，悄悄静静，落叶无人扫，苔藓满阶青。未见老僧在庙，但见小童嬉笑。经曲径，绕回栏，又见大雄宝殿。三尊大佛居中端坐，十八罗汉侧列两边，观音大士，慈眉善眼，能够降福人间？四大金刚，扬眉怒目，敢于执法如山？

离开大雄殿，来到清游观，大殿三间，回廊两边。一位大汉端坐，看他非神非仙，身披滚龙袍，头戴冲天冠，脚登五彩履，碧带围腰缠，紫面长髯，潇洒威严。一条盘龙棍，斜倚在身边。呵！原来是你，大宋朝的开国始祖，马上皇帝。人道你，东闯西挡，南征北战，打下了一统江山，堪称英主楷范。我道不然！陈桥起义国基奠，就该为国为民。为何即位不久，耽于酒色，听信谗言。开国元勋因直谏被斩，你耍权术说酒后失算。欺世盗名，千夫责谴。君位传至徽钦，二帝实在无能，远忠臣，亲奸佞，内政不明，致异族侵汉，外患频仍。金人犯我，国土分割，哀鸿遍野，涂炭生灵，徽、钦二帝被俘，在北国观天坐井。家难国耻，史书鲜见。汴京沦陷，康王南迁，建都临安。本该鉴前辙，思国难，卧薪尝胆；哪知他，不修明，不辨忠奸。岳飞精忠报国，挥三军，扫敌阵，金人胆寒；为什么，十二道金牌召回，终使黄龙未捣身先死，常叫后人泪透衫。北南两宋十八代，三百余年，到头来揖让成吉思汗。朱元璋揭竿起义，国土复，归于汉，大明一统好江山。哪知飞鸟尽，良弓藏，狡兔死，走狗烹。十七世，到崇祯，也因内奸作乱，国运难堪。李自成又举义旗，闯天下胜利进京。又谁知，吴三桂出卖灵魂，引清兵，进关内，异族又专政。满清腐败，列强觊觎，八国联军，攻打北京，割地赔款，忍辱偷生。爱国伟人孙中山，创革命，历险艰。武昌城头炮声响，震动河山。天翻地覆，排满兴汉，凯旋高奏，数千年帝制推翻。国旗迎风飘扬，四亿同胞心欢。哪知恶魔刚驱逐，妖雾又现，袁世凯，握兵权，又搞洪宪，殃民祸国罪滔天，天地震怒，人神共怨。我今天借你盘龙棍，前去锄奸。决不能叫假皇帝执掌河山，决不能叫四亿同胞再受熬煎。待我大功告成，再来归还。

我们知道，一九一五年的神州大地，正处在前进与倒退，民主与专制，光明与黑暗，革命与反革命的殊死搏斗之中。腐朽没落的清政府虽已被推翻，但是卖国求荣的袁世凯，却又要做皇帝梦，与日本签订了不平等条约，举国不宁，民怨沸腾。中国向何处去？已成为人们普遍关心的问题。少年的韦素园，面对如斯国是，时时忧念不已。这篇借题发挥的日记，表露了他时时萌动的爱国之志。

这篇日记受到国文老师的赏识，曾在全班叫学生朗读。课后，陈世铎等几个好友向素园祝贺，说他名扬全校了。国文老师怕素园年幼，经不起表扬，担心他会骄傲，便给他上小课，特选了《颜氏家训》中《勉学第八》中的一段话授他："夫学者所以求益耳。见人读数十卷书，便自高大，凌忽长者，轻慢同列；人疾之如仇敌，恶之如鸱枭。如此以学自损，不如无学也。"在教师的严格要求下，素园从小也就养成了谦虚谨慎，宽人严己，颇能自治的品格。他在学习本上用楷体恭恭敬敬地抄下了《勉学第八》，并且能够背诵。

火热的青春

一九一五年夏，素园以全优的成绩在明强小学毕业了。董琢堂老师在临别赠言中，给同学们讲了学海无涯需勤奋的道理，勉励他们终生不懈。素园听后，感慨颇多。当晚，他又拿起颜之推的家训读起来："夫学者犹种树也，春玩其华，秋登其实；讲论文章，春华也；修身利行，秋实也。”“人生幼小，精神专利，长成已后，思虑散逸，因须早教，勿失机也……幼而学者，如日出之光，老而学者，如秉烛夜行，犹贤乎瞑目而无见者也。”读毕，夜已深，然仍无睡意。他拿笔写下了一则读后感。

素园小学毕业后，因家境窘迫，只好到离家二百多里的阜阳县，去上公费的第三师范学校。那时候正值第一次世界大战。老师对帝国主义的侵略与欺压，有了一些认识，常用一些中国遭受列强侵略凌辱的事实，广泛地向学生灌输爱国主义思想。同时，这时候“军国民”的思想很流行。“好铁不打钉，好男不当兵”的歌谣，已变成了“好铁要打钉，好男要当兵”的口号。青少年走起路来都要昂首挺胸显出雄赳赳的气派。年幼的韦素园当然还认识不到这次大战的帝国主义性质。相反，在“班超投笔从戎”“大丈夫应马革裹尸而还”等一类思想鼓舞下，常萌报国之志。他一想起鸦片战争以来，反动卖国的政府签订的一系列丧权辱国的不平等条约，常常激愤高歌“靖康耻，犹未雪，臣子恨，何时灭……”在中国对法宣战后，一九一八年春，素园抱着满腔热忱，要把爱国思想雪耻之志见诸行动。他毅然离开师范学校，到北京参加段祺瑞所办的参战军。这时候素园才十六岁。由于他的勤学，显得早熟，他不断思考当时青年面临的许多重大问题。在参战军时间很短，他就识破了那里的骗局，又坚决离开了。这时候，素园的大哥韦凤章已在长沙任湖南省第一区（兼第四区）省视学，又兼任省通俗教育书报编辑所所长。于是他就到了长沙，进了法政专门学校预科读书。

那时候统治湖南的是皖系军阀张敬尧。这家伙是一九一八年三月，直皖联军击败湘桂联军，赶走了他们驻湘司令谭浩明以后率军入湘的。他爬上了湖南督军兼省长的宝座，在政治上搞专制高压，摧残教育，钳制舆论；在经济上敲骨吸髓，搜刮民财，罪行累累，罄竹难书。有篇《湘灾纪略》的文章就说：“杀戮之余，继以淫逼”，“拦路以劫客，临田而夺牛。”所以当时湖南流行着一首愤怒和痛恨张敬尧及其兄弟敬舜、敬禹、敬汤的歌谣：“堂堂乎张，尧舜禹汤，一二三四，虎豹豺狼！”这是驱张的先声。

一九一九年的五四运动，推动了全国的民主浪潮。进步的知识分子和青年学生纷纷组织社团，出版刊物，长沙一地就有《救国周刊》《明德周报》《女界钟》等多种，而其中战斗力强的数毛泽东同志主办的《湘江评论》。在一九一九年七月十四日的创刊号上，毛泽东同志就指出："自'世界革命'的呼声大倡，'人类解放'的运动猛进，从前吾人所不置疑的问题，所不遽取的方法，多所畏缩的说话，于今都要一改旧观……时机到了！世界的大潮卷得更急了！"在这个大潮中，长沙爆发了"驱张"运动。学联发表的宣言揭控张敬尧："植党营私，交相为病，如昏如醉，倒行逆施，刮削民膏，牺牲民意，草菅人命，蹂躏民权，置人民于何有之乡，惟一己之骄奢是纵。"一时间，京、津、沪响应，报纸发表了反张时评。毛泽东是"驱张"运动的主要领导人之一，斗争取得了胜利，张敬尧仓皇离湘。韦素园从自己投军中得到的一点教训知道，军阀乃国之巨奸，民之大害。他到长沙后在给友人的信中，常将张敬尧的反动嘴脸和倒行逆施加以揭露。所以"驱张"时，他积极参加了这场斗争，并且在给友人写信时介绍了斗争的景况和胜利。

一九二〇年夏，素园的大哥转安庆任职，素园也就从长沙到安庆，考入了安徽法政专门学校。进校不久，安徽又发生了驱逐皖系军阀马联甲的"驱马"运动。马联甲用血腥的镇压手段枪杀了学生姜高琦。于是群情激愤，更大规模的反抗斗争展开了。韦素园全身心扑了上去。他被推举到省学生联合会担任领导工作。迎着斗争风浪，他参与编写、印刷、散发传单，积极宣传、鼓动群众，那不分昼夜，不怕镇压的革命精神，又充分表露了他认真、激烈的性格。这次斗争以马联甲下台胜利结束。

这时，在俄国十月革命的号召和鼓舞下，在"五四运动"的推动下，上海建立了一个革命组织"社会主义青年团"。为了培养革命的新生力量，选拔优秀分子去苏俄学习，社会主义青年团办了一所外国语补习学校。一九二一年初，一批新文化和学生运动的积极分子被推选到上海进校学习，韦素园便是一个。此外还有刘少奇、任弼时、肖劲光、蒋光慈、曹靖华、吴宝鹗、廖化平、许之祯、彭湃、罗亦农（觉）、马念一（哲民）、李启汉（森）等二十多人。他们怀着满腔热情，如饥似渴地贪读着《共产党宣言》等马列著作。当时，这一伙青年人对十月革命诞生的新苏俄不了解，只知道那里工农当了国家的主人，苏俄政府废除了帝俄时期与中国签订的不平等条约。这些新事物像磁铁一样吸引着他们的心。到苏俄去，去学习革命道理，回来闹革命，改造旧中国！这是韦素园和他的同学们共同的心愿和理想。

在学习班里，素园他们除了由俄籍华人杨明斋讲授俄文外，还请当时名流开讲座。如复旦大学教授陈望道就不止一次来讲授了他自己翻译的《共产党宣言》。团组织负责人俞秀松也作过多次讲演。他们上午学习，下午参加社会活动，刻钢板印传单，或到工厂做工，一面挣点零用钱，一面做社会调查。遇到纪念日，就参加游行或讲演等更大规模的活动。一九二一年“五一”劳动节，他们参加了党的小组领导的庆祝会，并在会场和大公司的墙上贴标语，散传单，作宣传，一时间震动了行人，忙坏了巡捕。这次行动也振奋了当时沪上的报界。《民国日报》、《时事新报》和同情新文化运动的报纸，或发消息，或发社论，表示支持。

在这段时间里，韦素园为了传播马列主义，把自己学过的《共产党宣言》和一些著名文章，寄给家乡的亲友，寄给自家的弟侄。这些红色的精神食粮在家乡营养了一批有志青年走上革命征途。他的几位亲友很早就参加了共产党。他的弟弟丛芜本来打算也去上海，与哥哥一道去苏俄学习的，因哥哥他们的行期提前而未成。他的堂妹崇贞和侄女德芳，在稍后的年代也加入了当时还处于秘密活动状态的家乡的共青团，接着去大别山革命根据地。素园得知此事非常高兴。后来，她们又跟着党北上抗日，进行名震中外的长征。遗憾的是，此时素园已与世长辞。

一九二一年初夏，组织安排素园他们自筹路费赴苏学习。素园的大哥在自己不多的薪俸中，挤出一笔钱寄给弟弟做川资。吴宝鹗靠叔父的接济，还有的求之亲友，总之都积极地为能赴苏学习而尽力设了法。杨明斋给大家写了秘密介绍信，并介绍了路途情况和应注意事项。但在表面上，他们临行时拿的是组织上交给他们的做生意的护照。他们分成几个小组，彼此装着互不认识。

韦素园等从上海吴淞口登上开往日本的大客轮，驶向长崎。船到长崎，因日本国的检查盘问，停留了一些时日。从长崎到海参崴，已是北风呼啸，大雪纷飞了。海参崴这时还在日军占领之下。他们找到第三国际驻海参崴办事处，被安排在中国街上一家旅舍里。刘少奇与海参崴大学教授伊凡诺夫接上了关系，由他安排去伯力的行程。伯力已由苏联红军控制。中国军阀政府驻海参崴的总领事馆对这批青年很注意，听说要去苏俄，便以为是孙中山的人，还抓了刘少奇等几个人去审问了一通。没有问出什么来，只好放了。

当时俄国内战在西部已经结束，十几个帝国主义的武装干涉也以可耻的失败而告终。但在东部海参崴一带，战事仍在进行。隆隆的炮声，时有所闻。据曹靖华在《往事漫忆》中回忆说，韦素园他们从海参崴乘车去伯力时，负责同志交代："环境复杂，斗争严酷，红白难辨，凡事务必细心、沉着，机智而果决。每人所带机密证件，千万妥藏。路上不遇真正红军，既不能暴露，也不能丢失。暴露了丧命，丢失了不能入境，要准备敌人连头发丝都一根根检查。"他们出发的当天，就遇见红军与白匪交战。途中艰险，难以备述。而最使素园他们惊心动魄的一幕，是车上的一次突如其来的大检查。当时，红军和白匪身上都没有标志，好人坏人分不清。日本又常派间谍进入红军区域刺探情报，进行扰乱和破坏。所以红军不得不提高警惕，对西去的旅客严查。韦素园这一行人上车不久，就引起了俄国兵的注意。不一会，几位荷枪实弹的军人检查起他们来。他们一边搜查，一边盘问，严肃认真，声色俱厉。素园他们既不能暴露身份，又要回答所问的一切，不免神情紧张；因为他们不知道站在他们面前的人是"红"是"白"。正在这生死攸关、千钧一发之际，一位同志的秘密证件被搜查出来，这真是晴天霹雳！同志们认为必死无疑！但刹那间，盘查的大兵们一下子把素园他们围起来，热烈拥抱、亲吻，连声称着"达瓦里希，达瓦里希！"哦！原来是红军。这戏剧性的一幕，给所有的人留下了难忘的印象。曹靖华在回忆文章中，这样描绘了当时的情景："这时，列车飞驶的隆隆声，荒原上红骑军的马嘶声，车厢里响彻云霄的国际歌声，震天动地，响成一片……相逢何必曾相识，同是革命阵营人。在这硝烟弥漫的革命战争烈焰中，在这暮色苍茫的奇遇中，多么令人心花怒放啊！"韦素园后来向家人和亲友谈起此事，还能绘声绘色地叙述着详情。曹靖华还据此写过一个剧本，名叫《恐怖之夜》。

到了伯力，韦素园他们受到了红军的热情的接待，住在一个招待所里。虽然吃的是难以下咽的黑面包，但呼吸到了自由的空气，彼此间再也用不着装着互不相识了。他们可以倾心交谈了。

在伯力住了几天，正打算继续前进，忽然前面铁路被炸坏了，只好改乘轮船绕行。经过七八天的航程抵达布拉戈维申斯克。在一位华侨家里小住数日又乘车西去，经赤塔驶向贝加尔湖。这个湖三万一千多平方公里，最深处达一千七百多米，是世界上最深的湖，在每年五月解冻以后，湖水也是冷的。火车绕湖而行，放眼望去，烟波浩渺，诱人遐思。韦素园想起了我国西汉年间的爱国志士苏武，他被匈奴流放在此地，饱尝了十九年的西伯利亚的朔风之苦，但始终保持着高尚的民族气节。想着想着，他哼起了《苏武牧羊》歌来……

穿越几十座山洞，绕过贝加尔湖，翻过乌拉尔山，到达了欧洲。又经过一段艰难的旅行，终于抵达大家日夜向往的目的地莫斯科，这是当时世界国际共产主义运动的中心啊！他们被国际机关妥善地安排了住处。不几天，共产国际第三次代表大会开幕，韦素园他们被安排与代表们一起食宿，凭票旁听会议。在大会上，列宁作了关于俄共的策略的报告，号召全世界无产阶级沿着俄国工人和农民的道路前进，赞扬了殖民地半殖民地国家劳动群众的觉醒和斗争。大会结束后，韦素园他们就进了莫斯科东方劳动者共产主义大学学习。

东方劳动大学是一所培养革命干部的政治大学。学生多半是苏俄东方境内的少数民族中来的，少数是中国、朝鲜、日本、印度、土耳其等东方国家的青年。名誉校长是斯大林。中国学生单设一班，学习的主要科目是《共产党宣言》、《政治经济学》、国际共产主义运动史、俄文、军训等。学习生活非常艰苦。因为当时，年轻的苏维埃刚刚经历了革命、内战和帝国主义的武装干涉，混乱、饥饿、贫穷严重地威胁着这个新生政权。韦素园他们白天上课，晚上站哨，星期天还得去工厂做工。每天按红军待遇领得的一小块黑面包和几个土豆，还不够一顿吃的。正如肖劲光在他的回忆文章中说的："那时真是饿得难受。我们的课堂在四层楼上，我们都是十七八岁的小伙子，本来上四层楼算不了什么，可是那个时候上四层楼真困难啊，一步一步慢慢往上挪，中间还得休息几次，一次是走不到顶的。有时肚子饿得实在不是味道，就躺在铺上等饭吃，越等越饿……冬天穿一件很薄的麻布做的黄色衣服……晚上睡觉时，一个挨着一个，大家挤在一起取暖，只盖一件军大衣和毯子。"就是在这样的困境中，大家的报国之志未减，学习的劲头很大，韦素园节衣缩食，挤出一点钱来从旧书摊上购买一些马克思和俄罗斯古典文学、苏俄文学的书籍。这就是鲁迅先生说的"窗前的几排破旧外国书"。这些书"在证明他穷着也还是钉住着文学"。也就在这个时候，罪恶的结核菌偷偷地爬进了他的肺部。

韦素园他们在学习中的一大难关是俄文未通。他们在上海虽学了几个月，但还不能直接听俄语讲课。曹靖华形容说，"那简直像没有牙齿的人啃钢条"。在这个关口，以记者身份先他们而到苏联的瞿秋白，被共产国际请来帮助他们。瞿秋白从百忙中挤出时间，给大家担任翻译和助教，并讲授唯物辩证法。在交往中，秋白同志以认真、热情和谦和的助人态度，赢得了大家的信任和尊敬。这期间瞿秋白前后写了许多游记和通讯，真实而又生动地将自己的思想发展过程，将在第一个社会主义国家的最初的所见介绍给中国读者。他歌颂列宁，歌颂苏俄政府，歌颂新生政权的伟大创建者红军和工农大众。

韦素园和蒋光慈、曹靖华因都热爱文学，所以爱读瞿秋白的东西，与秋白同志成了好友。这种友谊给素园以慰藉、启迪和鼓励，使素园在艰苦的生活中勇往直前。他们的友谊一直延续着。他们先后归国以后，二十年代中期有几年他们都住在北京的时候，素园还常去看秋白，并向友人介绍秋白那种活泼、乐观、健谈和勇毅的革命精神。

韦素园在苏联学习期间目睹了十月革命的现实之后，坚信：只有走十月革命的道路才能救中国。他曾对几个朋友说过，打算以研究介绍俄罗斯古典文学和苏俄进步文学唤醒民众为终生事业。一九二二年，学习还没毕业，因同学吴宝鄂、廖化平生病，不能坚持学习，韦素园就与曹靖华冒着艰险护送他们返国，同时意在参加祖国解放斗争的行列。当年秋，他考入北京俄文法政专门学校。他学习认真，勤恳刻苦，成绩优异。课外他喜爱读柴霍甫、果戈理和勃洛克的著作，并在一九二三年选译了梭罗古勃的《蛇睛集》。这期间韦丛芜、台静农、李霁野，应素园之邀，也先后到了新文化发祥地——北京。素园和他的学友们，因为穷，时有断炊之虑，有时不得不写点文稿或典当衣物以维持艰苦的生活。但是他们很愉快，因为他们在学习中汲取了力量。他们有一个信念：中国有光明的前途，要为之实现而贡献力量。他们互相关怀，互相帮助，互相鼓励。素园是这样一些青年的核心。一九二四年夏，在江苏常州弃官为僧的大哥病逝。这对素园是个不小的精神打击。这不仅因为大哥是他的经济泉源，更因为他们手足情深，相依多年。大哥给他的遗书是，叫他带领当时也在北京读书的弟弟丛芜返回安徽老家，以免在外地颠沛流浪。但是，他和弟弟相互抱头痛哭一场以后，商量决定留在北京，继续奋斗。芜弟当时还写下了一首《忆凤章大哥》的诗："欲了尘缘为寺僧，白云缥缈忆知音。萧萧落叶心扉叩，阵阵清风送游魂。"

鲁迅麾下的斗士

一九二五年结识鲁迅先生，韦素园认为是一生中最大的幸福。他始终把鲁迅当做敬爱的良师。当时鲁迅先生每周到北京大学讲一次中国小说史。韦素园当时就住在北大对面的一个公寓里，经常旁听先生讲课，接触也较多。他经常向青年朋友们朗诵鲁迅先生的小说，特别是《阿Q正传》。这年春天，韦素园抱着参加实际革命工作的决心，去河南开封国民军第二军，担任苏联在该军任职的军事人员的翻译。临行，鲁迅先生借四十元给他作川资。但因为苏联军事人员在该军开展不了工作，几个月后返国了，素园也就又返回北京。接着七月间就由鲁迅先生推荐，经当时《猛进》杂志主编徐旭生介绍，到当时在北京新创办的《民报》担任副刊编辑。他一上阵，就遵循鲁迅先生“有一个阵地很要紧，这个社会太乌烟瘴气，不能沉默”的教导，向旧世界开炮。报纸名震一时。正因为这样，很短时间，便激怒了反动军阀张作霖，下令查封《民报》，扼杀了这个新生事物。不过，韦素园旋即在鲁迅先生建议和领导下，与曹靖华、台静农、李霁野、韦丛芜等，创办了革命文化团体未名社。九月，未名社出版部成立，刊行了鲁迅先生译的日本厨川白村的《出了象牙之塔》。一九二六年一月又创办了《莽原》半月刊，韦素园是责任编辑。在创刊号上就首先发表了鲁迅的著名战斗檄文——《论“费厄泼赖”应该缓行》，明确提出了狠打落水狗的战斗名言。这个期间，在鲁迅先生对以胡适、陈源（陈西滢）为首的现代评论派和以梁实秋等为首的新月派的批判中，在对北京女师大顽固的当权者杨荫榆、林素园的斗争中，韦素园等未名社成员始终积极拥护鲁迅先生。韦丛芜针锋相对，以“东滢”的笔名批评陈西滢的文章，鲁迅先生高兴地多次提起。一九二六年“三·一八”惨案后，“段派的女子师范大学校长林素园，带兵接收”女师大，并定几位教师为“共产党”。对于这种迫害伎俩，鲁迅认为“也是一种老谱，本来并不稀罕的。但素园好象激烈起来了。”他满腔怒火，憎恶那些道貌岸然的刽子手，一愤之下，将自己的名字改为“漱园”，直到林素园销声匿迹为人们遗忘后，他才恢复旧名。

鲁迅先生“因为段祺瑞总理和他的帮闲们的迫压”，离京“逃到厦门”后，狂飙派的高长虹不断拨弄是非。鲁迅在京的时候，高长虹曾恭维鲁迅是“思想界先驱者”，“是一个深刻的思想家，同时代的人没有及得上他的。”而现在却又大骂起来。他因韦素园退还和压下了高歌和向培良的稿子，便在《狂飚》周刊一九二六年十月十七日的一期上“大兴问罪之师”。在《给鲁迅先生》的通讯中说：“……你呢，我们思想上的差异本来很甚……接培良来信，说他同韦素园先生大起冲突，原因是为韦先生退还高歌的《剃刀》，又压下他的《冬天》。《冬天》一剧，培良曾以友谊的关系帮助新女性稿件而被拒，现在又给韦闹，因此而感想及于《冬天》的命运之可笑，言下愤怒而凄昔。但此系私事，无须多说。所欲言者，则以此事证之，现在编辑《莽原》者，且甚至执行编辑之权威者，为韦素园先生也。素园曾以权威献人；今则用以自献；然权威或可施之于他人，要不应施之于同伴也……党同伐异，我认为是客观的真理……何者为同，何者为异，亦漫无定论。以朋友关系说，钟吾为同，素园为异，以刊物说，《莽原》为同，其他刊物为异。然则即以党同伐异为是，编辑《莽原》，也不能于《莽原》内部而有所党伐也……今者态度显然，公然以'退还'加诸我等矣！刀搁头上矣！到了这时，我还能不出来一理论吗？……我曾以生命赴《莽原》矣！尔时安徽帮者则如何者！乃一经发行，几欲据为私有"。接着用威胁的口气对鲁迅先生说，"我对于《莽原》想说的话甚多……究竟有没有说的必要，待几天再看。你如愿意说话时，我也想听一听你的意见。"

在这同一期《狂飚》上，高长虹还有一封给韦素园的信，那口气更显得以势压人了。他说："昨日接培良来信所述关于先生的一事，乃令我大不满意。与君初次通信，乃以这种形式出之，殊非意计所及者！然而公事公言，奈之何者！事为先生所知，且以详给鲁迅先生信中，请参阅。数期以来，我接不到《莽原》已深滋疑虑。今欲问先生者，则此事究为先生个人所独断，抑是霁野、丛芜、静农所大家同意的？次请先生或先生等把对于我等的真实态度在《莽原》上郑重宣布。三请先生或先生等认清这几件事的性质，则：未名丛刊是一事，未名丛刊经售处又是一事，《莽原》又是一事，《莽原》编辑又是一事，未名丛刊经售处发行《莽原》又是一事。四请先生或先生等谅解，我同《莽原》的关系人所共知，所以我对于《莽原》有过问的责任。如先生或先生等想径将《莽原》据为私有，只须公开地声明理由，或无理由而径声明偏私的意见，解除我等对于《莽原》的责任，则至少在我个人，对《莽原》仍同从前对'民副'的态度，为中国出版界多一种较好的刊物计，其他一切都可牺牲。否则，对外对内，我们不能吃这双料的暗亏！《莽原》须不是你家的！林冲对王伦说过：‘你也无大量大材，做不得山寨之主！’谨先为先生或先生等诵之。”

正如鲁迅先生说的：“素园在北京压下了培良的稿子，却由上海的高长虹来抱不平，要在厦门的我去下判断，我颇觉得是出色的滑稽。”对高长虹的这个滑稽表演，鲁迅“一声也不响”。于是高长虹更是攻击诽谤起来，在《狂飙》上又是作文、又是写诗，狂跳一阵。面对这种极端狂妄傲慢的恶劣态度，鲁迅先生说：“我已决定不再彷徨了，拳来拳对，刀来刀当”，“决定对长虹们给一打击。”这里有一点要揭明的是，高长虹之骂鲁迅，还有个不可告人的私心，那就是他的单相思：追求许广平。而那时许广平却在不时地和鲁迅联系，请教各种问题。“蒙在鼓里”的鲁迅先生，开始以为只是文章发表与否的纠纷。韦素园听到一些诬蔑鲁迅先生的谣言后，又认真激烈起来，给先生写信，忿然痛斥那些无聊之徒的无聊之谈。鲁迅一九二七年一月十一日给许广平的信中说：“那流言是直到去年十一月，从韦漱园的信里才知道的。他说，由沉钟社里听来，长虹的拼命攻击我是为了一个女性，《狂飙》上有一首诗，太阳是自比，我是黑夜，月是她。他还问我这可是真的，要知道一点详细。我这才明白长虹原来在害‘单相思病’……”韦素园在当时的一段时日里，一面十分认真地写信给鲁迅，“叙述着详情”，慰藉先生；一面作文在杂志上发表，配合鲁迅，回击挑衅者。回忆起这段斗争，鲁迅先生无限感慨地说：“在‘天才’的法庭上，别人剖白得清楚的么？——我不禁长长的叹了一口气，想到他只是一个文人，又生着病，却这么拼命的对付着内忧外患，又怎么能持久呢。”①

鲁迅在上海定居后，以永不休战的姿态领导左翼文化运动。韦素园虽已病卧北京西山，但是他的思想感情，他的心脏跳动却紧紧连着上海。他常常辗转病榻，夜不能寐，为左翼文化运动的胜利而欢欣鼓舞，为鲁

---

① 见《忆韦素园君》。

迅所受的“围剿”而深切挂牵。当国民党浙江省党部呈请国民党中央通缉“堕落文人鲁迅”，当柔石等被捕、鲁迅处境危险，当关于鲁迅被拘或已死的谣言传到北京时，韦素园总是极力支撑着，写信给鲁迅，不顾白色恐怖的威胁，热情拥护和声援鲁迅的斗争，同时为不能亲自参加战斗而痛感不安。这就是鲁迅所说的很有发表价值的“那些伏在枕上，一字字写出来的信。”[①]鲁迅对韦素园这样一位青年战友，是非常喜爱的。他在一九三一年二月二日给素园的信中说：“中国的做人虽然很难，我的敌人（鬼鬼祟祟的）也太多，但我若存在一日，终当为文艺尽力，试看新的文艺和在压制者保护之下的狗屁文艺，谁先成为烟埃。并希兄也好好地保养，早日痊愈，无论如何，将来总归是我们的。”在紧张的战斗中，韦素园的心是和鲁迅相通的。鲁迅时常把周围的斗争情况，把阵线的错综变化告诉韦素园，他在致韦素园的信中揭露说：“其实我自到上海以来，无时不被攻击，每年也总有几回谣言，不过这一回造的较大，这是有一些人，希望我如此的幻想……”[②]对于国民党反动派的反革命文化“围剿”，鲁迅表示了鄙视、蔑视的大无畏精神，这些都深深感动和影响着韦素园，使他与鲁迅一起感受着斗争的脉搏，共享着战斗的欢欣。所以，韦素园虽然长期为病魔缠身，但他的思想发展的轨迹是紧随着鲁迅的足迹前进的。

在长期的现实斗争中，在鲁迅的教导下，韦素园渐渐理解了“旧社会的根底原是非常坚固的”[③]。因而“对于旧社会和旧势力的斗争，必须坚决，持久不断，而且注重实力。[④]”他将鲁迅提倡的“韧”劲化作了百折不回的毅力和脚踏实地的工作作风。鲁迅说“未名社的同人，实在并没有什么雄心和大志，但是，愿意切切实实的，点点滴滴的做下去的意志，却是大家一致的，而其中的骨干就是素园”。未名社当时只“一间破

① 见《两地书序》。

② 《鲁迅书信集·1931 年 2 月 2 日致韦素园信》。

③④ 《二心集·关于左翼作家联盟的意见》。

小屋子”坐落在沙滩新开路五号，也就在北京大学对面。鲁迅先生从北大下课后，常到这里与素园谈天，顺便把校稿带来。鲁迅在北京期间，韦素园是直接在鲁迅领导下工作的。在鲁迅的一些文章里，记载了他这个阶段在鲁迅指导、鼓励和帮助下的辛勤劳动和贡献。如苏联诗人勃洛克的长诗《第十二个》是“先由伊发尔先生校勘过的，后来，我和韦素园君又酌改了几个字。”“《文学与革命》的第三章，从茂森唯士氏的日本文译本重译；韦素园君又给我校对原文，增改了许多。”[①]韦素园在未名社“守寨”期间，还给弟弟丛芜校订了他译的陀思妥耶夫斯基的《穷人》，给李霁野校订了译文《往星中》和《黑假面人》等。他自己的译书工作，总是在社务办完之后，深夜抽出点时间来做。所以他在一九二六年只译了果戈理的《外套》，送请鲁迅先生审稿，于当年九月由未名社印行。这就是鲁迅说的：“他在默默中支持了未名社。”

由于生活艰苦，素园的肺病没有得到治疗，工作又给了他过度的劳累。一九二六年底的一天，他深夜未睡，想赶完一篇介绍果戈理的文章。第二天就大量咯血。当时医生诊断，肺部已有巴掌大的空间，痊愈是无望的了。他被迫离开了心爱的战斗岗位。一九二七年初，由韦丛芜、台静农、李霁野等送往西山福寿岭疗养院。从此，他就很少起床。不过，他的身心却没有离开岗位。他离开未名社时，一再嘱咐接替他“守寨”的未名社同人遵照鲁迅先生的指导，坚守阵地，继续工作。从一九二五年到一九三一年，“未名社”存在的六七年间，同人们共编辑出版了四十八期《莽原》半月刊，二十四期《未名》半月刊。出版了创作丛书《未名新集》，有鲁迅的文集《朝花夕拾》，台静农的短篇小说集《地之子》和《建塔者》，韦丛芜的诗集《君山》和《冰块》，李霁野的小说集《影》。出版了鲁迅的杂文集《坟》和台静农编的《关于鲁迅及其著作》等。此外，还编辑出版了二十多种翻译作品，如鲁迅译的《小约翰》《出了象牙之塔》，韦素园译的《黄花集》《外套》，曹靖华译的《白茶》《蠢货》《烟袋》

---

① 《集外集拾遗·〈十二个〉后记》。

《第四十一》，李霁野译的《不幸的一群》《往星中》《黑假面人》，韦丛芜译的《穷人》《罪与罚》《格里佛游记》《拜伦时代》等等。

鲁迅先生对韦素园的病是十分关怀的。他一得知素园咯血的消息，立即从厦门写信来劝慰："兄咯血，应速治，除服药打针之外，最好是吃鱼肝油。"[①]此后又不断提醒："我想你要首先使身体好起来，倘若技痒，要写字了，至多也只好译译《黄花集》上所载的那样短文。"[②]在给未名社其他成员写信时，鲁迅也常常记挂着素园的病情。随着病情的反复，鲁迅先生也忧喜交并："漱园病已愈否?"[③]"漱园已渐愈，甚喜。"[④]"素园兄又吐些血，实在令我忧念……"[⑤]这是多么深切、细致的关怀和爱护呀！而病中的素园，最为想念的也是鲁迅先生。当他预感自己的病危难起时，特嘱霁野代为题字，赠送一本精装的《外套》给鲁迅，作为永久的纪念。一九二九年五月，鲁迅北上省母，在京二十天，会客、接待、演讲，每天日程排得满满的，但在那么繁忙的社会活动中，他常常挂念韦素园，尤其当他听到韦素园"恐怕总是医不好的了"之后，更是天天计划着去看望："想往西山看看漱园"，[⑥]"大后天拟赴西山看韦素园，"[⑦]"明天早晨，须往西山看韦素园去。"[⑧]五月三十日，鲁迅终于由韦丛芜等陪同，坐汽车专程到西山看望了韦素园。回到寓所后，在致许广平信中写下了这次令人难忘的会见："漱园还不准起坐，因日光浴，晒得很黑，也很瘦，但精神却好，他很喜欢，谈了许多闲天。病室壁上挂着一幅陀思妥耶夫斯基的画像，我有时瞥见这用笔墨使读者受精神上的苦刑的名人的苦脸便仿佛，……接着又感到他将终于死去——这是中国的一个损失——便觉得心脏一缩，暂时说不出话，然而也只得立刻装

---

① 《鲁迅书信集·1927年1月10日致韦素园函》。
② 《鲁迅书信集·1929年3月22日致韦素园函》。
③ 《鲁迅书信集·1927年2月7日致李霁野函》。
④ 《鲁迅书信集·1927年3月15日致李霁野函》。
⑤ 《鲁迅书信集，1929年11月16日致韦丛芜函》。
⑥⑦⑧⑨ 均见《两地书》。

出欢笑，除了这几刹那之外，我们这回的聚谈是很愉快的。”⑨

在对待疾病的态度上，韦素园不失为战士的本色。他从未流露过消极颓唐的情绪，相反，总是充满着昂扬的激情展望着未来。他在病中给鲁迅先生写了许多信，请教、探讨、评论文艺上的许多问题。在鲁迅日记中时有记载。鲁迅先生说“这些伏在枕上一字字写出来的信，很有发表价值”。素园一九二七年十二月给台静农、李霁野的信中说：“怀疑是对旧时代的破坏，坚信，是对新时代的创造。不能彻底的怀疑，旧时代不能有彻底的动摇；但不能彻底的坚信，新时代却也不能有彻底的建造……我希望在文学中能叫出一些希望，然而希望很难在怀疑中产生，却要在坚信里开始而且巩固。《未名》担当不了这个伟大的使命，但愿自今日起，我们大家意识着！”①“现在社会紊乱到这样，目前整理是无希望的了，未来必经大破坏，再谋恢复，但在此过程中，痛苦是难免的。”②这些话证明着“他措辞更明显，思想也更清楚，更广大了”。③对于韦素园和未名社成员的工作，鲁迅常常是多所鼓励和赞扬的。一九二七年九月二十五日他在致李霁野的信中说：“看现在文艺方面用力的，仍只有创造、未名、沉钟三社，别的没有，这三社若沉默，中国全国真成了沙漠了。”一九二九年四月二十日的信中又说：“上海的出版界糟极了，许多人大嚷革命文学，而无一好作，大家仍大印吊膀子小说骗钱，这样下去，文艺界只有堕落，所以介绍些别国的好著作，实是最要紧的事。”充分肯定了未名社在当时文化革命运动中的重大进步作用。

未名社的每一成长，无不是鲁迅先生心血浇灌的结果。韦素园他们创作了每一部书或是翻译了每一部作品，都是首先拿给鲁迅。鲁迅先生也总是满腔热情地肯定他们的政治方向和艺术成就，亲自给他们改稿，撰写序言，向读者和出版界介绍，甚至用自己有限的聊以为生的版税和

---

① 一九二七年十二月给静农、霁野信。

② 一九三二年五月十八日给静农、霁野、丛芜信。

③ 见《且介亭杂文·忆韦素园君》。

薪金收入，资助他们出版。离京后，鲁迅在信中又时时鼓励他们："深望你们努力"，"均可于文艺界有所贡献"，"一定可以有为"。[①]对于他们译著中的人名、书名，往往一一亲自审定，对他们提出的疑难问题又亲自查阅资料，予以校正。离开北京后，鲁迅虽在百忙中，仍不忘每期为《莽原》、《未名》等刊物审稿。甚至对每期刊物的思想内容、编排插图、装帧以至用纸都提出详尽意见。鲁迅为了回击和批判一些错误思潮，在深入钻研马克思主义文艺理论时，也不忘将其中要点写信介绍给韦素园他们，用以教育和鼓励他们。一九二八年七月二十二日鲁迅先生给韦素园的信中说道："以历史底唯物论批评文艺的书，我也曾看了一点，以为那是极直捷爽快的，有许多暧昧难解的问题，都可说明。"韦素园自从赴苏联学习了俄文以后，不断读些俄文的文艺理论书，直至卧病期间还伏枕翻译马克思主义文艺理论文章，这和鲁迅先生的鼓励是分不开的。韦素园在未名社存在的六七年间没有辜负鲁迅先生殷切希望和苦心培养，他用脚踏实地的默默工作报答了他所敬爱的良师鲁迅。

未名社是一个革命文化团体，和我党的白区工作也有联系。当时北京市委常委中就有人在未名社工作。他们以文化工作的公开身份掩护着党的秘密活动。在需要营救同志时，也往往由未名社出具铺保。因此，未名社不仅在文化战线上成为反革命文化势力的攻击目标，而且也被反动当局——北洋军阀、国民党党部、警察厅、侦缉队视作眼中钉、肉中刺。一九二八年四月，段祺瑞政府派人查封未名社，台静农、韦丛芜、李霁野几位成员均以"宣传赤化"罪名被捕，出版的一些书刊也被定为"赤化书"。韦素园病在西山，幸免。他得悉后立即写信报告鲁迅先生。经过巧妙的斗争，五十天后，敌人拿不出任何"罪证"只好放人。"真的猛士，敢于直面惨淡的人生，敢于正视淋漓的鲜血。"[②]查封，逮捕，拷问，不仅没有吓倒未名社，相反地，成员们却更坚定了斗志，考虑发展这个

---

① 《鲁迅书信集·1926 年 11 月 28 日致韦素园函》。

② 《华盖集续编·纪念刘和珍君》。

战斗的团体。远在数千里之外的鲁迅先生，得知他的学生和战友们从容地走出了国民党的牢房，并且坚定勇毅地继续战斗，欣慰地同意发展未名社的计划，并且迅速把准备再版的《坟》和韦素园的《黄花集》译稿寄给未名社，一九二八年十月，未名社出版部扩大的门市部开张了。门市部同人中，就有我党的地下党员。这时候在安徽发动暴动而被国民党下令通缉的王青士和李何林，也从安徽逃到了北京。他们立即参加了未名社的工作。王青士主要做党的工作。李何林在不久以后编选了《中国文艺论战》和《鲁迅论》。未名社像磁石一样吸引着进步的读者。一时间确有"门庭若市"之概。一九二九年五月，鲁迅回北京省亲，曾三次到未名社看望，同青年成员一起吃饭、谈天、论工作，有时"谈至晚"。有丰富斗争经验的鲁迅先生在未名社顺利前进中，锐敏地看到了形势的另一方面。离开北京后六月十九日给李霁野的信中，就指出："听说现在又有一些人在组织什么，骨子是拥护五色旗的军阀之流。狂飙社人们之北上，我疑心和此事有关……希留心他们的暗算。"果然，一九三一年，国民党南京中央党部又电令北京党部会同警察厅再次查抄未名社成员的家，并且抓了人。他们翻箱倒柜寻找我地下党档案。不过，他们只搜得三种"赤化书"三千余册而已。对于这种接二连三的迫害，鲁迅先生在曹靖华一个译文集序言和怀念韦素园的文章中，作了公开的讽刺和揭露："未名社……是个实地劳作，不尚叫嚣的小团体。但还是遭些无妄之灾，而且遭的颇可笑。它被封闭过一次，是由于山东督军张宗昌的电报，听说发动的倒是同行的文人；后来没有事启封了。"①未名社"忽封忽启，忽捕忽放，我至今不明白是怎么一个玩意儿。"②

同甘苦、共患难的共同战斗，使韦素园与未名社周围的共产党员之间结下了深厚的革命情谊，他们舍生忘死，献身革命的牺牲精神，鼓舞着韦素园和黑暗势力作战，同疾病搏斗。他虽长卧病榻，但坚持依枕执

---

① 《且介亭杂文末编·曹靖华译〈苏联作家七人集〉序》。

② 《且介亭杂文·忆韦素园君》

笔。几年里，他选译了高尔基、契诃夫、安特列夫、梭罗古勃等人的短篇小说，集为《最后的光芒》；译了俄国普洛特尼珂夫的《革命与文学》，惜只完成一章；为了纪念托尔斯泰诞辰百周年译了卢那卡尔斯基的《托尔斯泰的死与少年欧罗巴》；写了十篇散文小品，集为《西山朝影》；写了近二十首诗歌，集为《山中之歌》；此外还有谈论文艺问题的几篇杂文和几十封书信。这些东西，每一篇都凝结着他的意志和心血。他的一位相交甚笃的朋友刘愈，当时是党的北京市委负责人之一，一九二八年九月惨遭军阀杀害。大家相约瞒着他。可是当他在《未名》半月刊上读到台静农的纪念文章后，无法抑制极度的悲愤，不顾重病在身，伏枕写了《忆亡友愈》一诗，在《未名》半月刊上公开发表，并写了这样的后记："读友人《春夜的幽灵》，方知道刘愈兄已惨死多日，病人本不能文，这不过是个偶感罢了。"我们知道，在大革命失败的黑暗年头，在法西斯白色恐怖的刀光剑影中，这是多么凛然的气概，多么愤怒的强音。这里，我们看到了素园的"怒向刀丛觅小诗"（鲁迅诗句）的大无畏的精神。

一度以未名社作掩护从事党的地下工作的王冶秋同志，离开北京后，从遥远的外地给素园寄了几朵连翘花。珍贵的礼物，引起了他深沉的思念。韦素园看看自己不能参加战斗的病躯，感慨万端，心潮起伏，于是写下了《压干了的连翘花》一诗，寄托着对党对同志的深厚感情。素园写这首诗里，距离逝世只有三十六天了。但他毫无一丝久卧病榻的颓唐气息。他有的只是对党的感情的倾泻，有的只是用生命和鲜血迎取黎明曙光的坚定信念，有的只是在最黑暗时刻憧憬未来胜利的宽广胸怀！他乐观地对朋友说："我在病中觉到，人生就是工作，只有在工作中求得真实的快乐和意义。恋爱等等，不过是附属品而已。"

韦素园对于爱情的态度，我们在这里也简单地说一说。他早年在长沙，一年端午节时，经人介绍认识了一位很漂亮的少女。他们虽然互相倾慕，但又吐露不多。后来素园离开长沙到安庆，又矜持着很少通讯。一年后，素园在作为社会主义青年团的代表，出国前由安庆去上海前夕，在公园里偶然碰到了她。当素园把即将出国的消息告诉她时，她感到很冒险，便依恋不舍，哭泣劝阻。但素园却晓以大义，并握着她的手说：“但愿生还再见吧！”他毫不动摇地踏上了征途。从此，待以燎原的爱情星火，也就在默默中为黑暗的世俗扑灭了。一九二九年，有一天他忽然收到了一份期刊，上面有这样一首诗：

那青春的迷人的眼睛，
是在江南的五月的天气。
这生命中唯一的一日，
我永远忘不了你。
啊，啊，我不幸已作了人家孩子的母亲，
我还能有什么希冀？
这不可抵抗的逼人的命运，
把我永远沉在黑暗里。

诗的末尾现出了少女的名字。哦，昔日的恋情，炙热得他跌入回忆，他偷偷写下了一篇怀念的短文，记下他生命中的第一次爱情。

他还有一次爱情。那是去苏归国后的一九二二年冬。他寒假由北京回到安庆大哥处度假期间，结识了一位同乡女友G。她是安徽第一女子师范学校毕业，升入北京女子高等师范（后来的女师大），毕业后又回校任教务长的，家就在素园大哥家对面。本来他们经常见面谈心的，可后来一听家中人有提亲之议，就再也不去找她了。其后她公费赴美留学，从国外给素园写信。素园非常兴奋，但回书又很庄重。一九二六年底，G又写信来，并附情诗十首以示定情。这时素园吐血发病，他自料病将不起，深恐辜负了对方的爱情，影响了她的幸福；况且她母亲只有这么一个爱女，一直守着她读书十几年，便毅然斩断这缕情丝。他命芜弟给她写信，一方面说明素哥重病无望，一方面婉劝她另选爱人，早日完成寡母多年的宿愿。信去了很久很久，一天素园收到她的一张明信片：“我很失望！”看来这段情史也就此结束了。但是实际上爱情之火在他们的心底里却都还在炙热地燃烧着。素园越是爱她，越是为她设想，为她的幸福设想，为她的亲人设想，而自己却偷偷地忍受着痛苦和牺牲。这一点从他一九二九年十一月二十八日的一篇小文中可以清楚地知道。他在文中暗暗地表露："几年的时光过去了，我仍然默默地在想。"他宁愿苦着自己，而尽可能多地给予着别人。从这里我们不也正见着他那最深切、最纯尚的博大的爱吗？远隔重洋身在异国的G，也在失望中还抱着希望。一年，二年，希冀，等待。可终于，她等来的是芜弟告诉她的素园病危的噩耗。她感情奔放，万里飞鸿，倾泻了对素园的一片痴情。信，几经沧桑，未能保存下来，只留下了丛芜当时记下此事的哀诗：

咯血盈盆气若丝，昏灯昏室漏迟迟。

可怜万里飞书至，字字痴情句句诗。

忧国忧民的沉重心情，鞠躬尽瘁的辛勤劳动，节衣缩食的清贫生活，严重摧残着韦素园的身体健康。正当他的思想和艺术成就日臻灿烂的时候，正当他那铿锵的脚步向更高处攀登的时候，无情的结核菌夺去了他那年轻的生命。在临终前不久，他又在病榻上装挂了鲁迅、托尔斯泰、陀思妥耶夫斯基的像，而在他自己作为遗嘱的一封信中，表露了他渗透人生的乐观情绪和对师友的怀念："鲁迅先生和靖华，是我所极尊重的先生和朋友。竹年（李何林）、野秋（王冶秋）、池萍（赵赤坪），我都怀念着。"对于他所终生从事的文学革命事业也还在深念不忘。他在病危时，曾赠给他很喜欢的一个侄子一首诗，鼓励他继承自己的遗愿。诗是这样的：

几年病里卧京华，往事已非愿已差。

一志未衰犹望尔，百年伟业映支那。

从素园留下来的日记里，人们也可以看到他在病榻的长卧中，仍坚持孜孜以求的学习精神。本来，为了他的健康，亲友们不忍多送书给他。然而，他总是设法从别处辗转借来，甚至从那少得可怜的病中的生活费里抠出一点来购买新的出版物。他的日记几乎都是细心写下的读书笔记。其涉猎范围有哲学、历史、艺术、文学理论以及自然科学。可惜的是他过早地被病魔夺去了生命。他去世几天以后，上海还寄来他邮购的新书。

韦素园的去世，给亲人和朋友们带来极大的悲痛。他们立即把噩耗报告鲁迅先生。鲁迅在得悉消息的当天和十天后致未名社成员的两封信里写道："这使我非常哀痛，我是以为我们还可以见面的，春末曾想一归北平，还想仍坐汽车到西山去，而现在是完了。""素园逝去，实足哀伤，有志者入泉，无为者住世，岂佳事乎。忆前年曾以布面《外套》一本见赠，殆其时已有无常之感。今此书尚在行箧，览之黯然。"鲁迅先生说的这本精装《外套》，是素园病重时怀着特殊感情赠送给他的。书上题字是："鲁迅先生惠存。素园敬赠。嘱霁野代题字。一九二九年七月十二日。"鲁迅在这本珍藏的《外套》上还题了字："此素园病重时特装相赠者，岂自以为将去世耶，悲夫！越二年余，发箧见此，追记之。三十二年四月三十日，迅。"这在鲁迅先生的藏书中，是极少见的。足见鲁迅先生是十分难过和惋惜的。

四个月后，鲁迅将他自己和许广平的通信编辑成《两地书》之后，在序言中写到编辑这本书的心情：

> 一九三二年八月五日，我得到霁野、静农、丛芜三个人署名的信，说漱园于八月一日晨殁于北京同仁医院了，大家想收集他的遗文，为他出一本纪念册，问我这里可还藏有他的信札没有，这真使我的心突然紧缩起来。
>
> 回想六七年来，环绕我的风波也可谓不少了。在不断的挣扎中，相助的也有，下石的也有，笑骂诬蔑的也有，但我们紧咬了牙关，却也已经挣扎着活了六七年。其间，含沙射影者都逐渐自己没入更黑暗的处所去了。而好意的朋友也已有两个不在人间，就是漱园和柔石。我们以这一本书为自己纪念，并以感谢好意的朋友，并且留赠我们的孩子，给将来知道我们所经历的真相……

"长歌当哭"。又过了两年，一九三四年七月，鲁迅先生又写了纪念文章《忆韦素园君》，并亲笔为韦素园题了墓记。素园的遗体由丛芜、静农、霁野等安葬在他生前选定的北京西山碧云寺下的万安公墓，立了鲁迅先生一九三四年四月三日亲笔题写的墓记石碑。碑文是友人常维钧物色一位善镂者精心镌成。

时光流逝，转眼五十个春秋过去了。那百年魔怪舞翩跹的黑暗年代一去不复返了。每当我们翻开鲁迅著作，关于韦素园的这些深沉话语，总是把我们带回到那峥嵘的漫长岁月，总是勾起我们对那在艰苦卓绝斗争中作出贡献的前人们的无限怀念，总是使我们倍加珍惜今天的光明时代，也总是激励着我们为更加美好的锦绣前程——共产主义而忘我地工作。我在今昔对比怀念素园叔的时候，曾写下过这样几首诗：

（一）

披肝沥血爱中华，衔石口穿志未差。
反动烟埃成旧梦，文坛新秀态婀娜。

（二）

少年聪慧薄云天，斗马驱张闯浪尖。
海外红都偷火去，江边泪眼许生还。
宵衣旰食为人嫁，外患内忧识世艰。
远志宏才厄短寿，后生敢忘继先贤？

（三）

步素叔赠富哥诗原韵

披肝沥胆爱中华，衔石口穿志未差。
反动烟埃成旧梦，文坛新秀绽菁华。

（四）

步芜叔哀素叔诗原韵

严谨一生不苟丝，挥毫夜夜漏更迟。
尊师怜友人称道，热血满腔入小诗。

韦素园的一生是短暂的，但又却是令人怀念的。鲁迅先生说。“是的，但素园却非天才，也非豪杰，当然更不是高楼的尖顶，或名园的美花，然而他是楼下的一块石材，园中的一撮泥土，在中国第一要他多。他不入观赏者的眼中，只有建筑者和栽植者，决不会将他置之度外。”这是对素园最公允的评判。

一九八二年八月于北京初稿，二〇一二年秋二稿

后 记

韦素园（1902—1932），是中国“五四”运动之后涌现出的一位极富才华的革命作家。他因鲁迅为其书写碑文并纪念文章《忆韦素园君》而名满天下。

韦素园出身于今安徽省六安市叶集区叶集镇的一户小商人家，一生只活了短短 30 年，但却活得轰轰烈烈。他自幼在家乡明强小学读书，同台静农、李霁野、韦丛芜是同学，后又就读于阜阳安徽省立第三师范、长沙湖南法政专门学校预科、安庆安徽法政专门学校。1921 年初，他进上海外国语学社学习。这一年 5 月，他同刘少奇、任弼时、肖劲光、蒋光慈、曹靖华、吴宝鹗、廖化平、彭湃、罗亦龙等 20 多人一道，赴苏联莫斯科东方大学学习。1922 年初，韦素园与曹靖华一道，护送生病的吴宝鹗和廖化平回国。同年秋，他考入北京俄文法政专门学校读书。1925 年初，韦素园的人生发生了巨大的转折：他结识了鲁迅先生。从此直到生命终结，他一直在鲁迅先生的指导下生活和工作。其中最重要的，是 1925 年 8 月，在鲁迅先生的策划、领导下，韦素园与曹靖华、台静农、李霁野、韦丛芜创办了革命文学社团“未名社”。诚如鲁迅先生所说：“未名社的同人，实在并没有什么雄心和大志，但是，愿意切切实实的，点点滴滴的做下去的意志，却是大家一致的。而其中的骨干就是素园。”未名社在存世的 7 年间，先后出版发行了 48 期《莽原》半月刊、24 期《未名》半月刊，总计发行书籍 33 部，“在那时候，也都还算是相当可看的作品”（鲁迅语）。未名社是中国“五四”后期重要的文学社团之一。这是任何一部《中国现代文学史》都是煌煌有记的。

韦素园“宏才远志，厄于短年”。30年的人生岁月，还有6年是在病床上度过的。即使如此，他不忘文学，渴求创作，在病榻的枕头上还坚持翻译介绍前苏联优秀文学作品并写诗作文。他为我们留下了译作《外套》（俄国果戈理作，1926年初版）、《最后的光芒》（俄国作家小说集，1928年初版）和《黄花集》（俄国、波兰、挪威等国作家散文和诗的结集，1929年初版），还有一些未结集作品。新中国成立后很少见到介绍他的文章，许多人甚至大学文学专业毕业的都不知道韦素园这个人，直到进入改革开放时期，安徽文艺出版社收集了他的一些作品结集出版了《韦素园选集》，但由于受条件限制仍有一些文稿未收入这部选集，主要是一些翻译文论和韦素园的少年诗作。这次，我们编这部全集，尽量搜集收入。其中最重要的，是韦素园、李霁野于1928年1月译完、1928年3月由未名社出版的[苏俄]特罗茨基的《文学与革命》。这部书的注释，我们采用上海鲁迅纪念馆编、上海社会科学院出版社出版的《李霁野文集补遗》下卷中的注释。在此，真诚感激这部书的编辑和出版社。

韦素园文稿的保存和出版，归功于他的弟弟韦丛芜和他的侄子韦顺先生。这次他的全集编辑出版前，我们特赴南京，拜访了新华社资深记者韦顺及其子韦文康两位先生，聆听了他们的点拨。这次全集的出版，首先应感谢他们父子，并应记住韦丛芜先生生前为保管韦素园遗存文稿而作的努力。还有，要感谢当年出版《韦素园选集》的安徽文艺出版社及该书责任编辑徐子芳先生；更要感谢黄山书社及全集的责任编辑石松先生、向焱女士为该书的出版付出的辛勤劳作。

我们不是文学或文史研究专家，只是普普通通的新闻工作者。我们躺在前人已有成绩的基础上，出于对皖西作家、老新闻工作者（皖西文化名人早期都办过报刊或为报刊撰稿）的爱戴及其作品的求全保存，为专家学者研究工作提供些资料作点微不足道的工作，所存缺点甚至错误，祈求方家指正。

徐　航　徐元华

2019年10月1日于六安